suhrkamp taschenbuch 920

Mao Dun (1896–1981) gilt als bedeutendster Romancier des modernen China. Seit den zwanziger Jahren verhalf er der realistischen, volksverbundenen Schreibweise zum Durchbruch. Von 1949 bis zu seinem Tode war er Vorsitzender des chinesischen Schriftstellerverbandes, außerdem bis 1964 auch Kulturminister (s. auch »Über Mao Dun« am Schluß des Bandes).

Schanghai, Handelsmetropole und »Paris des Ostens«, Schmelztiegel östlicher und westlicher Kultur und Schnittpunkt rivalisierender Interessen ausländischer Mächte, wird von der Weltwirtschaftskrise, Streiks der Seidenarbeiter, den Wirren des Bürgerkriegs zwischen Chiang Kai-schek und regionalen Militärmachthabern geschüttelt. Großgrundbesitzer, auf der Flucht vor aufständischen Bauern und der Roten Armee, suchen in der Stadt neue Anlagemöglichkeiten für ihre Schätze.

Mao Dun schildert eine kurze, dramatisch bewegte Phase von sieben Wochen während des Schanghaier Seidenarbeiterstreiks im Frühjahr 1930. Im hektischen Auf und Ab der öffentlichen Anleihekurse liefern sich der Seidenfabrikant Wu Sun Fu und der in ausländischen Diensten stehende Finanzier Tschao Po Tao einen wütenden Zweikampf. Als Wu Sun Fu und seine Gattin Wasserrose am Ende die Stadt und ihre Geschäfte verlassen müssen, liegt über dem Geschehen jene Atmosphäre, die charakteristisch ist für das damalige China. Das Kommende kann nur erahnt werden, das Bestehende ist immer schwerer auszumachen: Zwielicht.

Mao Dun
Schanghai im Zwielicht

Roman

Suhrkamp

Chinesischer Originaltitel:
Ziye (Mitternacht), Schanghai 1933, Kaiming shuju
Abbildung auf dem Umschlag:
Oberbaumverlag und Wolfgang Nieblich

suhrkamp taschenbuch 920
Erste Auflage 1983

Lizenzausgabe mit freundlicher Genehmigung des Oberbaumverlags,
Verlag für Literatur und Politik, Berlin
Suhrkamp Taschenbuch Verlag

Satz und Druck: Ebner Ulm
Printed in Germany
Umschlag nach Entwürfen von
Willy Fleckhaus und Rolf Staudt

1 2 3 4 5 6 – 88 87 86 85 84 83

致德国读者

中国人民向来就要和世界各国人民发展平等互利的友好关系。

贸易往来和文化交流是发展友好关系的手段。就文化交流而言，我们从“五四”运动（一九一九年）以后就介绍和翻译了若干马克思主义的经典著作，到新中国成立后，这个工作以更大的规模进行着，可以说，马克思和恩格斯的全部著作和通信，都有中文译本。

至于文学方面，“五四”运动后，我们翻译了歌德、席勒以至霍普德曼的作品，新中国成立后，这个工作还继续不断地在进行。

我们认为，通过文学作品，各国人民可以增进相互了解。现实主义的文学作品反映了光明与黑暗的搏斗，反映了人民革命的主流，它是时代进军的号角。各国人民通过文学作品看到彼此的求解放的大目标的一致性及其斗争的复杂性，从而激起强烈的共鸣，增进了相互的了解。历史书籍可以使各国人民从理智上互相认识，而文学作品则使各国人民从感情上加强团结。这便是有史以来，文学作品曾经起过，而且将要永久起的作用。

在这个意义上，《子夜》如果能够帮助德国读者对于本世纪三十年代中国人民所经历的艰苦卓绝的革命斗争有一个大概的了解，那将是我的绝大荣幸。

值此《子夜》德文版问世之时，请允许我借此机会向伟大的德意志民族表示崇高的敬意，并祝愿中国人民与德国人民的友谊将由于彼此出版界的共同努力而得到进一步的巩固和发展。

茅盾 茅盾

一九七八年十一月廿六日于北京

An meine deutschen Leser

Das chinesische Volk hat seit jeher mit allen Völkern der Welt freundschaftliche Beziehungen auf der Basis der Gleichheit und des gegenseitigen Vorteils entwickeln wollen.

Wirtschaftsbeziehungen und Kulturaustausch sind ein Mittel, die Freundschaft zu stärken. Was den Kulturaustausch angeht, so haben wir nach der 4.-Mai-Bewegung des Jahres 1919 eine Vielzahl klassischer marxistischer Werke nach China gebracht und übersetzt. Seit der Gründung des neuen China hat diese Arbeit an Ausmaß ständig zugenommen. Heute kann man sagen, daß sämtliche Werke und Briefe von Marx und Engels in chinesischer Übersetzung vorliegen.

Auf dem Gebiet der Literatur haben wir nach der 4.-Mai-Bewegung die Werke von Goethe, Schiller bis hin zu Hauptmann übersetzt, eine Arbeit, die auch nach 1949 ständig weiter fortgeführt wurde.

Wir glauben, die Literatur kann dazu beitragen, daß sich die Völker der Welt noch besser verstehen. Realistische literarische Werke spiegeln den Kampf zwischen Licht und Finsternis wider. Sie sind Ausdruck der Volksrevolution, der wichtigsten Tendenz der Geschichte. Sie sind der Fanfarenstoß der Zeit. Die Literatur hilft den Völkern aller Länder zu erkennen, daß die Ziele ihres Ringens um Freiheit dieselben sind, aber auch wie kompliziert der Kampf darum ist. So entstehen starke Gemeinsamkeiten, und das gegenseitige Verständnis wird weiter vertieft.

Historische Werke helfen den Völkern aller Länder, einander auf intellektueller Basis kennenzulernen, aber literarische Werke tragen dazu bei, daß sie sich auch gefühlsmäßig näherkommen. Diese Rolle haben literarische Werke in der Geschichte immer gespielt und werden sie auch in Zukunft spielen.

In diesem Sinne wäre es eine große Ehre für mich, wenn mein Roman »Schanghai im Zwielicht« deutschen Lesern helfen würde, einen Überblick über die harten und bitteren revolutionären Kämpfe zu gewinnen, die das chinesische Volk in den dreißiger Jahren durchstehen mußte.

Anläßlich der Veröffentlichung von »Schanghai im Zwielicht« in deutscher Sprache sei es mir gestattet, diese Gelegenheit wahrzunehmen, um dem großen deutschen Volk meine höchste Verehrung zum Ausdruck zu bringen und zu wünschen, daß die Freundschaft zwischen dem chinesischen und dem deutschen Volk durch gemeinsame Anstrengungen im Verlagswesen unserer beiden Länder eine weitere Stärkung und Entwicklung erfährt.

Mao Dun, Peking, den 26. November 1978

Vorspiel

Einer aus der guten alten Zeit kommt nach Schanghai und versteht die Welt nicht mehr

Personen des Vorspiels:

Wu Senior, der tai lao ye, »große alte Herr«
Sun Fu, sein ältester Sohn, Industrieller
Smaragd geb. Lin, Sun Fu's Gattin
Orchidee, sechzehnjährig } Kinder des alten Wu
Narziß, neunzehnjährig } aus späterer Ehe
Wasserrose, älteste Tochter des alten Wu
Tu Tschu Tschai, Bankier, ihr Gatte
Koralle, Schwester von Frau Smaragd
Soso, Nichte des alten Wu
Fan Po Wen, Vetter der Dame Smaragd, Student und Dichter
Universitätsprofessor *Li,* Volkswirtschaftler und Soziologe, wirtschaftspolitischer Berater von Sun Fu
Dr. Ting, Hausarzt
Kao Schong, Butler in der Villa Wu

Die Sonne war gerade dabei, unter den Horizont zu tauchen. Ein laues Abendlüftchen war aufgekommen und streichelte stoßweise und angenehm kühlend die Gesichter der Großstadtmenschen. Das schmutzigtrübe Wasser des um diese Stunde der abendlichen Flut sachte westwärts rückfließenden Soochow Creek täuschte jetzt eine zauberhafte grüngoldene Färbung vor. Die vom Whangpoo her eindringende Flut hatte den Wasserspiegel des schmalen Flußlaufs unmerklich so erhöht, daß die an den Ufern vertäut liegenden Dschunken und Flußdampfer mit ihren Kajütendächern gut einen halben Fuß über den Rand der Ufermauer ragten.

Vom Public Garden am Bund trug der Wind abgerissene lustige Musikklänge herüber, in der Hauptsache Trommelgeräusch, das sich aus der Entfernung anhörte wie das Platzen und Prasseln in einer Bratpfanne. Um das hohe Stahlgestänge der breiten Hängebrücke, der Garden Bridge, die dem Bund am nächsten über den Soochow Creek führt, hing ein leichter Schleier von Dunst und Abendnebel, durch den hin und wieder, wenn eine Elektrische über die Brücke fuhr, bläulichgrüne Funken von den Oberleitungsdrähten sprühten.

Von der Brücke nach Osten blickend, sah man am jenseitigen Whangpooufer die klobigen ausländischen Speicher und Werftbauten von Pootung wie riesige Urwaldungeheuer in der Dämmerung kauern und tückisch aus tausend elektrischen Augen blinzeln. Nach Westen schauend, erschrak das Auge förmlich vor der grellen Neon-Röhren-Lichtreklame, die hoch oben von der Dachfront des Broadway-Mansion-Hochhauses in abwechselnd roter und grüner Flammenschrift unermüdlich und aufdringlich die drei Worte an den Himmel schrieb: Light, Heat, Power!

Drei silbergraue Autos neuesten Modells kamen an diesem Maiabend des Jahres 1930 vom Bund her über die Garden Bridge geflitzt und bogen mit scharfer Linkskurve in die nördliche Soochow Road ein, die am Nordufer des Creek entlangführt. Die Fahrt ging südwestlich am Gebäude der chinesischen Handelskammer vorbei, immer am Kanal entlang, nach den Anlageplätzen der kleinen Flußdampfer, die von hier nach dem Hinterland der Großstadt Schanghai verkehren.

Die drei Autos mäßigten ihr Tempo.

»He, alter Kwan, wie war doch der Name der Reederei? Tai schong tschang?« wandte sich der Chauffeur des ersten Wagens leise an den großen, stämmigen Kerl im dunklen, derben Manchesteranzug neben ihm.

»Natürlich, Tai schong tschang. Dein Gedächtnis hat wohl unter dem Gestank des alten Benzinkastens gelitten? Gleich sind wir da – jetzt – stop!« gab der andere halblaut zurück und enthüllte dabei sein solides Leibwächtergebiß, dem zuzutrauen war, daß es mit Leichtigkeit Eisennägel zerkauen konnte.

Die Wagen kamen knirschend zum Stehen. Leibwächter Kwan sprang von seinem Sitz, beschnüffelte, die Hand an dem Browning in der Gürteltasche, erst einmal die Umgebung, öffnete respektvoll den Wagenschlag und folgte dem aussteigenden Herrn zu dem wenige Schritt entfernten Büroeingang unter dem Firmenschild mit der Aufschrift »Tai schong tschang Dampfschiffahrtsgesellschaft«.

»Ist die ›Yün Feh‹ noch nicht da?« rief der Herr, ein hochgewachsener Vierziger mit länglich kantigem Schädel, dicken Brauen und dunkelbrauner, von einigen Warzen hell betupfter Gesichtshaut ungeduldig in das Büro hinein. In dem herrischen Ton seiner Frage, in seiner Miene und Haltung lag etwas, das den Chef, den großen Unternehmer verriet, den Menschentyp, der gewohnt ist, »mit einem Kinnruck und einem bloßen Hauch Befehle zu erteilen«.

Der Seidenindustrielle Wu, mit Vornamen Sun Fu, war gekommen, um seinen alten Vater vom Dampfer Yün Feh »Fliegende

Wolke« abzuholen, der fahrplanmäßig um diese Minute aus dem eine halbe Tagesreise entfernten Landstädtchen Schuang kiao tschen, »Zwei-Brücken«, eintreffen mußte. Drohende kommunistische Bauernunruhen hatten Wu Senior gezwungen, das jahrzehntelange Idyll seines ländlichen Ruhesitzes, die Scholle seiner Väter, preiszugeben, Hals über Kopf die Koffer zu packen und sich zum ersten Male in seinem Leben zu einer Reise nach Schanghai zu bequemen.

»Die ›Fliegende Wolke‹ muß jeden Augenblick eintreffen. Wollen Sie nicht inzwischen Platz nehmen und einen Schluck Tee trinken?« beeilte sich einer der von den Pulten aufgeschnellten Büroangestellten den Ankömmling zu begrüßen, während er ihm devot lächelnd einen Stuhl hinschob. Das dürftige schmächtige Kerlchen verdankte seinen Büroposten einer Empfehlung der mächtigen Familie Wu, in deren Diensten einst sein Vater alt und grau geworden war.

Sun Fu schenkte ihm nur einen flüchtigen Blick herablassender Beachtung und schaute gleich wieder zur Tür, durch die soeben ein Herr und eine Dame, die Insassen des zweiten Autos, eintraten. Der untersetzte beleibte Herr mit dem runden gutmütigen Gesicht war sein Schwager, der Bankier Tu Tschu Tschai, die Dame, groß, kräftig gebaut, in Wuchs und Gesichtsschnitt unverkennbare Familienähnlichkeit aufweisend, war seine Schwester Wasserrose, die Gattin des Bankiers. Sie war ebenso wie ihr Mann schon über Vierzig, wirkte aber mit ihrer gepflegten Erscheinung und ihrem glatten hellen Teint kaum wie Dreißig. Der Bankier hatte gleichfalls seinen Leibwächter mitgebracht.

»Wir sollen wohl hier warten?« fragte er.

»Ganz recht. Aber es wird nicht lange dauern, höchstens fünf Minuten, der Dampfer hat schon gepfiffen, er muß gleich anlegen«, gab das schmächtige Kerlchen Bescheid. Die Dame wandte sich freundlich an den Sprößling des ehemaligen Dieners:

»Na, Fu Schong, noch immer hier auf dem gleichen Posten? Ja, zur Bürolaufbahn gehört Ausdauer. Aber du wirst es schon weiter bringen. Unser tai lao ye, ›großer alter Herr‹, hat dich immer als strebsam und tüchtig gerühmt. Wann hast du ihn denn zum letzten Male gesehen?«

»Im vorigen Monat bei einem Besuch in der Heimat hatte ich die Ehre«, sprudelte Fu Schong lebhaft hervor und schleppte, vom Lob der Dame beflügelt, dienstbeflissen zwei weitere Stühle sowie Teetassen und Zigaretten heran.

Die Dame ließ sich mit einem leichten Seufzer nieder, betupfte sich mit einem feinen parfümierten Batisttüchlein Stirn und Nase und wandte sich ihrem Bruder zu:

»Vorigen Sommer, als ich mit meinem Mann unsere Ahnengräber daheim besuchte, sind wir auch mit der ›Yün Feh‹ gereist. Ein schnelles Schiff; es braucht in direkter Fahrt kaum einen halben Tag bis Zwei-Brücken. Nur schaukelt es schrecklich, mir war damals ganz übel. Der arme Papa, er wird unterwegs viel ausgestanden haben, halb gelähmt wie er ist...«

Ihre Rede wurde durch eine in nächster Nähe tutende Dampfpfeife unterbrochen.

»Die Yün Feh hat angelegt!« meldete jemand von draußen. Alles erhob sich, Sun Fu erteilte einige Weisungen wegen der Sitzordnung in den Autos bei der Rückfahrt und machte sich mit Schwester und Schwager, von Fu Schong geführt, im Hintergrunde die beiden Leibwächter, zum Quai auf.

Er war ziemlich leer, nur einige Träger, Händler und Rikschakulis lungerten herum und machten sich schimpfend den Platz streitig.

Gerade halfen Stewards dem halbgelähmten »großen alten Herrn« aus der Kajüte in den für ihn auf dem Vorderdeck bereitstehenden bequemen rohrgeflochtenen Tragsessel. Auf Fu Schong's Wink packten die beiden kräftigen Träger die Stangenenden und trugen ihre lebende Last behutsam über den Bootssteg an Land zu der kleinen Gruppe der wartenden Angehörigen. Der Greis nickte ihnen bloß zu und schloß gleich wieder matt die Augen. An seinen Schläfen zeichneten sich zwei rund abgezirkelte Rötungen ab.

»Hat er die Reise leidlich überstanden?« erkundigte sich Frau Wasserrose leise bei dem schlicht gekleideten jungen Mädchen, das an der Seite eines Jünglings dicht hinter dem Tragsessel her mit von Bord gekommen war. Es waren die jüngeren Geschwister Wu, die sechzehnjährige Orchidee und der neunzehnjährige Narziß, Kinder einer späteren Ehe des alten Herrn. Sie waren auf dem Familiensitz in der Provinz aufgewachsen und kamen heute gleichfalls zum erstenmal in ihrem Leben nach Schanghai.

»Etwas schwach und benommen fühlt er sich«, konnte Orchidee nur kurz berichten. Denn der große Bruder trieb ungeduldig zur Eile. Der Greis wurde aus dem Tragsessel gehoben und in die geräumige Limousine mit der Wagennummer 1889 verstaut. An seiner Seite nahm Wasserrose Platz.

»Ah, Fu Fang, Wasserrose, du bist es!« rief der alte Herr, die

Augenlider aufklappend, aus. Das starke Parfüm, das an seine Nase drang, hatte ihn wachgekitzelt. Er bestand darauf, daß sich seine Jüngste an die andere Seite und Narziß gegenüber setzen mußten. Er brauchte ein ländliches Gegengewicht gegen die mondäne Älteste.

Die von Sun Fu angeordnete ursprüngliche Sitzordnung war damit völlig über den Haufen geworfen. Aber der Sohn fügte sich ohne Widerspruch. Er kannte die Schrullen seines eigensinnigen Alten Herrn.

Die Motoren fingen an zu rattern, und die drei Wagen setzten sich bereits langsam in Bewegung, als ein schrilles Gezeter von vorn sie wieder zum Stehen brachte.

»Mein Brevier! Mein tai schang kan ying piän!« hatte der Greis, aus seinem Halbschlummer auffahrend, mit durchdringender Stimme trompetet. Die Insassen von Wagen zwei und drei reckten verdutzt die Hälse, aber Orchidee hatte sogleich begriffen.

»Laufe schnell noch einmal an Bord und hole das Buch im gelben Einband, das wir im Salon haben liegen lassen!« rief sie dem am Quai stehenden und respektvoll nachschauenden Fu Schong zu.

Fu Schong stob davon. Eine Weile später umkrallten die dürren Greisenfinger von Wu Senior gierig das längliche, in gelbe geblümte Brokatseide eingebundene Buch, das ihm in den Wagen hineingereicht wurde, und preßte es andächtig wie ein Heiligtum auf den Schoß. Ein glückliches Lächeln zuckte um seine blassen, ausgetrockneten Lippen, und alsbald döste er wieder ein.

»Los!« befahl Frau Wasserrose leise dem Chauffeur und lehnte sich mit einem Seufzer der Erleichterung in das gefederte Rückenpolster zurück.

Auch sie mußte lächeln. Wie konnte ein moderner Mensch nur noch solche altmodischen Schmöker lesen und gar ernst nehmen! Denn das Buch, das ihr Vater krampfhaft an sich preßte, war bereits sechzehnhundert Jahre alt! Ein heiliger Asket namens Pao Lin tse hatte es einst in seiner Einsiedlergrotte in der Waldwildnis der südlichen Provinz Kwang tung niedergeschrieben. Er war auch so ein schrulliger Anhänger der weltabgewandten Lehren des Weisen unter den Weisen, des alten Lao tse, gewesen und hatte daher seinem Buch den sinnigen Titel tai schang kan ying piän gegeben, das bedeutet »Nachempfundenes nach Lao tse«.

Es war ein gar frommes, streng moralisches Buch, predigte die Weltflucht und Fleischabtötung und den Wert des Inneren, des Seelenfriedens. Vor fünfundzwanzig Jahren hatte sich Wu Senior bei einem Reitunfall verschiedene Knochen gebrochen und eine lästige Körperlähmung zugezogen, die ihn seitdem dauernd ans Zimmer fesselte. Seit diesem Unfall war das tai schang kan ying piän sein Trost und seine Hausbibel, sein unentbehrlicher Freund und Begleiter gewesen, und er war nicht müde geworden, das umfangreiche Werk immer und immer wieder mit eigener Hand in schöner korrekter Kanzleischrift abzuschreiben und die handschriftlichen Kopien an Freunde und Bekannte zu verschenken. Abgesehen davon pflegte er alljährlich auf seine Kosten eine nach Tausenden zählende Druckauflage zu Geschenk- und Propagandazwecken herstellen zu lassen.

Welch seltsamer Widerspruch! Da saß nun einer im neuzeitlichen Verkehrsmittel, im eleganten Auto letzten Modells, ließ sich im Dreißig-Kilometer-Tempo über den Bund, die Prachtstraße der Dreimillionenstadt Schanghai, fahren und klammerte sich gleichzeitig nicht nur körperlich, sondern auch seelisch an einen anderthalbtausend Jahre alten Schmöker, in dem geschrieben steht: »Sinnenlust ist der Anfang alles Bösen, Ehrfurcht vor dem Alter ist die Wurzel alles Guten!«. So etwas gab es! Oh, Wu Senior hatte auch einmal anders gekonnt. In seiner Jugend, vor dreißig, vierzig Jahren, war er begeisterter Anhänger der Revolutionsbewegung gewesen. Sein Vater wie sein Großvater hatten beide dem Herrscherhaus der Mandschu als Minister gedient, und über seine Familie hatten sich seit Generationen kaiserliche Gnadenbeweise in großer Fülle ergossen. Trotzdem hatte der jugendliche Wu mit vollen Tönen in den Kampfruf der damaligen Zeit, in den »Los von der Monarchie!« Ruf der Kuo min tang Partei mit eingestimmt, und auch zwischen ihm und seinem monarchistisch gesinnten Vater hatte es den üblichen Konflikt der Generationen gegeben. Wer weiß, wenn nicht vor fünfundzwanzig Jahren der fatale Reitunfall gewesen wäre, der ihm für den Rest seines Lebens die eine Körperhälfte lähmen sollte, dann wäre er vielleicht nicht der inbrünstige Anhänger der entsagungsvollen Weltfluchtlehren eines tai schang kan ying piän geworden.

Aber der leidige Unfall hatte seinen Kämpfertrotz und Lebensmut gebrochen und ihn in einen hilflosen infantilen Zustand zurückgeworfen. In den letzten fünfundzwanzig Jahren hatte er den Fuß nicht mehr über die Schwelle seines Hauses gesetzt! hatte keine Zeitung und keine anderen Bücher mehr gelesen als eben das tai schang kan ying piän! hatte sich nicht mehr um die Menschen und die Welt außerhalb seiner vier Pfähle gekümmert!

Im übrigen wiederholte sich im Verhältnis zu seinem Ältesten Sun Fu der alte Vater-Sohn-Konflikt, den er selber mit seinem eigenen Vater durchgemacht hatte. Störrischer Eigensinn zählte nun einmal zu den Erbeigenschaften der Wu. Seit einem Jahrzehnt bestand so gut wie keine Beziehung mehr zwischen Wu Senior in der Provinz und Wu Junior in Schanghai.

Die jetzige Reise nach Schanghai hatte keineswegs den Sinn einer Aussöhnung zwischen Vater und Sohn. Oft genug hatte der Vater mit Worten und Blicken seinen Ältesten als entartetes abtrünniges Familienmitglied bezeichnet, als Rebell gegen alle Gesetze der Natur und der alten konfuzianischen Gesittung, der von Rechts wegen den Tod verdiente. Freiwillig wäre er nie zu ihm nach Schanghai gekommen. Und der Sohn wieder hatte in all den Jahren nicht gerade zu erkennen gegeben, daß ihm an einem väterlichen Besuch ernstlich gelegen sei.

Aber angesichts der bedrohlichen kommunistischen Bauernunruhen, die sich neuerdings von den Nachbarprovinzen her wie ein rasender Steppenbrand fortfraßen und auf Schanghai zuwälzten, war der Älteste immerhin pietätvoll genug, seinen alten Vater nicht einem ungewissen Schicksal überlassen zu wollen.

Der alte Wu wiederum glaubte im Grunde gar nicht an das Gerede von Kommunismus und Roter Armee. Und wenn schon etwas Wahres daran war, was hatte er, der friedliche alte Mann, der keinem Menschen etwas zuleide tat, der ein reines Gewissen hatte, der nur auf das Gute bedacht war, für seine Person zu befürchten? Aber in seinem hilflosen Zustand war er leider auf die Menschen seiner Umgebung angewiesen, die ihn pflegten und betreuten, und diesen Menschen konnte er es nicht verdenken, daß sie der Gefahr aus dem Wege gehen wollten. Also mußte er sich wohl oder übel gleichfalls zur Flucht entschließen und mußte es über sich ergehen lassen, daß man ihn aus seinem umhegten Einsiedlerleben herausriß, auf einen Flußdampfer setzte und nun gar in so ein verrücktes neuzeitliches Großstadtverkehrsmittel stopfte.

Ein Trost, daß er beim Eintritt in diese verruchte »Teufelshöhle« Schanghai wenigstens sein geliebtes Brevier und seine beiden noch unverdorbenen Jüngsten als Schutzgeister um sich hatte!

Das alles ging dem Greis während der Fahrt durch den Kopf, und nachdem er sich von der ersten Betäubung erholt und einigermaßen gesammelt hatte, wagte er nun auch hin und wieder einen scheuen kritischen Blick durch die behutsam auf einen schmalen Spalt geöffneten Lider.

Himmel! was da alles an spukhaften Erscheinungen mit beklemmender Geschwindigkeit auf ihn zu und an ihm vorüber sauste! Diese wolkenhohen, tausendäugigen Hausungetüme, die ihn schier zu zerquetschen und unter sich zu begraben drohten! Diese in schnurgerader, endloser Reihe auf ihn zujagenden Pfähle und Masten mit den großen und kleinen Lichtern an den Spitzen! Diese nicht abreißende Kette von dunklen schemenhaften Wesen, die mit tierischen Grunzlauten auf ihn zu und an ihm vorüber fauchten und ihn dabei bösartig aus zwei riesengroßen runden Augen anglotzten, die so grell und tückisch funkelten, daß sein menschliches Auge sich schmerzhaft geblendet abwenden mußte!

Alle diese Schemen schienen es gerade auf ihn abgesehen zu haben, so dicht, so bedrohlich nahe kamen sie auf ihn zugeschossen. Jeden Augenblick war er auf einen fürchterlichen Zusammenprall gefaßt, und wenn ihn nicht seine Lähmung gehindert hätte, wäre er längst aus dem Wagen gesprungen. Doch merkwürdigerweise passierte nichts. Aber die ängstliche Spannung bedrückte und beengte ihn, um seine Brust legte sich's wie eiserne Klammern, sein Atem stand fast still, sein Herz klopfte und schien aus seinem Gehäuse springen zu wollen; wenn er, ermüdet von der Überfülle an Lichtern, an grünen, roten, weißblauen, gelben, matten, hellen, grellen Lichtern die Augen zumachte, dann drehte sich's in seinem Hirn, und er hatte das Gefühl, als ob sein Schädel völlig haltlos wie ein Kreisel um den Hals rotierte. Der Sinn für Zeit und Entfernung war ihm gänzlich abhanden gekommen. Aber sein Hörorgan funktionierte noch. Während er anscheinend schlief, war sein Ohr wach und vermochte einige Bruchteile von der halblauten Unterhaltung aufzuschnappen, die neben ihm geführt wurde.

»Orchidee, gar so friedlich ist es bei uns in Schanghai auch nicht. Vorigen Monat hatten wir Autodroschkenstreik und in diesem Monat Straßenbahnerstreik. Ende vorigen Monats gab es Kommunistenkrawalle in der Peking Road mit vielen Verwundeten und einigen Hundert Verhaftungen. Die Kommunisten waren im Besitz von Schußwaffen! Wie Bruder Sun Fu erzählt, soll es überall in den Fabriken gären, es ist jederzeit mit dem Ausbruch von Streikunruhen zu rechnen. In seiner Fabrik sind kürzlich die Wände mit kommunistischen Parolen bemalt worden, ebenso auch die Gartenmauer seiner Wohnvilla ...«

»Aber ihr habt doch hier genügend Polizei?«

»Das schon, und es wird auch zugepackt und viel verhaftet, aber das nützt nichts, die Bewegung ist viel zu verbreitet, nicht nur unter den Arbeitern, nein, wie mein Mann versichert, gerade auch unter den gebildeten Schichten, ganz gleich welcher der neun akademischen Richtungen sie sonst angehören, ganz gleich ob sie im übrigen auf die konfuzianische oder taoistische oder buddhistische Lehre schwören, überall stecken Kommunisten unter ihnen. – Übrigens, Orchidee, in dem Kleid, das du anhast, machst du dich einfach lächerlich und unmöglich! So etwas trug man vor zehn Jahren! Du mußt dich morgen sofort neu einkleiden!«

Das plötzliche Verstummen des Motors veranlaßte Wu Senior, die Augen aufzureißen. Rechts und links, vorn und hinten Autos. Aber sie standen alle still. Etwas weiter vorn dagegen wälzte sich quer zur Fahrtrichtung, von Nord nach Süd und von Süd nach Nord eine wahre Flut von Fahrzeugen und Fußgängern vorüber, die Fußgänger, männliche und weibliche durcheinander, sämtlich in wilder Hast, rennend, stolpernd, sich anrempelnd, als ob höllische Geister hinter ihnen her wären.

Von irgendwoher aus der Höhe fiel rotes Licht auf die Gesichter der wartenden Autoinsassen und verlieh ihnen eine gespenstische Färbung, als ob sie sich in Blut gewaschen hätten.

Man befand sich an der verkehrsreichen Kreuzung der Nanking und Honan Road, dem sogenannten »Tennisplatz«. Was von Ost nach West und umgekehrt wollte, mußte erst auf das grüne Licht der Verkehrsampel warten.

»Du, Fu Fang, ich kenne Schwägerin Smaragd noch gar nicht, ich habe ein bissel Angst vor ihr. Sie wird sich ›den Leib entzwei lachen‹ über mich Provinzmädel.«

»Ein Wunder wäre es nicht. Als ich voriges Jahr bei euch auf dem Lande war, fiel es mir schon auf, daß du viel altmodischer angezogen warst als die anderen Provinzlerinnen.«

»Natürlich. Bei uns sind die Frauen auch mit der Mode gegangen, bloß ich nicht. Ich möchte schon, aber Vater erlaubt es nicht ...«

Wie ein schmerzender Nadelstich traf die Bemerkung seiner Jüngsten den lauschenden Greis, und zum ersten Male richtete er mit Bewußtsein den Blick auf das Äußere seiner Ältesten. Er wagte kaum hinzusehen. Obwohl dem Kalender nach erst Mai war, hatte sie sich heute in Anbetracht des schwülen Wetters bereits völlig hochsommerlich angezogen: ein Kleid von blaßblauem, dünnstem Musselin schmiegte sich eng um ihre kräftige Figur und ließ die Form ihres vollen Busens mehr als deutlich hervortreten. Die kurzen weitausgeschnittenen Ärmel hatten sich bis über den Ellbogen hinauf verschoben und enthüllten sogar noch den weißen runden Oberarm. Von Abscheu erfaßt wandte der Greis den Kopf rasch nach der anderen Seite, konnte es aber leider nicht verhindern, daß seinem beleidigten Auge dort ein noch greulicherer Anblick widerfuhr: eine junge Schöne, die lediglich mit einem tief ausgeschnittenen ärmellosen dünnen hellen Seidenfähnchen angetan auf einer Rikscha thronte, und deren hochgezogene unbedeckte Knie die Feststellung gestatteten, daß die Schöne sogar unbehost war!

Wieder wandte der sittenstrenge alte Herr sein entrüstetes Auge in eine andere Richtung, um sogleich eine noch betrüblichere Wahrnehmung zu machen: sein Gegenüber, sein wohlerzogener und, wie er geglaubt hatte, noch unverdorbener Sprößling Narziß saß mit offenem Munde da und starrte ganz versunken nach der gleichen sündigen Richtung, von der er selbst sich eben voller Abscheu abgewandt hatte!

Das war zuviel! Noch summte in seinem Ohr das mißtönende, pietätlose Wort seiner Jüngsten nach: »ich möchte schon, aber Vater erlaubt es nicht«, und nun diese neue Enttäuschung mit dem Sohn: in die erste beste hübsche Teufelin vergaffte er sich! Das also war das Resultat einer sorgfältigen Erziehung! So etwas hatte er sich als Schutzgeister gedacht! Kaum hatten sie den Fuß in diese vermaledeite Lasterhöhle Schanghai gesetzt, da streiften sie auch schon die ihnen mühsam anerzogene Tugend wie eine lästige Schlangenhaut ab, die eine entpuppte sich als eitel, der andere als lüstern.

Der Greis hatte in diesem Augenblick die Empfindung, als wäre irgend etwas in seiner Brust zerrissen. In seinem Gaumen spürte er einen beißenden Geschmack wie von Pfeffer.

Inzwischen war das rote Licht der Verkehrsampel durch ein grünes abgelöst worden; der zurückgedämmte Ostwestverkehr flutete mit entfesselter Gewalt weiter, und für Wu Senior begann von neuem die Qual dieser aufregenden Hetzfahrt. Das lärmende Autogehupe, das schrille Geklingel der Straßenbahnen, das dröhnende Gepolter schwerer Lastwagen, das Bremsengekreisch, das Motorengeknatter, kurz, das ganze mißtönige Konzert großstädtischen Verkehrs hämmerte von neuem gegen sein geplagtes Trommelfell, die grellen vorüberjagenden Lichter und Lichtreklamen peinigten von neuem seine schmerzende Netzhaut, die aus Benzingestank, Parfümschwaden und menschlichen Ausdünstungen gemischte schlechte stickige Großstadtatmosphäre beizte und beleidigte von neuem seine an gesunde Landluft gewöhnten Nasenschleimhäute, alles zusammen aber vereinigte sich für ihn zu einem wüsten Traumbild und preßte sich unbarmherzig wie ein Alpdruck auf sein armes altes müdes Herz. Es wurde ihm übel, aus seiner Kehle kam ein leises kollerndes Glucksen. Aber in dem Straßenlärm wurde es von den anderen Wageninsassen überhört, auch seine plötzliche Verfärbung wurde übersehen. Wer hätte bei diesem ständigen Wechsel vielfarbiger künstlicher Beleuchtung zu beurteilen vermocht, ob jemandes Gesichtsfarbe normal sei?

Die drei silbergrauen Autos hatten die Tibet Road in westlicher Richtung durchfahren und damit das Weichbild der Stadt hinter sich gelassen. Sie sausten nun mit einer Minutengeschwindigkeit von einer halben englischen Meile durch freieres Vorortgelände. An der Straßenseite huschten jetzt freundliche, in Grün gebettete Villen ausländischer Bauart mit erleuchteten Fenstern vorüber. Gleichzeitig machte sich eine kühlere Luft bemerkbar. Die Damen begannen in den offenen Wagen zu frösteln.

»Na, gar so lustig kann ich mir das Leben in Schanghai auf die Dauer nicht vorstellen. Mir ist ganz dumm im Kopf von dem Straßenlärm und der vielen Lichtreklame«, bemerkte Orchidee mit einem gepreßten Seufzer zu ihrem Bruder.

»Ach, man gewöhnt sich daran«, fiel die ältere Schwester ein. »Auf dem Lande ist es jetzt auch nicht gerade angenehm zu leben, bei den ewigen Aufständen und Unruhen. Die Leute aus der Provinz siedeln neuerdings scharenweise nach Schanghai über. Orchidee, sieh dir die vielen neuen Villen hier an der Straße entlang an. Es sind alles Neubauten aus den letzten beiden Jahren. So groß ist die Wohnungsnachfrage in Schanghai. Es kann gar nicht genug gebaut werden.«

Wasserrose klappte ihre rotlederne Handtasche auf, kramte ihre goldene Puderdose hervor und begann sich in aller Ruhe vor dem kleinen Spiegel an der Innenseite der Handtasche zurechtzumachen.

»Aber vermutlich war es noch ganz friedlich bei euch auf dem Lande? Es wird nämlich nirgends so viel übertrieben und zusammengelogen wie hier in Schanghai«, fuhr sie, zu Bruder Narziß gewendet, fort.

»Oh, sag das nicht. Von friedlichen Zuständen ist keine Rede mehr. Vor zwei Wochen kam eine Abteilung Miliz zu uns nach Zwei-Brücken und quartierte sich im Tempel des Kriegsgottes ein. Das erste, was man alsdann unternahm, war eine Forderung an die Kaufmannsgilde auf sofortige Lieferung von fünfzig jungen Frauenspersonen, ›um Uniformen auszubessern und zu waschen‹. Die Gilde lehnte ab. Was geschah? Man nahm Haussuchungen vor und requirierte einfach, was man brauchte. Unsere Nachbarin, die junge Obsthändlerin Tschen, haben sie von der Ladentafel weg fortgeholt. Unsere Magd, die Lu, hat sich tagelang verstecken müssen ...«

»Abscheulich! Davon war hier bisher nichts bekannt. Wir haben bloß davon gehört, daß die kommunistische Partei die Frauen sozialisieren wolle.«

»Von Kommunisten habe ich bei uns noch nichts bemerkt.«

»Na, dann hast du eben geschlafen. Aber warte nur, eines Tages wirst du wie von einem Donnerschlag aufwachen und sehend werden. Bei uns in Schanghai wimmelt es nämlich von heimlichen Kommunisten.«

Orchidee schrak leicht zusammen, Narziß verzog nur blöde das Gesicht. Er nahm das Gerede von der kommunistischen Gefahr nicht ernst, es bedeutete für ihn allenfalls ein aufregendes Schauermärchen. Obwohl körperlich normal entwickelt und ein gutaussehender frischer Bursche, war er dank der weltfremden väterlichen Erziehung mit seinen neunzehn Jahren immer noch ein recht einfältiger Tor.

Ein zweimaliges Hupen, das Auto bog links in eine stille dunkle Parkstraße ein. Durch das dichte Blattwerk hoher Bäume fiel hin und wieder ein gebrochener Lichtstrahl und zeichnete helle Kringel auf das jetzt langsam hingleitende Auto und seine Insassen.

Wasserrose klappte ihre Handtasche zu und wandte sich an den ruhig zurückgelehnten Greis an ihrer Seite:

»Papa, wir sind gleich da.«

»Er scheint zu schlafen«, bemerkte der Sohn.

»Pst! nicht so laut! Wir dürfen ihn nicht stören, er übt Versenkung«, mahnte Orchidee leise. Jetzt ein dreimaliges Hupen mit langgezogenem dritten Hupton. Es war das geheime Hupensignal der Familie Wu. Vorn taten sich die beiden Flügel eines hohen schwarzlackierten schmiedeeisernen Tors auf. Narziß reckte den Hals. Es fiel ihm auf, daß außer den vier livrierten Dienern zu beiden Seiten des Tors auch zwei schwer bewaffnete Polizisten salutierten.

Mit leisem Knirschen glitten die drei Wagen über eine hin und wieder von elektrischen Lampen erhellte breite geteerte Kiesbahn, die sich in Krümmungen durch ein dicht mit Bäumen bestandenes Parkgelände wand. Noch eine Biegung, dann hielt man vor der Freitreppe einer stattlichen dreistöckigen Villa europäischer Bauart. Die Fassade strahlte in festlicher Beleuchtung. Aus einem offenen Fenster des Erdgeschosses schwebten gedämpfte Klänge einer heiteren Radiomusik.

»Taitai, die Herrschaften sind eingetroffen!« meldete vom Fuß der Freitreppe ein Diener nach oben.

Ein Schwarm kichernder Zofen kam die Treppenstufen heruntergeflattert, in ihrer Mitte, mit hörbarem Klapp-klapp der hohen ledernen Stöckelschuhabsätze, eine schlanke, gut gewachsene Dame in rosa Abendkleid. Es war die Taitai, die Dame des Hauses, Frau Smaragd geborene Lin.

»Papa! Die Reise gut überstanden? Sie war gewiß recht anstrengend! – Wasserrose, sind das deine beiden jüngeren Geschwister?« so sprudelte sie lebhaft hervor, während sie die Klinke des Wagenschlags niederdrückte.

Der Greis schrak aus seinem Hindämmern auf und musterte mit scheuem Blick den schönen Frauenkopf mit der locker gewellten Frisur, dem feuchten schwimmenden Blick des schwarzen Auges, den roten lächelnden Lippen, deren grelle Färbung geradezu erschreckend von dem Elfenbeinblaß der Wangen abstach. Seine Nase litt schon wieder Qualen unter dem neuerlichen Angriff eines starken aufreizenden Parfüms.

Der Frauenkopf drehte sich dem zweiten Wagen zu.

»Sun Fu, geh mit Schwager Tschu Tschai schon immer voraus. Wasserrose und ich, wir werden Papa aus dem Wagen und ins Haus helfen. Orchidee, steig aus.«

Der Greis schüttelte mit einem Aufwand letzter Kraft den Kopf, aber seine energische Abwehrgeste wurde nicht beachtet. Ob er wollte oder nicht, zarte Hände, weiche Arme bemächtigten sich seiner, zerrten und zupften an ihm, schoben sich unter seine Achseln, schmiegten sich um seine Hüften. Sein frommes Brevier krampfhaft an sich pressend, hatte er bei allem nur den einen ingrimmigen Gedanken: auf seine alten Tage in die Gewalt schöner

Hexen, in den Bereich eines verruchten Zauberbergs geraten zu sein. Die ohnmächtige Wut hierüber im Verein mit dem während der Fahrt aufgespeicherten Groll verlieh seinen alten Gliedmaßen eine rüstige Beweglichkeit, wie er sie seit langem nicht mehr gekannt hatte. Von Tochter und Schwiegertochter halb geschoben, halb gehoben, in eine doppelte Parfümwolke gehüllt, gelangte er zwar innerlich fluchend aber leidlich flott die fünf Steinstufen der Freitreppe hinauf und befand sich, ehe er sichs versah, in einem hell erleuchteten großen Salon.

Himmel! wieder neue Gesichter! Hinter seinem Ältesten und seinem Schwiegersohn, die ihn steif und förmlich an der Schwelle begrüßten, kamen noch zwei junge langhaarige Geschöpfe angeschwebt, die ihn lachend und schnatternd umtänzelten, mit lästigen Fragen bestürmten und schließlich mit in einen hochlehnigen Fauteuil niederdrücken halfen.

Angestrengt aus fiebrig geröteten Augen blinzelnd, versuchte der Greis sich in dem Wirrwarr seiner Umgebung zurechtzufinden. Aber wie unter magischem Zwang mußte er unentwegt auf das merkwürdige runde goldglänzende Etwas neben sich an der Wand starren, das sich summend in rasenden Umdrehungen bewegte und dabei einen starken kühlen Luftzug aushauchte. In seiner blanken Fläche gaukelten gleißende Lichter, Reflexe der fünf, sechs, teils gelb, teils rot, teils grün verhangenen Lampen, die den Raum erhellten. Es war das erstemal in seinem Leben, daß Wu Senior die Bekanntschaft mit einem elektrischen Ventilator machte.

Je länger er hinstarrte, desto merkwürdiger wurde die Veränderung, die mit dem runden blanken Ding vor sich ging. Es schien sich jetzt gar nicht mehr zu drehen, sondern nur taktmäßig hin und her zu ticken und nahm dabei die Gestalt eines unheimlichen wackelnden Kopfes an. Richtig, so hatte er früher einmal einen Zauberer mit dem Kopf wackeln sehen, während er den Zuschauern seinen Hokuspokus vorführte. Nun wuchs und dehnte sich der wackelnde Kopf, wurde immer größer, stieß bis an die Decke, füllte den ganzen Raum und fing in seinem Rund alles ein, was in dem Raum vorhanden war, nicht nur die gelben, roten und grünen Lichter, nein auch die Möbel, eckige und geschweifte, und auch die anwesenden Personen, seine Schwiegertochter im rosa Abendkleid und die beiden jungen, langhaarigen, lächelnden Geschöpfe, die eine im apfelgrünen, die andere im quittegelben Kleid, dazwischen das kantige, bronzefarbene, mit hellroten Warzen betupfte Gesicht seines Ältesten. Das alles hüpfte und gaukelte schwankend in dem blanken Rund durcheinander wie ein Kaleidoskop.

Immer verwirrender, beängstigender wurde die Fülle der Gesichter, die ihn umtanzten und bedrängten, bald zum verschwommenen Massenbild zusammenflossen, bald mit aufreizend plastischer Deutlichkeit kleinste Einzelheiten bis zu den feinen Härchen unter einer entblößten weiblichen Achsel hervorkehrten.

Vor allem beunruhigten ihn diese Brüste, diese unter dünner Seide wippenden runden Brüste, die ihn immer wieder umhüpften und mit ihren Spitzen wie Pfeile auf ihn zu zielen schienen, und diese blutig roten Lippen, die sich ihm immer wieder lächelnd nahten und nach ihm zu schnappen schienen. Teufelsspuk! wollte er schreien, aber seine gepreßte Kehle brachte keinen Laut hervor. Vor seinen Augen flimmerte es, das ganze Zimmer schien sich um ihn als Achse zu drehen, und dann spürte er in seinem Hirn einen deutlichen Knacks, als ob etwas geplatzt wäre; auf seine Brust legte es sich zentnerschwer. Er hatte das Bewußtsein verloren.

»Onkel, erkennst du mich wieder? Ich bin Soso, deine Nichte Soso!« redete vergeblich das eine junge Geschöpf im apfelgrünen Kleid auf den alten Mann ein. Sie bekam keine Antwort.

Frau Smaragd, die eben mit einem Teetablett in der Hand hinzutrat, ließ das Tablett erschrocken zu Boden fallen. Einen Augenblick war es lautlos still im Salon, dann folgte ein aufgeregtes Fußgetrappel. Alles umdrängte den Polsterstuhl, in dem der Greis wie leblos lag. Sein Gesicht war weiß wie Papier. Vor seinem Mund stand weißer Schaum. Der Kopf hing schräg zur Seite, seine dürren Finger umklammerten nicht mehr das geliebte Brevier im gelbseidenen Einband. Es war von den Knien heruntergeglitten und lag auf dem Teppich.

»Eisbeutel! rasch, trollt euch!« herrschte die energische Stimme des Hausherrn die mit offenen Mäulern herumstehenden Diener an.

»Eisbeutel!« pflanzte sich der Ruf vom Salon zu den Wirtschaftsräumen fort.

»Soso, du standst zuletzt in seiner Nähe. Wie kam es zu seiner Ohnmacht?« wurde die Apfelgrüne bestürmt, aber sie konnte vor Bestürzung nicht antworten.

»Der arme Papa! – Wie verändert er aussieht! – Wie er den

Kopf schief hält! – Und der weiße Schaum vor dem Mund! – Orchidee, hat er etwa an Schwindsucht gelitten?« fragte Frau Wasserrose die still weinende Jüngste.

»Wenn es mit der Lunge zusammenhinge, dann wäre es nicht bedenklich, vorausgesetzt, daß der Atem noch geht«, meinte der Bankier halblaut zu seinem Schwager und hielt ihm die Schnupftabaksdose hin. Sun Fu griff zerstreut danach, während er unmutig mit rollenden Augen um sich blickte.

»Tretet doch zurück!« schalt er. »Wenn ihr so dicht gedrängt hier herumsteht, muß euer Atem ja den alten Mann ersticken! – Wo bleibt denn der Eisbeutel? – Smaragd, du bist hier einstweilen entbehrlich, geh doch ans Telefon und rufe Dr. Ting an. Er soll sofort herkommen. – Wasserrose, sei nicht so aufgeregt! Seine Brust fühlt sich ja noch ganz warm an. Aber in dieser unbequemen Lage können wir ihn nicht lassen, wir wollen ihn dort aufs Sofa betten. Los, anpacken!«

Also kommandierte er und schaffte Ordnung in dem Durcheinander und packte selber zu. Vereint hob man den Greis aus dem Fauteuil und trug ihn zu dem breiten blauen Plüschsofa hinüber.

»In zehn Minuten wird Dr. Ting hier sein«, berichtete, vom Telefon kommend, Frau Smaragd. »Einstweilen möchten wir den Patienten in einen ruhigen Raum legen und ihn möglichst ungestört lassen. Absolute Ruhe wäre zunächst das Wichtigste.«

Gerade hatte der Hausherr den Eisbeutel aus der Hand der Zofe Wang entgegengenommen und behutsam auf die Stirn des Greises gelegt.

»Hol ein paar Leute und tragt ihn in den kleinen Herrensalon hinüber«, befahl er gleich darauf dem Butler Kao Schong. »Und unten in der Meldestube möchten sie auf dem Posten sein und Dr. Ting nicht lange vor dem Tor warten lassen. Er muß gleich eintreffen.«

Plötzlich zuckte die eine Hand des Greises, aus seiner Kehle drang ein leises Röcheln, und wieder quoll weißer Schaum aus seinem Mund.

»Hao la! gut! Er kommt wieder zu sich!« tönte es gleichzeitig von mehreren Seiten, und alles atmete erleichtert auf.

Wieder zuckte die eine Hand des Greises, ein noch gequälteres Röcheln entrang sich seiner Kehle, neuer Schaum trat an seinen Mundwinkeln hervor, dick wie Regenwürmer zeichneten sich die blauen geschwollenen Adern an der Stirn über den Schläfen ab.

Frau Smaragd wischte ihm mitleidig mit Sosos feinem Batisttaschentuch über den Mund und tauschte mit ihrem Gatten einen besorgten Blick.

Dann faßten vier Diener zu und trugen den alten Mann in den kleinen Salon hinüber. Die zwei Ehepaare und Orchidee schlossen sich an.

Im großen Salon lastete eine Weile beklommenes Schweigen, nur das gleichmäßige Summen des sich unermüdlich drehenden Ventilators war zu hören. Soso lehnte an dem mächtigen Radioschrank und starrte unverwandt nach dem gelb eingebundenen Buch am Fußboden.

Die beiden europäisch gekleideten Besucher saßen, den Kopf auf die Hand gestützt, in ihren Sesseln und bliesen gedankenverloren den Rauch ihrer Zigarette vor sich hin. Auf dem Sessel vor dem aufgeklappten Flügel saß das junge Mädchen im quittegelben Kleid und begann leise und spielerisch auf den Tasten zu klimpern. Es war Koralle, die jüngere Schwester der Dame des Hauses. Bei dem Klang der ersten Töne erwachte Soso aus ihrer Erstarrung. Sie hob den Kopf, gab sich einen Ruck und lief zum Flügel hinüber.

»Du, Koralle, ich glaube bestimmt, daß es mit Onkel zu Ende geht. Ich habe da meine Erfahrungen«, sagte sie in gedämpften Ton zu ihrer Kusine, während sie mit leichtem Klaps ihre Hände von den Tasten zog. Koralle erhob sich langsam von ihrem Sessel.

»Wieso kannst du das beurteilen?« fragte sie zweifelnd.

»Ich habe schon einmal jemanden so sterben sehen, im Lazarett.«

Die beiden Herren hatten sich gleichfalls erhoben und neugierig der kleinen Gruppe am Flügel zugesellt. Soso ließ sich nicht durch ihre skeptischen Mienen beirren und fuhr geheimnisvoll fort:

»Habt ihr den Speichel vor seinem Munde bemerkt? Das war kein gewöhnlicher Speichel, nein, nein, es war weißer Schaum! Solcher Schaum bildet sich an heißen Tagen, wenn die Seele den Körper verläßt. Das habe ich schon einmal beobachtet. War es heute etwa nicht heiß? Dreißig Grad hatten wir, obwohl wir noch mitten im Mai sind! Professor Li, bitte, habe ich recht?«

Sie hatte sich erwartungsvoll dem einen der beiden Besucher zugewandt, dem mittelgroßen Herrn mit dem spitzen Kinn und der scharfgeschliffenen Hornbrille, seines Zeichens Universitätsprofessor, Nationalökonom und Soziologe, Freund und wirtschaftspolitischer Berater des Hausherrn.

Aber der Herr Professor enttäuschte ihre Erwartung, er sagte weder ja noch nein, nickte nicht einmal mit dem Kopf, sondern lächelte nur undefinierbar.

Soso streifte ihn mit einem kühlen Seitenblick, warf schmollend die vollen Lippen ihres runden Mündchens auf und bemerkte spitz:

»Na schön, ich werde mir's merken. Aber so seid ihr vertrockneten, blutlosen Gelehrten immer, und ihr Universitätsprofessoren erst recht: nur ja keine eigene Meinung haben! nur immer sich hübsch objektiv hinter fremden Theorien verschanzen! Theorie A gegen Theorie B, einerseits – anderseits! Selber aber außerhalb des Gefechts bleiben und dazu überlegen lächeln! – Im übrigen, Herr Professor, befinden Sie sich hier nicht im Hörsaal auf dem Katheder, sondern im Salon der Privatvilla Wu.«

Der Getroffene bemühte sich, eine ernste, kampfentschlossene Miene aufzusetzen, aber es gelang ihm nur ein Verlegenheitslächeln. Der Jüngling, der hinter Koralle stand, flüsterte ihr etwas ins Ohr, worauf Koralle laut herauslachen mußte und ihre Kusine mit einem langen, kritischen Blick maß.

Soso bemerkte es und wurde rot.

»Was hattest du eben mit Vetter Fan über mich zu wispern? Ich verlange Aufklärung! Sonst...« sagte sie hitzig und ging kampflustig auf die andere los. Koralle wich lachend, die Hände auf einen gewissen empfindlichen Körperteil gelegt, vor ihr zurück.

»Vetter, du warst der Anstifter! Warum kommst du mir nicht zu Hilfe?« rief sie und suchte sich dem Griff der Gegnerin zu entwinden. Ein lauter Hupton vor dem Fenster setzte dem Geplänkel ein vorzeitiges Ende. Ein langer, europäisch gekleideter Herr mittleren Alters kam in den Salon gestürzt, auf dem Fuß gefolgt von zwei Krankenschwestern, die einen Instrumentenkoffer schleppten.

Soso ließ ihre Gegnerin los und eilte zur anderen Tür.

»Höchste Zeit, daß Sie kommen, Dr. Ting! Der Patient liegt hier nebenan«, rief sie dem Arzt zu, öffnete ihm die Tür und huschte hinter den Schwestern mit in den kleinen Salon. Koralle strich ihre in Unordnung geratenen Locken zurecht.

»Mächtig eilig hatte es der Doktor. Wie die Feuerwehr kam er angerast.«

»Bloß mit dem Unterschied, daß die Feuerwehr zum Feuerlöschen da ist, während es hier gilt, ein verlöschendes Feuer zu entfachen«, bemerkte Vetter Fan.

»Wie geistreich!«

Die Tür zum kleinen Salon öffnete sich leise, Soso kam auf den

Zehenspitzen herausgeschlichen. Sie zeigte einen ernsten Gesichtsausdruck. Stumm und nachdenklich umschritt sie den runden Tisch von poliertem Birkenholz, dann blieb sie vor Koralle stehen.

»Bluterguß im Gehirn infolge einer plötzlichen heftigen Gemütserschütterung, hat Dr. Ting festgestellt«, so berichtete sie leise. »Ob noch Rettung möglich ist, wäre zweifelhaft. – Gemütserschütterung, merkwürdig – was er wohl damit meint?«

»In der Tat merkwürdig, sehr merkwürdig«, echote nach einer Weile Schweigens der Professor. Er wollte wohl seinen Fehler von vorhin wiedergutmachen, indem er Soso's Ansicht nachdrücklich bestätigte.

»So merkwürdig kann ich das gar nicht finden«, widersprach Vetter Fan. »Versucht euch doch einmal in die Seele des alten Mannes hineinzudenken. Seit mehr als zwei Jahrzehnten führt er daheim in seiner Studierklause ein ruhiges, abgeschlossenes halbes Friedhofsleben, denn so eine Studierklause ist in meinen Augen nichts anderes als ein Friedhof. Und dann wird er plötzlich in die völlig neue, ungewohnte Welt von Schanghai versetzt. Ja, müssen die vielen fremden Eindrücke, die ihn hier bestürmen, muß das alles, was er hier zu sehen, zu hören, zu riechen bekommt, nicht die denkbar heftigste Erschütterung auf sein Gemüt auswirken? Es wäre, das ist meine Ansicht, im Gegenteil merkwürdig, wenn er bei seinem hohen Alter infolge der jähen Veränderung keinen Gehirnschlag erlitten hätte.«

Mit ruhiger, klarer, fast weiblich sanfter Stimme hatte der junge Mann, der Student der Nationalökonomie, gesprochen, der wegen seiner dichterischen Veranlagung als Außenseiter der Familie galt. Nun richtete er den Blick erwartungsvoll auf Koralle. Er las in ihrem Gesicht lächelnde Zustimmung. Soso mit ihrer scharfen Beobachtungsgabe hatte das stumme Zwischenspiel wohl bemerkt. Sie warf den Kopf hoch und knuckste verschnupft durch die Nase.

»Na ja, der Dichter! Für ihn muß jede passende oder unpassende Gelegenheit, selbst der Tod, als Thema für eine dichterische Betrachtung herhalten.«

»Ob passend oder unpassend, darüber brauche ich wirklich nicht deine gütige Belehrung.«

»Ach, aber von Koralle würdest du dich gern belehren lassen?«

Jetzt wurde Koralle rot. Sie drehte der anderen mit einem »Pah« den Rücken zu und schritt würdevoll aus dem Kreis. Vetter Fan folgte ihr wie ihr Schatten. Soso verfiel wieder in trübes Sinnen und setzte ihre Wanderung um den Tisch fort.

Professor Li blieb allein an seinem Fleck und rieb sich verlegen das Kinn. Eine Weile war es so ruhig, daß sogar das schwache Autogeräusch von der weit entfernten Straße her bis ins Zimmer drang. Die beiden Dienerinnen an der Tür tuschelten leise, man sah nur die Bewegung ihrer Lippen.

Dann wurde die Tür zum kleinen Salon aufgerissen, und der lange Doktor erschien. Er ging zu dem runden messingnen Rauchtischchen, entnahm der silbernen Dose eine Zigarette, steckte sie an und ließ sich in den nächsten Ledersessel nieder.

»Wie steht es?« fragte Soso zaghaft, vor den Arzt tretend.

»Zu neun Zehnteln ist keine Hoffnung mehr. Eben hat er eine Morphiumspritze erhalten.«

»Wird er über die Nacht hinwegkommen?«

»Kaum.«

Der Arzt legte die Zigarette weg und verschwand wieder nach drüben. Soso schlich ihm nach und lauschte an der Tür. Dann wandte sie sich plötzlich um, lief zu Koralle und warf sich ihr schluchzend an die Brust.

»Koralle, sterben müssen, plötzlich sterben müssen, nein, der Gedanke ist unerträglich! Ich, ich will nicht sterben!«

»Aber eines Tages müssen wir alle sterben.«

»Nein, nein! Ach, Koralle!«

»Du bist auch nur ein Mensch. Wenn unsere äußere Schale zu alt geworden ist, müssen wir sie eben abstreifen. – Aber Soso, nicht so stürmisch! Du bringst ja meine ganze Frisur in Unordnung, eh, eh, laß mich doch los!«

»Was liegt schon daran! Deine Frisur kannst du dir morgen in deinem beauty parlour erneuern lassen. Koralle, ich habe solche Angst vor dem Sterben! Aber wenn es sein muß, dann wünsche ich mir wenigstens einen recht aufregenden plötzlichen Tod.«

Koralle schaute sie groß an. So hatte sie ihre kleine, temperamentvolle Base noch nie gesehen.

»Ja, Koralle, ganz kurz und rasch und auf recht aufregende Art möchte ich sterben, das denke ich mir schön. Nicht auf die bürgerliche Art wie Onkel, auf dem Krankenlager, nein, es müßte bei einem Erdbeben, einem Vulkanausbruch, einem Taifun, einem Schiffsuntergang, bei irgendeiner großartigen Naturkatastrophe sein. Einen solchen Tod denke ich mir heroisch, erhaben.«

Soso ließ sich erschöpft in einen Schaukelstuhl fallen und bedeckte ihr Gesicht mit den Händen, wie um sich ihre Vision nicht durch die Alltagsumgebung zerstören zu lassen.

Vetter Fan tauschte mit dem Professor einen lächelnden Blick, dann trat er auf die noch ganz entgeistert dastehende Koralle zu, faßte sie bei der Hand und bemerkte, mit dem Daumen der anderen Hand auf die Kusine im Schaukelstuhl zeigend, leise:

»Begreifst du? Aufregung braucht sie! Etwas, was ihr so eine matte, ausgebrannte Professorenseele nicht bieten kann. Übrigens, sie wirkte, während sie so sprach, entschieden großartig, wie von dichterischem Feuer durchglüht.«

»Ach, findest du?« fragte Koralle plötzlich recht kühl, entzog ihm ihre Hand und wandte sich verschnupft ab. Die Tür, die zur Veranda führte, flog hinter ihr mit lautem Knall zu. Vetter Fan stand eine Weile unentschlossen, dann lief er ihr auf die Veranda nach.

Der Knall der von Koralle zugeworfenen Tür hatte Soso aus ihrer Versunkenheit geweckt. Ihr in die Wirklichkeit zurückkehrender Blick fiel auf das gelb eingeschlagene Buch, das vorhin von den Knien des Greises geglitten war. Es lag jetzt auf einem niedrigen länglichen Schemel, der als Untergestell für die siebensaitige Laute bestimmt war. Sie nahm das Buch in die Hand und blätterte darin. Papier der besten Sorte, die Blätter von rotseidenen Fäden zusammengeheftet, die Schrift sauber, peinlich korrekt. Auf der letzten Seite eine eigenhändige Inschrift des alten Herren:

»Mittfrühling des Jahres 1924... abgesehen davon, daß ich das tai schang kan ying piän bisher in einer Gesamtauflage von hunderttausend Exemplaren drucken ließ, um das Gute in der Welt zu verbreiten, habe ich den vollständigen Text erneut mit eigener Hand niedergeschrieben und in diesem Band verewigt...«

Wie rührend war das alles!

»Ja, der alte Herr war ein Mann von Grundsätzen und unerschütterlichem Glauben«, sagte eine Stimme hinter ihrem Rücken. Sie wandte sich um. Professor Li lehnte, eine Zigarette zwischen den Fingern, an der Rückseite des Schaukelstuhls.

Soso blätterte noch ein Weilchen weiter, dann klappte sie das Buch zu und legte es auf ihre Knie.

»Professor, wie setzt sich Ihrer Ansicht nach unsere chinesische ›Gesellschaft‹ von heute zusammen?« fragte sie unvermittelt.

»Hm, präzis ist das nicht so leicht zu definieren. Aber wenn Sie sich die Personen vergegenwärtigen, die nebenan im kleinen Salon anwesend sind, der Bankier, der Industrieführer, so sehen Sie zu einem guten Teil das repräsentiert, was man unter ›Gesellschaft‹ im modernen China zu verstehen hat«, erwiderte nach kurzem Nachdenken der Professor der Soziologie.

»Und der alte Mann, der an sein tai schang kan ying piän glaubt, zählt er nicht mit?«

»Ganz recht, aber kann man einen Sterbenden mitzählen?«

»Aber in der Provinz, im großen China, gibt es doch noch zahllose Leute seines Schlags?«

»Das schon, aber in Schanghai sind sie nicht lebensfähig, also zählen sie nicht mit. Schanghai ist nun einmal...«

Er sprach seinen Satz nicht zu Ende. In der Türe zum kleinen Salon war der Kopf von Frau Smaragd erschienen. Sie winkte den Butler Kao Schong und Zofe Wang heran:

»Kao Schong, telefoniere nach der Fabrik. Verwalter Mo soll sofort herüberkommen. Dann setze eine Liste aller Verwandten und Bekannten auf, denen wir eine Todesanzeige schicken müssen. Sorge ferner mit deinen Leuten dafür, daß Haus und Park in einem tadellosen Zustand sind, wenn die Trauergäste kommen, und lasse den Sarg von der Bodenkammer herunterschaffen. Falls unsere eigenen Leute nicht ausreichen, laß dir Leute aus der Villa von Schwager Tschu Tschai zur Aushilfe kommen. Wang, du sorgst dafür, daß die Gastzimmer im dritten Stock sofort instand gesetzt werden. Teppiche ausklopfen, frische Bettüberzüge, Gardinen, Tischdecken, Sesseldecken! Alles übrige ist Sache des Internationalen Beerdigungsinstituts.« Also erteilte sie ihre Weisungen.

»Das Gepäck des ›alten Herrn‹ ist eben eingetroffen, im ganzen 28 Koffer«, meldete Kao Tschong.

»Gut, Wang, durchsuche es nach passenden Sterbegewändern und lasse es einstweilen auf den Boden schaffen.«

»Smaragd!« kam von drinnen die Stimme ihres Gatten.

»Soso, wo stecken denn Koralle und Vetter Fan? Schau, bitte, nach ihnen«, rief sie noch hinein, bevor sie die Türe hinter sich zuzog.

Aber Soso rührte sich nicht von ihrem Schaukelstuhl. Sie dachte nur daran, das abgerissene Gespräch mit dem Professor wieder aufzunehmen. Der paffte seine Zigarette und wanderte stumm vor ihr auf und ab. Es war neun Uhr. Vom Park und Treppenhaus her war geschäftiges Kommen und Gehen zu hören. Es war die Dienerschaft, die bereits ans Werk ging, um die Anordnungen der Taitai auszuführen.

Dann wurde nebenan lautes Wehklagen hörbar. Soso sprang auf und stürzte hinüber.

»Er ist gestorben«, raunte ihr Dr. Ting, der gerade aus dem kleinen Salon kam, im Vorbeigehen zu. »So eilig, wie er es mit dem Kommen gehabt hat, so eilig hatte er es mit dem Fortgehen.«

Auch der Hausherr hatte es eilig.

»Professor, darf ich Sie um eine Gefälligkeit bitten?« wandte er sich an Professor Li. »Es liegt mir daran, daß die Todesanzeige schon morgen früh in den Zeitungen erscheint. Es ist jetzt schon nach neun, und bei den Zeitungen ist sicher schon Redaktionsschluß, aber vielleicht gelingt es Ihnen dank Ihrer persönlichen Beziehungen, noch die Aufnahme der Anzeige für die Morgenausgaben zu erwirken. Mein Auto steht Ihnen zur Verfügung. Mein Schwager ist drüben gerade dabei, den Wortlaut der Anzeige zu entwerfen. Sie soll gleichzeitig in den fünf größten Blättern erscheinen. Vielen Dank!«

Schon war er wieder fort, auf der Suche nach dem Butler. Er entdeckte ihn draußen auf der Freitreppe.

»Ist Verwalter Mo aus der Fabrik noch nicht eingetroffen?« fragte er ihn ungeduldig und fühlte sich gleichzeitig von Schwester Wasserrose am Ärmel gezupft.

»Ich habe mich eben mit Smaragd beraten«, sagte sie. »Wir sind der Meinung, daß es besser wäre, wenn wir die große Feier der Einsargung um einen Tag, auf übermorgen mittag, verschieben. Einerseits brauchen wir dann die Vorbereitungen nicht gar so sehr zu überstürzen, und zum anderen hätten dann Onkel Tsong in Zwei-Brücken Gelegenheit, bei der Trauerfeier als Sippenältester mit teilzunehmen. Er ist in dieser Beziehung sehr empfindlich.«

»Eine Verschiebung kommt nicht in Frage, die Feier findet morgen nachmittag statt. Die Verwandtschaft wird noch heute nacht durch dringende Telegramme benachrichtigt. Wenn Onkel Tsong brummen sollte, so laßt das seine Sache sein«, erklärte Sun Fu nach kurzer Überlegung bestimmt und war schon wieder davongelaufen, ehe Wasserrose entgegnen konnte.

Um diese Zeit hatten sich Koralle und Vetter Fan Hand in Hand wieder im großen Salon eingefunden.

»Ich kann mich noch gar nicht an den Gedanken gewöhnen,

daß der gute alte Onkel nun tot sein soll«, bemerkte Koralle leise zu ihrem Vetter.

»Und mir erscheint das ganz natürlich«, erwiderte Fan. »Er war bereits ein Kadaver, ein Stück tote Vergangenheit, während er noch dort in der Provinz sein Friedhofsleben lebte. Nur hatte die Provinzluft zum Verwesen nicht ausgereicht. Hier in der kräftigen Luft der neuen Zeit, in der Luft von Schanghai, muß er nun endgültig dahin. Fort! fort mit euch Überbleibseln einer toten Gesellschaft! Für euch ist kein Raum mehr in der neuen Zeit! Genausowenig wie für den Kadaver des alten 5000jährigen China!«

Erstes Buch

Pläne im Zwielicht

Es treten weiter auf:

Tang Yün Schan, Politiker, wirtschaftsparteilicher Kongreßabgeordneter
Dr. Herbst, Rechtsanwalt, juristischer Berater des Industriellen Sun Fu
Leh Ming, Hauptmann, Frontoffizier
Huang Fen, Hauptmann, Garnisonoffizier
Sun Ki Jen, Reeder und Direktor einer Überlandautobusgesellschaft
Wang Ho Fu, Bergwerksbesitzer
Tschen Kün J, Inhaber der »Fünf Wolken« Seidenspinnerei
Tschu Yin Kio, Inhaber einer Seidenhaspelei
Tschou Tschung, Weh, Zündholzfabrikant
Yü Man Li, die Blume der Gesellschaft, schöne junge Witwe
Tschao Po Tao, Börsenmagnat
Schang Tschung Li, Exmandarin
Mo Kan Tschong, Werkführer des Sun Fu
Lu Kwang Schi, entfernter Vetter des Sun Fu, Effektenmakler
Han Mong Hsiang, Effektenmakler
Wunderpilz, Bastardsohn des alten Wu
Hsüe Schi, jüngerer Bruder des Bankiers, Student, Faschist
Bambussproß, Sohn des Bankiers, Parisstudent

Die geringe Abkühlung, die sich in der regenfeuchten Frühe des andern Morgens wohltuend bemerkbar machte, hielt nicht lange vor. Gegen neun Uhr zerriß der Feuerschirm der Sonne den trüben Dunstschleier über der Stadt, und bald darauf war die Quecksilbersäule wieder auf dreißig Grad geklettert. Die acht Lohndiener, die an diesem Trauertage im Hause Wu als Honneurmacher zu fungieren und ohne Unterlaß wie Weberschiffchen zwischen Außenportal und Villa hin und her zu sausen hatten, um die in Scharen herbeiströmenden Trauergäste in den zur »Seelenhalle« umgewandelten großen Salon zu geleiten, stöhnten unter der Hitze. Bequem hatten sie es freilich nicht in ihren feierlichen schwarzen Röcken mit den breiten weißen Schärpen um die Hüften. Bis ein halb elf mochte es noch angehen. Da fanden sie hin und wieder eine Minute Zeit zum Verschnaufen, konnten sich auf eine schmale Kante der Musikantenbänke am Vorderportal quetschen, die lange weiße Pappkarte mit dem Schriftzeichen yin, »Geleit«, die jeder in der Hand hielt, als Fächer benutzen, sich mit dem herunterhängenden Schärpenende den Schweiß aus dem Gesicht wischen und neidvolle Bemerkungen über die bevorzugten Kollegen vom Innendienst tauschen.

Aber später, als die Sonne immer giftiger auf die Köpfe stach, war es mit dem Verschnaufen vorbei. Da quollen die Besucher sturzflutartig heran, für die beiden Trauerkapellen am Tor und im Haus gab es kein Pausieren mehr, und die armen, unaufhörlich hin und her rennenden Honneurmacher kamen sich vor wie aufgezogene mechanische Gliederpuppen. Autogehupe, Flötengequietsche, Gong- und Trommelgerassel, Küchenkommandos, summende Gästeunterhaltung, lautes Krakeelen der um ihr Trinkgeld feilschenden Kutscher und Schofföre, barsche Zurufe der Ordnungswächter an die draußen gaffende Volksmenge, das alles, vermischt mit Zigarettenqualm und beizenden Schweißausdünstungen, vereinigte sich zu einem brodelnden Durcheinander von Geräuschen und Gerüchen, das um diese mittägliche Stunde das sonst so vornehm ruhige Anwesen Wu bis tief in den neun Morgen umfassenden Park hinein mit einer ungewohnten Rummelplatzatmosphäre erfüllte.

Die Leiche lag, von Blumen- und Eishügeln umwallt, in dem zur »Seelenhalle« umgewandelten großen Salon aufgebahrt da. Hier herrschte feierliche Ruhe. Um so lauter ging es in dem rechts anstoßenden, von Trauergästen vollgepfropften Speisezimmer her. Es war durch die von der Decke wallenden Vorhänge um den in der Mitte aufgestellten großen leeren Außensarg von rotem Mahagoniholz – das »Gelaß der hundert Köstlichkeiten« – in zwei Hälften abgeteilt. Die äußere Hälfte bot mit ihren Fenstern Aussicht auf den Park und war von starkem Blütenduft erfüllt. Der Duft zog durch das eine offene Fenster herein, vor dem die hohe Laube aus blühenden Kaschmirdisteln ragte. Die innere Hälfte war fensterlos, hatte aber eine Verbindungstür zu der um das Haus laufenden geräumigen Veranda. Auch die Veranda war voll besetzt von Gästen, die tabakqualmend um kleine Tische herumsaßen, Tee und Sodawasser in Mengen vertilgten und sich die Wartezeit mit Fachgesprächen über »Goldpunkte«, »Kunstseide«, »Marktpreise« und ähnliche Themen kürzten.

Etwas abseits von den anderen, der Verbindungstür zunächst, saß an einem Tischchen allein für sich und unbeteiligt ein etwa dreißigjähriger Offizier in khakigelber, ordengeschmückter Generalstäbleruniform. Er schlürfte bedächtig seinen Whisky-Soda und schaute zwischendurch immer wieder gespannt nach der Verbindungstür.

Jetzt öffnete sich die Tür, im Türspalt erschien der anmutige Kopf der Dame des Hauses. Sie nickte dem gelangweilt auf seinem Schaukelstuhl sitzenden Offizier lächelnd zu. Er setzte eilig sein Sodawasserglas auf das Rauchtischchen und schnellte hoch. Sein ruckartiger Hackenzusammenschlag ließ die stählernen Sporen an seinen hohen Reitstiefeln leise klirren und machte die Emailleorden an seinem Waffenrock tanzen. Steif und förmlich verbeugte er sich in einem Winkel von sechzig Grad.

»Ah, Hauptmann Leh! Vielen Dank für Ihren Kondolenzbesuch!«

»Keine Ursache. Hatte sowieso vor, mich heute zu verabschieden. Übermorgen geht's wieder an die Front. Hörte zufällig vom Ableben des verehrten Schwiegervaters und wollte nicht verfehlen, ihm bei der heutigen Trauerfeier die Ehre zu erweisen. Gnädige werden viel Trubel im Hause haben.«

Während seiner artig gesetzten Rede konnte er nicht umhin, die äußere Erscheinung der Dame Wu mit wohlgefälligen Blicken zu mustern. Wie gut sie auch in einfacher Trauerkleidung aussah! Wie eigenartig geheimnisvoll das engsitzende lange Kleid von dünnem schwarzem Seidenflor die edlen Formen ihrer hohen Figur ahnen ließ! Ihre blassen Wangen trugen heute kein Puderstäubchen, ihre Lippen hatten kein Rot aufgelegt. Ihre Augen unter den nicht zu schmalen und nicht zu dichten Brauen sprühten noch fast das gleiche Feuer überschüssiger Lebenslust, dessen Zauber ihn vor fünf Jahren zum erstenmal bestrickt hatte. Damals war sie noch Fräulein Smaragd geborene Lin gewesen. Wie wenig sie sich seitdem verändert hatte! Die alten Gefühle wurden in ihm jäh wieder wach.

Kurz entschlossen kehrte er seiner Umgebung, wo er nur von Fachgesprächen über Währung und Marktpreise angeödet worden war, den Rücken und folgte der Dame Wu in das Speisezimmer.

»Sieh da, Hauptmann Leh! Kommst gerade gelegen! Kannst uns gleich sachverständigen Aufschluß geben!« wurde ihm beim Eintreten von zwei Seiten zugleich zugerufen.

Die lebhafte Unterhaltung der im Salon versammelten Herren verstummte, alles blickte erwartungsvoll auf den Neuankömmling. Mit an den Mützenrand gelegter Rechten grüßte er kurz und militärisch nach allen Seiten, dann schritt er auf die eine Herrengruppe zu, wobei er mit der Linken einem kleinen Dicken freundschaftlich auf die Schulter klopfte und mit der Rechten eine sich ihm entgegenstreckende Hand schüttelte.

»Na, hoffentlich wird hier nicht auch über Goldpunkte und Garnpreise gefachsimpelt! Auf dem Gebiete bin ich gänzlich Außenseiter«, rief er seufzend aus und blickte suchend durch den Raum.

Schade, die Frau, deren Bild noch in seinem Hirn gaukelte, war schon wieder verschwunden. Ringsum sah er nur Herren.

»Keine Bange, nicht um Währung und Marktpreise, auch nicht um Paradeschritt und Bajonettfechten oder die neuesten Liedschlager der Ria Rita Bar – dein Spezialgebiet! – ging unsere Unterhaltung, sondern um die letzten Ereignisse an der Front. Aber vorher nimm Platz!« kam dem kleinen Dicken der andere, der ihn mit entgegengestreckter Rechten begrüßt hatte, zuvor.

»Immer derselbe! Immer anzüglich und ausfällig, Huang Fen!« wandte sich der Offizier an den Sprecher, einen Dreißiger in europäischem Anzug, während er sich auf den freien Sofaplatz neben ihn setzte.

Dieser Huang Fen war vor Jahren sein Kamerad auf der bekannten Militärakademie von Whampoo bei Kanton gewesen und hatte im Felde schon manchesmal das gleiche Pulver mit ihm gerochen. Neuerdings tat er Garnisondienst bei einer hohen Kommandostelle in Schanghai. Sie standen durchaus auf freundschaftlichem Fuße, nur hinsichtlich gewisser privater Liebhabereien ging ihr Geschmack auseinander. Aber während Leh über die bedenklichen »Nebengeschäfte« des anderen bloß nachsichtig den Kopf schüttelte, pflegte Huang ihn selber bei jeder Gelegenheit mit seiner Vorliebe für leichte Vergnügungsstätten aufzuziehen und bloßzustellen. Bei ihren fast täglichen Begegnungen der letzten Zeit war es darüber noch stets zum Krach gekommen.

Darum fühlte sich Leh jetzt an seiner Seite gar nicht behaglich. Er mußte gewärtigen, daß Huang ihn auch hier in seiner gewohnten ungenierten Art hänseln und blamieren würde, was ihm in Anbetracht der überwiegend fremden Zusammensetzung dieser Gesellschaft recht peinlich gewesen wäre.

Sein suchender Blick wanderte zerstreut zu der anderen Herrengruppe drüben an dem mit Sodawassergläsern und Fruchtschalen bestandenen Tisch und kreuzte sich mit dem Blick jenes kleinen Dicken, dem er vorhin auf die Schulter geklopft hatte. Dieser, den

Rücken dem »Gelaß der hundert Köstlichkeiten« zugekehrt, glaubte, daß das Interesse des Hauptmanns seinem Tischnachbar gelte, dem Mann mit dem kleinen feinen Kopf auf dem langen Hals.

»Darf ich bekannt machen: Hauptmann Leh Ming – Herr Sun Ki Jen, Generaldirektor der Taiping-Dampfergesellschaft«, beeilte er sich vorzustellen und reichte Leh die Visitenkarte des anderen.

Leh überflog die Karte und verbeugte sich höflich nach dem Generaldirektor hin.

»Ah, Herr Sun, Sie leiten, wie ich aus der Karte ersehe, auch den Überlandautoverkehr der Provinz Anhui nördlich vom Yangtse. Also Generaldirektor des Verkehrs zu Wasser und zu Lande! Meine Hochachtung!«

»Gewiß, Freund Sun ist ein Mann von Tatkraft und Weitblick. Nur schade, daß seine Unternehmen darunter zu leiden haben, daß die Provinz Anhui neuerdings auch Kriegsschauplatz geworden ist. Der ganze Überlandverkehr dort liegt zur Zeit still. Beiläufig, Leh, wie steht es augenblicklich an der Front?«

Der kleine dicke Tschou, der an Stelle von Sun geantwortet hatte, war ein in der Gesellschaft allgemein beliebter Spaßmacher und maitre de plaisir. Seinen Spitznamen »Rotkopfzündholz« verdankte er weniger der Tatsache, daß er zufällig Inhaber der bekannten Kwang ta Zündholzfabrik war, als vielmehr dem Umstand, daß sein dicker runder Schädel insofern einer leicht entzündlichen Streichholzkuppe glich, als er beim geringsten Anlaß flammendrot anzulaufen pflegte.

»Ja, wie steht's an der Front? Wie ist die Lage?« wurde von verschiedenen Seiten gleichzeitig gerufen.

»Im großen ganzen so, wie die Zeitungen schreiben«, drückte sich Hauptmann Leh diplomatisch aus.

»Ach, die Zeitungen! Die melden täglich Siege der Nankingtruppen. An der Börse lauten die Nachrichten gerade umgekehrt. Warum erfährt man nichts Genaues? Die Ungewißheit schafft Panikstimmung!« schmetterte die ungewöhnlich helle scharfe Stimme eines Vierzigers mit langem Hängeschnurrbart dazwischen. Es war Wang Ho Fu, Generaldirektor der Taihsing Kohlengrubengesellschaft in Honan. Er hatte vor zwei Jahren die Bekanntschaft des Hauptmanns gemacht, als dieser mit seiner Truppe bei seinen Kohlenhalden in Quartier lag.

Allseitig zustimmendes Kopfnicken. Reeder Sun meldete sich zu Wort: »Die Börse übertreibt zwar gern, aber die vielen Verwundetentransporte der letzten Zeit müssen bedenklich stimmen. Zwei Dampfer meiner Gesellschaft, die flußabwärts kamen, wurden bei Pu kou angehalten, mußten die fahrplanmäßige Fahrt unterbrechen, die Passagiere absetzen und an die tausend Verwundete an Bord nehmen. Sie sollten nach den Lazaretten bei Tschang tschou und Wu Hsi am Kaiserkanal gebracht werden. Nach Aussagen der Verwundeten sieht es an der Front recht böse aus.«

»Japanische Zeitungen melden, ein gewisser hoher Herr hätte bereits mit den Marschällen des Nordens einen Geheimvertrag geschlossen und wolle die Waffen strecken«, fiel scharf und feindselig Seidenfabrikant Tschu ein, während er mit dem Ellbogen den neben ihm sitzenden hageren Vierziger anstieß. Dieser, Tschen Kün J, Besitzer der Seidenspinnerei »Fünfwolken«, grinste hämisch.

Wenn Hauptmann Leh auf diese unfreundlichen Anzapfungen nicht weiter reagierte, so geschah es einmal aus der Zurückhaltung heraus, die ihm sein Stand als aktiver Offizier gegenüber fremden Zivilisten gebot, und sodann ganz besonders mit Rücksicht auf seinen vorlauten ehemaligen Kameraden Huang, von dem stets im ungelegensten Augenblick ein »Kanonenschlag« zu befürchten war.

»So, Ihre geschätzte Dampfergesellschaft hat vorgestern tausend Verwundete abtransportiert?« wandte er sich an Reeder Sun. »Das läßt zweifellos auf beträchtliche Verluste schließen. Allerdings, wenn der Krieg ernst genommen wird, sind Opfer leider schwer zu vermeiden. Aber seien Sie überzeugt, daß die Opfer auf der feindlichen Seite weit höher sind. – Huang, erinnerst du dich noch an unsere Kämpfe an der Peking-Hankou-Bahnlinie im Mai 1926? Damals verloren wir von der 4. und 11. Armee mehr als zwanzigtausend Tote und Verwundete. Die Städte Hankou und Wu tschang waren ein einziges Lazarett. Aber am Ende haben wir doch gesiegt. Stimmt's?«

Während des Sprechens hatten sich seine Wangen leicht gerötet. Nun ließ er erwartungsvoll, eines allseitig beifälligen Echos sicher, seine Augen in die Runde schweifen. Er war entschlossen, damit die unerquickliche Kriegsdebatte zu schließen und das Gespräch auf ein weniger heikles Thema zu lenken. Aber unerwartet platzte Huang dazwischen:

»Du sprichst von den Kämpfen an der Peking-Hankou-Bahn im Mai 1926? Ja, damals lag die Strecke ganz anders als heute, damals fielen unsere Leute, weil sie noch mit Überzeugung und Todesverachtung kämpften, heute fallen sie aus dem umgekehrten Grunde. Stimmts?«

Damit war der befürchtete »Kanonenschlag« glücklich losgegangen. Hauptmann Leh wurde blaß, stand auf, rollte die Augen und setzte sich wieder.

»Alter Freund, du solltest dir wirklich deine Worte etwas mehr überlegen!« wandte er sich gezwungen lächelnd an Huang.

»So, unüberlegt soll ich gesprochen haben? Überlege doch selbst, ob ich nicht recht habe. Warum drückst du dich denn selber noch in der Etappe herum, anstatt an der Front zu sein?«

»Übermorgen gehe ich an die Front zurück!«

Hauptmann Leh hatte es in gereiztem Kommandoton so herausgeschrien, daß es auch drüben in der anderen Salonhälfte zu hören war. Im Augenblick verstummte dort die Unterhaltung, einige Leute kamen neugierig herübergelaufen und reckten die Hälse. In diesem Augenblick peinlicher Spannung war es »Rotkopfzündholz«, der die Lage rettete. Behäbig schmunzelnd klopfte er dem Hauptmann auf die Achsel:

»Dann werden wir unserem Hauptmann morgen abend noch ein kleines Abschiedsessen geben. Nicht wahr, Freund Sun, du machst doch mit?«

Bevor noch Sun ja sagen konnte, meldete sich die helle Stimme vom Bergwerksdirektor Wang:

»Ich bin mit von der Partie. Das bin ich doch meinem guten alten Freund Leh schuldig. Teilen wir uns zu dritt in die Ehre.«

Die Aufregung legte sich, und die Gesellschaft gruppierte sich in zwei Lager um. Rotkopfzündholz, Sun, Wang und vier andere Herren bildeten mit Hauptmann Leh in der Mitte die eine Gruppe. Die beiden Seidenfabrikanten Tschu und Tschen und ein Dutzend andere Herren scharten sich am Fenster teils sitzend teils stehend um Huang. Während man sich dort in verbindlichem Plauderton über Alltagsdinge unterhielt und den Hauptmann mit Komplimenten überhäufte, fuhr die Opposition fort zu tuscheln und zu politisieren.

Plötzlich kam ein glattgescheitelter junger Mann in weißem Flanellanzug europäischen Schnitts formlos in das Speisezimmer und auf die Gruppe am Fenster zu gestürzt. Wie ein beutehaschender Raubvogel pickte er sich einen aus der Gruppe heraus, einen Mann mittleren Alters in blaßblauem langen Kaftan von indischer Seide mit einem Zahnbürstenbärtchen auf der Oberlippe, klopfte ihm kräftig auf die Schulter und rief ihm zu:

»Hallo, Li, neuer Sturz der Staatspapiere! Wilde Gerüchte an der Börse! Alles rechnet mit weiterem Sturz! Was fangen Sie nun mit Ihren hunderttausend Dollar Abrüstungsanleihe an?«

Die Neuigkeit, mit der Han, der junge Börsenmakler, dergestalt hereinplatzte, löste unter der Trauergesellschaft womöglich noch größeren Aufruhr aus als die vorangegangene Diskussion um die neuesten Frontnachrichten. Der angeredete Zolldirektor Li Tschuang Feh wechselte die Farbe und stand sprachlos. Der Zündholzfabrikant und die anderen Herren von der Oppositionsgruppe vergaßen die feindliche Trennung und gesellten sich aufgeregt und mit gespitzten Ohren zu der Gruppe am Fenster.

Dieses Jahr 1930 stand unter dem Zeichen der Massenspekulation. Wer immer ein paar Happen Bargeld in der Hand hatte, pflegte sich kopfüber mit Salto mortale in den Strudel der Staatspapierspekulation zu stürzen; das gehörte einfach zum guten Ton. Auch hier unter der Trauergesellschaft war kaum einer, der nicht so oder so, sei es als kung tou »Leerhaupt«, Baissespekulant, sei es als to tou »Mehrhaupt«, Haussespekulant, an den Staatsanleihen interessiert gewesen wäre. Die Nachricht von dem neuerlichen Kurssturz zeitigte demgemäß zweifache Wirkung. Die einen trugen mit breitem Grinsen ihr Frohlocken offen zur Schau, die anderen würgten schamhaft die Tränen ihrer Wut hinunter.

Jemand hatte die Neuigkeit auf die große Veranda weitergetragen. Auch dort großer Aufruhr. Im Nu waren die Probleme der Gold- und Garnpreise vergessen. Alles fuhr von den Plätzen und drängte in den Salon.

»Wie notiert die Reorganisationsanleihe?«

»Und die Abrüstungsanleihe?«

»Ist auch die Seezollanleihe betroffen?«

So schwirrte es aufgeregt durcheinander.

Nur ein kleines Grüppchen von vier, fünf Herren hatte sich von der unheimlichen Saugkraft des plötzlich entstandenen Spekulationsstrudels nicht mitreißen lassen. Sie standen nachdenklich in der äußersten Ecke der leer gefegten anderen Zimmerhälfte zusammen, gewissermaßen als unbeteiligte Zuschauer am Rande des Geschehens.

Unter ihnen befand sich auch die angehende Leuchte der soziologischen Wissenschaft, der Student und Dichter Fan. Mit geschlossenen Lidern stand er wie entrückt da, schüttelte weltschmerzlich seufzend sein Haupt und murmelte halblaut in dichterischer Verzückung vor sich hin:

> O Spekulation! O goldner Wahn!
> Ich seh dich, goldne Sintflut, nah'n!
> Seh dich schwellen, wogen, gleißen,
> Und alle Dämme der Vernunft zerreißen!

Dann, jäh wieder zu sich kommend, packte er seinen neben ihm stehenden Kommilitonen »Wunderpilz«, Bastardbruder des Hausherrn aus einem entfernten »Nebengemach«, bei der Schulter und sprach zu ihm:

»Hast du vorhin den Jüngling im weißen europäischen Flanellanzug mit dem straff zurückgekämmten, glatten Schopf gesehen, der so aufgeregt hereingestürmt kam? Kennst du ihn? Han Mong Hsiang heißt er und ist im bürgerlichen Leben Börsenmakler. Stelle dir vor, Börsenmakler! Und macht nebenher die wundervollsten Gedichte! Mammon und Poesie in einer Person! Hat man je eine so groteske Mischung erlebt? – Doch, Schluß damit! Komm, ein kleiner Klimawechsel kann nicht schaden. Gehen wir in den Damensalon hinüber. Dort werden wir bessere Luft atmen. Hier stinkt's ja nach schmutzigem Geld zum Himmel!«

Und ohne die Zustimmung des anderen abzuwarten, hakte er sich unter und schob mit ihm ab.

Bald darauf ebbte der Tumult im Speisezimmer wieder ab, die zusammengeballte Masse der Börseninteressenten strömte auseinander, es blieben mit Hauptmann Leh nur fünf Männer der Wirtschaft zurück, die persönlich am Steigen und Fallen der Kurse nicht sonderlich interessiert waren. Man war jetzt mehr unter sich, und das Gespräch wandte sich leichteren Themen wie Amüsierstätten, Roulette, Windhundrennen, Tanzgirls und Filmsternen zu. Auf diesen Gebieten fühlte sich Leh eher zu Hause, da brauchte er sich keinen Zwang aufzuerlegen.

Inzwischen rückte die Mittagsstunde heran. Nur spärlich trafen noch vereinzelte Trauergäste ein. Die beiden Musikbanden, die vom frühen Morgen an unermüdlich am Außenportal und vor der Seelenhalle aufgespielt hatten, konnten jetzt verschnaufen und längere Pausen einlegen.

Es war in einem solchen Augenblick plötzlich eintretender Stille, daß auch das behagliche Geplauder im Speisezimmer mit einem Schlag verstummte. Die Herren fühlten wohl, daß ihre weltliche Unterhaltung, daß die weltlichen Namen dieser Tänzerin und jener Filmdiva, die eben noch laut und ungeniert durch den Raum geschwirrt waren, nicht recht zum Charakter einer Trauerfeier paßten. Man fühlte, daß ein Themenwechsel angebracht wäre.

»Es wird allgemein behauptet, daß der steigende Goldpreis und der sinkende Silberkurs der Entwicklung unserer chinesischen Industrie und der Entfaltung unseres Exports zugute komme. Wie verhält es sich damit in der Praxis?« wandte sich Hauptmann Leh an den dicken Zündholzfabrikanten Tschou.

»Ich habe in meinem Geschäft nur Verlust davon«, erwiderte Tschou verdrießlich. »Ich beziehe sämtliche Rohstoffe wie Chemikalien, Hölzer, Schachteln aus dem Ausland. Jedes Anziehen des Goldpreises hat also eine Verteuerung meiner Rohmaterialien zur Folge. Wo bleibt da für mich der Nutzen? Wollte ich aber heimische Rohstoffe beziehen, dann hätte ich Herkunftssteuer, Transitzölle und Likinabgaben draufzuzahlen. Das käme mich noch teurer als der Bezug vom Ausland. Erschwerend kommt die heftige Konkurrenz der japanischen und schwedischen Zündholzfabrikate hinzu. Unser chinesisches Publikum ist ja leider nicht patriotisch genug, um dem einheimischen Fabrikat vor der Auslandsware den Vorzug zu geben, und ...«

Er blieb mitten in seiner schönen Propagandarede zugunsten der heimischen Industrie stecken, kramte sein Taschentuch hervor und wischte sich räuspernd und schnaufend damit über den dicken runden Schädel. Vor sich auf dem Tisch neben dem silbernen Aschenbecher hatte er die wohlbekannte Phönixfabrikmarke einer schwedischen Zündholzschachtel bemerkt!

Politiker Tang, dem der Grund seiner plötzlichen Verlegenheit nicht entgangen war, lachte hellauf, entnahm der Schachtel ein Streichholz, zündete damit bedächtig eine Zigarre an und blies eine dicke Rauchwolke heraus. Dann klopfte er Tschou kräftig auf die Schulter.

»Nimm mir's nicht übel, alter Freund, aber ehrlich gesagt, du solltest etwas mehr auf die Qualität deines geschätzten Fabrikats bedacht sein. Vollkommen sind die anderen Fabrikate natürlich auch nicht, davon kann keine Rede sein, die ausländischen Rotkopfzündhölzer zünden auch nicht immer beim ersten Anstreichen, aber mit dem Fabrikat deiner trefflichen Firma verglichen, sind sie doch weit besser.« Seine Kritik hatte die Wirkung, daß Tschou's dicker Schädel augenblicklich rot anlief und selber zum flammenden Streichholzkopf wurde. Ein Glück, daß Reeder Sun friedlich vermittelnd eingriff:

»Daraus wird man unserm Freund Tschou schwerlich einen Vorwurf machen können. Man muß doch auch die heutige Disziplinlosigkeit in der Arbeiterschaft berücksichtigen, es wird zuviel geschwätzt und zu wenig gearbeitet. Seitdem wir die Betriebsräte haben, ist in sämtlichen Fabriken eine Verlangsamung und Verschlechterung der Produktion festzustellen. Freund Tschu, habe ich recht?«

»Und ob du recht hast!« bestätigte Seidengarnfabrikant Tschu eifrig. »Und dabei hast du nur die eine Seite betrachtet. Es kommt noch etwas anderes hinzu. Nimm zum Beispiel meine Seidenhaspelei. Sie befindet sich gegenwärtig in einem geradezu beklagenswerten Zustand. Ringsum Widerwärtigkeiten! Die Arbeiter wollen höhere Löhne, der Auslandsabsatz ist von der japanischen Konkurrenz bedroht, unsere chinesischen Steuern und Abgaben sind erdrückend und unsere Banken zugeknöpft, wenn wir mit Kreditwünschen kommen. Ich wiederhole: zu hohe Produktionskosten, schlechter Absatz, Mangel an Betriebskapital – ja, wo bleibt denn da für unsereins noch eine Hoffnung? Die Lage ist einfach verzweifelt!«

Tschu hatte seinem gepreßten Herzen Luft gemacht. Was ihm die Kehle am meisten zuschnürte, war der Gedanke an die Unkulanz der Finanzkreise und das nahe bevorstehende Drachenbootfest. Der Fünfte des fünften Monats alten Kalenders war ja nicht nur ein Festtag, sondern auch ein gefürchteter Zahltag. Schon hatten ihn seine Gläubigerbanken gemahnt und darauf aufmerksam gemacht, daß sie nicht nochmals prolongieren könnten. Wo sollte er angesichts der gefallenen Seidengarnpreise und angesichts seiner erschöpften Auslandsguthaben die Mittel hernehmen, um seine Bankschulden pünktlich zu bezahlen?

Er stieß einen Seufzer aus und fuhr erregt fort:

»Seit vorigem Jahre haben wir am Platz Schanghai einen Überfluß an flüssigen Geldern. Die Banken sind mehr als liquid. Aber das Kapital sucht Betätigung nur in der Spekulation mit Staatsanleihen und in der Terrainspekulation. Da kommt es auf Millionen nicht an, da hat man eine offene Hand. Wenn aber unsereins, der heimische Fabrikant, gegen beste Sicherheiten auch nur hunderttausend braucht, da ist man zugeknöpft, da tut man förmlich, als ob wir dem Geldgeber ans Leben wollten. Angesichts solcher Zustände muß einen schon die Wut packen!«

Rund im Kreise herrschte eine Weile betretenes Schweigen. Huang Fen, der sich hinzugesellt hatte, schien dem Sprecher recht zu geben, aber er konnte sich einen Einwand nicht versagen:

»Ich verstehe nicht ganz, warum ihr Seidengarnfabrikanten so vorzugsweise auf den Auslandsabsatz angewiesen sein sollt. Was für Garn verarbeiten denn eigentlich unsere eigenen Seidenwebereien?«

»Richtig, das verstehe ich auch nicht. Herr Tschen, Sie als Seidentuchfabrikant sind der zuständige Mann für eine Auskunft darüber«, wandte sich Hauptmann Leh lebhaft an den Inhaber der Seidenweberei »Fünf Wolken«.

Aber dieser lao pan zog es vor, statt einer Antwort undurchsichtig zu lächeln. An seiner Stelle nahm wieder Tschu das Wort:

»Sie verarbeiten nur unsere zweit- und drittklassigen Garne und auch die neuerdings in verringertem Umfang. In der Hauptsache beziehen sie billigere japanische Fabrikware oder handgesponnene Garne. Unsere erstklassigen Garne setzten wir bisher hauptsächlich in Frankreich und Amerika ab. Aber seit zwei Jahren hat die japanische Regierung den Export von japanischem Seidengarn mit aller Macht gefördert. Sowohl die Rohkokons als auch die Garne bleiben von Steuern und Abgaben völlig verschont und unbelastet. Unter diesen Umständen ist es kein Wunder, daß unsere viel zu teure chinesische Ware in den Plätzen Lyon und New York mit der billigen japanischen Ware gar nicht mehr konkurrieren kann.«

»Aber das ist ja unglaublich!« riefen Hauptmann Leh und Huang gleichzeitig aus und ließen ihre Blicke von Gesicht zu Gesicht schweifen, in der sicheren Erwartung, da und dort Zustimmung zu ihrem Befremden zu finden. Aber merkwürdigerweise blieben die anderen Gesichter völlig unbewegt, als ob es die größte Selbstverständlichkeit der Welt wäre, daß die chinesischen Seidentuchfabriken keine einheimischen Garne verarbeiteten!

Endlich bequemte sich Fabrikant Tschen dazu, den Mund aufzutun: »Daß wir gemischt japanisches und handgesponnenes Garn verarbeiten, geschieht notgedrungen. Nehmen wir die Seidenhaspelei von Freund Tschu als Beispiel. Er hat uns bereits dargelegt, daß er infolge zu hoher Gestehungskosten seine Ware nicht gerade billig liefern kann. Gelangt sie aber erst in unsere Hand, dann verteuert sie sich noch um die Umsatzsteuer in Höhe von 65,6 Dollar mex. pro Picul. Auf dem heimischen Garn liegt infolge der neuerlichen Teuerung vom Ursprungsort her eine steuerliche Belastung von 111,69 Dollar mex. pro Picul, die uns, den verarbeitenden Fabrikanten, aufgebürdet wird! Nun kommt aber noch die Belastung des Fertigfabrikats dazu: Gewerbesteuer, Umsatzsteuer, Verkehrssteuer! Sowie sich die Ware nur rührt, ist auch schon eine Steuer da. Natürlich, wenn der Käufer für alles und jedes, sogar für die Wolle, die die Natur am Fell des Schafes wachsen läßt, steuerlich belastet wird, dann muß der Absatz leiden. Wir Fabrikanten aber sind doch auf Absatz angewiesen. Darum kann man uns nicht verdenken, daß wir wenigstens an Produktionskosten sparen wollen und die Ware dort beziehen, wo sie am billigsten ist, auch wenn es japanische Ware ist. Trotzdem fabrizieren wir nach allgemeinem Urteil immer noch viel zu teuer. Wir Fabrikanten aber haben von den hohen Preisen nicht den geringsten Profit!«

Wieder folgte eine längere Pause nachdenklichen Schweigens. Der Wind trug von draußen abgerissene Tonfetzen herein. Offenbar war ein verspäteter Trauergast eingetroffen, darum war die Musikkapelle wieder tätig geworden. In den Ohren der Herren klang das quietschende Geflöte und Gewimmer wie eine traurige Klageweise zu Ehren der chinesischen Seidenindustrie.

Bergwerksdirektor Wang unterbrach endlich das drückende Schweigen. Er klatschte in die Hände und rief im Tone des Galgenhumors aus:

»Na schön! Soll Freund Tschen weiterhin seine japanische Mischung fabrizieren. Aber was wird aus dem armen Tschu und meinen Kohlengruben in Honan? In Nord und Süd lodert die Brandfackel des Krieges. Und unsereins sitzt hier müßig in Schanghai herum und läuft von Pferderennen zu Amüsierlokalen und von Amüsierlokalen zu Hunderennen! Ach was! Wozu den Kopf über den verdammten Industrieproblemen zerbrechen! Wir wollen noch ein bißchen von den Freuden dieses Daseins genießen!«

Er hatte noch nicht ausgeredet, als ein Luftzug den Duft eines feinen Parfüms an die empfindliche Nase des dicken Tschou trug. Er wandte den Kopf nach der Tür. Dort stand in einem azurblauen dünnen Tüllkleid neuesten Pariser Modells eine elegante junge Dame. Sie war ganz geräuschlos eingetreten und blickte von der Tür aus interessiert nach der Herrengruppe am Fenster. Der kleine

Tschou war der erste, der sie gewittert hatte. Schon war er auf den Beinen, schwenkte seinen Arm gravitätisch wie ein Zeremonienmeister durch die Luft und trompetete feierlich:

»Meine Herren, erhebt euch zur Huldigung! Die Blume der Gesellschaft! Die edle Dame Yü Man Li!«

Die Herren wandten elektrisiert die Köpfe. Hauptmann Leh schnellte hoch, trat auf die Dame zu und streckte ihr grüßend die Rechte entgegen.

»So spät? Das kostet Buße!«

»Und welcherart soll die Buße sein?« fragte sie leise, sich kokett in der Taille biegend und mit der Linken das Spitzentaschentuch auf den lächelnden Mund pressend. Vier, fünf Sekunden lang ließ sie ihre schmale Hand mit leichtem Gegendruck in seiner Rechten ruhen. Dann erst würdigte sie die anderen Anwesenden eines flüchtigen Kopfnickens.

Die gedrückte Stimmung, die eben noch geherrscht hatte, war durch das Erscheinen der schönen Yü wie weggeblasen. Die Geister waren auf einmal neu belebt, und das matte Feuer der Unterhaltung prasselte wieder munter auf. Fabrikant Tschu flüsterte seinem Tischnachbarn Tang etwas ins Ohr, worauf Tang eine schallende Lache anstimmte und die Dame Yü angelegentlich fixierte. Darauf Tschu, zum Fabrikanten Tschen gewandt mit lauter Stimme, so daß es die schöne Yü hören mußte:

»Tschen, erinnerst du dich noch an die Dame, die wir gestern abend bei der Eröffnung des Cathay-Hotel-Restaurants in Begleitung von Tschao Po Tao bemerkten? Mir ist, als ob diese Dame ...«

Richtig, der Kopf der schönen Yü flog herum, ein prüfender Blick traf den Sprecher. Aber schon hatte sie sich wieder ihrem Kavalier zugewandt, und das intime Gespräch zwischen den beiden nahm seinen Fortgang. Gleichzeitig aber spitzte sie ihre Ohren, um sich ja nichts von etwaigen weiteren Anzüglichkeiten hinter ihrem Rücken entgehen zu lassen.

»Tschao Po Tao? Meinst du den bekannten Börsenspekulanten Tschao, vor dessen Pranke keine Staatsanleihe sicher ist?«

»Und keine schöne Frau! Richtig, den meine ich. Mir ist, als hätte ich ihn gestern abend in Begleitung einer gewissen jungen Witwe gesehen ...«

Ganz deutlich hatte die »Blume der Gesellschaft« diese Wechselrede zwischen Tschu und Tschen verstehen können. Sie begann sich unbehaglich zu fühlen. Ihr Lächeln, ihr Tonfall kosteten sie

Anstrengung und wirkten nicht mehr so echt und ungezwungen wie vorher.

Ihr Kavalier bemerkte es nicht. Er war zu sehr in sein galantes Gespräch vertieft. Irgendeine Äußerung von ihm veranlaßte sie, zu erröten und lachend den Kopf zurückzuwerfen.

Die Beobachter im Rücken stießen sich grinsend an.

»Freund Leh, gehören Sie auch zur Gilde der Kurstreiber?« platzte Tang hervor, dem Hauptmann von rückwärts auf die Schulter klopfend.

»Ich? Ich spekuliere nicht an der Börse.«

»Legen sich aber mächtig ins Zeug, um gewissen Hausspekulanten ihre ›Favoriten‹ abzujagen.«

Dröhnendes Gelächter im Hintergrund. Das Gesicht der schönen Yü überflutete eine jähe Verlegenheitsröte, so sehr sie auch Gleichgültigkeit heuchelte. Ihr Kavalier schaute ziemlich einfältig drein. Er war der einzige, der die Anspielung nicht begriff.

Das scherzhafte Geplänkel wäre weitergegangen, wenn nicht zufällig Bankier Tschu Tschai hereingekommen wäre. Seine Gegenwart schien den Anwesenden ins Gedächtnis zurückzurufen, daß sie sich in einem Trauerhaus befanden und daß nebenan ein Toter aufgebahrt lag. Dieser Tschu Tschai war immerhin der Schwager des Hausherrn. Da war eine gewisse Haltung geboten. Man legte eilig die eben noch vergnügten Mienen in ernste feierliche Falten. Der eine und andere gähnte.

»Also hier steckt er auch nicht. Hat einer der Herren meinen Schwager Sun Fu gesehen?« fragte der Bankier, während sein wie immer friedliches Schafsgesicht suchend um sich blickte.

»Nein«, wurde ihm bedeutet, worauf er sich mit einem zerstreut gemurmelten »schao peh!« ›Entschuldigung!‹ hastig wieder entfernte.

Die Dame Yü benutzte die Gelegenheit, um hinter ihm mit zur Tür hinauszuschlüpfen, und Hauptmann Leh schloß sich ihr an. Die übrige Gesellschaft spürte nach dem vielen Herumsitzen ein Verlangen nach Bewegung. Die Mehrzahl der Herren erhob sich und ging auf die Veranda hinaus, um nach Bekannten zu sehen.

Ohne Schwager langte Bankier Tschu Tschai schwitzend und schnaufend auf dem Gipfel des künstlichen Hügels an, der sich in der Parkmitte erhob. Dort, in dem sechskantigen Aussichtspavillon, saßen um diese Stunde zwei respektable Herren, einstmals

Beamte von hohem Rang, und warteten. Der eine, der mittelgroße Vierziger mit dem dreieckigen Fuchsgesicht, dem spitzen Kinn und den tiefliegenden, schwarzen, lauernden Augen, war jener Mann, dessen Name vorhin bei der Unterhaltung im Speisezimmer gefallen war, der berüchtigte Börsenfürst, der große Hexenmeister auf dem Markt der Staatsanleihen, Herr Tschao Po Tao. Als er des heranschnaufenden Bankiers ansichtig wurde, bemerkte er zu seinem Gefährten:

»Alter Tschung Li, da kommt der eine allein. Anscheinend will sein Schwager nicht anbeißen.«

Der andere schwieg und strich sich bedächtig über seinen drei Zoll langen, dünnen, grauen Kinnbart. Er mochte Anfang sechzig sein, seine hohe Erscheinung mit dem mächtigen kantigen Schädel, den großen Ohren, den klugen Augen wirkte distinguiert, nicht alltäglich. Das war Exmandarin Schang Tschung Li, ehemals unter Yüan Schi Kai's kurzlebiger Herrschaft erster Anwärter auf den Posten eines Kultusministers, für den er zweifellos das Zeug hatte. Aber nach Yüan Schi Kai's jähem Abgang hatte er den Staatsdienst quittiert und war wie so mancher andere fähige Beamte in die Privatwirtschaft hinübergewechselt. Gegenwärtig bekleidete er einen Aufsichtsratsposten in einer Treuhandgesellschaft. Schade um ihn! –

Der Ankömmling ließ sich ächzend auf die erste Sitzgelegenheit nieder und wischte sich mit dem Taschentuch sorgfältig das schweißglänzende Gesicht ab. Dann wandte er sich an die beiden Herren:

»Ich konnte meinen Schwager nirgends auftreiben. Vielleicht erklären mir die Herren inzwischen mit knappen Worten, um was es sich handelt. Ich werde die Sache alsdann mit meinem Schwager weiter besprechen.«

»Es handelt sich, wie bereits erwähnt, um die Bildung eines heimlichen Haussekonsortiums am Markt für Staatsanleihen. Wir haben einen großen Schlag vor. Um die Sache in Ziffern auszudrükken: binnen zwei Tagen müssen wir zu dem Zweck vier Millionen Dollar mex. in bar disponibel haben. Ich und Freund Schang können die Summe nicht vollständig aufbringen. Wir möchten Sie und Ihren Herrn Schwager zur Beteiligung einladen. Dann wäre das Geschäft gesichert.«

Tschao Po Tao war der Sprecher. Er sprach sehr schnell und in seinem heimischen Kantondialekt. Während des Sprechens blieb sein Auge wach und belauerte scharf die geringste Bewegung in Miene und Haltung des Bankiers.

»Ich verstehe nicht recht, warum Sie immer noch in Hausse operieren wollen«, kam zögernd die Entgegnung. »Die rückläufige Kursbewegung, die in letzter Zeit am Markt unserer Staatsanleihen festzustellen war, ist doch eine ganz logische Folge der für Nanking ungünstigen Kriegslage. Mag sein, daß eine künftige Besserung der militärischen Lage wieder einmal einen Kursaufstieg zeitigt. Aber wann? Wer garantiert dafür? Daß zur Zeit die Lage der Nankingtruppen sowohl entlang der Peking-Hankou-Bahn wie auch im Bereich der Lung-Hai-Bahn ungewöhnlich kritisch ist, das ist nachgerade offenes Geheimnis. Die kleinen Spekulanten stoßen bereits auf der ganzen Linie ihren Anleihebesitz ab, und Sie wollen ausgerechnet jetzt einsteigen? Auch wenn Sie alle Ihre Mittel einsetzen, werden Sie die abrutschenden Kurse schwerlich halten, geschweige denn steigern können. Übrigens haben wir kaum noch zehn Tage bis zum Mai-Liquidationstermin. Glauben Sie ernstlich, daß Sie bis dahin auf Ihre Rechnung gekommen sind? Sie werden im Gegenteil zu Ihren vier Millionen noch erheblich zuzahlen müssen! Ferner...«

»Das ist allgemeine Laienansicht. Aber in meinem Plan steckt ein verborgener Trick! Ein ganz verfluchter Trick, von dem die Allgemeinheit nichts ahnt!« schnitt Tschao Po Tao die weiteren Einwände des Bankiers ab und lächelte dabei abgründig und rätselhaft.

Tschu Tschai legte den Kopf zurück, schloß die Augen und dachte angestrengt nach. Er kannte diesen Tschao als weitschauenden Rechner und Strategen, der beiläufig über ausgezeichnete Verbindungen mit hohen Regierungs- und Militärkreisen verfügte. Vielleicht war er im Besitz ganz neuer, noch geheimgehaltener Nachrichten vom Kriegsschauplatz? Aber er kannte ihn auch als Mann des Bluffs.

Als er jetzt die Augen wieder aufschlug und Tschao's stechenden, unergründlichen Blick auf sich geheftet sah, da schoß ihm ein Gedanke durch die Ganglien seines Hirns: Der Kerl hat Angst, ganz schäbige Angst! Er weiß, daß er sich mit seiner Haussespekulation verrechnet hat, und nun zittert er vor dem nahe drohenden Börsenabrechnungstermin, der überdies zeitlich mit einem andern gefürchteten Termin zusammenfällt, dem fünften Tag des fünften Monats altchinesischen Kalenders, dem Tag des Drachenbootfestes. Und das ganze hochtrabende Projekt dieses angeblichen Haussekonsortiums ist am Ende nichts weiter als der bekannte Trick der Grille, wenn sie aus ihrer unbequemen Schale schlüpft, weiter nichts als ein Mittel, um sich seiner augenblicklichen Finanznöte zu entledigen? – Aber anderseits, warum machte dann dieser seriöse Herr Schang Tschung Li mit? Der war seines Wissens bestimmt nicht in Haussespekulationen engagiert gewesen. So fragte er sich zweifelnd und richtete unwillkürlich suchend seinen Blick auf den würdigen Herrn. Er sah ihn völlig gelassen und seelenruhig mit drei gespreizten Fingern seinen Bart streichen.

»Und was wäre das für ein Trick?« fragte er endlich ziemlich geistesabwesend. Innerlich war er bereits zum Abbruch der Verhandlung entschlossen und überlegte sich schon die höfliche Redewendung, mit der er sich empfehlen wollte. Die Antwort, die er aus Tschao's Munde zu hören bekam, traf ihn wie ein elektrischer Schlag:

»Unser geschätzter Freund Schang verbürgt sich für die Wahrheit dessen, was ich Ihnen jetzt eröffne: Die Armeen der rebellischen Marschälle des Nordwestens werden in kürzester Frist den Rückzug antreten! Noch vor dem Mai-Liquidationstermin werden wir eine gewaltige Kurssteigerung der Nankinganleihen erleben!«

Obwohl die Mitteilung in gedämpftem Ton gemacht worden war, dröhnte sie im Ohr des Bankiers wie hallender Donner und übertönte für ihn völlig die verschiedenen Geräusche, die von Park und Villa heraufdrangen. Die Verblüffung, die sich in seinem Gesicht malte, wich allmählich einem Ausdruck des Zweifels:

»Ja, aber – hat denn unser ehrenwerter Freund Schang die Sache auch ganz zuverlässig erfahren?«

»Nicht zuverlässig erfahren, sondern zuverlässig *gemacht!«* fiel der würdige Graubart leise ein, während er Tschao mit verlorenem Lächeln anblickte. Also da lag der Trick, in dem Wörtchen »gemacht«! – So dämmerte es dem Bankier, aber ganz klar war ihm der Zusammenhang noch nicht.

Die beiden Herren weideten sich an dem hilflosen Ausdruck seines friedfertigen Schafsgesichts. Tschao Po Tao knallte sich lachend auf den Schenkel, dann neigte er sich dicht ans Ohr des Bankiers und raunte ihm, jedes Wort gemessen und gewichtig betonend, die Lösung des Rätsels zu:

»Daß man mit Geld Schlachten gewinnen kann, das weiß alle Welt. Aber daß man mit Geld auch Niederlagen erkaufen kann, daran hatte bisher noch niemand gedacht. Das ist etwas Neues.

Warum soll einer nicht mit Vergnügen auch mal eine Niederlage einstecken, wenn er es anständig bezahlt bekommt?«

Der Bankier glaubte seinem Ohr nicht zu trauen. Jetzt hatte er begriffen. Er erhob sich, trat vor Herrn Schang hin, hielt ihm die Rechte mit emporgerecktem Daumen vors Gesicht und stammelte im Ton untertäniger Bewunderung:

»Aufrichtige Hochachtung! Das nennt man Köpfchen. Wahrlich ein genialer Trick!«

»Dann können wir also auf Ihre Beteiligung rechnen, nicht wahr? Und die Verständigung mit Ihrem Herrn Schwager dürfen wir wohl Ihnen überlassen«, drängte Tschao. Aber Schang hielt Drängen für verfehlt. Wie er Tschu Tschai kannte, war er zwar sehr auf Profit bedacht, aber auch sehr bedächtig und schwankend in seinen Entschlüssen, ganz anders als sein energischer, draufgängerischer Schwager Sun Fu. Bei diesem mißtrauischen Geldmann war kein Drängen, sondern gerade die umgekehrte Taktik am Platze. Mit gewollter Gleichgültigkeit fuhr also Schang fort:

»Obwohl unsere Unterhändler sich bereits mit den Marschällen des Nordwestens über die wesentlichen Punkte des Abkommens, insbesondere über die in Betracht kommende Ziffer, verständigt haben, so sind wir doch anderseits weit davon entfernt, die Sache als schon zu neunzig Prozent gesichert anzusehen. Geschäftliche Abmachungen mit solchen hohen Militärs tragen stets ein gewisses Risiko in sich. Man weiß nie, ob sie nicht im letzten Augenblick umkippen. Wir möchten Ihnen daher anheimstellen, sich zunächst mit Ihrem Herrn Schwager zu beraten. Wir können ja später weiterverhandeln.«

»Die fragliche Ziffer ist also bereits festgelegt?« fragte der Geldmann interessiert.

»Jawohl, es handelt sich um dreihunderttausend Dollar«, warf Tschao etwas ungeduldig hin.

»Genau dreihunderttausend!« bestätigte Schang und fuhr, während sich sein überlegen kluger Blick mit förmlich hypnotischem Bann auf das Gesicht seines Gegenübers heftete, gelassen fort: »Mehr wollen wir nicht zahlen, und für weniger wollen die Marschälle nicht mitmachen. Der vereinbarte Satz ist nämlich zehntausend Dollar pro eine kleine Meile (ein Li) Rückzug, zu weniger als dreißig Meilen Rückzug will sich die Gegenseite nicht verstehen, das macht also genau dreihunderttausend Dollar.«

Der Bankier sperrte den Mund vor Staunen auf. Welch fabelhaftes, glattes Geschäft! Eine Weile blieb er sprachlos, dann sprühte in seinem sanftmütigen Auge der Funke des Entschlusses auf. Er war endgültig gewonnen! Erst sah er den einen an, dann den anderen, schließlich brachen alle drei wie auf Verabredung in ein schallendes Gelächter aus. Nun wurden die Köpfe zusammengesteckt und in lebhaftem Meinungsaustausch die weiteren strategischen Einzelheiten des Plans durchgesprochen.

Tschu Tschai fand seinen Schwager schlecht gelaunt mit eng zusammengeschobenen Brauen in seinem Arbeitszimmer sitzen. So ernst hatte er nicht einmal gestern abend beim Ableben des großen alten Herrn ausgesehen. Sun Fu schob ihm, als er Platz genommen hatte, wortlos ein Telegramm hin. »Ringsum Bauernschaft unruhig, Zwei-Brücken Garnison schwach, Gefahr unmittelbar droht. Wie verhalten? Erbitte telegrafische Weisung. Feh.«, las Tschu Tschai betroffen. Zwar war er nicht in dem Maße wie sein Schwager mit Vermögenswerten in Zwei-Brücken engagiert, aber nichtsdestoweniger konnte ihm das Schicksal des Heimatbodens, der auch seine Ahnengräber trug, nicht gleichgültig sein.

»Was tun?« fragte er besorgt, während er die Depesche zurückschob.

»Handeln! Gut, daß der alte Herr mit den beiden Jüngsten noch rechtzeitig abgereist war. Sonst wären sie mitten in den Schlamassel hineingeraten. Was wird aus unseren dortigen Unternehmen werden? Der Bank? Der Pfandleihe? Der Reisschnapsbrennerei? Sie sind nicht unbeträchtlich, aber immerhin für uns nicht lebenswichtig. Ja, was tun? Ich habe bereits meinem Generalbevollmächtigten Feh telegrafiert, er soll vor allem sämtliche flüssigen Gelder in Sicherheit bringen und die Warenvorräte wenn möglich aus der Gefahrzone abtransportieren lassen. Möglicherweise handelt es sich um ein leeres Gerücht, wer weiß. Aber daß die Garnison zu schwach ist, geht keinesfalls an. Wir müssen gemeinsam an die Provinzialregierung telegrafieren und sofortige Verstärkung beantragen. Hier der Text der Depesche, wie ich sie mir gedacht habe.«

Sun Fu stand auf und drückte auf den elektrischen Klingelknopf hinter sich an der Wand. Die Tür öffnete sich leise, der Butler Kao Schong erschien und ließ einen Besucher mit ein. Es war Mo Kan Tschong, der Werkführer von Sun Fu's Seidenspinnerei.

»Mo, du? Was soll das heißen? Habe ich dir nicht gesagt, daß du heute nicht herzukommen brauchst?« fuhr Sun Fu ihn streng an.

»Jawohl«, druckste Mo verlegen und pflanzte sich steif und gerade auf.

»Es ist doch wohl nichts vorgefallen in der Fabrik?« fragte Sun Fu nebenhin. Er war mit seinen Gedanken bereits wieder in Zwei-Brücken und bei der drohenden Bauernrevolte.

»Hm, es ist in der Fabrik nicht so, wie ...«

»Was? Los! Berichte!«

»... nicht so, wie es sein sollte. Vielleicht handelt es sich um nichts Ernstes, aber immerhin, es herrscht eine ungünstige Stimmung in der Belegschaft. Wir haben die beschlossene Lohnkürzung noch gar nicht bekanntgegeben, aber die Belegschaft scheint schon Wind bekommen zu haben. Jedenfalls ist seit heute morgen eine gewisse Lässigkeit, eine gewisse passive Resistenz unter den Arbeiterinnen zu beobachten. Deshalb bin ich gekommen; ich wollte mir Instruktionen erbitten ...«

Sun Fu stand zur Bildsäule erstarrt. Seine Warzen begannen rötlich zu glühen, ein bedrohliches Anzeichen. Gleich brach das Unwetter los.

»Was! Passive Resistenz? Schon vor der Lohnkürzung? So eine Bande! Na, denen will ich's zeigen! Und du meldest mir das erst jetzt? Wozu bist du eigentlich da? Aber auf euch Fabrikbeamte ist ja kein Verlaß! Zank, Klatsch, Weibergeschichten, das ist alles, was ihr leistet! Womöglich habt ihr die Nachricht von der bevorstehenden Lohnkürzung selber verbreitet, was?«

Der also angefauchte Geschäftsführer stand gänzlich verdattert da, ließ den Kopf hängen und wagte kaum zu atmen, geschweige denn zu reden. Seine klägliche Haltung erboste Sun Fu noch mehr. Die Rechte in die Hüfte gestemmt, die Linke zur Faust geballt und auf die polierte Stahlplatte des Schreibtischs gestemmt, stand er zähneknirschend und augenrollend da und blickte in der Runde umher, als ob er irgendein Opfer zum Zermalmen suchte. Da fiel sein Blick auf den wartenden Butler.

»Was stehst du denn hier herum?«

»Der Herr hatte doch geklingelt.«

Ach so! Erst jetzt erinnerte er sich der Depesche, deren Text er vorhin seinem Schwager vorgelegt hatte. Der hatte sie inzwischen gelesen, nichts an ihr auszusetzen gefunden, sie vor sich hingelegt und sich eine Zigarre in den Mund geschoben. Mit geschlossenen Augen saß er während des Unwetters friedlich da und dachte über seine eigenen Angelegenheiten nach. Sun Fu reichte das Blatt dem Butler.

»Los, sofort aufs Telegrafenamt und die Depesche erledigen!«

Sun Fu setzte sich auf seinen schlichten geschweiften Stahlsessel am Schreibtisch, griff zum Pinsel und ließ ihn über einen Briefbogen tanzen, stockte aber schon nach den ersten Sätzen, zerknüllte das eben beschriebene Blatt, warf es in den Papierkorb und lehnte sich unentschlossen und nachdenklich zurück. Sein Schwager blinzelte ihn von der Seite an.

»Sun Fu, mit der ›weichen‹ Methode kommt man weiter.«

»Hast recht«, erwiderte Sun Fu. Er hatte sich wieder gefaßt.

»Mo, setz dich hin und berichte, was sich heute in der Fabrik zugetragen hat.«

»Heute vormittag um neun Uhr kam Werkaufseherin Nummer zwei, Wang Kin Tschong, ins Büro gelaufen und führte Beschwerde über aufsässiges und disziplinloses Verhalten der Arbeiterin Tao Kin Fong von der zwölften Webstuhlreihe. Aufseherin Nummer neun, Pi Pao Tschu, hatte sie aufgefordert, mit zum Büro zu kommen. Wider Erwarten nahmen ihre Kolleginnen von Reihe zwölf geschlossen für sie Partei, begannen zu krakeelen und legten die Arbeit nieder. Sie hatte ihre Meldung gerade erstattet, als Aufseherin Nummer neun die schreiende und strampelnde Tao Kin Fong hereingeschleppt brachte. Sie berichtete, daß sämtliche Arbeiterinnen im Maschinensaal die Arbeit niedergelegt hätten...«

»Fasse dich kürzer! Wie stand es zuletzt, als du die Fabrik verließest?« drängte Sun Fu ungeduldig.

»Bei meinem Fortgehen war von den fünfhundertzwanzig Haspelmaschinen die kleinere Hälfte wieder im Gange, das heißt, es war keine eigentliche Arbeit, die Arbeiterinnen beschäftigten sich damit, Kokons zu zertrampeln...«

Sun Fu fuhr mit einem zornigen Ausruf in die Höhe und setzte sich wieder.

»Also Sabotage! Und der Grund?«

»Sie fordern die Entlassung der Aufseherin Nummer neun.«

»Warum?«

»Weil sie Arbeiterinnen geschlagen hätte. Außerdem fordern sie erneut Teuerungszulage, weil der Reispreis auf zwanzig Dollar pro Scheffel gestiegen ist.«

Sun Fu stieß einen schnaubenden Laut durch die Nase und wandte sich an seinen Schwager.

»Oh, Tschu Tschai, unsereins als Fabrikbesitzer hat es wahrlich nicht leicht. Wenn der Reis teurer wird, verlangt die Arbeiterschaft

Teuerungszulage. Wenn aber der Seidenpreis sinkt, wer ersetzt uns Unternehmern unseren Kapitalverlust? Na schön, Mo, geh in die Fabrik zurück und erkläre der Belegschaft: Wenn sie auf ihrer Forderung beharrt, dann schließt ihr lao pan den Betrieb!«

»Jawohl«, bestätigte Mo zögernd, während seine Rattenäuglein mit dem Ausdruck ängstlicher Unruhe weiter auf das Gesicht des Chefs gerichtet blieben.

»Sonst noch etwas?«

»Die Arbeiterinnen sind diesmal sonderbar einmütig in ihrer Haltung, als ob eine Verabredung bestünde.«

»So? Und ihr schläfrigen Fabrikbeamten seid wieder einmal ahnungslos und humpelt hinter den Ereignissen her! Wozu zahle ich denn dieser Aufseherin Wang und diesem Detektiv Li Ma Tse die hohen Gehälter? Damit sie jede Bewegung in der Belegschaft überwachen! Schließlich ist mir mein Geld zu schade, um solche unnützen Fresser zu füttern!«

Mo ermannte sich auf einmal zu einem mutigen Widerspruch:

»Die beiden geben sich alle Mühe und sind jederzeit auf dem Posten; aber es ist, als ob ihre Stirn weithin sichtbar mit dem Kennwort ›Spitzel‹ gebrandmarkt wäre, sie stoßen bei ihren Beobachtungen auf Wände und Mauern und erfahren einfach nichts von dem, was wirklich vorgeht. Die Arbeiterinnen sind förmlich behext! Diese Tao Kin Fong war bisher ganz gutartig, auf einmal führt sie den Ton an bei der rebellischen Rederei, die heute im Maschinensaal zu hören war: Das vorige Mal, als Lohnzulage gefordert wurde, hätte man sich von trügerischen Phrasen beschwatzen lassen, diesmal aber wolle man es darauf ankommen lassen! An Lohnkürzung dächte die Werkleitung? Im Gegenteil, man fordere Lohnzulage! Übrigens soll es auch in den anderen Spinnereien gären. Die Arbeiterschaft ist förmlich wie behext!«

»Behext? Haha! Ich kenne den Zauber! Die hohen Lebenshaltungskosten! Sie können sich nicht satt essen! Haha! Aber ich kenne auch noch einen anderen, weit schlimmeren Zauber: Die Weltwirtschaftskrise! Der katastrophale Sturz der Seidenpreise! . . .« rief Sun Fu in plötzlichem Ausbruch bitterer Hoffnungslosigkeit aus, und für einen Augenblick verfärbte sich das gesunde Tiefbraun seiner Gesichtshaut eisengrau. Aber es war nur ein Augenblick, dann nahm seine Miene wieder den normalen Ausdruck fester Entschlossenheit an und verzog sich zu dem gewohnten Lächeln der Überlegenheit.

»Na schön, lassen wir ihnen ihren Zauber! Aber sie sollen sich nicht einbilden, daß ich meine Hände müßig in den Schoß lege! Ich nehme den Kampf auf! – Übrigens, Mo, woher wissen sie denn von der beabsichtigten Lohnkürzung? Solltet ihr im Büro etwa nicht dichtgehalten haben?«

Der schuldbewußte Geschäftsführer zuckte zusammen, er spürte ein Bächlein kalten Schweißes sein Rückgrat herunterrieseln. Doch dann kam ihm ein rettender, ein niederträchtiger Einfall. Das war eine gute Gelegenheit, um einem unerwünschten jüngeren Bürokollegen eins auszuwischen, ihn womöglich aus dem Betrieb hinauszubringen. Er setzte eine pfiffige Miene auf und sprach:

»Ich habe jemanden bei uns im Büro im Verdacht, den Assistenten Weh Yo. Der Bursche war in letzter Zeit recht zerstreut und konfus, er ist mit seinen Gedanken den ganzen Tag über bei der Arbeiterin Kweh Ying von Reihe neunzehn. Er ist auch öfters gesehen worden, wie er nach Feierabend in ihrer Wohnbaracke aus und ein ging ...«

Mo mußte sein dolchstößlerisches Geschwätz unterbrechen. Die Tür war aufgegangen und Dame Wasserrose eingetreten.

»Sun Fu, das Internationale Beerdigungsinstitut hat den Innensarg geschickt, aber er sagt uns nicht recht zu.«

»Ein kleines Weilchen, ich bin noch beschäftigt. Tschu Tschai, willst du, bitte, schon vorausgehen und den Sarg besichtigen.«

Aber Tschu Tschai winkte ab und sprach durch eine dicke Rauchwolke hindurch zu seiner Frau:

»Wir kommen schon. Es ist ja noch früh. Wenn euch der Sarg nicht zusagt, laßt ihn doch umtauschen.«

»Früh nennst du das? Es ist schon ein Viertel nach zwölf. Die Gäste setzen sich schon zu Tisch«, erwiderte Frau Wasserrose und verschwand wieder.

Sun Fu wandte sich im strengen Befehlston an seinen Geschäftsführer:

»Du gehst jetzt sofort in die Fabrik zurück und läßt der Belegschaft folgendes bekanntgeben: In Anbetracht des Ablebens meines Vaters bleibt der Betrieb am heutigen Nachmittag geschlossen. Die ausfallende Arbeitszeit wird trotzdem entlohnt. Sorge dafür, daß die Leute ruhig auseinandergehen und keine Zusammenrottungen stattfinden. Für dich und das andere Aufsichtspersonal gibt es am heutigen Nachmittag keinen Urlaub. Ihr werdet euch einzeln in die Barackensiedlung begeben, unauffällig unter die Arbeiterinnen mischen und herauszufinden suchen, ob irgendein Komplott im

Gange ist. Bis heute abend müßt ihr eure Aufgabe gelöst haben. Ferner ist das Landfriedensamt und das Sozialamt zu benachrichtigen und Polizeischutz für das Fabrikgelände anzufordern. Weiter wünsche ich diesen Weh Yo zu sprechen. Er soll sich heute abend hier bei mir melden. Alles klar? Marsch!«

Nachdem Mo zur Tür hinaus war, stand Sun Fu auf, seufzte und sprach wie im Selbstgespräch zu sich:

»Warum plage ich mich mit dieser Fabrik herum? Nur Ärger hat man dabei! Warum habe ich nicht lieber ein Bankgeschäft eröffnet? Bei meinem Kapital, meinem Verstand hätte ich's als Bankier wahrhaftig leichter. Die wohlrenommierte ›Bank von Schanghai‹ hat seinerzeit bloß mit hunderttausend Dollar Eigenkapital angefangen, und wie groß steht sie heute da! . . .« Er machte eine Pause und strich sich nachdenklich über das Kinn, dann gab er sich mit einem Ruck seine gewohnte energische Haltung zurück und schlug die geballte rechte Faust in die linke Handfläche.

»Nein, nein! Ich wage es dennoch! Ich kneife nicht! Die Zahl unserer chinesischen Eigenindustrien ist spärlich genug, an den Fingern kann man sie abzählen. Und unsere einheimische Seidenindustrie ist nun einmal nationalwichtig und hat eine Zukunft! – Wenn bloß die Regierung so wäre, wie eine Regierung sein soll! Dann brauchte uns um unsere chinesische Industrie nicht bange zu sein. – Tschu Tschai, ich habe einen großen Plan! Aber jetzt ist keine Zeit, um ihn dir ausführlich zu entwickeln. Später. Komm, jetzt wollen wir gehen und uns den Sarg besehen.«

»Ja, aber vorher möchte ich noch etwas anderes mit dir besprechen. Der alte Tschao . . .«

Zweites Buch

Eine seltsame Trauerfeier

Die Uhr war auf die dritte Nachmittagsstunde vorgerückt. Der Himmel hatte sich umzogen, es herrschte eine drückende Schwüle. Die Feier der Einsargung hatte sich bereits um einige Stunden verzögert, weil der in letzter Minute bei der Internationalen Bestattungsgesellschaft »Pietät« nachbestellte Innensarg immer noch nicht eingetroffen war. Der erste Sarg, mit dem hölzernen Deckel, hatte den beiden Töchtern des Verstorbenen, der Dame Wasserrose und Fräulein Orchidee, nicht gefallen und mußte umgetauscht werden. Sie wünschten einen Sarg mit schönem, dickem gläsernen Deckel, durch den man das Antlitz des Toten hindurchsehen konnte. Den ganzen Vormittag war telefonisch und durch Boten immer wieder ungeduldig bei der »Pietät« nach dem Sarg verlangt worden. Alles im Hause war schon gerüstet, und man wartete nur auf sein Eintreffen, um die Hauptfeier dieses Tages zu begehen.

Das Gros der Trauergäste hatte sich bereits wieder entfernt. Verblieben waren lediglich die näheren Verwandten, gute Freunde und Bekannte und etliche Leute, die just nichts Besseres vorhatten. Sie hatten sich in den kühlen Schatten des weitläufigen Parks verzogen, wo sie, in Gruppen verstreut, sich die Wartezeit mit Plaudern kürzten.

Der Speisesaal, in dem es am Vormittag so lebhaft hergegangen war, lag jetzt still und verlassen da. Vier, fünf Diener waren dabei, Gläser und Teller, Bier- und Sodawasserflaschen wegzuräumen und den Fußboden von Obstschalen und Aschespuren zu säubern, wobei es nicht ohne die üblichen brummelnden Randbemerkungen abging:

»Mächtig eilig hat's unser Herr! Das ist doch keine Kleinigkeit, so eine Trauerfeier für den großen alten Gebieter, den Ältesten der Sippe. Und das muß alles in einem Tag heruntergehetzt werden.«

»Ja, das ist eben seine Art. Übrigens, wie ich vom Kollegen Kao Schong hörte, soll er heute vormittag in der Bibliothek einen gehörigen Krach mit seinem Fabrikverwalter gehabt haben. Der gute alte Mo soll ganz blaß und verstört herausgekommen sein. – Beiläufig, der große alte Gebieter hat noch Glück gehabt, daß er sich rechtzeitig aus dem Staube gemacht hat. Wenn er noch zwei Tage gezögert hätte, wer weiß! Die Bauern dort auf dem Lande sollen doch revoltiert haben. Die Alarmdepesche, die unser Herr heute morgen erhielt, dürfte die Hauptschuld an seiner schlechten Laune tragen.«

Der Sprecher war Diener Li Kweh. Er war der Vertraute der Hausfrau und seinerzeit aus ihrem Elternhaus mit in den Gattenhaushalt übernommen worden. Wenn man von Parteigruppierung innerhalb der dreißigköpfigen Dienerschaft reden konnte, so führte er die Partei der Dame Smaragd.

»Ein schönes Stück Geld wird der Tag unseren Herrn kosten. Fünfhundertsechzig Dollar soll er allein an Trinkgeldern für Kutscher und Chauffeure spendiert haben. Der Verbrauch an Bier und Limonaden soll dreißig Traglasten ausmachen«, bemerkte ein anderer Diener.

»Und dazu kommen noch die Trinkgelder für uns und die Kollegen! Die werden mindestens tausend Dollar ausmachen«, fügte Li Kweh hinzu. Die stolze Ziffer, die er nannte, ließ die anderen einen Augenblick in der Arbeit innehalten und einen freudigen Schimmer über ihre gleichgültigen Gesichter huschen. Aber das dauerte nur einen kurzen Augenblick. Dann hatte man sich nüchtern errechnet, daß sich diese tausend Dollar doch auf soundso viele Köpfe verteilten. Da waren außer dem eigentlichen Personal noch die Miet- und Lohndiener zu berücksichtigen, die den zahllosen Kondolenzbesuchern die Visitenkarten abzunehmen und sie zur Seelenhalle zu geleiten hatten, da waren auch noch die Musikanten und die Köche des renommierten vegetarischen Speisehauses »Wald der Geschmäcker«, denen die Zubereitung einer erstklassigen fleischlosen Trauerkost anvertraut war. Alles in allem waren das hundert Köpfe, die nach abgestuftem Rangtarif berücksichtigt werden wollten, da blieb für den einzelnen der niederen Rangstufe nicht allzuviel. Von solcherlei Erwägungen ernüchtert, wollten die vier, fünf Hausdiener gerade verdrossen und mürrisch ihre Säuberungsarbeit fortsetzen, als in der Tür eine neue verdrießliche Miene auftauchte.

»Was! Hier auch niemand? – Li Kweh, hast du irgendwo Fräulein Koralle gesehen?« rief der junge Dichterstudent Fan herein und lief, ohne erst eine Antwort abzuwarten, durch den Salon gleich weiter zur Veranda. Da seine suchenden Augen auch hier niemanden entdeckten, riß er ungeduldig die nächste Tür auf und äugte in die feierlich schweigende Totenkammer hinein. Auch hier keine der gesuchten Damen, nur fünf alte, zur Rolle von Klageweibern bestimmte Dienerinnen hockten stumm und regungslos wie Lehmgötzen auf einer Bank an der Wand.

In der Mitte des Raums lag offen aufgebahrt die Leiche, rings umhäuft von ganzen Bergen frischer Blumen. Zwischen den Blumenhügeln glitzerte es hier und da kristallen; da lagen, in fünf, sechs Schichten übereinandergehäuft, längliche, vierkantige Blocks künstlichen Eises.

Fan überkam fröstelndes Schauern. Eilig lief er durch den mit weißem Trauertuch ausgeschlagenen Hauptausgang zur Treppe ins Freie. Dort holte er tief Atem und schaute zum düster bewölkten Himmel auf. Wie drückend das alles wirkte. Der graue Himmel, die Schwüle, die traurige Leichenkammer, die öde Stille! Ein Gefühl trostloser Niedergeschlagenheit überfiel ihn.

Unterhalb der Freitreppe, an die Pfosten des Trauerpailoh's gelehnt, dösten, ihre Instrumente im Arm, die Musikanten im Halbschlummer. Sie hatten vom frühen Morgen an tüchtig gearbeitet und schöpften nun in einem Nickerchen neue Kraft für die bevorstehende Schlußfeierlichkeit.

Fan empfand auch den Anblick dieser schlafenden Musikanten als störend und lästig. Seine Stimmung wurde immer mißvergnügter. Da war es ihm eine willkommene Ablenkung, daß Vetter Wunderpilz zufällig rechts von der Freitreppe aus dem Park kam. Er schaute im Gegensatz zu Fan recht vergnügt drein, nahm den anderen wortlos bei der Hand und zerrte ihn trotz Sträubens mit sich ins Parkinnere fort.

»Ich suche Koralle. Hast du sie irgendwo gesehen?« fragte Fan.

»Sage ich dir später. Jetzt komm mit, ich muß dir eine köstliche Sache – nein, Theaterszene zeigen«, erwiderte Wunderpilz.

Er bog in einen Seitenpfad ein, der durch dichtes blühendes Fliedergebüsch zu einem versteckten Plätzchen im östlichen Parkzipfel führte. Es ging an einem gläsernen Gewächshaus vorbei, dessen Dach jetzt mit schattenspendenden Binsenmatten bedeckt war. Dann stand man vor einem kleinen, flachen, dreieckigen Pavillon. Tür und Fenster standen weit offen und waren mit bunt bedruckten Bambusmatten japanischer Machart verhängt.

»Das ist doch der Billardpavillon. Aus Billardspiel mache ich mir nichts«, bemerkte Fan enttäuscht. Der andere hielt ihm geschwind die Hand vor den Mund.

»Pst! Nicht sprechen! Sehen sollst du! Was die da drinnen für ein

Billardspiel treiben!« flüsterte er ihm ins Ohr und zog ihn leise zu einem Fenster. Gespannt spähten sie hinein.

Ei, da ging es ja lustig zu! Die schöne Yü, die Blume der Gesellschaft, tanzte unbeschuht in ihren dünnen Florstrümpfen auf einem der beiden Billardtische und wirbelte graziös über die grüne Fläche. Die Arme ausgereckt, schwenkte sie jetzt das eine Bein so hoch, daß die Zehenspitzen ihre Handflächen berührten und das ganze Körpergewicht auf den Zehenspitzen des anderen Fußes balancierte. Dann wirbelte sie so geschwind um ihre Körperachse, daß sich Kleid und Unterrock radförmig aufwärts spreizten und die volle Sicht auf ihre weißen Schenkel und die prall um das Gesäß schließende rosaseidene Schlupfhose freigaben.

Anwesend waren Hauptmann Leh, Reeder Sun, Bergwerksdirektor Wang, die beiden Seidenfabrikanten Tschu und Tschen, der dicke Zündholzfabrikant Tschou und Politiker Tang. Sie saßen auf den hochfüßigen Zuschauerhockern im Kreis herum, brüllten vor Lachen und klatschten mit den Händen den Takt zu einer in der Ecke abschnurrenden Grammophontanzplatte, während der dicke Tschou einen Billardqueue als Dirigentenstab schwang.

Auf einmal schwebte die Tänzerin einer flüchtigen Schwalbe gleich mit kühnem Sprung auf die Grünfläche des anderen Billardtischs, eine Glanzleistung, die das dankbare Publikum mit donnerndem ho tsai! bravo! quittierte. Doch beim Aufsprung schien sie sich vertreten zu haben, sie knickte in die Knie, ihre Hüfte schob und wand sich, ihr Rücken krümmte sich hohl, es schien, als wolle sie hintenüberfallen. Aber schon war Hauptmann Leh mit einem Satz rechtzeitig zur Stelle und fing sie in seinen Armen auf.

»Halt da! Loslassen! Keine unerlaubten Zärtlichkeiten!« protestierte Tang im Scherz und ging auf das eng umschlungene Pärchen los, wobei er das Kunststück fertigbrachte, die schwarzen Atlasstöckelschuhe der Tänzerin, die auf seinem kahlen Schädel balancierten, nicht zu verlieren. Die anderen folgten ihm nach, und bald war alles in einen ausgelassen lachenden und tobenden Knäuel verstrickt.

»Sieh dir das an!« sagte Wunderpilz leise zu seinem Gefährten, ihn mit dem Ellenbogen anstoßend.

»Na, und was ist schon Besonderes dabei?« versetzte Fan kalt.

»Aber – das sind doch gerade diese ›Stützen der Gesellschaft‹, die sonst das Wort Moral nicht laut genug im Munde führen können!«

»Sie tanzen ihren Totentanz!« sprach der Dichter nachdenklich vor sich hin. »Verstehst du? Totentanz! Je mehr das flache Land verelendet, je üppiger die Großstädte wachsen, je höher das Gold im Werte steigt, je teurer die Lebensmittel werden, je verheerender das Feuer des Aufruhrs und der Bauernrevolten um sich greift, desto verrückter wird der Totentanz dieser Besitzenden. Das liegt ganz in der Natur der Sache. Was ist da besonders Aufregendes daran? Komm, wir wollen lieber Koralle suchen.«

Er wandte sich zum Gehen, aber Wunderpilz hielt ihn nochmals zurück. Die Szene im Billardpavillon hatte offenbar gewechselt. Irgend jemand quetschte jetzt aus gepreßter Kehle einen Singsang heraus. Die beiden nahmen wieder ihren Beobachtungsposten ein. Sie sahen die schöne Yü wieder auf dem grünen Billardtuch tanzen, diesmal in langsamem Rhythmus. Ihre schwarzen Atlasstöckelschuhe thronten jetzt auf dem runden Schädel des dicken Tschou, der zusammengekrümmt in spaßigen Froschsprüngen herumhüpfte und dazu »quak! quak!« machte. Der hohe gepreßte Singsang kam aus der Kehle des Hauptmanns Leh, der mit so tödlichem Ernst bei der Sache war, als ob es sich um einen Schlachtgesang an der Kampffront handelte. Wunderpilz wandte sich zwinkernd nach seinem Gefährten um, dann schnellte er in plötzlichem Entschluß zum Eingang, stieß mit einem Ruck den Mattenvorhang beiseite und schrie hinein:

»Bravo! Das ist wohl der neueste Nervenkitzel? Der Totentanz!«

Augenblicklich stockten Tanz, Sang und Froschhüpfen.

In die Pause leerer Erstarrung schmetterte auf einmal von weitem, gleich einem Frühlingsgewitter, das Dröhnen der Musikkapelle mit Pfeifengeschrill und Flötengequietsch, mit Gongrasseln, Glockengebimmel und den tiefen feierlichen Brummtönen der langen Baßtuben. Die Musik für die Einsargungszeremonie! Also war der Innensarg endlich eingetroffen.

»Kommt, es geht los!« gab Fabrikant Tschu das Signal zum allgemeinen Aufbruch und stürzte als erster davon. Der dicke Tschou stolperte hinter ihm drein und vergaß dabei ganz, daß sein Schädel noch mit einem Paar eleganter Damenschuhe geziert war. Die schöne Yü getraute sich in Strümpfen nicht von ihrem Billardpodium herunter und zeterte nach ihren entführten Schuhen. Hauptmann Leh benutzte die günstige Gelegenheit, um sie galant in die Arme zu nehmen und der davoneilenden Rotte nachzutragen. Am Gewächshaus konnte er seine Last absetzen.

Dort warteten mitten auf dem Wege zwei verlassene zierliche Stöckelschuhe auf ihre Eigentümerin.

Als die Rotte der Nachzügler vor der Villa anlangte, waren die fünf Stufen der Freitreppe schon dicht mit den anderen Trauergästen besetzt. Die vielen bunten Papierlaternen, die überall rings um die Villa und den Anfahrtweg entlang an den Bäumen und Sträuchern baumelten, waren bereits angesteckt. Ihr mattes, wehmütiges Glühen, dazu der düstere aschfahle Himmel, der Abenddämmerung vortäuschte, und das langgezogene ernste Tut-Tut der Baßtuben, das alles erweckte eine beklemmende unheimliche Stimmung, die in den Herzen der Anwesenden »Angstborsten sprießen« ließ.

Ein Diener verteilte unter die Menge lange glimmende Weihrauchstäbchen, von dem Restbündel, das er noch im Arm hielt, drückte er auch dem dicken Tschou und seinen Kumpanen je ein Stäbchen in die Hand. Sie hatten sich glücklich noch in eine auf der untersten Treppenstufe vorhandene Lücke eingeschoben.

»Wozu stehen wir eigentlich hier herum?« raunte Tang seinem Nachbar, dem Reeder Sun, zu.

»Wollen wir nicht die Sache schwänzen und uns an unseren alten Fleck verdrücken?«

»Gehen wir lieber in das Speisezimmer, wir können hier rechts um das Haus herum unauffällig hinkommen.«

»Habt ihr übrigens bemerkt? Zwei fehlten: Leh und die Blume der Gesellschaft!« machte Tschu die anderen leise aufmerksam, während sie sich heimlich davonstahlen. Als sie auf ihrem weitläufigen Umweg an der Kaschmirdistellaube vorbeikamen, sahen sie von weitem das vermißte Pärchen ganz gemächlich aus dem Baumdickicht hervorkommen und auf die Villa zu spazieren. Sie hatten es anscheinend nicht eilig.

Das Speisezimmer fand man leer. Also war man zum Glück wieder unter sich.

»Kommt, machen wir's uns hier bequem. Ob wir nun der Zeremonie hinter einer Zimmerwand oder ein paar Zoll näher beiwohnen, kommt ja auf eins hinaus«, bemerkte der dicke Tschou vergnügt. Daß er die glimmenden Räucherstäbchen von den anderen einsammelte und mit seinem eigenen zusammen als »Blumenstrauß« in eine leere Rotlackvase pfropfte, war einer seiner scherzhaften Einfälle, die er so liebte. Dann warf er sich schnaufend gleich den anderen in eine weiche Sofaecke. Eine Weile wurde nicht gesprochen.

Fabrikant Tschu saß mit geschlossenen Augen da und sog krampfhaft an seiner Zigarre. Anscheinend dachte er angestrengt nach.

»Daß man diesmal zum Drachenbootfest mit seinen Schulden im Rückstand bleibt, daran ist schließlich der Krieg schuld. Deine Bank wird es mit dir doch wohl auch nicht so genau nehmen?« wandte er sich, plötzlich die Augen aufreißend, an Fabrikant Tschen.

»Ich habe wiederholt vergeblich Stundung nachgesucht. Mein Bankdirektor schützt Geldknappheit und ähnliches vor. Es ist sehr verdrießlich. – Gerade wollte ich mich an Tschu Tschai wenden. Vielleicht hilft er mir mit einem Kredit aus der Verlegenheit.«

»Tschu Tschai? – O weh!!«

Tschu's verzweifelnder Ausruf riß ihn jäh aus der Illusion. Er begriff nicht. Dieser Tschu Tschai hatte doch ein so vertrauenerweckendes, mildes, freundliches Schafgesicht, ganz anders als jener unkulante Bankdirektor mit der ewig reservierten, maskenstarren Büromiene.

»Was? Du meinst, er wird nein sagen? Es handelt sich doch bloß um einen kleinen Zwischenkredit von hunderttausend und etwas darüber.«

»Na, klein kann man den Kredit nicht gerade nennen, den du brauchst, ich brauche nur die Hälfte und kann auch kein Geld auftreiben«, fiel der dicke Zündholzfabrikant ein. »Wenn diese Bankleute uns Fabrikanten ihrer Schwelle nahen sehen, dann runzeln sie schon von weitem die Stirn. Und man kann es ihnen nicht einmal verdenken, da sie doch an der Börse mit Staatsanleihe mühelos ihre hunderttausend an einem einzigen Tag scheffeln können. Was liegt ihnen schon an den Kleckerzinsen, die wir Industrielle ihnen bieten können? Kein Wunder, daß sie für unsereins nur verbindliche Redensarten übrig haben.«

»Richtig! Richtig! Freund Tschou beurteilt die Sachlage gerecht«, ließ sich Politiker Tang vernehmen. »Das ist auch immer meine Rede gewesen: nicht die Banken trifft die Schuld, sondern die Regierung! Wenn die Regierung auf der richtigen Bahn wäre, dann würde sie ihre öffentlichen Anleihen zur Hebung der Industrie verwenden, dann würden die Banken am Wohlergehen der Industrie Anteil nehmen müssen und nicht jene kühle Interesselosigkeit bekunden wie gegenwärtig. Freilich, wenn sich die Regierung nur auf Militärs verläßt, wird sie nie ins rechte Geleise kommen. Männer der Praxis, Wirtschaftler, Industrieköpfe sind dazu berufen, ihr den Weg zu weisen, ja, sie in die richtige Bahn zu *zwingen!*«

Der Politiker hatte gesprochen. Er ließ sich keine Gelegenheit entgehen, seine Lieblingsthese an den Mann zu bringen: es liege nicht daran, daß China kein Geld für industrielle Zwecke hätte, es liege an dem einseitig militaristischen Kurs der gegenwärtigen Regierung, die leider alles für Militärzwecke verausgabe und damit in offenem Gegensatz zu dem klaren Willen eines Wang Tsing Weh handele, des berufenen Hüters und Vollstreckers von Sun Yatsen's politischem Testament. Tang fühlte sich als Wortführer der Wirtschaft und stand zu vielen prominenten Wirtschaftlern in nahen persönlichen Beziehungen, so auch neuerdings zum Industriellen Sun Fu.

Aber dem Fabrikanten Tschu war mit solchen schönen, auf weite Sicht gedachten Theorien im Augenblick wenig gedient. Für ihn war die praktische Frage brennend: wie sollte er über den nächsten Zahlungstermin hinwegkommen? Sollte er seine Garnvorräte zu den jetzigen niedrigen Preisen verschleudern? Konnte er überhaupt seinen Betrieb weiterführen? In seinen Augen waren und blieben die Banken der schuldige Teil. Als ob seine Bankschuld von knapp hunderttausend Dollar nicht mehr als reichlich durch den Lagerbestand von zweihundert Ballen Roh- und Feinseidengarn und obendrein durch einen stattlichen Vorrat an Trockenkokons gedeckt wäre! Lächerlich! Es war einfach Schikane, ihm eine Stundung zu verweigern!

»Ihre Theorie in Ehren, Herr Tang, aber mir will scheinen, diese Gold- und Wertpapierhändler, diese Bankmenschen, haben ein anderes Herz und eine andere Leber als normale Menschen«, bemerkte er bitter. »Angenommen, die Regierung würde wirklich öffentliche Anleihen zur Förderung der Industrie auflegen, dann werden die Banken womöglich die Zeichnung zertrampeln und sabotieren, wer weiß? Dabei ist Kreditgeben doch die eigentliche Aufgabe der Banken. Staatsanleihe zeichnen ist doch auch eine Art Kreditgeben. Wenn es sich aber um Kredite für uns Industrielle handelt – ja, haben wir etwa keine Sicherheiten und keine Verzinsung zu bieten? Natürlich haben wir! Aber sie wollen uns einfach keine Kredite geben!«

»Sie wollen auch Geld verdienen, und zwar auf möglichst leichte und bequeme Art, genau wie andere Geschäftsleute auch!« fiel der dicke Tschou lachend ein. »Freund Tschu, sei friedlich! Du klagst über deine Nöte und vergißt dabei, daß die Banken auch ihre Nöte haben ...«

»Sehr richtig!« pflichtete der Politiker bei.

»Sie legen ihr gutes Geld zur größeren Hälfte in öffentlichen Anleihen an, wenn also die Anleihekurse stürzen, dann gerät ihre ganze Existenzgrundlage ins Wanken. Kein Wunder, daß sie darauf bedacht sind, Leihgelder, wie in Ihrem Falle, Herr Tschu, prompt zurückzuerhalten. Ich kann nur wiederholen, an den Mißständen, die Sie beklagen, trägt der falsche Regierungskurs schuld.«

»Laßt den Streit und hört euch lieber den neuen Plan unseres geschätzten Freundes Sun an. Ein sehr vernünftiger Plan! Völlig ernst zu nehmen!« trompetete der dicke Tschou so kräftig, daß er im ganzen Gesicht rot anlief. Aller Augen wandten sich erwartungsvoll dem Reeder Sun zu.

Der sog kühl und gelassen weiter an seiner Zigarre und wollte nicht gleich mit der Sprache heraus. Statt seiner ergriff Bergwerksbesitzer Wang Ho Fu das Wort. Noch ein Blick auf den Zettel mit flüchtigen Bleistiftnotizen, den er in der Hand hielt, ein Räuspern, dann hub er an:

»Es handelt sich um einen ganz einfachen Plan, um die Gründung einer Industriebank durch Industrielle selber, um die Bildung eines Kreditinstituts für selbständige Unternehmer. Freund Sun hat den Plan des öfteren mit mir erörtert, deshalb kann ich an seiner Stelle sprechen. Wegen der unsicheren politischen Verhältnisse strömt zur Zeit Inlandskapital in Massen nach Schanghai. Dieses Fluchtkapital sucht Anlage. Es dürfte also nicht schwerfallen, Anteilzeichner in beliebigen Mengen zu finden. Die Konjunktur ist daher für den Zweck der Gründung günstig. Wenn wir außerdem noch die staatliche Konzession zur Notenausgabe erhalten, um so besser. – Der Plan befindet sich vorläufig noch im Stadium der Erörterung. Nachdem Freund Tschou ihn ausgeschrien hat, ist es für Sie, meine Herren, an der Zeit, dazu Stellung zu nehmen.«

Wang, der sonst über ein helles durchdringendes Organ verfügte, hatte diesmal besonders leise gesprochen, so daß die Anwesenden wegen des lauten Klagegeschreies und der lärmenden Trauermusik nebenan die Ohren schon gehörig spitzen mußten, um seinen Ausführungen zu folgen. In der Tat, einfach genug klang der Plan. Wirtschaftsbanken für einzelne Wirtschaftszweige gab es bereits, das war nichts Neues. Neu an dem Plan von Sun war der Gedanke einer einheitlichen Zentralbank für Industrien aller Branchen. Die anwesenden Herren vertraten Branchen, die nicht das mindeste miteinander zu tun hatten.

Das nachdenkliche Schweigen, das folgte, wurde zuerst von Politiker Tang unterbrochen:

»Der Gedanke, alle starken Kräfte der Industrie zu einem einheitlichen Gebilde von großem Ausmaße zusammenzufassen, erscheint mir einleuchtend. Ich möchte anregen, daß wir vor allem unseren geschätzten Hausherrn Sun Fu sofort zur Beratung hinzuziehen. Ohne ihn ist an eine Verwirklichung des Planes nicht zu denken. Habe ich recht?«

»Richtig! Richtig! Ganz meine und Freund Sun's Ansicht«, bekräftigte der Bergwerksbesitzer mit gewohnt heller durchdringender Stimme.

Es erhob sich eine lebhafte Debatte über praktische Organisationsfragen und vor allem über die wichtige Frage der Postenbesetzung. Man schätzte sich gegenseitig im stillen auf seine Eignung für die maßgebenden Direktionsposten ab. Die kapitalschwachen Fabrikanten Tschen, Tschu und Tschou konnten sich nicht verhehlen, daß Leute wie der Reeder Sun oder Bergwerksbesitzer Wang ihnen in finanzieller Hinsicht und an Wendigkeit überlegen seien. Wang und Sun mußten wieder anerkennen, daß Tschou und Tschen infolge ihrer früheren Kompradorenpraxis in der internationalen Geschäftswelt Schanghais gut zu Hause seien. Allgemeine Ansicht war, daß die oberste Geschäftsleitung dem reichen, energischen, fähigen Sun Fu gebühre, zu dem alle respektvoll aufblickten.

Bloß Fabrikant Tschu war anderer Meinung. In seinen Augen war dieser wohlsituierte Wu kein Leidensgefährte, es ging ihm viel zu gut, er kannte nicht den peinigenden Finanzdruck, unter dem die anderen Seidenfabrikanten stöhnten, im Gegenteil, vor vier, fünf Monaten, also rechtzeitig vor dem gewaltigen Sinken der Garnpreise, hatte er noch einen Lieferungsvertrag über tausend Ballen zu vorteilhaften Festpreisen mit einer ausländischen Firma abschließen können, so daß er jetzt, wo die anderen an Stillegung der Betriebe dachten, gar nicht rasch und viel genug produzieren konnte. Sein einziger schwacher Punkt war der Mangel an getrockneten Kokons, und die waren zur Zeit recht teuer, weil die Kokons frischer Ernte in der Qualität schlecht geraten waren. Und japanische Trockenkokons waren, obzwar zollfrei eingeführt, wegen des neuerlichen Anziehens der Wechselkurse auf Tokio auch nicht billig zu haben.

Während solcherlei Erwägungen dem still abseits sitzenden Tschu durch den Kopf gingen, trat händeringend wie immer der Hausarzt Dr. Ting ein.

Er kam aus der anstoßenden Totenkammer.

»Fertig! Dieses Internationale Bestattungsinstitut versteht sein Handwerk. Wie die den alten Herrn herausstaffiert und zurechtgeschminkt haben, fabelhaft! Wenn man ihn so mit angeröteten Bäckchen in seinem Sarg liegen sieht, möchte man glauben, daß er bloß schläft. Was? Schon halb drei!«

Er begann die vielen guten Dinge zu beschnüffeln, die eben von den Dienern auf den verschiedenen Tischen abgeladen wurden und die anwesenden Herren zu einer Diskussionspause veranlaßten: Sodawasser, Brausen, Eisfrüchte, Gefrorenes, eisgekühlte Mandelcreme, »Obstsalat der acht Köstlichkeiten«, »Sahnetorte der tausend Schichten« und andere ausländische Leckereien.

Doktor Ting beäugte all diese Köstlichkeiten, schüttelte den Kopf und rührte nichts an. Er war bekannt dafür, daß er alle Speisen sehr gründlich auf ihren Vitamingehalt zu prüfen pflegte und alles, was nicht hohen Nährwert besaß, mochte es noch so schmackhaft sein, ablehnte. Sein komisches Gebaren reizte bereits die Lachmuskeln der anderen Herren, als er durch eine Kammerjungfer zur Dame des Hauses abberufen wurde. Sie fühle sich unpäßlich, hieß es.

Er war kaum zur Tür hinaus, als zur anderen der Hausherr eintrat. Politiker Tang setzte augenblicklich seinen Kuchenteller nieder und rief ihm zu:

»Sie kommen im rechten Augenblick! Wir sind gerade bei einer wichtigen Beratung und brauchen Ihre Meinung. Es handelt sich um den neuen Plan, den die Herren Sun und Wang ausgedacht haben.«

Die beiden zierten sich erst ein Weilchen, dann legten sie los und entwickelten ihren Plan in großen Zügen.

»Wir haben bloß blind darauflosgeblasen«, bemerkte Wang lachend zum Schluß. »Und wir würden jetzt gar nicht davon angefangen haben, wenn nicht Freund Tang die Rede darauf gebracht hätte. Aber Sie werden am heutigen Trauertag abgespannt sein und den Kopf voll von anderen Dingen haben. Vertagen wir die weitere Beratung lieber auf später.«

»Nein, vertagt wird nicht! Wenn es sich um so wichtige Dinge handelt, kennt unser geschätzter Freund Sun Fu keine Müdigkeit«, widersprach der Politiker lebhaft, indem er sich als besonderen Vertrauten des Hausherrn aufspielte. Er winkte die Gesellschaft zu sich in die hintere Hälfte des Speisezimmers und begann einen Vortrag über seine Lieblingstheorie von dem richtigen Kurs der Regierung, den die Wirtschaft erzwingen müsse, von der Notwendigkeit des Zusammenschlusses der Industrie, und daß die Gründung einer Industriebank der erste Schritt zu diesem Zusammenschluß sei.

Während Sun Fu schweigend seinen langen Vortrag über sich ergehen ließ, schätzte er im stillen die Finanzkraft und Fähigkeit der anwesenden Wirtschaftler ab und kam dabei zu dem Ergebnis, daß diese Leute allein schwerlich etwas Großes zustande bringen würden. Anders freilich wäre es, wenn er selber mitmachte. Er pflegte seit jeher nicht an falscher Selbstunterschätzung zu leiden. Er traute sich schon zu, diese mittelmäßigen Könner zu einem brauchbaren Gespann zu machen, wenn er sie vor seinen eigenen Wagen spannte und die Zügel in seine eigene kräftige Faust nähme. Ob sie sich seiner Führung unterwerfen würden? Während er daraufhin prüfend seinen scharfen Blick über die Gesichter schweifen ließ, fiel ihm die gleichgültige Miene des Fabrikanten Tschu auf. Auch an der nun anhebenden Diskussion beteiligte sich dieser Tschu nicht.

»Nun, was halten Sie davon, Freund Tschu?« wandte er sich an ihn. »Bei uns in der Seidenindustrie sieht es ja mancherorts recht böse aus. So ein eigenes Finanzinstitut könnte unserer Industrie recht nützliche Dienste leisten, glaube ich.«

»Verehrter Herr Sun Fu, wir kennen uns alle gegenseitig und brauchen uns nichts vorzumachen. Mit Ihrer einzigen Ausnahme sind wir alle schwach und dringend auf starke Hilfe angewiesen«, kam die etwas mißvergnügte Antwort. Sie war begleitet von beifälligem Klatschen der beiden Fabrikanten Tschen und Tschou.

Damit war ihm klar, daß diese drei ihn ungern mit der Leitung des geplanten Kreditinstituts betraut wissen wollten. Sie gaben sich offenbar nicht der Illusion hin, von ihm Mittel zur Sanierung ihrer faulen Betriebe zu erhalten.

Er wollte etwas erwidern, aber Reeder Sun kam ihm zuvor:

»Meine Herren, im Unterschied zu anderen Banken, die das angesaugte Kapital hauptsächlich zum Zweck der Spekulation, sei es in Grundstücken, sei es in Edelmetallen, sei es in Staatsanleihen benutzen und den Bedürfnissen der Industrie allenfalls durch

Gewährung von Hypotheken Rechnung tragen, soll unsere Bank vorwiegend und in erster Linie der Unterstützung einiger aussichtsreicher und lebenswichtiger Industrie- und Verkehrsunternehmen dienen, wie zum Beispiel der Kohlenbergwerksgesellschaft in Honan oder der Gesellschaft für den Überlandautobusverkehr in den Provinzen nördlich vom Yang tse…«

Die drei Fabrikanten Tschen, Tschu und Tschou blickten sich verblüfft und enttäuscht an. So großspurig sollte das Unternehmen aufgezogen werden? Da würden sie mit ihren kleinen Lokalbetrieben schön ins Hintertreffen geraten!

Was gingen im Grunde den Fabrikanten in Schanghai die Kohlengruben im fernen Honan, der Überlandautobusverkehr in fremden Provinzen an? Der ganze Plan schien für sie wertlos zu sein; sie hörten das Wasser bloß rauschen, wurden aber davon nicht naß.

Ganz anders wirkten die Darlegungen des Reeders auf Sun Fu. Seine Augen leuchteten auf. Diesem Mann mit dem kleinen Kopf auf dem langen Hals hätte er gar nicht so viel Hirn und Weitblick zugetraut. Er spürte es, das war ein geistesverwandter Partner für ihn. Mit solchem Partner gemeinsam Gefahren zu trotzen und kühne Wagnisse zu unternehmen, würde ein Vergnügen sein. Das war ein anderer Kerl als jene mattherzigen, talentlosen Durchschnittsstümper, die ihre an sich gesunden Industriebetriebe zu kranken, lebensunfähigen Gebilden herunterwirtschafteten. Er konnte diese unfähige Unternehmersorte nicht leiden und trug sich schon immer mit dem Gedanken, sie rücksichtslos zu zermalmen und ihre Betriebe einfach in seine eigene Eisenfaust zu manövrieren. Als Reeder Sun seine Ausführungen beendet hatte, nickte er ihm stumm und beifällig zu. Dann wandte er sich an Bergwerksdirektor Wang:

»Und was ist Ihre hohe Ansicht?«

»Im großen ganzen die gleiche wie die von Freund Sun. Nur für den Anfang möchte ich eine etwas beweglichere, rundere Taktik vorschlagen. Wenn wir fremdes Kapital in ausreichender Menge anziehen wollen, sollten wir unser Sonderziel, Förderung der Industrie, anfangs nicht allzu laut betonen und uns zunächst als gewöhnliche, normale Bank aufmachen. In Anbetracht der augenblicklichen mißlichen Lage der Industrie dürfte es unserem Unternehmen sonst für außenstehende Kapitalkreise am nötigen Anreiz fehlen.«

Wang sprach in seiner gewohnten behaglichen, schmunzelnden, nordchinesischen Art, die alles Ernste ins Scherzhafte zu wenden wußte und in wohltuendem Gegensatz zu dem schweren Ernst des Vorredners stand.

»Ausgezeichnet! Übernehmt ihr beiden die Führung, und ich schließe mich an«, rief Sun Fu gutgelaunt aus und klatschte zur Bekräftigung seines Entschlusses mit der Rechten auf die Armlehne seines Sessels.

»Sie belieben zu scherzen. Die Führung gebührt Ihnen! Und Sun und ich werden Ihre Weisungen ausführen«, widersprach Wang.

»Bravo! Drei einmütige starke Partner! Einem solchen Dreibund wird sicherlich Erfolg beschieden sein!« lobte Politiker Tang und klopfte sich begeistert auf die Schenkel.

Die gleichgültigen Mienen der drei kleinen Fabrikanten Tschu, Tschen und Tschou, die sich ausgeschaltet fühlten und von dem ihrer Ansicht nach viel zu »wilden« Plan enttäuscht waren, dämpften die Stimmung aber gleich wieder und führten eine Verlegenheitspause herbei. Da war es eine willkommene Ablenkung, daß Butler Kao Schong erschien und den Hausherrn zu seinem Schwager in den kleinen Salon hinüberbat.

»Ich bitte um Entschuldigung!« sagte Sun Fu und ging zur Tür. Fabrikant Tschu stürzte ihm nach.

»Würden Sie, bitte, ein freundliches Wort bei Ihrem Herrn Schwager einlegen, daß er mir meine Schuld noch ein wenig, sagen wir drei Monate, stundet?« sprach er in der Tür auf Sun Fu ein. Der verlangsamte seinen Schritt.

»Ich hatte schon neulich deswegen mit meinem Schwager gesprochen, aber er ist nicht geneigt wegen der allgemeinen gespannten Lage; das Geld wäre zur Zeit knapp, er müsse diesmal grundsätzlich auf pünktlicher Rückzahlung seiner Außenstände bestehen, das beträfe keineswegs Sie allein, Herr Tschu – – –«

»Dann bleibt mir nur eins übrig: Bankrotterklärung!« Sun Fu blieb stehen. Sein scharfer Blick musterte den anderen. Gewiß, dessen Miene war ernst und entschlossen, aber er kam doch zu dem Ergebnis, daß man ihn nur mit einer leeren Drohung einschüchtern wolle. Er ließ sich nichts anmerken und fuhr gelassen fort:

»Warum denn gleich Bankrott? Ihre Aktiven übersteigen doch weit Ihre Passiven.«

»Es bleibt mir auch noch ein zweiter Weg: Stillegung auf drei Monate!«

Sun Fu zuckte zusammen. Diese zweite Drohung konnte ihn nicht kalt lassen. Wie nun einmal die augenblickliche Lage war, glich die

Schanghaier Seidenindustrie einem Pulvermagazin, das durch einen einzigen Funken in die Luft gehen konnte. Stillegung eines einzigen Betriebes könnte sofortigen Generalstreik zur Folge haben. Ein Streik wäre ihm aber gerade jetzt, da er wegen seines großen Lieferungsvertrags gar nicht genug produzieren konnte, höchst ungelegen gewesen. Das wußte Tschu natürlich genau, darum die Drohung mit der Stillegung.

»Nun gut, ich werde Ihren Wunsch nach Kräften befürworten. Wir sprechen uns später weiter«, erklärte Sun Fu nach kurzem Nachdenken und verschwand, ohne sich von dem anderen noch länger aufhalten zu lassen, in den kleinen Salon. Das geringschätzige Lächeln auf seiner Miene konnte Tschu nicht mehr wahrnehmen.

Der Bankier wartete schon ungeduldig. Er hatte bereits mehrere Doppelprisen geschnupft und zweimal niesen müssen. Als er dann seinen Schwager die Tür heftig, wie auf der Flucht, aufreißen und mit ärgerlicher Miene eintreten sah, bekam er einen Schreck. Womöglich ist in der Fabrik etwas passiert oder ein neues Unglückstelegramm vom Lande eingetroffen, mutmaßte er.

»Was ist los? Türmt sich eine neue Welle, kaum daß sich die letzte geglättet hat?«

Sun Fu warf sich abgespannt in einen Sessel.

»Das Leben ist schon ein Kampf. Es ist, als ob man über elektrisch geladenen Flatterminen wandelte. Jeden Augenblick kann eine losgehen und dich in Stücke fetzen«, sagte er düster. Aber gleich darauf verzog sich seine Miene zu einem spöttischen Lächeln.

»Dieser Tschu! So ein Kerl! Will mir eins auswischen!«

»Ach, um den handelt es sich«, bemerkte der Bankier erleichtert und genehmigte sich in aller Ruhe eine neue Doppelprise.

»Ja, um Tschu. Er möchte, daß du ihm seine Schuld auf drei Monate stundest – mindestens drei Monate, allem Anschein nach. Er bat mich um meine Fürsprache. Als ich ablehnte, drohte er, drohte mit Bankrotterklärung, mit Stillegung! Einschüchtern wollte er mich! Er hält mich wohl für einen Narren, daß ich auf seine Winkelzüge hereinfallen soll? So ein Kerl!«

»Na, und was hast du ihm zur Antwort gegeben?«

»Auf nachher habe ich ihn vertröstet. – Aber im Ernst, Tschu Tschai, willst du ihm eine Stundung einräumen?«

»Es wird mir wohl nichts anderes übrigbleiben. Er wird zwar auch später nicht zahlen, aber immerhin ist meine Forderung nicht allzu hoch, bloß achtzigtausend, und die ist reichlich gesichert durch verpfändete hundertfünfzig Ballen Garn mittlerer Sorte.«

Während Tschu Tschai noch sprach, war Sun Fu aufgesprungen und durchmaß mit langen Schritten wie ein hungriger Löwe im Käfig ein paarmal das Zimmer. Dann warf er sich wieder in den Sessel.

»Wozu soviel Rücksichtnahme? Du bist doch sonst nicht so! Dieser Tschu verdient keine Rücksicht. Er ist ein sturer, dummer Bursche. Ich hasse diese Sorte. Damals, als der Preis für Seidengarne Klasse B noch auf 900 Taels pro Ballen stand, da wollte er nicht verkaufen, obwohl er damit auf seine Kosten gekommen wäre. Das war seine Sturheit. Später, als der Preis auf 850 gefallen war, wollte er erst recht nicht verkaufen. Er hoffte törichterweise auf neuerliches Anziehen und nahm sogar noch fünfzig Ballen Szetschuan-Garn hinein. Das war seine Dummheit. Seine Dummheit resultiert wieder aus seiner Sturheit. Solche Leute können wir in unserer Industrie nicht gebrauchen. Er versteht nichts von Betriebsführung, seine Fabrikate sind miserabel, viel zu sehr mit Frauenhaar vermischt. Der Kerl blamiert die ganze Zunft. Jammerschade um den schönen Satz moderner italienischer Spulmaschinen, den er sich zugelegt hat.«

»Ja, was empfiehlst du mir denn?« fragte der andere ungeduldig. Er war in der Seidenbranche völliger Laie.

»Pumpe ihm zu den früheren achtzigtausend noch siebzigtausend hinzu. Das macht hundertfünfzigtausend.«

»Was? Noch mehr soll ich ihm kreditieren?« rief Tschu Tschai aus und fuhr überrascht in die Höhe, wobei er die neue Prise Schnupftabak, die er auf seinem rechten Mittelfinger bereit hielt, über den Rockkragen verschüttete.

»Ganz recht, noch siebzigtausend mehr. Aber ich meine es nicht so, daß du ihm die alten achtzigtausend prolongieren sollst, sondern du sollst ihm beim Fälligkeitstermin einen völlig neuen Kredit von hundertfünfzigtausend einräumen, natürlich unter Abzug der Zinsen für die alte Schuld.«

»Ja, aber ich verstehe nicht recht, wozu? Es liegt ihm doch nur an Stundung der bisherigen achtzigtausend.«

»Hör zu! Die Hauptsache kommt noch; du räumst ihm den neuen Kredit auf einen Monat ein und verlangst als Sicherheit weder ›Frischgarn‹ noch ›Trockengarn‹, noch ›Aschengarn‹, überhaupt kein Garn, sondern ausschließlich Trockenkokons. Du läßt dir seinen Vorrat an Trockenkokons dergestalt verpfänden, daß du frei darüber verfügen kannst, falls er bei Fälligkeit nicht zahlt. – Ferner, du gibst dich nicht selbst als Geldgeber aus, sondern als Mittelsmann, der ihm den Kredit bei anderen Leuten, bei irgendeinem Finanzkonzern verschafft hat. Verstanden?«

Nachdem er gesprochen hatte, ließ Sun Fu seinen durchdringenden Blick mit voller Bannkraft starr und unverwandt auf dem Lammgesicht des anderen ruhen. Er kannte dessen gewinnlüsterne und andrerseits argwöhnische, zaudernde Art. Da mußte man in Ruhe auf Antwort warten. Inzwischen spazierte sein beweglicher Geist bereits in die Zukunft und malte sich aus, wie einen Monat später ein wertvoller Posten Trockenkokons und vielleicht nach weiteren drei Monaten auch noch ein wertvoller Satz moderner italienischer Spulmaschinen in seinen eigenen Besitz wandern würden. –

Während dieser Pause trat Frau Smaragd, die Dame des Hauses, leise ins Zimmer und nahm ihrem Manne gegenüber schweigend Platz. Anscheinend hatte sie irgend etwas auf dem Herzen. Sie sah blaß und leidend aus, und Sun Fu erinnerte sich, daß sie vorhin über Magenverstimmung geklagt und nach dem Hausarzt verlangt hatte. Gerade wollte er ein Wort der Teilnahme an sie richten, als sein Schwager einen lauten Nieser tat und gleich darauf seinen mit Spannung erwarteten Entschluß kundgab:

»Gut, ich werde dem Tschu im Sinne deines Vorschlags den neuen erhöhten Kredit gewähren. – Aber, Sun Fu, sage mir noch das eine: werden denn diese Trockenkokons auch eine hinreichende Deckung darstellen?«

Sun Fu mußte aus vollem Halse herauslachen.

»Wie, du fürchtest, die Kokons könnten keine ausreichende Deckung für deine geliehenen hundertfünfzigtausend darstellen? Ich fürchte höchstens, Tschu wird seine Kokons nicht verpfänden wollen, weil sie ihm zu wertvoll sind! Aber er hat nur einen Monat Frist. Er müßte schon aus Blech Gold zaubern können, wenn er bis dahin zahlungsfähig wäre. Nein, seine Kokons werden ihm am längsten gehört haben! – Warum ist er denn so verrückt und stapelt für seinen mittelmäßigen Betrieb so gewaltige Kokonvorräte auf? Zweihunderttausend ist sein Vorrat wert! Das ist ja förmliche Hamsterei! Den Preis für Kokons hat er durch seine letztjährigen Hamsterkäufe hochgetrieben, und wir anderen Fabrikanten haben den Schaden davon, darum geschieht ihm ganz recht, wenn er nun seine gehamsterten Vorräte wieder herausrücken muß!«

»Du bist wirklich boshaft!« machte sich Frau Smaragd lächelnd bemerkbar. Sun Fu und Schwager sahen sich an und brachen gleichzeitig in schallendes Gelächter aus.

»Also diese Sache wäre abgemacht. Nun etwas anderes, weshalb ich dich herbat. Tschao Po Tao hat eben angerufen, der erste Schritt unserer Aktion ist bereits getan, was den nächsten Schritt betrifft, so soll an der Börse ein Stimmungsumschwung eingetreten sein, dem wir durch entsprechende Maßnahmen wirksam Rechnung tragen müssen. Tschao bittet uns zu sofortiger Konferenz ins Cathay-Hotel...«

»Dann wollen wir keine Zeit verlieren und gleich zu ihm fahren. Eine weitere Finanzangelegenheit können wir im Auto besprechen«, drängte Sun Fu und stürzte, ohne erst seine wartende Gattin nach ihrem Anliegen zu fragen, mit seinem Schwager aus dem Zimmer. Eine Minute später hörte man draußen das Motorengebrumme eines abfahrenden Autos.

Frau Smaragd war allein im kleinen Salon zurückgeblieben. Nach dem mannigfachen Trubel des Tages tat es ihr wohl, in den geräumigen Klubsessel vergraben eine kleine Siesta abzuhalten und ein wenig zwischen Wachsein und Schlaf dahinzudämmern. Sonderbar, das leise verhallende Autogebrumm draußen vor dem Fenster hatte sie wie ein Schlummerlied eingelullt und ins ferne Traumland der Erinnerung entrückt.

Sie mußte an ihre erste Autofahrt denken, sie zählte damals fünfzehn, hieß noch »Miß« Smaragd Lin und war Zögling eines vornehmen Pensionats im Westen der Stadt. Es war ein Pensionatsausflug in die Umgebung, und sie waren alle sehr lustig gewesen auf dieser ersten Autofahrt ihres Lebens. Man freute sich der eben errungenen neuzeitlichen Freiheiten für die chinesische Frauenwelt und schaute lachend in die Zukunft. Diese Zukunft erschien ihnen wie ein bis zum Rande gefüllter Becher köstlichen Weines, der nimmer zur Neige gehen würde.

Beeinflußt durch die Lektüre romantischer Geschichten, wie Shakespeares »Sturm« und »Sommernachtstraum« oder Scotts »Ivanhoe« und ähnlichem, hatte man das Köpfchen vollgepfropft mit edlen Helden und Rittergestalten, träumte von Burgen und mondscheinumflossenen Söllern, von finsteren Wäldern und wilden Inseln, kurz, man lebte in einem schönen, aber unwirklichen Lande der Romantik.

Die idyllische, versteckte Lage des Pensionats am Parkrand, abseits von allem lauten, profanen Großstadtgetriebe, half dabei mit, sich in diese unwirkliche Welt romantischer Vorstellungen und Gefühle einzuspinnen. Das galt besonders von ihr. Wie manches kühne Luftschloß hatte sich damals ihre Phantasie erbaut! Wie manchen schönen Wachtraum hatte sie damals in stillen Mondscheinnächten auf ihrem lichtumflossenen Jungmädchenbett geträumt!

Doch solche Sommernachtsträume pflegen nicht von Bestand zu sein. Eines Tages waren ihre beiden Eltern kurz hintereinander weggestorben, und mit einem Male trat die nüchterne Wirklichkeit in ihr behütetes Mädchendasein ein.

Dann brach wie ein Gewittersturm das gewaltige weltbewegende Erlebnis der Studentenrevolte vom 30. Mai 1925 auf ihr jugendliches Gemüt ein. Halb erschreckt, halb beglückt empfand sie das Geschehen jenes Tages, an dem die Studentenschaft von Schanghai auf die Straße ging und unter heroischen Blutopfern gegen fremde Bedrückung demonstrierte. In jenen jugendlichen Freiheitskämpfern sah sie so etwas wie neuzeitliche Träger jenes mittelalterlichen Rittertums, das von der Pensionatslektüre her in ihrem Köpfchen unablässig spukte und geisterte. Nur schade, daß diese Helden des Tages bloß kurz wie Kometen auftauchten und spurlos wieder erloschen, um nur eine blasse Erinnerung zurückzulassen.

Dann die dritte Realität ihres Lebens – die Heirat. Sie vergegenwärtigte sich ihr stattliches Reich, in dem sie nun als Dame des Hauses herrschte. Gewiß, es war alles da, was irgendwann, auch in dem so geschätzten Mittelalter, den verwöhnten Ansprüchen einer vornehmen Chinesin genügt haben dürfte. Und doch schien ihr bei allem äußeren Glanz irgend etwas zu fehlen, bald stark, bald schwächer empfand sie es und wurde es nicht los: das Gefühl einer Lücke in ihrem Dasein.

All die großen und kleinen Wirklichkeiten dieser Jahre hatten dennoch nicht vermocht, den Sinn für Romantik aus ihrem Köpfchen gänzlich fortzuspülen. Noch immer wartete sie auf Erfüllung gewisser Träume und vermochte nicht einzusehen, daß Leute wie ihr Gatte, jener Riese mit dem bronzefarbenen, warzenbedeckten Gesicht und dem stahlharten, brutalen Willen, nun einmal als die Ritter des zwanzigsten Jahrhunderts, dieses unromantischen Jahrhunderts der Technik und Industrie, zu gelten hatten. Zwar maßen sie sich nicht mehr im Sattel und mit der blanken Waffe, aber dafür fuhren sie im Auto und Flugzeug und trugen ihre Fehden mit der Waffe des Rechenstifts und der Kalkulation aus. Zu dieser realen Einsicht vermochte Frau Smaragd immer noch nicht durchzudringen. Es gab in ihrem Leben immer wieder Augenblicke, da sie sich in die Rolle der vereinsamten Burgfrau träumte, die auf ihren Ritter wartet. –

»Yo ko! Kommt Besuch!« weckte die krächzende Stimme des Papageis im Käfig sie aus ihren Träumereien. Sie fuhr empor. An der Tür stand in pinselstraffer, militärischer Haltung zeremoniell lächelnd Hauptmann Leh.

Wie merkwürdig doch Wirklichkeit und Traumland zusammenschmolz! dachte sie und fuhr sich sinnend über die Schläfe. Das knarrende und klirrende Geräusch seiner Stiefel, während er in wohlgeübtem Paradeschritt auf sie zuging, machte sie vollends wach. Sie erhob sich lächelnd.

»Hauptmann Leh! Bitte, nehmen Sie Platz. Mein Mann ist eben ausgefahren.«

»Ich weiß, ich sah ihn fortgehen. Er lud mich ein, zum Abendessen zu bleiben«, erwiderte er, indem er seiner Kommandostimme den weichsten Schmelz verlieh, über den er verfügte. Er blieb steif und gerade in einem Abstand von zwei Schritten vor ihr stehen und tauchte einen stummen, flackernden Blick in ihr Auge. Worauf sie sich wieder in ihren Klubsessel vergrub. Eine Weile wurde nichts gesagt. Dann fuhr er mit einem Ruck in die rechte Tasche seines Waffenrocks und trat noch einen Schritt näher.

»Gnädige! Übermorgen verlasse ich Schanghai. Es geht wieder an die Front. Diesmal wird es Ernst! Es ist das letztemal, daß ich Sie sehen und sprechen kann! Darf ich Ihnen zum Abschied eine Kleinigkeit überreichen?«

Er zog aus der Tasche ein schmächtiges Büchlein, schlug es hastig auf und reichte es ihr hin. Es war ein altes, abgegriffenes Exemplar von »Werthers Leiden«. Zwischen den aufgeschlagenen Seiten eingebettet, lag eine plattgepreßte, verwelkte weiße Rose.

Wie ein Blitzstrahl zuckte es ihr aus diesem wohlbekannten Büchlein und der weißen Rose entgegen und erhellte einen längst verdunkelten Streifen der Vergangenheit, weckte die Erinnerung an jenen heroischen Maitag des Jahres 1925, den Tag der großen blutigen Studentendemonstration, an dem sie ihm, einem jener tapferen Studentenführer, in glühender Bewunderung die weiße Rose verehrt hatte. Bewegt nahm sie das Büchlein in ihre Hand. Sie war unfähig, ein Wort zu sprechen.

»Nehmen Sie es, bitte, als Andenken oder bloß zur Verwahrung, wie Sie wollen«, fuhr er fort. »Es ist das Liebste und Teuerste, was ich auf der Welt besitze. Bevor ich an die Front gehe, möchte ich es in guten Händen aufgehoben wissen.«

Sie tat vor Rührung einen kleinen Schrei und wurde rot.

Da ließ er die Schranken der bisherigen Zurückhaltung fallen, und mit geläufigem Ungestüm kamen ihm die Worte, als er beherzt und feurig fortfuhr:

»Verehrte! Teure! Wie habe ich mich all die Jahre nach Ihnen gesehnt! Fünf Jahre sind es jetzt her, es war genau so ein schwüler, trüber Abend wie heute, als ich aus der Hand eines edlen, schönen, herrlichen Mädchens diese Rose empfing... als Zeichen ihrer Huld, mit der sie meine Verehrung erwiderte. Und dieses Buch... wir haben es damals gemeinsam gelesen... Sie werden fühlen, wie teuer mir beides ist! Aber ich war damals nur ein armer Student... Durfte ich im Ernst wagen?... Damals! Nein, es wäre Wahnsinn gewesen!... Und jetzt werden Sie verstehen, warum meine angebetete Göttin damals ihren treu ergebenen Diener so jäh aus dem Gesichtskreis verlor... Ich ging nach Kwangtung, auf die Whampoo-Kriegsschule, von dort kam ich ins Feld nach Hunan, wurde Leutnant und Hauptmann, kämpfte bei Tschang scha und Hankou, bei Wutschang und Tschong tschou, war mit bei der Eroberung von Peh ping, mußte über Hügel von Toten und Verwundeten hinweg, setzte mich unzählige Male dem Tode aus. Alles hatte ich hinter mir gelassen, nur eines nicht, dieses Buch und diese Rose, niemals, auch im tollsten Schlachtgetümmel, konnte ich mich davon trennen! Und als ich dann aus der Region des Todes wieder ins Leben zurückkehrte, habe ich nach Ihnen gesucht! Aber es war zu spät! Ein halbes Jahr habe ich hier in Schanghai nach Ihnen gesucht, und als ich Sie endlich fand... zu spät! Nun habe ich nichts mehr vom Leben zu erwarten; wenn es diesmal an die Front geht, mag ich getrost fallen! Aber diese Rose, dieses Buch sollen nicht mit mir im Dreck des Schlachtfeldes verderben! Die möchte ich in Ihrer Hand wissen... Bitte...«

Seine Stimme begann zu zittern. Erschöpft ließ er sich in einen Sessel fallen. Auf seiner Stirn standen Schweißperlen. Dann, mit einem Ruck, als ob er etwas abgeschüttelt hätte, fuhr er wieder in die Höhe und trat in beherrschter, korrekter Haltung vor sie hin:

»Verzeihung... Die Gelegenheit... Ich mußte es Ihnen noch einmal sagen... bevor...«

Er grüßte kurz mit militärisch erhobener Hand und zusammengeschlagenen Hacken, machte eine Kehrtwendung und schritt zur Tür.

»Leh Ming! Leh Ming!« rief ihm Frau Smaragd leise nach. Sie war aufgestanden und hielt die Arme nach ihm ausgestreckt. Er blieb stehen und wandte sich um. Im nächsten Augenblick hatten sie alle Konvention abgeschüttelt und lagen sich in den Armen.

»Yo ko!« krächzte es störend aus dem Käfig dazwischen. Frau Smaragd riß sich los und eilte aus dem Salon. Oben in ihrem Schlafzimmer warf sie sich schluchzend auf ihr Bett. Ihre heißen Tränen netzten eine welke Rose und ein vergilbtes Buch.

Zwischenspiel

Der ehrenwerte Herr Tsong stellt sich um

Personen:

Tsong Tsang Hai, Schwager des alten Wu, Privatus und Wucherer in der Provinzstadt Zwei-Brücken
Kia Kü, »Hausfohlen«, sein Sohn
Ah Kin, »Goldchen«, seine junge Nebenfrau
Ah'rl, sein Vogt
Li, Grundstückspekulant
Feh, genannt »Kurzbart«, Geschäftsführer des Sun Fu in Zwei-Brücken

Um die gleiche Nachmittagsstunde, zu der sich in der modernen Schanghaier Steinvilla des Industriellen Wu die feierliche Einsargungszeremonie abwickelte, lag in dem zweihundert Li auf dem Wasserweg von Schanghai entfernten Landstädtchen Zwei-Brükken Herr Tsong faul und verdrießlich auf seinem Opiumpolster in dem holzgetäfelten Rauchzimmer seines großen fang tse altchinesischen Baustils.

Herr Tsong war der Schwager des verstorbenen Sippenältesten Wu, also ein Onkel mütterlicherseits des Schanghaier Fabrikanten Wu. Der Sechziger zählte als höherer Beamter a. D. zu den Honoratioren und »Gürtelträgern« des Städtchens und war in der ganzen Gegend als schwerreicher »Ackerfürst« und Großwucherer bekannt. Er war schon von Haus aus knickerig veranlagt, seitdem ihm aber Anfang der vierziger Jahre sein »Juwel« von Stammhalter mit dem schönen Namen Kia Kü »Hausfohlen« – der Name Kia Kou »Hofhund« wäre noch viel zu gut gewesen! – beschert worden war, hatte er sich vollends zu einem Filz ganz übler Sorte entwickelt. Seine Raffgier kannte keine Grenzen, und die Rücksichtslosigkeit, mit der er seine Wucherzinsen einzutreiben pflegte, hatte ihm im Volksmund den Ehrennamen »der Leuteschinder« eingetragen. Seiner merkantilen Veranlagung entsprechend hatte er sich schon früh von den Ämtern zurückgezogen, aber nun keineswegs etwa ganze Jahre an ausgedehnte Reisen verschwendet, wie es sonst Beamte im Ruhestand lieben, nein, mit Holz, Reis, Öl, Salz und ähnlichen Artikeln des täglichen Bedarfs zu feilschen und zu schachern, das war für ihn das höchste der Gefühle.

Neuerdings, und zwar seit drei Jahren, war sein Glücksstern entschieden im Verbleichen. Als zum ersten Male die neue Flagge mit der weißen Sonne im blauen Himmel über der roten Erde in Zwei-Brücken wehte, als die Straßen von befremdlichem Aufruhr und Getöse und von den Rufen »nieder mit den Landbaronen und den korrupten Gürtelträgern!« widerhallten, da war dem Ackerfürst und Gürtelträger Tsong ein gewaltiger Schrecken in die Glieder gefahren, und aus Gründen der persönlichen Sicherheit hatte er vorgezogen, schleunigst nach Schanghai zu verschwinden. Doch dann hatte sich der Lärm wieder gelegt, die jugendlichen Radaumacher waren geflüchtet, oder man hatte sie eingelocht. Zwei-Brücken bot dem Auge wieder das gewohnte Ansehen eines friedlichen, behäbigen und geschäftigen Landstädtchens wie früher. Und so war Tsong wieder in sein Provinz fang tse zurückgekehrt.

Freilich ein Unterschied gegen früher war geblieben. Seine einstige Machtstellung war beträchtlich ins Wanken geraten. Andere junge Leute, die aber keineswegs lärmend durch die Straßen zogen und »nieder!« brüllten, waren inzwischen die »neuen Herren« geworden, die ihm Stück für Stück von seiner früheren selbstherrlichen Autorität abzwackten und ihn sogar kommandierten! »Die Alten zählen nicht mit!«, das war das neue umstürzlerische Schlagwort geworden. Was konnte er in dieser Zeit der zwangsweisen Gleichordnung tun? Seine heimliche Wut gelegentlich an Unschuldigen auslassen und mit halbem Augapfel nach der Hoffnung seines Alters, seinem »Hausfohlen«, schielen.

Der Grund seiner Verstimmung an diesem Nachmittag war zufällig keine neue Maßregelung seitens der »neuen Herren«, sondern das dringende Telegramm aus Schanghai, das ihm die Nachricht vom Ableben seines Schwagers Wu brachte.

Im ersten Augenblick, als er die Depesche in Empfang nahm, war er freudig erregt gewesen. Der Name des Absenders, seines Neffen Sun Fu, besaß Klang und Gewicht, er war häufig genug in der Schanghaier Tagespresse zu lesen. Wenn er ihm, dem Onkel in der Provinz, ein dringendes Telegramm schickte, dann brauchte er sicherlich seinen Rat in irgendeiner geschäftlichen Angelegenheit. Der Gedanke, daß er von einer seriösen, angesehenen Persönlichkeit gebraucht werde, schmeichelte seinem Selbstgefühl. Hier war doch noch gediegene, wohl fundierte Macht zu respektieren, anders als bei jenen jungen Schnöseln, die noch vor kurzem mit dem Finger in der Nase gepuhlt hatten und sich heute als die »neuen Herren« aufspielten.

Aber als er sich dann den englischen Text der Depesche übersetzt hatte, da schlug seine gehobene Stimmung aus drei Gründen in verdrießliche Enttäuschung um. Erstens stand nichts von Provisionsziffern oder Prozenten darin, sondern lediglich eine in allgemeinen Ausdrücken gehaltene Todesnachricht. Kein Wort davon, daß sein Rat in irgendeinem wichtigen Geschäft erbeten und ihm damit Gelegenheit geboten wurde, sein verborgenes Licht leuchten zu lassen. Zweitens war das Telegramm mit großer Verspätung eingegangen, drittens hatte der werte Herr Neffe in Schanghai ganz offensichtlich den alten Onkel recht salopp und respektlos behandelt. Die Sache einfach mit einem kurzen offiziellen Telegramm abzutun, das war doch keine Art! Er mußte dem alten Onkel doch wenigstens ein kleines Motorboot zum Abholen schicken, damit er noch rechtzeitig an den Trauerfeierlichkeiten teilnehmen konnte. Kurz, Herr Tsong war arg verstimmt.

In früheren Glanztagen, als er noch etwas galt, würde er in solchem Falle stracks zum Telegrafenamt gelaufen sein und seine schlechte Laune mit einigen Fußtritten an dem für den verspäteten Telegrammeingang verantwortlichen Postvorsteher ausgelassen haben. Heute, wo er als »Alter« nicht mehr mitzählte, blieb ihm nichts anderes übrig, als mit den Augen zu rollen und zornig durch den Bart zu blasen.

Er erhob sich von seinem Ruhepolster, tat ein paar Schritt und beäugte das Telegramm noch einmal genau im Schein des durch das lange schmale Fenster hereinfallenden Tageslichts. Aber er konnte nichts besseres herauslesen. Nun, wenn es heutigentags nicht mehr mit Fußtritten anging, dann wollte er dem bummeligen, pflichtvergessenen Postvorsteher wenigstens mit Worten seine Meinung sagen. Diesen Entschluß hatte er gerade gefaßt, als sein Vogt Ah'rl hereingestürzt kam. Er war schweiß- und staubbedeckt, sein Atem ging stoßweise und rasselnd. Als er die mißmutige Miene seines Herrn bemerkte, blieb er abwartend an der Tür stehen.

»Na, endlich zurück? Dachte schon, du wärst gleich ganz nach Siebenmeilenbrücken verzogen, da du nirgends aufzutreiben warst. Wollte dich schon von der Polizei suchen lassen. Aber warte! Bei der nächsten Bummelei sollst du was erleben! Einsperren lasse ich dich!«

Der brave Ah'rl war es gewohnt, nach jedem Ausgang in derartigem Polterton begrüßt zu werden. Gewöhnlich steckte nichts hinter solcher Rederei. Aber heute gesellte sich bei seinem Herrn zu dem bereits vorhandenen Ärger die befremdliche Wahrnehmung, daß Ah'rl, anstatt wie gewöhnlich gleich beim Eintritt den Erfolg seines Ausgangs zu melden, nicht mit der Sprache herauswollte, sondern keuchend fortfuhr, sich den Schweiß vom Gesicht zu wischen.

»Kerl! ist dein Maul versiegelt? So rede endlich! Wieviel Geld bringst du mit?« schnauzte ihn fußstampfend aus brüchig rostiger Kehle der Haustyrann an.

»Nicht einen halben Batzen – – – in Siebenmeilenbrücken haben sie die Alarmgongs angeschlagen und eine große Volksversammlung einberufen – – – ich konnte nicht...«

Ah'rl stockte und fuhr sich wieder mit dem Ärmel seines kurzen blauen Drillichkittels über das Gesicht. Vor seinem verdunkelten Auge erschien plötzlich wieder die vorhin erlebte Versammlung: die zusammengeballte, erregte Masse der Tausende, die zahllosen aufgepflanzten Äxte und Hacken und roten Banner, die Tausende von rotunterlaufenen, verängstigten Augenpaaren! In seinem Ohr dröhnte und brauste wieder das majestätische, tiefe Brummen der riesigen Tempelgongs und das rauhe, donnergleiche Wutgebrüll aus Zigtausenden von Kehlen. Und die Erinnerung an das Gesehene und Gehörte ließ sein Herz wieder in rasenden Schlägen an die Brustwand klopfen und trieb ihm von neuem den Schweiß aus den Poren.

Von all dem, was im Innern des braven Ah'rl vorging, konnte Herr Tsong freilich nichts ahnen. Er sah nur den verstockten, wortfaulen Untergebenen, und sein Zorn schwoll noch höher.

»Was schert uns ihre verfluchte Volksversammlung! Geld solltest du eintreiben! Hast du der Bande nicht Bescheid gesagt? Wenn sie heute nicht zahlen, schickt ihnen dein Herr morgen die Polizei auf den Hals! Das solltest du sagen!«

»Dann schicke doch die Polizei aus! Ich jedenfalls gehe nicht wieder hin, und wenn du mir den Kopf abhackst! Als ich nach Siebenmeilenbrücken kam, waren sie alle bei der Volksversammlung. Als sie mich sahen und hörten, ich wolle für dich rückständige Pachtschulden eintreiben, da haben sie mich beschimpft und verflucht, gar nicht wieder fortlassen wollten sie mich.«

Ah'rl hatte sich mehr und mehr in Hitze geredet und war im

schönsten Zug fortzufahren, aber sein Herr schnitt ihm mit einem zornigen Schlag auf den Tisch das Wort ab.

Nicht genug, daß er wagte, mit leeren Händen vor ihn hinzutreten, nein, der Kerl, der Untergebene, der Sklave erfrechte sich auch, den gebotenen Abstand zu mißachten und ihn, den lao ye, den alten Gebieter, die Respektsperson, zu duzen! Herr Tsong schäumte.

»Sklavenhund, elender! Sicherlich hast du dich um deinen Auftrag gedrückt und bist überhaupt nicht in Siebenmeilenbrücken gewesen. Was geht mich die verfluchte Versammlung an! Vermutlich hat sie der verdammte Bauernbundführer Tschen Lao Pa einberufen. Aber der hat zu allerletzt Recht, gegen mich zu stänkern. Er wuchert die Bauern ja selber aus. Wie komme gerade ich dazu, um mein gutes Geld geprellt zu werden? Das wäre noch schöner. Morgen werde ich ein Wörtchen mit dem alten Tschen reden und der Sache auf den Grund gehen. Wehe dir, wenn du mich beschwindelt hast!«

»Nein, es war keine Bauernbundversammlung, Tschen hat nichts damit zu tun!« beteuerte Ah'rl eifrig. »Es war eine Versammlung ganz anderer, neuer Art. Die Tausende, die zusammenströmten, waren alles arme Teufel, sie kamen in kurzen Kitteln und bloßen Füßen, kein einziger trug einen anständigen langen Rock. Bisher wissen nur die Einheimischen in Siebenmeilenbrücken von der Versammlung, hier in Zwei-Brücken weiß man noch gar nicht, was dort drüben vorgeht.«

Ah'rl hatte seine anfängliche Scheu überwunden und redete jetzt immer lebhafter darauf los. Aber auf einmal hielt er inne, als er die beängstigende Veränderung gewahrte, die mit seinem Herrn vorging. Sein Gesicht hatte sich verfärbt und war totenblaß geworden. Die Finger seiner ausgestreckten Rechten schrieben zitternd Tapetenkringel in die Luft. Und dann sank er taumelnd auf das Opiumpolster. Da lag er nun, der strenge Haustyrann, der sonst seine Umgebung zittern machte, und war mit seinen zugeklappten Lidern und dem kraftlos zur Seite hängenden Kopf kläglich anzusehen, wie ein stolzer Kampfgockel nach verlorenem Hahnenkampf. Es war das erstemal während seiner ganzen zehnjährigen Dienstzeit, daß Ah'rl seinen Herrn schwach sah!

Der brave Ah'rl war eine gutmütige Seele. Er machte sich schon Gewissensbisse, den alten, durch überreichen Opiumgenuß hinfällig gewordenen Mann womöglich zu Tode erschreckt zu haben. Dafür würde ihn sicherlich der himmlische Boddhisatva durch eine Verkürzung seiner Lebenstage bestrafen.

Aber seine Gewissensbedenken waren unnötig. Schon war Herr Tsong wieder zu sich gekommen. Er riß die Augen auf und funkelte seinen Untergebenen mit bösartigen Blicken an. Dann sprang er mit einem Ruck in die Höhe, packte die schwere elfenbeinerne Opiumpfeife, schwang sie in Richtung von Ah'rls Schädel und wetterte in alter Frische los:

»Sklavenhund, miserabler! Also Revolution wollt ihr machen!«

Knacks! Die elfenbeinerne Opiumpfeife war in zwei Stücke gebrochen, aber nicht an Ah'rls Schädel – er hatte ihn rechtzeitig zur Seite gebogen –, sondern an seinem zur Abwehr vorgehaltenen muskulösen, eisenharten Oberarm. Der gewalttätige Angriff hatte auch das friedliche Blut des gutartigen Ah'rl in Wallung gebracht. In entschlossener Haltung, den Blick furchtlos aus weitgerundeten Augen auf den Angreifer geheftet, stand er abwehrbereit da. Diese ganz und gar unbotmäßige, ja aufsässige Haltung reizte seinen Herrn erst recht. Mit einem zornigen Grunzlaut riß er den Zinnleuchter vom Opiumtablett und schleuderte ihn mit aller Kraft nach dem Kopf des unschuldigen Ah'rl. Aber auch das zweite Wurfgeschoß verfehlte sein Ziel und fiel wirkungslos zu Boden. Doch nicht ganz wirkungslos. Die Spitze der Bronzenadel auf der Leuchterkuppe hatte beim Anprall die Haut am Handgelenk des Getroffenen geritzt. Dort sickerte es rötlich hervor. Blut! Sein Anblick verdunkelte Ah'rls Sinne. »Schlagt die Hunde, die Leuteschinder tot!« Dieser Ruf aus der heutigen Massenversammlung in Siebenmeilenbrücken brauste auf einmal wieder in seinem Ohr. Seine Faust spannte sich fester. Noch ein dritter Angriff – und dann würde es geschehn! Aber es kam nicht dazu.

Ein hübsches junges Weib kam flennend hereingerannt und warf sich so ungestüm an die Brust des alten Mannes, daß sie ihn beinahe umgerissen hätte.

»Goldchen! was ist los?« rief Herr Tsong bestürzt aus, während er mit Hilfe der Tischkante sein erschüttertes Gleichgewicht wiederherstellte.

Bevor Goldchen zum Antworten kam, war ein andres junges Weib auf der Bildfläche erschienen. Sie war größer und derber gebaut als das zierliche Goldchen. Im Nu war der Raum von einem verworrenen mißtönigen Duett scheltender und keifender Weiberstimmen erfüllt.

Herr Tsong hörte sich das liebliche Duett eine Weile kopfschüttelnd und seufzend an, dann streckte er sich auf sein Opiumpolster und schloß resigniert die Augen. Obwohl weit und breit als hartnäckiger Prozeßhengst bekannt und gefürchtet, war er doch dem ewigen Geplänkel zwischen den beiden Frauen seines eigenen Haushalts – seiner unrechtmäßigen »Neuen« und seiner Schwiegertochter – gegenüber völlig macht- und hilflos. Seine ganze Stellungnahme pflegte sich darauf zu beschränken, daß er sich blind und taub stellte.

Ah'rl hatte sich inzwischen diskret entfernt. Dafür war, von dem Lärm angelockt, die Amme mit des Hausherrn Enkel im Arm hinzugekommen. Eine Grobmagd leistete ihr bei der anregenden Beschäftigung, von den Stufen unter der Dachtraufe vor dem Rauchzimmereingang aus zu lauschen, Gesellschaft.

Herr Tsong sog krampfhaft an einer frisch angesteckten Opiumpfeife. Er ignorierte völlig den geräuschvollen Disput in Hörweite. Seine Gedanken kreisten einesteils voll Trauer um die zerbrochene elfenbeinerne Pfeife, anderenteils voll Unruhe um die mysteriöse Volksversammlung in Siebenmeilenbrücken, von der Ah'rl gemunkelt hatte. Dabei kam ihn etwas wie Reue an, daß er sich vorhin so hatte hinreißen lassen. Man konnte ja nicht wissen, welchen Lauf die Dinge nehmen würden. Wenn Ah'rl mit seiner Andeutung recht hatte, dann würde der kommunistische Feuerbrand vielleicht in Bälde auch auf Zwei-Brücken überspringen? Man mußte darauf gefaßt sein. Immerhin, hier im Städtchen lag ein ganzes Bataillon Militär, außerdem war noch die Ortsmiliz da. Was war da zu befürchten? Im Gegenteil, da würde er die schönste Gelegenheit haben, einige säumige Schuldner und persönliche Gegner bei der Obrigkeit ganz einfach als Kommunisten zu denunzieren und ihnen auf diese Weise eins auszuwischen. In dem allgemeinen Durcheinander würde man es nicht so genau nehmen.

Da fiel ihm noch ein: was ihm vorhin Ah'rl berichtet hatte, war ja im Städtchen noch gar nicht bekannt, war sein privates Geheimnis. Vor allem, die neuen Herren, die ihn, den alten Patrizier, so gern schikanierten und schurigelten, schliefen noch ahnungslos dicht an der Trommel, die im nächsten Augenblick losdröhnen konnte! Bei diesem Gedanken verklärte sich sein mageres, zerknittertes Gesicht zu einem zufriedenen Lächeln. Wie wohl würde das tun, diese Wichtigtuer einmal in ihrer ganzen Ignoranz bloßzustellen!

»Ausgezeichnet! So werde ich vorgehen! Die Bande soll meine Pranke zu spüren bekommen! Haha!«

Also sprach er im Selbstgespräch laut vor sich hin, während er die Pfeife auf das Rauchtischchen ablegte. »Haha!« lachte er in der Vorfreude nochmals aus voller, rostiger Kehle, und die Wand warf ein gespenstiges Echo in seine Ohrmuschel zurück.

Das Echo brachte ihm zum Bewußtsein, daß der jetzt stumme Raum doch eben noch vom lärmenden Gezank der Frauen erfüllt gewesen war. Er blickte suchend umher. Die größere, seine Schwiegertochter, war verschwunden. Die kleinere, sein Goldchen, sah er am Boden neben dem Tisch gegenüber seinem Opiumpolster kauern. Sie hielt das Taschentuch vor das Gesicht gepreßt, so daß es aussah, als ob sie weinte.

»Ah Kin! Goldchen!«

Keine Antwort. Er rappelte sich hoch und wollte gerade zu ihr hinübergehen, um ihr ein paar Trostworte zu sagen, als sie ihr Gesicht enthüllte. Es zeigte sich keine Spur von Tränen, nur die Lidränder waren etwas gerötet.

»Morgen gehe ich fort, nach Hause! Ich halte diese Behandlung nicht länger aus!« rief sie pathetisch aus und begann jämmerlich zu schluchzen. Aber es war nur ein trockenes Schluchzen.

»Na, na – beruhige dich. Im Augenblick wird mein Sohn hier sein, er wird dir Genugtuung verschaffen und seiner ungezogenen Frau ein paar Ohrfeigen herunterhauen. Ich werde darauf bestehen. Sieh, ich bringe es nun einmal nicht fertig, mich mit solcher Sorte Weiber herumzustreiten. Ich kann es ja auch nicht gut ändern, daß du mit so einem garstigen Skorpion unter einem Dache leben mußt. Na, schon gut. Nun sei hübsch brav, geh' in die Küche und sieh nach, ob meine Schwalbennestersuppe fertig ist. Ich bin in Eile, habe einen wichtigen behördlichen Gang vor.«

Er trat an ihre Seite und wischte ihr mit seinem rauchdurchtränkten Ärmel über das Gesicht, in der wohlmeinenden Absicht, ihr die vermeintlichen Tränen zu trocknen.

»Puh!« machte sie und entzog lachend ihr Köpfchen der Berührung mit seinem unappetitlichen Ärmel.

»Hm, kann man sich denn auch auf dein Wort verlassen?«

»Was ich verspreche, halte ich! Nur mußt du verstehen, ich bin der Senior des Hauses, da habe ich es nicht nötig, meine eigene Hand zu bemühen. Das überlasse ich meinem Sohne. Habe ich nicht auch damals kräftig für dich Partei genommen, als dein früherer Mann herkam und Skandal machte? Habe ich nicht die Polizei auf ihn gehetzt? Aber meine eigene Schwiegertochter kann ich doch nicht gut der Polizei ausliefern. Gedulde dich noch ein Weilchen, gleich wird mein Sohn zurück sein, er soll es diesem Biest gehörig geben! Verlaß dich auf mich! Ich habe mein Wort noch immer gehalten!«

»Sooo? Und wo bleibt der goldene Ring, den du mir im vorigen Monat versprochen hast?«

»Ach, ach, das ist wieder etwas anderes. Geschenke machen und bestrafen, das ist zweierlei. Im übrigen, was hast du schon groß an einem goldenen Ring? Deine Hand ist auch ohne Ring hübsch. Das Geld, das ich für den Ring ausgegeben hätte, hat inzwischen auf der Bank gelegen und Zinsen getragen. Ist das nicht viel nützlicher? Na, nun mach schon und lauf in die Küche und sieh nach meiner Schwalbennestersuppe. Und wenn ich von meinem Ausgang zurückkomme, bringe ich dir auch eine hübsche Hundertdollarnote mit. Hörst du? Hundert Dollar!«

Nun, ein Hunderter pflegt noch immer seinen Zauber auszuüben. Kurz, Goldchen war getröstet und verschwand in die Küche. Herr Tsong aber schmunzelte innerlich. Da hatte doch seine bewährte Diplomatie wieder einmal einen Erfolg erzielt. Das hob die gesunkenen Lebensgeister. Wohlgemut und zufrieden mit sich selbst streckte er sich von neuem auf sein Ruhepolster und stopfte sich eine extra große Opiumkugel in die Pfeife.

Aber er hatte noch keinen halben Zug getan, als aus dem anstoßenden Innengemach von neuem lärmendes Gezänk herüberscholl. Diesmal war es ein Terzett. Zwischen die beiden hellen Frauenstimmen schmetterte eine zornige Mannesstimme. Das Hausfohlen war auf dem Kampfplatz erschienen!

Herr Tsong drehte sich philosophisch auf die andere Seite und suchte seine ganze Aufmerksamkeit auf die geliebte Pfeife zu konzentrieren, an der er mit Andacht und Hingabe sog. Aber er konnte doch nicht verhindern, daß aus dem mißtönigen Konzert von nebenan eine in schrillem Sopran herausgequietschte, besonders mißtönige Solokantilene über seine Bewußtseinsschwelle drang und sich in seinen Eingeweiden festfraß.

»Schamloses Ding! Der Alte genügt dir wohl nicht zum Einheizen? Da muß der Junge herhalten, ha! Aber ich lasse mir das nicht bieten!«

Das war die Stimme seiner Schwiegertochter gewesen. Ein helles melodisches Lachen war Goldchens Antwort. Dann fiel mit polterndem Schelten das Hausfohlen ein, ein langgezogenes Heulen der Schwiegertochter, verbunden mit dem klatschenden Geräusch von Schlägen, bildete den disharmonischen Schlußakkord dieses Hauskonzerts.

Herr Tsong vergaß für eine Weile die wichtige Obliegenheit, an der Pfeife zu saugen. Der Satz »der Alte genügt dir wohl nicht zum Einheizen?« ging ihm mächtig im Kopf herum. Mit dem »Alten« war doch zweifellos er selber gemeint. Peinlich! Zwar, da in dem Satz nichts von Geld vorkam, brauchte man ihn nicht allzu tragisch zu nehmen. Immerhin, einen unbehaglichen sauren Geschmack gekränkter Eitelkeit ließ er zurück. Also war er zu alt für Goldchen! Und sein Sohn hatte seine grobschlächtige Frau weniger aus Gehorsam den väterlichen Wünschen gegenüber als aus Liebe zu Goldchen gezüchtigt! Peinlich! Die gute Laune von vorhin war weggefegt und hatte einem Gefühl trister Niedergeschlagenheit Platz gemacht.

Das Nahen schwerer Schritte riß Herrn Tsong aus seiner trüben Betrachtung. Der neunzehnjährige Haussohn mit dem häßlichen, ungepflegten Äußeren eines wilden Steppengauls kam hereingestampft, ließ irgendein Buch auf den nächsten Stuhl fallen und setzte sich stumm und grußlos auf die Bank neben dem Opiumpolster.

»Kia Kü, weißt du schon? Der alte Herr Wu, mein Schwager, ist gleich nach der Ankunft in Schanghai gestorben. Mein Neffe Sun Fu hat es mir soeben telegrafiert. Du hast hier sowieso nichts zu tun, also mach dich für morgen zur Reise nach Schanghai fertig, du sollst mich bei der Trauerfeier vertreten. Außerdem kannst du dir bei dieser Gelegenheit von meinem Neffen zu einer passenden Tätigkeit in Schanghai verhelfen lassen.«

Ohne erst seinen Sohn den Mund auftun zu lassen, hatte damit Herr Tsong seinen rasch gefaßten Plan kundgetan, mit dem er einen unbequemen Hausgenossen abzuschieben gedachte. Die Bemerkung von wegen »einheizen – der Alte – der Junge« hatte ihm den Plan eingegeben.

»Ich bin unabkömmlich, habe hier eine wichtige Aufgabe zu erfüllen. Übrigens brauche ich sofort zehn Dollar«, gab das Hausfohlen kurz zur Antwort.

»Was! Schon wieder Geld? Ja, denkst du denn, daß ich das Geld nur so aus den Ärmeln schüttle? Zuvor möchte ich wissen, worin deine wichtige Aufgabe besteht.«

Das Hausfohlen erwiderte nicht gleich, sondern kramte umständlich in seiner inneren Rocktasche herum. Jetzt brachte er eine kleine viereckige Karte mit schwarzem Papprücken zum Vorschein. Er hielt sie dem alten Herrn unter die Nase.

»Bitte! Sieh dir das an! Ich brauche das Geld für ein Kameradschaftsessen«, sagte er in lässigem Ton.

Herr Tsong war von rascher Auffassungsgabe. Als er der schwarzen Karte ansichtig wurde, ahnte er sofort: Parteiausweis der Kuo min tang! Das war ja eine freudige Überraschung! Er riß dem Sohn die Karte aus der Hand, hielt sie dicht an die Opiumlampe und studierte sie unter heftigem Augenreiben langsam und mit Bedacht. Richtig, da stand es schwarz auf weiß: »Provinz so und so – Kreis so und so – Ortsgruppe so und so – Parteimitgliedsausweis Nummer 23.« Oben war ein kleines Foto des Hausfohlens aufgeklebt.

»Also Nummer 23 ist er und zählt nun auch zu den ›neuen Herren‹!« murmelte Herr Tsong ganz verzückt vor sich hin. Er nahm seine Brille vom Rauchtischchen, setzte sie auf und prüfte noch einmal genau den ovalen Parteistempel. Dann rappelte er seine steifen Gliedmaßen hoch, trat gemessenen Schrittes vor das Hausfohlen und reichte ihm feierlich seinen Ausweis zurück.

»Hebe ihn nur ja gut auf!« sagte er eindringlich. Dann klopfte er ihm schmunzelnd auf die Schulter:

»Recht so, aus dir wird noch etwas Großes! Na, ich habe es ja immer gesagt: Ein Geschlecht von Tigern wird doch keine Hunde als Nachwuchs haben! Und was das andere betrifft, so lade nur getrost deine Kameraden für heute abend zu einem Essen ein. Aber zehn Dollar für den Zweck ist viel zu wenig, hundert Dollar sollst du haben! Und anschließend werde ich selber morgen ein Festessen für uns ältere Herrschaften veranstalten. So etwas muß doch gefeiert werden. – – – Halt, da fällt mir noch etwas ein – aber erst will ich meine Pfeife fertig rauchen.«

Vergnügt machte er es sich wieder auf seinem Ruhepolster bequem, und eine Weile war nur das Schmatzen seiner eifrig an der Pfeife saugenden Lippen hörbar. Sein Sohn pfiff inzwischen leise vor sich hin. Auch er hatte Grund, zufrieden zu sein. Die andächtige Sorgfalt, mit der er seinen Parteiausweis wieder in der inneren Rocktasche versenkte, entsprang der Erwägung, daß mit Hilfe dieses wertvollen Dokumentes künftig noch manches schöne Stück Geld aus der väterlichen Börse herauszulocken sei.

Endlich hatte Herr Tsong seine Pfeife zu Ende gepafft. Jetzt noch ein paar Schluck aus der Teekanne, dann hub er bedächtig an:

»Kia Kü, ich bin da durch Zufall in den Besitz einer äußerst wichtigen politischen Nachricht gelangt. Eigentlich wollte ich sie persönlich unserer Behörde, dem Landfriedensamt, überbringen. Aber jetzt bin ich der Meinung, das wäre ein Auftrag für dich. Du bist doch eben in die Partei aufgenommen worden, da wäre das doch für dich die schönste Gelegenheit, dich mit einem sichtbaren Verdienst um den Staat und die Partei hervorzutun und damit wirksam zu debütieren. Nein, so ein merkwürdiges Zusammentreffen! Wirklich, ein doppelter Glückstag für unser Haus!«

Das Hausfohlen schaute etwas dumm und unschlüssig drein. Ein Gang zum kung an kü, zu der hohen Behörde, vor der man sich einer sorgfältig gewählten Sprechweise befleißigen mußte, die ihm gar nicht geläufig war, nein, das war nun gerade nicht nach seinem Sinn.

»Haha – hast wohl Lampenfieber?«

Es kam halb mitleidig, halb tadelnd aus dem väterlichen Munde. Herr Tsong wiegte nachdenklich zweimal den Kopf, dann fragte er unvermittelt:

»Kia Kü, weißt du, wie viel und welche heimliche Opiumhöhlen es hier im Orte gibt? Und kannst du mir sagen, wieviel und welche Schmuggelware hier allmonatlich durch die Zollsperre schlüpft?«

Das Hausfohlen starrte ihn blöde an und vermochte keine Antwort zu geben. Herr Tsong klatschte sich fröhlich auf die Knie. Er hatte sich mit dieser kleinen praktischen Intelligenzprobe vergewissern wollen, inwieweit der »neue Herr« im eignen Haus über gewisse Schliche unterrichtet sei, an denen er selbst nicht ganz unbeteiligt war.

»Sieh da! Ein hoher Parteiwürdenträger wie du ist nicht einmal mit den nächstliegenden Ortsverhältnissen vertraut! Wie willst du denn da mit Erfolg atmen? Willst du warten, bis jemand kommt und dich höflich einweiht? Selber mußt du dich umgucken, durch alle Ritzen mußt du spähen! Na, laß den Kopf nicht hängen! Noch bin ich da, das alte wegekundige Roß. Ich werde dich schon väterlich lenken und leiten. Aber den Gang zum kung an kü will ich lieber selber unternehmen.«

Der Sohn war rot geworden. Einmal schämte er sich der durchaus verdienten väterlichen Zurechtweisung, und sodann beunruhigte ihn der Umstand, daß die zugesagten hundert Dollar noch nicht in seine Börse spaziert waren. Er schob trotzig die Lippen auf und schwieg.

Zufällig erschien während dieser Verlegenheitspause seine Frau mit dem Kind im Arm. Sie setzte das Kind auf dem Stuhl neben der

Tür ab, dann wandte sie sich mit verdrossener Miene ihrem Mann zu, als ob sie ihn zu sprechen wünsche. Aber ehe sie den Mund auftun konnte, begann das Kind heftig zu plärren und zu strampeln. Seine Mutter hatte das Buch übersehen, das vorher vom Hausfohlen auf diesen Stuhl gelegt worden war, und offenbar fühlte es sich auf solcher Unterlage nicht behaglich.

Ärgerlich über die unerwünschte Störung, die gerade in dem Augenblick passieren mußte, wo er voll Ungeduld auf seine hundert Dollar wartete, sprang Kia Kü auf und lief zu dem schreienden Kind hinüber, um es wieder in die Arme seiner Mutter zu legen. Dabei gewahrte er das von den kräftig strampelnden Kinderbeinchen arg zerzauste und zerknüllte Buch.

»Kleines Biest du!« fuhr er den unschuldigen Missetäter zornig an und zerrte unter seinem zappelnden Körper das mißhandelte Buch hervor. Das Kind war augenblicklich beruhigt und ließ sich gähnend vom mütterlichen Arm in Empfang nehmen. Kia Kü aber hielt seinem alten Herrn das beschädigte Druckerzeugnis vor die Augen. Es war eine broschierte Ausgabe der berühmten »Drei Volksprinzipien« von Sun Yat Sen!

»Aber, aber! Das ist ja Entweihung!« schrie Herr Tsong ganz außer sich. »So etwas ist heute genau so heilig, wie es früher in der Monarchie die kaiserlichen Edikte waren! So etwas muß man pietätvoll in der Ehrenhalle auf einem Altartisch zwischen Blumenvasen und Räucherkesseln aufbewahren! Wie konntest du nur so etwas zum Stuhlkissen herabwürdigen, auf dem kleine Kinder herumstrampeln! Wenn das in der Nachbarschaft ruchbar würde, na, für deinen Kopf möchte ich dann nicht garantieren! Schrecklich! Solche Entweihung!«

Das war nun schon der zweite Rüffel, den das Hausfohlen als »neuer Herr« seitens des reaktionären alten Herrn einstecken mußte. Kia Kü knirschte. Alles ging schief, das Geld hatte er nicht, und nun dieser blamable Zwischenfall! Irgendwie mußte er seinen Grimm entladen. Also ging er schimpfend und wetternd auf seine Frau los. Die Frau heulte laut auf, und das Kind in ihrem Arm ergriff die Partei der Mutter und stimmte gellend mit ein. Das lieblichste Hauskonzert war wieder einmal im Gange; schon das zweite an diesem Unglücksnachmittag, dachte seufzend Herr Tsong bei sich und wollte sich resigniert eine neue Pfeife anstecken. Aber da fiel ihm der geplante wichtige Gang zur Behörde ein. Also verzichtete er auf Schwalbennestersuppe und Opiumpfeife, zupfte seinen Rock zurecht, stülpte sein schwarzes Käppi auf und flüchtete vor dem häuslichen Gezänk auf die Straße.

Das Städtchen Schuang kiao tschen »Zwei-Brücken« bot an diesem Nachmittag das gewohnte Bild geschäftiger Betriebsamkeit. Das »Städtchen« zählte jetzt immerhin an die hunderttausend Seelen, seine Haupt- und Geschäftsstraße wies eine Anzahl stattlicher Gebäude auf. Drei Banken, ein Warenhaus, die festungsartig umwallte Pfandleihe »zur gedeihlichen Entfaltung«, dazu drei weitere persönliche Gründungen des Schanghaier Industriellen Wu: das Elektrizitätswerk, die Ölraffinerie, die Reisschnapsbrennerei. Der neuzeitliche Aufschwung des ehemals stillen, unbedeutenden Provinznests datierte aus jüngster Zeit, seit den letzten fünf Jahren.

Herr Tsong schlenderte gemächlich durch das muntere Getriebe der Hauptstraße und stellte dabei nachdenkliche Betrachtungen über den Unterschied zwischen dem Einst und Jetzt an. Wie leicht sich doch heutzutage Geld verdienen ließ, verglichen mit seiner Zeit, als er hier noch der große Mann war! Wenn nicht der fatale politische Umschwung dazwischen gekommen wäre, der ihn kaltstellte, wer weiß, dann hätte er vielleicht in den letzten drei Jährchen gut seine hunderttausend aus diesem unternehmungslustigen Pflaster herausgeholt. Ob er nicht doch klüger getan hätte, sich beizeiten umzustellen, anstatt sich in den Schmollwinkel zu verkriechen? Zwar, seine altväterliche Methode, aus der beliehenen Ackerkrume zur Erntezeit das doppelte Kapital herauszuwirtschaften, hatte sich noch immer bewährt. Immerhin, an der neuzeitlichen Entwicklung des Städtchens hatte er geschäftlich keinen Anteil, da fühlte er sich als übergangener Außenseiter, und das verdroß ihn.

Unter solcherlei Betrachtungen war er zu dem belebten Platz an der Weinstube »Zum weißen Turm« gekommen, als er sich aus der Menge angerufen hörte:

»He, wohin steigst du?«

Er wandte den Kopf und entdeckte in dem Rufer den Grundstückspekulanten Li. Gewiß, er verkehrte mit diesem Li in geschäftlicher Beziehung recht intim, aber daß ihn dieser Parvenü hier auf offener Straße vor aller Augen ganz vertraulich am Ärmel zupfte und noch dazu duzte, das war dem standesbewußten, noblen Herrn Tsong recht peinlich. Aber anderseits war er lebensklug genug, um sich seinen Ärger nicht anmerken zu lassen. Denn dieser Li war nun einmal über Nacht durch geglückte Grundstückspekulationen zu Geld und damit zu jener einzig realen Macht gelangt, vor der sich auch Herr Tsong willig beugte. Eine Schlange wird doch nicht die andre beißen. Also beherrschte er sich und setzte eine freundliche Miene auf.

»Ich bin auf dem Weg zum Landfriedensamt. Habe dort etwas Dringendes zu erledigen.«

»Den Weg kannst du dir ersparen. Dort ist heute Büroschluß.«

»Wieso? Wird unser Amtsvorsteher abgelöst?« fragte Herr Tsong möglichst gleichgültig. Er wollte sich seine Überraschung vor dem verflixten Kerl nicht anmerken lassen, dessen fabelhafte Spürnase anscheinend seiner eigenen wieder einmal zuvorgekommen war.

Der andere nahm ihn beim Arm und zog ihn aus dem Gewühl in das ruhige Abseits einer Nebengasse.

»Weißt du denn noch nichts von dem neuesten Gerücht?« fragte er leise.

»Welches Gerücht?«

»Siebenmeilenbrücken ist in der Hand der kommunistischen Aufrührer! Heute abend soll Zwei-Brücken besetzt werden!«

Herr Tsong verfärbte sich, weniger wegen des Inhalts der ihm bereits zum Teil bekannten Neuigkeit, als wegen der unangenehmen Entdeckung, daß sie schon längst nicht mehr sein privates Geheimnis war. Da war es nun leider nichts mit dem schönen Plan, sich durch eine verdienstliche Tat bei den neuen Herren in günstiges Licht zu setzen und seine Umstellung zu beweisen. Man würde ihn auslachen, wenn er jetzt noch mit seiner verspäteten Neuigkeit angehinkt käme. Schade! Aber vor diesem verteufelten Li mußte er Würde und Haltung bewahren. Er schüttelte den Kopf und setzte eine ungläubige Miene auf.

»Du glaubst mir wohl nicht?« fuhr Li geheimnisvoll fort. »Also laß dir sagen: Außer mir sind hier nur ganz wenige Leute eingeweiht. Ich habe die Nachricht aus den Frauengemächern unseres Garnisonkommandanten erfahren. Seine Frau ist bereits nach der Kreisstadt abgereist! Und er selber hat sich eine Dampfbarkasse der Wang-Reederei gechartert. Sie steht schon für alle Fälle abfahrbereit unter Dampf!«

Wenn Herrn Tsong's Antlitz jetzt abermals die Farbe von Asche annahm, so war der Grund diesmal ehrliche Angst ums eigene Leben. Die Schreckenskunde, die ihm sein braver Ah'rl vor zwei Stunden vergeblich glaubhaft machen wollte, hatte also ihre Richtigkeit! Er hatte nur an einen harmlosen Auflauf von ein paar unbewaffneten, armen Teufeln glauben wollen. Nun schien doch etwas Ernsteres dran zu sein.

»Wieviel Gewehre führen die Aufständischen?« fragte er erregt.

»So an die hundert, habe ich gehört.«

Herr Tsong atmete erleichtert auf. Er schaute den Geheimnistuer an seiner Seite überlegen lächelnd an und bemerkte lässig:

»Mehr nicht? Na, dann ist es ja nicht so schlimm. Wir haben hier ein ganzes Bataillon reguläre Provinzialtruppen zu unserem Schutz.«

»Jawohl, ein Bataillon, aber seit drei Monaten ohne Sold!«

»Und außerdem haben wir noch unsere Stadtmiliz.«

»Jawohl, Stadtmiliz, aber auf zehn Kerls dieser Miliz kommen elf Opiumraucher! – Nein, laß dir raten: packe deine Sachen und mach dich beizeiten davon! Die Sache ist verdammt ernst! Ich habe schon vor zwei Tagen davon gewußt. Du freilich weißt ja nichts Besseres, als den ganzen Tag faul auf deinem Opiumpolster zu liegen und mit deinem Goldchen zu schäkern. Im Vertrauen, ich habe meinen Leuten zu Hause befohlen, heute nacht wach zu bleiben und die geladenen Schußwaffen bereit zu halten!« – Sprach's und lief hastig davon.

Herr Tsong blieb in tiefem Sinnen zurück und überlegte. Der Gang zum Landesfriedensamt erübrigte sich natürlich. Eine Abreise aber kostete teures Geld. Sparsam wie er war, wollte er zunächst mutig die weitere Entwicklung abwarten. Sollte es zum Schlimmsten kommen, dann wollte er das Geldopfer bringen und gleichfalls auf einer Mietbarkasse das Weite suchen. Er kehrte um und trat den Nachhauseweg an.

In der Gasthalle fand er einen Besucher vor. Trotz der schummerigen Beleuchtung dieser Dämmerstunde erkannte er ihn von weitem an seinem dünnen Kinnbart. Es war der hiesige Generaldirektor seines Neffen Wu, Herr Feh, im Städtchen bekannt unter dem Namen »Kurzbart«.

»Gut, daß Sie endlich kommen! Der Grund, weshalb ich hier bin, ist sehr dringend. Herr Wu in Schanghai schrieb mir vorgestern einen Eilbrief; er ersucht mich, binnen drei Tagen hunderttausend Dollar für ihn flüssig zu machen. Deshalb wollte ich mich mit Ihnen besprechen«, fiel der Besucher ohne lange Umschweife mit dem Berg, nämlich dem Geldpunkt, in die Tür hinein und fuhr, bevor der verdutzte Hausherr zu Worte kam, geschmeidig lächelnd fort:

»Ich habe die Bücher nachgeprüft und zu meiner Betrübnis festgestellt, daß Sie Herrn Wu noch zwölftausend aus einem überfälligen Bankkredit schuldig sind. Von mir aus hätte ich natürlich nicht gewagt, Sie zu erinnern, aber die dringende Order aus Schanghai, Sie werden verstehen – ich wäre Ihnen unendlich verbunden, wenn Sie mir behilflich sein wollten, meinen Auftrag zu erledigen.«

Herr Tsong hatte sich inzwischen wieder gefaßt. Er mochte von jeher diesen Herrn Kurzbart nicht leiden, der sich, wie er zu verbreiten pflegte, hier an seinem bequemen Generaldirektorposten fett mästete und ihn selber unter Betonung verwandtschaftlicher Rücksichten als Kunden für die Bank des Neffen gekeilt hatte. Förmlich aufgedrängt hatte er ihm den lumpigen Zwölftausend-Kredit! Und jetzt fiel er ihm mit dieser unverschämten, formlosen Mahnung ins Haus! Na, dem wollte er's geben!

»Werter Freund, ich erkenne Ihren loyalen Diensteifer durchaus an und werde nicht verfehlen, Sie bei Gelegenheit dem ganz besonderen Wohlwollen Ihres Auftraggebers, meines Neffen Wu, zu empfehlen. Aber der unvermutete Tod meines Schwagers ändert die Sachlage. Ich erhielt soeben ein Telegramm meines Neffen, er wünscht meine Teilnahme an der Trauerfeier in Schanghai. Ich gedenke heute abend abzureisen und die Kreditangelegenheit mit meinem Neffen persönlich zu regeln. Sie brauchen sich also in der Sache nicht weiter zu bemühen.«

»Sehr wohl. Auch mein Büro erhielt heute die telegrafische Todesnachricht, allerdings war es mir nicht bekannt, daß Sie zur Teilnahme an der Trauerfeier eingeladen seien!«

Lächelnd trat Herr Kurzbart den Rückzug an und wollte aufbrechen. In seinem unergründlichen Lächeln lag etwas wie leiser Hohn, als ob er die krummen Winkelzüge des anderen durchschaut hätte. Herr Tsong hielt ihn zurück.

»Nicht so eilig! Bleiben Sie doch noch ein Weilchen. Ich hätte gern noch ein paar Worte mit Ihnen gesprochen. Hm, also mein Neffe braucht dringend hunderttausend? Wieviel haben Sie denn schon aufgebracht?«

»Erst die Hälfte, fünfzigtausend. Ich hatte ja kaum zwei Tage Zeit.«

Herr Kurzbart hatte trotz des Lächelns etwas widerwillig wieder Platz genommen. Diese Ausfragerei war ihm gar nicht angenehm.

Er war auch ein alter geriebener Fuchs und wußte, daß sein Brotherr diesen Onkel in der Provinz durchaus nicht übermäßig schätzte. Mit Rücksicht auf das verwandtschaftliche Verhältnis mußte er natürlich die äußere Form wahren. Aber es wollte ihm scheinen, als ob der Herr Onkel es mit seiner taktlosen Aushorcherei ein wenig zu weit treibe. In seiner Meinung wurde er bestärkt, als Herr Tsong ungeniert fortfuhr:

»So, fünfzigtausend? Ich nehme an, daß Sie das Geld noch nicht überwiesen haben. Vertrauen Sie es mir an! Ich werde es heute abend mit nach Schanghai nehmen.«

Das war die Höhe! Herr Kurzbart glaubte seinen Ohren nicht zu trauen. Seine Brauen schnellten hoch. Er zupfte nervös an seinem Bart und suchte in dem verschmitzten, faltigen Fuchsgesicht seines Gegenübers zu lesen. Der fuhr eindringlich fort:

»Also bringen Sie mir das Geld nur rasch herüber! Ich übernehme die volle Verantwortung. Denn hier in Zwei-Brücken ist es keine Nacht mehr sicher. Sie haben doch wohl gehört, daß Siebenmeilenbrücken bereits in der Gewalt der kommunistischen Aufrührer ist? Heute abend soll es hier losgehen! Das Wohl meines Neffen Wu liegt mir genau so am Herzen wie mein eigenes. Ich kann doch nicht tatenlos zusehen, wenn ich sein Eigentum gefährdet sehe.«

»Oh, keine Sorge. Ich habe natürlich auch von dem Gerücht gehört und Herrn Wu bereits telegrafisch verständigt. Wenn es heute abend hier zu Unruhen kommen sollte, so bin ich nicht unvorbereitet. Ich habe die nötigen Vorkehrungen getroffen, um für alle Fälle die Gelder meines Auftraggebers sicherzustellen. Das ist ja mein Ressort. Ich brauche Ihre Güte also nicht in Anspruch zu nehmen.«

»Wollen Sie wirklich die schwere Verantwortung tragen?«

»Ja. Aufrichtigen Dank für Ihr liebenswürdiges Anerbieten. Aber es erübrigt sich«, erwiderte Kurzbart rasch und bestimmt und erhob sich zum Gehen. Mit Genugtuung gewahrte er die Enttäuschung, die sich auf dem Anlitz des alten Fuchses malte.

»Darf man fragen, woher Sie die Nachricht von den heute abend bevorstehenden Unruhen erhalten haben?«

»Aus dem eigenen Mund unseres Garnisonkommandanten«, renommierte Herr Tsong mit wichtiger Miene. »Er vertraute sie mir als streng geheim an. Wissen Sie übrigens zufällig, welche Passagiere an Bord der großen Barkasse der Wang-Reederei waren, die heute morgen nach der Kreisstadt abgedampft ist?«

»Soviel ich weiß, die Gattin unseres Garnisonkommandanten mit Gefolge. Es hieß offiziell, sie wolle der Gattin des Kreisdirektors einen Gegenbesuch machen. So war es offiziell verbreitet! Aber was Sie vielleicht nicht wissen werden: Der Kommandant hat heute nachmittag zwei Uhr die ganze Verantwortung für die Ruhe und Sicherheit der Stadt an die Kaufmannsgilde abgegeben. Bei dieser Gelegenheit hat er den Herren eine Zwangs›anleihe‹ von dreißigtausend Dollar auferlegt, angeblich für seine Kameraden, die Mannschaften der Garnison, die seit drei Monaten keine Löhnung mehr bezogen hätten und die man doch in dieser kritischen Stunde bei Laune halten müsse, hat er gesagt.«

»Und hat die Gilde gezahlt?«

»Gewiß. – Aber es wird dunkel. Ich habe noch Verschiedenes zu erledigen. Wann gedachten Sie abzureisen? Ich fürchte, es wird mir nicht möglich sein, zum Kai zu kommen und Ihnen meine Abschiedsgrüße zu entbieten. Nehmen Sie mir es, bitte, nicht übel!«

Herr Kurzbart verneigte sich leicht mit in Brusthöhe erhobenen Fäusten und empfahl sich eilig.

Herr Tsong gewann es über sich, ihn anstandshalber noch bis unter die Dachtraufe vor dem Halleneingang zu begleiten, dann kehrte er übelgelaunt um. Es kochte in ihm, seine Zähne knirschten vor Wut und Enttäuschung. Da war ihm nun innerhalb einer knappen Stunde schon wieder ein schöner Plan fehlgeschlagen. Schade um die schönen fünfzigtausend, wie gern hätte er sie in seine Hände manövriert! Dieser abscheuliche Kurzbart! Ja, andere Leute waren noch gerissener und flinker als er. Kein Zweifel, sein Stern war im Verbleichen.

Die Hände auf dem Rücken, den Kopf vornüber gebeugt, durchmaß er in trübem Sinnen ein paarmal die öde, weite Gasthalle, dann begab er sich durch den langen Wandelgang nach seinem im rückwärtigen Anwesen gelegenen Rauchzimmer zurück, um bei der geliebten Opiumpfeife Trost und Vergessenheit zu suchen.

Auf der mittleren Eingangsstufe machte er Halt und lauschte mit gespitzten Ohren in das Halbdunkel des von einem tief heruntergeschraubten, gelblich flackernden Lampendocht matt erhellten Raums. Von der Wand her, wo sein Opiumpolster stand, war ein unterdrücktes Kichern gekommen. Rasch trat er ein. Da sprangen auch schon vom Opiumpolster zwei Gestalten auf. Bei der schlechten Beleuchtung konnte er nur undeutlich ihre schattenhaften

Umrisse erkennen, aber er glaubte sich nicht zu täuschen: Hausfohlen und Goldchen!

Die Entdeckung traf ihn wie ein Schlag. Eine plötzliche Schwäche befiel ihn, vor seinen Augen wurde es schwarze Nacht, seine Knie wurden weich, als ob sie mit Watte ausgestopft wären, er mußte sich an den Türpfosten lehnen, um nicht umzufallen. Als er nach einer Weile wieder zu sich gekommen war, sah er nur noch Kia Kü. Goldchen war verschwunden. Er hockte stumm und betreten, wie ein geprügelter Hund am Lager. Herr Tsong wischte sich ächzend den Schweiß von der Stirn. Welches gehäufte Ungemach hatten die wenigen Stunden dieses Unglücksnachmittags über sein Haupt entladen! Geschäftliche Fehlschläge, gescheiterte Pläne, Angst vor politischen Unruhen, und dazu noch häusliche Widerwärtigkeiten! Das alles wirbelte in seinem geplagten Hirn durcheinander. Er bedurfte einer förmlichen Willensanspannung, um mit brüchiger, rostiger Stimme ein paar vorwurfsvolle Worte herauszukrächzen:

»Mißratenes Produkt! Kannst du so etwas nicht außerhalb des Hauses abtun? Mußt du unbedingt die fünf menschlichen Grundbeziehungen durcheinanderwerfen? Und daß diese elende ...«

Er stockte plötzlich und lauschte: Peng ... peng ... peng ... peng schallte es deutlich von ferne herüber, und dann mischte sich in das vereinzelte langhallende Peng in rascher Aufeinanderfolge ein trokkenes, kurz abgehacktes Tak ... tak ... tak ... tak.

»Aus! Verloren! Alles verloren! – Kia Kü, Trottel, warum stehst du noch hier herum? Laufe! Renne! Erkundige dich, wo die Schießerei ist, wie weit sie noch von uns entfernt sind!« schrie Herr Tsong, dessen Lebensgeister auf einmal zurückgekehrt zu sein schienen, aufgeregt. In geduckter Haltung wie ein gehorsamer Hund, der Schläge befürchtet, schoß Kia Kü an seinem alten Herrn vorüber zur Tür hinaus.

Kaum war er draußen, als flennend, mit aufgelöstem Haar, Goldchen hereingelaufen kam. Wie eine Schlange ringelte sie sich um das gebrechliche Gestell des alten Herrn und beteuerte dabei heulend:

»An allem ist dein Sohn schuld! Ich wollte nicht! Er, er ...«

Herr Tsong benötigte den ganzen Rest seiner Kraft, um sich von ihrer Umklammerung zu befreien. Auf ihre Verteidigungsrede auch nur mit einem Wort einzugehen, hatte er weder Lust noch Sammlung. Denn die Schießerei kam immer näher, schon war auch aus der Ferne verworrenes Geschrei zu hören.

Um die Verwirrung voll zu machen, kam jetzt eine ganze Anzahl von Frauen jammernd und schnatternd in das Rauchzimmer gerannt, vorneweg die Schwiegertochter mit dem Enkelkind im Arm, hinter ihr die Amme, zuletzt ein halbes Dutzend Mägde.

»Räuber! Mörder! Hilfe! Hilfe!« schrie und zeterte es aus zahlreichen Mündern gleichzeitig und stürmte auf den hilflosen Hausherrn ein. Ein heilloses Durcheinander entstand in der nur von einer flackernden Petroleumlampe kümmerlich erleuchteten Düsterkeit des Raumes. Man eckte sich gegenseitig an, stieß an Tische, warf Stühle um, die Weiber kreischten, das Kind übertönte allen Lärm mit seinem durchdringenden Geplärr.

Plötzlich war die Schießerei verstummt. Nur das verworrene dumpfe Getöse zahlreicher Menschenstimmen war noch hörbar. Eine augenblickliche Stille folgte im Rauchzimmer. Die Frauen brachen ihr Kreischkonzert mit einer erwartungsvollen Fermate ab, das Kind richtete sich folgsam danach und dämpfte sein Geplärr zu einem winselnden pianissimo herab. Es war so still, daß man den Flügelschlag des alten Rabenpaares hörte, das gerade seinen Stammplatz auf der Platane vor dem Rauchzimmer bezog.

Herr Tsong fühlte sich etwas erleichtert. Auf einmal hatte er einen Einfall. Sein Blick war auf das zerknitterte Exemplar von Sun Yat Sen's »Drei Volksprinzipien« auf dem Rauchtischchen gefallen. Mit plötzlichem Entschluß packte er das Buch, hielt es hoch zu Häupten über sich, tat plumpsend einen Kniefall und begann laut zu beten:

»O Präsident da droben! O Geist des ersten Präsidenten im Himmel droben! Hilf uns in der Not! Leihe deinen gnädigen Beistand uns treuen Anhängern deiner erhabenen Lehre von den drei Volksprinzipien! . . .«

Tak – tak – tak – tak klapperte es hart und hölzern mitten in sein schönes Gebet hinein, bald in der Ferne, bald in der Nähe hämmerten die Maschinengewehre, krachten die Flintenschüsse. Erschrocken fuhr der Hausherr in die Höhe, seine »Drei Volksprinzipien« ließ er in der Aufregung zu Boden fallen. Dann rannte er, als gelte es das Leben, zur Tür.

In der Tür prallte er mit jemandem zusammen. Es war sein Vogt, der brave Ah'rl. Der Anprall war so heftig, daß er hinfiel. Ah'rl kümmerte sich nicht weiter um ihn, sondern brüllte keuchend in den Raum hinein:

»Alles nach hinten in den Garten und zwischen den Gemüsebeeten platt auf den Boden legen! Kugeln verstehen keinen Spaß! Die Straßen wimmeln von Bewaffneten! Das Gehöft ist rings umstellt!«

Bewaffnete? Herr Tsong schöpfte wieder Mut.

»Also sind die Rebellen geschlagen?« fragte er und zerrte Ah'rl ungeduldig am Ärmel. »Natürlich, wozu haben wir denn unser Militär und unsere Stadtmiliz. Die werden es schon schaffen«, fuhr er voreilig fort, als ihn Ah'rl barsch unterbrach:

»Halt's Maul und scher dich fort!«

Welcher Ton! Herr Tsong stellte sich, als habe er es nicht gehört. Er wollte es gegenüber diesem unbotmäßigen Knecht gerade noch einmal mit seiner Würde des alten Gebieters versuchen, als auf einmal ein rötlicher Schein im Hof seine Aufmerksamkeit ablenkte. Irgendwo mußte Feuer ausgebrochen sein. Tak – tak – tak – tak hub es gleichzeitig wieder ganz in der Nähe zu klappern an.

Jetzt wird es höchste Zeit, dachte Herr Tsong und rief den Anwesenden im Befehlston zu, sie möchten schleunigst ihr Notwendigstes in Bündel packen und sich zur Flucht bereit machen. Er selbst nahm die Lampe in die Hand und trug sie zu dem Tisch in der rechten hinteren Zimmerecke hinüber. Dort stand eine große Holztruhe. Er hob den Deckel auf und begann den Inhalt herauszukramen. Er wählte einige Stöße von Banknoten, Hypothekenpfandbriefen und Schuldurkunden aus und stopfte sie hastig in seine geräumigen Rocktaschen.

Am Boden kniend war er mitten bei seiner Beschäftigung, sich die Taschen vollzustopfen, als ein vielstimmiges Geschrei vom vorderen Eingang her heranquoll. Erschrocken hielt Herr Tsong in seiner Beschäftigung inne, ließ alles stehen und liegen, wie es war, und rannte in den Hof hinaus. Er wollte sich hinten im Gemüsegarten verstecken.

Vor dem Eingang stieß er auf Goldchen.

»Rette mich! Laß mich bei dir bleiben!« flehte sie, ihn wie ein Schlinggewächs umklammernd. Durch ihr Dazwischenkommen ging kostbare Zeit verloren. Bevor er sie abschütteln und weiterflüchten konnte, hatte eine Zahl von sieben, acht Männern in kurzen Bauernkitteln dem Pärchen den Weg verstellt. Jeder hielt in der einen Hand eine brennende Fackel, in der anderen ein blankes Langmesser. Einer hatte außerdem einen Revolver im Gürtel stekken. Die Feuerlohe, die in diesem Augenblick vom Dach des Nachbargrundstücks hochschlug, beleuchtete grell ihre rußgeschwärzten Gesichter.

Goldchen stieß einen leisen Schreckensruf aus und knickte in plötzlichem Schwächeanfall zusammen. In dem einen hatte sie ihren früheren Ehemann erkannt, den armen Pächter, den sie vor einem Jahre, den Lockungen von Herrn Tsong's Geldbeutel folgend, böswillig verlassen hatte. Ihr Mann bückte sich finster zu ihr herab. Er warf die Fackel hin und krallte sich mit der Rechten in ihren Nackenknoten.

»Elende, treulose Person! Auf so ein Wiedersehen hast du wohl nicht gerechnet?« rief er. Sie hatte nur Tränen zu ihrer Verteidigung. Die eheliche Auseinandersetzung wurde durch das Erscheinen von zwei Männern unterbrochen, die in ihrer Mitte Hausfohlen als Gefangenen heranzerrten und vor sich herschubsten. Seine Kleidung war über und über mit Asche besudelt. Man hatte ihn aus der Aschengrube hinter dem Rauchpavillon hervorgeholt. Er wurde in den Kreis der Fackelträger gestoßen und dem jüngeren Mann mit dem intelligenten Gesicht und dem Revolver im Gürtel vorgeführt. Das war offenbar der Anführer. Er wollte schon den Mund zum Verhör öffnen, als sich die Frau des Hausfohlens mit dem gellenden Ruf: »Mein Mann! Was habt ihr mit meinem armen Mann vor?« in den Ring der Herumstehenden zwängte, um an die Seite des Hausfohlens zu gelangen.

»Bleib stehen!« wurde sie angeherrscht und mit einem derben Seitenstoß aus der Richtung befördert, so daß sie stolperte und zu Boden fiel. Als sie sich halb aufrichtete, sah sie Schulter an Schulter neben sich Goldchen knien. Augenblicklich warf sie sich, alles andere vergessend, über die verhaßte Nebenbuhlerin und begann sie wütend mit ihren Fingernägeln und Zähnen zu bearbeiten.

»An allem Unglück bist nur du mit deiner Unersättlichkeit schuld! Den Alten, den Jungen, alle beide wolltest du haben! Totschlagen sollten sie dich! Ja, totschlagen!« kreischte sie und trug zur Belustigung der Umstehenden unbekümmert um den Ernst der Stunde ihre kleine Privatfehde aus, bis endlich ein energisches »Ruhe!« des Anführers der Balgerei ein Ende bereitete.

»Zum Verhör! Zunächst der Alte...«, fuhr der Anführer fort. Goldchens betrogener Ehemann sprang aus der Reihe und versetzte seinem Feind, der ihn jahrelang bewuchert und zum Überfluß auch noch sein häusliches Glück zerstört hatte, einen wohlgezielten Faustschlag ins Gesicht.

»Verrecken sollst du, alter Hund!« knirschte er.

»Schlagt ihn tot! Beißt ihn tot! Reißt ihn in Stücke, den Leuteschinder!« hagelten von allen Seiten wilde Zurufe.

Herrn Tsong's Fuchsäuglein forschten ängstlich in der Runde. Vergeblich suchte er eine Lücke zu erspähen, durch die er in einem günstigen Augenblick entschlüpfen könnte. Aber müßig, an Flucht zu denken. Die Eisenfaust seines einstigen Vogts und Knechts hielt sein Handgelenk mit unerbittlichem Griff umspannt.

»Ruhe! Wir werden ordnungsgemäß über ihn richten«, donnerte der Anführer und gebot der empörten Menschenmenge Einhalt.

»Jawohl, richten wollen wir über ihn! Wucherzinsen hat er uns abgepreßt!«

»Von unserem Grund und Boden hat er uns verjagt!«

»Mein Weib hat er mir gestohlen! Die Polizei hat er auf mich gehetzt!«

»Auf uns auch! Einsperren hat er uns lassen!«

»Leuteschinder, verfluchter!«

»So ein Hund!«

»Mit den Zähnen sollte man ihn bei lebendigem Leibe zerreißen!«

So prasselte es wie ein Hagelschauer auf den schlotternden Gegenstand des »Verhörs« hernieder.

»Bist du Parteimitglied der Kuo min tang?« kam inmitten des Tumults die sachliche ruhige Frage aus dem Mund des Anführers.

Herrn Tsong's Herz tat einen hüpfenden Satz. Sein beweglicher Geist erspähte blitzschnell einen Hoffnungsstrahl. Umstellen! Man muß sich umstellen! raunte ihm sein Fuchsverstand zu.

»Nein! nein!« protestierte er laut und pathetisch. »Im Gegenteil, ich verabscheue, ich hasse die Kuo min tang! Damals, als Marschall Sun Tschuan Fang hier in Mittelchina kommandierte, habe ich ihm geholfen, soundso viele Kuo-min-tang-Leute einlochen und abknallen zu lassen. Ihr glaubt mir wohl nicht? – Hier, Ah'rl ist mein Zeuge! Fragt ihn doch! Nicht wahr, Ah'rl? Ah'rl, so sprich doch!«

Der Anführer schnitt mit einer kurzen Handbewegung seine schöne Verteidigungsrede ab und wandte sich an Tsong Junior.

»Und du?«

»Nein! Ich bin kein Parteimitglied!« log der Junior brüllend. Er hatte seine Lüge kaum hinausgeschrien, als auf einmal Goldchen aus ihrer demütig hockenden Stellung vom Boden emporfuhr und, mit dem Finger auf den Junior weisend, gellend ausrief:

»Er lügt! Er ist Parteimitglied! Ich habe seinen Parteiausweis mit dem schwarzen Deckel, dem Foto, dem Stempel, der Nummer vorhin mit eigenen Augen gesehen! Nummer 23 ist er! – Herr Anführer, schenkt mir Gnade! Ich wurde zu allem gezwungen, gepreßt! Was konnte ich gegen ihre Gewalt ausrichten? ...«

In der Nähe, von der Hauptstraße her, begannen wieder Maschinengewehre zu knattern.

Der Anführer wandte den Kopf nach der Richtung, wo die Knallerei herkam, dann riß er den Revolver aus der Gürteltasche und kommandierte in schneidendem Befehlston:

»Die beiden Frauen bleiben unter Bewachung von Ah'rl und zwei Mann hier! Tsong, der Leuteschinder, und Sohn sind verhaftet und vor das Revolutionsgericht zu bringen! Vorwärts! Marsch!«

Während des ganzen Verhörs hatte die Schwiegertochter stumpf und teilnahmslos am Boden gehockt. Nachdem sie ihre kleine Privatfehde ausgetragen hatte, schien ihr Interesse an den aufregenden Vorgängen, die sich um sie herum abspielten, erschöpft zu sein. Sie war eine schlichte Bauernnatur. Viel weiter als um den häuslichen Pflichtenkreis reichte ihr geistiger Horizont nicht. Von geschäftlichen Dingen verstand sie wenig, von Politik schon gar nichts. Aber sie war eine brave, gutartige Natur. Als sie jetzt die Truppe mit Mann und Schwiegervater in der Mitte abziehen sah, als der Fackelschein immer kleiner und schwächer wurde, das Trappeln der derben Bauernsohlen allmählich in der Ferne erstarb, da erwachte sie jäh aus ihrer Erstarrung. Ein dunkles Gefühl sagte ihr, daß eine pflichttreue Gattin auch in der Not zum Manne halten müsse. Sie raffte sich auf und wollte dem abziehenden Trupp nachstürzen. Aber der zu ihrem Wächter bestellte Ah'rl vertrat ihr den Weg und redete ihr väterlich sanft zu, soweit das seiner rauhen, ungelenken Zunge möglich war:

»Keine Dummheiten! Hübsch vernünftig bleiben! Keine Sühne ohne Schuld. Du bist ohne Schuld, dir wird nichts geschehen. Das andere braucht dich nicht zu kümmern. Also geh hübsch brav in dein Zimmer und lauf nicht wieder davon!«

Halb gezerrt, halb gestoßen gelangten Tsong Vater und Sohn mit ihrer Wachtmannschaft auf die Hauptstraße. In kleinen losen

Trupps sahen sie dort zahllose bewaffnete Bauern nach dem Stadtinneren entlang marschieren. Sie trugen sämtlich ein rotes Tuch um den Hals geschlungen. Ausgerüstet waren sie mit allen möglichen Arten von Waffen, von der Handgranate bis zur Sense und zum Dreschflegel. Unterwegs begegneten sie einem Trupp, in dessen Mitte gleichfalls ein Gefangener abgeführt wurde. Im Vorbeigehen tauschte Herr Tsong einen stummen Blick mit ihm als Gruß. Es war der Grundstückspekulant Li. Es ging in westlicher Richtung immer näher heran an den Schauplatz der Schießerei. Sämtliche Häuser und Läden entlang der Straße waren geschlossen und verrammelt. Hier und da sah man durch Türritzen einen schmalen Lichtstreifen blinken. Hin und wieder trug der Nachtwind einen brenzlichen Geruch und beizenden Qualm über die Straße. Da war wohl in der Nähe ein Brand entstanden.

Die Straße machte eine Krümmung, dann ging es auf einmal nicht weiter. Die beiden Gefangenen mitsamt ihrer Begleitmannschaft waren plötzlich in eine dichte Masse von Aufständischen eingekeilt. Es waren nicht nur Bauern, auch viele Soldaten mit roten Halstüchern waren darunter. Die Masse staute sich in einigem Abstand vor einem hohen Gebäude, das mit seinen ragenden Wällen wie eine trotzige Festung stumm, dunkel und drohend dalag. Das war die Pfandleihe »Zur gedeihlichen Entfaltung«, die Gründung des Schanghai-Industriellen Wu Sun Fu, das Hauptwiderstandsnest der Garnison. Denn hier waren die Habseligkeiten der halben Bevölkerung zu verteidigen.

Plötzlich zuckte es über der dunklen Mauerbrüstung drüben rötlich auf, tak... tak... tak... tak hämmerte es los, und wie feurige Seile fegte es kreisförmig um den Platz vor der Festung. Eins der Feuerseile schnellte auch dicht bis zu der Stelle, wo Tsong Vater und Sohn mit ihren Wächtern eingekeilt standen.

»Ausschwärmen! – Straße frei!« tönte ein lautes Kommando in ihrer Nähe. Augenblicklich stob die kompakte Masse der Belagerer auseinander, alle suchte hinter Straßenecken und Mauervorsprüngen Deckung. Auch die Begleitmannschaft der beiden Gefangenen folgte dem allgemeinen Beispiel. Tsong Vater und Sohn fanden sich auf einmal unter einem niedrigen weit vorspringenden Dachrand auf dem Pflaster kauern.

Rechts und links, vor und hinter ihnen begannen Gewehrschüsse zu knallen. Der alte Tsong lehnte bleich mit geschlossenen Augen an der Hauswand, er fühlte sich bereits mehr tot als lebendig. Seinen

Sohn trieb eine Art kindische Neugier, von Zeit zu Zeit vorsichtig um die Mauerecke zu schielen und die Feuerseile zu bestaunen, die unermüdlich aus dem Schlund des Maschinengewehrs droben von dem hohen Festungswall herauszüngelten.

Plötzlich erfolgte auf der Rückseite der Festung eine furchtbare, das Gewehrgeknatter laut übertönende Detonation. Eine Wurfmine war explodiert. Eine schwarze Rauchsäule stieg vom Dach der Pfandleihe hoch und hüllte mit ihren Schwaden den Glockenturm ein. Und dann ringelten sich aus dem schwarzen Qualm rote feurige Schlangen. Die Festung stand in Flammen!

Der Feuerkegel des Maschinengewehrs droben wandte sich wütend nach rückwärts. Da brauste es auch schon vorn aus tausend Kehlen los:

»Hong fong ah! Sturmangriff marsch!«

Im Nu war der eben noch leegefegte Platz schwarz von rennendem Menschengewimmel. Allerorten brachen die Angreifer aus ihren Verstecken hervor, aus den Seitengassen quoll es heraus, aus Hausfluren und Winkeln, hinter Ecken und Vorsprüngen. Quer über den freien Platz ging es geradeaus auf das geschlossene Vordertor der Festung zu.

Bevor das Maschinengewehr oben seine Richtung von neuem geändert hatte, krachten bereits vorn die ersten Handgranaten. Die Angreifer waren jetzt dicht unterhalb der Mauer, deutlich erkennbar im roten Schein der immer mächtiger aus dem Gebäude schlagenden Flammen, die sich in Kürze mit dem aus dem Maschinengewehr züngelnden Feuerband vereinigen mußten. Schon mischte sich in das bisherige Kampfgetöse das neue Geräusch knisternden Gebälks, zusammenkrachenden Gemäuers.

Die Begleitmannschaft der beiden Gefangenen hatte sich bei dem allgemeinen Sturmangriff von der Masse mit fortreißen lassen und war mitgestürmt. Aber zwei Mann kamen, von Streifschüssen leicht verwundet, gleich wieder zurück und übernahmen wieder die Bewachung der Häftlinge. Sie wollten sich jetzt mit ihnen aus dem Feuerbereich zurückziehen. Aber sie waren kaum zehn Schritt auf der Hauptstraße zurückgegangen, als sie von einer der letzten Streugarben des allmählich verröchelnden Maschinengewehrs erwischt wurden. Alle vier fielen gleichzeitig aufs Pflaster und blieben regungslos liegen. Sie regten sich auch nicht, als eine gemischte Abteilung Bauern und Soldaten, die im Laufschritt zur Verstärkung anrückten, über ihre Körper hinwegstampften.

Es dauerte eine geraume Weile, ehe es Kia Kü zum Bewußtsein kam, daß er noch gar nicht tot war. Er versuchte behutsam seinen Arm zu heben und dann seinen Fuß zu bewegen. Merkwürdig, es ging. Seine Gliedmaßen gehorchten. Auch Schmerz fühlte er seltsamerweise nirgends. Er lebte und war unverwundet!

Nun richtete er sich in sitzende Stellung auf und betrachtete seine nächste Umgebung. Seine beiden Wächter lagen steif ausgestreckt da und atmeten nicht mehr. Zwischen ihnen, in sonderbar gekrümmter Haltung wie ein Wurm, lag sein Vater, das fahle Gesicht war schräg nach oben gewandt, die gläsern starren Augen mit den verdrehten Pupillen waren wie in Erstaunen weit aufgerissen, aus den Mundwinkeln troff Blut. Auch er atmete nicht. Er lag in seltsam gekrümmter und verrenkter Stellung, als ob er sich noch im Sterben umgestellt hätte. – Alle drei tot.

Das Hausfohlen überlegte. Er war jetzt ohne Bewachung, die Straße hinter ihm menschenleer. Da erwachte die Lebensgier in ihm. Er sprang auf und rannte, was er rennen konnte, die Hauptstraße zurück in die nächste Seitengasse hinein. An der Stelle, wo die dunkle Gasse einmündete, strauchelte er über irgend etwas Weiches und kam zu Fall, schnellte aber gleich wieder wie ein Schnappschloß in die Höhe. Irgendein magischer Bann trieb ihn, sich nochmals zu verweilen und einen Blick nach der Kampfstätte und dem blutroten Himmel darüber zurückzuwerfen. Es war ja nicht mehr gefährlich. Das Maschinengewehr war verstummt. Dann wollte er durch die Gasse weitereilen, irgendwohin, nur fort. Da stieß sein Fuß wieder an das weiche Etwas von vorhin. Diesmal bückte er sich und betrachtete das Hindernis genauer. Es war ein toter Soldat, der die Gassenmündung quer versperrte. Um seinen Hals war das übliche rote Tuch geknotet, seine erstarrte Rechte hielt noch den Revolver umklammert.

Nachdenklich betrachtete ihn Kia Kü eine Weile. Dann hatte er eine plötzliche Erleuchtung: umstellen! Er löste dem Toten das rote Tuch vom Hals und schlang es sich selbst um, dann wand er ihm den Revolver aus den starren Fingern und leerte ihm die Taschen.

Nun schritt er gemächlich und mit wesentlich klarerem Kopf die dunkle Gasse weiter und immer weiter, bis er auf dem Treidelpfad am Kanalufer stand. Dort wandte er sich kurz entschlossen nach Osten – Richtung Schanghai.

Drittes Buch

Die Gründung

Die Nachricht von den Vorgängen in Zwei-Brücken wurde von der Schanghaier Presse nur in einer kurzen Notiz von wenigen Zeilen gebracht. Es passierte dergleichen in letzter Zeit zu viel, die Zeitungen hatten einfach keinen Platz, über alle solche Vorgänge ausführlich zu berichten. Außerdem bestand höheren Ortes der Wunsch, die allgemeine Nervosität im Publikum nicht zu vermehren, sondern zu beschwichtigen, darum wurden Berichte über lokale Unruhen möglichst knapp gehalten. Schließlich stumpft auch bei Sensationen das Publikumsinteresse ab, wenn sie sich allzu häufig wiederholen. »Schon wieder einmal«, sagt man höchstens und blättert weiter und ist beruhigt, daß man persönlich weit ab vom Schusse sitzt.

Das war nun freilich bei Sun Fu nicht der Fall. Frau Smaragd fuhr erschrocken zusammen, als er an diesem Morgen beim Frühstück die Zeitung plötzlich mit einer heftigen Bewegung und einem zornigen Ausruf zu Boden schleuderte. Sie war mit ihren Gedanken noch ganz bei der gestrigen empfindsamen Abschiedsszene mit Hauptmann Leh. Sie fühlte sich schuldbewußt und durchschaut. Nun würde das gefürchtete Unwetter über sie hereinbrechen, dachte sie, und ihr Teint nahm eine aschgraue Tönung an.

»Smaragd! Fehlt dir etwas? – Was kommen mußte, ist also gekommen!« klang es dumpf und unheildrohend an ihre Ohren. Sie riskierte einen schüchternen Blick. Sie sah ihn wild die Augen rollen. Was für Augen! Die reinen Menschenfresseraugen! Ihr Herz begann zu hüpfen. Sollte sie nicht lieber gleich beichten? Ihre unglückliche Jugendliebe offen gestehen und reumütig Abbitte leisten, bevor er sie auffraß? Sie ließ matt den Kopf hängen. Ihre Haltung war bejammernswürdig.

Aber wider Erwarten nahm er von ihrer kläglichen, völlig zusammengeklappten Haltung nicht weiter Notiz, sondern durchmaß in Gedanken versunken ein paarmal schweigend das Zimmer, blieb vor ihr stehen und wiederholte dumpf:

»Was kommen mußte, ist also gekommen!«

Und dann: »Mein Zwei-Brücken! – Seit drei Jahren Gegenstand meiner Pläne, meiner Fürsorge! – – –«

Sie wagte wieder zu atmen. Dieses ominöse »was kommen mußte...« bezog sich also nicht auf sie und ihr kleines Geheimnis, sondern auf Zwei-Brücken. Buddha gelobt! Sie fühlte sich fast beschämt ob so viel ritterlicher Großmut und Nachsicht. Fast tat er ihr wieder leid.

»Ja, ja, es ist also Tatsache geworden! Diese aufständischen Bauern haben Zwei-Brücken in ihre Gewalt gebracht – unser Zwei-Brücken! Unsern Heimatboden, an den ich seit drei Jahren mein Herzblut drangegeben hatte! Eine Musterortschaft wollte ich aus ihm machen! Mein Lieblingswunsch war es! Und nun aus! Vorbei – – – Ach, Smaragd! Ach, Smaragd!«

Wie weich und zärtlich das kam! Es durchflutete sie fast wie ein wärmender galvanischer Strom. Aber es galt ja gar nicht ihr, sondern dieser »Musterortschaft«. Fast eifersüchtig war sie auf dieses Zwei-Brücken und den Tränen nahe.

»Seit drei Jahren hatte ich damit gerechnet, daß es so kommen würde, und nun ist es so gekommen – – –!« wiederholte er nochmals, aber gleich darauf schlug seine müde Resignation in einen gesunden, kräftigen Zornausbruch um:

»Immer wieder diese Unfähigkeit! Es ist zum Verzweifeln mit dieser unfähigen Gesellschaft! Auf niemanden ist Verlaß! Ein ganzes Bataillon stark war die Garnison und verfügte über zwei Maschinengewehre! Hätten da nicht ein paar Schrecksalven genügt? – Und dieser Feh, dieser Trottel von Geschäftsführer, ist auch nicht auf seinem Posten gewesen! Hat sich auch von den Ereignissen überrumpeln lassen! Nun ist er tot! Habe es eben in der Zeitung gelesen. Ich wunderte mich schon, daß ich auf mein gestriges Telegramm keine Antwort mehr erhielt. Hinterher muß man es aus der Zeitung erfahren! Ein Zustand ist das! – Wir schlafen alle zusammen dicht an der Trommel, und kein Mensch denkt daran, Alarm zu trommeln. Wenn wir aufwachen, ist es schon zu spät, ist das Unheil schon da!«

Er stampfte zornig auf und warf sich schnaubend in einen Sessel. Dann, nach einer Beruhigungspause, wandte er sich forschend an seine Gattin:

»Nun? Hast du denn gar nichts zu sagen? An was denkst du?«

»Ich? – An die Hinfälligkeit der Pläne und Entwürfe des einzelnen.«

»Ach, dummes Zeug!« brummte er und vergrub sich und seinen Ärger hinter der Zeitung. Die kleinmütige Bemerkung seiner Frau hatte ihn arg in seiner männlichen Ehre, in seinem stark entwickelten Selbstbewußtsein verletzt. Lächerlich, ihn so gering einzuschätzen. Er verfügte über Mittel und Wege genug, um mit Widerständen und Widersachern fertig zu werden, sei es, daß er sie mit brutaler Rücksichtslosigkeit zerstampfte, sei es, daß er sie mit den dunklen, geschmeidigen Künsten der List übertölpelte. Was ihn persönlich betraf, oh, Kampf war sein Element, war ihm fast Lebensbedürfnis, und wenn er dabei mitunter brüllte und tobte, so hatte das nicht viel zu besagen. Das war gar kein echter Ärger, vielmehr befreiender Ausbruch elementaren Kraftgefühls.

Wenn er diesmal Grund zu echtem Ärger hatte, so nicht über sich selbst, sondern über die Unzulänglichkeit der anderen. Genau wie neulich über sein unfähiges Fabrikpersonal, so kochte er jetzt vor Wut über die Leute, die seiner Ansicht nach für das Unheil von Zwei-Brücken verantwortlich waren, über seinen Geschäftsführer, über den Garnisonkommandanten, über die Ortsbehörde, über die Bezirks- und Provinzbehörde bis hinauf zu den höchsten Regierungsinstanzen.

Nachdem er so hinter dem Schutz der Zeitung ergiebig gekocht hatte, schleuderte er sie von neuem zu Boden und verharrte, den Blick starr auf das moderne Teppichmuster und die feine Parkettäfelung gerichtet, eine geraume Zeit unbeweglich wie eine Bildsäule in düsterem Schweigen. Das leichte Knacken und Knistern im Vogelbauer, wo der Papagei gerade die morgendliche Säuberung seines Gefieders verrichtete, war das einzige Geräusch, das die Stille des Augenblicks unterbrach.

Lautlos war Butler Kao Schong eingetreten. In Anbetracht der geladenen Atmosphäre, die sein geschulter Dienerverstand instinktiv witterte, wagte er nicht einmal ein diskretes Räuspern.

»Was gibt's?« fragte ärgerlich über die Störung Frau Smaragd.

Er überreichte stumm zwei Visitenkarten. Sun Fu erwachte aus seinem Brüten.

»Schon gut. Führe die Herren in den großen Salon!«

Er stand auf, besah sich im Spiegel und ging einmal im Zimmer auf und ab. Dann blieb er vor seiner Frau stehen und klopfte ihr mit rauher Zärtlichkeit auf die Schulter:

»Smaragd, du siehst in der letzten Zeit recht angegriffen aus. Nimm dir diese unangenehmen Geschichten nicht allzusehr zu Herzen. Du brauchst Schonung. Ich schaffe schon Rat!«

Er faßte ihre Hand und drückte sie zart, als ob er mit diesem

Händedruck etwas von seinem Mut und Selbstvertrauen auf sie übertragen wollte. Dann ging er mit langen, elastischen Schritten zur Tür.

Abgeordneter Tang und Grubenbesitzer Wang, die ihn im Salon erwarteten, versicherten ihm mit einigen höflichen Worten ihre Teilnahme:

»Nun ist Ihre werte Heimatstadt also auch in den Strudel des Aufruhrs geraten. Die Unfähigkeit der Provinzbehörden ist wieder einmal mit aller Deutlichkeit in Erscheinung getreten«, seufzte Tang.

»Wir haben die Unglücksnachricht erst heute ganz kurz aus der Zeitung erfahren. Sie werden wohl genauere Berichte erhalten haben. Wie ist denn zur Zeit die Lage? – Unbegreiflich, daß die Garnison Ihrer werten Heimatstadt so gänzlich versagt hat! Sie soll doch ein ganzes Bataillon stark gewesen sein!« setzte Wang hinzu und drückte dem Hausherrn teilnehmend die Hand.

»Diese Räuberhorden auf dem flachen Land sind nachgerade eine chinesische Spezialität, fast eine chinesische Sehenswürdigkeit!« bemerkte Sun Fu mit bitterem Spott. »Ich habe auch eben erst von den Vorgängen erfahren – aus der Zeitung, genau wie Sie, die telegrafische Verbindung ist einstweilen unterbrochen, Genaueres weiß ich also auch nicht. – Aber wo bleibt denn Reeder Sun?«

»Er hatte eine Abhaltung. Er hat mich mit seiner Vertretung beauftragt«, entgegnete, die Zigarette im Mund, der Politiker und bekam einen Hustenanfall. Er hatte beim schnellen Sprechen Rauch in die Kehle geschluckt.

»Also gut. Kommen wir zur Sache«, begann Sun Fu. »Mein Schwager ist im großen und ganzen bereit, mitzumachen, aber er will sich die endgültige Entscheidung noch bis nach dem Drachenbootfest vorbehalten. Er pflegt es mit allem sehr genau zu nehmen, aber zu acht Zehnteln haben wir ihn gewonnen. – Nun zur Frage der Postenbesetzung. Wir hatten uns bereits vorgestern abend auf den Grundsatz geeinigt: besser Posten vakant lassen als Fehlbesetzung. Demnach bin ich der Meinung, daß wir Leute wie den Zündholzfabrikanten Tschou und die Seidenfabrikanten Tschen und Tschu nicht gebrauchen können.«

»Aber sind wir dann nicht zu wenig?« wandte Tang ein. Sun Fu lächelte kühl. Er wußte, daß diesem eifrigen Politiker bloß daran gelegen war, möglichst rasch eine möglichst großartige Organisation aufzuziehen und seinen politischen Zwecken dienstbar zu machen. Ob die Organisation innerlich homogen war, danach fragte dieser Laie nicht. Was wußte er von den feinen Widerhaken und Gegensätzen innerhalb der Industrie? Er, Sun Fu, hatte seinen Horizont durch ausgedehnte Reisen in Europa und Amerika erweitert, er war gewiß kein einseitiger, engherziger »Interessent« alten Schlages, aber er war nun einmal Fachmann, und wenn er auch mit einem Auge die Politik verfolgte, so wachte doch sein anderes Auge scharf und unablässig über die Fachbelange der Industrie.

Wang, bedächtig seine dünnen Schnurrbartenden zupfend, verstand ihn.

»Sie fürchten vermutlich, Herr Tang, daß uns diese drei Herren von anderer Seite weggeschnappt werden könnten. Aber Ihre Sorge dürfte unbegründet sein. Wir hatten eigentlich Tschou und Tschen für die Geschäftsleitung mit in Betracht gezogen, weil sie uns als ehemalige Kompradoren wichtig erschienen. Aber nachdem uns Sun Fu aufgeklärt hat, wissen wir, daß diese Kompradoreneigenschaft nur ein leeres Aushängeschild und für die praktischen Zwecke unserer Organisation wertlos ist.«

»Ach so. Ich füge mich natürlich der Majorität. Hier habe ich den Entwurf der Gründungssatzung, verfaßt von Reeder Sun.«

Tang öffnete seine lederne Aktentasche und brachte ein knappes Schriftstück zum Vorschein. Seine drei wesentlichen Punkte waren: 1. Gründungskapital fünf Millionen, ein Drittel sofort einzuzahlen, 2. Liste förderungswürdiger *neuer* Industrie- und Verkehrsunternehmen, wie Seidenspinnereien und -webereien, Überlandautobusgesellschaften, Reedereien, Bergwerke, chemische Fabriken, 3. Liste förderungswürdiger *alter* Industrie- und Verkehrsunternehmen. Das Ganze war eine Art Protokoll über das, was man bereits mündlich verhandelt und beschlossen hatte.

Sun Fu nahm den Entwurf zur Hand, und beim Lesen sah er eine stolze Vision vor seinem inneren Auge aufsteigen: Ein ganzer Wald von ragenden, qualmenden Fabrikschloten, schmucke wellenpflügende Dampfer, flinke Autobusse, durch wilde Steppen jagend.

Sichtlich gut gelaunt, legte er das Schriftstück auf den Tisch. Er wollte gerade den Mund auftun, als der Politiker mit einer neuen Frage dazwischenkam:

»War nicht eben davon die Rede, daß die drei Herren Tschou, Tschen und Tschu außer Betracht bleiben sollten? Nun finde ich sie aber unter Punkt 3 unseres Programms als notleidende Altbetriebe mit aufgeführt. Ist das nicht ein Widerspruch? – Gewiß, ich bin nur Laie, möchte aber doch auf alle Fälle gefragt haben.«

Die beiden anderen schauten sich lachend an.

»Ihre Frage ist ganz logisch«, sagte Sun Fu, »und Sie machen sich entschieden zu klein, wenn Sie sich als Laie ausgeben. Im Gegenteil, Sie werden unsere künftige Bank, oder was es sonst ist, als geschäftsführender Syndikus leiten. Was die drei Herren betrifft, so möchten wir sie in die Direktion deshalb nicht aufnehmen, weil sie zu schwach und für unsere Gesellschaft ohne jeden realen Wert sind. Andererseits sind die Betriebe, die sie in der Hand haben und mit denen sie nichts anzufangen wissen, national wichtig.

Falls ihre Mißwirtschaft zur Schließung ihrer Betriebe führen sollte, so wäre das ein Verlust für China. Sollten ihre Betriebe aber in ausländischen Besitz übergehen, so würde das einen neuen Zuwachs für die wirtschaftliche Machtposition des Auslands in China bedeuten und einen neuen Schlag für unsere einheimische Wirtschaft. Aus höheren nationalwirtschaftlichen Rücksichten wollen wir ihren Betrieben also dennoch helfen. Das gilt von allen den unter Ziffer 3 des Programms aufgeführten Unternehmen.«

Sun Fu brach ab und klopfte, wie zur Bekräftigung, mit dem linken Zeigefinger kräftig auf die Tischkante. Er hatte sehr eindringlich, beinahe feierlich, gesprochen. Und die gleiche feierlich patriotische Tonart schlug der sonst immer zu Scherzen aufgelegte Wang an, als er jetzt im Sinne des Vorredners fortfuhr:

»Sehr richtig! Es geht um Chinas nationale Ehre! Seit fünfzig, sechzig Jahren existiert eine chinesische Industrie. Wenn wir von einigen öffentlichen Betrieben absehen, die von Staatsmännern der früheren Tsing-Dynastie, wie Li Hung Tschang und Tschang Tschi Tung, ins Leben gerufen wurden, so ist die Reihe der in den letzten Jahrzehnten entstandenen privaten Industriebetriebe auch noch stattlich. Aber wo bleibt der Gewinn für China? Zur größeren Hälfte fließt er in die Hände ausländischer Aktionäre! Ganz zu schweigen von solchen Betrieben, die infolge schlechter Leitung oder Kapitalmangels unrentabel sind.«

Der Politiker hatte, schon bevor Wang zu Ende war, beifällig herausgelacht. Er war nicht dumm und hatte nun begriffen, worauf die Gesellschaft hinaus wollte. Bei der sich anschließenden Einzeldebatte beteiligte er sich mit einem Feuereifer, als ob er nicht Außenseiter, sondern selber »vom Bau« wäre. Er zitierte dabei aus dem Gedächtnis ganze Stellen aus dem Abschnitt »Industrieller

Aufbau« der nachgelassenen Schrift kiän kwo fang lüe »Maßnahmen zum nationalen Aufbau« des verstorbenen Präsidenten Sun Yat Sen. Er führte unter anderem aus:

»Nachdem die militärische Periode zum Abschluß gelangt ist, wird nunmehr die Verwaltungsperiode nach dem Grundsatz echter Volkssouveränität Verwirklichung finden. Demnach wird es auch nicht mehr lange dauern, daß gewisse vom Präsidenten Sun Yat Sen proklamierte Projekte wie der ›Großhafen des Ostens‹ und die ›vier großen Binnenwege des Ostens‹ verwirklicht werden. Unsere Gesellschaft muß daher Bedacht darauf nehmen, daß die von ihr geplanten Kapitalinvestierungen sich geographisch möglichst auf die Nähe des ›Großhafens‹ und der ›vier großen Binnenstraßen‹ konzentrieren.«

Während er dergestalt dozierte, kramte er aus seiner Aktentasche eine Landkarte heraus und begann auf ihr mit dem Bleistift eine Reihe von strategischen Punkten zu markieren. Diese Bleistifttätigkeit begleitete wieder ein Sturzbach von weitläufigen Erläuterungen. Am Schluß seines Vortrags holte er tief Atem und schaute die beiden Wirtschaftler mit dem etwas verfrühten Siegerblick des Feldherrn nach gewonnener Schlacht an:

»Nun, einverstanden? Reeder Sun hat mir bereits seine Zustimmung erklärt. Ich gedenke nun im Sinne meiner Darlegungen eine wirtschaftsgeographische Kartenskizze anzufertigen und möchte anregen, daß wir diese Kartenskizze später gleichzeitig mit dem Zeichnungsprospekt in den Zeitungen mit zum Abdruck bringen. Guter Gedanke, was?«

Wang schien keine Einwendung zu haben, hielt aber mit seiner Ansicht zurück und blickte erwartungsvoll auf Sun Fu. Er wollte diesem erfahrenen, gescheiten, ideenreichen Praktiker den Vortritt lassen. Aber merkwürdig, der Mann, der sonst wahrlich keinen verwegenen Kampf und keinen verwegenen Plan scheute, hüllte sich diesmal in Schweigen, und seine nachdenkliche Miene ließ erraten, daß er von den Ausführungen des Politikers keineswegs überzeugt war. Er war eben zu sehr Gegenwarts- und Wirklichkeitsmensch. Was er da eben von den vier großen »Binnenwegen« und dem »Großhafen des Ostens« vernommen hatte, klang in seinen Ohren genauso unwirklich und phantastisch, als ob man ihm von den sagenhaften »Inseln der Seligen« irgendwo im Ozean vorerzählt hätte.

Endlich brach er das nachdenkliche Schweigen und bemerkte lächelnd:

»Schön, also einverstanden. Auch Reklame muß sein. Was Sie, Herr Tang, ausgeführt haben, ist für die Öffentlichkeit gut und wichtig und deckt sich auch mit unseren letzten Zielen. Der Inhalt des ursprünglichen Plans von Reeder Sun hat dagegen interne Bedeutung für uns, ist nicht für die Öffentlichkeit bestimmt, dafür aber in allernächster Zukunft praktisch zu verwirklichen. Eins nach dem andern. Sobald unsere Gesellschaft ihre nächstliegenden Aufgaben gelöst hat, werden wir zu größeren Zukunftsaufgaben von der Art des ›Großhafens des Ostens‹ fortschreiten können.«

»Ausgezeichnet!« applaudierte Wang. Der Butler war eingetreten und hatte dem Hausherrn etwas ins Ohr geflüstert, worauf sich Sun Fu erhob und für einen Augenblick entschuldigte.

Die beiden anderen Herren warteten schweigend seine Rückkehr ab. Der Politiker vertiefte sich erneut in das Studium des Programmentwurfs und stieß von Zeit zu Zeit kunstvolle Rauchringe aus, die von seinem blanken Glatzkopf aufstiegen wie die Schaumblasen von einem Fisch. Dann legte er die halb aufgerauchte Zigarette in den Aschenbecher ab und murmelte kopfschüttelnd im Selbstgespräch vor sich hin:

»Kapital fünf Millionen, davon ein Drittel sofort einzuzahlen – noch nicht einmal zwei Millionen, ja, damit ist doch gar nichts anzufangen.«

Er schaute Wang fragend an. Aber der hatte die Augenlider zugeklappt und reagierte nicht. Darauf begann er wieder zu rechnen und kam erneut zu dem Ergebnis, daß von lumpigen 5 Millionen, geschweige denn von einem lumpigen Drittel dieser Summe doch unmöglich die verschiedenen neuen Unternehmen, die in Ziffer 2 des Programms verzeichnet waren, darunter sogar solche der Schwerindustrie, finanziert werden könnten. Das ging seinem Laienverstand nicht ein.

»Hier steckt ein Fehler! Ein großer Fehler! Darüber ist uns Sun Fu unbedingt Aufklärung schuldig!« trompetete er seine Entdeckung laut aus und schreckte Wang aus seinem Halbschlummer auf.

»Schauen Sie! Fünf Millionen! Das genügt doch nicht«, wiederholte er, den Zeigefinger auf Ziffer 2 des Programms gepreßt, fast schreiend, so daß auch Sun Fu, der in diesem Augenblick die Tür aufmachte, es hören konnte. Sun Fu erriet sogleich den Grund seiner Aufregung, war aber mit seinen Gedanken noch zu sehr bei dem Telefongespräch, das er soeben mit Schwager Tschu Tschai geführt hatte, um sogleich eine passende Beruhigungsformel zu finden. Das Telefongespräch hatte sich um die kritische Börsenlage gedreht. Glücklicherweise war Wang sofort mit einer Beruhigungsformel zur Hand:

»Wir gehen sachte Schritt für Schritt vor. Die in Ziffer 2 aufgeführten Unternehmen werden doch nicht alle auf einmal, sondern hübsch eins nach dem andern ins Leben gerufen.«

»Aber warum hatten wir es dann bei unserer vorgestrigen Besprechung mit der behördlichen Konzession so eilig?« wurde er von Tang unterbrochen.

»Konzession im voraus sichern ist so viel, wie sich beizeiten gute Plätze für eine Theatervorstellung reservieren«, suchte ihm Wang, etwas ungeduldig über seine laienhaften Einwände, klarzumachen.

»Übrigens werden wir vor den geplanten Neugründungen zunächst die Sanierung der in Ziffer 3 aufgeführten notleidenden Betriebe in Angriff nehmen«, fügte Sun Fu hinzu, während er sich schwer in einen Sessel fallen ließ. Aber der Politiker hatte schon wieder eine Einwendung:

»Wie, wenn nun diese Betriebe die Hilfe unserer Gesellschaft gar nicht zu beanspruchen wünschen? Dann liegt doch das Gesellschaftskapital brach?«

»Sie werden sich recht gern von uns sanieren lassen«, gab Sun Fu scharf zurück. Auf seinem Gesicht zeigte sich ein geringschätziges Lächeln.

»Verehrter Herr Tang, Geld ist etwas Lebendiges! Es steht uns doch frei, unser Gesellschaftskapital, das Ihnen so gering erscheint, am Markt für Staatsanleihen arbeiten und sich vermehren zu lassen!« lüftete Wang mit verschmitztem Blinzeln den hinteren Vorhang der Gesellschaft.

»Natürlich, da wir unsere Gesellschaft als Finanzinstitut aufziehen, wird auch gewinnbringende Börsenspekulation mit in ihren Aufgabenkreis gehören«, bekräftigte Sun Fu, erreichte aber nur, daß sich Tang noch dümmer vorkam. Er kratzte sich verlegen seinen kahlen Schädel und schaute dabei die beiden so hilflos an, als ob er eingestehen wollte, was für ein krasser Laie und Außenseiter er sei. Er wurde das Gefühl nicht los, als ob sich die zuletzt erteilten Aufschlüsse bedenklich weit von dem eigentlichen idealen Zweck der Gesellschaft entfernten, für den er sich noch kurz vorher so begeistert hatte.

Da erschien im rechten Augenblick Reeder Sun auf der Bildfläche. Seine gerötete, strahlende Miene verhieß irgendeine gute Botschaft.

»Lieber Freund, Sie kommen gerade zur rechten Zeit! Ich finde mich nicht mehr zurecht und lege meine Vertretung hiermit nieder«, rief ihm der Politiker von weitem zu. Der Ankömmling blieb betroffen an der Tür stehen. Er dachte schon an eine unvorhergesehene ungünstige Wendung. Das schallende Gelächter der beiden anderen Herren beruhigte ihn gleich wieder. Sun Fu begrüßte ihn vergnügt. Man habe sich bereits über alles Wichtige verständigt. Jetzt sei nur noch über den Termin Beschluß zu fassen, an dem die neue Gesellschaft starten solle.

»Wir hörten, Sie hätten eine Abhaltung. Wieso konnten Sie doch noch herkommen?«

»Eine an sich nebensächliche Verabredung mit einem Freund, die sich aber als recht glückbringend erwiesen hat. Sie hat uns nämlich zu einer wichtigen Verbindung verholfen. Raten Sie, meine Herren, welche Verbindung – in drei Tagen kann unsere Gesellschaft starten!«

Welche Überraschung! Man scharte sich mit freudig gespannten Mienen um den Schaukelstuhl, indem der Mann mit dem kleinen feinen Kopf Platz genommen hatte.

»Eine Finanzgesellschaft, wie wir sie planen, bedarf der vorherigen Genehmigung des Finanzministeriums. Eine solche Konzession zu erlangen, ist eine sehr langwierige, umständliche Sache. Das können wir uns nunmehr ersparen. Wie mir mein Freund mitteilte, hat seine Treuhandgesellschaft den Wunsch, mit unserer projektierten Gesellschaft eine Fusion einzugehen – wenn ich sage Fusion, so ist das so zu verstehen, daß sie uns gegen eine Entschädigung ihre Firma sowie die gesamte Geschäftsleitung überläßt. Da die Gesellschaft bereits konzessioniert ist, bedürfen wir also keiner neuen Konzession. Wir brauchen uns mit der Gegenseite nur über die geforderte Entschädigung zu verständigen und unsere Satzung auszuarbeiten, dann können wir sofort starten!«

Es entspann sich eine lebhafte Debatte, in der restliche Unklarheiten und Mißverständnisse geklärt wurden. Schließlich wurde beschlossen, daß jeder der vier Gesellschafter: Sun Fu, sein Schwager, Grubenbesitzer Wang und Reeder Sun, binnen einer Woche eine erste Rate in Höhe von zweihunderttausend Dollar Gesellschaftskapital aufzubringen habe.

Sun Fu hatte bereits am Tag zuvor bei seinen verschiedenen Banken eine Million abgehoben, die er in das geheime Börsenunternehmen des Tschao Po Tao steckte. Dazu kamen die beträchtlichen

Verluste, die er durch die Ereignisse von Zwei-Brücken erlitten hatte. Wenn er nun jetzt binnen Wochenfrist weitere zweihunderttausend flüssig machen mußte, fühlte er seine geldliche Lage einigermaßen gespannt werden. Aber das beirrte ihn nicht in seinem festen Entschluß, den einmal gefaßten Plan auch durchzuführen.

»Dann kommt wohl ein öffentlicher Zeichnungsprospekt gar nicht mehr in Betracht?« wollte der Politiker wissen.

»Nein«, wurde ihm von drei Seiten bestätigt.

»Schade!«

Also war es nichts mit dem schwungvollen Zeitungsprospekt und der wirtschaftsgeographischen Kartenskizze, die sich Herr Tang so schön ausgedacht hatte. Schade. Er hätte bei dieser Gelegenheit so gern sein Licht in der Öffentlichkeit leuchten lassen.

Es war gegen zehn Uhr vormittags, als Sun Fu seine Besucher nach beendeter Sitzung verabschiedet hatte.

Um diese Zeit pflegte er täglich in die Fabrik zu fahren. Er ging in sein Arbeitszimmer, setzte zwei Telgramme an die für Zwei-Brükken zuständige Provinzbehörde auf und klingelte nach dem Butler.

»Falls mein Schwager anrufen sollte, sage ihm, ich wäre in der Fabrik zu erreichen – diese beiden Telegramme laß von Li Kweh besorgen – Auto!« lautete seine Weisung.

»Sehr wohl. – Ein gewisser Weh Yo aus der Fabrik wartet seit geraumer Zeit im Anmeldezimmer. Wünscht ihn der Herr noch zu empfangen?«

Richtig. Weh Yo. Den hatte er ganz vergessen. Schon gestern abend hatte er ihn vergeblich warten lassen.

»Laß ihn kommen.«

Während der Butler lief, setzte er sich an den Schreibtisch und studierte die Lohnliste der Fabrik. Er versuchte vergeblich, sich ein Bild von diesem Weh Yo zu machen. Auch ein geistig so wacher Kopf wie er konnte unmöglich jedes einzelne Gefolgschaftsmitglied seines großen Betriebs im Gedächtnis behalten. Im übrigen hatte er von seinem gestrigen Besuch in der Fabrik einen ziemlich günstigen Eindruck mitgenommen. Der bezahlte Halbtagsurlaub hatte anscheinend besänftigend gewirkt. Mit ein wenig kluger Taktik würde er diese neuerliche Unruhewelle wohl vollends glätten können. Also war seine Miene, mit der er den eintretenden Besucher empfing, wenn auch streng, doch nicht gerade unfreundlich.

»Bist du Weh Yo?«

Der junge Mensch mit dem runden, blassen, intelligenten Gesicht verbeugte sich stumm. Seine Haltung war völlig frei und unbefangen.

Mit ruhiger, offener und im übrigen ausdrucksloser Miene hielt er dem forschend und durchdringend auf sich gerichteten Blick seines lao pan stand.

»Wie lange im Betrieb?«

»Zwei Jahre, zehn Tage«, kam ruhig und bestimmt die Antwort.

»Woher gebürtig?«

»Aus Ihrer Heimat.«

»So, aus Zwei-Brücken? Hast du irgendeinen Bürgen?«

»Nein.«

Sun Fu blätterte in der Personalliste. Der andere fuhr fort:

»Vielleicht entsinnen Sie sich noch, daß ich damals bei Arbeitsantritt ein Empfehlungsschreiben des tai lao ye, Ihres verstorbenen Herrn Vaters, mitbrachte. Ich erhielt Anstellung im Fabrikbüro, Abteilung ›Verschiedenes‹. Eine Bürgschaft wurde mir nicht abverlangt.«

Die Gesichtsmuskeln des lao pan zuckten ein wenig. Er erinnerte sich: auch so ein Schützling des »Großen alten Herrn«. Der Vater dieses Weh Yo hatte vermutlich zur Klientel des ehemaligen kaiserlichen Ministers, seines Großvaters, gehört. Aus grundsätzlicher und traditioneller Opposition gegenüber dem »Großen alten Herrn« begann Sun Fu den jungen Menschen auf einmal weniger wohlwollend anzusehen. Sein Ton wurde sachlich und streng:

»Man hat mir gemeldet, daß du im Betrieb vorzeitig von der beabsichtigten Lohnkürzung geschwätzt hast. Dein Verhalten hat die kürzliche Unruhe und passive Resistenz im Betrieb verschuldet.«

»Ganz recht, ich habe von der nahe bevorstehenden Lohnkürzung gesprochen.«

»Du hast dich mit deiner Schwatzhaftigkeit eines Verstoßes gegen die Fabrikordnung schuldig gemacht.«

»Ich wüßte nicht. Ich kenne die Bestimmungen der Fabrikordnung ziemlich genau.«

Erstaunlich, mit welcher Ruhe und Unerschrockenheit dieser kleine junge Angestellte zu widersprechen wagte! So etwas war Sun Fu noch nicht vorgekommen. Im Grunde imponierte ihm dieser neue Typ.

»Ganz gleich, du durftest nicht schwatzen, du siehst, was du angerichtet hast.«

»Ich kann nichts Unrechtes dabei sehen. Früher oder später hätte die Belegschaft sowieso von der Lohnkürzung erfahren. Überdies dürfte es ganz unabhängig von einer etwaigen Lohnkürzung mit Sicherheit eines Tages doch zum Streikausbruch kommen.«

»Was willst du damit sagen?«

»Die Belegschaft weiß, daß Sie mit beträchtlichen Terminlieferungen von Seidengarn engagiert sind und zur Zeit die Arbeit forcieren müssen, um Ihren Lieferverpflichtungen nachzukommen. Da will sie nun die Gelegenheit wahrnehmen, um einen Druck auf Sie auszuüben und Sie zu einigen Zugeständnissen zu zwingen.«

»Was! Von meinen Terminabschlüssen weiß die Belegschaft auch? Hast du etwa auch davon erzählt?«

»Ja. Die Arbeiterinnen hatten von anderer Seite davon gehört und sich bei mir erkundigt. Ich konnte ihnen doch die Wahrheit nicht vorenthalten. Oder sind Ihnen Lügner als Angestellte lieber?«

Sun Fu schlug zornig auf die Tischplatte und fuhr in die Höhe.

»Hun tan! Faules Ei! Willst dich auf meine Kosten in die Gunst der Belegschaft einschleichen!«

Der andere verbeugte sich lächelnd. Er blieb völlig gelassen.

»Ich weiß schon, du hältst es mit der Arbeiterin Kweh Ying von Reihe 19! Ich bin genau informiert!«

»Verzeihung, das gehört nicht zur Sache. Das ist meine Privatangelegenheit.«

Das kam sehr beherrscht und bestimmt heraus. In dem wachsamen Auge des Sprechers blitzte es kurz wie Ärger. Die Miene seines lao pan hatte einen kalten Ausdruck angenommen. Diese Kälte war gefährlich, weit gefährlicher, als wenn er zornig tobte und brüllte. Weh Yo wußte es, aber er war zähe und ließ sich nicht einschüchtern. Die servile Taktik, mit der das andere Personal den strengen Chef gnädig zu stimmen wußte, mochte er sich nicht aneignen.

Es entstand ein tödliches Schweigen im Raum. Sun Fu streckte bereits die Hand nach dem Knopf der elektrischen Klingel an der Wand aus. Weh Yo war sich klar, daß sein Schicksal mit diesem Druck auf die Klingel besiegelt sein würde. Aber plötzlich zog Sun Fu seine Hand wieder zurück, ohne den Klingelknopf berührt zu haben. Er ließ sich in seinen Sessel fallen und dachte nach. Eigentlich gefiel ihm dieser junge Mensch. Beherrscht, wachsam, unerschrokken. So etwas mußte bei richtiger Anleitung doch nützliche Dienste im Betrieb leisten. An diesen jungen, charaktervollen Menschen kamen doch seine anderen älteren Angestellten nicht entfernt heran. Aber war Verlaß auf ihn? Die heutige Jugend war ungeachtet vieler hoher Eigenschaften recht unbeständig. Nun, man würde es auf den Versuch ankommen lassen müssen.

»Dein Verhalten bedeutet ganz einfach Unruhestiftung im Betrieb!« kam es streng.

»Die Leute sind auch ohne mein Zutun unruhig.«

»Du schürst die Streikbewegung!« kam es noch strenger. Weh Yo reckte die Brust heraus und lächelte.

»Was gibt es da frech zu lachen?«

»Oh, habe ich frech gelacht –? Wenn ja, dann vielleicht darüber, daß Sie eins zu übersehen scheinen: Jeder Mensch möchte leben, und zwar möglichst gut leben! Das ist nun einmal die stärkste Triebkraft beim Menschen.«

»Ach was! Dummes Zeug! Meine Arbeiterinnen sind viel vernünftiger als du, sie sehen ein, daß Arbeit und Kapital aufeinander angewiesen sind und sich daher verbinden müssen. Ist es nicht bedeutend ruhiger geworden in der Fabrik, seit ich gestern dort war und ein paar aufklärende Worte gesagt habe? Steht der Betriebsrat nicht ganz auf meiner Seite? Ich weiß wohl, daß es im einzelnen gefährliche Elemente gibt, die Zweifel säen und schüren und hetzen, die das Wohl des Arbeiters im Munde führen, ihm in Wirklichkeit aber den Eßnapf zerschlagen. Ich bin genau unterrichtet. Ich bin durchaus nicht für Gewaltmaßnahmen und ziehe friedliche Schlichtung vor. Aber andererseits bin ich nun einmal Herr in der Fabrik und kann es nicht dulden, daß einzelne störrische Gäule die ganze Herde scheu machen! Ich werde diese Störenfriede schon noch überführen und dann der Belegschaft selbst das Urteil und die Abrechnung überlassen...!«

»Sie hatten mich zweimal herbestellt. War es nur, um mir das zu sagen?« unterbrach Weh Yo kühl und gelassen den Redestrom seines Chefs.

»Was! Du machst dir doch nicht noch irgendwelche Hoffnung?«

»Das nicht. Ich dachte nur, Sie hätten mir etwas Besonderes zu sagen.«

Verblüfft schaute Sun Fu den jungen Menschen an. War er vielleicht übergeschnappt? begann er sich zu fragen.

»Raus! Gib deine Angestelltenmarke ab! Raus!«

Ohne das geringste Zeichen von Bestürzung holte Weh Yo in aller Ruhe seine kupferne Angestelltenmarke hervor und legte sie auf dem Schreibtisch ab. Dann verbeugte er sich lächelnd und schritt gemächlich zur Tür.

»Halt! Du kannst mich gleich zur Fabrik begleiten, ich möchte dir durch den Augenschein beweisen, wieviel ruhiger es jetzt im Betrieb geworden ist.«

»Vor dem Sturm pflegt es immer ruhig zu sein.«

»Wie? Willst du damit sagen, daß ich vom Büro falsch unterrichtet bin? Und daß der Betriebsrat mit der Belegschaft gegen mich gemeinsame Sache macht?«

»Das will ich nicht gerade sagen. Aber Sie sollten Stellung und Bedeutung des Betriebsrats nicht überschätzen.«

»Wieso?«

»In Ihren Augen besitzt so ein Betriebsrat Autorität. Aber in den Augen der Arbeiterschaft sieht es sich ganz anders an.«

»Besitzt er keine Autorität?«

»So geradezu möchte ich das auch nicht sagen. Es verhält sich so: Wenn der Betriebsrat sich das Vertrauen und die Achtung der Arbeiter verschaffen kann, dann genießt er Autorität. Wenn er es offen mit dem Fabrikherrn hält, dann verliert er das Vertrauen und die Achtung der Arbeiter und damit seine Autorität. Der Name Betriebsrat ist dann ein bloßes Aushängeschild, ein Popanz, ein Tiger aus Pappe. Diese Papptiger möchten es weder mit Ihnen noch mit der Belegschaft verderben. – Um ganz deutlich zu werden: sie möchten einerseits heimlich mit Ihnen verhandeln und ein friedliches Zugeständnis erlangen, andererseits nach außen hin, der Belegschaft gegenüber, ihre wilde Tigerrolle weiterspielen.«

»Was soll ich ihnen denn zugestehen?«

»Eine fünfprozentige Lohnerhöhung und außerdem anläßlich des Drachenbootfestes eine Extragratifikation von zwei Dollar pro Kopf.«

»Was! Lohnerhöhung und außerdem Gratifikation?«

»Ja – das ist augenblicklich die Kampfparole im Betrieb. Nachdem sie unlängst die Forderung nach einer Teuerungszulage nicht durchgesetzt haben, fürchten die Papptiger den Zorn der Belegschaft, wenn sie jetzt wieder nichts erreichen.«

»Also so stehen die Dinge! Und warum hat mir dieser Mo, der verantwortliche Betriebsleiter, nichts davon gesagt? Er schläft wohl?«

Weh Yo lächelte. Nach einer Weile hatte sich Sun Fu wieder beruhigt.

»Warum hast du mir nicht früher davon Mitteilung gemacht?«

»Als kleiner Angestellter mit zwanzig Dollar Monatsgehalt durfte ich mir das nicht anmaßen. Jetzt, nachdem Sie mir meine Arbeitsmarke abgenommen haben, ich also nicht mehr Ihr Angestellter bin, ist das etwas anderes. Jetzt spreche ich aus Rücksicht auf die langjährigen guten Beziehungen zwischen unseren beiderseitigen Vätern und Großvätern, als Freund. Jetzt kann mir niemand im Betrieb den Vorwurf unkollegialen Verhaltens machen.«

»Du hast Charakter.«

»Mein einziger Besitz.«

Sun Fu dachte wieder nach.

»Fünfprozentige Lohnerhöhung und Gratifikation? Wenn ich es nun darauf ankommen lasse und fest bleibe?«

»Dann gibt es Krawall.«

»Gut! Dann will ich diesmal die Farce des Betriebsrats mitmachen.«

»Wie hoch schätzen Sie die Extraausgabe einer Gratifikation?«

»Rund 5000 Dollar.«

»Das ist nicht allzuviel. Aber Sie könnten künftig noch viel billiger wegkommen und mehr erreichen. Sie brauchen nur Leute, die mit dem Gelde richtig umzugehen wissen«, bemerkte Weh Yo gelassen und mit völlig undurchdringlicher Miene.

Sun Fu lächelte und sann nach. Dann war sein Entschluß gefaßt. Er griff zum Pinsel, schrieb rasch ein paar Zeilen auf einen Briefbogen und reichte ihn dem jungen Mann.

»Ich hatte dir vorhin deine Angestelltenmarke abgenommen, dafür erhältst du jetzt das da«, sagte er schmunzelnd.

Weh Yo las:

»An Herrn Betriebsleiter Mo.
Herr Weh Yo erhält mit sofortiger Wirkung eine Gehaltszulage von monatlich fünfzig Dollar.

Gegeben am 9. Mai
Sun Fu.«

Ohne ein Wort zu sagen, legte Weh Yo den Briefbogen auf den Schreibtisch zurück. Seine Miene blieb völlig unbewegt.

»Nanu, freust du dich nicht?«

»Vielen Dank für Ihre freundliche Absicht. Aber ich kann leider nicht annehmen. Nach dem Wortlaut dieses Schreibens habe ich ja nichts zu tun.«

Sun Fu drückte auf den Klingelknopf an der Wand und griff nochmals zum Pinsel. Der Zusatz, den er dem Schreiben anfügte, lautete:

»Von Herrn Mo abwärts haben sämtliche Werkmeister und Werkmeisterinnen, Aufseher und Aufseherinnen den Weisungen des Herrn Weh Yo strikten Gehorsam zu leisten. Das ist aufs strengste zu beachten!«

»Ein Auto für ›Herrn‹ Weh Yo!« lautete der Befehl an den eintretenden Butler.

Nachdem Weh Yo den Zusatz gelesen hatte, blickte er seinem Chef fest ins Auge. Dann machte er eine Verbeugung und sprach feierlich:

»Von heute ab können Sie ganz auf mich zählen!« Zum ersten Male verriet seine Miene eine Gemütswallung. Es war stolze Genugtuung.

»Wo ich Fähigkeit sehe, gebe ich gern eine Chance. Ich weiß wohl, auch unter den jungen Leuten von heute gibt es Fähigkeit. Leider kann ich mich aus Zeitmangel mit dem Nachwuchs nicht so eingehend befassen, wie ich möchte. Fahre jetzt zur Fabrik und sprich ein paar beruhigende Worte zur Belegschaft. Ich würde alles tun, um ihre Wünsche zu befriedigen. Falls etwas Besonderes vorfallen sollte, so stehe ich dir jederzeit für eine Rücksprache zur Verfügung.«

Sun Fu schritt noch eine Weile in tiefem Nachdenken in seinem Arbeitszimmer auf und ab. In das Gefühl der Genugtuung über den Verlauf der Unterredung mischte sich ein bitterer Beigeschmack. Sein Selbstbewußtsein hatte einen argen Stoß erlitten. Um den Arbeitsfrieden zu erkaufen, hatte er seinen Herrenstandpunkt verlassen und sich zu einem demütigenden Zugeständnis bequemen müssen. Gewiß, ziffernmäßig hatte das Opfer, das er bringen würde, nicht allzuviel zu bedeuten. In seinem Klub verlor er beim Mah-Jong-Spiel an einem Abend unter Umständen das Vielfache der betreffenden Summe, ohne deshalb die gute Laune zu verlieren. Aber sollte dieses Paktieren und Opferbringen, dieses Zurückweichen vor Druck und Terror etwa Dauerzustand werden? Dazu hatte er keine Lust.

Und dann etwas anderes. Wieviel hatte er sich immer auf seinen Scharfblick und seine Menschenkenntnis eingebildet! Und nun hätte er beinahe das fähigste Mitglied seines Fabrikpersonals achtlos preisgegeben! Er begann an sich und an der Zukunft der chinesischen Industrie zu zweifeln. Was konnte man mit dem Gros seiner Angestellten anfangen, die allenfalls für irgendeinen Türhüter- oder Dienerposten alten Stils taugten? Wie wollte die chinesische Industrie mit der Auslandsindustrie konkurrieren, der bestgeschultes, wohldiszipliniertes Angestelltenmaterial in überreichem Maße zu Gebote stand?

Nein, er wollte nicht schwach werden. Er biß die Zähne zusammen, daß sie hörbar knirschten, griff zum Telefonhörer auf dem Schreibtisch und verband sich ingrimmig mit Nr. 307. Die zaghafte, schluckende schleimige Stimme des alten Mo meldete sich und stimmte ihn noch grimmiger.

»Hast du mein Handschreiben gelesen? – Gut – Also alle Weisungen des Weh Yo aufs genaueste befolgen! – Ich verlange strikte Unterordnung unter sein Kommando! Niemand darf sich unter irgendwelchen Vorwänden und Ausflüchten drücken oder widersetzen! – Was den Geldpunkt betrifft: er hat unbeschränkte Vollmacht – du wirst ihm aus dem Geheimfonds jeden Betrag zahlen, den er verlangt – über die Verwendung wird nur er mir persönlich Rechenschaft ablegen – verstanden?« Er hängte ab und stürmte hinaus. –

Vor der Freitreppe wartete bereits sein stahlplattengepanzertes Auto mit den kugelsicheren, halbzolldicken Patentglasscheiben. Chauffeur und Leibwächter standen in leiser Unterhaltung am Wagenschlag.

Im Vorübergehen hörte er aus der halboffenen Tür des kleinen Salons lebhaftes Schwatzen und fröhliches Gelächter. Er unterschied mehrere weibliche und männliche Stimmen. Stirnrunzelnd machte er noch einmal kehrt und schaute hinein. Er sah seine Frau, Koralle und Vetter Fan dicht beisammenstehen und sich lachend über eine Sessellehne beugen. Bei seinem Erscheinen stob die kleine Gruppe verlegen kichernd auseinander, und hinter der Sessellehne tauchte Narziß auf. Er war in irgendeine Lektüre vertieft.

Sun Fu trat von rückwärts heran und entriß ihm das schmale Bändchen, das er in der Hand hielt. Es war der neueste Gedichtband von Vetter Fan.

»Gedichte! – Daß ihr jungen Leute an so etwas Geschmack findet!« sagte er halb geringschätzig, halb belustigt. So ganz nebenhin warf er einen Blick auf die aufgeschlagene Seite. Der Vierzeiler, der ihm dort entgegenhüpfte, klang reichlich spitz und satirisch. Es war darin die Rede von »kulturlosem Bourgeois« und »Westling«, von seinem häßlichen Haus ausländischer Bauart und seinem greulichen Ungetüm von Auto, das die grüne Landschaft mit Lärm und Staub verschandelt und jeden Schönheitssinn beleidigt.

Sun Fu lachte gezwungen. Er war nicht sehr erbaut. Die Spitze dieses Poems war deutlich auf seine Person gerichtet. Der »Bourgeois« mit seiner Verständnislosigkeit für Geist und Schönheit war von jeher ein bevorzugtes Thema für die satirischen Ergüsse dieses Dichterjünglings in der Familie gewesen. Früher hatte er nur erhaben darüber gelächelt, aber jetzt fühlte er sich persönlich getroffen und ärgerte sich. Die Dichter früherer Zeiten konnte man allenfalls noch gelten lassen. Es waren zwar auch verlotterte, aber immerhin harmlose Genies gewesen. Dagegen diese modernen Dichter, die waren außerdem noch boshaft und bissig. Welch unerfreulicher Wandel der Zeiten! Er beschloß, diesem jungen Satiriker indirekt eins zu versetzen.

»Nanu, Narziß, du bist kaum drei Tage in Schanghai und entwickelst dich bereits zum Schöngeist! Aber Dichter sind sehr anspruchsvoll, pflegen nur Genies zum Umgang zu wählen, ich fürchte, dazu reicht es bei dir nicht ganz!«

»Oh, es gibt einen Satz:

Genies oder reine Toren –
Beide sind zum Dichter geboren.

Ich habe an unserem Narziß einen Funken Idealismus entdeckt. Das ist immer noch hoffnungsvoller, als ihn im Tempel des Götzen Mammon sitzen zu sehen«, parierte Vetter Fan gelassen den Hieb.

Die beiden Damen mußten über die schlagfertige Antwort lachen. Narziß schaute blöde drein, er hatte den Sinn dieses Wortgeplänkels nicht begriffen. Sun Fu runzelte unmutig die Stirn. Er verstand solche Geistreicheleien und Witzeleien sehr wohl, schätzte sie aber nicht. In seinen Augen waren das kokette Spielereien und Mittelchen, um über innere Hohlheit hinwegzutäuschen und sich in Damengesellschaft interessant zu machen. Er warf dem geistreichen Spötter einen abweisenden Blick zu, zuckte die Achseln und ging. In der Tür drehte er sich um und rief nach seiner Frau.

»Smaragd, gib ein wenig auf Koralle acht! Ich möchte nicht, daß sie so tagaus, tagein nach Kinderart herumalbert«, sagte er draußen in der Diele und fuhr, als sie ein verständnisloses Gesicht machte, fort:

»Dein Vetter Fan mag ganz gescheit und witzig sein, aber er ist ein energie- und haltloser Mensch und kein passender Umgang für Koralle! – Übrigens hat mir Schwester Wasserrose bereits angedeutet, daß sie Koralle gern mit ihrem jungen Schwager Hsüe Schi zusammenbringen möchte. Ich bin mit ihrer Wahl einverstanden. Der junge Hsüe Schi wird es meiner Überzeugung nach zu etwas Tüchtigem bringen. Ich habe ihn als meinen künftigen Partner vorgemerkt.«

»Oh, meinst du das? – Ich denke, darüber lassen wir Koralle selber entscheiden«, bemerkte Frau Smaragd gleichgültig. Sie war weder für den einen noch für den anderen. Im übrigen war sie seit zwei Tagen plötzlich der Ansicht, daß Liebe Privatangelegenheit eines jungen Mädchens sei. Er schaute nachdenklich zu Boden, dann wandte er sich ab und lief etwas mißgelaunt zum Auto.

»Zur Handelskammer!«

Viertes Buch

Knospen und Sprossen

»Erkläre dich doch endlich! Laß mich nicht länger warten!«

Vetter Fan sagte es, die lederne Handtasche seiner Base Koralle nervös hin und her schlenkernd.

Sie saßen schon eine halbe Stunde auf der rotlackierten Bank in dem stillen, abseits gelegenen Winkel des tschao fong yüan »Park der vielverheißenden Üppigkeit«. Eine dichte Taxushecke schützte sie vor den stechenden, schrägen Strahlen der Spätnachmittagssonne und gleichzeitig vor neugierigen Blicken der Spaziergänger.

Er schien in beträchtlicher Erregung zu sein. Obwohl sie im Schatten saßen, mußte er sich von Zeit zu Zeit einige feine Schweißperlen von der freien gewölbten Dichterstirn wischen. Sie blickte vornübergeneigt auf die Grashalme, die ihre Schuhspitze spielerisch bald umknickte, bald aufrichtete und wieder umknickte.

Sie stak in einem leichten mattgrünen Musselinkleid europäischen Schnitts. Der Blusenausschnitt ließ Arme, Hals und Brustansatz frei. Ganz deutlich konnte er unter dem Saum des weißseidenen Hemdes den Ansatz der wohlgeformten Doppelrundung hervorlugen sehen, die in seinem Dichterauge die Vorstellung an ein appetitliches Gebilde von frischem Semmelteig erweckte. Das anderthalb Zoll breite Band des netzartigen Büstenhalters war seitlich der »Knospen« zum Platzen straff gespannt. Alles an dieser voll erblühten Sechzehnjährigen war weiche, ebenmäßige Rundung.

Endlich richtete sie sich auf, lachte kurz und hell und blickte nach dem sich rötenden Gewölk am östlichen Horizont, dehnte sich und schrieb mit dem rechten Zeigefinger ein Schriftzeichen in die Luft. Es war das Zeichen wan, »Schluß«!

»Ich habe mich doch schon deutlich genug erklärt. Hast du nicht zugehört?«

Wie leicht und unbeschwert das von ihren Lippen kam!

»Zugehört schon, aber nicht begriffen!« rief er verzweifelt aus und wischte sich erneut über die Stirn.

Wieder ein kurzer heller Lachton, als ob Kristallgläser aneinanderstießen – und genau so gefühllos. Sie räkelte und streckte sich. Dabei geriet sie mit Schulter und Oberarm in die Nähe seines Gesichts, und wieder traf ihn ein Hauch jenes unsagbar zarten, berückenden Duftes, der ihrer Haut anhaftete. Es überlief ihn jedesmal wie Ameisengekribbel, wenn er ihn spürte. Es dauerte eine Weile, bis sich das Gekribbel verlaufen hatte und er wieder denkfähig war.

»Ich verstehe nicht, warum Sun Fu dagegen ist, daß du und ich ...«

»Seine Sache.«

»Und erst recht verstehe ich nicht, warum neuerdings auch deine Schwester Smaragd dagegen ist, daß wir ...«

»Verstehe ich auch nicht. Jedenfalls habe ich dir ihre Ansicht bereits wörtlich mitgeteilt. Soll ich es noch einmal wiederholen? Ich finde das Wiederholen so langweilig.«

»Du bist heute so anders, so fremd, als ob du selbst ganz unbeteiligt wärest. Koralle, laß die anderen denken, wie sie wollen! Laß dein eigenes Ich sprechen!«

»Tue ich doch schon seit geraumer Weile. – Allerdings war ich mir vielleicht meines Ichs bisher nicht voll bewußt, vielleicht bin ich mir erst durch die Aussprache mit Smaragd ganz klar geworden. Jedenfalls pflege ich nicht fremde Ansichten nachzuplappern. – Genügt dir das immer noch nicht?«

Er stützte seufzend sein Dichterhaupt auf die rechte Hand und schaute eine Weile stumm dem Spiel ihres zierlichen Schuhs zu, der unermüdlich Grashalme knickte, wieder aufrichtete und wieder knickte. Und von dieser grausamen Schuhspitze aus glitt sein Blick an dem feinen Knöchel und der schön geschwungenen Wadenlinie entlang aufwärts, verweilte an den reizenden Winkeln ihres lächelnden Mundes und tauchte endlich in die abgründige feuchte Tiefe ihres Auges, dessen schwimmender Glanz in ihm immer die poetische Vorstellung von Welle und Herbstmond erweckte.

Er mußte an die vielen zärtlichen Vertrautheiten, an die verliebten Plänkeleien und Neckereien vergangener Stunden denken. Und damit sollte es nun auf einmal aus und vorbei sein? Bloß weil es Vetter Sun Fu und Base Smaragd nicht paßte? Er konnte es immer noch nicht fassen.

In jähem, ihm ganz ungewohnten männlichen Impuls packte er ihre Hand: »Koralle!«

Er schrie es fast.

Koralle rührte sich nicht. In ihrer Haltung, in dem Blick, mit dem sie ihn scheu von der Seite streifte, schien etwas wie gefügige Erwartung zu liegen. Sie entzog ihm auch ihre Hand nicht. Daß sie ihre Hand in seine Hand gelegt hatte, war früher öfters vorgekommen, und es hatte sie nicht sonderlich bewegt. Aber heute empfand sie bei diesem Händedruck ein besonderes, aufreizendes Prickeln. Und er nicht minder. Seine sonst blassen Wangen hatten sich gerötet. In seinem Auge flackerte es begehrlich. »Küsse sie! Umarme sie! Nimm dir mit Gewalt, was andere dir versagen wollen! Sie wartet darauf! Sie wird sich deiner Kraft fügen!« raunte ihm ein Dämon zu. Und er war schon im Begriff, der Stimme des Dämons zu folgen, er näherte bereits seinen Mund ihren Lippen, da brachte ein lächerlicher, zufälliger Umstand seinen wilden, männlichen Entschluß wieder zum Scheitern. Es war ein gewöhnlicher, harmloser Windstoß, erster Vorbote des Abends, der in diesem Augenblick von rückwärts durch die Wipfel strich und die Spannung zerstörte. Ein Schwarm nistender Holztauben war durch den Windstoß aufgescheucht worden, strich mit klapperndem Flügelschlag dicht über den Häuptern des Pärchens hinweg und ließ sich auf der Rasenfläche unweit der rotlackierten Bank nieder. Ein vorwitziges Taubenpärchen kam dreist und zutraulich ganz nahe herangehüpft, verdrehte die Köpfchen nach rechts und links und beäugte mit anscheinend lebhaftem Interesse das Menschenpärchen auf der Bank.

Ein allerliebstes Bild und ohne Zweifel dazu angetan, ein empfindsames, naturliebendes Dichtergemüt anzuregen. Vetter Fan war mit seiner ganzen Aufmerksamkeit auch sofort bei dem drolligen Taubenpärchen. In seinem Hirn formten sich bereits Worte und Zeilen zum Gelegenheitsgedicht. Der vorher so kräftige Druck seiner Hand hatte sich wesentlich gelockert. Koralle entzog ihm mit einem kurzen, sonderbar abgehackten Lachen vollends ihre Hand und stand auf.

»Ich muß nach Hause. Mir tun die Glieder ganz weh von dem langen Sitzen auf der harten Bank«, sagte sie kühl und sachlich und entriß ihm ihre rotlederne Handtasche. Er blickte sie verstört an. Einfältiger Tor! schalt er sich. Mit seinem verdammten Dichten und Reflektieren hatte er die Gunst des Augenblicks verpaßt!

»Ich begleite dich. Ich muß dich noch sprechen!« bettelte er.

»Ich will nichts mehr davon hören! Es macht mich krank!«

Sie stampfte unwillig mit dem Fuß auf und rannte in Richtung des Hauptwegs davon.

Ehe er sich zu einem Entschluß aufraffen konnte, war sie hinter Büschen und Baumstämmen seinen Blicken entschwunden.

Er überlegte. Der Stadtpark hatte nur einen Ausgang. Sollte er ihr den Weg abschneiden und sie am Parktor abfangen? Oder sollte er sie in der Villa Wu aufsuchen? Aber nein, das hieße ihr nachlaufen, und dagegen sträubte sich sein männlicher Stolz.

Was aber sollte er in seiner augenblicklichen Elendsstimmung anfangen? Es graute ihm vor dem rohen herzlosen Straßenlärm der Großstadt und vor der öden Einsamkeit seines Hotelzimmers. Ja, wenn er ein wirkliches Heim mit Eltern und Geschwistern gehabt hätte, mit nahestehenden Menschen, denen man sein Herz ausschütten konnte! Aber er stand allein in der Welt, wenn auch dank einer Erbschaft pekuniär leidlich sichergestellt, so doch eben allein. Ein kaltes Hotel, wo er sich monateweise eingemietet hatte, wo er als Fremder unter Fremden hauste, war sein fragwürdiges »Heim«.

Er beschloß, die Zeit bis zum Dunkelwerden im Park totzuschlagen. Hier war doch noch Natur, wenn auch nur Ersatz. Und am Busen der Natur seinen Schmerz auszuweinen, war ihm Trost und Bedürfnis.

Ziellos wie jemand, der nach einem verlorenen Gegenstand sucht, schlich er die gewundenen und gekrümmten Parkwege entlang. Um diese Stunde der sinkenden, Kühlung bringenden Abenddämmerung pflegte der Park immer besonders lebhaft besucht zu sein. Alle Bänke waren besetzt, meist mit Pärchen. Es schien heute von vergnügten, glücklichen Liebespärchen nur so zu wimmeln. Geradezu kläglich und abwegig kam er sich als Einzelgänger vor. Wie Nadelstiche empfand er die bald mitleidig, bald spöttisch auf sich gerichteten Blicke der gruppen- oder paarweise flanierenden und heiter schwatzenden Menschen. Alle Welt außer ihm schien froh und zufrieden zu sein. Am liebsten hätte er sich irgendwohin verkrochen, wäre er in den Parkteich gesprungen, an dessen anmutigem Gestade er auf seiner ziellosen Wanderung angelangt war. Er ließ sich auf dem Rasen an der Uferböschung nieder und sann nach.

Hatte nicht schon einmal ein berühmter Dichterkollege den Tod im Wasser gesucht und sich dadurch erst recht unsterblich gemacht? Das war vor mehr als zweitausend Jahren gewesen. Kü Yüan hieß der berühmte Kollege, und noch heute feierte man ihm zu Ehren alljährlich am fünften Tag des fünften Monats das beliebte Drachenbootfest mit seinem lustigen Volkstreiben und den hübschen, lampenerhellten Schiffchen, die man abends über Flüsse und Gewässer treiben ließ, und die nach dem Ertrunkenen suchen sollten.

Wie, wenn er es seinem berühmten Vorgänger nachtäte? Er kokettierte bereits mit dem Gedanken an den Eindruck, den es wohl machen würde, wenn man ihn zu dieser Stunde aus dem Teich des belebten Stadtparks herausfischen würde. Er sah immerhin ganz schmuck und stattlich aus, und die vielen hübschen Dämchen und Mädchen, die hier auf den Bänken herumsaßen, würden sicher um seinetwillen manche Träne der Rührung und Teilnahme vergießen und manches »schade um ihn!« seufzen. –

Von diesem müßigen, schmerzlich süßen Gedankenausflug kehrte er wieder auf die Erde zurück. Eine kleine Gruppe spielender Europäerkinder fesselte seine Aufmerksamkeit. Die Mädchen staken in kurzen, hellen Kleidchen und weißen Söckchen, die Knaben in kurzhosigen, aschgrauen Zwirnanzügen. Sie kauerten am Teichufer und waren gerade dabei, einen stattlichen, holzgeschnitzten Dreimaster in See stechen zu lassen. Mit ihren drei roten, von der Abendbrise prall geschwellten Segeln trieb die Fregatte stolz dahin und pflügte dabei eine schnurgerade dunkle Furche durch die grünliche dicke Suppe, die den Teich als Oberschicht bedeckte. Die Kinder begleiteten vom Ufer aus die glückliche Fahrt ihres Schiffes mit ausgelassenen Freudensprüngen und lautem Geschrei und Händeklatschen.

Auf einmal aber verstummte ihr fröhlicher Lärm. Der Wind hatte sich gedreht, und – o weh – die stolze Fregatte hatte sich auf die Seite gelegt und war umgekippt. Ihr trauriges Geschick ging unserem Fan als unbeteiligtem Zuschauer weit mehr zu Herzen als den Schiffseigentümern selber. Er mußte schon wieder Vergleiche und Betrachtungen anstellen. War es mit so manchem Lebensschiff der Menschen nicht genauso? Stolz segelte es ins Leben hinaus, um mitten in der hoffnungsvollsten Fahrt in einen widrigen Wind zu geraten und kläglich umzukippen! –

Das verfluchte Reflektieren und Philosophieren! Warum konnte er das harmlose Geschehen seiner Umwelt nicht mit harmlosen Kinderaugen betrachten, ohne stets von müden, altklugen Reflexionen beschwert und gequält zu werden? – Eine bekannte Stimme hinter seinem Rücken schreckte ihn aus seinem Brüten.

»So allein? – Wohl wieder beim Dichten?«

Fan wandte den Kopf. Es war Vetter Wunderpilz, der hinter ihm stand und ihn spöttisch angrinste.

»Ah, du!« sagte er möglichst gelassen und stand auf.

»Wirklich allein?« wiederholte der andere augenzwinkernd.

Fan nickte und wurde ein wenig rot. Zum Glück forschte Wunderpilz nicht weiter nach und wechselte das Thema.

»Weißt du schon das neueste von Base Soso? Deiner Soso, die du neulich so romantisch fandest?«

»Nein. Sie ist doch nicht etwa am Typhus erkrankt?«

»Das nicht. Gegen so etwas ist sie gefeit. Nein, sie hat mit Professor Li gebrochen, sie fühlt sich von ihm enttäuscht!«

Fan vernahm es mit aufrichtiger Genugtuung. Seine Lebensgeister waren mit einem Schlag wieder geweckt.

»Kann man verstehen, daß unsere nach Aufregung und Sensation lechzende Soso von diesem trockenen Pedanten enttäuscht sein muß. Ein einfaches Exempel, so einfach wie das Einmaleins.«

»Aber die Enttäuschung ist beiderseitig.«

»Wieso?«

»Er hat erfahren, daß ihr alter Herr fast sein ganzes Vermögen verspekuliert hat. Nun ist er auch enttäuscht.«

»Sieht dem Mammonanbeter ähnlich. – Was mich betrifft, mir kann der Götze Mammon nicht imponieren.«

»Glaubst du etwa, daß ihm deine Dichtkunst imponiert? Dürfte auch auf Gegenseitigkeit beruhen«, stichelte Wunderpilz.

Fan machte Miene, davonzulaufen. Aber er besann sich wieder anders. Vielleicht war dieser lästige Spötter wenigstens zu einer nützlichen Auskunft zu gebrauchen. Er versuchte es mit einem Bluff.

»Wie ich höre, will man dich mit Koralle verheiraten?«

»Nicht, daß ich wüßte. Ich habe es ganz anders verlauten hören. – Übrigens pflegen sich unsere Mädels von heute ihren Künftigen selber auszusuchen. Auch soll es vorkommen, daß sie gelegentlich ihren Liebsten sitzen lassen. Untreue ist heutzutage nicht mehr Männerprivileg!« kam es spitz und scharf.

Fan biß sich auf die Lippen. Der andere schien also bereits von seiner Abfuhr bei Koralle zu wissen. Es war wie verhext heute. Überall stieß man an unangenehme Nagelspitzen. Wunderpilz weidete sich an der sichtlichen Verwirrung des anderen.

»Im Vertrauen – Koralle wartet auf dich!« setzte er ernsthaft hinzu.

»Wo denn? Etwa hier im Park?«

»Unsinn. Sie wartet im Geist darauf, daß du den Nobelpreis für Literatur erhältst!«

Fan hatte genug von diesen Sticheleien. Diesmal lief er wirklich davon. Wunderpilz schaute ihm schadenfroh nach, bis er hinter einem Gebüsch verschwunden war. Dann kehrte er nach dem nahen Trauerweidenrondell zurück, wo jemand auf ihn wartete.

»Orchidee, komm! Wir müssen uns sputen, wenn wir noch die Tierschau ansehen wollen.«

Orchidee lehnte an einem Weidenstamm und wischte sich mit dem Taschentuch schnell noch ein Tränchen ab. Sie hatten das verstörte Gebaren des Dichtervetters schon längst von weitem beobachtet und waren ihm heimlich gefolgt. Und in Orchidees zartem Busen hatte sich Mitleid geregt.

»Wollte er wirklich ins Wasser gehen? Es sah ganz so aus.«

»Danach habe ich ihn nicht gefragt.«

»Hättest du aber tun sollen. Koralle machte auch einen so sonderbar aufgeregten Eindruck, als wir ihr vorhin begegneten. Sicher hat es zwischen den beiden etwas gegeben. Ich habe solche Angst um ihn.«

»Unsinn! Dichter pflegen ihre Erlebnisse nur in der Phantasie zu erleben. Gedichtet hat er, als er vorhin so versunken ins Wasser starrte. Brauchst dich wirklich nicht zu ängstigen.«

»Gut. Geht mich ja schließlich auch nichts an, aber...« Sie verschluckte den Nachsatz und wurde rot. Außerdem mußte sie aufpassen, daß sie mit der raschen Gangart ihres Begleiters Schritt hielt. Das bunte Treiben um sie herum, die vielen fremden Gesichter, die mannigfachen neuen Eindrücke, die sie im Tierpark bestürmten, ließen den kleinen sentimentalen Vorfall von vorhin in ihrem jungen empfänglichen Köpfchen einstweilen verblassen.

Sie konnte sogar schon wieder lachen, als sie dann vor dem Bärenzwinger stand und den großen schwarzen Bären, auf den Hintertatzen hoch aufgerichtet, mit dem mächtigen plumpen Schädel hin- und herwackeln und mit geradezu menschlicher Gebärde um Futter betteln sah.

Und gar erst der Affenkäfig! Da hatte sie den bedauernswerten Dichtervetter schon fast wieder vergessen. Sie mußte an ein Kindheitserlebnis denken.

Da waren eines Tages fahrende Leute aus dem fernen Schantung ins Städtchen gekommen. Auf dem Räucherwerkmarkt im Stadtgottempel hatten sie unter anderen Künsten auch dressierte Affen vorgeführt. Diese Affen konnten richtig lachen! Unvergeßlich war es ihr geblieben, wie sie ihr weißes Gebiß zeigten und so drollig mit den Zähnen fletschten, genau wie Menschen. Sie war damals dreizehn Jahre alt gewesen, und es war ihr letztes hübsches Kindheitserlebnis geblieben. Denn vom vierzehnten Jahr ab wurde sie vom strengen »großen alten Herrn« als erwachsene Haustochter behandelt und durfte nicht mehr allein auf die Straße hinaus unter buntgemischtes Volk.

Ob wohl die großen und kleinen Affen in dem Käfig vor ihr auch lachen konnten? Ach nein, sie konnten nur herumtollen und kreischen, sich balgen und flöhen. Es war keiner darunter, der gelacht hätte. Färbte vielleicht die Großstadt ähnlich wie auf Menschen sogar auf Tiere ab und machte sie auch blasiert, so daß sie ihre ursprüngliche Heiterkeit verlernten? Wieder zog eine Wolke durch ihr Gemüt. Leicht enttäuscht wandte sie sich ab. Ihr Begleiter drängte zum Weitergehen. Die Tierschau würde ihre Pforten gleich schließen.

Der Weg führte am Teich zurück. Auf einmal stieß Orchidee ihren Begleiter an und zeigte nach vorn, nach einem Jüngling, der, mit dem Rücken an einen blühenden Akazienstamm gelehnt, am Teichufer im Gras saß und verträumt in die untergehende Sonne starrte. Vetter Fan!

Wunderpilz deutete mit dem Finger auf den Mund und schlich sich von rückwärts an den Träumer heran. Der spürte plötzlich, wie sich zwei Hände über seine Augen legten und seinen Kopf fest an den harten Baumstamm preßten.

»Loslassen! Dumme Scherze!« rief er halb ärgerlich, halb lachend. An einem unvorsichtigerweise entschlüpften Lachton erkannte er den Täter.

»Wunderpilz! Loslassen!«

»Gilt nicht. Ich habe mich selbst verraten durch mein Lachen. Bevor ich dich freilasse, mußt du noch eine zweite Person erraten.«

Orchidee war neben den Träumer getreten. Sie spürte schon wieder Mitleid mit ihm. Wie roh der andere seinen Hinterkopf an den harten Baumstamm preßte! Das mußte doch weh tun! Aber sie spürte in seiner Nähe auch noch ein anderes, ihr bisher unbekanntes Gefühl, ein dunkles sehnsüchtiges Zerren und Dehnen, wie es wohl die Knospe im Lenz empfinden mag, wenn sie sich dem Licht entgegenreckt.

Während sie nun hilfreich bemüht war, die eine Hand ihres Halbbruders vom Gesicht des bedauernswerten Dichters zu lösen, gelang es diesem, sich mit einiger Kraftanstrengung von der anderen Klammer zu befreien. Das Rascheln ihres Kleides, die leichte Berührung durch einen zarten Mädchenfinger, die er auf seiner Wange spürte, hatten seine männliche Willenskraft wesentlich gestärkt. Mit einem Ruck war er auf den Beinen und hatte mit artiger Verbeugung ihre Rechte gefaßt.

»Dank, Dank, edle Befreierin!«

Die westländische Sitte des Händereichens war ihr, der eben erst zugereisten Kleinstädterin, sichtlich noch ungewohnt. Sie entwand ihm rasch ihre Hand und kehrte sich verlegen zur Seite, konnte aber doch nicht umhin, eine Frage zu wagen:

»Was treibst du hier, Vetter?«

»Ich – ich dichte«, seufzte Fan. Sein Blick war in ferne Himmelsweiten gerichtet.

Wunderpilz zwinkerte seiner Halbschwester vielsagend zu. Er mußte sich beherrschen, um nicht laut herauszuplatzen. Fan übersah ihn und fuhr, zu Orchidee gewandt, gedankenverloren und leise fort: »Wenn mein Herz wund ist, muß ich dichten. Verse – das sind meine Tränen. Je wunder mir ums Herz ist, desto besser meine Verse.«

Orchidee fand das ergreifend schön gesagt, und wenn sie das feine Oval seines blassen Gesichts, die hohe freie Stirn, den schmerzlichen bitteren Zug um seinen schmalen Mund betrachtete, dann klang es keineswegs abgeschmackt, sondern durchaus glaubhaft.

»Na, dann laß dich nur nicht stören und dichte weiter«, unterbrach trocken und prosaisch Wunderpilz die Pause des Schweigens und wandte sich zum Gehen.

Orchidee blieb zögernd stehen. Fan las in ihrem Blick die stumme Frage »Kommst du mit?«.

»Wohin geht ihr?« fragte er.

»Nach Hause, zur Villa meines großen Bruders.«

»Ich komme mit!«

Als man zu dritt vor der Villa Wu eintraf, war der Pförtner gerade dabei, das schmiedeeiserne Außentor zu schließen.

»Besuch aus der Heimat! Flüchtlinge!« raunte er Orchidee zu.

»Oh!« sagte sie und eilte von Erwartung beflügelt weiter. Endlich würde man Näheres über die Vorgänge in ihrem Zwei-Brücken erfahren.

Sie fand den großen Salon voll von Menschen, die in Gruppen herumstanden und lebhaft aufeinander einredeten. In der einen

Gruppe entdeckte sie ein wohlbekanntes spitzbärtiges Gesicht aus Zwei-Brücken: Geschäftsführer Feh! Also war er von den Zeitungen fälschlich totgesagt worden. Er hatte nach zwei Seiten hin Rede und Antwort zu stehen.

»Es mag um acht, nein, um neun Uhr abends gewesen sein, als unsere schöne Pfandleihe in Brand geriet. Ein Jammer!« hörte sie ihn zu Frau Smaragd sagen. »Wenn der Garnisonkommandant nicht unglücklicherweise sein Maschinengewehr unter dem Uhrturm der Pfandleihe postiert hätte, wäre der Brand wohl vermieden worden. Dieses entsetzliche Geknatter – tak tak tak – mir geht es noch heute durch und durch, kein Wunder, das mußte ja die Menge rasend machen. Habe ich recht, gnädige Frau? Aber was hilft es, den Fehler nachträglich einzusehen? Es ist nun einmal geschehen.«

»Was ist mit meiner Romanbibliothek in der Kampferholzkiste geworden? Sie erinnern sich doch an die Kampferholztruhe neben meinem Bett...« wollte Narziß unbedingt wissen und zerrte dabei vor Ungeduld Herrn Feh fast den Ärmel von seinem langen grauen Seidenrock. Was wußte Herr Kurzbart von der Kampfertruhe und dem darin versteckten Bücherschatz! Wie konnte er ahnen, daß das wohlerzogene Söhnchen hinter dem Rücken des »großen alten Herrn« heimlich Romane geschmökert hatte!

»Ist wirklich die ganze Stadt ausgeplündert? Haben sie auch unser Haus angesteckt?« erkundigte sich Orchidee.

»Zum Glück nicht – aber laßt doch den armen Herrn Feh erst etwas verschnaufen und setzt ihm nicht so mit Fragen zu. Seine Flucht war beschwerlich genug. Das schlimmste, daß ein Teil der Garnison gemeutert hat! Nein, so etwas!« bemerkte Frau Smaragd und lachte bitter auf. Sie bot Herrn Feh einen Sessel an, dann eilte sie in die Küche.

Orchidee ließ ihren Blick zu der Gruppe junger Leute am Fenster schweifen. Neben ihrem Halbbruder, Vetter Fan, und Schwager Hsüe Schi bemerkte sie einen ihr fremden Jüngling in elegantem Anzug europäischen Schnitts. Diese vier umstanden lauschend einen Fünften, der aufgeregt und heftig gestikulierend alle möglichen Einzelheiten von der Schreckensnacht in Zwei-Brücken zum besten gab und sich dabei anscheinend höchst wichtig vorkam.

Sie konnte anfangs nur seinen Rücken sehen, aber diese polternde, plumpe Sprechweise kannte sie doch, und dann, die wilde, ungekämmte Mähne, die platte Nase, die »Windbrecher« von abstehenden Ohren – richtig, das Hausfohlen! Sie mochte den Burschen nicht leiden, er war ihr von je zuwider gewesen, und auch jetzt spürte sie kein Verlangen nach einer Begrüßung.

Sie verschwand in das anstoßende dunkle Eßzimmer und ließ sich mit dem Rücken nach dem Salon in einen Lehnstuhl dicht an der Verbindungstür nieder. Wenn sie die Ohren ein wenig spitzte, konnte sie die Unterhaltung drüben ganz gut belauschen.

»Also du hast erst einem toten Meuterer seinen Revolver weggenommen, dann hast du im Kampf ein halbes Dutzend aufständischer Bauern über den Haufen geschossen und nachher die Flucht ergriffen? Alle Achtung!« hörte sie Vetter Fan sagen. Es klang etwas skeptisch.

»Jawohl, ich habe mich aus eigener Kraft durchgeschlagen.«

»Erlaube, wenn du ein so großer Held bist, warum hast du deinen alten Vater nicht mit gerettet? Und deine Frau? Und dein Kind? Warum hast du sie im Stich gelassen?« kam es scharf und bissig. Diesmal war es die Stimme von Schwager Hsüe Schi. Sein rundes Katzengesicht hatte den grimmigen Ausdruck eines Panthers angenommen.

Hausfohlen war um eine großartige Ausrede nicht verlegen. Wozu hatte ihn denn der Himmel mit einer blühenden Erfindungsgabe gesegnet?

»Um meine Angehörigen brauchte ich mich nicht groß zu ängstigen. Die kennt man im Ort nicht weiter. Sie brauchten nur bei Nachbarn unterzukriechen, dann blieben sie ungeschoren. Bei mir ist das etwas ganz anderes. Ich bin eine stadtbekannte, angesehene Persönlichkeit! Wer kennt nicht Tsong Junior? Da mußte ich schon zuerst an meine eigene Person denken.«

»Ganz recht. Ich wollte mir schon längst die untertänige Frage gestatten, welchen bedeutenden Posten eigentlich Tsong Junior in Zwei-Brücken bekleidet hat. Unter einem Stadtschulzenamt wird er es doch schwerlich tun«, spottete Vetter Fan und stieß dabei mit dem Ellenbogen heimlich seinen Nachbar im europäischen Sakkoanzug an. Der lächelte blasiert. Es war der junge Bambussproß, Sohn des Bankiers Tschu Tschai, Auslandsstudent, soeben aus Paris zurückgekehrt. Und gerade dieser glatte, elegante Jüngling mit der vornehmen Ruhe des weitgereisten Weltmannes war es, neben dem sich der Gernegroß aus der Provinz so klein vorkam und dem er unter allen Umständen zu imponieren wünschte.

Hausfohlen warf sich in die Brust und erklärte stolz:

»Natürlich, so ein kleines Stadtschulzenamt könnte mich gar

nicht reizen. Ich bin eine viel größere Nummer! Ich bin Nummer 23; das da!«

Er betonte das »das da!« mit besonderem Nachdruck und kramte dabei seinen schon recht zerknitterten und beschmutzten Kuo-min-tang-Parteiausweis aus der Tasche. Er legte ihn flach auf seine große schwarze Pranke und zeigte ihn stolz im Kreis herum.

Vetter Fan, dessen scharfes Auge mit einem Blick erkannte, um was es sich handelte, schlug eine schallende Lache an.

Der kleine Hsüe Schi aber, der das Papier erst einmal an sich genommen und gründlich studiert hatte, schleuderte es zornig auf den Fußboden.

»Unfug verfluchter! So wird mit dem Namen China Schindluder getrieben!« wetterte er.

»Reg dich nicht auf! Für andere Leute ist ›das da!‹ eben wichtiger als Vater und Mutter und Frau und Kind!« bemerkte Wunderpilz.

Er kehrte »Nummer 23« verächtlich den Rücken, nahm Vetter Fan beim Arm und ging mit ihm ins Speisezimmer hinüber. Hsüe Schi und der Paris-Student schlossen sich an. Mit einem Fußtritt stieß der hitzige Kleine mit dem Katzengesicht die Verbindungstür laut knallend hinter sich zu. Das war deutlich genug!

Die vier jungen Leute hatten sich an dem einen Fenster des in tiefem Dämmerdunkel liegenden Speisezimmers niedergelassen und zogen nun, da sie unter sich waren, mit Spott und Hohn über »Nummer 23« her.

Auf einmal bemerkte Fan, der mit dem Rücken nach dem Fenster saß, die einsam und verlassen im Dunklen sitzende Orchidee.

»Es ist noch jemand hier – Ratet, wer?« rief er laut und zeigte über die anderen hinweg nach der Tür. Alles wandte die Köpfe. Wunderpilz sprang auf und trat neben seine Halbschwester.

»Orchidee, komm doch zu uns herüber. Ich möchte dir Bambusproß, den Sohn unseres Schwagers Tschu Tschai, vorstellen.«

»Frisch aus Paris importiert, Sorbonne-Student aller Fakultäten, Experte für Seidenspinnerei und Bienenzucht, Baccalaureus aller schönen Künste, Kenner von Bakunin und sämtlichen Weltliteraturen und noch viel mehr ...« ergänzte Vetter Fan scherzend.

Bambusproß verbeugte sich gemessen vor Orchidee und streckte ihr aus europäischer Gewohnheit die Rechte hin. Orchidee aber hielt nach altchinesischer Sitte ihre Hände krampfhaft an die Seiten gepreßt, während sie sich zur Gegenverbeugung neigte.

Er zog seine Hand mit liebenswürdig verstehendem Lächeln zurück.

Es war erst drei Tage her, seit er wieder auf chinesischem Boden weilte, und er mußte sich erst allmählich wieder in dem krausen Durcheinander der chinesischen Gesellschaftssitten zurechtfinden. Er war noch etwas fremd darin. Kein Wunder, nachdem er fünf Jahre lang in Frankreich geweilt hatte. In diesen fünf Jahren hatte er tatsächlich – Vetter Fan hatte nicht übertrieben – die verschiedensten Wissensgebiete studiert, wie Gartenbau, Hühner- und Bienenzucht, Bergbau, Schiffsbau, Kanal- und Deichbau, Seidenspinnerei und -weberei, Chemie und Medizin, Jura und Nationalökonomie, Literatur und Kunstwissenschaft und was sonst alles, leider von allem nur ein wenig, in alles hatte er nur ein paar Wochen oder gar bloß ein paar Tage lang hineingeschnüffelt. In allem war er Dilettant. Aber klug genug, sich nicht durch Vielrederei Blößen zu geben, wußte er sich durch Schweigen interessant und durch gute Manieren beliebt zu machen. Im allgemeinen liebte er es nicht, sich an Massendebatten zu beteiligen. Jetzt aber fühlte er sich dank seiner in Pariser Salons erlernten Höflichkeit verpflichtet, die Verlegenheitspause, die auf die Vorstellung folgte, durch ein paar Worte zu überbrücken.

»Etwas verwirrend und undefinierbar – dieses Schanghai, wenn man so frisch aus dem Ausland herkommt. Diese verschiedenen Typen von Menschen, Moden, Anschauungen! Jeder Typ ist in Schanghai vertreten. Zum Beispiel dieser bemerkenswerte – eh – Monsieur Tsong, den ihr so unsympathisch findet. Vielleicht sollte man ihn eher bedauern – eh – Tante, was meinst du? Du kennst ihn doch näher.«

Orchidee vergaß für den Augenblick die gewohnte Zurückhaltung und mußte laut herauslachen. »Tante« hatte er sie genannt! Er, zu dem sie mit scheuem Respekt aufblickte, hatte sie, das um mindestens sechs Jahre jüngere grüne Ding, »Tante« genannt! Streng genommen, nach Generationen gerechnet, hatte er natürlich recht. Sicherlich ihr zuliebe eine Verbeugung vor altchinesischer Sitte.

Vetter Fan, den Grund ihrer Heiterkeit erratend, klopfte dem höflichen Paris-Studenten schmunzelnd auf die Schulter.

»Ich meinerseits, o den Jahren nach großer älterer Bruder Bambussproß, entbinde dich von der lästigen Unbequemlichkeit, mir gegenüber die Höflichkeitsvorschriften zwischen Neffe und

Schwiegeronkel zu beachten«, sagte er in drolliger Nachäffung der geschraubten Sprechweise altchinesischer Etikette.

»Fan, unterlaß diese frivole Spöttelei! – China hat viel zu viel von euch pietätlosen Spöttern. Ihr richtet das Land noch zugrunde mit euren ewigen Spötteleien und Witzeleien! Alle heilige Tradition müßt ihr lächerlich machen! Im übrigen, Bambussproß, ich für meinen Teil meine es mit meiner Abneigung gegen diesen Tsong Junior verdammt ernst. Eine Wut packt mich, wenn ich den Kerl nur sehe! Am liebsten würde ich ihm eine herunterhauen – wenn es nicht zufällig hier wäre!«

Der kleine Hsüe Schi, der hitzige Wortführer der »eisernen Faust«, war der Sprecher. Seine Katzenaugen funkelten bösartig. Die zornig aufgeblähten Backen machten sein rundes Gesicht noch runder und drolliger und reizten von neuem Vetter Fan's Spottlust.

»Richtig, ordentlich eine herunterhauen solltest du ihm! Aber sieh dich vor, daß deine ›Eisenfaust‹ an seinem noch härteren Dickschädel nicht Schaden nimmt!«

Orchidee bangte um einen Zusammenstoß zwischen dem hitzigen kleinen Hsüe Schi und dem Spötter Fan. Um abzulenken, wandte sie sich an Bambussproß:

»Mir ist der junge Tsong auch zuwider. Man braucht bloß den falschen Blick seiner tückischen Augen zu sehen. Wer weiß, was er euch hier vorgelogen hat, und was sich damals in Zwei-Brücken wirklich zugetragen hat.«

Es entspann sich eine lebhafte Debatte um die Vorgänge in Zwei-Brücken. Bambussproß gefiel sich wieder in der interessanten Rolle des großen Schweigers. Nur ab und zu gab er durch ein Kopfnicken zu erkennen, daß er mit Fan's Ansichten sympathisiere. Sein junger Onkel war darüber ebensowenig erbaut wie über die radikalen Ansichten von Vetter Fan.

»Na warte nur, Fan, wenn bei uns im Lande erst einmal die ›eiserne Faust‹ regiert, dann ist es aus mit eurer unfruchtbaren Rederei, dann müßt ihr gefälligst das Maul halten! Ihr Schwätzer seid Chinas Unglück, es fehlt euch am nötigen Ernst! Die leidigen Aufstände und Revolten im Innern rühren auch nur daher, daß diese Marschälle das Kriegführen als amüsanten Zeitvertreib und lukratives Glücksspiel ansehen.«

»Die Menschen wollen leben und essen! Das ist der einfache Grund für die Revolten auf dem Lande! Die ungerechte Güterverteilung ist der Krebsschaden!« widersprach Wunderpilz.

»Sehr richtig«, pflichtete Vetter Fan bei. »Um Hungerrevolten handelt es sich! Der verdammte Kapitalismus ist an allem schuld! Er treibt die Menschen zur Verzweiflung, er verhunzt die blühende Landschaft, die herrliche Natur mit scheußlichen qualmenden Fabrikschloten, er treibt die Menschen aus ihren schönen stillen Dörfern in die Großstädte und pfercht sie in engen schmutzigen Elendsquartieren zusammen! Der Kapitalismus bedeutet für alle Schaffenden den Untergang von Freiheit und Menschenwürde!«

Während seiner schwungvollen Rede hielt Fan den Blick fest auf Orchidee geheftet. Sie verstand zwar so gut wie nichts von allem, fand aber, daß er hinreißend schön gesprochen hätte, und bewunderte ihn.

Der Kleine mit dem Katzengesicht stieß einen zornigen Fauchton aus und wollte schon entgegnen, als die Verbindungstür zum Salon aufgerissen wurde und Koralle hereinstürmte. Sie kam, wie ihre Handtasche verriet, geradewegs aus der Stadt.

»Habt ihr den struppigen Steppengaul nebenan gesehen? Und dann sitzt noch so ein langweiliger Lehmgötze vom Lande herum, die beiden haben sich anscheinend in der Adresse geirrt!« schmetterte sie fröhlich ins Zimmer.

Eine Lachsalve folgte. Aber dann schlug Koralles ausgelassene Stimmung auf einmal um. Sie hatte Vetter Fan unter den Anwesenden entdeckt. Sie biß sich auf die Lippe, vollführte auf den Hacken eine Halbschwenkung nach links und fegte wie ein kurzes reinigendes Frühlingsgewitter zur anderen Tür hinaus.

Sie sprang die Treppe hinauf und betrat das Boudoir ihrer großen Schwester. Es lag in dämmerigem Dunkel. Die mattblauen Stores waren zugezogen. Frau Smaragd lag, ein aufgeschlagenes Buch zur Seite, auf dem Diwan und träumte vor sich hin.

Koralle knipste das Licht an und schmiegte sich an die Seite ihrer Schwester auf den Diwan.

»Du, er hat sich erklärt! Heute nachmittag im Stadtpark!«

»Und du?«

»Ich bin mir nicht im klaren.«

»Ja, liebst du ihn denn oder liebst du ihn nicht?«

»Ich weiß nicht recht. Ich habe an jedem Menschen, auch wenn er mir sonst sympathisch ist, etwas auszusetzen und zu mäkeln. Ist das verkehrt?«

»Ob verkehrt oder richtig, heiraten mußt du einmal, und Heirat ist eine ernste Sache, ist Bindung an einen Menschen fürs ganze Leben.«

Koralle richtete sich auf und dehnte sich träge in der Taille.

»Etwas eintönig denke ich mir das. – Sagtest du nicht, daß dein Mann gegen Vetter Fan ist?«

»Er hat einen anderen für dich bestimmt, den er für besser hält.«

»Etwa den kleinen Hsüe Schi?«

»Ja. Was hältst du von seiner Wahl?«

»Ich weiß nicht.«

»Kannst dich deiner großen Schwester getrost anvertrauen.«

»Ich fürchte, ich würde im Herzen doch bei dem anderen bleiben. Und den einen heiraten, aber einen anderen lieben – der Gedanke ist mir qualvoll.«

Frau Smaragd fuhr so heftig zusammen, daß das Buch von ihrer Seite glitt und auf den Teppich fiel. Hatte die Jüngere nicht eben unbewußt das Urteil über ihre eigene Ehe gesprochen?

»Liebst du deinen Vetter denn so sehr?« Ihre Stimme zitterte leicht.

»Das weiß ich eben nicht – es ist zum Heulen!« rief Koralle pathetisch aus und warf sich in plötzlicher Aufwallung ihrer Schwester an die Brust. Aber keine einzige Träne kam. Das Gewölk hatte sich augenblicklich wieder verzogen.

»Ach was!« sagte sie heiter, stand mit einem energischen Ruck auf und schwebte leichten, sorglosen Schrittes aus dem Zimmer. Frau Smaragd griff seufzend nach dem Buch auf dem Teppich.

Es war eine gewisse vergilbte und zerlesene Ausgabe von »Werthers Leiden«.

Fünftes Buch

Kampf nach drei Fronten

Es war drei Tage später. Der Vormittagshimmel war von einem stumpfen, aschfarbenen Wolkenvorhang verhüllt. Kein Lüftchen regte sich. Hin und wieder lugte mattgelb ein Stück Sonne hervor, um sich gleich wieder hinter den grauen Vorhang zu verkriechen. Um die Baumwipfel im Park des Hauses Wu schwirrten Libellenschwärme. Ab und zu stieß solch ein Schwarm gegen das grüne Moskitodrahtnetz eines offenen Parterrefensters vor und veranlaßte die dort ansässigen, dicken, blauen Schmeißfliegen, unter gewaltigem Protestgebrumm in die Luft zu flüchten. Aber gar so weit ging die Flucht der trägen, dicken Fliegen nicht. Sie kreisten eine Weile torkelnd und wie des Weges unsicher vor dem Fenster, dann ließen sie sich wieder auf die alten Stammplätze am grünen Drahtnetz nieder und wetzten dabei die langen Hinterfüße aneinander, als ob sie mit einem wichtigen Magengeschäft zu tun hätten.

Das Fenster hinter dem grünen Drahtnetz mündete in den kleinen Salon der Villa Wu. Drinnen ging der Hausherr einsam mit langen Schritten auf und ab. Sein Gesicht war so grau wie der Himmel draußen. Jetzt blieb er stehen und schaute nach der großen Standuhr.

»Schon elf Uhr! Wo bleibt bloß der Anruf?« sagte er vor sich hin. Er wartete voll Ungeduld auf einen Anruf von Tschao und Schwager Tschu Tschai; heute würde die letzte Entscheidung in ihrem großen Börsenmanöver fallen. Seit vorgestern waren an der Börse bereits Gerüchte über angebliche Erfolge der Nankingtruppen entlang der Lung-Hai-Bahnlinie verbreitet gewesen. Aber das Börsenpublikum verhielt sich noch abwartend. Nur einzelne kleine Außenseiter hatten gekauft. Von einer Hausse war noch keine Rede gewesen.

Gestern hatte es nun groß, allerdings amtlich noch nicht bestätigt, in allen Zeitungen gestanden: Sieg der Nankingtruppen! Darauf waren an der Vormittagsbörse die Kurse sämtlicher Staatsanleihen um zwei und drei Dollar gestiegen. Die Börsenbesucher hatten aufgeregt die Köpfe zusammengesteckt, und es hatte sich ein wahres Schlachtengetümmel erhoben. Es war kein Wort mehr zu verstehen gewesen, alles hatte mit fuchtelnden Händen nach oben gezeigt. Dann aber hatte Tschao durch seine Leute für zwei Millionen Material auf den Markt geworfen, und die Kurse waren wieder gefallen. Bei Börsenschluß lagen sie nur um einen halben Dollar höher als am Vortag. Man sprach von verzweifelter Gegenwehr der großen Baissiers, die noch den heutigen Tag abwarten wollten, um schlimmstenfalls, wenn sich die Siegesnachrichten bewahrheiten sollten, im letzten Augenblick noch »einzusteigen«. Für Sun Fu und seine Gruppe mußte sich also Sieg oder Niederlage in den wenigen Börsenstunden des heutigen Tages entscheiden. Denn morgen war Liquidationstermin!

Sun Fu blickte finster zum düsteren Himmel, dann spielte ein Zucken um seine Lippen, das wohl besagen sollte: mag es kommen, wie es will! Er wandte sich mit einem Ruck vom Fenster und lief in sein Arbeitszimmer zum Telefonapparat. Er wollte Weh Yo in der Fabrik anrufen. Auf diesem Kampfabschnitt glaubte er den Sieg einigermaßen fest in der Hand zu haben. Allerdings näherte man sich auch hier den letzten fünf Minuten vor der Entscheidung. Denn bis heute nachmittag sollte die nun schon fast eine Woche anhaltende Resistenzbewegung in der Fabrik endgültig beseitigt sein. So war es feierlich mit den beiden Geschäftsführern Mo und Weh Yo abgemacht.

Er wollte gerade den Hörer abnehmen, als die Tür leise aufging und jemand den Kopf ängstlich durch den Türspalt steckte, als ob er um Erlaubnis fragen möchte, eintreten zu dürfen. Der Jemand mit dem langen, schmalen Kopf und dem kurzen Kinnbart war Geschäftsführer Feh aus Zwei-Brücken. Er hatte sich bei den kürzlichen Unruhen glücklich nach Schanghai durchschlagen können, war aber vor drei Tagen von seinem Herrn bereits wieder nach Zwei-Brücken zurückgeschickt worden, um eine genaue Verlustbilanz aufzustellen.

»Komm nur herein, Feh, bringst du neue Nachrichten mit?« ermunterte Sun Fu den schüchternen Besucher. Feh zwängte sich durch den Türspalt, machte die Tür behutsam zu und trat leise, die Augen niedergeschlagen, näher.

»Ja, leider nicht sehr günstige. Die Aufrührer haben Zwei-Brücken geräumt und kampieren in der Umgebung. Die Geschäfte haben noch nicht wieder aufgemacht. Die Truppen, die von der Provinzverwaltung zu Hilfe geschickt worden sind, stehen noch in der Kreisstadt und getrauen sich nicht nach Zwei-Brücken.«

»Ach, was scheren mich Aufrührer und Truppen! Hauptsache, du hast genaue Verlustziffern!« unterbrach Sun Fu ungeduldig die stockende, zaghafte Rede des anderen.

Der hatte ihm gerade noch zu seiner schlechten Laune gefehlt. Und dazu dieses trübselige Wetter! Diese melancholische Finsternis im Zimmer! Er streckte die Hand aus und knipste die große Schreibtischlampe mit dem gelbseidenen Schirm an.

»Verlustziffern? – Genaue noch nicht. Aber schätzungsweise sind sie nicht gering. Die Pfandleihe, die Bank, die Ölraffinerie, das Elektrizitätswerk ...«

»Haben sämtlich gelitten, willst du sagen, nicht wahr? Aber das will ich jetzt nicht wissen. Ich will vor allem genaue Ziffern hören. Hast du dich etwa drei Tage in Zwei-Brücken herumgetrieben, um mir weiter nichts als vage Angaben mitzubringen?« schnauzte Sun Fu und schlug zornig auf die Tischplatte. Nicht die Verluste an sich ärgerten ihn, sondern die umständliche, schwerfällige Art seines Geschäftsführers. Er wollte doch vor allem wissen, ob vielleicht noch etwas Barkapital gerettet wäre, das ihm im Notfall mit über den Zahlungstermin des nahen Drachenbootfestes hinweghelfen könnte.

»Also, wieviel Prozent von unseren Leihgeldern können wir im Augenblick schätzungsweise hereinbekommen?«

»Ach so – an sechzig Prozent. Die Geschäfte im Ort haben im großen ganzen nicht sehr gelitten. Bloß die Reis- und Tuchläden sind restlos ausgeplündert. Sechzig Prozent unserer ausgeliehenen Gelder werden wir gut zurückbekommen können, zumal ja die Kreisstadt verschont geblieben ist.«

»Na also, das hättest du doch gleich sagen können!« fiel Sun Fu erleichtert ein. Seine Miene glättete sich. Sechzig Prozent, das bedeutete sechzig-siebzigtausend Dollar flüssige Gelder, im Augenblick eine wenn auch kleine, aber immerhin ganz wertvolle Hilfe.

»Im Elektrizitätswerk ist ein Motor beschädigt worden ...« fuhr der brave Feh schluckend fort, als ob er sich persönlich dafür verantwortlich fühlte. Er brach erschrocken ab, ein greller Blitz hatte ihn geblendet. Es folgte ein gewaltiger Donnerschlag und dann das Geräusch eines Platzregens, das sich anhörte wie das Hufgetrappel vorübergaloppierender Rosse. Unbemerkt war Schwager Tschu Tschai eingetreten. Sein mildes Schafsgesicht glänzte von Schweiß.

»Ein gehöriger Blitz! Kein Wunder, daß dabei die Telefonleitungen kaputt gehen. Dein Apparat scheint auch nicht zu funktionieren, Sun Fu«, sagte er und warf sich ächzend in einen Sessel. Er zog ein großes Taschentuch hervor und begann, sich umständlich sein Gesicht zu wischen. Das war bei ihm immer Vorbote und Anzeichen dafür, daß er irgend etwas Unangenehmes auspacken wollte. Ungünstige Nachricht von der Börse? mutmaßte Sun Fu lächelnd und innerlich ruhig. Willensstarke und überragende Persönlichkeiten wie er pflegen gerade in kritischen Augenblicken die Ruhe selber zu sein. Er wandte sich an seinen Geschäftsführer:

»Feh, du fährst noch heute nach Zwei-Brücken zurück, treibst an flüssigen Geldern zusammen, was irgend aufzutreiben ist, und schickst die Summe umgehend her! Was den beschädigten Motor im Elektrizitätswerk betrifft, so werde ich morgen Monteure zur Reparatur schicken. Heute abend mußt du in Zwei-Brücken sein, benutze das Motorboot, das kurz vor eins hier abfährt. Also los!«

»Schi – jawohl ...« stotterte Feh und zog sich mit bekümmerter Miene zurück. Armer Feh! Vor knapp einer Stunde erst war er übermüdet mit dem Dampfer angekommen, hatte noch nicht einmal Zeit zum Ausruhen und Frühstücken gehabt und sollte sich nun gleich wieder so einem Ratterkasten von Motorboot anvertrauen und in die gefährliche Aufruhrzone von Zwei-Brücken zurückkehren. Das ging ihm sehr gegen den Strich. Aber wie er seinen Herrn kannte, duldete er in solchen dringlichen Fällen keinen Widerspruch und keinen Kompromiß. Also schluckte er seinen Groll hinunter und schob betreten ab. –

Sun Fu ließ sich von Schwager Tschu Tschai über die Börsenlage berichten. Bei dem Brüllen der entfesselten Naturgewalten draußen konnte er ihn nur halb verstehen und mußte sich die andere Hälfte aus dem Spiel seiner Lippen dazureimen.

»Also springen neue Baissiers ab? Die Leute sehen ja Gespenster! Haha!«

»Das ist ja das Merkwürdige, ich habe noch niemals eine so verrückte Börse erlebt. Na, warten wir die heutigen Nachmittagskurse ab.«

»Wieviel Anleihe haben wir noch zur Verfügung?«

»Fünf Millionen. Wenn wir sie abgeben, gibt es einen Kurssturz, geben wir aber nicht ab, ja, was dann?«

»Alles abgeben! Dann haben wir wenigstens keinen Verlust.«

»Oho, du vergißt die dreihunderttausend Dollar Schmiergelder für die Marschälle des Nordwestens.«

»Weiß schon, das macht für jeden von uns kaum achtzigtausend. Das läßt sich schon verschmerzen. Verbuchen wir es als Ehrentribut für die siegreiche Partei!« scherzte Sun Fu in grimmigem Humor.

Er stand auf und durchmaß nachdenklich das Zimmer. Das Gewitter war abgezogen, jetzt goß es in Strömen, und es tobte heftiger Sturm. Die Bäume im Park ächzten und schüttelten sich unwillig unter den vereinten Peitschenhieben von Sturm und Regen.

Tschu Tschai saß stumm da. Er war mit seinen Gedanken auf der Börse. Dort würde es jetzt auch stürmisch hergehen. Im Geist sah er den Saal gepfropft voll von tobenden Menschen, sah er schwitzende Gesichter, fuchtelnde Hände, die Luft heiß und stickig zum Umfallen – und diese ganze Aufregung verursacht durch ein Teufelsspiel, das er mit seinen drei Verbündeten hinter den Kulissen spielte. Aber wie, wenn das Feuer, das sie entfacht hatten, sie selber mit verbrennen würde? Es war ihm einigermaßen beklommen zumute.

»Ich verstehe nicht, warum die großen Baisseleute sich immer noch verzweifelt dagegen wehren, einzusteigen. Morgen ist Abrechnungstermin, und dabei wird heute vormittag immer noch in Massen abgegeben, von ganz neuen Baisseleuten!« sagte er seufzend.

»Ich glaube nicht an neue Baisseleute. Vermutlich steckt Tschao selber hinter diesen Abgaben!«

Tschu Tschai fuhr erschrocken in die Höhe.

»Daran hatte ich noch gar nicht gedacht!«

»Wir werden uns gegen ihn zu wehren wissen! Haha!« sagte Sun Fu geringschätzig. Sein Haha! erstarb in einem neuen Donnerschlag. Tschu Tschai steckte sich eine zweite Zigarre an, paffte einige mächtige Züge und fuhr bedächtig fort:

»Wenn der Tschao wirklich ein falsches Spiel getrieben hat, dann ist es allerdings aus mit der Freundschaft. – Aber warten wir den Verlauf der Nachmittagsbörse ab.«

»Optimist!«

»Das nicht, aber wir haben immer noch eine gewisse Chance. Ich werde gleich einmal zum alten Schang fahren. Und nach dem Mittagessen gehe ich auf die Börse und sehe mich selber um.«

Er stand auf, und Sun Fu brachte ihn zu seinem Auto. Aber auf der Treppe machte er noch einmal kehrt und zog Sun Fu in den kleinen Salon zurück.

»Was hatte denn der Feh aus Zwei-Brücken zu berichten? Wie hoch beläuft sich der Verlust?«

»Genaueres wußte er noch nicht zu sagen.«

»Hast du ihm nicht vorhin aufgetragen, er solle sofort nach Zwei-Brücken zurückkehren?«

»Ja. Er soll alles flüssige Bargeld, das er irgend auftreiben kann, nach Schanghai bringen. Ich möchte jetzt alle Kraft auf unsere neue Industriegründung konzentrieren«, sagte Sun Fu. Seine Sorgenmiene von vorhin hatte sich geglättet. Er war wieder ganz Unternehmungslust. Um so bedenklicher schaute sein Schwager drein.

»Also willst du dir wirklich die Fabrik des Tschu auf den Hals laden? Bist du sicher, daß keine Gefahr dabei ist? – Gewiß, ich bin Laie, aber soweit man sehen kann, sind die Aussichten der Industrie nicht gerade erfreulich. Übrigens ist der Tschu auch kein Dummkopf. Er wird sein Unternehmen, das gut eine halbe Million wert ist, schwerlich für die Hälfte an uns verschleudern. Vor ein paar Tagen hat er Bekannten gegenüber Andeutungen gemacht, daß wir ihm sein Unternehmen abjagen wollten. Und gestern habe ich aus Tschao's eigenem Munde gehört, daß er mit Tschao wegen einer Anleihe verhandelt, um die in einem Monat fällige Schuld an uns zurückzahlen zu können und damit den uns verpfändeten Kokonposten zu retten. Er will dem Tschao seine italienischen Maschinen verpfänden.«

»Hat der Tschao ihm eine Zusage gemacht?« fragte Sun Fu mit der gespannten Miene eines auf der Lauer liegenden Tigers. Tschu Tschai nahm sich Zeit mit der Antwort. Er klopfte gemächlich die Zigarrenasche am Aschenbecher ab und blickte zum Fenster hinaus. Es goß noch immer in eßstäbchendicken Strähnen gerade herunter, aber der Himmel hatte sich etwas gelichtet.

»Er ist noch dabei, die Angelegenheit zu prüfen. Im Hinblick auf unsere augenblickliche Zusammenarbeit an der Börse war er äußerlich sehr höflich und freundlich zu mir, er ließ durchblicken, falls die neuen Anleihewünsche des Tschu unsere Gläubigerinteressen beeinträchtigen sollten, dann wolle er ablehnen, aber ...«

»Natürlich soll er ablehnen!«

»Deswegen wollte ich mich gerade mit dir besprechen. Mit Rücksicht auf die prekäre Lage der Seidenindustrie bin ich vorläufig noch einmal eingesprungen. Aber wenn der Tschu dank einer Anleihe des Tschao in der Lage sein sollte, mir meine hundertfünfzigtausend zurückzuzahlen, dann bin ich dafür, daß wir darauf eingehen und es dabei bewenden lassen.«

»Auf keinen Fall, Tschu Tschai! Du wirst doch nicht zum Spielverderber werden!« Sun Fu war erregt aufgesprungen. Ein vereinzelter Sonnenstrahl, der sich durch das Gewölk und den Regenvorhang Bahn gebrochen hatte, fiel gerade ins Zimmer und tauchte sein Gesicht in ockergelbe Farbe. Das Getöse des immer noch strichweise niederprasselnden Platzregens überschreiend, fuhr er fort:

»Da haben wir nun die Kräfte von neun Ochsen und zwei Tigern darangesetzt, um die Kokonvorräte des Tschu in unsere Gewalt zu bringen, wir sehen sie schon zum Greifen nahe vor uns, und da willst du mich im Stich lassen und zu guter Letzt das Spiel verderben? Tschu Tschai, das darfst du nicht! Du mußt den Tschao dazu bewegen, daß er ablehnt! Unsere Gesellschaft hat die Vorhand bei der Befriedung der Anleihewünsche von Tschu, das ist ausdrücklich in unserem kürzlichen Anleihevertrag mit Tschu, worin er uns seine Kokonvorräte verpfändet hat, ausgemacht und vorgesehen worden. Nur wegen dieser Klausel haben wir uns ja zu dem ungewöhnlichen niedrigen Zinssatz von 5 ½ pro Mille monatlich verstanden! Erkläre dem Tschao, daß er unbedingt unser Gläubigervorrecht respektieren muß!« Tschu Tschai nahm bedächtig die Zigarre aus dem Mundwinkel, tat einen Seufzer und sprach:

»Na, wir wollen sehen. Eins nach dem anderen. Im Augenblick ist unsere Börsenangelegenheit vordringlich. Ich will jetzt gehen und sehen, daß ich den alten Schang zu fassen bekomme.« –

Der Regen hatte allmählich aufgehört und einem dicken feuchten Nebel Platz gemacht. Der Himmel war düster und aschgrau. Sun Fu hatte das Gefühl, als ob sein Herz ein einziger Bleiklumpen wäre, der ihn schwer zu Boden drückte. Gewiß, er sah die Börsenlage nicht als hoffnungslos an, an der Börse pflegt die Stimmung im Zeitraum eines Augenzwinkerns umzuschlagen, aber der Verlauf der gestrigen Nachmittags- und der heutigen Vormittagsbörse sah ja nach einer förmlichen Panik, einem völligen Umfall der Haussepartei aus. Er fand nur eine Erklärung dafür: Es war irgendwie die Wahrheit durchgesickert, die Kenntnis der Tatsache, daß der Rückzug der Nordwestmarschälle keinen richtigen Sieg der Nankingregierung bedeutete, sondern ein bezahltes Scheinmanöver war! Er hatte dem Tschao nie recht getraut. Nun begann er zu argwöhnen, daß ihm dieser Tschao einen ganz verteufelten Streich gespielt habe!

Die Uhr zeigte bereits auf ein halb nach elf. Warum traf denn nicht der erwartete Telefonanruf des Weh Yo mit der Siegesbotschaft aus der Fabrik ein? Sun Fu warf das Börsenproblem einstweilen beiseite und stellte sich auf das Fabrikproblem um. Er rief das Büro an, erhielt aber keine Antwort. Die Leitung war gestört. Ärgerlich bestieg er sein Auto und fuhr persönlich zur Fabrik.

Diese Fahrt durch die von dicken, feuchten Dunstschwaden verfinsterten Straßen, wo es keine klare Sicht gab, wo alles Feste nur in schattenhaften, gespenstigen Umrissen auftauchte und gleich wieder im Nebelmeer untertauchte, schien ihm Symbol für seine eigene Lage. War sein Dasein augenblicklich nicht eine Fahrt in den Nebel, ins Ungewisse? Er suchte sich künstlich zu beruhigen, indem er das linke Bein recht lässig auf das Sitzpolster gegenüber ausstreckte und vor sich hinpfiff. Aber er konnte es nicht hindern, daß ihm ein kaltes Angstgefühl vom Nacken über das Rückgrat abwärts kroch und das gesunde Braun seiner Gesichtsfarbe zeitweilig in fahle Blässe verwandelte.

Endlich fuhr das Auto in den Fabrikhof ein. Es ging seitlich am großen Maschinensaal vorüber. Durch die feucht beschlagenen, öden, kahlen Fenster fiel trübgelber Lichtschein. Die Luft war erfüllt von dem weichen Summen der arbeitenden Maschinen. Für gewöhnlich konnte Sun Fu's geübtes Ohr aus diesem Summton genau heraushören, ob drinnen mit voller oder nur mit halber Kraft gearbeitet wurde. Heute war er unfähig zu solcher Unterscheidung. Sein Hirn stak zu tief im brodelnden Sorgennebel. Erst, als er den Leibwächter Kwan den Wagenschlag öffnen und die beiden Werkführer Mo und Weh Yo vor sich dienern sah, gewann er seine alte Haltung zurück. Er beschränkte sich auf eine Unterredung mit Weh Yo im Büro.

»Es ist gleich zwölf, ich nehme an, daß meine Weisungen pünktlich befolgt sind und wir auf der ganzen Linie gesiegt haben. Ich bin persönlich hergekommen, um eine Ansprache an die Belegschaft zu halten.«

»Zu früh«, bedauerte Weh Yo und erstattete Bericht. Es stellte sich heraus, daß die Arbeiterinnen immer noch in passiver Resistenz verharrten, neuerdings hauptsächlich aus Wut darüber, daß Kollegin Tao Kin Fong, früher hochgeachtete Anführerin, auf einmal sanft und unternehmerfreundlich geworden war. Weh Yo hatte sie heimlich gekauft. Aber der Kauf erwies sich als nutzlos! Sie trug das Brandmal »Spitzel« an der Stirn und wurde von den Arbeiterinnen gemieden.

»Ich hatte sie mit aller Vorsicht gewonnen. Es gab außer mir nur vier Mitwisser, unter diesen war ein Verräter, der das Geheimnis an die Arbeiterinnen preisgegeben hat.«

»Das ist ja noch schöner! Hast du nachgeforscht, wer der Verräter sein könnte?«

»Ja. Die Pi Pao Tschu, Aufseherin von Reihe neun. Sie hat das Geheimnis aus Neid und Eifersucht auf die bevorzugte Kollegin verraten.«

»Ist sie verrückt? Schicke mir die beiden Weiber her! Die Pi muß entlassen werden, sofort!«

Aber Weh Yo widersprach und machte einen anderen Vorschlag:

»Ich bitte, folgende drei Anordnungen bekanntgeben zu dürfen. 1. Anläßlich des Drachenbootfestes erhält die Belegschaft einen Tag frei; 2. die Tao Kin Fong wird als Betriebsratsmitglied abgesetzt; 3. die Pi Pao Tschu wird zur Werkdetektivin befördert!«

»Bist du deiner Sache sicher?« fragte Sun Fu zweifelnd.

»Bestimmt. Den freien Tag hatten Sie bereits früher zugestanden. Die Tao hat im Betriebsrat keinen Wert mehr für uns, sie ist dort unmöglich geworden. Die Pi habe ich seit heute morgen acht Uhr bearbeitet und schon fast zurückgewonnen. Sie genießt Achtung und ist uns wertvoll. Auf diese Weise machen wir den Arbeiterinnen nach außen ein Zugeständnis und werden der passiven Resistenzbewegung ein schnelles Ende bereiten.« Sun Fu schrak zusammen. Die Fabriksirene begann zu heulen. Sie pflegte bei Streikausbruch zu heulen. Aber diesmal bedeutete ihr Heulen nur das Zeichen zur Mittagspause. Er faßte sich gleich wieder und gab durch ein wohlwollendes Lächeln seine Zustimmung zu erkennen.

»Für heute nachmittag zähle ich bestimmt auf restlose Wiederherstellung des Arbeitsfriedens«, fuhr Weh Yo fort.

»Darf ich noch um die Ermächtigung bitten, einigen besonders rührigen Mithelfern eine Gratifikation auszuzahlen?« Er legte seinem Chef eine Liste vor. Sun Fu prüfte und unterzeichnete sie, nachdem er die Namen zweier Betriebsratsmitglieder gestrichen hatte, mit denen er unzufrieden war. Dann erhob er sich.

»Also bis spätestens morgen will ich die Sache zum Abschluß gebracht sehen. Meine Geduld ist erschöpft!« sagte er beim Hinausgehen in so strengem Ton, daß die Angestelltenschaft, die vor dem Büroeingang dicht geschart Spalier bildete, erschrocken zurückfuhr. Bevor sie noch das Gewicht der beiden Sätze recht begriffen, hatte ihr strenger lao pan bereits sein Auto bestiegen und war abgefahren. Einige Arbeiterinnen, die sich am Tor herumdrückten, kicherten dem majestätisch zum Tor hinausgleitenden Auto verstohlen nach.

Weh Yo trommelte eilig ein halbes Dutzend seiner wichtigsten Vertrauensleute, teils männliche teils weibliche, zum Kriegsrat zusammen. Die neuesten Anordnungen des lao pan, die er bekanntgab, lösten einen heftigen Meinungsstreit aus, es kam beinahe zu Tätlichkeiten. Weh Yo war bei dem älteren Personal im allgemeinen nicht beliebt. Man mißgönnte dem jungen Kollegen die plötzlich gewonnene Machtstellung und hätte es insgeheim gern gesehen, wenn die von ihm betriebene versöhnliche Politik gescheitert wäre und einer von lao pan vorhin angedrohten Gewaltpolitik Platz gemacht hätte. Denn damit würde Weh Yo sein Ansehen und vermutlich sehr rasch seinen Posten verloren haben.

Aber dank seiner überlegenen Ruhe gelang es Weh Yo, die Gemüter zu besänftigen und seinen Willen durchzusetzen. Abgesehen von den drei vom Chef bereits gebilligten Befriedungsmaßnahmen traf er noch eine besondere Geheimmaßnahme, um eine gewisse Arbeiterin für den heutigen Tag mit List von der Fabrik fernzuhalten und damit unschädlich zu machen.

Für diesen Zweck sollte eine richtige Komödie in Szene gesetzt werden. Der erste Werkdetektiv, der stämmige Li Ma Tse, erhielt den ehrenvollen Auftrag, sich der Betreffenden als Kavalier zu nähern, sie zu einem guten Mittagessen einzuladen und hinterher mit Hilfe einiger gedungener Burschen in einen abseits gelegenen Winkel verschleppen zu lassen. Im rechten Augenblick sollte dann Mo, der würdige alte Mo auf der Szene erscheinen, die Betreffende von ihren Bedrängern befreien und zur Entschädigung in ein Theater einladen. Da solche Theatervorstellungen bis tief in die Nacht währen, würde die Betreffende also am heutigen Tage keine Gelegenheit mehr haben, irgendwelche Aktivitäten zu entfalten.

Der alte Mo sträubte sich zwar, seine würdige Person zu einer so zweifelhaften Rolle herzugeben und fürchtete den Tadel des Chefs, aber Weh Yo zerstreute seine Bedenken mit dem Hinweis auf sein respektables Alter, das über jeden Verdacht erhaben sei, und erklärte feierlich, daß er dem lao pan gegenüber die volle Verantwortung übernehmen werde.

Li Ma Tse dagegen war mit ganzem Herzen bei der Sache. Die zehn Dollar, die er zur Deckung seiner Kavalierspesen sofort aus dem Geheimfonds liquidieren durfte, waren nicht zu verachten. Er stammte aus einer kopfreichen Familie und konnte mit Hilfe seiner zwölf streitbaren Brüder und Vettern und deren Freunden und Bekannten eine ganze kleine Privatarmee auf die Beine stellen. Eine solche Entführungsgeschichte zu inszenieren, war für ihn eine Kleinigkeit. Noch lieber freilich wäre ihm eine fröhliche Keilerei gewesen. Er lechzte danach, seine Privatarmee einmal richtig zur Geltung zu bringen. –

Abgesehen von den Sonntagen pflegte Sun Fu täglich seine Mittagsmahlzeit im Bankierklub einzunehmen. Er traf da mit Freunden und Bekannten zusammen und konnte bei gemütlicher Tischunterhaltung allerhand Neues erfahren und Beziehungen pflegen. Das war der praktische Vorteil dieses Auswärtsessens. Als er heute in seiner gedrückten Stimmung den schönen Speisesaal des Klubs betrat, fand er ihn ungewöhnlich leer vor. Es saßen nur sieben, acht Gäste da, alles fremde Gesichter. Keine freundliche Miene, kein Grußwort empfing ihn.

Er wählte einen Platz am Fenster, zwei leere Tische entfernt von einer Gruppe von drei Herren mittleren Alters, die mit vorgebeugten Oberkörpern und zusammengesteckten Köpfen in eine eifrige Flüsterunterhaltung über irgend etwas Wichtiges vertieft waren. Er taxierte sie nach ihrem Äußeren auf reiche Provinzler, Geldverleiher, Großgrundbesitzer oder dergleichen. Die Aussicht durchs Fenster lohnte heute nicht, es war nichts zu sehen als ein trübseliges graues Gemisch von Wolken, feinem Sprühregen und dickem, weißlichem Dunst. Es war, als ob das ganze übrige geschäftige, lebenslustige Schanghai einfach weggeschwemmt und nur dieser Klubraum als einzige feste Arche in einem brodelnden Dunst und Nebelmeer übriggeblieben wäre, darin vier, fünf modern gekleidete, blasierte Stadtjünglinge, drei behäbige Landgranden und ein sorgenbelasteter Industriekapitän als einzige Überbleibsel der ehemaligen Millionenbevölkerung.

Um seine graue Stimmung zu betäuben, goß Sun Fu hastig ein paar Glas Cherry Brandy hinunter, bevor er sich über die Mahlzeit machte, und geizte auch nicht mit Tischwein. Das wirkte. Als er sich vorhin zu Tisch setzte, war er noch mit bleischweren Gedanken an die ungewisse nächste Zukunft belastet gewesen, hatte darüber nachgegrübelt, wie er sich verhalten würde, je nachdem ihm auf seinen drei Kampffronten Sieg oder Niederlage beschieden sein sollte, hatte sich elend und hilflos gefühlt wie ein Gefangener, der stumpf und ergeben auf den Urteilsspruch wartet. Jetzt fühlte er den Druck auf Herz und Hirn allmählich weichen. Seine Lebensgeister begannen wieder zu erwachen. Zumindest schien sich sein Gehör geschärft zu haben. Er konnte von der Flüsterunterhaltung der drei Provinzler am Nachbartisch ganz gut einzelne Brocken aufschnappen. Das war eine willkommene Ablenkung. Er spitzte das Ohr. Ein wohlbekannter Name war gefallen.

»Ich bleibe fest und werde abgeben. Die ganzen Nachrichten vom Sieg der Nankingtruppen halte ich für ein Schwindelmanöver der Haussepartei. Dahinter steckt ein gewisser Tschao Po Tao, der hält die Kurse an der Strippe und läßt sie auf und ab tanzen, ganz wie es ihm paßt. Aber ich glaube nicht daran, daß sein Appetit auf faule Staatsanleihen echt ist.«

Das hatte der eine mit dem hellen Organ, dem schmalen, langen Kopf und dem dünnen, gelben, mondsichelförmig gebogenen Schnurrbart gesagt. Die beiden anderen sagten nichts. Sie hielten in der einen Hand ihre Kaffeetasse, mit der anderen rieben sie nachdenklich ihr Kinn. Sie schienen anderer Meinung zu sein, wie Sun Fu aus ihren Mienen schloß, als sie dann gleichzeitig so lebhaft darauflos zu reden anfingen, daß er kein Wort verstehen konnte. Offenbar waren sie alle drei Baissespekulanten.

Sun Fu zog seine Taschenuhr. Es ging bereits auf eins. Es kamen jetzt häufiger Gäste, aber merkwürdig, keine Bekannten darunter. Wie langweilig! Er bewegte mechanisch Messer und Gabel. Die Bemerkung, die er eben aufgeschnappt hatte, ging ihm mächtig im Kopf herum. Brachte sie etwa die allgemeine Ansicht der Baissiers zum Ausdruck? Dann war es nichts mit der erhofften Hausse! Er hatte auf einmal keinen Appetit mehr. Mißmutig schob er den noch vollen Teller beiseite und hielt Ausschau nach dem Kellner. Er wollte zahlen und gehen. Da gewahrte er im letzten Augenblick zwei Gesichter: der junge Börsenmakler Han Mong Yang, der vertraute Agent des Tschao, war gerade in Begleitung von Professor Li hereingekommen. Nun konnte er ja noch ein Weilchen bleiben. Han hatte ihn bereits entdeckt und war lächelnd an seinen Tisch getreten.

»Unser alter Tschao ist unberechenbar, wenn er einmal richtig bei Humor ist!« flüsterte er ihm zu.

»Wieso – bei Humor?«

»An kleinen Fischen liegt ihm nichts, er will große Fische oder lieber gar keine! Passen Sie auf! Um zwei wird es sich entscheiden, ob ihm der Fischzug geglückt ist«, wisperte Han geheimnisvoll, mit einem Seitenblick auf den Professor. Er nickte Sun Fu grüßend zu und setzte sich zu den drei Provinzlern am Nachbartisch. Sie hatten ihm bereits mehrmals zugerufen und zugewinkt.

Sun Fu nötigte den Professor an seine Seite und lud ihn zum Essen ein, was der Professor dankbar annahm. Er ließ ihm zunächst Zeit, seine mächtige Hühnerkeule zu bewältigen, und beschränkte sich auf eine leichte Unterhaltung über belanglose Dinge. Zwischendurch lauschte er nach dem Nachbartisch hinüber, wo eifrig debattiert wurde, zweifellos über Börsendinge. Ab und zu hörte er Han fröhlich lachen. Der schien guter Dinge zu sein. Jetzt unterschied er eine tiefe Stimme:

»... aber Yün Tsing, du brauchst doch nur ein paar Traglasten Pachtgelder und Reis mehr einzutreiben, sollte es dann nicht möglich sein? ...«

Darauf die helle Stimme des Mannes mit dem mondsichelförmigen Schnurrbart bekümmert:

»Wird in diesem Jahr leider nicht gehen. Die Bauern revoltieren und wollen überhaupt keine Pacht zahlen ...«

Sun Fu schob die Brauen zusammen und spreizte nervös die Hand über sein Weinglas.

»Nun, gibt es etwas Neues?« wandte er sich an den Professor. Der hatte sich inzwischen einigermaßen gesättigt. Er legte Messer und Gabel nieder, wischte sich mit der Serviette über den Mund und erwiderte obenhin:

»Ein großes Wirtschaftsprojekt soll im Gange sein. Ist auch für Sie von Belang.«

»Ach? – von Belang für mich – davon müßte ich doch etwas gehört haben«, sagte Sun Fu gelassen. Er glaubte, der Professor meinte seine eigene Industriebankgründung. Aber er wurde eines anderen belehrt.

»Sie verstehen nicht ganz. ›Von Belang‹ meine ich nicht im positiven, sondern im negativen Sinne, in dem Sinne, daß das Projekt gegen Ihre Belange gerichtet ist. Ich dachte, Sie hätten schon davon gehört.«

»Habe keine Ahnung.«

»Ob etwas Reales dabei herauskommt, weiß man noch nicht, aber nach allem, was ich gehört habe, handelt es sich um ein Projekt von phantastischem Ausmaß. Kurz gesagt: Gewisse Finanzkreise wollen sich nach amerikanischem Muster der chinesischen Industrie bemächtigen. Das ist der kurze Sinn des wilden Plans.«

Sun Fu, der mit halb geschlossenen Augen zugehört hatte, schüttelte zweifelnd den Kopf.

»Sie zweifeln wohl, ob die erforderlichen Mittel dazu da sind? Nun, die Banken von Schanghai haben im letzten Jahr einen Gewinn von zweihundert Millionen Dollar erzielt. Dieses überschüssige Kapital drängt nach Anlage.«

»Für Anlagezwecke steht ja der Markt der öffentlichen Anleihen offen, und wenn das nicht genügt, die Terrainspekulation und der Baumarkt. Außerhalb dieser drei Anlageplätze dürfte sich der Bankenhorizont schwerlich bewegen.« Das kam betont verächtlich und aggressiv heraus. In seiner purpurnen Weinstimmung machte Sun Fu aus seinen inneren Regungen weniger Hehl als sonst. Aber auch der Professor hatte dem spendierten Wein kräftig zugesprochen und war mehr als normal gesprächig:

»Sun Fu, unterschätzen Sie die Leute nicht! Zugegeben, ihr wilder, berauschender Plan ist noch nicht hundertprozentig zur Verwirklichung reif, aber der Wille ist da und – hinter den Leuten stehen mächtige amerikanische Finanzkreise! Wie ich höre, will man den Anfang mit der Auflegung einer riesigen öffentlichen Industrieanleihe machen, zu der die Regierung unter der Parole ›Förderung der Industrie‹ ihren amtlichen Segen erteilen soll. Mittels dieser Anleihe will sich das Finanzkapital dem Industriekapital aufpfropfen. Glauben Sie mir, es ist schon etwas an der Sache.«

»Aber die Regierung verwendet öffentliche Anleihen doch ausschließlich für Militärzwecke, und nicht einmal dafür reichen die Mittel.«

»Das ist augenblicklich der Fall. Zur Zeit haben wir noch Bürgerkrieg, aber die betreffenden Kreise rechnen mit einem baldigen Abschluß der Kämpfe und einem endgültigen Sieg der Nankingregierung, und ich fürchte, sie werden recht behalten. Dann, wenn das Reich erst unter einheitlicher, straffer Regierung gefestigt dasteht, wird jenes wilde Projekt kein leerer Wahn mehr sein. Oder meinen Sie, es ließe sich mit Amerikas Geldgebern und Experten als unsichtbarem lao pan im Hintergrund nicht verwirklichen? Sun Fu, daß das Finanzkapital sich der Industrie aufpfropft und ihrer allmählich bemächtigt, ist in allen Ländern des Westens ein häufig beobachteter, ganz normaler Vorgang. Um wieviel leichter wird er sich bei dem jungen, zarten, gebrechlichen Gewächs unserer chinesischen Industrie vollziehen! – Zumal mit dem amerikanischen Golddollar als Schutzschild nach außen! ...«

»Hm, das würde ganz einfach das Ende unserer nationalchinesischen Eigenindustrie bedeuten!« stieß Sun Fu dumpf und grimmig hervor. Er war mittlerweile völlig nüchtern geworden. Zu dem gewohnten geringschätzigen Lächeln langte es diesmal nicht mehr. Seine Gesichtsfarbe war erschreckend grau geworden, seine Augen schossen Blitze, so daß der verängstigte Professor es vorzog, zu schweigen. Er hatte nicht gedacht, daß seine Worte eine derart erregende Wirkung zeitigen würden. Um die geladene Atmosphäre zu beruhigen, fuhr er nach einer Pause im Selbstgespräch fort:

»Aber vielleicht ist das Projekt gar nicht durchführbar? Amerika ist schließlich nicht allein auf der Welt da. Zumal hier im Osten hat es zwei recht starke Rivalen.«

»Sie meinen England und Japan? Das ist es ja gerade, weshalb der Ausgang der gegenwärtigen Kämpfe durchaus noch nicht so sicher ist, wie das Ihre Finanzleute annehmen«, sagte Sun Fu, den Blick gedankenverloren zum Fenster hinaus gerichtet.

Seine zornige Aufwallung von vorhin hatte sich inzwischen gelegt und einer ruhigeren Betrachtung Platz gemacht. Hatte der Professor nicht recht, wenn er von der schwachen Grundlage der chinesischen Industrie sprach? Das Schwache pflegt vom Stärkeren vertilgt zu werden. Das war nun einmal Naturgesetz. War er nicht selber drauf und dran, den schwächeren Fabrikanten Tschu zu verschlingen? Warum sollte es ihm und der chinesischen Industrie überhaupt nicht genauso ergehen?

Ein grüßender Zuruf des Börsenmaklers Han weckte ihn aus seiner Betrachtung. Der junge Mann trug eine recht vergnügte Miene zur Schau, als er so an den Tischen vorüber dem Ausgang zuschritt. Er schien keine Sorgen zu haben. Die drei Provinzler vom Nachbartisch schlossen sich ihm an.

»Die gehen zur Börse. Da wird es heute einen heißen Kampf geben«, bemerkte der Professor leise zu Sun Fu. Der Kellner brachte den Kaffee. Sun Fu trank einen Schluck und setzte die Tasse wieder hin. Er wollte den Professor noch ein wenig aushorchen.

»Daß amerikanische Finanzkreise hinter dem großen Projekt stehen, erwähnten Sie bereits. Wer sind aber eigentlich die chinesischen Hintermänner, die den Wolf in die gute Stube lassen?«

»Tschao Po Tao und sein Partner Schang Tschung Li, soweit ich informiert bin«, erwiderte der Professor, ohne von der Kaffeetasse aufzublicken.

Also wieder dieser Tschao! Jetzt stand es für Sun Fu fest, daß Tschao ihn hineingelegt hatte, daß dieses geheime Haussekonsortium nur eine Falle gewesen sei. Tschao war sein Feind! Er stieß einen zornigen Schnaubton durch die Nase. Na schön, dann also Kampf! Hauptsache, man sah endlich klar und war nicht mehr von Illusionen benebelt. Es war ihm bedeutend wohler zumute, als er sich vom Professor verabschiedet hatte und wieder im Auto saß.

Während der Fahrt überdachte und zerkaute er in aller Ruhe noch einmal das eben Gehörte und kam dabei zu dem Schluß, daß das ganze Projekt praktisch unmöglich und weiter nichts als eine Ausgeburt amerikanischen Größenwahns und der wilden Phantasie eines Tschao sei. Hatte nicht irgendein namhafter europäischer Geist nach dem Weltkrieg das Wort vom amerikanischen Größenwahn geprägt? Gewiß, es war Amerika schon zuzutrauen, daß es China so etwas wie einen neuen Dawes- oder Youngplan aufzwingen wollte, nachdem es mit seinem ersten Dawesplan Unheil genug in der Welt angerichtet hatte. Aber dazu bedurfte es einer einheitlichen Zentralregierung, die das ganze China hinter sich hatte und überdies gewillt war, sich in die Klauen der Yankees zu begeben. Und daran haperte es einstweilen. Außerdem waren zum Glück noch zwei andere starke Rivalen in China vertreten, die so etwas nicht zulassen würden. Vielleicht würde es darüber zu einem großen Zusammenprall der drei Großmächte im Fernen Osten kommen? Wer weiß? Nur zu.

Unter solcherlei Betrachtungen war Sun Fu daheim angelangt. Ein neuer heftiger Guß empfing ihn zur Begrüßung, als er die Stufen der Freitreppe hinaufstieg. Der Himmel hatte sich wieder derart verfinstert, als ob es schon Abend wäre. In der Villa brannte überall das elektrische Licht. Im großen Salon saß Frau Smaragd mit Koralle und Orchidee und dem jungen Bambussproß.

Sun Fu grüßte nur flüchtig in den Salon hinein und verschwand dann gleich in sein Arbeitszimmer. Er war nicht zu häuslicher Geselligkeit aufgelegt. Er setzte sich an den Schreibtisch und machte sich an einen Stoß Briefe, die längst der Beantwortung harrten. Der letzte Brief, der ihm in die Hand geriet, war von einem Freund aus

Wuhsi an ihn gerichtet und enthielt die Aufforderung, ein paar neue Aktien für eine Seidenspinnerei zu zeichnen, die der Freund kürzlich in Wuhsi errichtet hatte. Das Unternehmen sollte erweitert werden. Die Aufforderung kam zu einem denkbar ungelegenen Augenblick. Die ablehnende Antwort, die Sun Fu erteilte, triefte nur so von schwärzestem Pessimismus. Als Sun Fu sein Schreiben nochmals las, erschrak er selber und zerriß es kurzerhand. Nein, in dieser Stimmung wollte er lieber nicht schreiben. Er ging zur Ablenkung in den Salon. Koralle saß am Flügel und spielte ein Stück irgendeines westländischen Komponisten. Es war eine überaus traurige, wehmütige Weise.

»Paßt ganz zur allgemeinen Stimmung, zu diesem traurigen Wetter, diesem trüben Himmel, dieser melancholischen Beleuchtung«, hörte er Neffe Bambussproß mit dumpfer Stimme sagen. Wie recht er hatte! Auch die Spielerin selbst schien ihm in dem dunkelblauen einfachen Hauskleid, das ihre Figur eng umschloß, merkwürdig ernst und düster zu wirken.

Er schob die Brauen zusammen. Hinter sich hörte er ein Seufzen. Als er sich umwandte, fiel sein Blick auf Frau Smaragd, und seine Brauen schoben sich noch enger zusammen. Sie saß wie geknickt in ihrem Sessel, und nun sah er gar zwei Tränen auf das Buch tröpfeln, das sie im Schoße hielt. Ja, wollten denn die gehäuften Unglückszeichen dieses verhexten Tages, die wie mit Eisenkrallen nach seinem Herzen griffen, gar kein Ende nehmen? Das war ja zum Verrücktwerden!

Gerade wollte er herzhaft lospoltern, um seiner gepreßten Seele Luft zu machen, als der Butler eintrat.

»Lao ye, ein Telefonanruf von der Fabrik.« Sun Fu's Herz tat einen Satz. Er eilte zum Apparat und griff mit zitternder Hand zum Hörer. Eine Minute später hatte sich seine Miene aufgehellt, und mit klarer, kräftiger Stimme kam es zurück:

»Ausgezeichnet gemacht! – Na, da du erneut so für ihn eintrittst, soll Aufseher Kweh meinetwegen ein halbes Monatsgehalt Extrazulage bekommen. Also auf morgen früh um neun in der Fabrik!«

Er hängte strahlend ein. Endlich eine gute Botschaft! Der Arbeitsfriede in der Fabrik wiederhergestellt! Diese Sorge wäre man also glücklich los! Er blickte zum Fenster hinaus. Es hatte aufgehört zu regnen. Ein goldenes Strahlenbündel hatte sich durch das Gewölk Bahn gebrochen und leuchtete ins Westfenster seines Arbeitszimmers.

Der Park prangte in so frischem Grün wie nie zuvor, wollte es Sun Fu erscheinen. In glitzernden Perlen tropfte es rhythmisch vom Gezweig.

Frohgemut und wesentlich entspannt unternahm er einen Gang ins Freie, auf die vom Regen sauber gewaschene geteerte Kiesbahn. Er vermeinte, noch nie eine so köstliche, reine Luft geatmet zu haben.

Aus der Ferne hörte er »Extrablatt! Extrablatt!« rufen. Er wandte sich zum Haus zurück und wollte gerade einen seiner Leute nach dem neuen Extrablatt ausschicken, als mit heftigem Gehupe ein Auto auf der Kiesbahn angerollt kam. Schon von weitem sah er Schwager Tschu Tschai Kopf und Hand aus dem Wagenfenster strecken und heftig ein Extrablatt schwenken. Das Auto war noch nicht einmal zum Stehen gebracht, als er bereits den Wagenschlag aufriß und behend herauskletterte. Alle Wetter! Solch jugendliches Ungestüm hätte er seinem bedächtigen Schwager gar nicht zugetraut.

»Nun, wie steht's?« fragte er gespannt, aber er hätte sich die Frage ersparen können. Die Antwort stand deutlich lesbar in dem freudeglänzenden Schafsgesicht des anderen geschrieben. Er hielt dem auf der Freitreppe stehenden Sun Fu das Extrablatt hin. »Amtlich wird bestätigt... großer Erfolg der Nankingtruppen an der Lung-Hai-Front... Rückzug des Gegners auf der ganzen Linie... mindestens dreißig Li...« las Sun Fu und zwinkerte seinem Schwager vielsagend zu.

»Die amtliche Bestätigung ist gerade noch zur rechten Zeit während der Nachmittagsbörse herausgekommen – nicht zu früh und nicht zu spät –, die Regie des alten Tschao hat fabelhaft geklappt. Ein Teufelskerl! Die Stimmung ist daraufhin völlig umgeschlagen, die Baisseleute haben wie wild gekauft, zeitweilig hagelte es nur so von Geld – plus-plus-plus-Zeichen an der Kurstafel! Wir haben gehörig verdient! Der kleine Tribut an die Nordwestmarschälle hat sich rentiert! Schade, daß wir von Anfang an nicht großzügiger ins Zeug gegangen sind...« sprudelte Tschu Tschai aufgeregt.

»Schon gut. Betrachten wir diesen Coup als glücklichen Anfang, und ein andermal wagen wir es wieder!« unterbrach ihn Sun Fu lächelnd und von Sonnenlicht umflossen.

Sieg auf zwei Kampffronten! Der letzte Rest Sorgenschatten war von seinem Gesicht gewichen. Das Riesengespenst des amerikanischen Konkurrenzprojekts, das Professor Li ihm heute an die Wand gemalt hatte, hatte im Licht des strahlenden Doppelsieges einstweilen seinen Schrecken für ihn verloren.

Sechstes Buch

China im Zwielicht

Mit flinken Sätzen rannte Soso über den mit Flugblättern übersäten Straßendamm der Nanking Road, huschte in den Eingang des »Drei Dollar« Weinrestaurant und lief, ohne sich umzusehen, zwei Treppen hoch zu den oberen Restaurationsräumen hinauf. Dort holte sie tief Atem und wartete ihren hinterherkeuchenden Begleiter ab.

Ein Glück, daß das Restaurant offengehalten hatte. Anderenfalls wäre sie womöglich noch arretiert und in das heranschnaubende rote Polizeiauto gestopft worden.

Draußen fand die Massendemonstration zum Gedächtnis an den blutigen 30. Mai des Jahres 1925 statt. Tags zuvor hatten Tausende von Aufrufen an Lichtmasten, Laternenpfählen, Hauswänden und Mauern geklebt und die Bevölkerung zur Teilnahme aufgefordert. – Die vereinigten Polizeistreitkräfte der Internationalen Niederlassung, der französischen Niederlassung und der Chinesenstadt waren seit dem frühen Morgen in großer Alarmbereitschaft. Das ganze Dreieck vom Bund östlich der Nanking Road entlang bis westlich zur Tibet Road, und vom Rennplatz südlich North Sze tschuan Road hinauf nördlich bis zum Rifle Range war ein einziges Heerlager. Denn der Demonstrationszug sollte vom Bund aus die Nanking Road entlang gehen, dann in die North Sze tschuan Road einbiegen und sich oben im Norden am Schießplatz auflösen.

Die erlebnishungrige zwanzigjährige Soso war wieder einmal des ewigen Familieneinerleis überdrüssig gewesen und hatte unbedingt dabei sein wollen. Mit ihrem Vetter, dem gleichaltrigen Studenten Wunderpilz, hatte sie sich schon eine Stunde vor Beginn des auf einhalb zehn Uhr angesetzten Demonstrationszuges vor dem Vergnügungspalast »Neue Welt« aufgestellt und sich dann immer näher an den Strudel des Geschehens gewagt. Anfangs war ihr die Sache nicht aufregend genug gewesen. Zwar hatte sie die hin und her flitzenden Motorräder der englischen Polizei, die hoch zu Roß patrouillierenden bärtigen Sikhs, die an wichtigen Straßenkreuzungen drohend lauernden, mit Maschinengewehren gespickten Panzerautos aus nächster Nähe bestaunen können, hatte manchen barschen Anschnauzer »weitergehen! nicht stehen bleiben!« eingesteckt, ihr Begleiter hatte sogar einen leichten Gummiknüppelhieb auf die Achsel abbekommen, hatte die in endlosen Achterreihen marschierenden Kolonnen der Arbeiter und Studenten an sich vorüberziehen lassen, war durch ein Meer von Flugblättern gewatet, aber das alles war ihr noch nicht aufregend genug gewesen. Sie hatte auf irgendeinen Zusammenstoß gerechnet.

Und dann war der befreundete Reporter mit dem Fotoapparat dazugekommen, der mit dem wohlmeinenden Rat, »sie möchte lieber nach Hause gehen, es wäre auf der Straße zu gefährlich«, ihr Ehrgefühl erst recht angestachelt hatte. Sie wollte beweisen, daß sie keine Angst hätte, und hatte sich mitten in einen Menschenknäuel auf dem gegenüberliegenden Bürgersteig gestürzt. Gleich darauf war in der Nähe der Kanonenschlag losgegangen, das verabredete Signal für die versammelte Menge: ein Orkan von wütenden »ta tao!« Nieder!-Rufen war den ganzen Zug entlang losgebrochen, ihr Begleiter hatte mit eingestimmt – womit »Nieder«, hatte sie in dem wüsten Durcheinander nicht genau verstehen können. Mit einem Male befand sie sich mitten in einer Schlägerei zwischen Demonstranten und Polizei, sah zu ihrem Schreck, wie der befreundete Reporter gepackt und zu dem roten Polizeiauto geschleppt wurde. Da hatte sie's mit der Angst bekommen, und sie war in wilder Flucht vor den drohenden Gummiknüppeln ausgerissen und über den Fahrdamm hinüber in den rettenden Hausflur des »Drei Dollar« Weinhauses geflitzt.

Ihr Bedarf an »Erleben« war gedeckt. Auch spürte sie nach dem dreistündigen Herumlaufen und Herumstehen einen beträchtlichen Appetit. Also beschloß man, einzukehren und einen Imbiß zu nehmen.

Das Lokal war überfüllt, kein freier Tisch zu haben. Der Geschäftsführer wies das Paar an einen Tisch, an dem ein einsamer Zeitungsleser saß. Der Herr säße bereits seit einer halben Stunde da und werde wohl bald gehen, da er nichts zu verzehren bestellt habe. Der einsame Gast schien anfangs von dem Ansinnen, seinen Tisch mit Fremden zu teilen, nicht entzückt zu sein. Aber als er dann Soso den Kopf neugierig durch die niedrige Tür in sein Séparé stecken sah, sprang er erfreut auf. Es war Vetter Fan.

»Du? Was machst du denn hier?« fragte Soso erstaunt.

»Vermutlich sucht er hier nicht die Lösung von Magenproblemen, sondern Motive zu einem neuen Zeitgedicht, betitelt ›Die Massendemonstration vom 30. Mai‹«, spottete Wunderpilz mit einem

Blick auf den leeren Tisch, der neben einem Stoß Zeitungen lediglich ein kümmerliches Glas Sodawasser aufwies.

»Warum nicht? Ein gar nicht so übler Gedanke. Bitte, ist der Raum hier nicht ein großartiger Beobachtungsstand? Man kann den Demonstrationszug von hier aus auf eine halbe Meile übersehen. Aber die Veranstaltung von heute lohnt nicht als Motiv für eine Dichtung, sie ist zu schlapp, zu schwunglos. Ja, damals vor fünf Jahren, das war eine andere Sache! Damals hielten wir die Nanking Road einen ganzen Tag lang besetzt und wichen und wankten nicht. Die damalige Demonstration war von heroischer Größe und hätte wohl eines Dichters Herz entzünden können. Ich wüßte schon, was ich darüber geschrieben hätte, natürlich nicht als einseitiger Konjunkturpoet, nein, ich hätte beide Gegner, die Demonstranten wie die Polizei, gleich objektiv und unparteiisch besungen, genau wie Homer, der in seiner unsterblichen Ilias nicht nur die Taten der griechischen Helden verherrlicht hat, sondern auch dem kühnen Kämpfermut eines Hektor gerecht geworden ist. Aber die klägliche Veranstaltung von heute zu besingen – nein, das wäre unter meiner Dichterwürde. – Übrigens bin ich aus einem anderen Grunde hier.«

»Hängt es auch mit Dichtkunst zusammen?« fragte Soso, während sie, mit dem Finger auf die Speisekarte zeigend, dem Kellner ihre Bestellung aufgab.

Fan seufzte nur.

Von nebenan war durch das Gitterwerk der hölzernen Trennungswand gedämpftes Tuscheln und Kichern hörbar und dann deutlich eine wohlbekannte weibliche Stimme: »Das klang doch wie Soso?«

Soso sprang auf und lief zur Nebenkoje hinüber. Nach einem Weilchen erschien sie wieder, Hand in Hand mit Koralle, hinter ihnen, den Stockgriff um den Unterarm gehakt, den Strohhut in der Hand, Bambussproß, der Paris-Student.

»Ah, Vetter Fan! – Ich habe mir ein sinniges Geschenk für dich ausgedacht: einen Pack neuer Visitenkarten mit der Aufschrift ›Feld-, Wald- und Wiesendichter sowie Detektivgeschichtenverfasser!‹« bemerkte Koralle, hinter Soso's dunkler Lockenmähne belustigt nach dem errötenden Dichterling schielend. Allgemeines fröhliches Gelächter.

»Und du? Hast du dir auch ein Geschenk für mich ausgedacht?« wandte sich Fan verlegen lächelnd an Bambussproß.

»Ja, ein Exemplar von Shakespeares ›Love's Labour's lost‹, Verlorene Liebesmüh‹!«

Der arme Fan wurde noch röter und dachte bekümmert an die letzte Aussprache, die er neulich mit Koralle auf der einsamen Bank im Stadtpark gehabt hatte. Als Antwort auf seine glühende Liebeserklärung hatte sie symbolisch das Schriftzeichen wan »Schluß!« mit dem Finger in die Luft gemalt und war dann einfach davongerannt, hatte ihn schnöde sitzen lassen; aber er konnte nicht von ihr lassen. Als er sie heute mit dem eleganten, weltmännischen, reichen Bambussproß in das »Drei-Dollar« Restaurant verschwinden sah, war er, von Eifersucht gepackt, dem Pärchen heimlich nachgestiegen und hatte die Nebenkoje mit Beschlag belegt, um ein wenig Detektiv zu spielen. Und war durchschaut worden.

Man gruppierte sich um Fan's Tisch, und dann legte Soso los und berichtete mit blitzenden Augen und geröteten Wangen von ihren aufregenden Erlebnissen bei der Demonstration. Sie fühlte sich als Mittelpunkt und Heldin.

»Nein! Beinahe niedergeritten worden wärest du von den rot beturbanten Kerls? Eh! eh! schrecklich! Soso, du bist großartig!« unterbrach Koralle fast neidisch vor Bewunderung den Strom ihrer Erzählung und drückte ihr begeistert die Hand.

Vetter Fan wollte es scheinen, als ob Soso bei ihrer glühenden Schilderung der Demonstration und ihrer heldenmütigen Opfer ein wenig übertriebe.

»Damals vor fünf Jahren, ja damals war unsere Demonstration – ich habe persönlich teilgenommen – noch etwas ganz anderes!« begann er wieder. »Heute war es im Vergleich zu damals unglaublich matt und schwunglos ...«

»Du scheinst mittlerweile auch recht matt und schwunglos geworden zu sein, denn damals bist du noch selber tapfer mitmarschiert, heute dagegen sitzt du hoch über dem Kampfgetümmel in der sicheren Ruhe einer Weinstube und gefällst dir in der bequemen Rolle des Kaisers Nero, der sich den Brand Roms von oben besah und dazu die Leier spielte!« unterbrach ihn Wunderpilz spöttisch.

»Und was ist schon groß dabei, wenn ihr damals, wie du rühmst, die Nanking Road einen ganzen Tag lang besetzt gehalten habt?« setzte Bambussproß hinzu. »Derartige ›Taten‹ sind in den europäischen Ländern ganz alltäglich. Großstadtmassen sind hysterisch und leicht aufzuputschen und haben Vergnügen an solchem Rummel ...«

»Rummel nennst du so etwas Großes, Erhabenes?!« fuhr Soso entrüstet dazwischen.

»Ja, Rummel! Wenn man die alte und neue Geschichte daraufhin nachprüft, so ist noch kein Land durch solche Massendemonstrationen reich und stark und glücklich geworden. Solche Märsche unzufriedener Massen sind Augenblicksausbrüche der primitiven Volksseele und führen praktisch zu keinem Erfolg.«

»Welche andere Methode würde denn deiner Ansicht nach erfolgreicher sein?« wollte Wunderpilz wissen.

Bambussproß spitzte den Mund und begann die Marseillaise zu pfeifen.

»Ach, du brauchst gar nicht erst zu fragen. Er meint sicherlich die Politik der ›Starken Hand‹, der ›Eisernen Faust‹, von der der kleine Hsüe Schi immer so schwärmt«, fiel Soso ein.

»Falsch geraten, Miß Soso. Für die Regierung eines Landes wie China gibt es überhaupt keine brauchbare Methode, das ist meine Überzeugung«, sagte Bambussproß kalt, und sein pessimistisches Urteil entlockte Soso und Wunderpilz einen lauten Protestschrei. Dagegen schien Fan ganz seiner Meinung zu sein. Er klopfte dem ehemaligen Paris-Studenten beifällig auf die Schulter und fuchtelte ihm mit dem rechten Daumen so aufgeregt vor dem Gesicht herum, daß er die Speiseplatte, die eben der Kellner herein brachte, anstieß und beinahe zum Umkippen gebracht hätte. Koralle bog sich vor Lachen. Soso, die schon um ihre schönen Pasteten bangte, schalt zornig auf den unachtsamen Dichter ein. Der wortgewandte Fan aber wußte ihren Zorn schnell wieder in Lachen zu verwandeln, als er zu Bambussproß bemerkte:

»Du und dein Onkel, der kleine Hsüe Schi, ihr seid ein Musterpaar gegensätzlicher Temperamente. Der Onkel ist zu hitzig, der Neffe ist zu kühl. Hitze und Kälte, beides ist in eurer werten Familie friedlich vereint. Wirklich, ein meteorologisches Familienwunder!«

»Dank für das Kompliment. Da wir augenblicklich Sommer haben, dürfte ein wenig Abkühlung ganz gut tun. Aber langt zu und laßt das Essen nicht kalt werden. In dieser Beziehung dürfte wieder Hitze am Platze sein.«

Unter solcherlei Wortgeplänkel machte man sich an die Vertilgung der Frühstücksplatte. Während man eifrig den leckeren Fleischpasteten zusprach, öffnete sich die niedrige Tür, und ein neuer Gast schob neugierig schnüffelnd den bebrillten Kopf durch den Türspalt. Das komische Antlitz mit den dicken Augengläsern auf der großen Nase gehörte zu Professor Li.

»Ah, der Herr Professor! Stehn Sie schon lange draußen? Wollen Sie etwa bei unserem Fan Kolleg belegen über die Technik der Detektivschriftstellerei?« witzelte Bambussproß, indem er der verlegen errötenden Soso zuzwinkerte.

»Flegel! Dafür solltest du eine Ohrfeige beziehen!« raunte ihm Fan zu.

Der Professor hatte die Anzüglichkeit gar nicht verstanden. Er galt bislang als Sosos ernsthafter Bewerber, hatte sich aber neuerdings von ihr zurückgezogen, nachdem er von der Verschlechterung der schwiegerväterlichen Vermögenslage erfahren hatte. Er überhörte die an ihn gerichtete Scherzfrage und trat mit behutsamen Schritten und freundlichem Grinsen näher.

»Ah, die jungen Herrschaften haben auch die sichere Etappe bevorzugt? Es ist auch in der Tat recht ungemütlich auf der Straße, zumal für Kurzsichtige wie mich; die Polizei geht rücksichtlos vor, eben sah es wieder sehr bedrohlich aus...«, begann der Professor, während er sich in die für ihn eingeräumte Lücke am Tisch quetschte.

»Was! Ist der Demonstrationszug noch nicht aufgelöst?« unterbrach ihn Wunderpilz kauend.

»Keineswegs. Als ich vorhin mit meiner Rikscha die neue Ostbrücke passierte, begegnete ich einem geschlossenen Zug von etwa dreihundert Demonstranten. Es wurde gerade mit Flaschen und Steinen nach der Polizei geworfen, und die Polizisten schlugen mit dem Gummiknüppel drein. Auf einmal warf jemand einen Pack Flugblätter in meine Rikscha. Das wurde mir zum Verhängnis, die Polizei nahm mich trotz Protest und Visitenkarte als verdächtig fest und brachte mich nebst Rikscha und Kuli zur Polizeiwache in der Neuen Straße. Dort wurde ich aber anständig behandelt und gleich wieder freigelassen. In der Nanking Road ist die Lage noch sehr gespannt, es bilden sich immer wieder Ansammlungen, die Geschäfte haben sämtlich die Rolläden herabgelassen und eiserne Gitter vor den Eingängen...«

Er hielt inne, und alles lauschte. Unten von der Straße her tönte dumpfes Stimmengetöse einer erregten Menge herauf. Also ging es schon wieder los. Gleich darauf setzte im ganzen Weinlokal allgemeines Stuhlrücken und eiliges Fußgetrappel ein: die Gäste der nach der Straße zu gelegenen Räume flüchteten aus Angst vor verirrten Kugeln in den Treppenflur. Aber die Panik, die auch unsere kleine Gesellschaft ergriff, war überflüssig. Soso, die allein die Fassung bewahrt und sich mutig ans Fenster gewagt hatte, konnte gleich darauf fast enttäuscht berichten, daß sich die Menge bereits wieder verlaufen habe und nichts Besonderes los sei. Dichter Fan, dem vor Angst eine spöttische Geistreichelei über den »Front«-bericht des Professors im Halse steckengeblieben war, getraute sich wieder aus seinem Versteck unter der Tischplatte hervor, Koralle kam verlegen lächelnd aus der sicheren Zimmerecke am Fenster zurück, wohin sie sich mit vor Schreck weit aufgerissenen Augen geflüchtet hatte, der Professor hörte auf, sich die Hände nervös zu reiben, und nahm wieder eine würdige Haltung an, in die blassen Gesichter von Wunderpilz und Bambussproß kehrte die normale Farbe zurück.

»Soso, hattest du keine Angst, dich so offen ans Fenster zu stellen? Wenn dich nun eine verirrte Kugel getroffen hätte!« wandte sich Koralle bewundernd an ihre tapfere Kusine.

»Ach, was kann schon Ernsthaftes passieren! Dazu haben die Demonstranten viel zuviel Angst vor der wohldisziplinierten ausländischen Polizei«, bemerkte Bambussproß geringschätzig. Er hatte wenigstens äußerlich die gewohnte blasierte Ruhe bewahrt und sich nicht von seinem Platz gerührt.

Der Professor schüttelte mißbilligend den Kopf und fühlte sich verpflichtet, dem verwöhnten jungen Mann, der anscheinend noch nicht den Ernst des Lebens kennengelernt hatte, eine kleine Vorlesung zu halten.

»Nicht zu optimistisch, junger Freund!« begann er in strengem Ton zu dozieren. »Auch Schanghai ist zur Zeit rings von Gefahren umlauert. Bedenken Sie, der Reispreis ist auf über zwanzig Dollar pro Zentner gestiegen! Alles wird dadurch teurer! Seit drei Monaten reißen die Streiks nicht mehr ab, erst der Trambahnschaffnerstreik, dann der Taxichauffeurstreik, jetzt die Streikbewegung in der Seidenindustrie. Die Kommunisten planen für Mai den Generalstreik ...«

»Entschuldigen Sie, wir haben doch heute schon den 30. Mai! Da werden sie sich beeilen müssen«, fiel ihm Bambussproß trocken in die Rede ein.

»Ganz recht, der eigentliche Termin ist schon vorbei, aber die Gefahr ist keineswegs vorüber. An der Lung-Hai- und Peiping-Hankou-Eisenbahnlinie entlang gestaltet sich die Kampflage für die Regierungstruppen immer bedrohlicher. Die Eiserne Division von Marschall Tschang Fa Kweh ist bereits in die Provinz Hunan vorgestoßen, das ganze Reich gerät immer mehr in den Strudel des allgemeinen Bürgerkrieges. In Tsche kiang und Kiang su, in Hunan und Hu peh, in Kianghsi und Fukiän, also in sechs Provinzen, gärt es unter der Landbevölkerung, sammeln sich große und kleine Rebellenhaufen und pflanzen die rote Fahne des Kommunismus auf. Am Yang tse entlang von Wu hsùe bis Scha schi flattern die roten Banner von den Höhen und über den Feldern. Erst vor wenigen Tagen ist es in Ihrer werten Heimat zu Aufruhr und Unruhen gekommen. Das als Garnison stationierte Bataillon hat zur Hälfte gemeutert und ist zu den Aufrührern übergegangen. Die politische Lage wird von Tag zu Tag unsicherer, die kommunistische Bewegung breitet sich von Tag zu Tag mehr aus. Warten Sie den sechsten, den siebenten Monat ab, da werden wir erst den richtigen Höhepunkt der Krise erleben ...«

»Aber ich sprach doch von Schanghai ...«

»Ganz recht, Schanghai. Hier wird es auch täglich kritischer. Die kommunistische Zersetzung der Truppen rings um Schanghai schreitet fort, bei der Wachtruppe in der Stadt selber sind bereits kommunistische Flugblätter und Parteiabzeichen aufgetaucht, eine Abteilung soll besonders unruhig sein. In den Munitionsfabriken werden unter der Arbeiterschaft heimlich kommunistische Zellen organisiert. Die heutige Demonstration im Internationalen Settlement hat trotz strengster Polizeimaßnahmen stattfinden können, an vielen Stellen ist die polizeiliche Sperre durchbrochen worden. Wollen Sie angesichts dessen noch behaupten, daß die Lage in Schanghai sicher sei?«

»Aber es droht doch wohl keine unmittelbare Gefahr für Schanghai, ich meine für die Internationale Niederlassung?« fragte Koralle erschrocken.

»Nun, nein, mindestens nicht für morgen, übermorgen, nächste Woche, nächsten Monat. Und falls es hier brenzlig werden sollte, dann sind immer noch andere Vertragshäfen da wie Tientsin, Hankou, Kanton, Makao, wo es für die nächsten Monate sicher sein dürfte. Japan, Amerika und die anderen Großmächte werden es schon nicht zum äußersten kommen lassen und dafür sorgen, daß uns Chinesen einige hübsche Plätze zum Spazierengehen und Amüsieren verbleiben«, tröstete sie Bambussproß.

Und Koralle war auch gleich wieder beruhigt. Sie war zu jung und unerfahren, um den bitteren Hohn aus seinen Worten herauszuhören. Sie kannte das Leben bisher nur von der heiteren Seite, es lag vor ihr ausgebreitet wie eine sonnige Lenzlandschaft. Warum sich unnötige Gedanken wegen möglicher Zukunftsgefahren machen? Das lag ihr nicht. Auf die übrige Gesellschaft dagegen hatten die düsteren Ausführungen des alten Pessimisten ihren Eindruck nicht verfehlt. Es herrschte eine Weile beklommenes Schweigen am Tisch.

Selbst Fan war nicht zu seinen üblichen Witzeleien aufgelegt und reagierte nur mit einem stumpfen Kopfnicken, als ihm Wunderpilz etwas von kommenden dichterischen »Zeitmotiven« zuraunte.

Die Stimmung wurde immer ungemütlicher, als der Professor noch etwas von Parteispaltung und Klassenhaß, von drohender Weltrevolution und nahem allgemeinem Zusammenbruch murmelte, um mitten im Satze abzubrechen und in stummes melancholisches Grübeln zu versinken. –

»Ach was! Genießen wir das Heute! Fragen wir nicht nach dem Morgen! Freuen wir uns an Wein und Weib!« unterbrach auf einmal Bambussproß das trübe Schweigen. »Seht doch das verlockende Wetter draußen! Warum wollen wir hier die schöne Zeit vertrauern und uns gegenseitig anöden! Ich kenne ein hübsches Gartenlokal vor der Stadt, es ist kürzlich von weißrussischen Emigranten eröffnet worden. ›Ria Rita‹ heißt es. Da gibt es nicht nur guten Wein und gute Musik, da kann man sich von leibhaftigen russischen Fürstinnen, Prinzessinnen und Aristokratentöchtern unterhalten lassen. Das Lokal ist herrlich im Grünen gelegen, an einem idyllischen kleinen Fluß, auf dem man gondeln kann. Es erinnert mich an Paris mit seinem fröhlichen Leben am Seinestrand. Ach Paris! Wenn ich daran denke! Und die Pariserin! Diese weißen Brüste und Schenkel! Dieses feurige Temperament!«

Er nahm Hut und Stock vom Kleiderhaken und bot Koralle mit leichter Verbeugung galant den Arm.

»Miß Lin, falls Sie nach Hause gehen möchten, darf ich Sie wohl begleiten? ...«

Koralle nickte den anderen flüchtig zu und hakte sich lächelnd unter.

Während das Pärchen durch die Tür verschwand, tauschten die drei anderen jungen Leute heimlich Blicke, die besagen sollten, daß es für sie auch Zeit zum Aufbruch sei.

»Ich finde es auch langweilig, hier herumzusitzen und zu politisieren«, entschied Soso. »Ich bin dafür, daß wir jetzt einen Bummel nach der nördlichen Sze tschuan Road unternehmen. Hatte der Reporter nicht davon gesprochen, daß sich der Demonstrationszug dort auflösen soll?«

Sie stand auf, legte resolut einen Geldschein auf einen leeren Teller und verschwand. Wunderpilz schloß sich ihr an, und gleich darauf empfahl sich auch Fan.

Er konnte es sich nicht versagen, beim Fortgehen dem Professor noch einen kleinen Hieb zu versetzen:

»Professor, zum Pädagogen taugen Sie aber nicht! Anstatt den jungen Bambussproß zu ernstem Nachdenken anzuregen, haben Sie ihn durch Ihre Schwarzseherei erst recht zum Leichtsinn animiert. Wenn er sich heute abend zum Trost einen Rausch antrinkt, tragen Sie die Verantwortung!«

Der Professor schaute durch das Fenster auf die Straße hinab, die jetzt wieder ihr normales Aussehen hatte, und beobachtete, wie die drei jungen Leutchen munter schwatzend und gestikulierend nach Osten, Richtung North Sze tschuan Road, abzogen.

Dann besann er sich auf seine wichtige Unterhändlermission, die er im Auftrag von Sun Fu am heutigen Vormittag erledigen sollte, und brach gleichfalls auf. Sein Weg ging nach Westen, dem Rennplatzviertel zu.

Vor dem Eingang des Hua-an-Hochhauses, des »Hotels zur kultivierten Geruhsamkeit«, schaute er auf seine Armbanduhr. Es war ein halb elf. Er ließ sich von der »Blitztreppe« zum fünften Stock fahren und übergab einem weißgekleideten Zimmerboy seine Visitenkarte. Es dauerte eine ziemliche Weile, ehe der Boy wiederkam und ihm meldete, Herr Tschao lasse bitten.

Die von Tschao bewohnte Räumlichkeit bestand aus zwei nach vorn gelegenen Zimmern mit dem Blick auf den Rennplatz und einem dazugehörigen Badezimmer. Als ihm der Boy die Flurtür öffnete, gelangte Professor Li zunächst in einen kleinen halbdunklen Vorraum. Eine Wolke heißen, feuchten, parfümgetränkten Wasserdampfes quoll ihm hier entgegen und beschlug seine dicken Brillengläser mit einem trüben Nebel. Undeutlich sah er durch den Dunstschleier hindurch eine völlig nackte, weiße Gestalt mit flatternden Haaren aus der halboffenen Tür zur Linken an sich vorüberhuschen und in der Tür zur Rechten verschwinden. Die kurze Vision war begleitet von einer intensiven Parfümwelle und einem hellen melodischen Kicherlaut, so daß sich also gleichzeitig seine Seh-, Hör- und Geruchsnerven aufs angenehmste gekitzelt und gestreichelt fühlten.

Mit der ausgestreckten Hand tappte er sich geradeaus auf eine halboffene Tür zu, dann blieb er stehen und reinigte zunächst einmal mit dem Taschentuch seine Brille. Endlich konnte er wieder klar sehen. Er befand sich im Wohnzimmer. Vor sich sah er auf ein Sofa lässig der Länge nach hingeräkelt, in einen reisgrauen Bademantel von französischem Frotté gehüllt, die bloßen behaarten Füße über das eine Seitenpolster baumelnd, den Kopf auf dem anderen Seitenpolster ruhend, den großen Tschao, den Herrn der Börse – ganz privat.

Tschao begrüßte den Ankömmling mit einem kurzen Kopfnicken und einer lässigen Handbewegung. Dann, ohne sich aus seiner Ruhelage zu rühren, rief er ins Schlafzimmer hinüber:

»Yü Ying, komm heraus! Zeige dich dem Herrn Professor! Er ist übrigens kurzsichtig und wird vorhin nicht viel von dir gesehen haben. Brauchst dich nicht erst zurecht zu machen, komm wie du bist!«

Da kam sie auch schon lachend und mit Grazie herausgehüpft. Sie stak jetzt in einem langen weißen Badekimono, der ihre Figur wie eine züchtige Mönchskutte umhüllte, aber einzelne Körperrundungen nicht gänzlich verbergen konnte. Soweit sich der Professor ein Fachurteil zutrauen durfte, war sie ein Elitetyp der modernen eleganten Großstädterin. Jedenfalls wurde es ihm bei ihrem Anblick einigermaßen flimmerig vor den Augen; zumal wenn sich bei einer zufälligen Bewegung ihr Kimono verschob und flüchtig diese oder jene Körperpartie in ihrer ganzen rosigen Nacktheit sichtbar wurde, dann hatte er das Gefühl, als ob der Stuhl unter ihm zusammenschmölze und davonrutschte. Tschao gab ihr gutgelaunt einen Klaps auf die volle, üppige Hinterpartie, worauf sie geziert kreischte und er dröhnend lachte. Dann ließ er sie einige Proben ihrer gymnastischen Kunst, wie Brücke, Kerze, Radschlagen vorführen. Zuletzt gab er ihr einen Schubs in Richtung Schlafzimmer und kommandierte: »Genug! Marsch, anziehen! Tür zumachen!«

Das Ganze war so, wie wenn ein Kunstsammler vor seinen Gästen ein kostbares Schmuckstück paradieren und brillieren läßt und es dann wieder sorgfältig im Tresor verschließt. Erst jetzt wandte sich Tschao seinem Besucher zu:

»Na, Professor, Sie sind ja ganz rot geworden! Begucken Sie sich mal im Spiegel! Sehen Sie, das ist meine Art: Geschäft in Ehren, aber es darf nicht in Langeweile ausarten, es muß dabei lustig bleiben. Die Leute nennen mich mit Recht Genießer. Ich mache gar kein Geheimnis daraus. Bitte, habe ich meine Freundin etwa vor Ihnen versteckt? Auch im Geschäftlichen bin ich für Offenheit. Ich bin keineswegs der Hexenmeister mit sieben Rätseln und acht Geheimnissen, für den mich die Leute ausgeben. – Wie gefiel Ihnen übrigens meine Freundin? Die Haut, der Wuchs, ganz wie eine Europäerin!«

Er stand auf, zündete sich eine Zigarette an, schob seinem Gast die Zigarettendose hin und streckte sich wieder aus. Dann paffte er gemütlich und stumm vor sich hin, als ob der Professor überhaupt nicht vorhanden wäre. Sein ganzes Gehabe atmete völlige Gemütsruhe, er schien keine andere Sorge zu haben, als möglichst heiter sein Leben zu genießen.

»Sind Sie dieser Tage mit Sun Fu zusammengewesen?« begann der Professor endlich.

Tschao schüttelte stumm den Kopf, nahm die Zigarette aus dem Mund, klopfte sie am Aschenbecher ab und steckte sie wieder in den Mund.

»Sun Fu hat durch die kürzliche Bauernrevolte in seiner Heimat ziemliche Verluste erlitten, er war deshalb in letzter Zeit etwas reizbar. Das möchte man bei den zwei kleinen Streitfragen, die er zur Zeit mit Ihnen hat, berücksichtigen – ich meine die Abrechnung aus der letzten Börsentransaktion und dann die Angelegenheit der verpfändeten Kokonvorräte des Fabrikanten Tschu. Im Grunde ...«

Er wollte eigentlich fortfahren »handelt es sich nur um eine Bagatelle«. Als er aber die steinerne Miene des Tschao gewahrte, wollte er lieber die andere Wendung wählen: »im Grunde müßte es Mittel und Wege zu einer Verständigung geben«. Doch Tschao kam ihm zuvor:

»Aha, sind es diese beiden Fragen, die Sun Fu Verdruß bereiten? Nun, die Schwierigkeit ist sehr leicht zu beheben. Aber zuvor eine Frage, Professor. Kommen Sie mit einem förmlichen Angebot Ihres Auftraggebers, oder wollen Sie nur Terrain sondieren?«

»Nein und ja. Herr Tschao, Sie und Sun Fu sind doch alte Freunde und könnten Meinungsverschiedenheiten persönlich erörtern. Wozu sollte ich als Unterhändler ...«

»Also sind Sie gekommen, um auszuspionieren, wie bei mir der Wind weht. Gut, dann will ich Ihnen ganz offen sagen, daß ich den

Streit auf möglichst angenehme und gemütliche Art beigelegt haben möchte.«

»Nichts lieber als das!«

»Professor, wir beide sind auch gute alte Bekannte, können also offen miteinander reden. Ich bin kein Geheimniskrämer, das habe ich vorhin bewiesen, als ich Ihnen ganz ohne Scheu meine Freundin zeigte. Sun Fu ist freilich anders, er würde eine etwaige Freundin schwerlich den Augen anderer preisgeben. – Wollen Sie meine Freundin noch einmal sehen, wenn sie angezogen ist? Oh, sie versteht sich anzuziehen! Wissen Sie, im allgemeinen mache ich mir aus verheirateten oder verheiratet gewesenen Frauen nicht viel. Aber Yü Ying bildet eine Ausnahme, sie ist kein gewöhnlicher Mensch, sie ist eine kleine Hexe, die einem regelrecht den Kopf verdreht.«

»Ein berühmter Sammler und Kunstkenner wie Sie wird auch in dieser Hinsicht immer stilvoll bleiben.«

Tschao lächelte geschmeichelt und kehrte – zur Beruhigung des Professors – nach dem kleinen Abstecher ins Privatleben zum geschäftlichen Teil der Unterredung zurück.

»Was vorausgegangen ist, wissen Sie bereits. Darüber brauchen wir nicht erst zu sprechen. Mein Standpunkt ist ganz einfach der: in puncto Abrechnung aus unserer gemeinsamen Börsentransaktion will ich es nicht so genau nehmen, da will ich die von der Gegenseite geforderte zusätzliche Provision einräumen; in puncto Anleihe an den Fabrikanten Tschu dagegen kann ich mich auf eine Rücknahme der Zusage, die ich ihm bereits mündlich erteilt habe, nicht einlassen, es sei denn, daß Tschu selber den Wunsch nach Rücktritt von unserer mündlichen Abmachung äußert.«

Das kam Wort für Wort sehr betont und gewichtig heraus und setzte den Professor in arge Verlegenheit. Seine Mission erwies sich demnach als eine recht stachlige Aufgabe. Denn gerade der Punkt, auf dem Tschao so fest und nachdrücklich bestand, war ja für seinen Auftraggeber Sun Fu völlig unannehmbar. In diesem Punkt war Sun Fu entschlossen, auch nicht einen Schritt nachzugeben, und entsprechend lautete seine Instruktion an den Professor. Es war ja Sun Fu's Plan, die großen Verluste, die er durch die Bauernrevolte in Zwei-Brücken erlitten hatte, dadurch wieder wettzumachen, daß er die Seidenfabrik und die wertvollen Kokonvorräte des verschuldeten Tschu billig in die Hand bekam. Die Garnpreise waren inzwischen gefallen und lagen tief unter jenen Festpreisen, die sich Sun Fu vor dem Preissturz noch glücklich gesichert hatte. Die Durchführung jenes großen Lieferauftrags zu Festpreisen bedeutete also für Sun Fu ein gutes Geschäft. Es war aber für ihn verloren, wenn Tschao dem Fabrikanten Tschu neuerdings Mittel vorstreckte, um seine Anleiheschuld an Sun Fu und Tschu Tschai abzudecken und damit die für Sun Fu unentbehrlichen verpfändeten Kokonvorräte zurückzugewinnen.

Das alles ging dem Professor durch den Kopf, und er brauchte eine geraume Weile, um zu überlegen, wie er eine passende Antwort formulieren sollte.

»Aber auch Sun Fu legt entscheidenden Wert auf den Punkt des Anleihegeschäfts mit dem Fabrikanten Tschu«, hub er endlich an und wurde sofort von Tschao unterbrochen:

»Haha, ich weiß schon warum! Ich kenne sein Abkommen mit Tschu. Auf seine großen Vorräte an Trockenkokons hat er es abgesehen!«

Der Professor fühlte ein Bächlein kalten Schweißes den Rücken herunterrieseln. Dieser verteufelte Tschao wußte auch alles! Er war ein wahrer Hexenmeister! Der Professor begann um Sun Fu's schönen Plan zu bangen und sah seine eigene Mission bereits kläglich scheitern. Mit dem Mut der Verzweiflung schüttelte er seine stotternde Zaghaftigkeit ab und wagte einen Vorstoß aus neuer Richtung.

»Natürlich! Was könnte schon dem Scharfblick Ihres Auges verborgen bleiben! Aber ich verstehe eines nicht: Was wollen Sie, verehrter Herr Tschao, mit dem Kokonvorräten des Tschu anfangen? Ihr Interessenfeld ist doch ein ganz anderes als das von Sun Fu. Warum wollen Sie Sun Fu foppen und necken? Er würde, falls ihm die Kokonvorräte des Tschu entgingen, in einige Verlegenheit geraten ...«

Durch das trockene Auflachen seines Gegenüber beirrt, hielt der Professor schon wieder inne. Er sah Tschao eine mächtige Rauchwolke ausstoßen und sah es seltsam um die Backenmuskeln seines spitzen Luchsgesichtes zucken. Und dann drang es wie harter schneidender Stahl an sein Ohr und machte ihm die Haare sträuben:

»Sie verstehen nicht? Lächerlich! – Sie wissen, ich bin bei Geschäften für offene, ehrliche und gemütliche Art. Aber das muß auf Gegenseitigkeit beruhen. Da Sie nun einmal als Sun Fu's Unterhändler hier sind, will ich Ihnen offen und frei heraus meine

Bedingung sagen, unter der ich zu einer Verständigung mit Sun Fu bereit wäre: ich verlange, daß er meinen Freund Schang Tschung Li zum Syndikus seiner Neugründung, dieser sogenannten ›Loyal‹-Treuhandgesellschaft, macht!«

»Aber – für diesen Posten soll doch schon der Politiker Tang vorgesehen sein.«

»Macht nichts. War mir längst bekannt.«

Der Professor überlegte schwitzend. Auf diese Bedingung würde Sun Fu niemals eingehen.

»Wäre es nicht vielleicht ein Ausweg, wenn man Tschu Tschai für den Syndikusposten wählte? Bei seiner konzilianten, neutralen Art dürfte er sich trefflich eignen.«

»Schang ist auch neutral und konziliant«, beharrte Tschao lächelnd, und der Professor lachte gezwungen mit. Er wurde sich auf einmal zu seinem Schrecken bewußt, daß er seine eigene neutrale Mittlerrolle bereits bedenklich überschritten hatte, indem er Schritt für Schritt vor Tschao zurückgewichen war. Gerade wollte er seine Haltung berichtigen, als ihm Tschao zuvorkam:

»Ich bin der letzte, der Sun Fu's Geschicklichkeit und Tatkraft nicht schätzt und anerkennt. Aber er hat einen Fehler: sein allzu starkes Selbstvertrauen! Der Plan seiner Neugründung, dieser ›Loyal‹-Gesellschaft, ist ausgezeichnet. Aber warum hat er mich dabei übergangen? Das muß ich ihm verübeln. Ich habe ihn umgekehrt bei meinen Plänen stets eingeweiht und hinzugezogen, zum Beispiel bei meiner kürzlichen großen Börsentransaktion. Wenn ich jetzt meinen Freund Schang für den Geschäftsführerposten empfehle, so leitet mich dabei der Wunsch nach ehrlicher Zusammenarbeit mit Sun Fu. Ich kann es aber nicht vertragen, wenn er mich mit vollendeten Tatsachen überrumpelt. Dann werde ich schwierig. Ich hoffe, er wird noch einlenken und mich künftig immer rechtzeitig zu einem Freundschaftsbecher einladen. Wäre das nicht viel besser?«

Tschao stand auf, reckte und dehnte sich und ging auf die Schlafzimmertür zu. »Offenbar will er jetzt wieder seine kleine Hexe loslassen, und dann ist es mit der seriösen Unterhaltung vorbei«, sagte sich der Professor besorgt und rief ihn noch einmal zurück. Tschao wandte sich ungeduldig um.

»Ich gebe heute abend ein kleines Essen für Sun Fu und seinen Schwager. Würden Sie uns den Glanz Ihrer Gegenwart schenken? Dann könnte man sich weiter unterhalten.«

»Solange Sun Fu seine Taktik der vollendeten Tatsache nicht aufgibt, bedaure...«

»Ich denke, er wird umgehend einsehen, daß ein Ensemblespiel für ihn vorteilhafter ist als eine Solorolle«, sagte der Professor gegen seine wirkliche Überzeugung.

»Umgehend? Alter Freund, machen Sie mir doch nichts vor! Nennen Sie ein halbes Jahr Wartezeit umgehend? Solange nämlich, ach, nicht einmal so lange, höchstens drei, zwei Monate wird die Herrlichkeit seiner Neugründung währen, und bevor sie nicht gescheitert ist, wird er nicht klug werden. Und sie wird scheitern, ich weiß einigermaßen Bescheid über seine Verhältnisse, er wird der Last der übernommenen Verantwortung nicht gewachsen sein, und zwar finanziell nicht, schon heute kann er sich nicht groß regen, in drei, zwei Monaten wird er die Finanzkreise seinen Wünschen gegenüber erst recht zurückhaltend und zugeknöpft finden. Augenblicklich fühlt er sich noch obenauf und glaubt, daß ihm die anderen nachlaufen müssen. Ha, ha, es wird die Zeit kommen, da er den anderen nachlaufen wird! Nach drei, zwei Monaten werden wir sehen! Vielleicht noch früher!«

Sie urteilen von der hohen Warte aus, ich sehe die Dinge mehr aus der Nähe. Ich sage mir, wenn er die erhofften Kokonvorräte nicht bekommen kann, dann ist er umgehend am Ende, denn ohne Kokons kann er seinen Betrieb nicht weiterführen und müßte ihn schließen, und das wird er aus höheren Rücksichten vermeiden wollen. Denn seit Januar haben wir hier in Schanghai eine stetig wachsende Lohnbewegung, sie bildet bereits ein ernstes Problem für die Behörde, die für die Wahrung des öffentlichen Friedens verantwortlich ist. Aus höheren politischen Rücksichten wird er sich also in Bälde zum Nachgeben entschließen. Wenn Sie ihm dann auch ein wenig entgegenkommen, um so besser.«

Der Professor hielt inne. Er hatte das Bewußtsein, die Möglichkeiten seiner Mittlerrolle nach besten Kräften treu und loyal ausgeschöpft, sich ehrlich als Friedensstifter und nicht als Brandstifter betätigt zu haben. Nun blickte er gespannt auf das spitze Luchsgesicht des anderen. Er hoffte, auf ihm ein Anzeichen von Wohlwollen zu lesen. Aber vergebens! Tschao schüttelte den Kopf und sagte trocken weiter nichts als »Stark übertrieben!«.

Der Professor fühlte sich mehr als geohrfeigt. Seine Mittlerrolle war wirklich eine undankbare Sache. Trotzdem wollte er noch einen Angriff wagen und aus dem Arsenal seines umfassenden Wissens einige wirtschaftspolitische Argumente hervorholen, um diesen halsstarrigen Gegner zu erschüttern. Aber gerade, als er seine Brust straffte und loslegen wollte, tat sich die Schlafzimmertür sachte auf, ein wohlfrisiertes rundes Köpfchen zwängte sich durch den Spalt, und von einem reizenden roten Lippenpaar zwitscherte es hell und wohlklingend herüber: »Brauchst du mich? Dann rufe nur!«

Dann winkte auch schon Tschao vergnügt mit der Hand, die Tür öffnete sich vollends, und die kleine Hexe von nebenan kam anmutig und holdselig wie eine Lotosblume hereingeschwebt. Sie lächelte erst zu Tschao hinüber und nickte dann dem Professor zu. Tschao tätschelte eine Weile ihren weißen runden Arm.

»Yü Ying, der Professor erzählt Schauerdinge, daß der Kommunismus im Anzug sei. Hast du Angst?« fragte er plötzlich.

»Eh, meint er die kleinen roten Wühlmäuse, die Türen und Wände mit Aufschriften und Plakaten bedecken und sich blitzschnell irgendwohin verkriechen, wenn jemand dazukommt? Vorgestern nacht habe ich so einen beobachtet, als ich durch die Tschang ping Road fuhr. Aber vor dieser Sorte Mäuse habe ich keine Angst. Ich fürchte mich nur vor richtigen Mäusen.«

»Aber wenn man nicht auf der Hut vor ihnen ist, entwickeln sie sich zusehends zu gefährlichen Tigern! In Hunan, Hupeh, in Kiangsu, Kiang hsi, in Tschekiang wimmelt es schon von ihnen!« fiel der Professor in warnendem Ton ein. Er beglückwünschte sich heimlich dazu, daß ihm unerwartet doch noch die Chance geboten wurde, das politische Gefahrenargument in die Debatte zu werfen. Aber gleich darauf sah er sich um seine Hoffnung betrogen, als die kleine Hexe lachend ihr Purpurmündchen auftat und mit altkluger Wichtigkeit dazwischenzwitscherte:

»Eh, eh, Tiger sind bloß ein Kinderschreck! Wo Tiger sind, da gibt es sicherlich auch einen starken Wu Sung als Tigertöter!«

Dabei warf sie Tschao einen zärtlichen Blick zu.

»Professor, gehen Sie zu Sun Fu zurück und teilen Sie ihm meinen Standpunkt mit«, wandte sich Tschao ernst und sachlich an seinen Besucher. »Ich hoffe, daß er sich die Sache noch einmal ruhig und nüchtern überlegt, und erwarte seine Antwort. Was Ihre ›Tiger‹ betrifft, so werde ich schon vorzubeugen wissen, daß sie nicht zu übermütig werden. Auf keinen Fall aber kann ich Ihrer angeblichen Tiger wegen nachgiebig und wortbrüchig werden. – Haben Sie übrigens morgen abend Zeit? Dann bitte ich Sie als meinen Gast zum Dinner mit anschließendem Tanz ins Hotel.«

Damit sah sich der Professor hinauskomplimentiert. Tschao reichte ihm die Hand und begleitete ihn bis vor die Tür. – Unten auf der Straße schöpfte der Professor tief Atem und wandte sich ostwärts zur Nanking Road. Er wollte zu der Polizeiwache in Alt-Tschapeh eilen und seinen Rikschakuli von heute früh freizubekommen suchen. Entlang der Nanking Road traf er immer noch auf zahlreiche Posten und Ordnungshüter, und in ganzen Haufen lagen Flugblätter an den Straßenrändern herum. Eben wurde so ein Haufen von einem vorübersausenden Auto aufgewirbelt. Ein Blatt, das besonders hoch aufgeflattert war, klatschte ihm beim Niederfallen gegen die Brust. Er packte es und begann zu lesen:

»... Militaristen, Bürokraten, Gürtelträger, Großgrundbesitzer, Kompradoren, Kapitalisten haben sich unter der Fahne des Imperialismus zum Angriff vereinigt und verschworen, um die Errungenschaften der chinesischen Revolution auszutilgen und wegzulöschen ...«

Er konnte nicht weiter lesen. Es wurde ihm übel. Er knüllte das Blatt zusammen und warf es weg. Dann hastete er weiter, als ob ihm der Teufel im Nacken säße. Vor seinem geistigen Auge stieg eine düstere Vision auf: Sun Fu, die Kehle des Fabrikanten Tschu umklammernd, Tschao von hinten über Sun Fu herfallend, daneben, von den drei Kämpfern unbemerkt, ein Vierter mit einem langen Messer in der Hand, darauf lauernd, alle drei zu erdolchen ...

»Kampf aller gegen alle! Das ist das Ende!« murmelte er halblaut vor sich hin und stürzte in die nächste beste Likörstube. Hier goß er, ganz gegen seine sonstige Gewohnheit, eine Serie von Kognaks und Magenbittern hinunter.

Zwischenspiel

Schanghai kauft – verkauft

Personen:

Fong, Großgrundbesitzer, Schanghai Resident, Spekulant
I taitai, seine junge Nebenfrau
Ah Meh, seine siebzehnjährige Tochter
Hou, Landrat a. D., Spekulant
Li Tschuang Feh, Zolldirektor, Spekulant

Herr Fong Yün Tsing, der Fünfziger mit dem dünnen, strohigen, mondsichelförmig gekrümmten Schnurrbart, der neulich beim Mittagessen im Bankierklub Sun Fu's Tischnachbar gewesen war, saß daheim am Schreibtisch über den Rechnungsbüchern und rechnete. Durch den leise schwankenden Bambusvorhang vor dem offenen Fenster fielen einzelne gebrochene Strahlen der grellen Nachmittagssonne und zeichneten ein kunstvolles, lichtes Wellenmuster auf Fußboden, Schreibtisch und Rechnungsbücher. Von der fließenden Wellenbewegung der Sonnenkringel schienen auch die Zahlen in den Rechnungsbüchern mitgerissen zu sein, sie schienen sich von ihrem festen Standort losgelöst zu haben und ineinander und durcheinander zu fließen, zu hüpfen, zu tanzen, bis es Herrn Fong ganz flimmerig vor den Augen wurde. Wie er es auch drehte und wendete, wie er die hüpfenden, tanzenden, fließenden Zahlen auch zu kombinieren versuchte, das Exempel blieb stets das gleiche: er war pleite, hoffnungslos pleite! Eins unter den vielen schiffbrüchigen Opfern des letzten Haussesturms!

Herr Fong stöhnte. Vor einem halben Jahre hatte er noch behaglich auf seiner pompösen Landbesitzung gesessen und das sorglose Leben eines großen Herrn geführt. Er war durch zielbewußtes Geldverleihgeschäft im kleinen groß geworden. Denn die Beamtenlaufbahn war ihm verschlossen geblieben, nachdem er unter der Monarchie durch die zweite Staatsprüfung alten Stils gefallen war. Er hatte nie Wert darauf gelegt, daß ihm die armen Bauern, seine Schuldner, pünktlich nach sechs Monaten das kleine Kapital nebst Wucherzinsen in bar zurückzahlten, er prolongierte geduldig – bis ihm eines Tages der verpfändete Grund und Boden von selbst in den Schoß fiel. Landerwerb – das war von Anfang an sein unverrückbares Ziel gewesen. Aus der Kleinigkeit von fünf Dollar Leihgeld machte er im Laufe von zwei Jahren fünf Äcker Eigenlandes. Und so hatte er in zäher Kleinarbeit Acker auf Acker an sich gebracht und war im Laufe der Jahre Großgrundbesitzer und Eigentümer von fünftausend Äckern geworden.

Diese Methode war im Landesinnern an sich nicht ungewöhnlich, aber Fong hatte sie zu einem besonders raffinierten System auszugestalten gewußt. Wie eine Spinne saß er in seinem feinmaschigen Wuchernetz, und die armen Bauern torkelten wie die Fliegen hinein. Sein Wohlstand war aus dem Schweiß und den Tränen zahlloser kleiner Existenzen hervorgegangen. Da seine Methode bei aller Grausamkeit sanft war, hieß er im Volksmund »Der sanfte Tiger«.

Das war so einige Jahre gegangen, aber dann waren Bürgerkrieg und Bauernrevolten gekommen, er hatte seinen schönen Besitz preisgeben und mit Familie und ein wenig beweglicher Habe nach Schanghai flüchten müssen. Seit einem halben Jahr also war er »Schanghai-Resident«.

Da er aber das kleine Barkapital von achtzigtausend Dollar, das er nach Schanghai gerettet hatte, angesichts des kostspieligen Lebens in der Großstadt – das monatliche Budget seines Haushalts belief sich auf über tausend Dollar – nicht »tot« verzehren wollte und ihm andererseits die üblichen Bankzinsen nicht genügten, war er dem allgemeinen Beispiel gefolgt und hatte sich gleichfalls kopfüber in den Strudel der Börsenspekulation gestürzt. Die ersten Monate war er dabei leidlich auf seine Kosten gekommen und hatte eine Verzinsung von 2 ½% für das erste halbe Jahr seines Schanghaier Aufenthaltes erzielt. Aber dann war der fürchterliche Rückschlag von neulich gekommen. Er hatte alles auf Baisse gesetzt, und nun war diese ungeahnte Hausse eingetreten.

Wenn er die Bilanz zog, hatte er nicht nur alles verloren, sondern schuldete auch noch dreißigtausend Dollar, die binnen drei Tagen fällig waren. Schon hatte ihn sein Börsenmakler gemahnt. Das Drachenbootfest mit seinen Extraausgaben und Pflichtgeschenken stand vor der Tür. Es würde am Nötigsten fehlen. Fong schwitzte Angst. Vorhin hatte er bereits der siebzehnjährigen Ah Meh, seiner Ältesten, die Bitte um hundert Dollar Taschengeld abschlagen müssen. Nun graute ihm vor der unvermeidlichen Aussprache mit der I tai tai, seiner verwöhnten jungen Nebenfrau, die er in guten Tagen nach dem Tod seiner legitimen Gattin ins Haus genommen hatte. Sie war leidenschaftliche Opiumraucherin und Spielerin und pflegte von ihren gesellschaftlichen Ausgängen immer erst in den frühen Morgenstunden heimzukehren. Sie würde schön die Nase rümpfen, wenn er sie mit den fatalen Wörtchen »sparen« und »einschränken« überraschte, falls er überhaupt den Mut dazu fand.

Seit dem frühen Morgen bis in die dritte Nachmittagsstunde hatte er gerechnet und gerechnet, hatte darüber das Mittagessen vergessen und war dennoch auf keinen vernünftigen Gedanken gekommen. Er klappte verzweifelt sein Hauptbuch zu, stand auf und besah sich im großen Wandspiegel. Um mindestens zehn Jahre gealtert kam er sich vor.

Es hatte geklingelt. Kondolenzbesuch, dachte Fong seufzend, als er die Visitenkarte des Besuchers las. Freund Hou war auch Baissespekulant und Leidensgenosse. Er nötigte den drolligen Vierziger mit der flachen hellen Sportmütze über dem wohlgenährten Vollmondgesicht und dem Spazierstöckchen in der Hand zum Platznehmen und rief nach Tee.

»Solches Mißgeschick! Der Han hat mich gestern bereits gemahnt, ich weiß nicht aus noch ein. Aber er hat sich doch als zuverlässiger Freund erwiesen. Hatte er uns neulich beim Mittagessen im Bankierklub nicht zum Kaufen geraten? Wären wir doch seinem Rat gefolgt! Ihre Gewährsleute an der Nordfront haben Sie falsch unterrichtet ...« begann Fong bekümmert.

»Wir verdienen alle zusammen aufgehängt zu werden. Andere stellen eine Falle, und wir sind so dumm und stolpern hinein. Eine sorgfältig vorbereitete Falle hatten sie uns gestellt! Ich bin jetzt genau unterrichtet«, erklärte Hou und schleuderte die Zigarette mit Schwung in den Spucknapf.

»Was! Eine Falle? – Ja, kann man denn die Kurse an der Börse nach Willkür steigen oder fallen lassen?«

»Natürlich! Nicht aus Mißgeschick, aus Dummheit haben wir verloren!«

»Da hat man sich nun ein halbes Leben abgerackert, um schließlich für andere Leute den Zugochsen zu machen!« jammerte Fong. »Ach, Sie wissen ja nicht, wie mühsam ich mir mein Vermögen erworben habe! Wieviel Lungen- und Zungenkraft hat es mich gekostet, so drei, fünf Äcker an mich zu bringen! Diese Landleute sind ja so schwierig zu behandeln, einerseits möchten sie Bargeld haben, andererseits möchten sie sich nicht von ihrer Scholle trennen, es ist, wie wenn man durch zähen Schlamm watet, wo man bei jedem Schritt kleben bleibt. Wieviel Teehausspesen, wieviel Geduld und Überredungskunst hat mich das jedesmal gekostet, mein Anlagekapital nebst Zinsen herauszuwirtschaften! Natürlich bin ich von meinen Forderungen auch nicht um ein Lot, ein Quentchen abgegangen, aber ich habe doch andererseits stets auf Gewalt verzichtet, habe nie bewaffnete Büttel mitgenommen, wenn ich aufs Land ging, um fällige Pacht- oder Schuldzinsen einzutreiben. Nein, nur mit der friedlichen Geduld einer klappernden Wassermühle bin ich allmählich zu Wohlstand gelangt, ganz anders als Sie, Herr Hou, und Ihresgleichen. Sie als ehemaliger Provinzmandarin haben es freilich leichter gehabt. Bei jeder Landabgabe und Steuer ist ein hübscher Überschuß in Ihre eigene Tasche geflossen, vom Verdienst aus dem Schmuggel ganz zu schweigen. Sie haben im Monat mühelos mehr gescheffelt als unsereins im ganzen Jahr ...«

»Mit solchen wehleidigen Betrachtungen über verflossene Zeiten ist uns jetzt nicht gedient. Die Frage der Stunde lautet: Gedenken Sie weiter zu spekulieren?« unterbrach Hou ungeduldig das Lamento des anderen.

»Wovon denn? Selbst wenn ich könnte, so hätte ich keinen Mut mehr. Und Sie?«

»Meine Ersparnisse von zehn Amtsjahren sind sämtlich futsch, dahin, ins Ostmeer geflossen! Gestern habe ich bei einer Teegesellschaft ein paar alte Kunstgegenstände losgeschlagen und in tausend Dollar Bargeld verwandelt. Über das Drachenbootfest werde ich noch leidlich hinwegkommen. Aber Sie sind doch viel besser dran mit Ihrem großen Landbesitz von etlichen tausend Äckern, Ihren großen Einkünften an Pachtreis ...«

Hou hielt betroffen inne, als er den anderen wie ein verwundetes Tier aufschnellen und gleich wieder zusammenklappen sah. Er kratzte sich verlegen den Kopf.

»Pachtreis? In diesem Jahre ist kein Gedanke daran! Hätte ich wohl sonst mein schönes Landschloß mit den fünf Portalen gegen diese elende Stadtbleibe eingetauscht? Man lebt draußen doch in ständiger Angst vor Bauernrevolten!«

Fong war schlaff zusammengesunken. Er hatte die Augen geschlossen und atmete schwer.

»Fong, ich möchte mit Ihnen eine Möglichkeit besprechen, wie wir unser verlorenes Kapital wieder hereinbekommen können.«

Fong rappelte sich aus seiner schlaffen, verrutschten Lage in die Höhe.

»Welches Kapital meinen Sie?« fragte er zerstreut. Er war in Gedanken ganz woanders gewesen, auf dem Lande, auf seiner Scholle.

»Man muß das verlorene Kapital dort zurückholen, wohin es verschwunden ist!«

»Ah, Sie meinen an der Börse?«

»Natürlich. Oder sollte in Ihnen das Feuer der Unternehmungslust schon zu Asche ausgebrannt sein?«

»Keineswegs. Aber kalte Überlegung warnt mich. Bedenken Sie doch! Wollen wir wieder in eine fremde Falle tappen?«

»Ganz recht, die Falle. Das ist es ja. Wenn die Gegenpartei so gewaltig verdient hat, so verdankt sie das nicht irgendeinem glücklichen Zufall, sondern einer wohl überlegten Mache. In dem Wörtchen ›Mache‹ liegt gerade für uns die Chance. Hören Sie, Fong: Es kommt für uns darauf an, in die Höhle des Löwen selber einzudringen und den Tschao und Konsorten das Geheimnis ihrer ›Mache‹ abzulisten.«

»Aber wie wollen wir in die Höhle des Löwen eindringen? Dieser Tschou ist ein ganz gerissener Schelm und völlig unnahbar...«

Hou klatschte sich auf den Schenkel, sprang auf und neigte sich mit geheimnisvoller Miene an Fong's Ohr:

»Das schon, aber er hat eine schwache Stelle: Er ist Junggeselle und großer Frauenjäger. Wir brauchen eine Frau als Werkzeug, die ihn einwickelt! Na, was sagen Sie nun?«

»Haha, ausgezeichnet! Auf solche durchtriebenen Einfälle können auch nur Leute wie Sie kommen, die ein Jahrzehnt lang im Meer der höheren Staatskunst herumgeplätschert sind. Und nicht wahr, wenn Ihnen Ihr Plan glücken sollte, dann lassen Sie mich ein wenig an Ihrem Glanze teilhaben?« sagte Fong schmunzelnd.

Auf seinen Wangen zeigte sich eine leichte Röte wiedererwachenden Lebensmuts. Im stillen argwöhnte er, daß Hou seine junge, elegante und gesellschaftsgewandte I tai tai im Sinne hätte, die mit ihrer Praxis im Nachtleben für so eine delikate Mission zweifellos das Zeug hatte. Aber er wollte sich zunächst dumm stellen.

»Ob der Plan glückt, hängt ganz von Ihrer Tüchtigkeit ab, alter Freund! Ich kann Ihnen nur beratend zur Seite stehen«, wisperte

Hou in vertraulichem Flüsterton. Fong blinzelte halb geschmeichelt, halb erschrocken, jedenfalls voll gespannter Erwartung in das hin und her pendelnde Vollmondgesicht des anderen.

»Wieso?«

Nachdem er seine Zunge zu mehrmaligem Ansatz gespitzt hatte, fuhr Hou leise fort: »Man rühmt den Tschao ebenso als großen Juwelenkenner wie als gewiegten Frauenkenner. Er schätzt einen besonderen Typ Frau: Ob hell, ob dunkel, ist ihm gleich, aber sie muß groß und jung sein und recht naiv. Auf verheiratete Frauen legt er im allgemeinen keinen Wert. Es ist ein Dachgarten in einem gewissen Hotel, wo er beim Nachmittagstanztee Ausschau nach seinem Typ zu halten pflegt. Es ist also gar nicht schwer, ihn zu ködern, wir brauchen dazu nur...«

»Was brauchen wir nur?«

»Eine hübsche, kluge, verläßliche junge Dame von der Art etwa – Ihres befehlenden Lieblings Ah Meh!« Langsam und bestimmt waren die letzten Worte herausgekommen.

Fong erblaßte. Er glaubte sich verhört zu haben.

»Aber, aber...«

»Es ist der einzige Weg; fürchten Sie, er wäre nicht gangbar? Ich bürge dafür, daß er gangbar ist und zum gewünschten Ziel führen wird«, fuhr Hou mit hintergründigem Lächeln fort. »Werter Freund, was die geduldige Kleinarbeit einer klappernden Wassermühle anlangt, so ist das nicht meine Sache, darin sind Sie mir über. Aber mit einem genialen Streich aufs Ganze gehen, darin bin ich Ihnen über. Verlassen Sie sich darauf!«

Hou lachte trocken, trank seinen Tee aus und trat mit auf dem Rücken gekreuzten Händen vor ein großes Familienfoto an der Wand, das er mit angelegentlichem Interesse betrachtete. Es war eine Gruppenaufnahme der vollzähligen Familie Fong, in der Mitte prangte der »befehlende Liebling«, die siebzehnjährige Ah Meh.

Es war ganz still und dämmerig im Zimmer, die sinkende Sonne hatte sich bereits hinter die Dächer verkrochen. Vom Obergeschoß her waren helles Lachen, Getrippel hin und her laufender Stöckelschuhe, Wasserrauschen und andere häusliche Geräusche hörbar, von der Straße her tönte die Holzklapper und der Ausruf eines fliegenden Pastetenbäckers herüber.

Hou ließ dem anderen ruhig Zeit zum Überlegen.

Er stand jetzt zur Abwechslung vor dem großen Wandspiegel neben dem Fenster und beobachtete heimlich im Spiegel das Mienenspiel des anscheinend schwer mit sich ringenden Fong. Endlich hörte er ihn hinter sich wie im Selbstgespräch murmeln:

»Also müßte man dem Tschao selber eine Falle stellen, wie?«

Hou drehte sich rasch um und klopfte ihm kräftig auf die Schultern: »Richtig! Richtig!«

»Aber wie soll man ihm seine Geheimnisse abjagen? Da müssen Sie mir noch Ihren geschätzten Rat erteilen.«

Hou schlug eine laute, vergnügte Lache an. Also war Fong gewonnen, er genierte sich bloß, es offen heraus zu sagen, und gab es in Form einer nebensächlichen Zweifelsfrage zu erkennen.

»Lieber Freund, machen Sie sich nicht zu bescheiden! Sie stehen mir an Einsicht und Menschenkenntnis nicht nach und werden, dessen bin ich sicher, schon mit der nötigen Sorgfalt zu Werke gehen. Tsai tiän! Auf Wiedersehen!«

Er griff zu Stock und Mütze. Fong brachte ihn zum Haustor. Nachdem Fong das Haustor hinter ihm zugemacht hatte, verweilte er, um frische Luft zu schöpfen, noch einige Augenblicke in dem bepflanzten Innenhof. Nachdenklich versenkte er sich in den Anblick des porzellanenen Goldfischkübels und des Beetes mit den roten blühenden Azaleen. Er hatte auf einmal eine Vision. Es schien ihm, als ob aus dem Rot des Azaleenbeets eine liebliche Gestalt herauswüchse, die Gestalt seines »befehlenden Lieblings« Ah Meh, und als ob der fette Goldfisch an der Oberfläche des Wasserkübels nebenan kein Fisch, sondern ein dicker Goldbarren wäre.

Er mußte unwillkürlich seufzen und zwei Tränen zorniger Scham zerdrücken. Die Tochter verkaufen! Daß ihm, dem großen ehrenwerten Herrn Fong so etwas passieren mußte! Welch abscheulichen Plan hatte der Hou da ausgeheckt! Das sah wieder einmal diesem verderbten Beamtenschlag ähnlich. Ob unter der alten Tsingdynastie, ob unter der Republik, sie blieben die gleichen! Aber die drängenden Geldsorgen! Sollte er nicht lieber versuchen, sich auf dem Wege über seinen Landbesitz zu sanieren? Doch nein, das ging ja nicht. Angesichts der neuerlichen Bauernrevolten waren seine 5000 Äcker für ihn wertlos, waren gar nicht mehr sein Eigentum. Und nun fühlte er auch hier im sicheren Schanghai den Boden unter den Füßen wanken. Ja, wo sollte er denn bleiben? Es flimmerte ihm vor den Augen, es sauste ihm in den Ohren, es dröhnte in seinem Schädel. Stürzte der Himmel ein? Barst die Erde? Welches Krachen in den Lüften um ihn! – Das Krachen weckte ihn aus seiner halben Ohnmacht, aber es rührte nicht von irgendeiner Naturkatastrophe her, sondern war ganz einfach der harte Anschlag des eisernen Türrings am Haustor gewesen.

Er eilte nach vorn und öffnete. Ein neuer Besucher: Zollinspektor Li Tschuang Feh, der Mann mit dem Zahnbürstenschnurrbärtchen, gleichfalls Baissespekulant und Leidensgenosse.

»Verfluchtes Unglücksjahr! Seit dem Neujahrstag sind mir sämtliche Pläne schief und links gegangen!« legte der smarte Vierziger ohne Umschweife und offenherzig los, kaum daß er Platz genommen hatte. Dabei sah er aber keineswegs deprimiert aus, vielmehr spielte ähnlich wie bei dem ersten Besucher um seine Lippen ein recht zuversichtliches Lächeln. Fong witterte einen neuen Plan, mit dem er überrumpelt werden sollte.

»Sehen Sie, lieber Freund, im März hatte ich's glücklich zu meinem Landratsposten gebracht. Kaum bin ich einen Monat im Amt, da brechen in meinem Kreis kommunistische Unruhen aus, und ich mußte schleunigst meinen Posten wieder aufgeben. Schade um den verlorenen Monat Dienst. Im vorigen Monat kommt es noch besser. Da hat man nun zwanzig Mille geopfert und dafür glücklich die fette Pfründe eines Zolldirektorpostens ergattert, man macht die weite Reise und ist kaum zwei Tage im Amt, da geht es mit dem Bürgerkrieg los. Der feindliche Marschall schickt seinen eigenen Zolldirektor auf meinen schönen Posten; hätte ich mich nicht schleunigst dünn gemacht, wer weiß, dann würde ich jetzt irgendwo im Winde baumeln. Sie sehen, in diesen vertrackten Zeitläuften ist es kein Vergnügen, Beamter zu sein ...«

»Aber Ihre Lage ist doch keineswegs hoffnungslos, Sie tragen Ihre Patente, Ihre Kenntnisse, Ihr geistiges Kapital stets bei sich, auch wenn Sie Ihr Amtsbüro zeitweilig ins Hotel verlegen müssen«, bemerkte Fong gezwungen lächelnd. Er wußte, daß Li nicht nur als Landrat an der Bevölkerung seines Kreises, sondern auch im Privatleben an reichen Freunden und Bekannten jene gewissen »Schälkuren« vorzunehmen pflegte, die ihm den Beinamen »Schälkur-Landrat« eingetragen hatten. Wenn er auch persönlich bisher noch nicht die Ehre gehabt hatte, von ihm berücksichtigt zu werden, so war er doch nach der eben gehörten Einleitung darauf gefaßt, nunmehr auch »geschält« zu werden, und beschloß, auf der Hut zu sein.

Der andere fuhr geheimnisvoll fort: »Gewiß, man hat ja auch seine einflußreichen Beziehungen, aber das ist Hilfe mit Hindernissen, die Herren tun nichts ohne Gegendienst, eine recht kostspielige Hilfe. Und nun diese Börsenverluste! – Raten Sie einmal, welchen Fehlbetrag ich jetzt zum Fest habe!«

Na also, da war's heraus! Fong wechselte die Miene und hüllte sich in frostiges Schweigen.

»Verstehen Sie mich nicht falsch! Ich weiß, daß Sie selbst große Verluste erlitten haben. Aber wollen Sie deswegen die Hände müßig in den Schoß legen? Ich wüßte einen Weg, wie man das verlorene Kapital wieder hereinbekommen kann.«

Also schon wieder ein Plan! Fong hatte gerade noch genug vom ersten! Seine Miene wurde noch frostiger, er kehrte dem anderen die weiße Fläche des Augapfels zu und sagte kein Wort. Der Mann mit dem Zahnbürstenschnurrbärtchen aber ließ sich nicht beirren, er lachte kurz und trocken auf und fuhr nach einer Kunstpause fort:

»Sehen Sie, Sie waren bisher das ruhige, sichere Leben des reichen Großgrundbesitzers gewöhnt, der von seinen Pacht- und Kapitalzinsen lebte. Von dem aufregenden Dasein des modernen Börsenspekulanten, der an einem Tag Hunderttausend scheffelt und am nächsten Tag arm und blank wie eine Eierschale ist, haben Sie sich entfernt nichts träumen lassen. Aber das ist auch eine Daseinsform. Man muß sich eben umstellen. Lassen Sie mich, obwohl ich zehn Jahre jünger bin als Sie, einmal wie ein alter, erfahrener Lehrmeister zu Ihnen sprechen: Das Geheimnis des Börsenerfolgs liegt in dem einen Wörtchen beschlossen: riskieren! Man muß Verluste in Kauf nehmen und immer von neuem wagen. Auf diese Weise wurstelt man weiter. Was tut denn die Regierung anderes, wenn sie ihre Anleihen auflegt? In der ersten Hälfte dieses Jahres hat sie zwei Siebzigmillionen-Anleihen aufgelegt, in der zweiten Hälfte wird sie, das wette ich, das Doppelte auflegen. Wenn sie es nicht täte, dann könnte das Finanzministerium gar nicht weiter machen ...«

»Was hat das mit meinen privaten Börsenverlusten zu tun?« fiel Fong seufzend ein.

»Das Prinzip ist das gleiche! Sehen Sie, an der Börse wechselt täglich das Bild. Jeder Luftzug in der Politik verursacht eine entsprechende Rückwirkung an der Börse. In diesen täglichen Schwankungen liegt für uns Spekulanten die Gewinnchance. Fragen Sie einen alten erprobten Spekulanten, er wird Ihnen bestätigen, daß gar nicht genug kriegerische Verwickelungen erwünscht sind. Wäre es in der Politik gleichbleibend ruhig und friedlich, dann wäre Ihr Börsenverlust von gestern ein wirklicher Verlust, denn Sie hätten keine Aussicht, ihn morgen wieder wettzumachen. Zum Glück ist die gegenwärtige Lage so, daß unsereins von Tag zu Tag weiter hoffen kann...«

»Dann begrüßen Sie wohl gar den Bürgerkrieg?«

»So unbedingt will ich das nicht bejahen. Als amtierendem Zollinspektor ist er mir unwillkommen, aber jetzt, da ich notgedrungen mein Amt im Stich lassen und zum Börsenspekulanten hinüberwechseln mußte, sehe ich ihn natürlich mit anderen Augen an. Nehmen wir das Beispiel der Reorganisationsanleihe und der anderen Regierungsanleihen, in denen wir allesamt spekulieren. Theoretisch, dem Namen nach hat die Regierung diese Anleihen aufgelegt, um das Land zu befrieden. Wie steht es aber in der Praxis? Der Krieg ist seitdem erst richtig losgeprasselt! Jede kriegerische Aktion hat bisher einen verstärkten Zulauf zur kommunistischen Bewegung, zur Roten Armee, zu den Räuberbanden im Inneren herbeigeführt, mit dem Erfolg, daß die reichen Leute aus der Provinz mit ihrem Geld nach Schanghai flüchten. Die Anhäufung von Geld in Schanghai bildet wieder den Anreiz für die Regierung, ein paar Dutzend Millionen neuer Anleihen aufzulegen. Dadurch erhält sie neue Mittel zu neuen kriegerischen Unternehmungen. Es kommt zu neuen Kämpfen, die wiederum neue Unruhen und Aufstände im Inneren und damit eine verstärkte Zuwanderung von Fluchtkapital nach Schanghai auswirken. Die Regierung kann neue Anleihen auflegen, und so geht der Kreislauf, der Circulus vitiosus, zwischen Krieg und Anleihe ins Unendliche weiter. Begreifen Sie jetzt, alter Freund? Andere Geschäftszweige leiden durch Krieg und Unruhe Schaden, beim Staatsanleihegeschäft ist es, der Regel zuwider, gerade umgekehrt, es floriert! Und wenn der Krieg tausend Jahre währen würde, so würde das Staatsanleihegeschäft eben auch tausend Jahre florieren!«

»Werter Freund, nach Ihrer geschätzten Ansicht ist also nicht so bald mit einer Rückkehr normaler Zustände im Innern zu rechnen?« fragte Fong gespannt. Er war längst aus seiner anfänglichen Teilnahmslosigkeit erwacht.

»Haha, Sie scheinen immer noch in einem schönen Traum befangen zu sein. Ein, zwei Jährchen weiter, und man wird Ihre Grundbriefe nicht einmal geschenkt haben wollen.«

»Die Regierung läßt uns Landeigner eben völlig im Stich!« knirschte Fong.

»Nicht völlig. Indem sie ihre Millionenanleihen auflegt, bietet sie

Ihnen einen anderen Weg zu Reichtum, sogar einen ungewöhnlich günstigen. Wo bietet sich Ihnen denn sonst die Möglichkeit, mit einem Schlage Hunderttausend zu verdienen?«

Das kam wieder so kühl und bestimmt heraus, daß Fong nun restlos überzeugt war. Sein Entschluß stand fest: er wollte spekulieren, um jeden Preis, mit aller Verzweiflung spekulieren!

»Wie dachten Sie sich praktisch den Weg, von dem Sie anfangs sprachen, den Weg, um unser verlorenes Kapital wieder hereinzubekommen?« fragte er vor Aufregung zitternd.

Der Zollinspektor stieß ein paar dicke Rauchwolken in die Luft und ließ sich drei Minuten Zeit, ehe er sich zu der rhetorischen Gegenfrage bequemte: »Was glauben Sie wohl, wieviel lumpige Cent Sie zur Zeit für Ihren gesammten Landbesitz erzielen würden, wenn Sie ihn verpfänden wollten? Darum rate ich Ihnen: Stoßen Sie Ihren Besitz ab! Und zwar möglichst rasch! Bitte, mißverstehen Sie mich nicht, ich meine es gut mit Ihnen. Was nun die praktische Durchführung meines Plans betrifft, so denke ich mir die Sache ganz einfach so: Wir tun uns zu einer Gesellschaft zusammen, die Tips, ob wir kaufen oder verkaufen, à la Hausse oder à la Baisse spekulieren sollen, erteile ich. Verlust wird zu gleichen Teilen getragen, im Gewinnfall zahlen Sie nur noch drei Prozent Ehrenhonorar zu meiner Hälfte hinzu.«

»Und woher nehmen Sie Ihre Tips?«

»Wird Ihnen dieses alte gewitzte Köpfchen gleich verraten. Alle Welt weiß, daß bei der letzten Hausse der Hauptverdiener Tschao Po Tao war und neben ihm Sun Fu. Sun Fu ist Tschao's Hirn. Er hat in der vordersten Kampflinie einen guten Freund, der ihn über alle Vorgänge an der Börse schnellstens unterrichtet, das ist der mir wohlbekannte Börsenmakler Lu Kwang Schi. Es ist ein entfernter Vetter von Sun Fu. Alle seine Börsentransaktionen läßt Sun Fu durch die Hände dieses Lu gehen. Ich habe nun mit Lu ein Geheimabkommen getroffen. Er versorgt mich mit Tips über Sun Fu's Einstellung, und danach richten wir uns. Im Gewinnfall zahlen wir dem Lu dafür eine kleine Provision. Na, ist das nicht fein eingefädelt von mir? – Da fällt mir noch ein, ich habe einen Hypothekenpfandbrief über dreißigtausend Taels, fällig bereits am sechzehnten nächsten Monats westlichen Kalenders. Ich könnte ihn bei der Bank lombardieren, aber das würde mir zuviel Verlust bringen. Ich dachte ...«

»O weh, in Punkto Bargeld bin ich noch schlimmer dran als Sie.«

»Macht nichts. Wozu haben Sie denn Ihren Grundbesitz? Ich habe einen Interessenten für Sie an der Hand, einen hohen Truppenführer, zufällig einen engeren Landsmann von Ihnen, hat sich in Ihrer Gegend angekauft und würde gern noch ein Stück Land hinzukaufen. Wenn Sie mir die entsprechenden Grundbriefe aushändigen wollen, so könnte ich das Geschäft für Sie machen. Falls Sie noch vor dem Fest ein paar Tausend Bargeld benötigen, könnte ich es Ihnen beschaffen. – Aber vergessen Sie nicht, übermorgen ist wieder Börse. Entschließen Sie sich rasch! Zaudern ist die Mutter des Mißerfolges!«

»Vielen Dank für Ihre unschätzbare Belehrung! Ich werde mich ganz danach richten. Und da unter Edlen Offenheit am Platze ist – ich benötige noch vor dem Fest Fünftausend in bar, darf ich auf Ihre freundliche Hilfe zählen? Ich werde mich morgen mit den Urkunden zur weiteren Besprechung in Ihrem Hotel einfinden.«

Der Zollinspektor war gern einverstanden und bezeichnete ihm die erwünschte Besuchszeit. Dann strich er sich befriedigt über seine Zahnbürste, stülpte seinen Panama auf und empfahl sich

Kaum hatte Fong seinen Besucher hinausgebracht, als ihn das Geräusch zankender Frauenstimmen an seine häuslichen Pflichten mahnte. Offenbar gab es oben einen Streit zwischen Stiefmutter und ältester Tochter, das kam öfters vor, er mußte dann immer die Rolle des Friedensrichters spielen.

Also stapfte er die Stiege zu den oberen Gemächern hinauf und betrat etwas beklommenen Herzens das Boudoir seiner jungen Frau, nicht ohne zuvor ein wenig hinter dem Türvorhang gelauscht zu haben.

»Sieh dir an, was dein jüngstes ›Fräulein Tausendgoldstück‹ angerichtet hat! So ein ungezogenes Ding!« empfing ihn die I tai tai mißgelaunt. Sie lag auf ihrer Opiumcouch, vor ihr kniete die zwölfjährige Jüngste und las Scherben vom Teppich auf. Es waren Scherben einer Suppenschüssel, der Inhalt, eine delikate Schwalbennestersuppe, hatte sich in einen großen nassen Fleck auf dem blauweiß gewürfelten Teppich verwandelt. Hinter der Couch stand die Kammerfrau und kämmte ihrer Herrin feixend das Haar. Die Ältere, Ah Meh, hatte bereits den Kampfplatz geräumt, wie Fong befriedigt feststellte. Damit war seine Friedensrichteraufgabe bedeutend erleichtert. Im übrigen war ihm klar, daß das harmlose

Ungeschick seiner Jüngsten nur den Blitzableiter für den Zorn der I tai tai abgab. Sie schlug das Gras und meinte die Schlange.

»Ungeschicktes Ding! Was hockst du noch hier auf dem Teppich herum? Lauf in die Küche und hole eine neue Schüssel. Rasch, rasch!« schalt er pflichtschuldig die Kleine aus und wandte sich dann mit seinem sanftesten Lächeln der aufgebrachten Gattin zu:

»Wozu die Aufregung wegen der Lappalie? Rauche ein Pfeifchen, das wird den Brand deiner Leber löschen. – Alte Kin, beeile dich mit dem Frisieren! Deine Tai tai hat noch viel vor. – Frauchen, deine Freundin, Frau Pai, hat vorhin angerufen, sie möchte mit dir noch eine Partie Domino spielen vor dem Theater. Die Vorstellung beginnt um neun, sie soll ausverkauft sein. – Wie kann man sich nur solcher Kleinigkeit wegen ärgern!«

Er rutschte neben die Gattin auf die Rauchcouch, steckte ein Opiumkügelchen an die Nadel und setzte es über der Flamme in Brand. Dann reichte er der Gattin artig das frisch geladene »Rauchgewehr«.

»Sie ist zwar schon fast erwachsen, aber doch noch ein Kind. Es war sicher nicht böse Absicht, daß sie die Schüssel fallen ließ. Es lohnt wirklich nicht die Aufregung. – Noch eine Querwelle, Tai tai?« lenkte die Kammerfrau ihrerseits ab. Fong zwinkerte ihr heimlich zu, was so viel bedeuten sollte, daß er mit seiner Gattin allein zu sein wünschte. Sie begriff und verschwand. Die I tai tai brummte noch ein paar ärgerliche Worte, aber wenige Züge aus der Opiumpfeife und der Anblick der neuen Schüssel köstlicher Schwalbennestersuppe genügten, um sie zu beruhigen. Sie war mit ihren Gedanken bereits bei ihrer Freundin und im Theater.

»Übermorgen ist Drachenbootfest. Bist du gerüstet?« erkundigte sie sich, nachdem sie die Schüssel zur Hälfte ausgelöffelt hatte.

»Was meinst du mit gerüstet?«

»Dumme Frage! Ich meine natürlich die Pflichtgeschenke für die Familie Pai. Die Leute sind uns hier in jeder Beziehung nützlich und wichtig, ich genieße täglich bei ihnen Gastfreundschaft, erst kürzlich haben sie uns den schönen Satz Wandbilder ›Die vier Jahreszeiten‹ von dem ausländischen Maler geschenkt, da müssen wir uns selbstverständlich revanchieren.«

»Hm, gewiß, es liegt mir schon längst am Herzen, nur im Augenblick – du weißt, die Börse –, ich habe eine gewaltige Schippe voll verloren –, stehe augenblicklich mit völlig leeren Händen da – mein Freund Zollinspektor Li wollte mir zwar aushelfen, aber ich weiß nicht, ob auf ihn Verlaß ist. Gerade deswegen wollte ich mit dir sprechen ...«

»Ach, du willst wohl, daß ich meine Bekannten anborge? – Hast du denn Sicherheiten zu bieten? Dein Landbesitz in der Provinz ist völlig wertlos, darauf leiht dir kein Mensch etwas.«

Sie löffelte in aller Ruhe ihre Suppe aus. Dann dehnte und streckte sie sich, stand auf und putzte sich sorgfältig die Zähne.

»Du hast doch, wie ich mich entsinne, auf der Yüan Fong-Bank ein Depot von zehntausend Taels«, fuhr sie gelassen und beinahe vergnügt fort.

»Oh, das? Das darf ich nicht anrühren!« sagte Fong bestürzt und sprang so heftig auf, daß er beinahe die Lampe auf dem Opiumtablett umgerissen hätte. Die junge Frau schnupfte durch die Nase, legte sich wieder nieder und sog angelegentlich an der Opiumpfeife.

»Das Depot auf der Yüan Fong-Bank gehört Ah Meh, das weißt du doch. Als ihre Mutter ihre sieben Seelen ausgehaucht hatte, wurde es von ihrem Onkel mütterlicherseits angelegt mit der ausdrücklichen Bestimmung, daß das Geld bei Ah Meh's Heirat für die Ausstattung verwendet werden sollte und daß bis dahin weder Kapital noch Zinsen angerührt werden dürften.«

Die I tai tai stieß einem schnaubenden Drachen gleich zwei gewaltige Rauchwolken durch die geblähten Nüstern.

»Ach, wie rührend liebevoll von dir! Der zärtlich besorgte Vater! Spart auf den Glückstag, da Tochter und Schwiegersohn artig vor ihm Kotau machen! – Mit mir wurden freilich nicht so viel Umstände gemacht, haha! – Sage mal, wann willst du endlich aus diesem albernen Traum aufwachen?«

»Ich?«

»Bist du wirklich so einfältig, oder stellst du dich nur so?« sie lachte hellauf. Anscheinend war sie nicht böse, sondern belustigt.

»Ich, ich verstehe nicht ...«

»Ja, ich verstehe es auch nicht, warum das brave Kind, dein tugendsamer ›Befehlender Liebling‹ keinen Wert darauf legt, förmlich und gut bürgerlich, wie es sich gehört, zu heiraten, und sich eine schöne Aussteuer im Werte von zehntausend Taels entgehen läßt ...«

»Du! ...«

»Wozu schreist du mich so an? Ich bin dir wohl zu ungebildet, zu altmodisch, zu rückständig? Natürlich, dein Fräulein Tochter, das ist etwas anderes, die hat die höhere Schule besucht, kennt fremde

Sprachen, ist neuzeitlich, aber sie ist auch in anderer Beziehung ein Produkt der neuen Zeit: wenn ihr ein Mann gefällt, dann wird nicht lange gezaudert, nicht erst um Erlaubnis gefragt... Die Pietät unserer modernen jungen Mädchen besteht darin, daß sie den Eltern die Mühe abnehmen, ihnen einen Mann zu verschaffen!«

»Sprichst du im Ernst?« ächzte Fong.

»Natürlich spreche ich im Ernst! Und damit du weißt, wer ihr Liebster ist: ein armer Student von obskurer Herkunft, und dazu Kommunist! In deinen Augen vermutlich kein passender Schwiegersohn. Das ist der Mensch, mit dem dein Fräulein Tochter in freier Liebe lebt!«

»Unheil über Unheil! Es ist zu viel!« stöhnte Fong. Sie legte ihm sanft die Hand aufs Herz und tröstete ihn mit seinen eigenen Worten von vorhin: »Wozu die Aufregung! Es lohnt nicht!«

Ein Glück, daß sie ihre Verabredung hatte und gleich darauf aufbrechen mußte.

Die telefonisch bestellte Taxe hatte bereits zweimal vor der Haustüre gehupt.

Fong brauchte eine geraume Weile, um das Gehörte zu verarbeiten und sich zu sammeln. Nun verstand er das hintergründige, niederträchtige Feixen, mit dem Hou seinen Plan von dem »Eindringen in die Höhle des Löwen« begleitet hatte. Offenbar war er über das Treiben seiner Tochter genau unterrichtet, sie stand also bereits im Gerede der Leute. Wenn es aber so um sie stand, dann brauchte er ihr und ihrer verstorbenen Mutter und den Ahnen gegenüber keine Gewissensbedenken mehr zu hegen. Eigentlich hatte er aus Rücksicht auf die Familienehre den anderen Plan, den Plan des Postinspektors wählen wollen. Nun aber fiel diese Rücksicht als überflüssig weg, da entschied er sich lieber für den ersten Plan. Er erschien ihm zuverlässiger. Und nun war es einfach Kindespflicht der Tochter, daß sie sich seinen väterlichen Wünschen fügte.

Er räusperte sich energisch und betrat das Zimmer seiner Ältesten. Ah Meh saß am Schreibtisch und hatte gerade noch Zeit, ein Buch über das Blatt mit dem englischen Gekritzel, das ein Liebesbrief werden sollte, zu decken. Sein spähender Blick schweifte rasch erst einmal durch das Zimmer, über das Bücherregal, die Laute, die Blumenvasen, den Waschtisch mit den Parfümfläschchen und Puderdosen, konnte aber nichts Ungewöhnliches entdecken. Nur ziemliche Unordnung schien ihm zu herrschen. Zuletzt streifte sein Blick die voll entwickelten Formen der Siebzehnjährigen.

»Ah, Meh, du – du bist kein Kind mehr – Schanghai ist ein gefährlicher Platz, sei vorsichtig in deinem Umgang, laß dich nicht verführen...!«

»Verführen? Von wem?«

»Ich meine: zu unnützen Geldausgaben verführen. Du verbrauchst im Monat hundertfünfzig Dollar Taschengeld. Soviel kannst du doch unmöglich für dich allein ausgeben, sicherlich teilst du mit jemandem, wie?«

»Willst du meine Ausgaben nachprüfen? Ich kann sie dir auswendig aufzählen.«

»Unnötig. Ah Meh, ich möchte ein ernsthaftes Wort mit dir sprechen. Ich habe an der Börse große Verluste erlitten. Dafür hat ein anderer um so mehr verdient. Hast du schon von dem großen Börsenspekulanten Tschao gehört? Das ist der Betreffende. Er wohnt in einem gewissen Hotel und ist ständiger Gast beim Nachmittagstanztee im Hoteldachgarten. Er ist Mitte vierzig, nicht gerade schön, aber eine recht stattliche, kräftige, imposante Erscheinung – und besitzt ein Riesenvermögen. Du solltest bloß die dicken Diamanten an seinen Fingern sehen...«

»Pa, meinst du etwa Tschao Po Tao?«

»Ja, ja, kennst du ihn etwa?«

»Nicht ich, aber eine Freundin von mir.«

»Was, eine Freundin? Jünger oder älter als du?«

»Drei Jahre älter, schätze ich.«

»Also um zwanzig. Verheiratet?«

»Seit einem Jahr Witwe.«

»Merkwürdig. Wie sieht sie aus? Hat sie bei uns verkehrt?«

»Das nicht, aber du kennst sie sicher vom Aussehen. Sie besucht häufig die Börse, ist etwas größer als ich, hat ein feines, ovales Gesicht, neben der Nase zwei winzige Leberfleckchen, einen hübschen Mund, sehr starken Busen, schmale Taille, einen aufrechten, langschreitenden Gang wie eine Europäerin. Sollte sie dir nicht auf der Börse aufgefallen sein? Sie ist die Schwiegertochter des Börsenmaklers Lu Kwang Schi, heißt Yü Ying.«

»Sieh an, Lu Kwang Schi! Von dem hat erst vorhin mein Freund, der Zollinspektor Li, gesprochen. Und sie ist intim mit dem Tschao?«

»Ob intim oder nicht intim, geht mich schließlich nichts an. Weshalb interessiert dich das?«

»Das hat seinen guten Grund. Ah Meh, dieser Tschao scheint bei seinen Börsenmanipulationen mit allen bösen Geistern im Bunde zu sein. Seine Erfolge grenzen ans Wunderbare. Bei der letzten Hausse hat er eine Million verdient! Es sah bis zuletzt nach Baisse aus, dann ist plötzlich der Umschwung gekommen. Ich bin innerhalb eines Tags zum armen Mann geworden. – Aber du brauchst dich nicht zu sorgen. Es gibt einen Weg, wie ich meinen Verlust wieder wettmachen könnte. Solange ich im Dunkeln tappe, wird es mir nie gelingen. Ich muß hinter die geheimen Tips des Tschao kommen, und dabei sollst du mir helfen. Weißt du, bei allem seinem Verstand hat Tschao eine große Schwäche – die Frauen! Die richtige Frau kann ihm mit dem kleinen Finger seine Geheimnisse aus der Brust herausholen. Ah Meh, begreifst du? Daß du eine Freundin hast, die mit dem Tschao intim ist, bedeutet für mich ein Geschenk des Himmels! Nun verlasse ich mich ganz auf dich, du bist klug, du bist hübsch ...«

»Aber wenn nun die Yü Ying nicht will?«

»Du hast mich anscheinend falsch verstanden, Kind. Nicht die Yü Ying, du selbst sollst für mich ausspähen, wie der Wind weht! Du selbst sollst – du wirst schon wissen, was ich meine. Ob du es für richtig hältst, die Yü Ying einzuweihen oder nicht einzuweihen, überlasse ich dir.«

»Oh ...«

Ah Meh lehnte sich zurück, deckte beide Hände vors Gesicht und kicherte. –

Befriedigt stieg Fong die Treppe hinunter. Er hatte kaum sein Zimmer erreicht, als ihn Ah Meh einholte. An ihrem Handgelenk baumelte die schildkrötenlederne Handtasche. Also war sie zum Ausgang gerüstet.

»Papa, ohne Geld kann ich nicht gut zu meiner Freundin gehen.«

Während sie so in der Tür stand und wartete, stampfte und scharrte ihr linker Absatz ungeduldig an die Schwelle.

Bereitwillig händigte ihr Fong eine Hundertdollarnote aus. Dann brachte er sie vors Haus und sah zu, wie sie behend auf die nächste wartende Rikscha stieg und davonfuhr. Eigentlich hatte er ihr noch ein paar gute Ratschläge mitgeben wollen. Aber wer weiß, vielleicht hätte sie ihn ausgelacht. Als er sich umwandte, um wieder ins Haus einzutreten, fiel sein Blick auf die weißgetünchte Mauer neben dem Haustor.

Da grinste ihm, mit Holzkohle aufgeschmiert, eine häßliche, plumpe Schildkröte entgegen. Sinn- und Spottbild des altersschwachen, hilflosen China! Daneben die Aufschrift:

»Kommt alle zur Massendemonstration des 30. Mai!

Vereint euch geschlossen zur Verteidigung der Sowjets!«

Fong überlief ein Frösteln. War er deshalb vor dem Gespenst des Kommunismus auf dem Lande geflüchtet, um hier dem Gespenst des Kommunismus in der Großstadt zu begegnen?

Siebentes Buch

Eine Säule wankt

Das Drachenbootfest war vorüber. Inmitten von Sorgen und Unruhe hatte man es schlecht und recht gefeiert. Unter dem Zwang des Bürgerkrieges, der das Leben aus den gewohnten Bahnen warf, hatte die Geschäftswelt sich stillschweigend ein allgemeines Moratorium eingeräumt: der erste Schuldenzahlungstermin des Jahres sollte einfach mit dem zweiten, zum Mittelherbstfest fälligen Termin zusammengelegt werden.

Und ähnlich hielt es auch die Armee. »Zum Mittelherbstfest werden wir unseren Mondkuchen in Peiping verzehren«, so lautete die Parole bei den Nankingtruppen.

In Wirklichkeit deutete nicht das geringste auf einen entscheidenden Sieg der Nankingregierung. Die politische Zukunft lag völlig im Zwielicht. Die beiden feindlichen Fronten entlang der Lung-Hai-Eisenbahnlinie lagen sich noch fast in den gleichen Stellungen gegenüber wie zu Beginn der Feindseligkeiten. Vor Hankou und Wutschang wurde die Lage für die Regierungstruppen täglich kritischer. Marschall Tschang Fa Kweh hatte plötzlich Tschang scha besetzt! Das ereignete sich am zweiten Tag nach dem Drachenbootfest, nach westlichem Kalender am vierten Juni.

Das Ereignis versetzte der Schanghaier Effektenbörse einen heftigen Stoß. Gerüchte- und Panikmacher waren wieder eifrig am Werk und fanden in Spekulantenkreisen offene und leichtgläubige Ohren. Das Börsenviertel, die Hankou Road, war wieder einmal von kampfgeladener Atmosphäre erfüllt, und im benachbarten Amüsierviertel von Tschou kin li mischte sich so etwas wie beizender Pulvergeruch in die weiche, schwüle Puder- und Parfümluft verschwiegener Boudoirs.

Und dann schmetterte eine neue Schreckensnachricht herein: die roten Truppen des Kommunistengenerals Pong Te Huai hatten die feste Stadt Yo tschou in der Provinz Hunan eingenommen! –

Professor Li hatte sich seit Ausbruch des Konflikts zwischen Sun Fu und Tschao nicht mehr zu Sun Fu getraut. So ehrlich und loyal sein Bemühen um eine Verständigung zwischen den beiden Rivalen, dem Industrieführer und dem Finanzmann, gemeint war, so undankbar und heikel empfand er seine Mittlerrolle. Mußte er doch in Kauf nehmen, von jeder Partei der Untreue, ja des Verrats verdächtigt zu werden, wenn er mit seinen wohlgemeinten Vermittlungsvorschlägen kam.

Er hatte daher seit jener mißglückten Unterredung, die er am Tag der Massendemonstration mit Tschao gehabt hatte, Sun Fu gemieden und sich lediglich darauf beschränkt, hintenherum Schwager Tschu Tschai in seinem Sinne zu bearbeiten. Er möchte Sun Fu warnen und ihn auf die möglichen verhängnisvollen Folgen seines Starrsinns und übersteigerten Selbstvertrauens aufmerksam machen, hatte er ihm nahegelegt.

Jetzt aber, da er die verschiedenen politischen Alarmnachrichten, die Schanghai durchschwirrten, durch seine japanischen Gewährsleute bestätigt erhielt, schien ihm ein triftiger Anlaß geboten, sich wieder einmal bei Sun Fu zu zeigen und als politischer Ratgeber nützlich zu machen.

Er putzte seine dicken Brillengläser sauber und stürzte zur Villa Wu. Er traf auch den Hausherrn an, aber ein merkwürdiges Mißgeschick wollte es, daß sich beständig andere Besucher wie ein Schutzwall zwischen ihn und Sun Fu schoben und jede vernünftige Aussprache zu zweit vereitelten.

Bei seinem Eintreffen fand er Sun Fu im großen Salon vor, beschlagnahmt von einer ganzen Rotte von Leuten, die ehrfurchtsvoll und gebannt an seinen Lippen hingen. Lauter fremde Gesichter. Bloß der eine, der Fünfziger mit dem kurzen Spitzbart und der leisen, schüchternen Stimme, kam dem Professor bekannt vor.

»Entschuldigen Sie mich einen Augenblick, Professor! Vielleicht nehmen Sie inzwischen im kleinen Salon Platz«, bedeutete ihm der Hausherr mit einer ungeduldigen Handbewegung. Er schien von seinem Kommen nicht sonderlich entzückt zu sein.

Auch den kleinen Salon fand der Professor besetzt. Rechtsanwalt Herbst saß da, die Aktentasche auf den Knien, in einem dicken Aktenbündel blätternd, mit der Linken nachdenklich übers Kinn streichend. –

Drüben strich Sun Fu wie ein gereizter Löwe im Käfig vor seinen vier Besuchern auf und ab. Dann blieb er mit einem Ruck vor dem schüchternen Herrn mit dem kurzen Spitzbart stehen und pustete ihn an:

»So, also die Herren von der Provinzialregierung wünschen, daß ich meine Betriebe in Zwei-Brücken weiterführe?«

»Sehr wohl. Die Pfandleihe, das Elektrizitätswerk, die Bank, die Ölraffinerie, die Reisschnapsbrennerei, alle diese Betriebe sollen im Interesse des Gemeinwohls weitergeführt werden. Sie wären lebenswichtig für Zwei-Brücken, ihre Schließung würde eine Katastrophe für die örtliche Wirtschaft bedeuten, hat mir der Regierungskommissar erklärt.«

Geschäftsführer Feh hielt beim Sprechen den Blick zu Boden gesenkt. Während er das Wort »Gemeinwohl« in den Mund nahm, zitterte er heimlich um seinen eigenen Vorteil. Denn die Schließung dieser Provinzbetriebe würde seine Versetzung nach Schanghai, auf irgendeinen Posten in der Seidenspinnerei seines Brotherrn bedeuten. Fabrikangestellter in der Großstadt, das war bei weitem nicht so einträglich wie sein jetziger selbstherrlicher »Generaldirektor«posten in der Provinz.

»Hm, also im Interesse des Gemeinwohls – ja, können die Herren von der Regierung denn auch die örtliche Sicherheit gewährleisten?« fragte Sun Fu. Er war bereits nachgiebig gestimmt. Daß man ihn und seine Unternehmen an maßgebender Stelle so wichtig nahm, tat ihm wohl.

»Oh, es herrscht jetzt wieder völlige Ruhe und Ordnung. Die neue Garnison ist auch ungleich zuverlässiger als die alte.«

»Na, na – knapp ein Li vor dem Stadtrand lauern ringsherum kommunistische Banden. Die Sicherheit in der Stadt ist die Sicherheit der Maus in der Mausefalle. Die Garnison kann allenfalls die Verbindung zur Kreishauptstadt sichern. Es soll täglich Schießereien zwischen den beiderseitigen Vorposten geben. Also mit der Sicherheit dürfte es nicht weit her sein.«

Es war ein Dreißiger, ein entfernter Neffe des Hausherrn namens Weh Tschong, der Herrn »Kurzbart« auf diese unerwünschte Weise ins Wort fiel. Er war auch aus Zwei-Brücken geflüchtet.

»In den Dörfern rings um Zwei-Brücken sollen bereits sogenannte Sowjets eingesetzt sein«, bestätigte der eine Jüngling neben Weh Tschong. Es war der zwanzigjährige Schwager Ma des gleichfalls anwesenden »Hausfohlens« aus der Familie Tsong in Zwei-Brücken.

Der anfängliche Schimmer von Wohlwollen in Sun Fu's Miene war blitzschnell gewichen. Er nickte stumm mit dem Kopf, und dieses stumme Kopfnicken pflegte, das wußte Geschäftsführer Feh genau, noch gefährlicher zu sein als lautes Toben.

»Ganz recht, mag schon sein – aber die Provinzregierung trifft bereits Anstalten, um die Gegend zu säubern«, wandte Feh beschwichtigend ein.

Weh Tschong lachte spöttisch auf und wollte entgegnen, aber ein lautes Hupen vor dem Fenster unterbrach die Unterhaltung. Sun Fu winkte ab und lief zur Freitreppe hinaus. Es war Schwager Tschu Tschai, der dem vorfahrenden Auto entstieg.

»Verrückte Börse! – Die Kurse klettern sprungweise hoch!« rief er nach oben, während er die Steinstufen heraufkeuchte und sich mit dem Taschentuch über das Gesicht wischte. Demnach hieß es, alle verfügbaren Gelder aufzutreiben, um die veränderte Börsenlage zu parieren, sagte sich Sun Fu und eilte in den Salon zurück.

»Ob es in Zwei-Brücken wieder normal zugeht oder ob es drunter und drüber geht, ob das Gemeinwohl, ob die örtliche Wirtschaft auf dem Spiele steht, mir ganz gleich, ich will nichts mehr davon hören! Ich bin schließlich kein Wohltätigkeitsinstitut! Also mein Entschluß steht fest: Alle meine Betriebe bleiben geschlossen! Das mögen sich die Herren von der Regierung gesagt sein lassen!« erklärte er schneidend seinem bestürzten Geschäftsführer.

»Sehr wohl, sehr wohl – aber ...«

»Weiß schon. Genug. Etwas anderes, Feh. Du hast mir noch nicht Rechnung darüber abgelegt, wieviel du von unseren Außenständen zum Drachenbootfest hereingeholt hast. Das letztemal sprachst du von sechzig Prozent. Nach meiner Schätzung müßte es weit mehr sein. Hast du die Gelder mitgebracht?«

»Nein. Auch in Zwei-Brücken ist ein Moratorium bis zum Mittelherbstfest vereinbart worden.«

»Was! Bis zum Herbst soll ich warten?«

»Ja. Und wenn Sie auf Schließung Ihrer Betriebe bestehen, dann können wir nicht einmal zum Mittelherbstfest mit Eingängen rechnen.«

Sun Fu streifte seinen schläfrig dasitzenden und friedlich paffenden Schwager mit einem Seitenblick. Dann zuckte er mit den Achseln, als ob er etwas abschütteln wollte, und bemerkte lässig: »Im Herbst werde ich das bißchen Geld hier vermutlich gar nicht benötigen.«

Die Sachlage hatte sich für ihn wesentlich geändert. Die knapp hunderttausend Dollar an Außenständen, auf die er aus Zwei-

Brücken gerechnet hatte, waren ihm nur im Augenblick wertvoll, um sie für Börsenzwecke zu verwenden. Da sie zur Zeit nicht aufzutreiben waren, wurde für ihn sein ganzes Zwei-Brücken nebensächlich. Seine Schanghaier Neugründung, die »Loyal«-Treuhandgesellschaft, war ihm einstweilen wichtiger. Geschäftsführer Feh erfaßte den Umschwung seiner Stimmung.

»Dann darf ich also die Betriebe weiterführen? Weh Tschong hatte vorhin entschieden übertrieben, als er die Sicherheit der Zustände anzweifelte. Die Regierung ist diesmal auf dem Posten. Überdies handelt es sich um Ihren Heimatboden. Sie werden doch Ihre Heimat nicht im Stich lassen...«

»Also meinetwegen. Was tut man nicht alles für die liebe Heimat! Aber der neue Garnisonkommandant soll mit der kommunistischen Landplage gründlich aufräumen! Darauf mußt du nachdrücklichst bestehen!«

»Sehr wohl. Und die zwanzigtausend flüssige Gelder auf unserer Bank?«

»Sind lediglich für unsere eigenen Betriebe zu reservieren. Mögen sich die Einheimischen an andere Banken wenden. – Noch etwas?«

Herr Kurzbart wies auf die drei jungen Leute an seiner Seite.

»Sie hoffen auf Anstellung in Ihrem Schanghaier Werk.«

Sun Fu seufzte und ließ schweigend seinen kritischen Blick von einem zum andern der jungen Leute wandern. Schwager Tschu Tschai fuhr aus seinem scheinbaren Schlummer auf und fiel mit näselnder Stimme ein:

»Alles setzt seine Hoffnung auf Schanghai! Und kaum haben sie hier ihren Reisnapf gefunden, dann denken sie nur daran, ihn wieder zu zerschlagen, indem sie Streiks anzetteln! Schanghai ist zur Zeit überlaufen, für Arbeitsuchende der denkbar ungünstigste Platz. In den Banken, großen Handelsgesellschaften, Fabriken, überall Personalabbau, Lohn- und Gehaltsabbau! Wir haben hier Zehntausende von Arbeitsuchenden zuviel! Als die Postverwaltung kürzlich sechzig offene Stellen ausschrieb, meldeten sich mehr als tausend Anwärter! Was sich nur die Leute in der Provinz von Schanghai vorstellen! Kommen einfach blind und vertrauensselig angelaufen und bilden sich ein, daß Schanghai nur auf sie gewartet hat! Ich habe schon ein Dutzend junge Leute vorgemerkt, die ich irgendwo unterbringen soll.«

Das klang reichlich entmutigend. Geschäftsführer Feh hielt es für richtig, den schwarzseherischen Bankier in ein ablenkendes Gespräch zu verwickeln. Sun Fu hatte inzwischen die äußere Personalprüfung beendet. Nun befragte er die jungen Leute nach ihren persönlichen Verhältnissen, Vorbildung, Kenntnissen und ähnlichem und engagierte sie schließlich als Hilfsassistenten für das Verwaltungsbüro seiner Fabrik. Daß auch das struppige, kenntnislose Hausfohlen zu einem Posten kam, geschah freilich mehr aus Gnade und Barmherzigkeit. Der würde schönen Unfug in der Fabrik anstellen, dachte der ahnungsvolle Herr Kurzbart im stillen.

Inzwischen hatte Rechtsanwalt Herbst nebenan sein Aktenstudium beendet. Er schob den Stoß Papiere wieder in die lederne Mappe und zündete sich eine Zigarette an.

»Sehen Sie«, wandte er sich an Professor Li, »es ist in der ganzen Welt allgemeines Naturgesetz, daß die größeren Viecher die kleineren Viecher auffressen. Sie sprachen zum Beispiel davon, daß gewisse Finanzleute in Verbindung mit amerikanischen Kapitalisten unsere einheimische Industrie unter ihre Kontrolle zwingen wollen. Nach diesem Plan würden unsere bisher selbständigen Fabrikanten zu abhängigen Geschäftsführern und Angestellten degradiert werden. Ganz richtig. Aber machen es denn unsere großen Fabrikanten wie Sun Fu nicht genau so? Verschlingen sie nicht ihrerseits wieder unsere kleineren einheimischen Unternehmer? Hier in dieser meiner Aktentasche liegt das Schicksal von acht solcher kleineren Betriebe beschlossen. Morgen werde ich die verschiedenen kleinen Unternehmer an einen Tisch mit den Bevollmächtigten der ›Loyal‹-Treuhandgesellschaft zusammenbringen und eine Anzahl von Verträgen unterschreiben lassen. Mit der Unterschrift geben sie ihre Selbständigkeit preis und liefern ihre Betriebe an die ›Loyal‹-Gesellschaft oder richtiger an die drei Gesellschaftsdirektoren Sun Fu, Reeder Sun und Grubenbesitzer Wang aus. – Beiläufig, Professor, ich glaube nicht recht an das Gerede von dem angeblichen amerikanisch-chinesischen Industrietrust. Ich glaube, daß es sich da um ein leeres Gerücht handelt, das von Sun Fu selber geflissentlich in die Welt gesetzt worden ist. Bluff! Weiter nichts als Bluff! Ich frage Sie, welches Interesse hat Amerika, in diesen unruhigen, unsicheren Zeitläuften hier eine chinesische Industrie großzupäppeln? Es ist doch für Amerika viel einfacher und naheliegender, unseren Markt mit seinen eigenen Fabrikaten zu überschwemmen.«

»Sie irren. Dieser Trust ist tatsächlich geplant. Das ist ja der Grund für die Verfeindung zwischen Tschao und Sun Fu! – Übrigens, Sie sprachen von acht kleineren Unternehmen, die jetzt auf einen Zug von der ›Loyal‹-Gesellschaft geschluckt werden sollen. Ein ziemlich reichlicher Happen! Welcherart sind denn die Unternehmen?«

»Alles mögliche: eine Glühbirnenfabrik, eine Thermosflaschenfabrik, eine Glasfabrik, eine Lackfabrik, eine Schirmfabrik, eine Seifenfabrik, eine Similiedelsteinfabrik, eine Gummigaloschenfabrik. Alles Betriebe mäßigen Umfangs.«

»Sind wohl recht billig geramscht worden?«

Auf diese indiskrete Frage blieb der Anwalt dem neugierigen Professor die Antwort schuldig. Wenn er ihn auch als Hausfreund kannte, fühlte er sich doch verpflichtet, sein Berufsgeheimnis zu wahren.

»Hauptsache, daß wir im Inneren geordnete Zustände bekommen. Dann kann unsere Industrie hoffen«, bemerkte er, schob die Aktentasche unter den Arm und ging.–

Professor Li schaute nach seiner Uhr. Bereits fünf! Die zehn Minuten, die er nun hier gesessen und gewartet hatte, dünkten ihn eine Stunde; überhaupt kam ihm das Warten in dem befreundeten Hause heute vor wie das lästige Antichambrieren bei einer Behörde. Stak hinter diesem Wartenlassen Absicht? Verübelte man ihm, daß er neulich mit Tschao, mit Sun Fu's Widersacher, soupiert hatte? Beargwöhnte man ihn am Ende als Spion und Spitzel? Oder war Tschu Tschai indiskret gewesen? Er hatte es doch nur gut gemeint, als er ihm neulich ganz im Vertrauen nahelegte, er möchte auf Sun Fu einwirken, daß er von seinem verhängnisvollen, übertriebenen Eigensinn und Selbstvertrauen ablasse. – Sein Herz, das verdammte gute Herz hatte ihm den Schritt eingegeben. Er wollte doch nur das Beste, wollte den ehrlichen Makler spielen und die beiden »Großen« zum Nutzen der Wirtschaft wieder zusammenbringen. Hatte Sun Fu seine gutgemeinte Intervention etwa als unerwünschte Einmischung, als Versuch, die Beziehung von Schwager zu Schwager zu stören, aufgefaßt? –

Professor Li schwitzte vor Verlegenheit. Am liebsten hätte er sich einfach heimlich und leise davongemacht. Technisch war das möglich. Die eine Tür des kleinen Salons führte in den Park hinaus. Aber dann hatte er wieder Bedenken: sich heimlich zu drücken, hätte ihn erst recht verdächtig gemacht. Von nebenan scholl lautes Gelächter. Was hatte dieses Lachen zu bedeuten? Der Professor bezog es auf sich. »Laßt ihn nur zappeln und schmoren, den Spion und

Verräter!« glaubte er aus dem Gelächter herauszuhören. – Nun, wenn man ihm schon eine solche niederträchtige Rolle zutraute, dann wollte er sie wenigstens auch ausüben. Er schlich zur Verbindungstür, krümmte seinen Buckel und hielt sein Ohr lauschend ans Schlüsselloch. Aber dann fiel ihm ein, daß er von Tschao doch gar nicht beauftragt worden war, als Spion tätig zu sein, und keinerlei Honorar für solche Sonderbemühung zu erwarten hatte. Warum sollte er für nichts und wieder nichts seinen ehrbaren Buckel anstrengen? Er richtete sich wieder auf und trat gerade noch rechtzeitig einen Schritt zurück, denn im gleichen Augenblick öffnete sich die Tür. Herein trat Sun Fu, hinter ihm schnupfend und niesend sein Schwager Tschu Tschai.

»Entschuldigen Sie, Professor! Ich wurde durch ein paar Leute aus Zwei-Brücken aufgehalten. Aber nehmen wir doch Platz.«

Der Professor lauerte darauf, seine guten Dienste als ehrlicher Makler an den Mann zu bringen. Als Tschu Tschai im Laufe der Unterhaltung die neuesten Fortschritte der kommunistischen Aufstandbewegung erwähnte, hakte er ein:

»Das Gerücht vom Fall der Stadt Yo tschou hat sich inzwischen bestätigt«, fiel er mit besorgter Miene ein.

»So? Nun, das ist ja nicht weiter überraschend. Tschang Fa Kweh fühlt sich offenbar zu isoliert in Tschang scha, da hat er zur Flankensicherung eben noch Yo tschou hinzugenommen«, bemerkte gleichgültig Sun Fu.

»Aber es handelt sich in diesem Falle doch gar nicht um Marschall Tschang Fa Kweh, sondern um die Kommunisten! Die Roten, die Banden des roten Generals Pong Te Huai haben sich der Stadt Yo tschou bemächtigt! Wissen Sie denn das nicht?«

»Ich glaube nicht daran. Der Fall von Yo tschou wird den Roten fälschlich und mit Hinterabsicht zugeschrieben«, meinte Sun Fu zerstreut. Der nüsseknackende Papagei im Käfig schien seine Aufmerksamkeit restlos in Anspruch zu nehmen.

Der Professor war ratlos. Wie sollte er angesichts dieser Gleichgültigkeit mit seiner Mission zum Ziele kommen? Auf seine japanische Nachrichtenquelle war unbedingt Verlaß. Offenbar war Sun Fu das Opfer einer Mystifikation.

Er wandte sich an den Schwager:

»Es handelt sich bestimmt um die Rote Armee. Denn die Einnahme von Yo tschou soll um die gleiche Stunde erfolgt sein, während die Eiserne Division Tschang scha berannte. Tschang Fa Kweh kann doch nicht gleichzeitig an zwei entfernten Plätzen gewesen sein! Die Sachlage ist ganz klar: Die Provinz Hunan ist infolge der Kämpfe an der Lung-Hai-Eisenbahnlinie von Regierungstruppen stark entblößt. Die noch vorhandenen schwachen Reste hat Tschang Fa Kweh mit seinem Angriff auf Tschang scha gebunden. Damit hat er den Roten die Bahn für ihren Vorstoß bei Yo tschou freigemacht. Stimmt's?«

Der Bankier nickte stumm und genehmigte sich eine neue Prise. Sun Fu lächelte nach wie vor überlegen. Der Professor fuhr eifrig fort:

»Die Lage wird für die Regierung täglich kritischer. Den ganzen Jangtse entlang lodert jetzt die Kriegsfackel. Knapp sechzig Li vor Hankou und Wutschang stehen die Roten zum Angriff bereit. Die schwache Garnison dort befindet sich auf völlig verlorenem Posten. Bei I tschang und Scha schi haben sich Rote und Freikorps sogar verbrüdert und kämpfen vereint gegen Nanking...«

»Gewiß, gewiß. Vor ein paar Tagen ist ein Dampfer der Reederei unseres Freundes Sun bei Schaschi beschlagnahmt und verschleppt worden, man weiß nicht, ob von den Roten oder von Freikorpsleuten«, unterbrach Sun Fu ungeduldig den Professor. Dabei stand er auf, reckte seine Gliedmaßen und setzte sich wieder.

»Ja ja, unser Freund Sun hat besonderes Pech. Zu Lande, in Nord-Kianghsi, hat ihm das Militär seine schönen Überlandautobusse für die Front requiriert, und auf dem Jangtse haben sie ihm seinen schönsten und modernsten Flußdampfer weggeschnappt. Erst im vorigen Jahr ist er vom Stapel gelaufen, soll dreihunderttausend Taels gekostet haben«, setzte, sich am Kinn kratzend, der Bankier hinzu. Er war mit seinen Gedanken ganz woanders, bei der Börse. Wie war es mit der zweifellos kritischen Lage der Nankingregierung zusammenzureimen, daß die Kurse der Regierungsanleihen heute so kräftig angezogen hatten? Das war ihm ein Rätsel.

Sun Fu war aufgestanden und umwanderte schweigend den Tisch. Der Professor hielt den Zeitpunkt für gekommen, um sich endlich seiner Mission zu entledigen, nämlich im Hinblick auf die politische Notlage zur Einigung und Versöhnung mit Tschao zu mahnen.

Aber es war heute wie verhext. Gerade wollte er den Mund auftun und seine längst vorbereitete Rede an den Mann bringen, als eine störende Unterbrechung erfolgte. Der Hausherr wurde ans Telefon gerufen. Fabrikant Tschu sei am Apparat.

Sun Fu warf seinem Schwager einen bedeutsamen Blick zu und stürzte hinaus.

Es soll nicht sein! dachte der Professor resigniert und empfahl sich.

Tschu Tschai stieg zu den oberen Räumen hinauf und betrat das Zimmer, aus dem das Klappern von Mah-Jong-Steinen zu hören war. Er fand die Damen Smaragd, Wasserrose, Koralle und Orchidee am Spieltisch versammelt vor. Narziß und Bambussproß schauten zu.

»Willst du meine Partie weiterspielen?« lud ihn seine Frau ein und räumte ihren Platz.

»Nein, nein. Das überlasse ich lieber unserm Sohn. Zu welchem Einsatz spielt ihr denn?«

»Lohnt sich nicht für dich, Papa, viel zu wenig aufregend«, sagte Bambussproß und ließ sich an Koralles Seite nieder. Auch Frau Smaragd erhob sich und überließ ihren Platz dem jungen Narziß.

Man ließ die Jugend unter sich, Frau Smaragd verschwand in ihr Boudoir, Tschu Tschai und Gattin traten auf den Balkon hinaus.

»Ich möchte etwas mit dir besprechen, Tschu Tschai. Wie mir Schwägerin Smaragd vorhin anvertraute, ist unser Bambussproß seit einiger Zeit auffällig viel mit Koralle zusammen. Die beiden scheinen ernste Absichten zu haben.«

»Na, was ist dabei? Mögen sie. Daß Jugend sich selber findet, ist doch heutzutage allgemeiner Brauch.«

»Stell dich doch nicht so dumm! Sie passen zwar dem Alter, aber doch nicht den Generationen nach zusammen. Koralle ist ihm doch eine Generation voraus!«

»Ach, das meinst du? Unwichtig. Überwundene altmodische Vorurteile«, brummte Tschu Tschai und schnippte seine Zigarrenasche über dem Balkongeländer ab.

»Gut, in dieser Beziehung hast du also keine Bedenken. Nun weiter. Es soll sich bereits ein anderer ernsthafter Bewerber gemeldet haben, bei dem das Generationenverhältnis stimmt.«

»Wer denn? Etwa Vetter Fan?«

»Nein. Hauptmann Leh.«

»Aber der steht doch an der Front. Man weiß nicht einmal, ob er noch lebt.«

»Er wird in Kürze auf Urlaub erwartet, hat mir Smaragd verraten.«

»Hm, die beiden sind Verwandte, allerdings keine Kinder mehr.

Und heutzutage – diese freien Sitten! – Man kann die jungen Leute nicht gut festbinden. Es ist eine mißliche Sache, sich in ihre Herzensangelegenheiten zu mischen ...«

»Aber wenn aus der Tändelei nun Ernst wird? Smaragd macht sich bereits Gedanken. Wir sind es dem guten Ruf unserer beiden Familien schuldig, daß wir die Dinge nicht einfach treiben lassen, sondern daß irgendwie der guten Form Genüge geschieht.«

»Und wie dachtest du dir das?«

»Ich bin dafür, daß man den Kindern keine Hindernisse bereitet, wenn sie sich mögen. Ich hätte längst die Mittlerin für unsern Sohn gemacht, aber du hast ja immer Anstoß an Koralles Vermögenslosigkeit genommen.«

»Erledigt. Darüber will ich hinwegsehen. Hauptsache, daß das Mädchen einen guten, soliden und verträglichen Charakter hat. Alles weitere findet sich.«

»Sie soll noch ein richtiges Kind sein, versicherte mir Schwägerin Smaragd.«

Tschu Tschai wiegte ungläubig den Kopf und wollte erwidern, aber er wurde unterbrochen. Unten vom Garten her rief Butler Kao Schong herauf, der Herr Schwager möchte in die Bibliothek kommen. –

Sun Fu telefonierte gerade, als Tschu Tschai sein Arbeitszimmer betrat. Er konnte noch die Worte »dann kommen Sie nur gleich herüber, Herr Tang« aufschnappen, dann hing Sun Fu ab. Er lud seinen Schwager zum Platznehmen ein und blätterte eine Weile aufmerksam im neuesten Kurszettel, den ihm sein Makler Lu Kwang Schi täglich um diese Stunde ins Haus zu senden pflegte.

»Wir müssen morgen für eine Million Anleihe auf den Markt werfen. Eine Million!« platzte er unvermittelt heraus. Tschu Tschai blinzelte ihn verdutzt an.

»Die Kurse haben gestern um einen Dollar angezogen. Heute ist es beinahe zur Kursaussetzung gekommen, so stark überwog die Nachfrage. Ist natürlich ganz widersinnig. Ich habe mir schon gedacht, daß wieder einmal der alte Tschao seine Hand im Spiele hat. Soeben hat mir Freund Tang am Telefon meine Vermutung bestätigt: Tschao hat mit einigen Kantonesen zusammen die neue Hausse künstlich inszeniert. Aber weitere große Käufe plant er nicht, er möchte bloß den Kurs in seiner jetzigen Höhe bis zum Ultimo halten.«

»Wir Trottel! Dann haben wir gestern den Anschluß verpaßt!« rief Tschu Tschai aus und ließ in der Aufregung die Zigarre aus der Hand fallen. An seinen Stirnecken zeichneten sich feine Schweißperlen ab.

»Im Gegenteil, wir wären Trottel gewesen, wenn wir gestern gekauft hätten! Es ist doch ganz klar, daß die Kurse früher oder später wieder fallen müssen! Bedenke doch die kritische Lage der Nankingtruppen vor Hankou und Wu tschang und die Stagnation an der Lung-Hai-Front. Wir brauchen nur etwas Material auf den Markt zu werfen, dann haben wir nichts zu befürchten.«

»Sun Fu, dein Vorhaben kommt auf Hasardspiel hinaus! Es ist mir zu riskant. Wenn ich mich überhaupt auf Effektenhandel einlasse, dann will ich wenigstens eine kleine, aber sichere Verzinsung sehen.«

»Es ist bestimmt kein Risiko dabei! Überlege doch: Tschang Fa Kweh wird von seiner Basis in Tschang scha aus weiteren Boden gegen Nanking gewinnen. Das ist nur eine Frage von Tagen. Wenn wir überdies mit einer Million auf den Markt drücken, dann wird das Publikum zu Angstverkäufen schreiten, und es wird ein neuer Kurssturz erfolgen, den der alte Tschao mit keinem Trick aufhalten kann. Was ich vorhabe, ist kein Vabanquespiel, sondern vorausschauende Ausnutzung einer Gewinnchance!«

Tschu Tschai hatte mit geschlossenen Augen zugehört und gab durch sein Kopfschütteln zu erkennen, daß er keineswegs überzeugt war. Dieser ganze Kampf gegen den mächtigen und verschlagenen Tschao, dem er in Börsendingen mehr Verstand zutraute als seinem Schwager, dem Mann der Industrie, ging ihm wider den Strich. Die warnenden Worte von Sun Fu's übertriebener Selbstsicherheit und Eigenbrötelei, die ihm neulich Professor Li eingeflüstert hatte, brummten noch immer in seinen Ohren. Nein, diesmal wollte er nicht mittun.

Er klappte die Augenlider auf und erklärte bedächtig im Ton festen Entschlusses:

»Ob Vabanque oder nicht Vabanque, auf mich kannst du nicht zählen. Wenn du deiner Sache so sicher bist, dann halte dich an den Fonds deiner ›Loyal‹-Gesellschaft.«

»Auf keinen Fall! Über diesen Fonds ist bereits vorgestern in einer Direktionssitzung disponiert worden. Soeben hat mir Rechtsanwalt Herbst die Verträge mit den kleinen Fabrikanten, deren Unternehmen unsere Gesellschaft aufkauft, zur Unterschrift vorgelegt. Und ich habe unterschrieben! Nach Abzug der Kaufsumme wird der verbleibende Betriebsfonds vermutlich nicht einmal ausreichen. Wir werden für den Anfang noch weitere Zuschüsse benötigen.«

Aus Sun Fu's lebhaftem Protest sprach etwas wie gekränkter Stolz. Den preiswerten Erwerb dieser acht kleinen Betriebe betrachtete er als verheißungsvollen Start, als Anfangserfolg seiner Gesellschaft, der den Stempel seiner ganz persönlichen »Handschrift« trug.

Sein Schwager war freilich anderer Meinung:

»Wenn du Spekulant sein willst, dann darfst du eben nicht gleichzeitig Fabrikant sein! Entweder – Oder! – Überhaupt, was bieten denn diese notleidenden Betriebe, bei denen wir auch noch zusetzen sollen, für Aussichten? Ich verstehe dein Rechenexempel nicht...«

»Erlaube...«

»Bitte, laß mich ausreden. Ich erinnere mich noch sehr wohl der Gründe, die ihr damals vorbrachtet, als ihr für den Erwerb dieser kleinen Unternehmen eintratet: sie wären lediglich infolge von Kapitalmangel oder unrationeller Betriebsführung notleidend. Diese Betriebe waren nach eurer Darstellung gegenüber der früheren ›Loyal‹-Gesellschaft mit gewissen Schulden im Rückstand, und darüber war die frühere ›Loyal‹-Gesellschaft selber notleidend geworden. Gut. Wir kauften der alten Gesellschaft diese faulen Forderungen mit vierzig Prozent verhältnismäßig billig ab. Gut, das war ein vorteilhaftes Geschäft. Dann erwarben wir diese verschiedenen kleinen Unternehmen, die einen Gesamtwert von dreihunderttausend Dollar repräsentierten, für sechzigtausend Dollar. Schön, das war wieder ein Geschäft. Aber...«

»Ach, du meinst, wenn wir nun nach und nach noch eine halbe Million an Zuschüssen in diese Betriebe stecken müssen, dann hört die Sache auf, ein Geschäft zu sein?« unterbrach ihn lachend Sun Fu. »Du vergißt, die Zuschüsse sind zum Ankurbeln nötig. Es ist wie bei einem abgerackerten, abgemagerten Gaul, den man erst einmal dick und stark auffüttern muß, damit er wieder arbeitsfähig wird und Zinsen bringt.«

Sun Fu war aufgestanden und schritt ein paarmal im Zimmer auf und ab. Um seine Lippen spielte das gewohnte geringschätzige Lächeln. Was verstand dieser Außenseiter, dieser trockene Zahlenmensch, von Industrie und schöpferischer Wirtschaft? Der dachte nur in Prozenten und Zinsen, der wollte möglichst gleich am nächsten Tag seinen Profit sehen. Aber anderseits konnte er diesen

Bankmenschen für seine Zwecke nicht entbehren. Es half nichts, man mußte ihn herumkriegen. Er versuchte es mit einem neuen bildhaften Vergleich:

»Weißt du, Tschu Tschai, es ist wie mit einem Karren, den man bergauf schiebt: Man muß unermüdlich weiterschieben, bis man oben ist, sonst rollt der Karren den Abhang hinunter. So ist es, wenn wir jetzt jeder für eine halbe Million auf den Markt werfen, um unsern Baissegewinn zu sichern. So ist es, wenn wir noch einiges Kapital in unsere kleinen Gesellschaftsbetriebe stecken, um sie rentabel zu machen. Wir müssen konsequent bleiben und die Nerven behalten, bis wir über den Berg sind. Ein Zurück darf es jetzt nicht geben.«

Der Bankier schüttelte energisch den Kopf.

»Auf solche riskanten Geschäfte kann ich mich nicht einlassen!«

»Du lehnst weitere Zuschüsse für die Gesellschaft ab?«

»Ja.«

»Dann ist unser ganzes Gesellschaftskapital futsch!«

»Man sollte sich möglichst rasch von der Sache zurückziehen, dann ist vielleicht noch ein Teil zu retten. Das ist meine Ansicht!«

Alle Wetter, so energisch und schwierig hatte Sun Fu seinen friedfertigen Schwager noch nie gekannt. Aber er hatte bereits einen neuen Einfall. Er trat vor ihn hin und klopfte ihm vergnügt auf die Schulter:

»Na, na, alter Junge, du wirst doch nicht kurz vor dem Ziele schlapp machen! Gewiß, blindlings in die Gefahr rennen, das will niemand, zuallerletzt ich. Zu deiner Beruhigung: Wir verfügen noch über einen Notausgang. Du weißt doch, hier in Schanghai gibt es eine gerissene Sorte von Häuserspekulanten, die alte Häuser hübsch auf modern zuputzen, ihnen einen neuen Anstrich, eine neue Fassade geben und sie dann mit hohem Gewinn weiterverkaufen. Nun, im Notfall machen wir es genauso wie diese Kerle. Freilich gehört ein wenig Geduld dazu.«

»Ganz schön. Aber hast du denn einen Interessenten mit dem nötigen Geld in Aussicht?«

»Und ob! Unseren alten Freund Tschao! Haha!«

Tschu Tschai's skeptische Miene hellte sich sichtlich auf. Er hatte tatsächlich etwas von einem Industrietrust munkeln hören, den Tschao angeblich plante. War sein hartnäckiges Interesse an der Lombardierung der Kokonvorräte des Fabrikanten Tschu nicht ein Beweis dafür, daß er es mit seinem Projekt ernst meinte? – In diesem Zusammenhang fiel es Tschu Tschai ein, daß sein Schwager doch vorhin ein Telefongespräch mit dem Fabrikanten Tschu geführt hatte. Vermutlich handelte es sich gerade um diese umkämpften Kokonvorräte. Er wollte gerade deswegen eine Frage stellen, als Sun Fu fortfuhr:

»Unser Börsenverlust infolge der überraschenden Kurssteigerung von gestern und heute beläuft sich auf rund zwanzigtausend, aber wir haben noch drei Wochen bis zum Ultimo, also genügend Zeit, um den Verlust wettzumachen und in einen Gewinn umzuwandeln. Meine Berechnung, die ich dir vorhin darlegte, stimmt, verlaß dich darauf. – Dumm, daß ich persönlich zur Zeit in meiner Bewegungsfreiheit etwas gehemmt bin – der verflixte Feh hat mir eben erst die Gelder, die ich in Zwei-Brücken flüssig habe, abgeschwatzt. Deshalb muß ich schon auf deine freundliche Mitwirkung zählen. Wenn wir jetzt mit vereinten Kräften eingreifen, dann werden wir diesem gewissen Herrn, diesem großen Börsenregisseur, sein Spiel gründlich verderben.«

Tschu Tschai hatte mit schläfriger, undurchdringlicher Miene zugehört. Endlich tat er den Mund auf:

»Warten wir noch ein paar Tage die weitere Entwicklung ab. Du bist so hastig!«

»Abwarten? Ausgeschlossen! An der Börse heißt es genau wie im Kriege blitzschnell Entschlüsse fassen und handeln!« protestierte Sun Fu erregt. Seine Warzen begannen verdächtig zu glühen.

Seine Erregung wäre noch größer gewesen, wenn er durchschaut hätte, was in diesem Augenblick im Hirn seines Schwagers vorging. Der hatte, während er nur halb zuhörte, inzwischen still für sich kalkuliert und einen schwerwiegenden Entschluß gefaßt. Er vergegenwärtigte sich die gestrigen Anfangs- und die heutigen Schlußkurse und rechnete nach, daß der von Sun Fu auf zwanzigtausend geschätzte Börsenverlust ungefähr stimmte. Aber dieser Verlust ging auf gemeinsame Rechnung der vier Gesellschaftsteilhaber, das machte pro Kopf nur fünftausend. Nun, das war nicht weiter schlimm, das war zu verschmerzen. Ob er nun fünftausend am Mah-Jong-Tisch oder an der Börse verspielte, das machte ihm nichts aus. Aber die Zweihunderttausend, die er in die »Loyal«-Gesellschaft eingelegt hatte, die dauerten und schmerzten ihn. Er hatte angenommen, die Gesellschaft würde anderweitiges »wanderndes« Kapital nur so in Massen ansaugen, und man würde mit den üppigen Mitteln des Gesellschaftsfonds nach Herzenslust spekulieren oder bequeme und lukrative Hypotheken- und Lombardgeschäfte tätigen können. Nun war nichts damit. Im Gegenteil, das dürftige Gesellschaftskapital war bereits für angebliche »produktive« Zwecke gesperrt und reserviert. Was scherte ihn produktive Wirtschaft? Was ineressierte ihn die höchst ungewisse Zukunft dieses oder jenes Industrieunternehmens? Nein, mit solchen unsicheren Wechseln auf die Zukunft wollte er nichts zu tun haben. – Gefühle? Rücksicht auf Verwandtschaft und Freundschaft? – Spielte bei ihm keine Rolle. – Sein Entschluß war gefaßt: Er wollte seine Teilhaberschaft kündigen, wollte seine Gesellschaftseinlage schleunigst herausziehen. Nur gar zu brüsk wollte er seinen Entschluß nicht kundtun.

»Wenn du unbedingt zum Kampf mit dem alten Tschao entschlossen bist, dann sieh nur zu, daß du dabei nicht zu Fall kommst und Fehlschläge erlebst. Ich habe schon manch einen aus diesem Kampf böse zerschunden und blessiert zurückkommen sehen«, bemerkte er, sich am Kinn schabend, bedächtig.

Sun Fu lachte nervös. Er glaubte irrtümlich, aus den Worten seines Schwagers trotz der überflüssigen Belehrung etwas wie Stimmungsumschwung, Geneigtheit herauszuhören. Tschu Tschai fuhr bedächtig fort:

»Was Professor Li neulich am alten Tschao anerkannt hat, dürfte schon seine Richtigkeit haben ...«

»Was hat er anerkannt?«

»Daß der alte Tschao genauso seine guten Beziehungen zur Partei und Regierung hat wie euer Syndikus, der Abgeordnete Tang. – Sun Fu, wir wollen uns doch nichts vormachen! Hast du bei deinem Kampf nicht bereits einen empfindlichen Fehlschlag einstecken müssen? Ich meine die von dir so heiß begehrten Kokonvorräte des Tschu, die dir der alte Tschao weggeschnappt hat ...«

Tschu Tschai hielt inne und wischte sich eifrig mit dem Taschentuch übers Gesicht. Nach dieser Kunstpause wollte er zur Hauptsache kommen, nämlich zur Kündigung seiner Teilhaberschaft an der »Loyal«-Gesellschaft. Aber ehe er dazukam, warf ihn eine trockene Zwischenbemerkung seines Schwagers wieder völlig aus dem Konzept:

»Ach richtig, die Kokonangelegenheit. Ich hatte ganz vergessen, dir zu berichten, was mir der Tschu vorhin am Telefon mitgeteilt hat: Er überläßt mir seine Kokonvorräte und seine Fabrik dazu!«

»Was! Was hat denn das wieder zu bedeuten?« platzte der völlig überraschte Tschu Tschai heraus.

»Vermutlich hat der alte Tschao erfahren, daß ich angefangen habe, mich anderweitig mit Kokons einzudecken, und da sagt er sich, daß die von ihm als Schikane gedachte Bindung des Tschu keinen Sinn mehr hat, und hat ihn von seinem Vertrag zurücktreten lassen. Natürlich verbindet er damit eine neue Bosheit gegen mich: Er weiß, daß ich geldlich zur Zeit etwas angespannt bin, da halst er mir den Tschu mit seinen Kokons und seinen Anleihewünschen auf. Ich soll einerseits an Ware und anderseits an Geldknappheit erstikken. Na, laß ihn. Ich weiß mir zu helfen. Daß mir der Tschu auch noch seine Fabrik anbietet, das dürfte der alte Fuchs allerdings nicht erwartet haben.«

»Und du bist entschlossen, dir die Last einer weiteren Fabrik aufzubürden?« fragte der ängstliche Schwager besorgt. Er hielt den Kampf mit Tschao trotz allem für eine verdammt gewagte Sache.

»Morgen werde ich mit Tschu in Vorverhandlungen treten und dann ...«

Während er noch sprach, öffnete sich die Tür, und an dem Butler vorbei kam der Abgeordnete Tang ins Zimmer gestürmt. Seine Miene ließ eine wichtige Neuigkeit ahnen.

»Tschang Fa Kweh auf dem Rückzug! Er steht im Begriff, Tschang scha wieder zu räumen!« –

Im Zimmer war es für eine Weile totenstill. Der Bankier wälzte im Geiste bereits wieder Ziffern und Zahlen. Sun Fu ließ zähneknirschend und augenrollend seinen Blick zwischen dem Überbringer der sensationellen Botschaft und dem Kurszettel auf dem Schreibtisch hin und her wandern. Wenn die Nachricht stimmte, dann war seine ganze Vorhersage, sein ganzes Baisseprogramm über den Haufen geworfen, dann hieß es sich schleunigst auf eine Zwischenhausse umstellen. Denn ein Rückzug der Eisernen Division bedeutete einen Erfolg Nankings, also steigende Kurse.

»Ist die Nachricht geheim oder bereits publik? Sprachen Sie nicht heute vormittag davon, daß die Eiserne Division sich zum Einfall in Süd-Kiang hsi anschicke?« fragte er Tang.

»Ganz recht, aber inzwischen hat sich herausgestellt, daß es sich nicht um einen Vormarsch, sondern um eine Rückzugsbewegung handelt. Tschang Fa Kweh gibt seine bisherige Front an der Linie Hankou-Tschang scha preis, weil er nutzlose Opfer vermeiden möchte. Kurz nachdem wir vorhin telefoniert hatten, rief mich Huang Fen an, von ihm erfuhr ich die Neuigkeit, und er hatte sie eben erst aus amtlicher Quelle erfahren. Die Information geht auf eine Geheimdepesche des politischen Sonderkommissars in Hankou zurück. An ihrer Richtigkeit besteht kein Zweifel.«

»Demnach weiß die Öffentlichkeit noch nichts davon ..., also ist die Lage für uns noch zu retten«, murmelte Sun Fu wie im Selbstgespräch vor sich hin. Dann laut zu seinem Schwager:

»Die Neuigkeit ist vorläufig noch Geheimnis der Militärkreise. Offenbar steht Tschang Fa Kweh zur Zeit noch in Tschang scha, und wenn er mit seiner Eisernen Division demnächst nach Süd-Kiang hsi abzieht, dann werden uneingeweihte Kreise das irrtümlich als Vormarsch und Bedrohung der Provinzhauptstadt Nan tschang fu auffassen. Tschu Tschai, jetzt heißt es für uns unverzüglich handeln, um die Lage zu nutzen. Noch heute abend müssen wir unsere Maßnahmen treffen. Deine Aufgabe ist es, in deinen Bankkreisen einen blinden Kanonenschlag loszulassen: Sorge dafür, daß von der Bankkundschaft, soweit sie Regierungsanleihe lombardiert hat, im Hinblick auf die kritische politische Lage und drohende Entwertung der Regierungsanleihen zusätzliche Effektendeckung nachgefordert wird. Dann wird alle Welt zu Angstverkäufen schreiten, und wir werden morgen an der Vormittagsbörse getrennt zu vorteilhaften Kursen kaufen, was wir kaufen können ...«

»Ich wette, schon übermorgen wird Tschang scha wieder im Besitz der Nankingtruppen sein«, fiel Tang ein.

»Um so mehr müssen wir uns beeilen. Wir haben nur einen Tag Chance.«

Tschu Tschai nickte zustimmend. Jetzt, wo man nicht mehr gegen, sondern mit Tschao im gleichen Kurs segelte, war er gleich dabei. Er sah nach der Uhr. Zehn Minuten vor sechs. Höchste Zeit, in die Bank zu fahren und die nötigen Orders und Schreiben herausgehen zu lassen. Jede Viertelstunde war jetzt kostbar. Er hatte es so eilig mit dem Aufbruch, daß er darüber sogar die »Loyal«-Gesellschaft und die unvermeidliche Schnupftabakdose vergaß. –

Nach seinem Weggang hatte Sun Fu mit Tang noch eine vertrauliche Besprechung.

»Sie deuteten vorhin telefonisch an, daß etwas von unserer bevorstehenden Munitionssendung aus Hongkong für die Marschälle des Nordwestens durchgesickert sei. Unter diesen Umständen können wir die Ware nicht auf dem bisherigen Weg über Tschifu verschiffen. Wir riskieren, daß die Ladung von den Küstenwachtschiffen geschnappt wird. Am besten, Sie reisen selber nach Hongkong und machen dort eine andere, sichere Verschiffungsmöglichkeit ausfindig.«

»Das hatte ich bereits vor. Ich habe schon Passage zu morgen belegt. Werden Sie mich während meiner Abwesenheit in Sachen der Gesellschaft vertreten?«

»Das überlasse ich Wang.«

»Einverstanden.«

Nach einem Räuspern fuhr Tang fort:

»Militärpolitisch will es seit den letzten beiden Wochen gar nicht mehr recht vorwärts gehen. Man kennt sich bei diesen verbündeten Marschällen und Freikorpsführern nie aus. Wenn man glaubt, sie werden endlich gemeinsam losschlagen, dann überlegen sie es sich plötzlich wieder anders und warten ab. Wir sehen es jetzt wieder bei Tschang Fa Kweh. So etwas von Zaudertaktik! Jeder Entscheidung weicht er aus! Und noch schlimmer steht es oben in Schan hsi. Warum greift Yen Hsi Schan dort nicht mit seiner gesamten Streitmacht ein? Warum sieht er zu, wie auf dem nordwestlichen Teilabschnitt sich seine Verbündeten, die an Munitionsmangel leiden, seit einem Monat in nutzlosen Kämpfen verzetteln? Und obendrein diese ärgerlichen kleinen Regiefehler! Wie war es möglich, daß von unserer so geschickt und sorgfältig eingefädelten Munitionslieferung Kunde nach außen gesickert ist! Zu dumm!«

»Glauben Sie, daß bis Ende dieses Monats mit einer entscheidenden Wendung in Schantung zu rechnen ist?«

»Das wage ich nicht vorherzusagen. Wir werden wohl vor Ende nächsten Monats nicht klar sehen. – Es ist zum Verzweifeln!«

Sun Fu lachte bitter auf. Er brachte seinen Besucher zum Tor, dann suchte er ein abgelegenes Plätzchen im Park auf und überließ sich, in einen Korbsessel vergraben, für eine Weile der Einsamkeit. Was waren Pläne und Entwürfe? Immer, wenn er die Lage fest zu packen glaubte, entglitt sie seinen Händen. Zum erstenmal beschlich ihn ein zuvor nie gekanntes Gefühl der Schwäche, der Ohnmacht gegenüber den stärkeren Mächten des Schicksals.

Achtes Buch

Zwischen Boudoir und Börse

Neun Uhr vormittags. Am Bund tobte noch immer heftiger Sturm. In der Nacht, zur Flutzeit, hatte er die Wellen des Whang poo bis auf den Uferkai gespeitscht. Jetzt war der Wasserstand wieder gefallen, aber der Strom war immer noch in Aufruhr. Die Wetterwarte am Eingang der Avenue Eduard VII. hatte schwarze Warnungsbälle ausgehängt. Es war in diesem Jahr die erste Attacke jener Taifune, deren Ausläufer alljährlich zur Sommerzeit auch Schanghai heimzusuchen pflegen.

Die Elektrische, die vom Stadtinnern her die Nanking-Road entlang gerasselt kam, hatte bei der Einmündung auf den offenen Bund gehörig gegen den vom Strom herüberbrausenden Gegenwind anzukämpfen. Ihre Fensterläden klapperten wie angstgeschüttelt in den Rahmen.

An der Haltestelle beim Cathay-Hotel stieg eine junge elegante Dame ab. Sie wurde vom Sturm förmlich über die Straße geweht und die Stufen des nahen Hoteleingangs hinaufgetragen und gewirbelt. Dabei wäre sie beinahe mit einem westlich gekleideten, flotten Jüngling zusammengeprallt, der in diesem Augenblick aus dem Hotel herauskam. Er hatte über dem linken Unterarm einen Spazierstock hängen, und – o Tücke des Windes! – der aufgeblähte, flatternde Saum ihres dünnen Seidenkleides verfing sich in der Stockspitze und riß entzwei.

»Schweinerei!« zischte sie vor sich hin und wandte sich ärgerlich nach dem Jüngling um. Aber gleich darauf glättete sich ihre Miene. Das war doch der junge Börsenmakler Han, Kollege ihres Schwiegervaters Lu Kwang Schi und – rechte Hand des großen Tschao!

»So früh aus dem warmen Nest in die frische Morgenluft? Na, bei dem Sturm heute kein Vergnügen!« wandte sich Han, artig zurücktretend, an die junge Dame von so merkwürdig europäischem Schönheitstyp.

»Bitte, keinen Schmus! Sagen Sie mir lieber die Nummer von Tschao's Zimmer hier im Hotel, ich habe sie vergessen«, drängte Yü Ying ungeduldig.

Ein mutwilliger Windstoß ließ ihre Rockfalten an sein Knie

schlagen und eine ihrer Locken seine Wange kitzeln. Er mußte seinen Panama festhalten.

»Ein gehöriger Sturm! – Haussesturm! Yü Ying, wollen Sie nicht mit Zehn-, Zwangzigtausend einsteigen?«

»Habe kein Geld – bitte rasch, die Zimmernummer!«

»Nummer vier – wollen Sie Tschao besuchen?«

»Danke.«

Weg war sie, im Hoteleingang verschwunden.

Han lachte vor sich hin und ging gemächlich zur gegenüberliegenden Straßenecke. Dort blieb er vor dem Schaufenster der North China Daily News stehen und studierte das neueste Extrablatt. »Reds threaten Hankow, reported!« las er in fetten Lettern als Überschrift. Han zuckte die Achseln und wandte sich nach dem Hotel um. Da sah er sie auch schon wieder herauskommen. Ihre Miene verriet Enttäuschung. Sie stand und blickte nach allen Richtungen; dann schien sie Han entdeckt zu haben. Sie ließ eine Elektrische vorüber, überquerte die Straße und steuerte eilig auf ihn zu.

»Na, Sie sind mir ein Schöner!«

»Ja, wer heißt Sie denn so fortstürzen? Warum haben Sie mich nicht ausreden lassen?« gab Han schadenfroh zurück und setzte sich stockschlenkernd gemächlich südwärts am Bund entlang in Bewegung.

Sie lief hinter ihm her, bis sie ihn eingeholt hatte.

Dann schritt sie eine Weile stumm neben ihm her und überlegte. Der Schlingel kannte sicher die neue Adresse des Tschao, nun, sie wollte ihm schon sein Geheimnis aus den Eingeweiden herausholen.

»Sollte er nicht mehr im Cathay-Hotel wohnen?« knüpfte Han in Höhe des Custom-House den Faden des Gesprächs wieder an.

»Bis zum Morgen habe ich dort vergeblich auf ihn gewartet – hu, dieser schneidende Wind!«

»Haussewind, wie ich schon bemerkte! Der alte Tschao freut sich seiner!«

»Interessiert mich nicht. Verraten Sie mir lieber, wo Tschao gestern abend abgestiegen ist. Ich würde mich erkenntlich zeigen!«

Absichtlich oder unabsichtlich streifte ihr Knie das seine, und ihr flatterndes Haar streichelte sein Ohrläppchen.

»Also gut, ich werde es Ihnen verraten. Aber Sie müssen sich noch ein Weilchen gedulden, bis ich mich erkundigt habe. – Vielleicht verabreden wir irgendeinen Treffpunkt...«

»Oh...«

»Also kann ich reden. Aber, bitte, strengste Diskretion!«

»Natürlich, los!«

Sie lächelte ihn bestrickend an. Da neigte er sich an ihr Ohr und flüsterte ihr etwas zu. Jäh verzerrte sich ihre Miene. In ihren Augen sprühte es böse, ihr Mund verzog sich zu einem trockenen Lachen, ihre weißen Zähne knirschten, als ob sie irgend etwas Verhaßtes zermalmen wollten. Er hätte nicht gedacht, daß ein so weich geformtes, liebliches Geschöpf so gefährlich dreinschauen könnte.

»Danke. Aber ich werde ihn trotzdem aufsuchen.«

»Ich möchte Ihnen abraten. Warten Sie lieber, bis er Sie ruft. Ich kenne ihn, er kann sehr häßlich werden. Wenn er ungestört sein will, nimmt er auf niemanden Rücksicht, auch auf Sie nicht. Nur bei einer Einzigen macht er eine Ausnahme: Yü Man Li hat jederzeit Zutritt zu ihm!«

Sie hakte sich unter und stapfte stumm an seiner Seite ein Stück weiter. Der frische Wind tat ihr wohl, ihre Gedanken galoppierten mit den jagenden Wolken über ihr um die Wette. An der Kreuzung der Foochow-Road blieb sie stehen und winkte eine leere Rikscha heran.

»Ich werde Sie anrufen!« sagte sie verheißungsvoll lächelnd zu Han, gab ihm einen flüchtigen Kuß und bestieg die Rikscha.

Bereits eine halbe Stunde später setzte sie ihr gewagtes Beginnen ins Werk. Mit gelassener Miene reichte sie dem Boy des fünfstökkigen Hotels auf der Avenue Joffre die Visitenkarte mit dem Namen »Yü Man Li« und ließ sich von ihm die Tür zu Tschao's Zimmer öffnen. Vor dem Eintreten rekapitulierte sie noch einmal rasch im Geist die drei taktischen Möglichkeiten ihres Vorgehens, die sie sich für den Zweck dieses Besuchs zurechtgelegt hatte.

Mit dem unbefangensten Lächeln der Welt trat sie ein, aber ihre heitere Unbefangenheit wandelte sich sogleich in erschrockene Verblüffung. Sie traf Tschao nicht, wie erwartet, in Gesellschaft eines weiblichen Wesens, sondern des würdigen Graubarts Schang Tschung Li an. Damit war ihr Programm völlig umgeworfen, ihre drei schönen Pläne waren wertlos geworden. Nun hieß es sich umstellen und blitzschnell etwas Neues improvisieren. Zum Glück hatte sie der gütige Himmel mit einem wendigen Geist und einer verwegenen Erfindungsgabe gesegnet.

»Du?! Wer hat dich hergerufen?« fragte Tschao streng.

»Yü Man Li«, log sie keck und ließ sich ungeniert auf dem Sessel am offenen Fenster nieder. Es störte sie nicht, daß der Wind von rückwärts ihre Frisur zerzauste. An solche Äußerlichkeiten zu denken, war jetzt keine Zeit. Wachsam beobachtete sie Tschao's Gesichtsausdruck und überlegte.

»Yü Man Li? Du faselst wohl? Selbst wenn sie Hellseherin wäre, könnte sie meine neue Adresse nicht wissen. Vermutlich hat der Schlingel Han dir den Schwindel einstudiert!«

Durchschaut! Ihr Herz tat einen Satz. Aber augenblicklich hatte sie sich wieder in der Hand. Aus seiner Bemerkung kombinierte sie, daß er die letzten Tage nicht mehr mit Yü Man Li zusammengewesen sein könne. Auf diesem Umstand und auf ihrer Kenntnis seiner Beziehung zur Yü Man Li ließ sich ein solides Lügengebäude errichten.

»Ein recht herzlicher Empfang!« rief sie in gespielter Entrüstung aus. »Also ich habe deine neue Adresse wirklich aus dem Munde von Yü Man Li erfahren. Gestern abend wartete ich im Cathay-Hotel vergeblich auf dich. Aus Langeweile ging ich in den Tanzsaal, und da sah ich sie mit einem Kavalier sitzen. Ich setzte mich an den Nebentisch hinter ihren Rücken, so daß ich ihre Unterhaltung belauschen konnte, ohne selbst von ihnen bemerkt zu werden. Sie unterhielten sich sehr eifrig, ein Außenstehender hätte kaum erraten, von wem sie sprachen, aber mir war es sofort klar – von dir! ...«

Sie stockte. Der Faden ihrer Erfindung war abgerissen. Ein neuer Windstoß, der ihr das Haar von rückwärts ins Gesicht wehte, bot ihr willkommenen Vorwand, eine kleine Kunstpause einzulegen. Sie stand auf, schloß die Fenster und strich sich vor dem Taschenspiegel umständlich ihren zerzausten Lockenkopf zurecht.

»Und dabei hat sie erwähnt, daß ich jetzt hier wohne?« fragte Tschao ungeduldig.

»Ja, und sie fügte hinzu, du hättest dich einem neuen ›Blumen‹typ zugewandt.«

»Kanntest du ihren Begleiter? Wie sah er aus?«

»Eine auffallend große Erscheinung, ovaler, nicht gerade schöner, aber markanter Kopf, brauner Teint, helle Warzen ... ich muß ihn schon gesehen haben. Sicher kennst du ihn.«

Tschao zwinkerte seinem Freund Schang zu. Der strich lächelnd über seinen grauen Bart. Yü Ying fühlte es auf einmal wieder erstickend heiß im Zimmer, stand auf und öffnete zur Abwechslung das andere Fenster. Draußen rauschten die Baumkronen, der Wind wehte Lindenblüten durchs Fenster.

»Das kann nur Sun Fu gewesen sein. Recht ärgerlich, daß sich die Yü Man Li mit ihm einläßt«, bemerkte Tschao leise zu Schang und klopfte nervös auf die Sessellehne.

Yü Ying hätte beinahe laut frohlockt, als sie sah, wie gut ihr Schwindel einschlug. Sie war ja durch ihren Schwiegervater Lu Kwang Schi und auch den Börsenmakler Han über die neuerliche Verfeindung zwischen Tschao und Sun Fu wohl unterrichtet.

»Ich hatte so etwas kommen sehen... Deshalb riet ich dir das letztemal, die Yü Man Li mit Bedacht irrezuführen«, hörte sie den anderen Tschao zuflüstern.

»Wovon haben sie noch gesprochen?« wandte sich Tschao an sie.

»Von der Börse. Aber ich habe es teils wieder vergessen, teils nur undeutlich verstanden. Doch dann, richtig, die Worte ›Revolver‹ und ›schießen‹ habe ich genau gehört. Ich hatte den Eindruck, daß der Mann auf Yü Man Li einredete, sie solle irgend jemanden niederschießen. Er machte dazu eine bezeichnende Handbewegung, und seine Augen rollten fürchterlich, ich kann mich deutlich entsinnen...« Sie war so schön im Zug zu lügen und darum schwer enttäuscht, als Tschao sie mit schallendem Gelächter unterbrach.

»Und da wolltest du mich warnen, nicht wahr? Ich sehe, du hast ein gutes Herz. Aber nun genug! Drüben findest du eine Bekannte. Leiste ihr Gesellschaft!«

Mit diesen Worten packte er sie bei der Schulter, drehte sie um und schob sie durch die Zimmertür zur Linken. Hinter ihr klinkte er die Tür zu.

Yü Ying befand sich in einem komfortablen Schlafzimmer. Es besaß zwei hohe Fenster, die als Türen auf einen Balkon gingen. In der Mitte des Raumes, mit dem Kopfende nach dem Balkon, stand das breite Bett. Im Bett lag unzugedeckt, mit einem weißseidenen Nachthemd bekleidet, das Gesicht ins Kopfkissen vergraben, ein junges Weib.

Auf den Zehenspitzen schlich sich Yü Ying an das Kopfende des Bettes und besah sich die Schläferin genauer. Wirklich, der junge Han hatte nicht gelogen – ihre gute Freundin Ah Meh! Der Wind, der stoßweise durch das eine offene Balkonfenster kam, spielte in den frischondulierten Locken der Schläferin und bewirkte, daß sich ihr Hemd von Zeit zu Zeit zu einer Art durchsichtigem, dünnem Schneckengehäuse aufblähte.

Also dieser Siebzehnjährigen, ihrer guten Freundin Ah Meh, hatte sie es zu verdanken, daß sie gestern einen ganzen Abend und eine ganze Nacht hindurch vergeblich im Cathay-Hotel warten mußte! Im allgemeinen hatte Yü Ying bisher ihre Beziehung zu dem reichen, verwöhnten Tschao lediglich als Geschäft gewertet und sich philosophisch damit abgefunden, daß sie nur eine von den vielen war. Aber jetzt, beim Anblick der jüngeren Freundin, empfand sie etwas wie Verrat und spürte im Gaumen den bewußten Essiggeschmack der Eifersucht. Am liebsten hätte sie die Treulose unsanft wachgerüttelt und zur Rede gestellt. Aber nein, erst wollte sie noch ein wenig herumspionieren und sich die Freude, die andere durch ihre Gegenwart zu erschrecken, für später aufsparen.

Gerade als sie sich auf den Zehenspitzen leise wieder vom Bett entfernte, fuhr die Schläferin aus ihrer bisherigen Ruhelage auf und wälzte sich herum, so daß sie auf den Rücken zu liegen kam. Dabei zog sie die Knie steil an, so daß das Hemd auf den Leib herunterrutschte und die untere Körperpartie in ihrer rosigen Nacktheit sichtbar wurde. Yü Ying hatte Mühe, ihr Lachen zu unterdrücken. Sie stahl sich zunächst an das Schlüsselloch der Tür, durch die sie vorhin so ungalant hereinbefördert worden war. Der Schlüssel steckte nicht, sie konnte ganz gut hindurchblicken und auch die beiden Herren erkennen. Der eine strich sich seinen Bart, Tschao sog an seiner Zigarre. Beide schwiegen im Augenblick, sie schienen nachzudenken.

Yü Ying fühlte bei der krampfhaften Bückstellung allmählich ihren Rücken steif werden, also richtete sie sich wieder auf und schlich durch die offene Fenstertür auf den Balkon hinaus. Kaum hatte sie den Fuß hinausgesetzt, als sie den Atem anhielt und wie angenagelt stehenblieb. Von dem offenen Nachbarfenster zur Linken trug der Wind den deutlichen Schall gesprochener Worte an ihr lauschendes Ohr. Es war Tschao's Stimme, die sie unterschied:

»Du hast recht. Was sie bei dem Gespräch gestern abend im Cathay-Hotel von ›Revolver‹ und ›schießen‹ aufgeschnappt haben will, wird sich wohl auf die bewußte Waffen- und Munitionslieferung bezogen haben. – Damned! Es war ein dummes Zusammentreffen neulich, daß der irische Rotkopf gerade hereinplatzte, als sie noch bei mir war. Sie blieb länger als vorgesehen, ich konnte sie aber doch nicht gut hinauswerfen. Sehr ärgerlich, daß ich für einen Augenblick die gewohnte Umsicht außer acht ließ. Ich unterhielt mich mit dem Iren auf englisch und bedachte nicht, daß sie doch auch ein paar Brocken Englisch versteht.«

»Ja, ja, die Weiber! Sie sind nun einmal der Quell des Unheils! Du treibst es eben zu toll! Augenblicklich hast du gar zwei von der Sorte um dich!« ließ sich die Stimme des würdigen Herrn Schang vernehmen.

Die Lauscherin wünschte ihm im stillen einen möglichst raschen und gewaltsamen Tod. Sie hörte Tschao lachen und den anderen fortfahren:

»Offenbar ist also dieser Ausländer auch nicht zuverlässig und sucht sich seinen Vorteil auf beiden Seiten. Nachdem er von uns fünfzigtausend Dollar Bewegungsgelder eingesteckt hat, läuft er zu Sun Fu und bietet ihm das Geschäft an.«

»Damned! Aber keine Sorge, alter Freund. Diese Fünfzigtausend holen wir uns auf andere Weise wieder zurück. Hauptsache bleibt unser Prestige. Wenn uns dieses Waffengeschäft fehlschlüge, würden uns die Marschälle solche Nebengeschäfte nicht mehr anvertrauen. Wir müssen unter allen Umständen verhindern, daß der Transport in die Hände der Gegenseite gerät!«

Yü Ying spitzte krampfhaft die Ohren, aber leider verschlang das Rauschen der von einem neuen Windstoß geschüttelten Linde vor dem Balkon die weiteren Sätze. Zum Überfluß schlug auch noch die offene Fenstertür mit lautem Krach an die Pfosten, um gleich wieder geräuschvoll nach innen zurückzuschlagen. Der Krach wieder weckte die Schläferin auf. Yü Ying sah, wie sie sich aufrichtete, den Kopf nach dem Balkon umwandte und erschrocken, als ob sie ein Gespenst erblickt hätte, zurückfuhr. Den kleinen Schreck gönnte ihr Yü Ying von Herzen. Ein schadenfrohes Lächeln verbeißend, nickte sie ihr belustigt zu.

»Yü Ying! Wie kommst du denn hierher?« rief Ah Meh verdutzt. Sie kletterte geschwind aus dem Bett, strich ihr verrutschtes Hemd zurecht und lief auf den Balkon heraus. Der Wind spielte mutwillig mit ihrem Hemd, blähte es bald wie einen Ballon auf, bald schlug er es klatschend und knatternd eng um ihre Gliedmaßen und ließ dabei die stattliche Rundung ihrer Rückseite recht plastisch zur Geltung kommen.

»Du, wenn dich unten auf der Straße jemand so sieht!«

»Ach was! Welch abscheulicher Wind! Es sieht nach Regen aus. Yü Ying, wie kommst du eigentlich her? Warst du etwa bei mir zu Hause?« so fragte und schwätzte Ah Meh etwas wirr durcheinander, während sie mit beiden Händen ihr Hemd straff zu halten bemüht war. Sie vermied es, der anderen ins Auge zu sehen. Yü Ying las in ihrer Miene ein Gemisch von Ärger, Zweifel, Scham und Eifersucht. Aber sie schenkte diesem abwechslungsreichen Mienenspiel nur oberflächliche Beachtung. Ihre ganze Aufmerksamkeit war auf das Nachbarfenster gerichtet, von wo sie neue aufschlußreiche Dinge zu erlauschen hoffte. Was sie eben zufällig aufgeschnappt hatte, war interessant genug. Es begann ihr zu dämmern, warum Tschao der Yü Man Li eine so bevorzugte Sonderstellung einräumte. Sie war Mitwisserin seiner Geschäftsgeheimnisse und hatte ihn in der Hand!

»Wirklich, ein abscheulicher Wind!« wiederholte sie die Worte der anderen verdrießlich und geistesabwesend, wie im Selbstgespräch. Ihr gespitztes Ohr fing zwar hin und wieder schwache Geräuschfetzen einer nebenan geführten Unterhaltung auf, aber der Wind wehte die Schallwellen nach einer anderen Richtung. Sie seufzte enttäuscht.

»Yü Ying, warum schaust du so böse drein? Etwa meinetwegen? Ich habe dir doch nichts getan...«

Yü Ying zwang sich zu einer freundlichen Grimasse und zu ihrem sanftesten Ton, während sie die andere bei der Hand faßte:

»Nein, wie du dich verändert hast in den letzten Tagen, seit wir uns nicht mehr gesehen haben! So viel reifer und sicherer! Kein schüchternes kleines Mädel mehr, eine richtige Dame! Nun, man kann dir ja auch gratulieren! Und deswegen bin ich hier, von Bösesein ist keine Rede!«

Ah Meh errötete, riß ihre Hand los und huschte zum Zimmer hinein und mit einem Satz ins Bett.

Yü Ying war einerseits von ihrem kindischen Trotz belustigt und anderseits froh, daß sie sie losgeworden war. Denn gerade in diesem Augenblick vernahm sie wieder klar und deutlich Bruchstücke der Unterhaltung im Nebenzimmer. Offenbar hatte sich der Wind wieder gedreht. Es war Tscho's kräftige, sonore Stimme, die sie unterschied:

»Paß auf, je mehr Sun Fu sein Tätigkeitsfeld erweitert, desto mehr werden sich seine Schwierigkeiten häufen. Chinesische Industrie ohne Mithilfe des Auslandes wird nie etwas Fertiges, Ganzes werden, sondern ein unnatürliches, lebensunfähiges Mißgebilde bleiben, ein unbeholfenes Monstrum, halb Tiger, halb Schlange. – Nun will er sich außerdem noch an der Börse betätigen – haha! Zu Anfang des Monats machte er in Baisse, dann, als er hörte, daß die Eiserne Division das besetzte Tschang scha wieder räumte, ist er zur Haussepartei umgeschwenkt. Nach meiner Schätzung hat er sich für sechs, sieben Millionen Regierungsbonds aufgehalst! Da muß er allerhand an Einschüssen gezahlt haben. Wo nimmt er denn das dafür nötige Bargeld her? Ich wette, er wird einen gehörigen Posten von dem Garn, das er vertragsmäßig im nächsten Monat zu liefern hat, anderweit verschleudert haben, um sich Barmittel zu beschaffen. – Er rechnet, daß es frühestens erst um den Zehnten nächsten Monats herum zu Entscheidungskämpfen in Schanhsi und an der Tientsin-Pukou-Bahn kommen wird, daß also mindestens bis dahin die Lage für die Regierung günstig bleibt. Haha! Er soll nur rechnen! Leider bin ich, Tschao, auch noch da, und ich werde mir ein Vergnügen daraus machen, ihm mitten auf der Strecke ein Bein zu stellen!«

Es folgte eine Weile Schweigen, dann ein lebhaftes Hin und Her von Fragen und Antworten, aus dem sich die Lauscherin keinen rechten Vers zusammenreimen konnte. Sie dachte darüber nach, was Tschao mit dem Ausdruck »Bein stellen« meinen könnte. Im übrigen war sie etwas enttäuscht. Sie hatte darauf gelauert, noch einige Aufschlüsse über die Rolle zu erhalten, die Yü Man Li bei Tschao's Transaktionen spielte. Als Frau und Rivalin interessierte sie das vor allem.

Zwischendurch warf sie einen Blick ins Zimmer. Ah Meh saß halb aufgerichtet im Bett, hatte den Kopf nach dem Balkon zu gedreht und starrte sie mit bitterböser Miene an, während sie trotzig an einem Zipfel ihres Taschentuchs kaute. Innerlich belustigt über solch kindisches Benehmen, markierte Yü Ying ihrerseits die Gekränkte und wandte mit einer lässigen Drehung der anderen stolz den Rücken zu. Sie durfte sich jetzt nicht ablenken lassen, denn eben drangen wieder Worte an ihr Ohr:

»Du willst es also auf Kampf mit Sun Fu ankommen lassen …? In welcher Höhe gedenkst du Material auf den Markt zu werfen?«

»Kann ich noch nicht genau sagen. Jedenfalls werde ich im richtigen Zeitpunkt in solchen Massen abgeben, daß Sun Fu mitsamt seiner ganzen ›Loyal‹-Gesellschaft darüber kaputt und pleite gehen soll! Noch eins, Tschung Li. Nach meinen Informationen soll der Nordabschnitt der Tientsin-Pukou-Bahnfront seitens der Nankingtruppen als Operationsbasis planmäßig preisgegeben werden, die Räumung ist nur noch eine Frage von Tagen. Wir haben heute den Siebzehnten, also noch zehn Tage bis zum Juni-Liquidationstermin. Sollte bis dahin wider Erwarten die Kriegslage unverändert, also Sun Fu uns gegenüber im Vorteil bleiben, so haben wir immer noch die Möglichkeit, unseren alten Trick vom letztenmal zu wiederholen, diesmal im umgekehrten Sinne, und damit die Lage doch noch zu unseren Gunsten zu wenden.«

»Natürlich ...«

Es folgte das Geräusch eines anschwellenden und näher kommenden Gelächters. Dann erschien auf einmal Tschao's Kopf im Fensterrahmen. Ein Glück, daß er nur auf die Straße herunterblickte und nicht nach rechts, nach dem Balkon hin schaute. Yü Ying war blitzschnell durch die offene Tür zurückgewichen und kuschelte sich neben Ah Meh aufs Bett. Sie zitterte am ganzen Leib und mußte die Hand auf ihre wogende Brust pressen, um sich nicht allzusehr zu verraten.

Ah Meh, immer noch verstimmt, rollte und wälzte sich augenblicklich soweit wie möglich von ihr weg, als ob Yü Ying ein mit giftigen Stacheln behaftetes Untier wäre.

»Warum dieses kindische, bockige Benehmen? Wir sind gute Freundinnen! Wenn es etwas zwischen uns gibt, dann können wir uns doch in aller Ruhe aussprechen«, redete Yü Ying, nachdem sie sich wieder gesammelt hatte, sanft und freundlich der anderen zu.

In Anbetracht des guten Erfolges, den sie bei ihrem wagehalsigen Herumspionieren erzielt hatte, war sie in versöhnlicher Laune und zu großzügigem Verzeihen aufgelegt. Was hatten diese albernen, kleinlichen Eifersüchteleien schon zu besagen? Im Augenblick beherrschte sie der einzige Gedanke: Wie konnte sie aus dem Umstand, daß sie dank eines glücklichen Zufalls Mitwisserin von Tschao's geheimsten Plänen geworden war, am besten Kapital schlagen? Was die Yü Man Li konnte, das wollte sie auch können und noch viel besser können, sie wollte den Tschao völlig in ihre Hand bekommen! Herrschen wollte sie über ihn!

Während ihr das alles durch den Kopf ging, fuhr sie streichelnd und liebkosend über Ah Meh's Rücken und bemühte sich, sie auf die andere Seite herumzuwälzen.

»Ah Meh, nun sei schon vernünftig! Ich bin wirklich nicht hergekommen, um mich mit dir herumzustreiten. Ich hatte keine

Ahnung, daß du hier bist. Im übrigen solltest du mich kennen: seitdem mein Mann gestorben ist, nehme ich Liebe und desgleichen nicht mehr tragisch. Darüber bin ich hinaus. Das einzige, was ich noch vom Leben erwarte, ist ein bißchen Vergnügen und Abwechslung. Also dein Mißtrauen ist ganz unbegründet.«

»Dann sage mir offen: Hatte er dich herbestellt?«

»Unsinn. Ich bin ganz zufällig hereingeplatzt.«

»Ist er nebenan?«

»Er hat einen Besucher bei sich. Wußtest du das nicht?«

Ah Meh schüttelte den Kopf. Ihre Miene hellte sich zusehends auf. Jetzt lächelte sie sogar wieder. Yü Ying war beruhigt.

»Du, ich muß jetzt gehen. Ich werde dich morgen anrufen. Wir wollen zusammen ins Kino gehen.«

Sie stürzte zur Tür. Sie brannte darauf, Tschao noch etwas vorzuschwindeln und möglichst noch etwas von seinen Geheimnissen zu entlocken. Aber zu ihrer großen Enttäuschung fand sie nur noch den würdigen Herrn Schang, beschaulich seinen Bart streichend, vor. Sie nickte ihm im Vorübergehen lächelnd zu und verschwand.

Unterwegs, im nächsten besten Laden, bestellte sie sich telefonisch eine Autodroschke. Dann fuhr sie nach der Börse, dort würde sie den Börsenmakler Han treffen. Diesen nützlichen Jüngling mußte sie sich vor allem sichern, das war Punkt eins ihres Programms. Später wollte sie Tschao ihre Bedingungen stellen und gleichzeitig Sun Fu ihr erlauschtes Geheimnis zum Kauf anbieten. Ob sie ihre Verschwiegenheit oder ihr Geheimnis verkaufen würde, das wollte sie von der Höhe des gebotenen Preises abhängig machen. –

Yü Ying vereinte nicht nur eine natürliche Aufgewecktheit mit guter Schulbildung, sie war auch von Haus aus mit geschäftlichen und ganz besonders mit Börsendingen wohl vertraut. Ihr Vater war vor zehn Jahren als Opfer unglücklicher Börsenspekulationen durch Selbstmord geendet. Ein älterer Bruder von ihr war auch sein halbes Leben lang auf der Berg-und -Tal-Bahn des börsenmäßigen Geldverdienens und -verlierens herumgefahren, seit dem letzten Jahre saß er wegen Unterschlagung im Westgefängnis. Bei ihrem Schwiegervater Lu Kwang Schi und bei ihrem verstorbenen Manne drehte sich das Gespräch auch um nichts anderes als um »Goldpreis« und »Kurszettel«. Kein Wunder, daß sie selbst zu den Leuten gehörte, für die die Börse der Himmel ist. Sie pflegte maßvoll und in kleinem Rahmen mit dem Pfanderlös versetzten Schmuckes zu spielen, einmal für Zehntausend zu kaufen, einmal für Fünftausend zu verkaufen. Ganz, wie sie es ihrer männlichen Verwandtschaft abgesehen hatte. Und war zufrieden, wenn ihr ein Umsatz von zehntausend Dollar fünfzig, sechzig Dollar Verdienst abwarf.

Im übrigen war sie Frau genug, um zu wissen, daß die große Chance der Frau – anders als beim Mann – nicht in Leistung, in irgend etwas Außerkörperlichem, sondern im eigenen Körper, in der eigenen Person selber beruht. Als sie vor einem Jahr durch Han's Vermittlung die Bekanntschaft des großen Tschao machte, da fühlte sie instinktiv, daß damit die große Chance ihres Lebens gekommen sei. Tschao war ihre große Hoffnung geworden. Und jetzt sah sie die Ernte heranreifen.

Während der Fahrt zur Börse rief sie sich noch einmal die hauptsächlichen Tatsachen ins Gedächtnis zurück, die sie heute dank eines glücklichen Zufalls aus Tschao's eigenem Munde erlauscht hatte: erstens, Tschao setzt diesmal auf Baisse, zweitens, für den Notfall hält er einen bereits erprobten »Trick« in Reserve, der ihn unter allen Umständen gegen Verluste decken würde. Als drittes Geheimnis kam noch die Sache mit dem »Iren« und der Munitionslieferung an die Rebellen hinzu. Die Kenntnis dieser drei Geheimnisse bildete nach ihren Begriffen eine wertvolle Ware. Sie wollte sie teuer verkaufen, sei es im ganzen, sei es in Teilen.

Die Börse von heute überbot, was Menschengewühl, Geschnatter und beizende Wohlgerüche anlangte, womöglich noch den immerhin beachtlichen Rekord des Fisch- und Gemüsemarktes im Chinesenviertel Nantao. Als Yü Ying den Börsensaal betrat, war das Gedränge bereits derart, daß ein Durchkommen für sie aussichtslos war. Sie sah den glatten schwarzen Scheitel ihres Freundes Han zwar hin und wieder über dem wogenden Menschenmeer auftauchen, aber er war zu weit entfernt, um sich auch nur durch Zuruf mit ihr zu verständigen. Han befand sich im vordersten Frontgetümmel, vor der rechteckigen Estrade mit den großen Kurstafeln. Die Estrade war angefüllt mit Leuten, von denen einige von Zeit zu Zeit mit Holzklappern fürchterlichen Lärm schlugen, um den Kursansagern Gehör zu verschaffen, während andere Telefonhörer am Ohr hielten und wieder andere wild mit den Händen fuchtelten und mit weit aufgesperrten Mäulern etwas in den Saal hinausschrien, was Yü Ying von ihrem entfernten Standplatz aus nicht verstehen konnte.

Um die Estrade drängten sich an die siebzig, achtzig Makler mit einem guten Hundert von Gehilfen, und hinter diesem inneren Ring schob und drängte sich das zahllose Gewimmel der Kundschaft. Alle diese Leute hatten rote, erhitzte, schwitzende Gesichter und schrien sich in einem fort Zahlen, nichts als Zahlen zu, daß es sich anhörte wie ein Gewittersturm von Zahlen.

Der Sturm schwoll zum Orkan, als auf der Estrade die Tafel mit der Aufschrift »Reorganisationsanleihe Juni Liquidationstermin« erschien. Das tausendfältige Antlitz des Menschenmeers wurde noch erhitzter, noch verzerrter. Das Gewoge und Geschiebe der Menge wuchs und steigerte sich zu förmlichen Schlachtattacken aus, bald Frontalangriffen, bald Flankenangriffen.

Yü Ying konnte nicht einmal ihren bisherigen Standplatz halten. Von einer Gegenströmung wurde sie zum Saaleingang zurückgeschwemmt. Resigniert ließ sie sich auf einer der Bänke nieder, die dort an der Wand unterhalb der Anschlagtafeln stehen, auf denen die Maklerlisten und die Börsenbekanntmachungen aushängen. »Etappenlazarett« heißen diese Bänke in der Börsensprache. Denn was zerbeult und beschädigt von der Front an den Kurstafeln zurückkommt, pflegt zunächst einmal auf diesen Bänken zusammenzubrechen und ein wenig zu verschnaufen.

Sie blickte lächelnd an ihrem dünnen silbergrauen Seidenfähnchen entlang: Überall nasse Schweißspuren. Und dabei war sie noch nicht einmal im eigentlichen Frontgetümmel gewesen. Sie dachte darüber nach, wie albern und verrückt eigentlich dieses ganze aufgeregte, schwitzende Bemühen der Leute auf der Vorderbühne der Börse war, dieweilen hinter den Kulissen zwei geniale Regisseure, Tschao und Sun Fu, behaglich in ihren Klubsesseln saßen, ihre Zigarre pafften und gelassen das ganze Theater von weitem lenkten. Und erst recht genial kam sie sich selber vor als Mitwisserin der geheimen Absichten jener beiden Mächtigen. Hoch erhaben fühlte sie sich über die Masse dieses dummen Börsenvolks, das blind im Dunklen tappte, während sie selbst in der lichten Höhe der Erkenntnis schwebte.

Still vergnügt lächelnd musterte sie ihre nähere Umgebung. Denn von der Estrade mit den Kurstafeln konnte sie jetzt weiter nichts als gelegentlich in der Luft herumfuchtelnde Hände erkennen.

Ihr Blick fiel auf zwei bärtige Herren auf der Bank gegenüber. Sie hatten die Köpfe zusammengesteckt und tuschelten leise miteinander. Der eine mit dem mondsichelförmigen Schnurrbart kam ihr bekannt vor. Richtig, es war der alte Fong, der Vater ihrer Freundin Ah Meh. Er hörte mit gesenktem Kopf dem lebhaft auf ihn einsprechenden Herrn mit dem Zahnbürstenschnurrbärtchen mehr zu, als er selber sprach.

Jetzt sah sie einen Vierziger mit glattrasiertem Vollmondgesicht sich durch die Menschenmauer zwängen und dem Etappenlazarett zustreben. Er trat vor die beiden bärtigen Herren und rief ihnen mit heiserer Stimme zu:

»Der Kurs steigt! Zwar nur zehncentweise, aber jedenfalls er steigt! Wie wäre es, wollen wir jetzt nicht für Zehntausend kaufen?«

»Haha! Kaufen! Im Gegenteil, ich bin nach wie vor dafür, daß wir für Dreißigtausend verkaufen!« widersprach der smarte Dreißiger mit der Zahnbürste auf der Oberlippe. Er stand auf, um dem Dicken, der schon wieder verschwunden war, in das Frontgetümmel nachzustürzen. Yü Ying war seinem Gesicht schon öfter in der Börse begegnet.

»Wie wäre es wenigstens mit Zwanzigtausend? Wenn die Kurse auch augenblicklich steigen, werden sie in drei Tagen bestimmt wieder fallen«, hörte sie ihn zu Fong sagen.

»Hou ist gerade entgegengesetzter Ansicht. Ich möchte die ›Windrichtung‹ lieber noch einen Tag abwarten«, versetzte Fong kopfschüttelnd, worauf die Zahnbürste in der Menge untertauchte. Nach einer Weile kam das Vollmondgesicht mit schief verzerrtem Munde wieder angeschnauft.

»Der Kurs fällt wieder! Jetzt ist schon wieder der Stand des Anfangskurses erreicht! Es ist wie verhext! Man kennt sich nicht aus in diesem Geraufe zwischen Mine und Kontremine!« stöhnte er.

»Natürlich. Darum bin ich ja dafür, noch einen Tag abzuwarten. Li Tschuang Feh macht mir schon seit vierzehn Tagen schwere Vorwürfe wegen meines Zauderns. Er nennt mich feig und Spielverderber. Nun, das möchte ich auch nicht gerade sein. Wir drei haben uns zu einem Konsortium zusammengetan. Wenn ihr beiden eines Sinnes seid, dann beuge ich mich natürlich der Majorität«, meinte Fong.

»Also warten wir noch einen Tag ab«, stimmte Hou bei und ließ sich ächzend auf dem leeren Platz neben Fong nieder. Yü Ying lachte still vor sich hin. Hielt sie nicht das Schicksal dieser drei Leute, ja nicht bloß dieser drei, auch der vielen anderen, die hier wegen der Reorganisationsanleihe schwitzten und bangten, in ihrer kleinen Hand? Sie stand auf und trat zu der Bank gegenüber.

»Onkel Fong! Lange nicht die Ehre gehabt. Geht alles nach Wunsch?«

»Oh, Frau Yü Ying! ... Da fällt mir gerade ein, haben Sie kürzlich meine Tochter Ah Meh gesehen? Sie ist seit vorgestern ...«

»Gleich, gleich komme ich auf sie zu sprechen. Ziemlich toll geht es heute zu, nicht wahr? Achten Sie nur ja darauf, daß Sie Ihre Chance nicht verpassen, Onkel Fong!«

»Die Dame ist anscheinend auch Stammkundin? Kenne Sie vom Aussehen. Was halten Sie denn von der Lage? Gibt es Hausse oder Baisse?« wandte sich der Dicke an Yü Ying.

»Die Ansichten sind geteilt. Wieviel haben Sie denn riskiert, Onkel Fong?«

»Wir spielen zu dritt in ganz bescheidenem Rahmen, jeder Partner ist mit Zehntausend beteiligt, das heißt, vorläufig haben wir überhaupt noch nichts riskiert. Wir wollen noch die Entwicklung der nächsten Tage abwarten.«

»Was meinen Sie denn, Herr Hou?« wandte sich Yü Ying an das Vollmondgesicht.

»Unser alter Freund Fong hat während der letzten sechs Monate beharrlich auf Baisse getippt und ist dabei im Endergebnis hereingefallen. Wir neigen daher jetzt mehr zum Kaufen. Erinnern Sie sich noch an den gewaltigen Kurssturz um Mitte vorigen Monats? Damals dachte alle Welt, das würde noch tausend Meilen lang so weitergehen. Und dann kam die unerwartete Hausse zum Monatsende. – Sie haben doch gewiß auch vom großen Tschao gehört? Er hat noch nicht ein einziges Mal fehlspekuliert! Es ist geradezu unheimlich! Und jetzt wird gemunkelt, daß er diesmal auch wieder auf Hausse setzt.«

Der Dicke hatte in gedämpften Ton gesprochen und sich bei den letzten Sätzen dicht an das Ohr seiner schönen Nachbarin geneigt, sei es, weil er seine Mitteilung für ein wichtiges Geheimnis hielt, sei es, weil er sich körperlich von ihr angezogen fühlte.

Yü Ying hatte nur halb und zerstreut lächelnd zugehört und währenddessen darüber nachgedacht, ob sie nicht die Gelegenheit wahrnehmen und programmgemäß ihre »Ware« schon jetzt im Detailverkauf an den Mann bringen sollte, zumal an einen guten Bekannten wie den alten Fong.

»Soso. Ich meinerseits habe auch einiges munkeln hören ...«, begann sie behutsam, um sogleich vom alten Fong unterbrochen zu werden:

»Oh, sprechen Sie von meiner Tochter?« verschnappte er sich. Er fieberte ja danach, von Ah Meh, die seit zwei Tagen nicht mehr nach Hause gekommen war, den erhofften Tip zu erfahren, das Ergebnis der geheimen Mission, von der Yü Ying allerdings nichts ahnte. Sie zog ihn am Ärmel etwa beiseite und flüsterte ihm ins Ohr:

»Sie fragen schon wieder nach Ah Meh. Sie wandelt neuerdings auf ›Blumenpfaden‹. Wußten Sie das nicht? Ich traf sie heute in der Wohnung von Tschao. Doch ich meinte etwas anderes. Es sieht ganz so aus, als ob Tschao diesmal wieder sein Milliönchen an der Börse einheimsen wird. Wenn Sie mich nun fragen, ob er auf Hausse oder Baisse aus ist...«

Sie stockte. Wie sollte sie nur ihre Worte setzen? Sie wollte doch ihre »Ware« nicht ohne vorherige Bezahlung preisgeben. Fong schwieg völlig teilnahmslos. Die Bestätigung, daß seine Tochter heute bei Tschao angetroffen worden war, genügte ihm. Das Weitere würde sich schon finden, er glaubte, sich auf Ah Meh unbedingt verlassen zu können. Daß es auch anders kommen könnte, und daß in diesem Augenblick das Glück in Person neben ihm saß, das ließ er sich nicht träumen. Er überhörte es auch, als Yü Ying jetzt fortfuhr:

»Onkel Fong, Sie kennen mich von früher, Sie wissen, daß ich aufrichtig bin und nicht zu bluffen pflege – also ich verlange als Gegenleistung gar nicht viel, ein schäbiges bißchen Abfall von Ihrem Gewinn.«

Sie dachten und redeten aneinander vorbei. Bevor sie zu einer Verständigung gelangten, wurde ihr Gespräch durch den Strom der geräuschvoll zurückflutenden Börsenbesucher unterbrochen.

Denn vorn auf der Bühne war die Hauptvorstellung zu Ende. Der Gewittersturm der Zahlen war verebbt und plötzlich von dem Geräusch befreienden Gelächters abgelöst worden, wie es im Theater die heitere Posse nach dem ernsten Drama zu begleiten pflegt. Die Reorganisationsanleihe war mit um einen halben Dollar höher notierendem Schlußkurs abgeklopft worden. Was nun noch gehandelt wurde, waren alte Anleihen der früheren Pekinger Regierung und ähnliche Papiere, die außerhalb der Spekulation lagen. So etwas stand nur auf dem Papier, dafür interessierte sich kein Mensch. Die Front hatte sich also aufgelöst, die Hälfte der Besucher strömte dem Ausgang zu. Unter ihnen auch Li Tschuang Feh, der

Mann mit dem Zahnbürstenbärtchen. Sein Gesicht glänzte von Schweiß, als er am Etappenlazarett auftauchte.

»Schlußkurs einen halben Dollar höher! Macht, was ihr wollt, ich habe für zehntausend abgestoßen!« brüllte er seinen beiden Partnern zu.

»Schade! Schade!« seufzte der Dicke, während Fong sich weiter in Schweigen hüllte.

»Was heißt schade? Ich bin ein Mann von Wort. Wenn der Kurs weiter steigt, springe ich für die Differenz ein. Wie aber, wenn er wieder fällt? Wirst du dann deinerseits für den entgangenen Gewinn geradestehen?«

»Ehrensache!« erwiderte Hou, den energischen Ton des Zollinspektors nachäffend.

Fong schwieg weiter. Er wollte erst den Tip abwarten, den seine Ah Meh auf ihrem »Blumenpfad« pflücken sollte. Dann wollte er sich entscheiden. Abgesehen von den Zwanzigtausend, die jetzt noch für das Dreierkonsortium verfügbar waren, behielt er sich vor, ohne Wissen seiner Partner dann noch auf eigene Faust ein Spielchen zu wagen.

»Li, glaube doch dem Zeitungsschwindel nicht! Alles fabrizierte Meldungen! Du kannst unmöglich so bestimmt voraussagen, daß es zu weiterem Kurssturz kommt.«

»Darüber möchte ich nicht mit dir streiten. Wir wollen abwarten, mein Lieber.«

Während Yü Ying belustigt dem Disput zwischen Zahnbürste und Vollmond zuhörte, erschien der junge geschniegelte Makler Han auf der Bildfläche.

»Nanu, hier sitzen wohl der neue und der alte Mandarin gegenseitig über sich zu Gericht?« rief er den streitenden Herren im Scherz zu und pflanzte sich mit einer geschmeidigen Körperwendung vor Yü Ying auf. Er hatte sie von weitem erspäht.

»Yü Ying, Sie hier? Haben Sie ›ihn‹ erwischt? Sie sind Eine!« sagte er leise und bewundernd zu ihr.

Sie gab ihm durch einen verstohlenen Blick und ein Zucken um die Mundwinkel zu verstehen, daß sie in Gegenwart der drei Herren von gegenüber keine Unterhaltung wünsche, und wandte sich gemächlich dem Ausgang zu.

Zolldirektor Li nahm den jungen Makler Han beiseite und tuschelte eine Weile mit ihm. Dann lief er in die Saalmitte und langte sich den Makler Lu Kwang Schi, Sun Fu's Vertrauensmann, um gleichfalls eine Weile mit ihm zu tuscheln. Die Vormittagsbörse hatte inzwischen geschlossen, der Saal war jetzt fast leer, nur ein, zwei Dutzend Leute, Makler und Kunden, standen plaudernd in kleinen Grüppchen herum. Einzelne Leute standen mit Bleistift und Notizbuch vor den schwarzen Kurstafeln und schrieben sich gewissenhaft die langen Zahlenreihen mit sämtlichen Kurven und Sprüngen ab, die dort fein säuberlich in Kreideschrift verzeichnet standen. In der Kantine wurde der mit Asche und Zigarettenstummeln übersäte Fußboden sauber gefegt und mit nassen Lappen aufgewischt. In den Maklerkabinen, die sich in zwei Reihen hinter der Kursbühne hinzogen, rasselte nur gelegentlich ein Telefon. Der ganze Saal atmete jetzt Ruhe, Entspannung. Aber es war nur eine Kampfpause, die Ruhe vor neuem Sturm.

Zolldirektor Li kam eilig wieder angelaufen. Auf seiner Miene war bleiche Bestürzung zu lesen.

»O weh! Ich habe eben von Lu Kwang Schi erfahren, daß Sun Fu kauft. Er rechnet mit Hausse! Verrückt, was?« raunte er seinen beiden Partnern zu. Die tauschten stumm einen Blick. Dann erhob sich zwischen den drei Partnern ein kurzer, gereizter Disput. Schließlich trennte man sich in gekränkter Stimmung und räumte einzeln die Kampfstätte. Am Hauptausgang sah Fong das Pärchen Yü Ying und Han eifrig tuschelnd beisammenstehen. Er dachte unwillkürlich an seine Ah Meh, den Leuchtturm seiner Hoffnung, und den sicheren Tip, den sie mit nach Hause bringen würde, und lächelte in etwas voreiliger Siegerfreude vor sich hin. Yü Ying schnitt hinter seinem Rücken eine verächtliche Faxe.

»Ist meine Tochter zu Hause?« war Fong's erste Frage, als er daheim aus der Rikscha gestiegen war. Er atmete auf und nahm es als gutes Vorzeichen, als ihm der Bescheid zuteil wurde, das gnädige Fräulein sei soeben zurückgekehrt und befinde sich im Schlafzimmer. Also hatten die Geister der Ahnen offensichtlich sein inbrünstiges Gebet nicht überhört, in dem er vorgestern abend ihren gnädigen Beistand zu seinem Unternehmen erfleht hatte. Nun brannte er darauf, seine Tochter zu befragen und ihr den kostbaren Schatz ihres Wissens zu entwinden. Aber er mußte seine Ungeduld noch etwas zügeln, denn einfach an ihre Zimmertür zu pochen und sie womöglich roh aus zartem Schlummer zu reißen oder bei der Toilette zu stören, nein, das schien ihm nicht schicklich. Es war wohl passender zu warten, bis sie selbst zum Vorschein kam.

Während er in fieberhafter Spannung, die Hände auf dem Rücken, Pläne und Berechnungen wälzend, unten in seinem Arbeitszimmer auf und ab schritt, trat seine I tai tai ein. Sie war zum Ausgang gerüstet, wie die große dicke Ledertasche an ihrem Handgelenk bewies.

»Gut, daß ich dich noch treffe. Ich habe ein Wörtchen mit dir zu reden«, begrüßte sie ihn spitz. Sie packte ihn am Ohrläppchen und zog ihn mit sich zu ihrem Boudoir hinauf. Dort drückte sie ihm einen Stoß Rechnungen in die Hand. Es waren alle möglichen Haushaltrechnungen, sämtlich quittiert. Er schätzte beim Durchblättern den Gesamtbetrag auf rund vierhundert Dollar. Er erlaubte sich eine Bemerkung.

»Warum hast du dir nicht die eine oder andere Rechnung, zum Beispiel die Kohlenrechnung, die Autorechnung, stunden lassen? Die Geschäftswelt von Schanghai hat sich am Drachenbootfest durchgängig ein Moratorium bis zum Mittelherbstfest eingeräumt. In diesen unruhigen Zeiten, du weißt doch, der Bürgerkrieg, da muß man schon Rücksicht nehmen.«

»Schämst du dich nicht? Ich habe freilich nicht deine Gesichtshaut von Leder, um unseren Lieferanten mit solchen Ansinnen zu kommen!« unterbrach sie ihn. »Also kurz und gut, es ist alles bezahlt. Vierhunderteinunddreißig Dollar zweiundzwanzig Cent habe ich für dich ausgelegt. Na, und nun? Kannst du mir meine Auslagen jetzt zurückerstatten? Ich habe mir das Geld selber erst von meiner Freundin leihen müssen.«

»Liebe, gedulde dich noch ein paar Tage. Wenn ich im Augenblick auch nur hundert Dollar Bargeld in der Tasche habe, will ich eine steinalte Schildkröte sein!«

»So? Dann verpfände mir gefälligst dein Zehntausend-Dollar-Guthaben bei der Yüan fong-Bank. Damit ist mir auch gedient.«

»Ausgeschlossen! Überhaupt, warum willst du wegen der paar hundert Dollar gleich eine Sicherheit in Höhe von zehntausend haben?«

»Trottel! Die fünftausend Dollar, die ich mir vor dem Drachenbootfest von meiner Freundin für dich verschafft habe, zählst du wohl nicht mit? Sie war zu vornehm, eine Sicherheit dafür zu verlangen. In wenigen Tagen ist die Schuld fällig.«

Fong grinste und schwieg. Das mit den fünftausend Dollar stimmte schon, aber das Geld stammte, wie er genau wußte, nicht von der Freundin, sondern von den heimlichen Ersparnissen der I tai tai selber.

Ein Glück, daß sie gerade beim Ausgehen war und keine Zeit hatte, das unliebsame Verhör fortzusetzen.

Fong kam es vor, als wäre er einer Amnestie teilhaftig geworden, als sie gegangen war.

Nun wollte er sich aber nicht länger auf die Folter spannen lassen. Er schlich sich zum Zimmer der Tochter, räusperte sich kräftig und trat kurz entschlossen ein.

Ah Meh saß halb angekleidet vor dem Toilettentisch am Fenster und versteckte bei seinem Eintreten ihr Köpfchen geschwind zwischen den Seitenflügeln des dreiteiligen Spiegels.

»Nun, Ah Meh, hast du in der bewußten Angelegenheit etwas in Erfahrung gebracht?«

»Welche Angelegenheit meinst du?«

»Aber, aber! Natürlich die Sache mit der Börse und der Kurswindrichtung. – Ist ›er‹ nun eigentlich to tou oder kung tou?«

»Ach so – Papa, so recht habe ich noch nicht verstanden, was du meinst.«

»Was! Du hast nicht verstanden?«

»Gehört habe ich wohl die Ausdrücke ›to tou‹ und ›kung tou‹, aber es ist mir nicht ganz klar, was darunter zu verstehen ist.«

»Aber Kind! – Dann höre also gut zu: Wer Effekten an der Börse kauft, den nennt man to tou ›Mehrhaupt‹, wer sie verkauft, den nennt man kung tou ›Leerhaupt‹. Begriffen?«

»Ja, ja. Dann ist er to tou.« –

Ah Meh hatte den eigentlichen Zweck ihrer Mission völlig vergessen. Daß sie aber jetzt ihrem Vater einen kleinen Schwindel vormachte, war ihr gar nicht bewußt. Sie sagte sich in ihrer naiven Mädchenlogik: wer verkauft, braucht Geld; wer kauft, hat Geld. Der Tschao hat Geld im Überfluß. Hatte der reiche Tschao nötig, zu verkaufen? Lachhaft! – Folglich mußte er to tou sein.

»Also to tou. – Bist du dessen ganz sicher?« fragte Fong vor Aufregung zitternd.

»Bestimmt.«

Vater und Tochter lächelten sich an, dann tauchte ihr Köpfchen wieder schämig zwischen den Seitenflügeln des Toilettenspiegels unter, während er beglückt zur Tür hinausstürzte.

Hatte nicht vorhin, als er Ah Meh's Zimmer betrat, der Bambusvorhang im Winde deutlich hörbar ans Fenster geklappert? Das bedeutete nach altem Volksglauben bevorstehenden Geldsegen. Er war seiner Sache ganz sicher. Nun wollte er aber auch aufs Ganze gehen und Bonds kaufen, soviel er kaufen konnte.

Er stülpte den Hut auf und stürmte zum Haus hinaus.

»Zur Yüan fong-Bank!« befahl er seinem Rikschakuli. Das Zehntausend-Dollar-Guthaben, das eigentlich bis zur Verheiratung seines »Befehlenden Liebling« unangetastet auf der Bank liegenbleiben sollte, würde zuerst dran glauben müssen.

Neuntes Buch

Die »Loyal« Trust Company hat Sorgen

Der gleichgültige Gesichtsausdruck, mit dem Sun Fu anfangs Yü Ying zugehört hatte, war verschwunden. Seine Miene war jetzt nicht mehr so abweisend wie vorher und hatte den Ausdruck tiefen Nachdenkens angenommen. Auf seiner Stirn perlte feiner Schweiß. Er vermied es, ihrem Blick zu begegnen, und schaute in der Richtung des Fensters ins Leere. Sein rechter Mittelfinger zeichnete auf der Tischplatte mechanisch eine Fünf. Fünf Tage waren es noch bis zum Juni-Liquidationstermin!

Vor dem Parterrefenster des Hotelzimmers, in dem Yü Ying's Unterredung mit Sun Fu stattfand, tauchte schon zum zweitenmal der Schatten eines Kopfs auf, um nach kurzem Verweilen wieder zu verschwinden.

»Extrablatt! Extrablatt! Marschall Yen Hsi Schan greift ein! Große Schlacht bei Te tschou! Tsinanfu bedroht!...« schallte es zweifach von der Straße her. Lästig, daß die beiden Zeitungsjungen, die sich anscheinend in diesem Bezirk mit ihren Extrablättern Konkurrenz machten, ausgerechnet den Platz vor diesem Hotelfenster als Standort erwählt hatten. Immer wieder tauchten die Schatten ihrer Köpfe auf. Sun Fu erhob sich und machte eine Runde um den Tisch. Dann blieb er vor Yü Ying stehen und schaute sie so streng und durchbohrend an, daß ihr nicht einmal ein Lächeln gelang.

»Yü Ying, hören Sie, was ich Ihnen zu sagen habe...«

Jetzt lächelte sie doch. Sie wußte nun, daß er ihr Angebot annehmen würde.

»Herr Onkel, bedenken Sie auch die Schwierigkeit meiner Aufgabe?«

»Ich weiß, der Tschao darf unter keinen Umständen in der Lage sein, Ihr Tun und Lassen zu kontrollieren, deshalb brauchen Sie neben Ihrer offiziellen Wohnung noch ein heimliches Standquartier irgendwo in einem ruhigen Hotel. Lassen Sie das meine Sorge sein. Verwandte müssen sich gegenseitig helfen, und wir sind ja verwandt, wenn auch nur weitläufig, über eine Großtante mütterlicherseits. Also hören Sie: vor allem müssen Sie den jungen Makler Han an sich ketten, das Zeug dazu haben Sie ja. Zweitens dürfen Sie mich nicht wieder unter Ihrem Namen anrufen und auch nicht besuchen, weder in meiner Privatwohnung noch im Büro, sonst würde der Tschao sofort entsprechende Schlüsse ziehen und sich gegen Sie abkapseln.«

»Verstehe, es soll künftig nicht wieder vorkommen.«

»Recht so. Und drittens: Sie werden sich irgendwo in einem netten ruhigen Hotel ein Dauerzimmer mieten, in dem wir uns ungestört besprechen können. Sie müssen sich dort täglich nachmittags so um sechs herum für meinen Besuch bereit halten.«

»Wenn ich nun aber zufällig abgehalten sein sollte?«

»Dann rufen Sie mich, aber ohne Ihren Namen zu nennen, im Büro meiner Gesellschaft an.«

»Und wenn Sie nicht zugegen sind?«

»Zwischen vier und fünf Uhr nachmittags bin ich bestimmt stets anwesend. Andernfalls verlangen Sie Direktor Wang, Wang Ho Fu, an den Apparat. Sie werden ihn an seiner hellen, deutlichen nordchinesischen Aussprache erkennen.«

Yü Ying nickte. Am Fenster tauchten wieder zwei Köpfe auf, der eine stieß sogar an die Scheiben. Sun Fu öffnete ärgerlich das Fenster und blickte hinaus. Wieder die beiden Zeitungsjungen von vorhin. Warum mußten sie sich gerade vor diesem Fenster raufen?

Sun Fu schloß es und setzte sich wieder an den Tisch. Er zog sein Scheckbuch hervor und schrieb einen Scheck aus.

»Hier, der Scheck. Und dann noch eins, Yü Ying. Mieten Sie ein hochgelegenes Hotelzimmer, keins zu ebener Erde wie dieses hier, wo man von der Straße her belästigt werden kann.«

»Unbesorgt. Und nun, Herr Onkel, darf ich meinerseits auch etwas bemerken?«

»Bitte.«

»Ich möchte empfehlen, daß Sie nach außen hin einen recht engen, regen Umgang mit der Yü Man Li pflegen, damit der Schwindel, den ich dem Tschao aufgetischt habe, glaubhaft wird. Er wird Argwohn gegen sie schöpfen und sie fallen lassen, und mir wird es dann um so leichter werden, ihre Lücke auszufüllen und mich in Tschao's Vertrauen zu schleichen.«

Sun Fu nickte schweigend. Besonders sympathisch schien ihm diese Aufgabe nicht zu sein.

»Zweitens, den jungen Han an mich zu fesseln, traue ich mir schon zu. Aber es wäre eine wertvolle Hilfe, wenn Sie ihm einen realen Vorteil bieten könnten. Mit schönen Worten allein werde ich nicht genügend ausrichten. Tschao ist sehr generös, wenn er sich jemandes Dienste kaufen will. Und bitte mich vorher zu verständigen, falls Sie geneigt sind, dem Han einen Vorteil zu bieten. Dann kann ich ihn mit um so größerem Nachdruck bearbeiten.«

»Im Augenblick möchte ich mich dazu nicht bindend erklären. Morgen, übermorgen wollen wir weiter darüber reden.«

»Und dann ist noch ein Punkt...«

Sie zögerte lächelnd.

»Noch etwas? Bitte.«

Er fand, daß dieser weibliche Detektiv reichlich viel Wünsche habe. Etwas unbehaglich wurde ihm bei dem Gedanken, daß sie am Ende mehr ihn in der Hand hatte als er sie.

»Sie werden mich noch öfters in meinem Hotelzimmer aufsuchen. In welcher Rolle werden Sie dabei auftreten?«

Sun Fu fühlte sich wesentlich erleichtert. Wenn es weiter nichts war als das! Er mußte sogar lachen.

»Natürlich als guter Onkel! Wir sind doch schließlich Verwandte!« Er stand auf, winkte ihr lässig zu und stürzte zu seinem Auto.

»Zur Börse! Aber Tempo!« rief er seinem Chauffeur zu. Unterwegs spukte ihm das soeben geführte Hotelzimmergespräch noch ein Weilchen im Kopf herum. Dabei kam ihm nachträglich zum Bewußtsein, daß seine kleine Detektivin gelächelt hatte und errötet war, als sie ihre letzte Frage an ihn richtete. Und ihr Blick hatte so eigentümlich geflackert. Alle Wetter, ging die verflixte kleine Hexe etwa aufs Ganze aus? Ja, eigentlich, warum nicht? Aber er gewährte diesem aufreizenden Gedanken nur für einen kurzen Augenblick Raum. Dann hatte er ihn wieder verworfen und sein Hirn auf ein anderes Thema umgeschaltet, auf die Börse.

Es war gegen drei Uhr nachmittags. Auf dem von der sengenden Sonne aufgeweichten Straßenasphalt zeichneten sich ganze vertrackte Muster kreuz und quer durcheinanderlaufender Autoreifenspuren ab, und ebenso vertrackt und widersprechend lauteten die neuesten Meldungen der verschiedenen Extrablätter aller Größen und Redaktionen, die um diese Stunde von barfüßigen Straßenjungen und armseligen Eckenstehern ausgerufen wurden.

In recht vertrackten und widerspruchsvollen Geleisen bewegten sich auch Sun Fu's Gedanken während der Fahrt von dem kleinen Hotel zur Börse und dann von der Börse zu seinem Gesellschaftsbüro.

Er, der überzeugte Vertreter und Vorkämpfer produktiver Wirtschaft, bislang bewußter Gegner jenes unproduktiven Finanzmanntyps vom Schlag seines Schwagers Tschu Tschai, dessen Horizont nicht über Effektenhandel, Goldarbitrage und Terrainspekulation hinausreichte, er war nun selber Spekulant geworden! Aber warum? – so suchte er sich zu rechtfertigen – weil er seinen Widersacher Tschao nur an der Börse vernichten konnte. Und warum mußte er ihn vernichten? Weil er seinen großen Plänen im Wege stand.

Er, Sun Fu, wünschte eine auf eigenen Füßen stehende chinesische Nationalindustrie, Tschao pfuschte ihm mit seinem Projekt eines internationalen Industrietrusts dazwischen. Daher der Kampf. Im Interesse der heimischen produktiven Wirtschaft mußte er spekulieren! Es war paradox genug. Er stand von Herzen auf seiten der Nanking-Regierung, wünschte ihren Sieg und erhoffte ehrlich die Verwirklichung von Sun Yat Sen's politischem Testament. Aber jetzt, auf Grund von Yü Ying's Enthüllung über Tschao's geheime Pläne, wurde er notgedrungen zum Baissier, machte sich also, wenn auch vorübergehend, die Sache der rebellischen Nordwestmarschälle zu eigen und spekulierte auf eine Niederlage Nankings. Auch das war paradox genug!

Und noch eins. Das kleine Kapital seiner Gesellschaft sollte eigentlich produktiven Zwecken dienen, sollte helfen, die von der Gesellschaft übernommenen acht kleinen, aber sehr entwicklungsfähigen Fabrikbetriebe, zu denen noch die beiden Seidenspinnereien von Tschu und Tschen kamen, auszubauen und rentabel zu machen. Aber jetzt, nachdem seine starke Finanzsäule ins Wanken geraten war, nachdem Schwager Tschu Tschai sich endgültig von ihm und seinen Unternehmen zurückzuziehen begonnen hatte, mußte er notgedrungen das ohnehin bescheidene Gesellschaftskapital auch noch zu unproduktiven Börsentransaktionen heranziehen. Das war der dritte Widerspruch, in den er sich verstrickt hatte. Nun, er tröstete sich mit dem Gedanken, daß das alles nur vorübergehende Magenbeschwerden, nur unvermeidliche Hindernisse auf dem Ritt zum Ziel seien. Noch war sein Selbstvertrauen ungebrochen. Immerhin, er begann seine Lage mit wachsender Sorge anzusehen.

Unterdessen war Sun Fu vor dem Gebäude vorgefahren, über dessen Portal die neue weiße Marmortafel mit der goldenen Aufschrift prangte: I tschung hsin to kung se, »Loyal« Trust Company. Seine Gesellschaft! Seine Gründung!

Im Vorbeigehen steckte er den Kopf in den Kassenraum im Parterre. Am Schalter sah er einen Mann stehen, der einen Anteilschein in der Hand hielt und erregt auf den Hauptkassierer einsprach. Beide hatten rote Köpfe. Um was drehte sich der Streit? War der Schein nicht in Ordnung?

Etwas verstimmt fuhr Sun Fu im Fahrstuhl die zwei Treppen zum Direktionsbüro hinauf. Er traf die beiden Mitdirektoren Grubenbesitzer Wang und Reeder Sun an. Sie hatten die Köpfe eifrig tuschelnd zusammengesteckt und fuhren bei seinem Eintritt wie erschreckt auseinander.

»Gut, daß du kommst. Wir besprachen eben eine kleine Schwierigkeit, die sich neuerdings ergeben hat. Wir hatten schon mehrere Male vergeblich am Telefon nach dir verlangt«, begrüßte ihn Wang.

»Die Schwierigkeit ist nicht weiter erheblich, kommt aber im Augenblick etwas ungelegen. Der Hunderttausend-Dollar-Kredit bei der Yüan ta Bank, der uns in letzter Woche eingeräumt wurde, ist uns heute plötzlich gekündigt worden!« setzte Reeder Sun hinzu. Er sprach ruhig und gemessen wie immer, aber doch mit einem leisen Unterton von Sorge.

Sun Fu verriet keinerlei Bestürzung. Er hatte mit so etwas gerechnet, nur kam es für seine Berechnungen zu früh. Bei dem Hunderttausend-Dollar-Kredit der Yüan ta Bank handelte es sich um Gelder seines Schwagers Tschu Tschai. Sun Fu hatte sich damit abgefunden, daß sich Tschu Tschai zurückzog. Daß Freundschaften in die Brüche gehen, war menschlich, das kam öfters vor. So etwas mußte man in Kauf nehmen. Allerdings war es peinlich, daß diese Kreditkündigung gerade jetzt erfolgte. Die Hunderttausend waren eigentlich für dringende Lohnzahlungen und Rohstoffbeschaffung für die acht kleinen Gesellschaftsbetriebe mit ihren zweiundeinhalbtausend Arbeitern bestimmt gewesen.

Die Betreuung dieser acht Betriebe war Wang übertragen worden. Er legte seinen beiden Mitdirektoren einen Stoß Listen und Rechnungen vor und referierte trocken:

»An Löhnen sind zum Monatsende, also in sechs Tagen, rund fünfzigtausend Dollar zu zahlen. Dazu kommen noch rund siebzigtausend Dollar für die Lieferung verschiedener Rohstoffe und Chemikalien, fällig in drei Tagen!«

Sun Fu rieb sich nachdenklich das Kinn. Er dachte an die erheblichen Lohnsummen, die seine eigenen drei Spinnereien beanspruchten. Er war gründlich festgefahren. Mehr als hunderttausend hatte er in den heißumstrittenen, wertvollen Kokonvorräten des Fabrikanten Tschu investiert, die er zu guter Letzt doch noch an sich gebracht hatte. Weit über hunderttausend lagen in Garnvorräten fest, die zu verkaufen er in Anbetracht der katastrophal gesunkenen Garnpreise sich nicht entschließen konnte. Weitere hunderttausend hatte er auf Drängen seines Geschäftsführers Feh in Zwei-Brücken festlegen lassen. Obwohl er über Auftragsmangel nicht zu klagen hatte, war er nie zuvor so knapp an flüssigen Mitteln gewesen wie in diesem Augenblick.

»Für den dringlichsten Bedarf, die siebzigtausend Dollar für gelieferte Rohstoffe, werde ich einstweilen aufkommen«, erklärte Reeder Sun. Er kannte Sun Fu's Nöte.

»Allerdings, geschehen muß etwas«, fuhr er fort. »Die Gesellschaft verfügt nach dem Ausscheiden des Tschu Tschai nur noch über vierhundertausend Dollar, und die haben wir bis auf einen kleinen Rest in Staatsanleihe angelegt.«

»Auch wenn wir sie in bar hätten, wären sie für die Bedürfnisse unserer Gesellschaftsbetriebe nicht ausreichend. Geschehen muß etwas!« bestätigte Wang.

In Sun Fu's Augen leuchtete es auf. Es war das Leuchten im Auge des Feldherrn, von dem neue Kraft und Zuversicht auf die verzagte Truppe übergeht. Gerade als er den Mund auftun wollte, klopfte es zweimal leise an die Tür.

»Herein!«

Der Hauptkassierer von unten betrat schüchtern das Allerheiligste. Auf den Zehenspitzen schlich er sich an Wang's Seite und berichtete ihm leise:

»Unten ist schon wieder ein alter Einleger der früheren Gesellschaft. Er hat seine Einlage vorzeitig gekündigt, und nun schlägt er Lärm und will sofort ausgezahlt werden. Ich habe ihn vergeblich auf unsere neue Satzung hingewiesen, wonach solche Rückzahlungen nur nach Ablauf einer sechsmonatigen Kündigungsfrist erfolgen können. Er will sich durchaus nicht darauf einlassen und erklärt, daß er gern auf die paar Monate Zinsen verzichten wolle. Was soll ich tun?«

»Um welchen Betrag handelt es sich?«

»Zehntausend.«

»Auszahlen! Erledigt!«

Der Kassierer schob wieder sachte auf Zehenspitzen ab. Nachdem die pneumatisch schließende Patenttüre hinter ihm mit leisem Quietschen ins Schloß gefallen war, unterbrach Wang das betretene Schweigen:

»Recht ärgerlich! Das geht nun Tag für Tag so!«

Er steckte sich eine neue Zigarre an, paffte einige dicke Wolken und fuhr fort:

»Diese kleinen Einleger, die wir mit der früheren Gesellschaft übernommen haben, springen einer nach dem anderen ab. Sechzig Prozent der früheren Einlagen sind bereits gekündigt worden.«

»Und unsere neuen Einleger?«

»Der Zugang hält bisher dem Abgang ungefähr die Waage. Freund Tang hat über hunderttausend Dollar an neuen Einlagen herangeschafft. Aber diese Abzugsbewegung unter den alten Einlegern scheint geradezu ansteckend zu wirken.« Sun Fu lächelte geringschätzig und fuhr fort:

»Wir werden morgen eine Mitteilung an die alten Einleger verschicken des Inhalts, daß wir ihnen, falls sie innerhalb der nächsten vierzehn Tage ihre Einlagen zurückgezahlt wünschen, ein besonderes Entgegenkommen zeigen werden, indem wir ihnen Tageszinsen einräumen und auf Innehaltung der satzungsmäßigen Kündigungsfristen verzichten. Habe ich recht? Man darf diese kleinen Sparer nicht vor den Kopf stoßen. Im übrigen vermute ich, daß hinter diesen auffälligen Kündigungen der alte Tschao steckt. Er hat offenbar ungünstige Gerüchte über die Kreditwürdigkeit unserer Gesellschaft in Umlauf gesetzt. Gerüchte fabrizieren ist ja seine Spezialität. Das gehört zu seinem hübschen Plänchen, uns den Garaus zu machen. Wie ich von meinem Schwager erfahren habe, hat er dem Professor Li gegenüber dunkle Andeutungen von einer ›Kreditdrosselung‹ gemacht, mit der unsere Gesellschaft in Kürze zu rechnen habe und der sie nicht gewachsen sein würde. Nun, das paßt ja in die Linie dieser Kündigungen.«

»Sehr richtig. Und wahrscheinlich steckt er auch hinter der plötzlichen Kreditaufkündigung der Yüan ta Bank«, fiel Wang ein.

»Zweifellos. Nach außen hin hat mein Schwager als Vorwand für seinen Abfall vorgegeben, daß er mit dem Erwerb der acht Fabriken nicht einverstanden sei. In Wirklichkeit hat er sich von Tschao bluffen und einschüchtern lassen. Als er hörte, daß unser Geschäftsführer Tang zur Zeit nach Hongkong verreist sei, hat er mich zwei-, dreimal bestürmt, dem Schang Tschung Li auf den Syndikusposten zu schmuggeln. Ausgerechnet den alten Schang, die recht Hand des Tschao! Ich denke nicht daran! Das hat ihm natürlich Tschao durch den Professor Li eingeblasen. Darüber ist es dann zum Bruch gekommen mit dem Ergebnis, daß mein Schwager seine Beteiligung an unserer Gesellschaft gekündigt hat. Der Zusammenhang ist völlig klar.«

»Ja, ja, der gute Tschu Tschai ist ein ängstlicher Herr und hat eine merkwürdige Abneigung gegen das nützliche Gewerbe der Industrie«, bemerkte Wang lachend.

»Ich bin auch der Meinung, daß es nützlich ist, die leichtgläubigen kleinen Einleger durch die vorgeschlagene Mitteilung zu beruhigen und zu ermutigen«, ließ sich Reeder Sun vernehmen. »Aber wir werden daneben nicht um die Notwendigkeit herumkommen, unsere geringen Betriebsmittel ganz wesentlich zu verstärken. Wie wäre es, wenn wir einen Teil unseres Anleihebesitzes wieder zu Geld machten?«

Die beiden Mitdirektoren blickten erwartungsvoll auf Sun Fu, denn Bonds und Börse waren dessen Ressort.

»Es blieb leider nichts anderes übrig, als unser ganzes Betriebskapital in Bonds anzulegen. Am Dritten des Monats haben wir versuchsweise für eine Million verkauft, als die Kurstendenz rückläufig zu werden schien, aber bald darauf änderte sich die Tendenz, und wir mußten wieder kaufen. Augenblicklich haben wir für zehn Millionen nominell Regierungsbonds in Besitz. Ich komme eben von der Börse und habe mit meinem Makler Rücksprache genommen. Nach dem Stand der Schlußkurse an der heutigen Frühbörse würden wir rund Dreihunderttausend verdienen, wenn wir jetzt verkaufen würden. Ich habe daher meinem Makler Order auf Verkauf von zunächst fünf Millionen zum Anfangskurs der heutigen Nachmittagsbörse erteilt.«

Sun Fu verkündete es mit Siegerröte auf dem Gesicht.

»Aber, Sun Fu, es sieht doch ganz nach weiterem Anziehen der Kurse aus! Seit dem 15. des Monats haben sie stetig, wenn auch täglich kaum um 30 Cent, angezogen«, hatte Wang einzuwenden.

»Ob die Kurse weiter anziehen, ist durchaus nicht sicher!«

Das war für die anderen neu. Sun Fu fuhr in raschem, metallischen, jedes Wort einzeln abhackenden Tonfall fort:

»Wir müssen vor allem fest auf eigenen Füßen stehen! Wir dürfen nicht von der Gnade der Finanzherren abhängen! Wir stehen gewissermaßen im Kampf gegen zwei Fronten: vor uns die Japaner mit ihren verschiedenen kleinen Konkurrenzfabriken in Schanghai, und als Feind im Rücken der alte Tschao mit seinem Trustplan. Zuerst heißt es mit diesen beiden Gegnern fertig werden. Alsdann werden wir an die gründliche Reorganisation unserer Gesellschaftsbetriebe gehen, um sie rentabel zu machen. Wir werden alles unfähige Personal und alle faulen, aufsässigen Arbeiter rücksichtslos ausmerzen und durch fähiges Menschenmaterial ersetzen, und dann werden wir für jeden einzelnen Betrieb sorgfältige, sparsame Etats aufstellen, die eine Unkostenverringerung von zwanzig Prozent zum Ziele haben müssen.«

Es entspann sich eine lebhafte Debatte darüber, wie diese Reorganisation im einzelnen aussehen müsse. Dann wandte sich das Gespräch dem ersten Teil von Sun Fu's Programm zu, dem Kampf gegen die Feinde vorn und im Rücken. Sun Fu hielt den Zeitpunkt für gekommen, mit seiner neuesten Enthüllung herauszurücken:

»Daß ich Order erteilt habe, die Hälfte unseres Anleihebesitzes noch heute abzustoßen, hat seinen guten Grund. Wir waren in großer Gefahr! Tschao plant, die Hausse abzuwürgen, und hat seine Dispositionen sehr geschickt getroffen! Zum Glück habe ich noch rechtzeitig Kenntnis von seinen geheimen Plänen erlangt. Eine Persönlichkeit, die ihm nahesteht, hat mir das Geheimnis für den Preis von zweitausend Dollar verkauft! Die betreffende Persönlichkeit hat sich außerdem bereit erklärt, für mich Spionagedienste beim alten Tschao zu leisten und mich ständig über seine Dispositionen auf dem laufenden zu halten. Soviel weiß ich nun: Tschao manövriert auf einen gewaltigen Kurssturz zum Monatsende kurz vor dem Liquidationstermin hin. Nun, was uns betrifft, so soll er sich gründlich verrechnet haben! Morgen werden wir auch die andere Hälfte unseres Anleihebesitzes abstoßen!«

Gebannt hatten die beiden Mitdirektoren an Sun Fu's Munde gehangen, wie die Generalstabsoffiziere am Munde des obersten Feldherrn, wenn er seinen Kriegsplan entwickelt. Das war allerdings eine sensationelle Enthüllung! Das Thema Tschao und die Börse beherrschte für eine Weile die Debatte. Die beiden Mitdirektoren, die eigentlich die Verquickung ihrer Industriegesellschaft mit der Börse nie gern gesehen und als widerspruchsvoll getadelt hatten, begannen nun, in Tschao den gemeinsamen Feind zu sehen und Sun Fu recht zu geben, wenn er die Gesellschaft zu einem einzigen Kampfinstrument gegen diesen gemeinsamen Feind machte. Schließlich kehrte man wieder zur Erörterung praktischer Organisationsfragen zurück, wie Personal- und Lohnabbau, Arbeitszeitverlängerung, Einführung von Leistungsprämien und ähnlichem mehr.

Mitten in die eifrige Diskussion platzte Huang Fen, der Garnisonoffizier und Spezialist in »Kanonenschlägen«, herein. Er war mit einer schweren Aktentasche bewaffnet und glühte vor Aufregung.

»Marschall Yen Hsi Schan auf der ganzen Front im Vormarsch! Te tschou in Aufruhr!« schmetterte er als neueste Neuigkeit in das Direktionszimmer hinein.

Das war wirklich ein Kanonenschlag! Die Nachricht besagte, daß sich die Lage der Nanking-Truppen in Nord-Schantung verschlechtert hatte, bestätigte also die Informationen Sun Fu's. Nur etwas zu plötzlich kam die Neuigkeit.

»Von wann datiert die Nachricht? Ist sie auch verbürgt?« fragte Wang aufgeregt.

»Vor einer halben Stunde ist sie herausgekommen. Und ob sie verbürgt ist!«

Der Offizier klopfte wichtig auf seine Aktentasche unter dem Arm, womit er andeuten wollte, daß darin die amtliche Bestätigung enthalten sei.

»Wie steht es mit Tsinanfu? Angenommen, Yen Hsi Schan marschiert auf Tsinanfu weiter, wird es dort zu einer Entscheidungsschlacht kommen?« fragte Sun Fu gespannt.

»In vier, fünf Tagen wird Tsinanfu besetzt sein, aber ohne größere Kampfhandlung. Die Regierungstruppen räumen planmäßig das nördliche Schantung und werden sich erst im Südabschnitt der Tientsin-Pukou-Bahn zur Entscheidungsschlacht stellen.«

Das entsprach genau der Vorhersage, die Yü Ying aus Tschao's Munde erlauscht hatte. Unheimlich, wie gut dieser Tschao unterrichtet war! Aber zu plötzlich war die Veränderung der Kampflage in Nordschantung eingetreten, so rasch, daß auch Sun Fu's rascher Geist nicht Schritt halten konnte.

Besorgt beobachtete Reeder Sun die aschgraue Verfärbung in Sun Fu's Gesicht, und besorgt blickte er auf das Zifferblatt der großen Standuhr. Vier Uhr! Wie würde es jetzt auf der Börse aussehen? Wenn die Nachricht dort bereits bekannt war, dann würde sie unfehlbar einen sofortigen Kurssturz ausgelöst haben. Mit einem so frühen Kurssturz aber hatte Sun Fu nicht gerechnet.

Huang Fen war inzwischen wieder genau so plötzlich verschwunden, wie er aufgetaucht war. Im Direktionszimmer herrschte gespanntes Schweigen.

Sun Fu umwanderte zähneknirschend und augenrollend den Sitzungstisch, dann blieb er mit einem energischen Ruck vor seinen beiden Mitdirektoren stehen:

»Es gibt nur noch einen Ausweg für uns: wir müssen die Maklervereinigung mit Geld und guten Worten dazu bringen, daß sie den Liquidationstermin diesmal um zwei Tage vorverlegt. Sprach Huang Fen nicht davon, daß mit der Besetzung von Tsinanfu nicht vor vier, fünf Tagen zu rechnen sei? Gut, nehmen wir frühestens vier Tage an. Fünf Tage sind es noch bis zum Liquidationstermin. Eine Vorverlegung um zwei Tage würde also den Vorteil für uns haben, daß die Skontration noch vor der Besetzung Tsinanfu's erfolgt, also zu einem Zeitpunkt, wo der Kursrückgang noch nicht zur Panik ausgeartet ist. Die Panik wird erst einsetzen, wenn die Besetzung von Tsinanfu Tatsache geworden ist. Unsere Verluste werden sich demnach in erträglichen Grenzen halten, andernfalls würden sie katastrophal sein, wenn wir morgen unsere restlichen fünf Millionen abstoßen. – Verflucht, was fällt diesem Yen Hsi Schan ein, so plötzlich loszumarschieren! Konnte er nicht noch ein paar Tage damit warten? Womöglich hat Tschao wieder mit seinem alten ›Trick‹ operiert? Diesmal im umgekehrten Sinne? Sieht ganz danach aus.«

»Ein Glück, daß wir noch rechtzeitig durch Huang Fen Wind erhalten haben. Damals, als die Eiserne Division so unerwartet Tschang scha räumte, war es auch unsere Rettung, daß wir noch rechtzeitig Wind erhielten. Im übrigen stimme ich Ihnen vollkommen zu«, erklärte Reeder Sun.

»Ich ebenfalls. Und jetzt heißt es rasch handeln! Jeder Zoll Zeit bedeutet jetzt einen Zoll Gold!« setzte Wang hinzu. In seinem Blick lag ehrliche Bewunderung für den großen Börsenstrategen Sun Fu.

»Gut, dann will ich sofort die Börse anrufen und meinen Makler instruieren. Ich sollte meinen, wenn wir einen Zehntausender springen lassen, wird die Maklervereinigung für die gewünschte Terminverlegung zu haben sein. – Ein wenig corriger la fortune, das steht uns Menschen immer noch frei.«

Sun Fu warf einen Blick auf die Wanduhr, dann stürzte er in das Nebenzimmer mit der Aufschrift »Privat«.

Während er drüben telefonierte, ging hüben Reeder Sun, ruhig und beherrscht wie immer, mit auf den Rücken gekreuzten Händen auf und ab und betrachtete mit Muße abwechselnd die Blumenvase auf dem Tisch und das große Gemälde an der Wand mit den vielen rauchenden Schornsteinen, die Chinas industrielle Zukunft versinnbildlichen sollten.

Wang war nervöser. Um sich die Wartezeit zu kürzen, drückte er auf einen Klingelknopf und begann, dem herbeieilenden Stenotypisten etwas in die chinesische Schreibmaschine zu diktieren. Es sollte der Entwurf einer neuen Betriebssatzung betreffend Einführung von Leistungsprämien werden. Aber in seiner Nervosität kam er mit dem Diktat nicht recht vom Fleck und schickte den Stenotypisten, kaum daß er die ersten Sätze zu schreiben begonnen hatte, wieder fort.

Endlich kam Sun Fu wieder herein. Er sah unmutig aus und hielt die geballten Fäuste auf die Brust gepreßt.

»Die Kurse sind bereits um einen halben Dollar gefallen!« stieß er leise und zähneknirschend hervor. Gleich darauf aber blitzte es in seinem Auge wieder listig und überlegen auf.

»Das bezieht sich auf die Schlußnotiz. Wir sind mit unseren fünf Millionen gerade noch rechtzeitig ausgestiegen! Bei Eröffnung der Nachmittagsbörse lagen die Anfangskurse sogar noch fünf Cent höher als die Schlußkurse der Vormittagsbörse. Später sind sie dann gefallen. Wir verdienen an unseren fünf Millionen immerhin an die hundertzwanzig-, hundertdreißigtausend Dollar. Allerdings mit den restlichen fünf Millionen, die ich eigentlich morgen abstoßen wollte, ist es nun leider nichts. Der Mensch denkt, der Himmel lenkt!«

»Nun, dann ist es ja gar nicht so schlimm! Machen wir uns nichts daraus und halten wir ruhig an unseren sonstigen Plänen fest. Es gibt noch ein Morgen!« sprach Reeder Sun mit gemacht heiterer Miene den anderen Trost zu. Aber in seinem zuversichtlichen Tonfall schwang ein leises Zittern.

»Richtig! Es gibt noch ein Morgen!« stimmte Wang kräftig ein. »Gleich morgen wollen wir energisch an die Reorganisation unserer acht Betriebe gehen ... drei- bis fünfhundert Arbeiter dürften entbehrlich sein, die können wir entlassen ... Wegfall zusätzlicher Löhnung bei Sonntagsarbeit ... einstündige Verlängerung der Arbeitszeit ... achtprozentige Lohnkürzung ... auf diese Weise werden wir den kleinen Verlust an der Börse wieder wettmachen.

Und wenn die Arbeiter aufbegehren sollten? Ha, dann machen wir ganz einfach auf vierzehn Tage die Fabriktore zu!«

Müde und mißgelaunt kam Sun Fu an diesem Abend gegen neun Uhr heim. Es war schwül und windstill. Der Himmel hing voller Sterne und zeigte eine ganz schmale, kaum sichtbare Mondsichel. Die Villa lag völlig im Dunkel, denn die ganze Familie saß im Freien am Goldfischteich und genoß das schwache, kühlende Lüftchen, das vom Teich her durch den Park strich. Die vier Personen saßen verstreut auf Liege- und Korbstühlen und redeten keinen Ton. Die hellen Kleider der Damen leuchteten geisterhaft aus dem Dunkel der Bäume.

Koralle summte von Zeit zu Zeit ein paar Takte aus dem beliebten Tagesschlager »Ramona« vor sich hin. Zwischendurch hörte man vom Teich her, wenn sich ein Goldfisch an der Oberfläche tummelte, leises Glucksen und Plätschern.

Orchidee fand, daß sich die Weise, die Koralle sang, recht fröhlich anhöre und ganz zu ihrer augenblicklichen Stimmung passe. Sie hatte heute wieder eine eindrucksvolle Begegnung mit Vetter Fan gehabt, die ihr Herzchen höher schlagen ließ. Und sie verstand unter Singen so etwas wie Geheimsprache des Herzens.

Mitten in diese stille, friedliche, poesievolle Atmosphäre am Goldfischteich platzte auf einmal von weitem eine zornige, prosaische Stimme:

»Licht machen! – Das ist ja hier wie in einer Spukhöhle!« Eine Weile später flammte die elektrische Beleuchtung im Parterre auf; auf der Veranda, von Licht übergossen, sah man den Hausherrn im Bademantel stehen und nach allen Seiten äugen. Und dann wieder seine zornige Stimme:

»Ist denn hier niemand zum Bedienen da? Wo steckt denn die ganze Bande?«

»Hier, gnädiger Herr«, meldete sich eine vereinzelte Dienerstimme. Allmählich wurde es im Hause lebendig.

»Die Herrschaften sind am Teich, Kühlung suchen.« Das war die Stimme von Kammerzofe Wang. Sie war gerade im Begriff, ein Tablett mit Eisgetränken in den Garten zu tragen.

Dann folgte eine polternde Auseinandersetzung mit dem Butler.

»Kao Schong, hast du die Fabrik angerufen? Warum ist der Weh Yo noch nicht hier?«

»Ich habe angerufen und Herrn Weh Yo, wie befohlen, auf zehn

Uhr herbestellt. Er ließ sich entschuldigen, er könne erst eine halbe Stunde später kommen.«

»Dummes Zeug! Noch einmal anklingeln! Er möchte sofort herkommen!«

Die zarte Weise, die vom Teich her an Sun Fu's Ohr gedrungen war, hatte bei ihm wie Öl aufs Feuer gewirkt. Als er endlich unten im Park auf der Bildfläche erschien, war seiner Miene unschwer abzulesen, daß das Barometer auf Sturm stand. Frau Smaragd fühlte, daß sich das Gewitter gleich in Gestalt irgendeiner unmotivierten Schimpferei entladen würde. Sie kannte ihren Mann, blieb ruhig in ihrem Liegestuhl liegen und lächelte schicksalergeben vor sich hin. Koralle hatte sich hinter einen Baum geflüchtet, hielt das Taschentuch vor den Mund gepreßt, um nicht laut herauszulachen, und lugte vorsichtig mit gespitzten Ohren um den Baumstamm herum. Narziß spielte geistesabwesend mit seinem geliebten malaiischen Wurfmesser, das er sich kürzlich zugelegt hatte und von dem er sich bei Tag und Nacht nicht trennen konnte. Orchidee stand gedankenverloren am Teichrand und beobachtete das Emporschnellen und Schnappen der glitzernden Goldfische.

Sun Fu musterte seine Angehörigen wie die sprungbereite Katze die Mäuse, dann wandte er sich an Narziß. In ihm schien er ein geeignetes Angriffsziel gefunden zu haben.

»He, was hast du denn da in der Hand?« Narziß hielt ihm stumm sein Wurfmesser hin.

»So ein Unfug! Wer hat dich denn gelehrt, mit solchem Spielzeug umzugehen?«

»Dein Leibwächter, der Kwan«, stammelte Narziß. Er zog die Hand mit dem Messer zurück und wollte davonlaufen.

»Halt! Dageblieben!« schnauzte ihn Sun Fu an. »Und wirf das Ding sofort weg! Wirf es in den Teich! Das ist kein Spielzeug für einen grünen Jungen wie dich! Aber das kommt von der verrückten Erziehung! Zu sehr eingesperrt hat dich der lao tai ye in Zwei-Brücken, und nun schlägst du nach der anderen Seite aus. Sowie die Sommerferien vorüber sind, muß du in die Schule! – Wirf das Ding fort!«

Ein Plumps, und betrübt schaute Narziß nach der leichtgekräuselten Stelle im Teich, wo sein geliebtes Spielzeug verschwunden war. Sun Fu's schlechte Laune war damit beträchtlich, aber noch nicht völlig abreagiert. In seiner Halbschwester Orchidee erspähte er ein neues Opfer. Er wußte, daß sich seit einiger Zeit zarte Fäden zwischen ihr und Vetter Fan spannen, und das paßte ihm gar nicht.

»Smaragd«, wandte er sich an seine Frau, »bitte sei nicht zu nachsichtig gegen deine jungen Vettern und Basen! Ich möchte offen über ihr Tun und Lassen unterrichtet sein und liebe keine Heimlichkeiten.«

Seine Gattin blickte ihn verständnislos an und schwieg. Da fuhr er gereizt fort:

»Zum Beispiel Orchidee. Ich möchte durchaus kein Tyrann sein; sollen sich die jungen Leute bei der Gattenwahl getrost selber entscheiden. Aber ich möchte vorher wenigstens unterrichtet sein, damit ich prüfen kann, ob die Wahl passend ist. Übrigens habe ich für Orchidee bereits vorgesorgt und auch schon eine geeignete Mittelsperson an der Hand. Wenn ihr mich einfach überrumpelt, mache ich mich ja vor den Leuten lächerlich.«

»Überrumpelt hätten wir dich? Das ist mir neu! Darf ich fragen, auf wen deine Wahl gefallen ist?« Sun Fu blieb ihr die Antwort schuldig und wandte sich seiner Halbschwester zu:

»Orchidee, falls du selbst hierzu etwas zu sagen hast, dann besinn dich nicht lange und gib deine Meinung kund!«

Aber Orchidee ließ das Köpfchen hängen und brachte nicht einen Ton hervor. Dieser große Bruder stand ihr viel zu fern, und sie hatte viel zuviel Angst vor ihm, um ihn in ihr kleines Herz blicken zu lassen.

»Na also, du bist noch frei. Dann werde ich dir zu einem Partner verhelfen«, konstatierte Sun Fu schmunzelnd und wandte sich zufrieden ab. Er mußte ins Haus. Wie ein Diener meldete, wartete in der Bibliothek ein gewisser Weh Yo auf ihn.

Es war nur eine kurze Unterredung, die um diese späte Stunde zwischen Chef und Geschäftsführer stattfand.

»In der Industriearbeiterschaft von Hongkew soll es, wie ich höre, gären. Glaubst du, wenn es zu Unruhen kommt, daß die Bewegung auf unsere Fabrik in Tschapeh übergreifen wird?«

»Mit Bestimmtheit läßt sich das nicht vorhersagen.«

»Was! Ich hatte von dir erwartet, du würdest an die Brust schlagen und mit einem bestimmten, kräftigen Nein! antworten.«

»An sich könnte ich das. Aber ich habe so im Gefühl, daß Sie mir eine Anordnung wegen Lohnkürzung mitgeben werden. In diesem

Falle kann ich mich für die Entwicklung der Dinge nicht verbürgen.«

»Hast du alle vereinbarten Maßnahmen getroffen?«

»Jawohl. Das Schwert ist geschliffen. Freilich, wenn es niedersaust, wird es wohl einigen Widerstand geben. Aber in zwei, drei Tagen denke ich Ordnung geschafft zu haben. Vermutlich ...«

»Willst du etwa sagen, daß du vermutlich noch mehr Zeit dazu brauchst? Kommt nicht in Frage! Falls die Arbeiterinnen rebellisch werden sollten, wünsche ich, daß noch am gleichen Tag Ordnung geschafft wird! Ich habe keine Lust, drei Tage zu warten!«

»Ich wollte sagen, falls es bei uns zu Unruhen kommt, wird der Funke vermutlich auf die gesamte Schanghaier Seidenindustrie überspringen und zum Brand werden, nämlich zum Generalstreik.«

Sun Fu schleuderte den Schreibpinsel, den er die ganze Zeit über nervös zwischen den Fingern herumgewirbelt hatte, zornig auf den Schreibtisch und brüllte wie von Sinnen:

»Ob Streik oder Generalstreik, mir ganz gleich! Sobald sich in meinem Betrieb auch nur der geringste Hauch von Widersetzlichkeit regt, wünsche ich, daß noch am gleichen Tag Ordnung geschafft wird!«

»Also wünschen Sie sofort schärfstes Vorgehen?«

»Natürlich! Allerschärfstes Vorgehen!«

»Dann bitte ich um meine Entlassung!«

»Hast wohl Angst?«

»Das nicht, aber ich möchte nicht mit eigener Hand einreißen, was ich mit so viel Mühe und Schweiß während eines Monats aufgebaut habe. Sie sind der lao pan und können natürlich über Ihren Betrieb nach Belieben verfügen. Doch ohne mich, bitte. Angst habe ich wahrlich nicht.«

»Ich will doch nur auf die Probe stellen, ob sich deine Maßnahmen bewähren.«

»Sie wünschen, daß ich sofort zu den schärfsten Mitteln greife und innerhalb eines Tages Ordnung schaffe. An sich könnte ich das. Der Überwachungsdienst, der Werkschutz, alles ist fertig organisiert und zum Losschlagen bereit. Aber wäre uns mit Gewalt gedient? Über kurz oder lang, in zehn Tagen, zwei Wochen, würde die alte Krankheit von neuem ausbrechen. Davon wären Sie wenig erbaut, und ich würde das Vertrauen einbüßen, das Sie in mich gesetzt haben.«

»Wie gedachtest du also vorzugehen?«

»Ich habe mir die schärferen Maßnahmen nur für den äußersten Fall vorbehalten. Die Arbeiterinnen sind doch kein Abklatsch ein und derselben Druckplatte, sie sind unterschiedlich eingestellt und müssen daher auch unterschiedlich behandelt werden. Es gibt einzelne kommunistisch verseuchte Elemente, das ist der verderbte Teil der Belegschaft. Es gibt daneben solche, die aus Dummheit zu Mitläuferinnen der kommunistischen Hetze geworden sind. Das Gros ist feige. Ich wollte Sie bitten, mir im Falle von Unruhen drei Tage Zeit zu lassen, um die kommunistischen Hetzelemente aufzuspüren und samt und sonders ins gleiche Netz einzufangen. Für diesen, aber auch nur für diesen Zweck habe ich mir die Anwendung der schärfsten Maßnahmen vorbehalten. Ich glaube mich verbürgen zu können, daß auf solche Weise der Arbeitsfriede wenigstens für ein halbes Jahr gesichert wäre.«

»Ganz gut, aber zu geduldig und rücksichtsvoll. Wie die Dinge liegen, können wir uns den Luxus geduldigen Abwartens nicht mehr gestatten. Also mein Entschluß steht fest: ob Streik oder nicht Streik, mir ganz gleich, ab nächstem Monat gibt es eine achtprozentige Lohnkürzung! Sollten die Garnpreise wieder auf neunhundert anziehen, dann können wir weiterreden. – Es ist gut. Du kannst gehen. Eine Entlassung kommt nicht in Frage.«

»Dann gewähren Sie mir also im Notfall drei Tage Frist?«

»Nein! Nein! Nicht einmal einen Tag!« Sun Fu machte eine ungeduldige Handbewegung. »Willst mich wohl gar mit Verträgen festlegen? Das gibt es nicht! Wir wollen ruhig abwarten, ob sie es auf Kampf ankommen lassen, und uns dann weiter sprechen.«

Weh Yo verbeugte sich schweigend und empfahl sich. Er fand, daß sein lao pan neuerdings reichlich nervös geworden sei.

Zehntes Buch

Die Fabrik »zum blühenden Überfluß«

ERSTER TEIL
Die Barackensiedlung in Aufruhr

Personen:

Weh Yo, der neue Werkführer
Mo, der alte Werkführer
Aufseher:
Kweh Tschang Lin, Betriebsratsmitglied, loyal
Tsiän Pao Schong, Betriebsratsmitglied, oppositionell
Li Ma Tse, Werkdetektiv, loyal
Aufseherinnen:
Wang Kin Tschong, Betriebsratsmitglied, loyal
Pi Pao Tschu, oppositionell
Ah Tschen, loyal
Ah Hsiang, heimlich oppositionell
Arbeiterinnen:
Tao Kin Fong, das »Blumenhaupt«, loyal
Yüe O, *Hsiu Meh*, *Ah Hsin* } kommunistisch
Kweh Ying, Sympathisantin der Kommunisten
Goldchen, dreizehnjährige Jungarbeiterin, Kokonwäscherin

Am nächsten Abend nach Fabrikschluß hielt Weh Yo mit seinem Generalstab im Büro Kriegsrat. Er hatte die Anordnung wegen der bevorstehenden Lohnkürzung noch nicht offiziell bekanntgegeben, wohl aber mit Absicht das Gerücht davon durchsickern lassen, um die Stimmung der Belegschaft zu erproben.

»Ah Tschen, wie war heute die Stimmung im Arbeitssaal? Was sagt man so im allgemeinen zu der bevorstehenden Lohnkürzung?«

Die Aufseherin von Reihe zehn wollte erst nicht recht mit der Sprache heraus.

»Es gibt nur eine Stimme: Nieder mit Weh Yo! Nieder mit dem ›Spucknapf‹! Das hat uns der ›Spucknapf‹ eingebrockt!«

Weh Yo in seiner heiklen Stellung zwischen lao pan und Belegschaft mußte den gehäuften Unmut und Unrat von beiden Seiten einstecken, daher sein Werkspitzname »Spucknapf«.

»Die Stimmung ist geladen. Morgen, wenn die Bekanntmachung erst heraus ist, wird es bestimmt losgehen. Unser Widersacher im

Betriebsrat, Tsiän Pao Schong, freut sich schon darauf, dich und mich vom Thron zu stürzen«, bestätigte das Betriebsratsmitglied Kweh Tschang Lin.

Im gleichen Sinne hatte der alte Mo, Mitgeschäftsführer und Kassenvorstand, berichtet. Die Arbeiterinnen hätten vorhin, als sie Feierabend machten, in beunruhigender Weise die Köpfe zusammengesteckt und getuschelt:

In aller Ruhe erteilte Weh Yo seine Befehle:

»Ah Tschen, du verfügst über eine schöne, glatte Honigzunge. Du gehst in die Wohnsiedlung, mischst dich unter die Arbeiterinnen und suchst sie zu überzeugen, daß die Lohnkürzung keine Schikane, sondern unter dem Zwang der Umstände eine notwendige, vorübergehende Maßnahme ist. Ich vertraue, daß du es an Überredungskunst mit den paar Hetzerinnen aufnimmst. Deine Verdienste werde ich besonders vormerken und gebührend in Empfehlung bringen.«

»Gar nicht nötig, Dienst ist Dienst«, erwiderte Ah Tschen schnippisch und verschwand.

»Alter Li, kannst du heute nacht zwanzig Mann auf die Beine stellen?«

Li Ma Tse, der hünenhafte Werkdetektiv, grinste über das ganze Gesicht und rieb sich vergnügt seine tellergroßen Tatzen. Endlich würde er seine kleine Privatarmee zur Geltung bringen können.

»Zwanzig Mann? Fünfzig, hundert! Kleinigkeit!«

»Schon gut, zwanzig genügen. Aber heute noch keine Keilerei, bitte ich mir aus! Deine Leute sollen lediglich in der Wohnsiedlung einzeln patrouillieren, aufpassen, horchen und verdächtige Arbeiterinnen, vor allem die Hsiu Meh und die Ah Hsin, unauffällig beschatten. Morgen früh sollst du dann mit deinen Leuten hier vor dem Büro antreten. Vielleicht gebrauchen wir dann eure Fäuste. Du kannst jetzt gehen und an der Kasse hundert Dollar liquidieren.«

Strahlend zog der alte Kämpe ab.

»Diesmal wird's Ernst werden. Was mir Sorge macht, sind die drei Schnösel aus der Provinz, die uns unser lao pan neuerdings hier ins Büro gesetzt hat. Sie leisten nichts, machen sich wichtig mit ihrer verwandtschaftlichen Beziehung zum Chef, durchkreuzen unsere Anforderungen und stänkern hinter unserem Rücken gegen uns. Hoffentlich geht es diesmal nicht schief!« meinte mit bedenklichem Gesicht Kweh, der allein mit Weh Yo zurückgeblieben war.

»Nur keine Angst! Mit den drei Burschen werde ich schon noch fertig werden. Im übrigen habe ich mich dem lao pan gegenüber verbürgt: binnen drei Tagen wird restlos Ordnung geschafft. Zwei Tage lasse ich sie Lärm schlagen, am dritten Tag packe ich zu und fische mir die Haupthetzerinnen mit einem Netz heraus. Dann werden wir wenigstens ein halbes Jahr Ruhe haben. Von der Hsiu Meh und der Ah Hsin weiß ich bestimmt, daß sie für die Kommune arbeiten. Aber sie müssen noch Komplicen haben, die will ich herausfinden. Nun gehe und bearbeite die Leute nach Kräften, damit wir wenigstens die Mehrheit für uns gewinnen. Morgen früh erwarte ich deinen Bericht.«

Weh Yo sah nach der Uhr. Halb acht. Als letzter verließ er das Büro. Draußen war es stockdunkel. Es blitzte und donnerte und goß in Strömen. Weh Yo lief über den Hof an einem Stapel Kisten vorüber nach dem gesondert gelegenen kleinen Privatbüro. Hier pflegte der Chef abzusteigen und Konferenzen zu halten, wenn er seinem Werk einen Besuch abstattete.

Beim Eintreten fand Weh Yo die beiden Frauen vor, die er auf einhalb acht Uhr hinbestellt hatte.

»Hast du ihr schon Mitteilung gemacht?« fragte er die Ältere. Es war die Wang Kin Tschong, Aufseherin von Reihe zwei.

»Noch nicht. Wir sind eben erst gekommen.«

Er bedeutete ihr durch einen Blick, daß sie einstweilen draußen warten möchte. Dann wandte er sich an die Jüngere:

»Kweh Ying, du bist nun zwei Jahre in der Fabrik. Deine Leistung und Führung war immer tadellos. Ich habe mit dem Chef über dich gesprochen. Er will dich auf meine Empfehlung hin zur Werkaufseherin ernennen. Eine schöne Beförderung, nicht?«

Er hatte sanft und freundlich gesprochen. Die hübsche, kräftige Neunzehnjährige mit dem tiefdunklen Teint, den lebhaften, ausdrucksvollen Augen und dem kurzgeschnittenen Haar blieb stumm. Sie war rot geworden und wußte nicht recht, worauf diese nächtliche Unterredung unter vier Augen hinaussollte. Auf ein Techtelmechtel? Früher, als dieser Weh Yo noch kleiner Büroangestellter war, hatte sie ihn ganz gern gemocht und häufig mit ihm geplaudert, aber seitdem er großmächtiger »Herr« Geschäftsführer und gefürchteter, unbeliebter »Spucknapf« geworden war, hatte sie ihn gemieden. Es wäre ihr wie Verrat an ihren Kolleginnen erschienen, sich weiter mit dem Vertrauensmann des lao pan einzulassen.

»Vielen Dank, Herr Weh Yo. Aber ich kann die Ehre nicht annehmen«, sagte sie endlich und stand auf, um fortzugehen.

Er vertrat ihr den Weg.

»Herr Weh Yo, was erlauben Sie sich! Wenn Sie mir noch etwas zu sagen haben, können Sie das morgen im Büro abmachen.«

»Keine Angst! Ich weiß, was sich gehört, und bin keiner von der Sorte, die darauf aus ist, Frauen ›einzusalben‹. Nur eine Frage: warum verschmähst du die Beförderung? Es ist doch keine besondere Mühe oder Unannehmlichkeit damit verbunden. Du sollst uns nur etwas helfen, in deiner Reihe nach dem Rechten zu sehen, und uns Mitteilung machen, welche Arbeiterinnen heimlich Beziehung zur ›kung tschan tang‹ unterhalten. Was ist da groß dabei! Ich werde auch dafür sorgen, daß niemand von deiner Tätigkeit erfährt, du siehst doch, ich habe deshalb vorhin die Aufseherin Wang hinausgeschickt. Na?«

»Davon ... davon verstehe ich nichts«, sagte sie und war auch schon wie ein scheues Reh hinausgehuscht. Ohne auf den Zuruf der Aufseherin Wang zu hören, lief sie dem Fabriktor zu. Unterwegs, in der Nähe der Kokonlagerschuppen fühlte sie sich auf einmal gepackt und um die Hüfte gefaßt. In der Dunkelheit glaubte sie erst, es sei Weh Yo. Aber ein niederzuckender Blitz zeigte ihr das Gesicht eines anderen. Es war Kia Kü, das »Hausfohlen« aus Zwei-Brükken, das seine besondere Aufgabe darin sah, hübschen Arbeiterinnen nachzustellen.

Während sie sich mit allen Kräften loszureißen bemühte, tauchte im Dunkel eine Windlaterne auf.

»Was geht hier vor?« kam es scharf, und gleich darauf traf ein kräftiger Faustschlag ihren Bedränger am Kinn und ließ ihn paar Schritte seitwärts torkeln.

»Warum bist du auch so ohne Begleitung davongelaufen? Der Torwächter hätte dich sowieso nicht passieren lassen. Die Aufseherin Wang wird dich begleiten.« Es war Weh Yo's Stimme, immer noch freundlich, aber kühl und vorwurfsvoll.

Hausfohlen war längst im Dunkel der Nacht verschwunden.

Kweh Ying öffnete die Bambustüre, an die einzelne schwere Regentropfen klatschten, und betrat die ärmliche Baracke, die ihre Behausung darstellte. Es war ganz dunkel darin, nur auf dem Fußboden unterhalb der Wand zeichnete sich ein schwacher heller Fleck ab. Da war ein Riß in der dünnen Lehmmauer, der das Lampenlicht von der Nachbarbaracke einfallen ließ. Von der Bambusmatte über dem gemauerten Ofenbett kam ein Rascheln.

»Mutter, du? etwa krank?«

Sie trat an den Bettrand, legte ihre Hand auf die Stirn der Alten und wischte ihr die übliche Träne von der Wange. Ihre Mutter pflegte häufig zu weinen.

»Ach, Kweh Ying, die Zeiten sind schlecht! Für uns Armen bleibt nur der Tod als einziger Ausweg«, klagte die Alte. Auch das Klagen war ihr Gewohnheit.

»Kein Geschäft gemacht heute?«

»Sieh dir den Korb an!«

Kweh Ying holte den großen Henkelkorb aus der Ecke, in dem ihre Mutter täglich Erdnüsse auszutragen pflegte. Der Korb war leer, der Henkel abgerissen.

»Streit gehabt?«

»War ich jemals streitsüchtig? Nein, so ein verfluchter Aufpasser und Herumsteher hat mir ganz grundlos meine Erdnüsse weggenommen und obendrein noch mit Anzeige gedroht.«

»Na, aber so ohne Grund kann er das doch nicht.«

»Er hat gesagt, ich wäre eine – ja was denn gleich? Ich habe es wieder vergessen. Sieh doch einmal in den Korb! Er hat gesagt, mein Einwickelpapier verstieße gegen das Gesetz.«

Die Alte rappelte sich auf, setzte ein Zündholz an der Tischkante in Brand und steckte die Lampe an.

Die Tochter betrachtete im Schein der Lampe den Boden des Korbes genauer. Da sah sie ein paar bedruckte Blätter liegen. Flugblätter! Sie erinnerte sich, daß vor zehn Tagen der Sohn von der Nachbarecke einen dicken Stoß solcher Blätter mitgebracht hatte, ihre Mutter hatte sie gegen ein Pfund Erdnüsse eingetauscht und benutzte sie als Tütenpapier für ihre Ware, ohne sich etwas dabei zu denken. Sie konnte ja keine Schriftzeichen lesen. Kweh Ying aber konnte ein wenig lesen. Als sie jetzt so ein Blatt genauer betrachtete, da stachen ihr drei fett und groß gedruckte Schriftzeichen in die Augen: kung tschan tang!

Diese drei Zeichen waren ihr wohlbekannt, sie hatte sie häufig auf Maueranschlägen und Plakaten, an Lichtmasten, Telegrafenstangen und auch an den Wänden ihrer eigenen Fabrik gesehen, und ihr großer Bruder hatte sie manchmal unterwegs darauf aufmerksam gemacht. Hatte nicht auch vorhin Weh Yo zu ihr etwas von kung tschan tang gesprochen? Diese drei Schriftzeichen »Gemeinsam-Eigentum-Partei« bedeuteten »Kommunistische Partei«.

»Ich bin auch gar nicht die einzige, die solches Papier zum Einpacken der Ware benutzt, der alte Pa wickelt seine heißen Rindsrouladen auch darin ein und dann... aber du hörst ja gar nicht zu!« zeterte die Alte.

Kweh Ying hörte in der Tat nur halb zu und war mit ihren Gedanken anderswo. Sie stellte den Korb wieder in die Ecke, trat an die Tür und lauschte in die Nacht hinaus.

Das war überall in der Nachbarschaft ein aufgeregtes Kommen und Gehen, ein Quietschen von Türen, Wispern und Tuscheln, halblautes Streiten und Debattieren vor Türen und Fenstern, ein summendes Durcheinander von Geräuschen, das sogar den prasselnden Regen übertönte. So war es damals vor vier Wochen auch in der Barackensiedlung zugegangen, als für passive Resistenz agitiert wurde. Aber diesmal ging es noch aufgeregter zu, trotz Wind und Wetter. Kein Zweifel, da war etwas für morgen im Gange.

Kweh Ying hielt es nicht länger in der Stube, sie wollte auch dabei sein. Geschwind band sie sich wieder ihr Kopftuch über und wollte gerade hinausflitzen, als ein magerer Bursche in kurzem Kittel und Hosen von blauem Drillich eintrat. Ihr Bruder. Er arbeitete in der Zündholzfabrik des dicken Tschou.

»Verdammter lao pan! Für Weiber, Spiel, Auto und Luxusvilla hat er Geld, aber für Arbeiterlöhne ist kein Geld da! Verfluchte Hundebrut!« schimpfte und wetterte er, ohne von Mutter und Schwester groß Notiz zu nehmen.

»Sechzig Cent lumpiger Tageslohn, davon wurde uns schon im Frühjahr ein Sechstel gekürzt, und jetzt soll uns nach der Bekanntmachung von heute schon wieder ein Sechstel abgezogen werden; wegen zu teurer Herstellungskosten, heißt es in dem Wisch«, brummelte er weiter und schlug zornig nach der Streichholzschachtel auf dem wackeligen Tisch.

»Solches Zeug kostet zwei Kupfercent pro Schachtel! Und dabei schwatzt der lao pan noch von Verlust!« Er wandte sich an die Schwester:

»Kweh Ying, borge mir acht Kupfer. Ich will mir etwas zu essen kaufen. Wir haben heute nacht Betriebsversammlung, mein Freund von nebenan geht mit mir zusammen hin. Wenn uns der verdammte Tschou den Lohn kürzen will, dann schmeißen wir die verfluchte Arbeit hin!« Er strich seine acht Kupfer ein und stürmte fort. Gleich nach ihm verließ auch Kweh Ying das Haus.

Sie glühte vor Erregung, teils in Nachwirkung des vorhin Erlebten, teils in Erwartung des Kommenden. Der Regen, den sie sich voll ins Gesicht platschen ließ, tat ihr wohl. Sie strebte der Behausung ihrer Freundin Ah Hsin zu. Der wollte sie alles erzählen. Unterwegs hörte sie sich angerufen.

»Schwester Kweh Ying!«

Es war die Kinderstimme des kleinen, dreizehnjährigen »Goldchen« aus der Nachbarbaracke. Goldchen war zwar noch ein Kind, aber schon verständig und aufgeweckt wie eine Große. Sie arbeitete auch in der Fabrik als Kokonwäscherin und machte sich in der Barackensiedlung als Späherin und Botin nützlich.

»Wohin, große Schwester?«

»Zur Ah Hsin.«

»Unnötig. Sie sind alle in der Wohnung der Tao Kin Fong. Ich gehe auch hin.«

Sie bogen nach links ab. Unterwegs hatte die Kleine allerlei Neuigkeiten auszuplappern.

»Die Tao Kin Fong ist wieder unsere Anführerin; damals, vor vier Wochen, hatte die Pi Pao Tschu verbreitet, sie wäre eine Verräterin und Spitzel des lao pan, das war Verleumdung – Arbeiterinnen werden sich doch nicht untereinander verraten!«

Kweh Ying überlief es heiß. Sie dachte an den Antrag, den ihr Weh Yo heute abend gemacht hatte.

Die Baracke der Anführerin hatte eine aus Holz gezimmerte Flügeltür und war verhältnismäßig wohnlich.

Es herrschte in der kleinen Stube eine Luft zum Ersticken. Ein Dutzend Arbeiterinnen saßen und standen dicht gedrängt und lebhaft durcheinander redend um den Tisch mit der Petroleumlampe herum. Jede von ihnen vertrat zwei oder drei Maschinenreihen. Es war eine spontan einberufene Werkversammlung. Eine der anwesenden Vertreterinnen wurde als Spitzel eines besonders unbeliebten Betriebsratsmitgliedes beschuldigt, eine andere hatte sich durch ihre Beziehung zu dem Jüngling namens »Hausfohlen«, dem Verwandten des Chefs, verdächtig gemacht. Beide wurden mit Schimpf hinausgejagt.

Mit gutem Gewissen schob sich Kweh Ying nach vorn in die

entstandene Lücke, um besser zu verstehen. Es hagelte wütende Fort- und Nieder-Rufe:

»Nieder mit dem Spucknapf! – Fort mit Weh Yo! – Fort mit dem Betriebsrat! – Nieder mit den Spitzeln! – Morgen wird gestreikt! – In Hongkew streiken schon viele Betriebe! – Wir schließen uns an! – Und stürmen die Nachbarbetriebe! – Ganz Tschapeh muß streiken!«

Die hitzige Debatte endete mit dem Beschluß, am nächsten Vormittag die Arbeit niederzulegen und die Nachbarfabriken zu stürmen. Die Versammlung mußte sich schleunigst auflösen, denn die kleine Goldchen, die, wie üblich, draußen Wachtposten gestanden hatte, kam hereingelaufen und meldete aufgeregt, in der Nähe drückten sich sieben, acht Aufpasser in verdächtiger Weise herum.

Die Versammlung löste sich schleunigst auf, alles stürzte zur Tür. Auf allen Mienen malte sich Überraschung und Bestürzung. Nur Tao Kin Fong war nicht überrascht. Sie stand durch die Ah Tschen heimlich mit Weh Yo in Verbindung und wurde ständig über alle Maßnahmen der Werkleitung auf dem laufenden gehalten, genau so wie sie umgekehrt Weh Yo durch die Ah Tschen über alle Vorgänge in der Siedlung auf dem laufenden hielt. Daß Weh Yo sie damals als Aufseherin und Betriebsratsmitglied abgesetzt hatte, war ein Scheinmanöver gewesen, um sie in den Augen der Arbeiterinnen unverdächtig zu machen. Die lange, hagere, pockennarbige Dreißigerin war am längsten im Werk beschäftigt, besaß die meiste Erfahrung und Menschenkenntnis und genoß als Älteste nun einmal das Vertrauen der überwiegenden Mehrheit. Darum war sie Weh Yo wertvoll, und er geizte nicht mit den Geldern des Geheimfonds, um sie als »Blumenhaupt« für seine Zwecke zu gebrauchen.

Arm in Arm mit zwei Freundinnen, der Ah Hsin und der Yüe O, machte sich Kweh Ying auf den Rückweg..

»Ich muß jetzt noch zur Ma Tsin hinüber und ihr unseren Streikbeschluß mitteilen, sie wartet auf Bescheid«, flüsterte unterwegs die Yüe O ihren Gefährtinnen zu und blieb stehen. Kweh Ying hatte den Namen Ma Tsin bereits gehört.

Sie stieß die beiden anderen an und deutete mit einem Mundzukken warnend nach rückwärts. Bei einer zufälligen Kopfwendung hatte sie soeben in einigem Abstand hinter sich wieder den dunklen Schatten eines großen Kerls bemerkt, der ihr schon vorhin aufgefallen war. Also beschattete man sie! Die beiden anderen begriffen.

»Hu, eine Kälte ist das! Rasch nach Hause! Morgen auf Wiedersehen!« sagten sie in gemacht harmlosem Ton und recht laut, damit es der »Schatten« hören sollte. Sie trennten sich eiligst und schlugen drei verschiedene Wegrichtungen ein. Yüe O konnte sich's nach ein paar Schritten nicht versagen, nach rückwärts zu äugen. Sie bemerkte, daß der »Schatten« Ah Hsin folgte.

»Ah Hsin, du hast deinen Schal vergessen! Ich habe ihn hier bei mir!« rief sie ihr von weitem zu, um sie zu warnen.

»Schon gut, bring ihn morgen mit!« rief Ah Hsin zurück. Sie hatte sich dabei umgedreht, also den Schatten bemerken müssen.

Beruhigt setzte Yüe O ihren Weg fort. Eine halbe Stunde später saß sie in der ärmlichen Stube eines unansehnlichen Hauses am Ende einer Vorstadtgasse unweit der Barackensiedlung und berichtete. Die beiden weiblichen Geschöpfe, die ihr gespannt zuhörten, staken zwar in der üblichen einfachen Kluft von Fabrikarbeiterinnen, einfachen hellen Leinenblusen, derben dunkelblauen Drillichhosen, aber ihre sprechenden, etwas verkniffenen Mienen und ihre lässige Haltung verrieten ihre Zugehörigkeit zur Intelligenzschicht. Das waren Ma Tsin und Tsai Tschen, kommunistische Studentinnen. Sie sahen blaß und übernächtigt aus. Die eine, Tsai Tschen, schrieb eifrig an einem politischen Referat. Der Bericht, den die Arbeiterin Yüe O von der Lage in ihrem Fabrikbetrieb ablegte, und den sie unter Aufwendung beträchtlichen Schweißes mit Worten wie »Kampfgeist« und »Aktion« und »Führung« zu würzen suchte, wurde mit Befriedigung entgegengenommen.

»Also ist die Lage ganz ähnlich wie in Hong kew«, konstatierte Tsai Tschen, die Yüe Os Bericht mitschrieb. »Es wird nun eure morgige Aufgabe sein, über den Einzelstreik in eurem Betrieb zu weiteren Aktionen fortzuschreiten und den Generalstreik in der ganzen Seidenindustrie von Tscha peh zu erzwingen. – Komm, Ma Tsin, wir können die Sitzung schließen.«

Die etwas bedächtiger und kritischer veranlagte Ma Tsin dagegen fand gewisse Punkte in dem Bericht noch ungeklärt. Vor allem zweifelte sie die Rolle der Tao Kin Fong an. War sie als Führerin der Streikbewegung zuverlässig? War sie nicht schon bei früherer Gelegenheit umgefallen? Es entspann sich darüber noch eine kurze, mit akademischen Wendungen und politischen Schlagworten gespickte Diskussion, der die einfache Arbeiterin Yüe O angestrengt zuhörte, aber nur halb zu folgen vermochte. Da sie etwas lernen wollte, bemühte sie sich zu verstehen, was es mit den tönenden Wortgebilden auf sich hatte wie »Woge der Revolution« – »gelber Betriebsrat« – »Ausweitung des Wirtschaftskampfes zum Kampf um die politische Macht« – »revolutionärer Massenelan« – »Taktische Generallinie« usw. Diese und ähnliche Begriffe hatte Tsai Tschen von dem Genossen Ko Tso Fu gehört. Sie waren für sie zu einem starren Denkschema geworden.

Die Diskussion endete mit dem Beschluß, am nächsten Tag die Tao Kin Fong scharf beobachten zu lassen, um herauszubekommen, ob sie ein »Blumenhaupt«, ein Lockspitzel, eine bezahlte Provokateurin sei. Zum Schluß wurden noch Richtlinien über die Einsetzung und Wahl eines Revolutionären Streikkomitees an Stelle des »gelben Betriebsrates« sowie über den Zusammenschluß der streikenden Betriebe innerhalb der Stadtteile Tscha peh und Hong kew verlesen und eifrig erörtert. Dann ging man mit erhitzten Köpfen auseinander.

Es war am anderen Morgen genau zehn Minuten nach Arbeitsbeginn, als die Hunderte von geschäftig surrenden Spul- und Spinnmaschinen in der Fabrik »zum blühenden Überfluß« plötzlich verstummten und stillestanden. Wie ein himmlisches Signal zum Streikausbruch krachte gleichzeitig draußen aus regenschwangerem Gewölk ein zorniger Donnerschlag nieder.

Im nächsten Augenblick wälzte sich eine erregte Menschenwoge aus dem Arbeitssaal hinaus zum Verwaltungsbüro. Das erste Angriffsziel war die neue Lohnkürzungsbekanntmachung an der schwarzen Anschlagtafel. Sie wurde von wütenden Händen abgerissen und in tausend Fetzen zerrissen.

»Nieder mit dem Spucknapf! Nieder mit den Arbeiterverrätern im Betriebsrat! Nieder mit den Spitzeln! Wir fordern die alten Löhne und Zusatzlöhne für Sonntagsarbeit und Teuerungszulage!« so gellte es. Die Lage sah bedrohlich genug aus. Der in breiter Front anrückenden Mauer der Arbeiterinnen stand bloß der alte tapfere Kämpe Li Ma Tse mit zwanzig Leuten auf dem erhöhten Wandelgang vor den Verwaltungsräumen gegenüber. Er hielt die Hand an der Bleimündung eines Wasserschlauchs und wartete nur noch auf Weh Yo und den Befehl zum Losschlagen.

Da trat der vielgehaßte Spucknapf auch schon aus der Tür des Büros vor die Menge, blaß zwar, aber ruhig und kalt lächelnd wie immer. Warum gab er nicht den erwarteten Befehl zum Losschlagen? So viel freche Gelassenheit verblüffte für einen Augenblick.

Aber gleich darauf brach der Sturm los. Zurufe hagelten, Fäuste ballten sich, Fensterscheiben klirrten, die lebende Mauer schob sich näher heran, Li Ma Tse und seine Leute konnten nicht länger auf Befehle warten, im Nu war die schönste Keilerei im Gange. Li's Leuten gelang es, sich eines halben Dutzends ihrer streitbaren Gegnerinnen zu bemächtigen, aber sie mußten Schritt für Schritt zurückweichen; auf die Dauer wäre ihre Lage unhaltbar geworden.

Da nahte im Rücken der Arbeiterinnen im Laufschritt und in Schwarmlinie aufgelöst, das Gewehr mit aufgepflanztem Bajonett in der Hand, ein Zug Polizei, telefonisch herbeigerufen. Weh Yo hatte nur ihr Kommen abgewartet.

»Schießen! Verhaften!« brüllten, auf einmal mutig geworden, die drei neuen Büroassistenten, die Verwandten des Chefs, den Bewaffneten zu.

»Nicht schießen! Ruhe! Ich will ein paar Worte reden!« überschrie Weh Yo die jugendlichen Scharfmacher.

Es trat eine nicht ganz unwillkommene Kampfpause ein. Die kräftigen Wasserstrahlen des Feuerwehrschlauches hatten im Verein mit dem niederplätschernden Regen abkühlend gewirkt. Nur vereinzelte Rufe wurden noch laut. Das Gros beruhigte sich und verlangte Weh Yo zu hören. Lächelnd und gelassen trat er auf die Steinstufen, die zum Wandelgang vor dem Verwaltungsbüro führten.

»Leute, seid doch vernünftig und denkt einmal nach: was könnt ihr mit euren unbewaffneten Händen gegen scharf geladene Gewehre ausrichten? Meinetwegen beschimpft mich! Schlagt mich! Ich bin nur euresgleichen. Wir alle leben vom gleichen Werk. Wenn ihr das Werk zugrunde richtet, zerschlagt ihr euch damit euren eigenen Eßnapf! Überlegt das wohl! Über eure Wünsche und Forderungen läßt sich auch friedlich verhandeln. Schickt Vertreterinnen zu mir, und ich werde mein möglichstes tun. Geht! Ich rate zum Frieden. Auf gewaltsame Weise erreicht ihr nichts.«

»Recht hat er! Geht und überlaßt das Weitere vertrauensvoll dem Betriebsrat!« setzte das Betriebsratsmitglied Kweh Tschang Lin hinzu. Er stand auf seiten von Weh Yo und Sun Fu.

»Ach was, wir wollen euren gekauften Betriebsrat nicht! Wir wollen unsere eigene Vertretung!« wurde ihm entgegengerufen. Aber es waren nur vereinzelte Rufe. Durch die Reihen des Gros ging das leise Summen und Murmeln einer eifrigen Beratung.

»Wir wollen aber unsere gefangenen Kameradinnen frei haben!

Andernfalls kämpfen wir weiter auf Tod und Leben!« tönte eine einzelne Stimme aus der Masse. Es war die Stimme der langen, hageren Tao Kin Fong. Sie spielte ihre Doppelrolle vorzüglich. Während sie es rief, trat sie aus der Menge heraus vor Weh Yo und schaute ihn fest an.

»Nein, freigelassen wird nicht!« schrie einer der drei jugendlichen Scharfmacher aus dem Büro.

»Freilassen!« befahl Weh Yo und gab dem erwartungsvoll herüberblickenden Li Ma Tse einen Wink.

Damit war die Gefahr vom eigenen Werk abgewendet. Die befreiten Kameradinnen wurden im Triumph in die Mitte genommen, und johlend zog der ganze Haufen ab, um sich anderwärts auszutoben. Geschlossen ging es zum Fabriktor hinaus.

»Auf zum Sturm auf die Nachbarbetriebe!« lautete die neue Parole. Erst kamen die zwei Spinnereien, die der lao pan seit kurzem in seine Regie genommen hatte, an die Reihe, dann zog man weiter von Betrieb zu Betrieb, von Werk zu Werk, von Fabrik zu Fabrik.

Wie ein Gewitter, wie ein rasender Taifun fegte der Streik durch die Straßen und Gassen des Stadtviertels, der Strom der marschierenden Kolonnen schwoll von zweitausend auf dreitausend und von dreitausend auf fünftausend. Innerhalb einer knappen Stunde lag die gesamte Seidenindustrie von Tscha peh still!

Sun Fu schritt durch die stillen, verödeten Hallen seines Werks und besah sich den Schaden.

»Na, abgesehen von den paar eingeschlagenen Fensterscheiben kein weiterer Sachschaden. Eigentlich haben wir ganz günstig abgeschnitten, wie?« bemerkte der Chef zu seinem Werkführer. Sie besprachen die Lage unter vier Augen im Privatbüro.

»Wie ich höre, hat Li Ma Tse ein halbes Dutzend aufsässiger Weiber festgenommen. Man hat sie wohl inzwischen zum Landfriedensamt gebracht, nehme ich an?«

Weh Yo hörte aus dieser Frage einen leisen Tadel heraus. Es war ihm klar, daß einer der jugendlichen Scharfmacher im Büro den Chef längst telefonisch verständigt und dabei ihn, Weh Yo, schlapper Haltung und allzu großer Nachgiebigkeit bezichtigt hatte.

»Ich habe sie freigelassen«, erwiderte er kühl.

»Was! Wie konntest du? Hast du das auch im Gesamtinteresse des Werks veranlaßt?«

»Ja. Diese sechs dummen, verblendeten Weiber waren nicht wichtig genug. Die richtigen werde ich mir schon noch herausfischen.«

»Na schön. Also ich verlasse mich weiter ganz auf dich. Aber zu morgen wünsche ich Wiederaufnahme der Arbeit. Morgen!«

Das klang wie ein Ultimatum. Weh Yo hörte heraus, daß sein Amt erledigt, seine Vollmacht erloschen, seine Uhr abgelaufen sein würde, wenn es ihm nicht gelingen sollte, die Arbeit morgen wieder in Gang zu bringen. Er erhob sich stumm und ging.

Als er aus der Tür trat, sah er den einen Neffen des Chefs, der ihm im Büro das Leben sauer machte, um die Ecke huschen. Schon während der Unterhaltung drinnen hatte er zweimal einen Schatten am Fenster auftauchen sehen. Es war kein Zweifel, daß der Bursche die Unterhaltung mit dem Chef belauscht hatte.

Nachdem Weh Yo hinaus war, ließ Sun Fu den alten Mo antreten.

»Man hat mir da von gewissen Mißhelligkeiten im Büro berichtet, ich meine zwischen Weh Yo und meinem Vetter ›Hausfohlen‹ aus Zwei-Brücken. Eifersucht soll dabei mitspielen. Was weißt du Näheres darüber?«

»Ich, ich wüßte nicht ...«

»Ich will deutlicher werden. Es handelt sich um den lächerlichen Vorfall neulich abends auf dem Fabrikhof, als Weh Yo mit dem Hausfohlen wegen einer gewissen Kweh Ying aneinandergeriet. Man hat mir die Sache so dargestellt, daß die Kweh Ying zuvor von Weh Yo bedrängt worden wäre und bei meinem Vetter, der zufällig in der Nähe war, Schutz gesucht hätte. Stimmt das?«

»Ausgeschlossen, das ist Verleumdung. Den Weh Yo trifft kein Tadel. Aufseherin Wang von Reihe zwei war damals dabei und kann es bezeugen. Weh Yo hatte die Kweh Ying lediglich zu einer sachlichen Aussprache hierher ins Büro bestellt. Er wollte sie als Helferin bei der Aufspürung kommunistischer Umtriebe im Werk gewinnen und bot ihr als Gegenleistung einen Aufseherposten an. Sie lehnte ab, rannte weg und lief dem jungen Herrn Vetter in die Arme. Er hat ihr im Dunkeln aufgelauert. Auf ihre Hilferufe eilte Weh Yo mit der Wang herbei, scheuchte den jungen Mann davon und ließ die Kweh Ying unter der Obhut der Aufseherin Wang zum Fabriktor hinausbringen. So hat sich die Sache verhalten.«

»Es ist gut. Du kannst gehen. Und paß auf, daß solche Geschichten nicht wieder vorkommen!«

Sun Fu seufzte. Der Weh Yo war also doch ein anständiger Kerl und wieder einmal zu Unrecht von seinen Neidern im Büro angeschwärzt worden. Er machte sich Vorwürfe, daß er diese drei jungen Leute aus seiner Verwandtschaft überhaupt hier im Betrieb untergebracht hatte. Natürlich, sie sollten den Weh Yo ein wenig überwachen, das war seine Absicht gewesen. Aber sie stifteten nur Verwirrung und Unheil an. Er beschloß, sie bei nächster Gelegenheit nach einem der acht neuen Betriebe zu versetzen. Inzwischen wollte er ihre »Berichte« mit gebührendem Mißtrauen entgegennehmen.

Bevor Sun Fu wieder ins Auto stieg, hinterließ er seinem Geschäftsführer noch eine eigenhändig geschriebene Verlautbarung an die Belegschaft des Inhalts:

»Die diesmalige Lohnkürzung ist unter dem Zwang der Umstände leider unvermeidlich. Sobald die Garnpreise wieder anziehen, werden entsprechend die alten Löhne gezahlt werden. Ich erwarte von der Belegschaft, daß sie Vernunft zeigt, sich nicht von gewissenlosen Elementen irreführen und zu Unbesonnenheiten verleiten läßt und am heutigen Tag die Arbeit friedlich wieder aufnimmt.« –

In der zweiten Nachmittagsstunde hielt Weh Yo mit sechs Getreuen neuen Kriegsrat ab. Wenn der Chef den Streik bis zum nächsten Tag beendet sehen wollte, dann war allerdings keine Zeit zu verlieren.

»Die Bande wird schwierig. Den Betriebsrat erkennen sie nicht mehr an, sondern haben sich ein Streikkomitee gewählt. Als ich vorhin Kweh Tschang Lin ausschickte, um mit dem Streikkomitee zu verhandeln, da haben sie wieder Ausflüchte gemacht. Sie müßten erst Instruktionen des Generalstreikkomitees abwarten. Ja, wie soll man der Gesellschaft beikommen? Die Zeit drängt. Ich bin der Meinung, daß uns ihr Generalstreikkomitee nichts angeht, daß wir nur mit unserem eigenen Betrieb zu tun haben. Wenn wir morgen wenigstens die Hälfte der Belegschaft an die Maschinen bringen, dann haben wir dem Chef gegenüber unser Wort gehalten. Was meinst du, Kweh, werden wir das schaffen können?«

»Ich habe fast keine Hoffnung mehr. Seit gestern abend bis jetzt bin ich herumgelaufen und habe mir den Mund wund geredet. Meine Beine machen kaum mehr mit. Aber was tut man nicht alles um des lieben Friedens willen! Und eine friedliche Beilegung würde ja auf unser aller Gesichter Glanz werfen. Doch wenn man zum Dank hinter dem Rücken beim lao pan angeschwärzt und verdächtigt wird, dann verliert man die Lust. Ich getraue mir keine Ratschläge mehr zu geben. Es wird einem ja doch nur von gewissen jungen Leuten aus allem, was man sagt, ein Strick gedreht. Alter Mo, habe ich recht?«

Die Klage wurde verstanden. Sie bezog sich auf die drei jugendlichen Intriganten im Büro, die mit dem alten Widersacher im Betriebsrat Tsiän Pao Schong eine gemeinsame heimliche Front gegen Weh Yo und seine Leute bildeten.

Der alte Mo rutschte verlegen auf der Stuhlkante herum und getraute sich nicht mit der Sprache heraus. Im Grunde seines Herzens war er ja auch nicht gerade erbaut, daß man ihm einen weit jüngeren Konkurrenzgeschäftsführer an die Seite gesetzt hatte. Mochte der die Sache ausbaden.

»Weh Yo, gib du deine Befehle, und wir anderen führen sie aus. Das ist das einfachste«, schlug der alte Kämpe Li Ma Tse vor.

»Richtig, Weh Yo soll das Kommando übernehmen«, pflichtete ihm die Aufseherin von Reihe zwei bei.

»Nun gut. Dann hört mir zu. Meiner Meinung nach geht der Streik nur zur Hälfte auf das Konto der Lohnkürzung, zur anderen Hälfte auf das Konto politischer Hetze. Wir müssen also vor allem die Hetzerinnen unschädlich machen. Einige kennen wir schon, aber noch nicht alle. Ah Tschen, hast du bei der Tao Kin Fong in Erfahrung gebracht, wer die Mitglieder des Streikkomitees sind?«

»Da kommt nur die Clique der Ah Hsin und Hsiu Meh in Betracht.«

Weh Yo war mit ihrer ungenauen Antwort unzufrieden.

»Wieder viel zu oberflächlich!« tadelte er sie. »Deine Aufgabe ist, sämtliche Namen genau in Erfahrung zu bringen. Aufseherin Wang wird dir dabei behilflich sein. Ihr werdet der Tao King Fong sagen, daß sie die Mitglieder des Streikkomitees vor Dummheiten warnen soll. Bei der Hsiu Meh dürfte allerdings im Guten nichts mehr auszurichten sein. Die ist Kommunistin und durch und durch verstockt, die ist reif für's Gefängnis. Ferner werdet ihr sämtliche Aufseherinnen zusammenberufen und ihnen auftragen, daß sie heute einzeln die Barackensiedlung aufsuchen, von Baracke zu Baracke gehen und intensiv für Aufklärung und Beruhigung der Gemüter sorgen.«

»Wir sollen uns jetzt in die unruhige Siedlung wagen? Das ist zu viel verlangt. Man würde uns schön verhauen!« protestierte sowohl Ah Tschen wie die Aufseherin Wang.

»Wie kann man nur so ängstlich sein! Na schön, der alte Li wird euch ein paar seiner Leute zum Schutz mitgeben.«

»Wer steckt eigentlich hinter dieser Generalstreikmache?« wandte sich Weh Yo ungeduldig an das Betriebsratsmitglied Kweh Tschang Lin.

»Die kung tschan tang, die Kommune. Daß heute in Tschapeh und Hong kew mit einem Schlag nicht weniger als hundert Fabriken in den Ausstand getreten sind, ist das Werk einer einheitlichen Zentralleitung. Sie soll ihren geheimen Sitz in einem gewissen Hotel in Hong kew haben, in welchem, das kann ich heute abend in Erfahrung bringen.«

»Das wäre zu spät. Wir müssen es noch im Laufe des Nachmittags herausbringen. Noch eins, Kweh. Du wirst dich mit den Werkleitungen unserer Nachbarbetriebe in Verbindung setzen und darauf dringen, daß sie mit allen, auch gewaltsamen Mitteln ihre Belegschaften morgen zur Wiederaufnahme der Arbeit bewegen. Denn, wie ich unsere Leute kenne, sind sie nur in der Masse mutig. Wenn sie die anderen abfallen sehen, werden sie schnell klein beigeben. Drittens, ersucht das Landfriedensamt um Verstärkung. Wer morgen etwa das Fabriktor zu sperren versucht, soll ohne weiteres verhaftet werden.«

»Richtig, richtig! Und wir werden auch auf dem Posten sein. Meine Leute warten nur darauf, einmal feste draufzugehen!« fiel der alte Kämpe Li ein und klatschte sich vor Vergnügen auf die Schenkel. Ein kräftiges Zuhauen war eher nach seinem Geschmack als das ewige Zaudern und Paktieren. Weh Yo lächelte dem Braven zu.

»Nicht zu hitzig, alter Li. Deine Fäuste werden schon noch Gelegenheit haben mitzureden. Aber nicht voreilig, alles hübsch zu seiner Zeit! Eine Eiterbeule muß man ausreifen lassen. – Mo, du wirst an der Anschlagtafel eine Bekanntmachung aushängen: Die drei Arbeiterinnen ... werden sofort entlassen!«

Mo blickte etwas bestürzt drein. Unter den drei Genannten befand sich auch eine Schwester des Oppositionsführers im Betriebsrat Tsiän Pao Schong. Der würde nun erst recht Gift und Galle speien.

»Sollte man ihr nicht wenigstens so viel ›Gesicht‹ gönnen, daß man sie dem Chef zur anderweiten Verwendung in einem der acht neuen Betriebe empfiehlt?« wagte er schüchtern einzuwenden.

»Das ist Sache der Chefs. Es bleibt bei der Entlassung! Die drei waren gestern im Arbeitssaal die ersten und lautesten Schreierinnen gegen die neue Lohnkürzung. Sie haben die anderen aufgewiegelt, und zwar nur aus persönlicher Feindschaft gegen Kweh und mich. Sie taugen auch sonst nicht viel und sind allgemein unbeliebt. Also fort mit ihnen! – Und nun an die Arbeit! Um fünf Uhr erwarte ich euch zu neuer Berichterstattung. Alter Li, für dich habe ich noch einen besonderen Auftrag.«

Er stand auf und winkte Li Ma Tse, ihm zu folgen. Er ging mit ihm den Wandelgang entlang an den verschiedenen Dienst- und Wohnräumen des Büropersonals vorüber bis zum äußersten Ende des Ganges, wo man vor Lauschern sicher war. Dort blieb er stehen.

»Hat dein ausdauerndes Beschatten einen Erfolg gezeitigt? Hast du das fehlende Glied in der Kette aufgespürt?«

»Noch nicht. Wir haben das Kommen und Gehen der beiden Verdächtigen, der Ah Hsin und Hsiu Meh, genau beobachtet. Sie verkehren nur mit Angehörigen unseres Betriebs und nur im Bereich der Barackensiedlung.«

»Womöglich haben sie gemerkt, daß sie beschattet werden?«

»Ausgeschlossen. Meine Leute, die sie beobachten, sind ›abgewetzte Türschwellen‹, alte erprobte Kräfte. Die werden sich nicht verraten.«

»Sind die beiden, die Hsiu Meh und die Ah Hsin, gestern abend nach der Versammlung in der Wohnung der Tao Kin Fong allein oder zusammen oder in Begleitung weggegangen?«

»Sie sind getrennt fortgegangen, und zwar in Begleitung, die Hsiu Meh mit der Hsiao Pao, die Ah Hsin mit zwei anderen. Diese drei sind dann nach drei verschiedenen Richtungen auseinandergegangen.«

»Wer waren die beiden anderen?«

»Jedenfalls auch welche von unserem Betrieb. Sie kamen auch aus der Baracke der Tao Kin Fong. Wie sie heißen, weiß ich nicht, aber ich kann sie ungefähr beschreiben: die eine mittelgroß, kräftig, rundes Gesicht, lebhafte Augen, sehr dunkle Hautfarbe. Von der anderen weiß ich nur, daß sie über mittelgroß war.«

Weh Yo lächelte bitter. Die Beschreibung paßte auf seine Kweh Ying. Und ausgerechnet die hatte er für seine Zwecke gewinnen wollen! Da hatte er sich allerdings gründlich getäuscht. Zweifellos stand sie auch in Diensten der Kommune. Das wollte er persönlich herausbringen.

»Haben sie sich unterwegs unterhalten?«

»Sie gingen anfangs untergehakt, als ob sie sehr intim wären. Aber nach ein paar Schritten trennten sie sich. Sie tuschelten anfangs miteinander, später riefen sie sich noch laut etwas zu, aber das waren harmlose Bemerkungen.«

»Alter Li, auf in die Barackensiedlung! Wir werden uns die eine langen. Ich kenne sie. Trommele ein halbes Dutzend deiner Leute herbei! Sie sollen als Deckung mitkommen.«

An patrouillierenden Polizeiposten vorüber ging es in die Barackensiedlung hinein. Eine gespannte Atmosphäre lag über der Siedlung. Überall standen Arbeiterinnen in kleinen Gruppen zu zweien und dreien oder in förmlichen Mottenschwärmen zusammen und debattierten eifrig und ganz ungeniert über die neuesten Tagesereignisse. Im Vorbeigehen hörte Weh Yo Worte wie »Streik« und »Lohnkürzung« und »Entlassung« fallen.

Hin und wieder trafen ihn giftige, haßerfüllte Blicke; man stieß sich an und zeigte auf ihn. Rufe »Der Spucknapf!« »Nieder mit dem Spucknapf!« fielen, erst vereinzelt in der Ferne, dann näherkommend und häufiger, vielfacher. Weh Yo, blaß aber gefaßt, tauschte einen Blick mit seinem Begleiter. Der zeigte eine eiserne Miene und bleckte sein kräftiges Raubtiergebiß. Sein Blick deutete auf die großen, handfesten Kerls in langen, schwarzen Kitteln oder derben, kurzhosigen Manchesteranzügen, die immer wieder zu zweit oder zu dritt zwischen den versammelten Frauen gelassen auftauchten und, gelegentliche Püffe und Anschnauzer austeilend, sich wie stachelige Igel unter Rattenschwärmen bewegten. Alles seine Leute! Seine Privatarmee!

Als man sich der Hütte der Kweh Ying näherte, gellte ein Warnruf auf: »Vorsicht! Der Spucknapf kommt! Will verhaften!« Das kleine Goldchen hatte vor dem Eingang wie üblich Posten gestanden. Li Ma Tse wollte das kleine Geschöpf packen, aber es wischte ihm behend unter den Armen hinweg und schoß wie ein Pfeil davon. Weh Yo verzichtete darauf, auf ein Kind Jagd zu machen.

Die sechs Mann Deckung, die man mitgenommen hatte, blieben als Wache rechts und links vor dem Eingang. Weh Yo und Li Ma Tse betraten allein die Hütte. Sie hatten Glück. Die Gesuchte war anwesend. Von der sonstigen Familie war niemand da.

»Kweh Ying, man hat mich unterrichtet, daß du mit der kung tschan tang in Verbindung stehst. Du hast jetzt nur die Wahl zwischen zweierlei: entweder, du gestehst, wer deine anderen Gesinnungsgenossinnen sind, oder du bleibst verstockt. Im ersten

Fall wird dir verziehen, und du wirst zur Aufseherin befördert. Im zweiten Fall wanderst du ins Gefängnis. Bitte, entscheide dich!«

»Ich bin keine Kommunistin. Und ich weiß auch von nichts!« stieß, abwechselnd blaß und rot werdend, Kweh Ying hervor.

»So. Und wie verhält es sich mit deinen guten Freundinnen, der Ah Hsin und der Hsiu Meh?«

Kweh Ying schrak sichtlich zusammen.

»Nun, willst du nicht endlich sagen, wer die anderen sind?«

»Ich weiß bestimmt nichts und könnte auf der Polizei auch nichts anderes aussagen!« verharrte sie trotzig. Ihr tiefbrauner Teint ebenso wie die roten Lippen hatten sich aschgrau verfärbt. Weh Yo bemerkte es und lächelte.

»Durchsuchen!« wandte er sich plötzlich streng an den alten Li.

Von draußen drang dumpfes, allmählich anschwellendes Stimmengetöse herein. Zwischendurch ebbte der Lärm ab, und man hörte durch die plötzliche Stille jenes klatschende Geräusch, das entsteht, wenn ein harter Gegenstand unsanft auf weiches Menschenfleisch trifft. Aber jetzt wuchs und schwoll der Lärm zu einem wütenden, brausenden Orkan von schreienden, fluchenden Stimmen und Zurufen und vermischte sich mit dem Getrappel zahlloser näherkommender Schritte. Dann flog die Tür auf, und eine Anzahl aufgebrachter Frauen kam herein und stürzte sich auf die beiden Männer. Im ersten Augenblick entstand in dem schummerigen Halbdunkel der armseligen Hütte ein wüstes Durcheinander. Der Tisch mitsamt der Lampe und zwei wackligen Stühlen fiel polternd um und hätte die beiden Männer beinahe mit zu Fall gebracht. Mit einiger Mühe gelang es ihnen, sich mit Hilfe einer als Waffe geschwungenen Ofenbank Bahn durch den Menschenknäuel zu schaffen und den Ausgang zu gewinnen. Der alte Li schleppte eine seiner Angreiferinnen hinter sich her. Die wollte er als Kriegsgefangene behalten.

Da schrillten auch schon in der Nähe die wohlbekannten Alarmpfeifen, und zwischen den zornroten Gesichtern der Frauen tauchten die gleichmäßig weißen Streifen von Polizeimützen auf. Ein paar Warnschüsse in die Luft bellten trocken auf, und im Nu lag die eben noch von brüllendem Lärm erfüllte Kampfstätte still und leer da. Weh Yo und der alte Li schauten sich lächelnd an.

Um die Hütte der Kweh Ying herum war es jetzt wieder still und friedlich. Nur die zertrümmerte, wie ein geknickter Flügel schräg in ihrem unteren Zapfen hängende Tür und die überall auf dem zerstampften Lehmboden verstreut herumliegenden Bambussplitter und Bruchstücke von Holzknüppeln, Besenstielen und ähnlichen Waffen, nicht zu vergessen ein einsamer Nachtstuhlschrubber, zeugten von dem knapp zehn Minuten währenden Kampf, der kurz zuvor hier getobt hatte. Doch anderwärts brodelte es bereits wieder, ballte sich von neuem schwärzliches Menschengewölk zusammen. Am Ostrand der Siedlung lag eine offene Halde, wo Schutt und Müll abgeladen zu werden pflegte. Dort umstanden, kaum daß Weh Yo und Li Ma Tse westlich mit ihrer Gefangenen abgezogen waren, Hunderte von Arbeiterinnen dicht geschart einen Schutthügel und lauschten der Ansprache einer heftig gestikulierenden Rednerin.

Ganz plötzlich und für die Leute vom Überwachungsdienst überraschend hatte sich das Gewitter dieser Massenversammlung zusammengebraut. Die wenigen Leute von der Polizei und von Li Ma Tse's Garde, die zufällig in der Nähe waren, dünkten sich einstweilen zum Einschreiten zu schwach und spähten nach Verstärkung aus.

»Nieder mit dem Spucknapf! – Arbeiterhäscher! – Arbeitermörder! – Nieder mit den Verrätern und Spitzeln! – Wer morgen zur Arbeit antritt, begeht Verrat! – Wir streiken weiter!« so blitzte und wetterte es vom Gipfel des Schutthügels in die Menge hinab.

»Wir fordern die alten Löhne! – Lieber tot als Lohnkürzung! – Fort mit dem Spucknapf und seinen Bütteln! – Fort mit dem Li Ma Tse und dem Kweh Tschang Lin und der Wang Kin Tschong und der Ah Tschen und dem ganzen falschen Verräterpack! – Wir fordern Freilassung unserer verhafteten Genossin Hsiu Meh! – Wir fordern ...«

Die Rednerin Ah Hsin brach mitten im Satz ab und sackte, nach dem Unterleib fassend, mit schmerzverzerrter Miene zusammen. Eine andere, Yüe O, sprang rasch auf den Schutthügel und nahm den Platz der unpäßlich gewordenen Vorrednerin ein. Auf ihren Wangen zeichneten sich zwei blutige Schrammen ab, Erinnerungsmerkmale des Kampfes in Kweh Ying's Hütte, an dem sie tatkräftig mitgewirkt hatte.

»Wir gehorchen nur noch dem Streikkomitee! – Fort mit der Tao Kin Fong und ihrem Anhang! – Wer morgen zur Arbeit antritt, wird aus dem Betrieb gejagt!« donnerte sie.

»Wird aus dem Betrieb gejagt!« donnerte die Menge nach.

»Ohne Befehl des Generalstreikkomitees keine Wiederaufnahme der Arbeit! – Genossinnen, eine Beauftragte des Generalstreikkomitees wird jetzt zu euch sprechen!«

Rundum erwartungsvolles Hälserecken und Wispern. »Beauftragte des Generalstreikkomitees? Wer ist das? Wie heißt sie?« so raunte und tuschelte man sich glühend und schwitzend vor Aufregung zu.

Ein junges Mädchen in der üblichen Kluft der Fabrikarbeiterin stieg auf den Rednerhügel. Es war die kommunistische Studentin Ma Tsin. Ihre sichere Haltung verriet die geschulte Versammlungsrednerin.

»Genossinnen! Einhundertzwei Seidenspinnereibetriebe von Schanghai haben mit dem heutigen Tage den Generalstreik proklamiert! Und ihr seid die tapfere Avantgarde! Mit den Spitzeln und Verrätern in euren Reihen aufzuräumen, ist eure eigene Sache. Aber mit euren Unterdrückern und Ausbeutern fertig zu werden, ist das gemeinsame Kampfziel des Generalstreiks. Vertraut auf eure Stärke, dann wird der Sieg euer sein! Nieder mit den Spitzeln und Verrätern! Fort mit dem gelben Betriebsrat! Organisiert eure eigene Vertretung! Ohne Befehl des Generalstreikkomitees keine Wiederaufnahme der Arbeit!«

»Ohne Befehl keine Wiederaufnahme der Arbeit!« echote die Menge. Es war ein Echo, aber auch nicht mehr. Obzwar die Rednerin sich bemüht hatte, recht schlicht und eindringlich zu sprechen, war ihre Sprechweise immer noch viel zu akademisch gewesen, als daß sie in das Herz der einfachen Arbeiterin hätte dringen und wahrhaft zünden können.

»Genossinnen! Steht einmütig zusammen! Es wird weiter gestreikt! – Die Versammlung ist geschlossen!« setzte Yüe O hinzu und stieg etwas eilig mit der Ma Tsin und der Ah Hsin vom Rednerhügel herab. Es war höchste Zeit zu verschwinden, denn von fern hörte man einen Schwarm Polizeimotorräder heranknattern. Seit einem Monat bestand in den chinesischen Wohnvierteln von Groß-Schanghai strengstes Verbot politischer Versammlungen!

So plötzlich wie sich das Gewölk dieser Versammlung zusammengezogen hatte, so geschwind hatte es sich wieder geteilt und verflüchtigt. Die Polizei fand eine leere Versammlungsstätte vor.

ZWEITER TEIL
Kampf um die Fabriktore

Weh Yo war durch die Ah Tschen und die Tao Kin Fong von der improvisierten Versammlung, vom Auftreten der Kommunistin Ma Tsin und von dem neuerlichen Streikbeschluß unterrichtet worden. Es war ihm klar, daß angesichts dieser verschärften Sachlage die Anwendung von bloß drei Zehnteln Gewalt, wie er ursprünglich gedacht hatte, nichts nützen würde, daß er vielmehr zu zehn Zehnteln Gewaltanwendung schreiten müsse, um sein Ziel zu erreichen. »Dumme Bande! Jetzt sollen sie mich kennenlernen! Sie haben es nicht anders gewollt!« stieß er ingrimmig zwischen den Zähnen hervor, nachdem er den Bericht der Ah Tschen angehört hatte.

Der alte Mot kam aufgeregt angeschnauft.

»Der Chef hat soeben angerufen. Er speit Feuer und Flammen. Ob Garantie geschaffen sei, daß morgen die Arbeit wieder aufgenommen wird, wollte er wissen. Er will persönlich herkommen. Jeden Augenblick kann er eintreffen.«

»Völlig zwecklos«, meinte Weh Yo achselzuckend. »Alter Mo, trommle die Aufseherinnen, diese unnütze Bande, zusammen und schicke sie zu mir ins Büro.«

Er eilte zum Fabriktor. Es war fest verschlossen und zu beiden Seiten von Polizei und der Garde des alten Li bewacht. Einige von seinen Leuten hatten sich etwas rückwärts in die Etappe verzogen. Sie saßen zerschunden und abgekämpft wie gerupfte Kampfhähne auf den Steinstufen vor dem Kokonschuppen und ruhten sich von der vorhergegangenen Keilerei in der Barackensiedlung aus.

Weh Yo gab dem alten Li Weisung, seine Streitmacht sofort auf hundert Mann zu erhöhen und einen entsprechenden Betrag bei der Kasse zu liquidieren.

Er setzte seinen Rundgang fort, inspizierte auch das Seiten- und Hintertor und machte dann vor einer Kammer neben dem Kesselhaus halt. Es war eine leere Gerümpelkammer, zur Zeit provisorische Kerkerzelle. Er schloß auf und trat ein. Am Boden an der Wand kauerte, die Hände auf dem Rücken gefesselt, die Arbeiterin Hsiu Meh, die Kriegsgefangene von heute. Bei seinem Eintreten zeigte sie ein kaltes Gesicht und kehrte ihm den Rücken zu.

»Geduld, nur noch sechs Stunden Geduld! Dann bist du frei! Bis dahin werde ich mich mit deinen Leuten geeinigt haben«, begann er sanft.

Sie drehte sich um und sah ihn groß an.

»Ja, mit euren neuen Vertreterinnen, der Tao Kin Fong, und deiner guten Freundin – der Ah Hsin.«

Sie zuckte zusammen.

»Die Ah Hsin ist doch verständiger, als ich dachte, und ein aufrichtiger, anständiger Mensch. Du hast wirklich eine wertvolle Freundin an ihr. Wir haben uns eingehend ausgesprochen, und sie hat mir alles offenbart. Sie hat auch dich wärmstens in Schutz genommen, du wärest ein braver Kerl und hättest dich nur aus Dummheit mit der kung tschan tang eingelassen. Stimmt's?«

Also versuchte er sie zu bluffen. Er wollte sie gesprächig machen und die noch fehlenden Namen ihrer kommunistischen Gesinnungsgenossinnen aus ihr herauslocken. Hsiu Meh stieß einen leisen Schrei der Überraschung aus und wurde blaß.

»Die Ah Hsin hat mir bereits die Namen deiner anderen Gesinnungsgenossinnen mitgeteilt. Ihr seid alle untereinander gut befreundet, ich weiß. Keine Angst! Ich werde sie nicht verhaften lassen. Wir wollen uns in Frieden verständigen. Bloß den Verkehr mit der Kommune müßt ihr aufgeben, darin versteht die Polizei keinen Spaß. Wenn sie dahinterkommt, werdet ihr eingesperrt und erschossen. Überlege dir's wohl! Wer sich rechtzeitig bekehrt, dem wird gern verziehn und geholfen.«

»Ah Hsin! Ah Hsin! Wie konntest du nur!« stieß sie leise mit zitternder Stimme hervor und ließ wie gebrochen den Kopf sinken. Also nahm sie seinen Bluff ernst, stellte er befriedigt fest.

»Hsiu Meh, du solltest ihr keinen Vorwurf daraus machen, du würdest ihr Unrecht tun. Geh in dich und denke einmal ruhig nach: wer hat denn alle diese Streikbewegungen in Schanghai angezettelt? Die kung tschan tang! Und wer büßt dafür in den Gefängnissen? Die Arbeiter! Die kommunistischen Funktionäre dagegen sitzen sicher und geborgen in ihren feinen europäischen Wohnungen am Schreibtisch und toben sich auf dem Papier aus.

Der Streik, den der Arbeiter praktisch durchführt, ist für die Funktionäre ein Geschäft. Sie setzen einen schönen Bericht auf und stecken dafür einige tausend Dollar ein, mit denen sie ein herrliches, lustiges Leben führen können.

Nehmen wir beispielsweise jene Studentin, die Ma Tsin, die

dich und deine Freundin Ah Hsin verführt hat. Ihr wißt nicht einmal, wo sie wohnt, stimmt's? Also sie wohnt in einer noblen europäischen Villa. Zu euren Versammlungen kommt sie zu Fuß und in schäbiger, zerrissener Arbeitskluft angelaufen, aber wenn die Versammlung vorüber ist, dann fährt sie großartig im Auto nach Hause und vertauscht ihre proletarische Kluft mit feinen Toiletten. Auf zehn, zwanzig Dollar Spesen für eine einzige Autofahrt kommt es ihr nicht an. Ihr dagegen dürft euch die Füße wund laufen und habt doch keinen Vorteil davon. Der Ah Hsin hat sie einmal ganze schäbige fünf Dollar spendiert und ihr noch dazu verboten, es weiterzuerzählen. Hat dir Ah Hsin nicht davon erzählt? Lohnt eure Mühe, euer Schweiß, euer Opfer ein Geschenk von lumpigen fünf Dollar?«

Die Gefangene schluchzte auf wie ein kleines gescholtenes Kind, das seinen Fehler einsieht. Um ihre Mundwinkel zuckte es, als ob sie mit sich kämpfte, aber sie blieb stumm. In wohlwollendem, mitfühlendem Ton fuhr er fort:

»Fürchte dich nicht! Du kommst bald wieder frei! Ich werde dich dann beim lao pan für den Aufseherinposten vorschlagen, der durch die Entlassung der Pi Pao Tschu freigeworden ist. Es ist doch viel besser, wenn wir im Guten auskommen.«

Sie wurde rot und hörte auf zu schluchzen.

»Allerdings müßtest du mir behilflich sein, auch deine anderen Gesinnungsgenossinnen zu bekehren, soweit sie noch nicht bekehrt sind.«

Sie blickte betroffen auf, dann senkte sie wieder den Kopf, zupfte mechanisch an ihrem Ärmel, tat einen Seufzer und sagte schließlich leise:

»Es wäre besser, sich an die Ah Hsin zu wenden. Sie weiß mehr als ich.«

Mehr war aus ihr nicht herauszuholen. Achselzuckend wandte er sich ab und schloß sie wieder ein. So etwas von Verstocktheit! Mit dem Nahmen Ah Hsin war ihm wenig gedient. Die wurde längst überwacht. Noch immer fehlte der Name jener Unbekannten, die das Verbindungsglied zwischen Betrieb und kommunistischer Parteizentrale darstellte.

Vor dem Verwaltungsbüro sah er die junge Aufseherin Ah Hsiang herumstehen.

»Ah Hsiang, gehe in die Wohnsiedlung und suche die Ah Hsin herbeizulocken, so oder so, aber möglichst rasch!« befahl er ihr.

Dann stürzte er schon wieder fort. Ein herrisches Hupen vor dem Tor meldete die Ankunft des Chefs.

»Die Lage verschlimmert sich ja immer mehr. Wie soll denn zu morgen an Wiederaufnahme der Arbeit zu denken sein?« begann Sun Fu ziemlich ungnädig.

»Bevor der Tag hellt, pflegt es kurze Zeit noch einmal besonders dunkel zu sein, wenn das Licht von Mond und Sternen verlischt«, lautete Weh Yo's Antwort.

Sun Fu lächelte. Das klang ja nach wie vor recht zuversichtlich. Er schritt eine Weile nachdenklich vor seinem Wagen auf und ab.

»Und die Garantie, daß du es schaffst?«

Weh Yo berichtete und entwickelte seinen Plan. Während er sprach, beobachtete er unausgesetzt den Gesichtsausdruck des Chefs. Sun Fu stand so, daß die untergehende Sonne seine eine Gesichtshälfte grell beleuchtete, während die andere Hälfte im Schatten lag. Der Übergang von der hellen zur dunklen Gesichtshälfte war so schroff und unvermittelt, daß es Weh Yo vorkam, als ob sich Sun Fu in zwei ganz verschiedene Personen gespalten hätte.

»Also gedenkst du, die Betreffende, die ihr heute festgenommen habt, die Hsiu Meh, wieder freizulassen?«

»Jawohl, wenn es dunkel ist. Ich werde ihr alsdann Beobachter an die Fersen heften und sie beschatten lassen. Auf diese Weise werde ich die anderen Komplicinnen ermitteln und mit ihr in ein und dasselbe Netz einfangen können.«

»Nun gut, wir wollen sehen. Aber inzwischen gib noch einmal meinen Entschluß bekannt: was morgen nicht zur Arbeit antritt, wird rücksichtslos entlassen!«

Er stieg wieder ins Auto, Leibwächter Kwan schwang sich aufs Trittbrett, und der Wagen fuhr langsam aufs Fabriktor zu.

Inzwischen hatte sich die Nachricht von der Ankunft des lao pan blitzschnell in der Barackensiedlung herumgesprochen. In hellen Haufen strömten die Arbeiterinnen zur Fabrik. Als das Auto des Chefs langsam durch das Tor glitt, war die Fahrstraße und der ganze Vorplatz bereits von einem schwarzen, undurchdringlichen Menschenwall blockiert. Der Chauffeur mußte wohl oder übel stoppen.

»Gib unsere gefangene Kameradin frei! Gib die Hsiu Meh frei, sonst lassen wir dich nicht durch!« hagelten von allen Seiten erregte Zurufe. Leibwächter Kwan zog seinen Revolver hervor. Aber der

Menschenwall wich nicht, sondern schob sich noch enger zusammen. Steine, Lehmbatzen flogen dicht am Wagen vorbei, zunächst mit Absicht ihr Ziel verfehlend, als »Warnschüsse« gedacht.

»Los! Gib Vollgas!« befahl mit eisernem Gesicht Sun Fu dem Chauffeur. Befehl war Befehl. Der Chauffeur begann wütend zu hupen, der Wagen ruckte an, aber nur die Zunächststehenden wichen einen Schritt zurück, die Masse stand wie eine Mauer von Erz. Lautes Rufen brandete auf, aus den rückwärtigen Gliedern der Menge prasselten jetzt ganze Hagelschauer von Steinen und Erdklumpen gegen den Wagen. Diesmal waren es »scharfe Schüsse«. Ein Stein flog dem Leibwächter an die Stirn, er grunzte zornig auf wie ein verwundeter Eber, seine Rechte mit dem Revolver ruckte empor.

Er zielte mitten auf den Menschenwall. Da schlug ihm plötzlich von unten her eine Faust gegen das Handgelenk, so daß seine Rechte emporschnellte. Der Schuß ging los, aber hoch über die Köpfe der Menge hinweg.

»Dummer Kerl! Rückwärtsgang einschalten! Zum hinteren Tor hinaus!« schrie eine heisere Stimme dem Chauffeur zu. Es war Weh Yo, der geistesgegenwärtig im letzten Augenblick ein unabsehbares Unglück verhindert hatte.

Der Wagen glitt rückwärts in die Toreinfahrt zurück, wendete im Schutz der sich hinter ihm schließenden hohen, schmiedeeisernen Torflügel und gelangte ungehindert durch das rückwärtige Tor ins Freie. Die Menge hielt sich noch eine Weile am Vordertor auf, aber da das eigentliche Angriffsziel nicht mehr da war, flaute die Kampflust rasch ab. Es lohnte sich nicht mehr, sich mit der Polizei und Li Ma Tse's Leuten herumzuprügeln.

An diesem Abend strahlten Park und Villa der Besitzung Wu wieder einmal in voller Beleuchtung. Freunde und Verwandte hatten sich eingefunden, um dem Hausherrn ihre Teilnahme anläßlich des Streikausbruchs zu bekunden. Die Damen saßen im Speisezimmer um den Mah-Jong -Tisch, die Herren waren im großen Salon nebenan versammelt und besprachen eifrig die neuesten Tagesereignisse. Wenn auch das Lächeln der Mienen etwas gezwungen, der leichte Plauderton der Unterhaltung etwas gemacht wirkte, so herrschte doch in diesen Räumen noch immer die lichte, heitere Welt von ehedem.

An dem Pfosten der Verbindungstür zwischen Salon und Speisezimmer lehnten zwei junge Leute, Hsüe Schi, der jüngere Bruder des Bankiers Tschu Tschai, und Bambussproß; Neffe und Onkel diskutierten das Problem, ob und wie Streiks vermeidbar seien.

»Du behauptest, meine Ansicht sei lediglich graue Theorie? Na, und deine? Hast du etwa praktische Erfahrung in der Leitung eines Fabrikbetriebs? Wie ich dich kenne, pflegst du dir deine Einfälle bei der Nachmittagssiesta auf dem bequemen Sofa aus der Luft zu saugen«, eiferte Hsüe Schi.

Sein Katzengesicht, das in der Hitze einer politischen Debatte so leicht zum Wildkatzengesicht werden konnte, zeigte augenblicklich mehr den ängstlichen Ausdruck eines Hasengesichts. So sicher er in Dingen der Politik war, so unsicher fühlte er sich auf dem Boden der Wirtschaft. Trotzdem konnte er auch auf diesem Gebiete das Schulmeistern nicht lassen. Und wenn er auch vier Jahre jünger war als sein Neffe Bambussproß und nicht dessen an der Pariser Sorbonne erworbene, vielfältige Hochschulbildung aufzuweisen hatte, so liebte er es doch, auch diesem weitgereisten Neffen gegenüber den Onkel, den erfahrenen Senior hervorzukehren. Der Neffe, der Parisstudent, lächelte blasiert wie immer.

»Die von mir vertretene Ansicht ist keineswegs graue Theorie, keineswegs bei einer Siesta auf dem Sofa erträumte Phantasie. Sie ist längst in irgendeinem Lande des Westens, England oder Amerika, eingeführte und bewährte Praxis. In der Vorlesung über allgemeine Volkswirtschaftslehre, die ich an der Sorbonne hörte, war gleich zu Anfang davon die Rede, ich kann mich genau entsinnen. Irgendeine große Schuhfabrik in England oder Amerika soll diese Aktienbeteiligung der Arbeiter eingeführt haben, und das Experiment soll glänzend geglückt sein, die Fabrik soll gänzlich von Streiks verschont geblieben sein und großartig florieren.«

»Und meine Theorie: Staatsaufsicht – Beschneidung der Unternehmergewinne – Streikverbot – hat sich in Italien praktisch bewährt.«

»Ist aber nicht für unsere chinesischen Verhältnisse anwendbar.«

»Etwa deine? Wir wollen doch gleich einmal einen Mann der Praxis fragen. Sun Fu soll den Schiedsrichter machen.« Hsüe Schi trat zu der Gruppe, die um den Hausherrn geschart war.

»Schwager Sun Fu, ist es praktisch denkbar, deine Belegschaft durch Überlassung von Aktien zur gleichberechtigten Mitbesitzerin deiner Fabrik zu machen?«

Sun Fu's Miene verfinsterte sich. Er schwieg. Professor Li an seiner

Seite strich sich mit der Hand über den Schädel, die typische Bewegung, die eine längere gelehrte Auslassung anzukündigen pflegte. Er war doch nicht umsonst Professor der Nationalökonomie.

»Wir stritten uns eben um die Frage, ob Streiks vermeidbar seien«, fuhr Hsüe Schi fort. »Neffe Bambussproß meint, man brauche die Arbeiter nur als Aktionäre an dem Werk zu beteiligen, dann wäre der Arbeitsfrieden gewährleistet und ein Streik ausgeschlossen. Er verwies auf eine englische Schuhfabrik, wo sich diese Methode praktisch bewährt haben soll. Ich vertrete die Ansicht, daß die Arbeiter aufhören, Arbeiter zu sein, sobald sie Aktionäre geworden sind, und das betreffende Unternehmen dann überhaupt keine ›Fabrik‹ mehr ist, sondern ...«

Ein dröhnendes Gelächter ließ ihn mitten im Satz abbrechen. Das Gelächter lockte von nebenan zwei weitere Zuhörer herbei, Vetter Fan und Wunderpilz. Man verständigte sie in kurzen Worten über den Gegenstand der Debatte.

»Gar nicht übel, der Gedanke, den Bambussproß verficht«, ließ sich Vetter Fan vernehmen. »Auf diese Weise würde sich das Betriebskapital hübsch verteilen und nicht in den Händen weniger Großaktionäre zusammenballen. Nur schade, die Arbeiterinnen in der Fabrik von Vetter Sun Fu sind so arme Teufel, daß sie nicht einmal genügend zu fressen haben, geschweige denn Aktien übernehmen können.«

Sun Fu mußte laut lachen, verzichtete aber aufs Wort. Er, der Praktiker, legte keinen Wert darauf, mit grünen Jünglingen über Wirtschaftsfragen zu theoretisieren. Hauptmann Leh, der auch unter den Gästen weilte, sog an seiner Zigarre und schüttelte bedächtig den Kopf. Aber sein Kopfschütteln bezog sich nicht auf das in Frage stehende Gesprächsthema. Er war in seinen Gedanken noch zu sehr mit sich und seiner Zukunft und mit der Erinnerung an die Schrecken der Front und der Gefangenschaft beschäftigt. Vor drei Tagen war er wieder in Schanghai aufgetaucht. Was ihn von der Front neuerdings wieder nach Schanghai getrieben hatte, konnte sich Sun Fu zu neun Zehnteln denken. Als er neulich mit seiner Gattin Smaragd die Frage des künftigen Partners für Koralle erörtert und dabei Schwager Hsüe Schi vorgeschlagen hatte, da hatte Frau Smaragd abgewinkt und den Namen Hauptmann Leh genannt.

Nachdem die Arbeiteraktientheorie von Bambussproß unter allgemeinem Gelächter abgetan war, hätte Hsüe Schi, der sich schon als Sieger fühlte, gar zu gern seine eigene Theorie der autoritären staatlichen Industrielenkung an den Mann gebracht. Aber man hörte ihm nicht mehr zu, das Interesse an dem Gegenstand war bereits erloschen. Man sprach schon wieder von etwas anderem, von Politik und Kriegslage. Bambussproß, Vetter Fan und Wunderpilz hatten sich auf die Veranda zurückgezogen und waren in das Thema Liebe vertieft. Die Damen nebenan aber wollten in ihrem Mah-Jong-Spiel nicht gestört sein. Enttäuscht lief Hsüe Schi in den Park, um mit sich und seiner verschmähten Lieblingstheorie der »starken Hand« allein zu sein. –

Sun Fu war mit Hauptmann Leh und Professor Li allein zurückgeblieben. Auf seine Frage nach der militärischen Lage äußerte sich der Frontoffizier, wie immer, zuversichtlich, immerhin würde man noch mit einer längeren, etwa sechsmonatigen Dauer des Bürgerkriegs rechnen müssen.

»Was! Noch sechs Monate Bürgerkrieg! Dann sind wir alle zusammen fertig und erledigt!« rief der ewige Schwarzseher Professor Li aus und zählte eine Reihe von wichtigen Gegenden auf, die neuerdings in den Machtbereich der Kommunisten gefallen seien.

»Ach, die Kommunisten sind keine ernste Gefahr. Eine einzige Schlacht mit geschulten Truppen, und sie laufen auseinander. Viele Pressemeldungen über diese Banden und Freischaren sind stark übertrieben und mit Absicht in die Welt gesetzt, um Kredit und Prestige der Nanking-Regierung zu erschüttern«, entgegnete Hauptmann Leh ruhig. Er wußte, daß Professor Li seine Weisheit mit Vorliebe aus der japanischen Presse bezog.

Der Professor schüttelte ungläubig den Kopf. Dann wandte er sich mit besorgter Miene Sun Fu zu:

»Sun Fu, Sie sollten darauf bedacht sein, den Arbeitsfrieden in Ihrer Fabrik schnellstens, wenn nötig mit brutaler Gewalt, wiederherzustellen. Der jetzige Generalstreik in der Schanghaier Seidenindustrie ist nur ein Signal, ein Vorbote, ein Teilabschnitt in dem großen Revolutionsplan der Kommunistischen Partei. Im Juli soll es in ganz China losgehen! Der heutige Angriff auf Ihren Wagen und Ihre Person war eine deutliche Warnung. Seien Sie auf der Hut! Womöglich wird man Ihnen noch die Fabrik anzünden.«

Die düsteren Prophezeiungen des Pessimisten Li trugen nicht dazu bei, Sun Fu's ohnehin gedrückte Stimmung zu heben. Vor seinem geistigen Auge wurde von neuem die Schreckensszene lebendig, die er am heutigen Nachmittag vor seinem Fabriktor durchlebt hatte.

Wieder sah er die wütenden Gesichter, die zahllosen geballten Fäuste auf sich gerichtet, und das Surren des Ventilators an der Wand klang in seinem Ohr wie das vielstimmige, drohende Murren der empörten Menge.

Um das Maß seines Unbehagens voll zu machen, wurde ihm in diesem Augenblick der Besuch seiner beiden Neffen aus dem Fabrikbüro gemeldet. Das hatte sicherlich nichts Gutes zu bedeuten.

Er entschuldigte sich bei seinen Gästen und ging in die Bibliothek.

Hauptmann Leh benutzte die Gelegenheit, um sich zu empfehlen. Professor Li erhob sich gleichfalls. Er wollte in den Park gehen und mit den jungen Leuten die vorhin unterbrochene Diskussion fortsetzen. Er mußte unbedingt noch seine eigene Lehrmeinung zur Theorie der Arbeiteraktiengesellschaft an den Mann bringen.

»Kommt ihr aus der Fabrik? Wie steht's? Etwa neue Krawalle?« fragte Sun Fu die späten Besucher.

»Bis zu unserem Fortgehen hat sich nichts Neues ereignet, aber wir wollten trotzdem nicht verfehlen...«

Sun Fu fühlte sich wesentlich erleichtert. Vermutlich wollten sie sich wieder über den verhaßten Weh Yo beschweren. Mochten sie! Für ihn fielen nur Tatsachen ins Gewicht.

»Etwas Wichtiges? Hat Weh Yo wieder etwas verkehrt gemacht?« fragte er und lud seine beiden Neffen mit einer Handbewegung zum Platznehmen ein.

Man begann damit, Weh Yo's Gegner im Betriebsrat, den Tsiän Pao Schong, in höchsten Tönen zu loben und zu preisen.

»Er genießt nicht nur höchstes Ansehen und entscheidenden Einfluß im Betriebsrat, er erfreut sich auch größter Beliebtheit bei der Belegschaft und hat alle erforderlichen Garantien in der Hand, um – jede vom Herrn Onkel gewünschte Lohnkürzung ohne Streik durchzusetzen«, hub der eine an. »Die Namen der kommunistischen Rädelsführerinnen, die Weh Yo trotz zweitägiger Suche nicht ermitteln konnte, hat er bereits durch geschickte Recherchen herausgebracht. Er gedenkt, sie zu verhaften und die übrigen Hauptschreierinnen zu entlassen. Er schlägt weiter vor, daß Arbeiterinnen künftig nur auf Grund von Empfehlung des Betriebsrats neu eingestellt werden, und daß der Betriebsrat die Bürgschaft für sie übernimmt. Alle Lohnfragen sollen in gütlichem Einvernehmen zwischen Betriebsrat und Belegschaft geregelt werden. Auf diese Weise glaubt er sogar eine noch höhere Lohnkürzung ohne Schwierigkeit durchsetzen zu können. Der Herr Onkel würde weise daran tun, dem Tsiän Pao Schong Vertrauen zu schenken und freie Hand zu lassen. Das würde ihm viel Sorge ersparen.«

»Es steht zu befürchten, daß der Weh Yo die zu morgen versprochene Wiederaufnahme der Arbeit nicht erreichen wird«, setzte der andere hinzu. »Die Arbeiterinnen hassen ihn. Durch sein plumpes, ungeschicktes Vorgehen heute nachmittag in der Barackensiedlung hat er sich noch verhaßter gemacht. Die Arbeiterinnen haben erklärt, darüber, daß wegen Kapitalmangels vorübergehend die Löhne gekürzt werden müßten, ließe sich reden. Aber sie stellen die Bedingung, daß Weh Yo abtritt. Ihre Wut richtet sich lediglich gegen die Person des Weh Yo. Auch bei den Aufseherinnen und dem sonstigen Personal ist er unbeliebt.«

Sun Fu rieb sich verlegen das Kinn. Seine Miene drückte Unentschlossenheit aus. Sollte er den Mann preisgeben, der ihn heute dank seiner Geistesgegenwart vor dem Gelynchtwerden bewahrt hatte?

»Herr Onkel, der Weh Yo macht bloß große Worte und leere Versprechungen. Das einzige, was er kann, ist Geldverschwenden, um ganz nutzlose Menschen und Dienste zu kaufen. Er schickt den Li Ma Tse mit seinen Leuten in die Wohnsiedlung, läßt ihn wahllos darauflosverhaften und zahlt ihm für jede Festnahme hohe Prämien! Es ist einfach unverantwortlich, wie er mit den Geldern des Herrn Onkels umgeht!«

Sun Fu horchte auf: »Steht es so? Warum hat mir der alte Mo nicht darüber berichtet?«

»Er ist selber nicht genau unterrichtet. Der Weh Yo ist ja in allem so selbstherrlich. Das meiste unternimmt er hinter dem Rücken des Büros.«

Sun Fu stand zornig auf und drückte auf einen Klingelknopf. Der Butler erschien.

»Kao Schong, rufe die Fabrik an: Geschäftsführer Mo möchte sofort herkommen. – Nein, bitte Geschäftsführer Weh Yo ans Telefon. Ich möchte ihn sprechen.«

»Der Herr Onkel sollte sich noch ein wenig Zeit lassen, bis wir genügend Beweise an der Hand haben. Der Weh Yo wird sicher leugnen und alles bestreiten«, rieten die beiden jugendlichen Intriganten hastig ab. Auf ihren Mienen malte sich sichtlich Bestürzung und schlechtes Gewissen. Sun Fu war zu sehr in

Gedanken, als daß er ihren veränderten Gesichtsausdruck beachtet hätte.

»Kao Schong, nicht anrufen!« widerrief er seinen Befehl.

»Am besten dürfte es sein, der Herr Onkel wartet noch den morgigen Tag ab. Sollte Weh Yo bis morgen eine Wiederaufnahme der Arbeit nicht erzielen, dann wäre es vielleicht ratsam, an seiner Stelle dem Tsiän Pao Schong die erforderlichen Vollmachten zu erteilen.«

Sun Fu winkte müde ab. »Es ist gut. Ihr könnt gehen. Und die Sache bleibt unter uns, bitte ich mir aus!«

Er hatte das Bedürfnis, allein zu sein, wie immer, wenn ihn Sorgen zu überwältigen drohten. Von fünf, sechs Seiten zerrte das nun an seinen Nervensträngen: Die unsichere politische Lage – die Börse – Tschao und Kreditsperre – der Streik – der Riß in der Werkleitung – die Spaltung im Betriebsrat! Er selber fühlte sich zerrissen, gespalten. Eine seltsame, lähmende, müde Entschlußlosigkeit war über ihn gekommen, wie er sie nie zuvor gekannt hatte. Wo war nur sein altes, starkes Selbstvertrauen hin? Früher hatte er nie etwas wie Angst gekannt. Jetzt schreckte ihn der Nachtwind, der draußen durch den Park strich. Das Blätterrauschen hatte für sein Ohr eine fatale Ähnlichkeit mit dem vielstimmigen, murrenden Chor der aufgebrachten Frauenmenge am Nachmittag vorm Fabriktor. In dem gelben Lichtschein, den der Schirm der Schreibtischlampe auf die Tischplatte warf, erblickte seine überreizte Phantasie den Widerschein der brennenden Fabrik! –

Er schreckte aus seiner Träumerei auf. Die Türklinke war leise niedergedrückt worden. Bergwerksdirektor Wang, Vorstandsmitglied der »Loyal«-Treuhandgesellschaft, schob seinen runden Glatzkopf durch den Türspalt. Auf seiner Stirn zeichneten sich gewisse Falten, die Sorge verrieten. Das übliche behagliche Lächeln um seinen breiten Genießermund wirkte etwas krampfhaft. Der hatte gerade noch gefehlt!

»Was bringen Sie Schlimmes? Betrifft es unsere acht neuen Werke?« fragte Sun Fu, auf alles gefaßt.

»Nur eine unbedeutende kleine Schwierigkeit hat sich eingestellt – wissen Sie noch nicht davon?«

Sun Fu schüttelte den Kopf.

»Wie gesagt, nicht weiter von Belang – man muß es als natürliche Rückwirkung des Bürgerkriegs in Rechnung stellen – eine kleine

Absatzstockung – die Ware, die wir in letzter Woche verladen hatten, ist unausgepackt zurückgekommen! – Hat nichts weiter auf sich – immerhin, was soll werden? Nachdem wir aus allen Poren Geld geschwitzt und in die acht Betriebe gesteckt haben, um sie flottzumachen, können wir nicht nur keine Ware absetzen, sondern müssen obendrein auch noch Lagerspesen zusetzen! Auf die Dauer können wir uns das kaum leisten.«

Auch das noch! Zu den anderen sechs Sorgen, die bereits an seinen geplagten Nervensträngen zerrten, nun auch noch die neue Sorge! Sun Fu war es, als ob ein Hammer sein ohnehin schmerzendes Hirn vollends in Stücke geschlagen hätte. Er war zunächst fassungslos.

»Noch eins«, fuhr Wang fort. »Obzwar die Nankingtruppen Tsinanfu preisgegeben haben, ist ihre Kampfkraft noch intakt. Sie sollen sich längs der Tsinanfu-Kiautschou-Bahnlinie einbuddeln und starke Verteidungsstellungen ausbauen. Das läßt auf längere Fortdauer der Kämpfe schließen. Sachkenner schätzen, daß die Entscheidung erst nach Neujahr fallen dürfte. Wir müssen also damit rechnen, daß unser Export nach Schantung noch auf Monate hinaus gestört bleibt. Unter diesen Umständen sind wir zu einer einschneidenden Umstellung unserer acht neuen Betriebe gezwungen, sonst riskieren wir, daß wir in die gleiche Pleitegrube purzeln wie unsere Vorbesitzer.«

»Was, bis über Neujahr soll der Krieg, soll die Ungewißheit noch weitergehen? – Das ist ja kaum zu fassen!« stöhnte Sun Fu. So mutlos und verzagt hatte ihn Wang zuvor noch nie gesehen.

»Sun Fu, Sie scheinen etwas überanstrengt und müde zu sein. Wir wollen die Unterhaltung lieber auf morgen verschieben.«

»Nein, nein! Sofort!«

Es klang sehr gezwungen.

»Also, ich habe mich bereits mit Reeder Sun besprochen. Wir sind, kurz gesagt, zu dem Ergebnis gekommen, daß wir – abgesehen von den bereits vorgesehenen Maßnahmen der Lohnkürzung und Arbeiterentlassungen – sämtliche acht Betriebe vorläufig auf Halbtagsproduktion umstellen müssen. Nach einem Monat kann man dann weiter sehen.«

»Halbtagsarbeit? Na, das kann ja gut werden! Die Arbeiter werden uns die Maschinen demolieren, die Gebäude in Brand setzen!«

»Sie sehen zu schwarz. Sun Fu, Sie sind müde, wir wollen lieber morgen weiterreden.«

»Ja, ein wenig müde. Macht nichts. – Also meinetwegen, führen wir Halbtagsarbeit ein.«

Wang musterte Sun Fu mit einem besorgten Blick, wechselte rasch das Gesprächsthema und empfahl sich bald darauf.

Sun Fu sank matt in seinen Schreibtischsessel. Er fühlte sich wie von Keulenhieben betäubt. Es ging aber auch alles schief! Er erwartete, im nächsten Augenblick den oder jenen Nervenstrang mit hellem Ton wie eine zerspringende Lautensaite platzen zu hören. Dann packte ihn maßlose Wut, Wut über die toten Gegenstände seiner Umgebung, Wut über sich selbst. Das Geräusch der klappernden Mah-Jong-Steine, die klimpernden Tonkaskaden des als Schlußnummer der heutigen Radiosendung abschnurrenden Impromptus, die gedämpft von drüben, vom Spielzimmer, herüberklangen, bereiteten ihm körperlichen Schmerz, versetzten ihn in Raserei.

Er sprang auf und durchmaß mit langen Schritten das Zimmer wie ein Raubtier den Käfig. Seine rollenden Augen suchten nach einem passenden Gegenstand, an dem er seine Wut auslassen, seine unerträgliche Spannung entladen konnte. Wieder ließ er sich in den Schreibtischsessel fallen.

Da pochte es leise an die Tür. Die hübsche, dralle Zofe Pfirsich trat leise ein und setzte dem geistesabwesend vor sich hin stierenden Hausherrn die gewohnte Schwalbennestersuppenschüssel auf den Schreibtisch. Sein Blick fiel auf zwei weiße, runde Patschhändchen mit kleinen, niedlichen Grübchen an den Fingerknöcheln. Der Anblick dieser niedlichen Dinger peitschte seine siedende Spannung zur Weißglut. Sein Blick glitt von den Patschhändchen weiter die weichen runden Linien der vor ihm stehenden Gestalt entlang, aufwärts und abwärts. Sie hielt lächelnd seinen Blick aus. Eine jähe triebhafte Wallung schlug in ihm hoch und verdunkelte wie ein purpurroter Vorhang seine klaren Sinne. Was da vor ihm stand, war für ihn nicht mehr die Zofe Pfirsich, sondern der gesuchte Gegenstand. –

Er stand auf und trat stumm auf sie zu wie ein Tiger auf dem Sprunge. Sie wich vor ihm, immer lächelnd, langsam an die Wand zurück, ihre Hand faßte nach dem nahen Lichtschalter an der Tür. Die Deckenbeleuchtung verlosch. Seine Hand langte nach rückwärts und drehte am Knopf der Schreibtischlampe. Nun lag das Zimmer in völligem Dunkel.

Als er wieder hell machte, spürte er eine wohltätige Entspannung, aber schon wieder begann das alte Rad in seinem Hirn zu drehen: Unsichere politische Lage – Börse – Kreditsperre – Streik – Riß in der Werkleitung – Absatzstockung – Produktionseinschränkung. – Er sah nach der Armbanduhr. Drei Uhr morgens. Von drüben tönte noch immer das Geklapper der Mah-Jong-Steine.

Der zweite Streiktag brach grau und trübe an. Zögernd kroch das junge Tageslicht durch dicke Nebelschleier. Es war jene frühe Stunde, in der die noch menschenleeren Großstadtstraßen vom Räderpoltern der nach auswärts rumpelnden Dungkarren widerhallen. Die Dampfpfeife der Fabrik »zum blühenden Überfluß« stieß ihren ersten Werkruf aus. Vor dem Fabriktor stand die Polizei und Li Ma Tse's Streitmacht für alle Fälle bereit.

Sogar zwei Maschinengewehre waren postiert.

Li Ma Tse selbst hielt mit einem ganzen Stab von Werkdetektiven und Aufseherinnen den Platz vor dem Eingang zum Maschinensaal besetzt. Die grünblassen Gesichter mit den geröteten Augenlidern zeugten von einer durchwachten Nacht.

Auf der Wandelgalerie vor dem Verwaltungsbüro schritt Weh Yo einsam auf und ab wie ein Feldherr, der auf Frontberichte wartet. Seine Miene drückte feste Entschlossenheit und Zuversicht aus. Er hatte bereits von dem nächtlichen Besuch der beiden Bürojünglinge in der Villa des Chefs erfahren, aber was focht ihn das an? Er hatte ein gutes Gewissen. Er hatte alle erforderlichen Anordnungen mit Umsicht getroffen, die ganze Nacht hindurch waren seine Leute auf dem Posten gewesen und unermüdlich von Baracke zu Baracke gegangen, um die Belegschaft im Sinne der Vernunft zu bearbeiten. Nur ein Umstand beunruhigte ihn: wo steckte die Aufseherin Ah Hsiang? Er hatte sie mit dem wichtigen Auftrag betraut, der gefangenen Hsiu Meh am Abend bei der Freilassung heimlich zu folgen und ihr Tun und Lassen im Lager genau zu überwachen. Er hoffte, über die Hsiu Meh endlich das immer noch fehlende Verbindungsglied zwischen Belegschaft und kommunistischer Parteizentrale ausfindig zu machen. Warum hatte sich die Ah Hsiang noch nicht zur Berichterstattung gemeldet? Schon gestern hatte sie versagt. Als er sie ins Lager schickte, um die Ah Hsin herbeizulocken, war sie unverrichtetersache wiedergekommen. Die Gesuchte sei nicht zu finden gewesen, hatte sie sich entschuldigt. Weh Yo spürte ein leichtes Unbehagen, wenn er daran dachte.

Zum zweitenmal rief die Fabrikpfeife ihr Tut-Tut aus, länger als das erstemal und lauter. Gleichzeitig flammten gespenstisch im Morgennebel die elektrischen Lampen des Maschinensaals auf. Betriebsratsmitglied Kweh kam auf Weh Yo zugelaufen.

»Wie steht's, Kweh?«

»Sie kommen, wenn auch nur tropfenweise, in kleinen Trupps von drei und fünf, aber sie kommen!« Beide schmunzelten sich an. Also ging die große Sache in Ordnung! Weh Yo lief ins Büro zum Telefonapparat. Er wollte die Villa Wu anrufen und dem Chef den Sieg melden. Im Hintergrunde standen die drei neuen Büroassistenten, seine Feinde, zusammen, tuschelten leise und schnitten hämische Gesichter. Er übersah sie.

Gerade hatte er die Verbindung mit der Villa bekommen, als ihn dumpfer Lärm vom Tor her stutzen ließ. Die drei Assistenten rannten sofort mit langen Sätzen hinaus. Ihre Eile kam ihm recht merkwürdig vor.

Die Telefonverbindung war inzwischen wieder unterbrochen. Er drehte von neuem die Nummernscheibe, als plötzlich Aufseherin Ah Tschen hereingestürzt kam.

»Sie schlagen sich! Es geht drunter und drüber!« meldete sie aufgeregt und prallte so ungestüm an ihn, daß er den Hörer fallen ließ.

Er hängte ärgerlich an, schob sie beiseite und stürmte hinaus. Vom Kokonschuppen aus besah er sich die Lage. Das Tor war von einem dicken Menschenknäuel verstopft. Darunter viele fremde Gesichter. Etwas abseits standen Gruppen von Arbeiterinnen, heftig gestikulierend, schwatzend und mit den Fingern zeigend, offenbar unschlüssig. Die Polizei hielt sich anscheinend noch zurück. Jemand sprach auf einen Polizeioffizier ein. Ein anderer war auf eine Bank innerhalb des Tors gestiegen und fuchtelte mit den Armen in der Luft herum. Weh Yo ahnte bereits etwas. Er rannte weiter.

Nun konnte er den Mann auf der Bank deutlich erkennen. Es war Hausfohlen! Seine beiden Kollegen aus dem Büro standen unweit von ihm.

»Feste! Haut sie! Verdrescht sie!« hörte er den Burschen auf der Bank hetzen.

»Wen verdreschen? Etwa unsere eigenen Leute?« brüllte er ihn zornig an. »Verdammter Unfug! Ich werde dich und die beiden anderen dem Chef zur Bestrafung melden!«

Mit haßverzerrtem Gesicht und geballten Fäusten wollte sich der Hetzer auf ihn stürzen. Aber Weh Yo stellte ihm geschickt ein Bein, so daß er der Länge nach hinschlug. Weh Yo stürmte weiter, zu dem Mann, der auf den Polizeioffizier einsprach. Es war sein alter Widersacher, der Tsiän Pao Schong vom Betriebsrat. Er packte ihn bei den Schultern und schob ihn beiseite.

»Ich bin Weh Yo, bevollmächtigter Geschäftsführer der Fabrik. Befehlen Sie Ihren Leuten, das Gesindel, das hier unsere Arbeiterinnen behelligt, zu verhaften!« wandte er sich an den Polizeioffizier.

»Aber es sind Ihre eigenen Leute darunter ...«

»Ganz gleich, alles festnehmen! Wir werden die Rechnung später in Ordnung bringen.«

Er wandte sich nach Tsiän Pao Schong um. Aber der war verschwunden. Der Polizeioffizier setzte seine Trillerpfeife an den Mund, worauf im Laufschritt seine Mannschaft nahte, der Knäuel sich schleunigst löste und in eine rennende Menschenkette verwandelte.

»Die eine dort! Packt sie und sperrt sie in die Zelle neben dem Kesselhaus!« schrie er den Polizisten zu. Er hatte in der einen die Aufseherin Ah Hsiang erkannt. Also wieder Verrat! In den eigenen Reihen! Nun verstand er auch, warum sie gestern nicht die Ah Hsin zur Stelle geschafft, warum sie heute dem Morgenappell ferngeblieben war. Sabotiert hatte sie seine Befehle! Auch sie hielt es mit der Opposition. Mit einemmal war ihm alles klar: dieser künstliche Aufruhr hier am Fabriktor war von der Opposition in Szene gesetzt und von gedungenen Rowdies des Tsiän Pao Schong aufgeführt worden, um die Wiederaufnahme der Arbeit am heutigen Tag auf jeden Fall zu hintertreiben, um ihm, dem verhaßten Weh Yo, ein Bein zu stellen und seinen Sturz, seine Entlassung herbeizuführen. Man kannte das Ultimatum, das ihm der Chef gestellt hatte, sehr genau. Nun, dieser niederträchtige Anschlag war glücklich mißlungen. Innerhalb von zehn Minuten war der ganze Spuk verflogen, war das Fabriktor frei. Die Gruppen der Arbeitswilligen wagten sich wieder herein.

Zum dritten Male heulte die Dampfpfeife auf, diesmal zwei Minuten lang. Es hörte sich an wie der klagende, schmerzliche Wehruf eines verwundeten Tieres. Der Nebel war inzwischen gewichen. Am blauen Himmel schwammen vereinzelte weiße Wölkchen. Trotz der frühen Stunde, es war einhalb acht Uhr, brannte die Sonne schon gehörig hernieder.

Im Maschinensaal hatten sich an zweihundert Arbeiterinnen

eingefunden. Das war zwar nur ein geringer Bruchteil der zweieinhalbtausendköpfigen Belegschaft, aber immerhin war Teilbetrieb besser als gar kein Betrieb.

Ungeachtet seiner körperlichen Übermüdung – er hatte die Nacht über kein Auge zugemacht – hielt Weh Yo den Augenblick zu einer Ansprache für gekommen. Er zwang sich zu einer möglichst freundlichen Miene und betrat den Arbeitssaal. Die Arbeiterinnen saßen finster und verdrossen vor ihren leerlaufenden Maschinen. Hinter ihnen, wie Wachpatrouillen über den Saal verteilt, die Aufseherinnen, streng und spähend. Es herrschte eine unlustige, gedrückte Atmosphäre. Weh Yo gab der Aufseherin Ah Tschen einen Wink, worauf sie die Maschinen abstoppte. Inmitten lautloser Stille hielt er seine Ansprache.

»Hört mal alle her! Ich, Weh Yo, bin nun zwei Jahre hier im Betrieb. In dieser ganzen Zeit war ich euch ein guter Arbeitskamerad. Vor einem Monat hat mich unser lao pan zum Betriebsleiter gemacht. Ihr könnt mir schwerlich vorwerfen, daß ich mein Amt zu Stänkereien mißbraucht hätte. Ich weiß, ihr seid arm. Ich bin auch ein armes Luder. Ich kenne eure Nöte genau, und wo ich nur kann, bin ich bemüht, eure Lage zu erleichtern.

Aber ihr müßt eines bedenken: die Garnpreise sind gefallen. Dadurch sind die Fabrikationsbetriebe durchweg notleidend geworden. Ein Zentner Garn bringt unserem lao pan heute keinen Gewinn, sondern einen Nettoverlust von vierhundert Taels! Habt ihr wohl verstanden? Vierhundert Taels gleich sechshundert Schanghai-Dollar! Unser lao pan kann kein Gold aus Scheiße zaubern! Er hat die Wahl nur zwischen zwei Möglichkeiten: entweder Stillegung oder Verringerung der Produktionskosten.

Den Betrieb stillegen heißt, daß ihr alle zusammen nichts mehr zu fressen habt! Ihr wißt, daß im Bezirk Schanghai bereits mehr als zwanzig Spinnereien stillgelegt sind. Unser lao pan hat sich Kapitalien geliehen, hat Grundstücke verpfändet, kurz tut alles, um den Betrieb aufrechtzuerhalten. Warum führt er den Betrieb weiter? Euretwegen! Damit ihr euren täglichen Reisnapf nicht verliert!

Wenn er sich jetzt zu der achtprozentigen Lohnkürzung entschlossen hat, so tut er das nicht aus Vergnügen oder aus Bosheit, sondern aus bitterem Zwang, um die Produktionskosten zu verringern. Ihr müßt bedenken: So ein Unternehmer hat auch seine

Sorgen. Arbeitgeber und Arbeitnehmer sind aufeinander angewiesen, sie müssen sich gegenseitig helfen, um in den augenblicklichen Nöten durchzuhalten.

Kolleginnen, ihr seid heute wieder zur Arbeit angetreten. Ihr habt damit Einsicht und gesunden Menschenverstand bewiesen. Wenn ihr heute abend nach der Arbeit in eure Siedlung zurückkommt, dann klärt die anderen Kameradinnen auf, sagt ihnen: wenn sie im Streik verharren, dann zerschlagen sie sich selber ihre Eßnäpfe. Wenn sie es aus Trotz auf die Stillegung ankommen lassen wollen, dann bleiben ihnen nicht einmal die acht Prozent Lohn, auf die sie heute verzichten sollen.

Soviel zur Sache. Wenn ihr aber etwas gegen mich persönlich habt, wenn ihr mich nicht als Betriebsführer haben wollt, gut, ich bin kein Kleber, dann lege ich meinen Posten ganz von selber nieder. Aber dazu braucht es keinen Streik. Ich habe gesprochen. Wer anderer Meinung ist, soll es getrost sagen.«

Die Rede wurde mit eisigem Schweigen aufgenommen. Nur ein leises Summen und Brummen, ähnlich dem Geräusch eines Kochtopfs mit siedendem Wasser, war im Saal hörbar. Die von der warmen Luft geröteten Gesichter der Arbeiterinnen verharrten in der ausdruckslosen Starre steinerner Bildsäulen.

Weh Yo empfand eine grenzenlose Einsamkeit und Verlassenheit. Trotz der im Saale herrschenden Hitze von neunzig Grad Fahrenheit fühlte er das Rückgrat abwärts einen eisigen Schauer kriechen, es war ihm, als ob Krallen von kaltem Metall ihm Brust und Eingeweide zusammenpreßten. Niedergeschlagen und mit gesenktem Kopf ging er ein paar Schritte auf und ab, dann gab er sich einen Ruck, winkte der Aufseherin am Schaltbrett zum Zeichen, daß sie die Maschinen wieder in Gang setzen sollte, und verließ in krampfhaft gestraffter Haltung den Saal.

Im Vergleich zu der heiklen Aufgabe, die er eben hinter sich hatte, erschien ihm die nun folgende Begegnung von Mann zu Mann mit seinem alten Feind, dem Tsiän Pao Schong, fast als erfrischende Abwechslung. Der alte Li Ma Tse hatte in der Zwischenzeit auftragsgemäß den Führer der Opposition herbeizuschaffen gewußt und wartete schon mit ihm vor dem Büro. Li Ma Tse stand zwischen beiden Parteien. So loyal er zu Weh Yo hielt, so ungern mochte er sich mit seinem alten Freund Tsiän Pao Schong überwerfen. Als heute morgen die gedungenen Rowdies des Tsiän Pao Schong das

Fabriktor zu sperren und den Arbeitswilligen den Zutritt zu wehren versuchten, hatte er seine eigenen Leute daher nur mit halber Kraft oder nur zum Schein eingesetzt. Jetzt strebte er eine versöhnliche Aussprache zwischen den beiden Gegnern an. Sie fand im Privatbüro des Chefs statt. Weh Yo war sich der Schwierigkeit, die sich aus Li Ma Tse's Zwitterhaltung für ihn ergab, wohl bewußt. Er war gezwungen zu lavieren, Kompromisse zu schließen, um nicht den alten braven Li Ma Tse vor den Kopf zu stoßen. Er hatte schon daran gedacht, den alten Kämpen zu entlassen und durch eine andere Kraft zu ersetzen, um ganz freie Bahn gegenüber der Opposition zu haben. Aber zu solch einschneidendem Personalwechsel war es noch zu früh, eine heillose Verwirrung in seinen eigenen Reihen wäre zunächst die unausbleibliche Folge, der Erfolg des ganzen Kampfes wäre gefährdet gewesen. Das Hauptkampfziel aber war und blieb für Weh Yo zunächst die umgehende Wiederaufnahme der Arbeit gemäß dem feierlichen Versprechen, durch das er sich dem Chef gegenüber verpflichtet hatte.

Es half nichts, er mußte sich noch beherrschen, die endgültige Abrechnung auf später verschieben und sich einstweilen zur Taktik des Samthandschuhs bequemen. Schwer genug war es. Denn Tsiän Pao Schong trat ihm in arroganter Siegerpose entgegen und stellte unverschämte Forderungen: Wiedereinstellung verschiedener wegen Aufsässigkeit entlassener Arbeiterinnen – dafür Entlassung des braven Weh Yo und dem Chef treu ergebenen Betriebsratsmitglieds Kweh Tschang Lin – bei allen künftigen Beförderungen und Maßregelungen von Gefolgschaftsmitgliedern sollte vorher seine, Tsiän's Genehmigung eingeholt werden – der Geheimfonds sollte völlig und ausschließlich unter seine, Tsiän's Kontrolle und Verfügung gestellt werden! Angesichts solcher frecher Forderungen kostete es Weh Yo einige Mühe, seine Selbstbeherrschung zu wahren.

»Pao Schong, deine Forderungen bedeuten keine allzu große Sache, darüber läßt sich reden. Heute nachmittag werde ich sie dem Chef unterbreiten. Hauptsache, daß die Arbeit heute wieder aufgenommen wird! Was heute morgen am Fabriktor vorgefallen ist, soll unter uns bleiben. Ich will mit Rücksicht auf das Gesicht unseres beiderseitigen Freundes Li Ma Tse davon absehen, dem Chef Meldung zu erstatten. Aber eine Bedingung stelle ich meinerseits: mit dem falschen Spiel, das du heute vormittag getrieben hast, ist es ein für allemal aus! Es ist unerträglich, daß sich deine Leute und meine Leute gegenseitig verprügeln. Du hattest den Aufruhr provoziert...«

»Verleumdung!«

»Sieh dir doch die geschwollene Nase unseres Freundes Li an! Er kann es bezeugen, und die Ah Hsiang, die wir glücklich erwischt haben, hat es schon bezeugt...«

»Ach was, der Zwischenfall ist vorbei und erledigt. Wozu die Sache wieder aufwärmen! Ich verlange kurz und bündig deine Antwort auf meine Forderungen, die ich im Namen des Betriebsrats gestellt habe: ja oder nein!« suchte Tsiän Pao Schong, zornrot, schwitzend, schreiend, auszuweichen.

»Ich bestehe darauf, daß du dein falsches Spiel aufgibst und deine Leute augenblicklich zurückziehst!« beharrte Weh Yo in eiserner Ruhe.

»Pao Schong, geh und tu ihm den Gefallen, tu es mir zuliebe, wir sind doch keine händelsüchtigen Sargträger! Geh schon und sorge dafür, daß seine Leute nicht wieder zu krakeelen anfangen!« redete Li Ma Tse vermittelnd zu.

»Deswegen brauche ich mich nicht erst hinzubemühen. Ohne mein Kommando werden sie sowieso nicht zu krakeelen wagen«, erwiderte Tsiän, sich stolz in die Brust werfend, und hatte sich damit verplappert.

Kaum war dieses Eingeständnis seinem Mund entschlüpft, als in der Ferne dumpfes Stimmengetöse laut wurde. Es hörte sich an wie das Grollen eines anziehenden Gewitters. Weh Yo wechselte die Farbe und sprang auf. Da kam auch schon der alte Mo hereingeschnauft.

»Es geht wieder – wieder los!« stammelte er.

Weh Yo stieß mit einem wütenden Fußtritt den Verhandlungstisch um und stürzte fort. Der alte Li war auch aufgesprungen. Zornrot im Gesicht packte er Tsiän bei der Schulter, schüttelte ihn wie dürres Laub im Winde hin und her und schrie ihn an:

»Pao Schong, bei aller Freundschaft – du treibst es zu weit!«

»Verfluchte Bande! Ohne meinen Befehl abzuwarten! Wir wollen hin und sehen, was zu tun ist!« stammelte Tsiän kleinlaut und schuldbewußt. Sich unterwegs mit Vorwürfen überhäufend, rannten sie vereint Weh Yo nach, zum Fabriktor.

Dort war der Teufel los. Das große schmiedeeiserne Tor eingedrückt, überrannt! Wie eine Sturmflut wälzte sich eine Menge

Arbeiterinnen, angeführt von Tsiän's Leuten, heran. Um sich für die vorgängige Abfuhr zu rächen, hatten sie Zuzug aus fremden bestreikten Betrieben, sogar aus Hong kew, herangeholt und damit den Kampfmut der streikwilligen Arbeiterinnen von Sun Fu's Betrieb neu belebt.

»Generalstreik! – Ein Hund, wer zur Arbeit geht! – Heraus aus dem Betrieb! – Zerschlagt die Maschinen!« gellte es an Weh Yo's Ohren. Es war ihm klar, daß jetzt der Zeitpunkt zu rücksichtsloser, hundertprozentiger Gewaltanwendung gekommen war, und er erteilte dem Polizeioffizier, zu dem er sich durchgeschlagen hatte, kaltblütig den lange zurückgehaltenen Schießbefehl.

Alarmpfeifen gellten auf, dann krachten Schüsse, erst Warnschüsse über die Köpfe hinweg, dann scharfe Schüsse, ganze Salven. Die anfangs zurückgedrängte dünne Postenkette innerhalb des Fabrikhofs konnte zum Gegenangriff vorschreiten und das Fabrikgelände säubern. Die Verstärkungen, die von den nächsten, telefonisch verständigten Polizeiwachen auf Motorrädern anrückten, fanden nicht mehr viel zu tun vor. Nach den ersten Schüssen war die Menschenflut nach rückwärts gebrandet und hatte sich in zahllose dünne, rennende, rasch versickernde Rinnsale aufgelöst. Li Ma Tse und Kweh Tschang Lin benutzten die Panik, um mit ihrer Mannschaft ins Barackenlager nachzustoßen, zahlreiche Verhaftungen vorzunehmen und noch einige hundert Arbeiterinnen an die Maschinen zu treiben.

Weh Yo konnte sich über den weiteren Verlauf der Dinge nur vom Krankenlager aus unterrichten. Im Getümmel hatte ihn ein Fehlschuß am linken Unterarm getroffen. Die mit starkem Blutverlust verbundene Verwundung zwang ihn zu einer unfreiwilligen Bettruhe, die seine überanstrengten Nerven dringend gebrauchen konnten.

Am Bettrand erstatteten ihm eine Stunde später seine Getreuen Li Ma Tse und Kweh Tschang Lin gutgelaunt den Kampfbericht.

»Tsiän Pao Schong durch Fehlschuß schwer am Knie verletzt und ins Krankenhaus abtransportiert.«

Weh Yo atmete auf. Diese giftige Natter war er los, und sie würde ihn nie mehr belästigen!

»Fünfhundert Arbeiterinnen zur Arbeit angetreten! Hörst du die Maschinen summen? Die Hsiu Meh und die Ah Hsin verhaftet und beim Landfriedensamt eingeliefert! Außerdem haben wir noch ein Dutzend vorlaute Arbeiterinnen aufs Geratewohl festgenommen.

Mögen sie ruhig ein paar Tage brummen. Verfluchtes Pack! Unsere schöne Fabrik stürmen zu wollen und noch dazu mit fremder Hilfe!«

»Ist etwa die Kweh Ying mit unter den Verhafteten?«

»Nein.«

Weh Yong schwieg eine Weile. Er schien mit sich zu kämpfen. Dann sagte er mit leiser Stimme:

»Ihr müßt heute nacht die Kweh Ying besonders scharf überwachen und – festnehmen, falls sie sich verdächtig macht.«

Es hatte ihn schwere Überwindung gekostet, den Befehl auszusprechen. Der Name Kweh Ying bedeutete ihm etwas, er hatte im stillen daran gedacht, sie zu heiraten.

Noch immer fehlte ihm das wichtige Verbindungsglied zwischen Barackensiedlung und der kommunistischen Zentrale. Es konnte – darauf deuteten alle bisher festgestellten Spuren – nur über die Person der Kweh Ying gefunden werden. Und es mußte gefunden werden! Pflicht ging vor. Er lächelte schwach.

»Einstweilen sind wir also die Sieger. Kweh, geh ans Telefon und erstatte dem Chef Bericht«, sagte er matt, dann fielen ihm die Augen zu.

DRITTER TEIL

Genosse Ko Tso Fu greift ein!

Es erscheinen:

Ko Tso Fu, Beauftragter der kommunistischen Partei
Su Lun, Funktionär der chinesischen kommunistischen Partei
Ma Tsin, kommunistische Studentin
Tsai Tschen, kommunistische Studentin
Yüe O, kommunistische Arbeiterin, Verbindungsglied zwischen Fabrik und kommunistischer Streikleitung

Abenddämmerung senkte sich über die Barackensiedlung, in der die weibliche Belegschaft der Seidenspinnerei Yü hua »blühender Überfluß« hauste. Stumm wie ein Friedhof lag heute der sonst so lebhafte und geschwätzige Wohnblock da. Denn daß nach den letzte Vorfällen die Überwachung doppelt scharf sein würde, war allen klar. Was nicht unbedingt hinaus mußte, blieb in der Wohnung. Was draußen in der Dämmerung aneinander vorbeihuschte, tauschte scheue Blicke oder wagte allenfalls ein paar hastige Worte im Flüsterton. Die ganze Siedlung schien wie ausgestorben und erstarrt. Hin und wieder zerriß ein barscher Wächterruf die Friedhofstille. Dann war wohl jemand dem Absperrungsdrahtzaun zu nahe gekommen. –

Aus der düsteren Tiefe der Siedlung löste sich ein Schatten und strebte dem vom Eingang am weitsten abgelegenen Rande zu. Am Drahtzaun machte er halt und beschnüffelte ihn eine Weile, so wie etwa ein Hund einen gestohlenen Knochen beschnüffelt. Die Sterne am tiefblauen Abendhimmel schienen belustigt über dies Treiben zu blinzeln. Ein Luftzug trug aus der Ferne den schwachen Schall einer Alarmpfeife und eines kläglichen Kinderwimmerns herüber. Behutsam, mit der festen Geschmeidigkeit einer Katze überkletterte der Schatten das Drahthindernis. Dann schnellte er los. Die blinzelnden Sterne sahen ihn im Zickzackkurs dahineilen, im Häusergewirr eines armseligen Viertels untertauchen und vor einem einstöckigen Haus am Ende einer Gasse haltmachen. Ein dreimaliges leises Pochen an der Hintertür. Sie öffnete sich auf einen schmalen Spalt und schluckte den Schatten.

Die dürftige Ausstattung des kahlen Vorderraumes im Obergeschoß bestand im wesentlichen aus drei morschen Bettgestellen und einem wackeligen Holztisch. Auf der Matratze des einen Bettgestells lag ein Bündel alter abgetragener Arbeitskittel. Auf dem Tisch summte über einem Spirituskocher ein zerbeulter Teekessel von billigem Zinn, darum herum standen ein paar halbgefüllte Schalen. Der grelle Schein der von der Decke baumelnden elektrischen Glühbirne unter dem verrutschten, schmutzig grünen Kartonschirm japanischer Fabrikmarke fiel auf die Gestalt eines jungen Mädchens, das sich lässig auf der Lagerstatt unterhalb des dichtverhangenen einzigen Fensters räkelte. Neben ihm saß eine etwa Gleichalterige. Sie unterhielten sich in gedämpftem Ton. Jetzt fuhr die Sitzende nach der Tür herum. Sie hatte sich leise geöffnet.

»Ah, Yüe O, du bist's. Kommst du allein?«

»Hsiu Meh und Ah Hsin haben sie geschnappt. Wußtet ihr's noch nicht?«

»Das schon. Aber ich meine die neue Gesinnungsfreundin, die Kweh Ying. Warum hast du sie nicht mitgebracht?«

»Konnte nicht zu ihr. Wäre selber beinahe nicht herausgekommen. Die Kontrolle ist neuerdings verdammt scharf.«

Yüe O spuckte aus, setzte sich an den Tisch und goß sich eine Teeschale voll. Eine Weile hörte man nur das Geräusch ihrer andächtig schlürfenden Lippen und das Knarren des Bettgestells am Fenster.

»Also hier in Tschah peh die gleiche Pleite wie bei uns in Hong kew. Ma Tsin, diesmal ist es nichts mit unserm Generalstreik!« bemerkte die Liegende gähnend zu der neben ihr sitzenden Genossin.

»Ah, dummes Zeug!« Ma Tsin heftete den Blick ihrer klugen schwarzen Augen fest auf das Gesicht der teeschlürfenden Arbeiterin. Die fühlte sich sichtlich unbehaglich unter dem Banne dieses forschenden Blickes und setzte ihre Teeschale nieder.

»Ja, was soll unsereins machen? So sprecht doch! Gebt doch einen guten Rat!«

»Warte, bis die Genossen da sind. Dann steigt die Sitzung. Wo nur Su Lun bleibt? Tsai Tschen, wie spät ist es eigentlich?«

»Zwanzig nach sieben. Lange habe ich heute auch nicht Zeit. Halb neun werde ich zu einer Gesellschaft in Hong kew erwartet.«

Die Sprecherin wälzte sich auf die andere Seite, dann richtete sie sich auf, umschlang strampelnd die andere und biß ihr unter vergnügten Quietschlauten in Nacken und Hals.

»Bist du verrückt?« schalt Ma Tsin und schüttelte sie lachend ab. Dann wandte sie sich ernst an die Arbeiterin:

»Yüe O, was ich fragen wollte: wie ist bei euch der Kampfgeist? Ist er noch frisch? Bei den anderen Betrieben hier in Tscha peh ist er noch ungebrochen. Als eure Kolleginnen heute vormittag hörten, daß ein Teil eurer Belegschaft zur Arbeit angetreten sei, da haben sie ganz spontan den Sturm auf euren Betrieb unternommen. Sie wollten euch das Rückgrat stärken. Ihr müßt unbedingt fest bleiben! Dann wird der Generalstreik noch gelingen. Das nächste Mal dürft ihr nicht wieder dazwischenpfuschen!«

»Das nächste Mal? Wir sind mit dem letztenmal noch nicht zu Ende!« fiel Tsai Tschen feurig ein. »Heute nacht wird feste weiteragitiert! Dann morgen neuer Sturm auf den Betrieb! Wir werden keine Opfer scheuen! Wenn es mißglückt, soll unsere Niederlage ehrenvoll sein! Ist Ruhm und Ehre nicht auch schön?«

Tsai Tschen war im Eifer ihrer Rede aufgestanden. Nun lief sie zu Yüe O hinüber, umhalste sie theatralisch und schmatzte sie ab. Dann warf sie sich wieder aufs Lager.

Ma Tsin hatte ihren Platz gewechselt und sich neben die Arbeiterin gesetzt. Sie fing gerade an, sie des näheren über die Lage im Betrieb auszuhorchen, als die beiden erwarteten Genossen eintraten. Der größere mit dem hageren, blassen Gesicht klopfte auf die Tischplatte, warf noch rasch einen Blick auf seine stählerne Taschenuhr, dann stieß er im Befehlston hervor:

»Schon halb acht Uhr! Los, los! Beeilt euch! Ma Tsin, Schluß mit der Unterhaltung! Tsai Tschen, aufstehen! Ihr scheint noch nicht recht bei der Sache zu sein.«

Tsai Tschen fuhr mit einem Satz in die Höhe.

»Na, na, so genau habt ihr es ja auch nicht mit der Pünktlichkeit genommen. Von mir aus kann die Sitzung anfangen, habe sowieso um halb neun noch eine Verabredung«, maulte sie, während sie neben dem etwa dreißigjährigen hageren Genossen Ko Tso Fu am Tisch Platz nahm. Abgesehen von dem energischen Mund mit den schmalen, fest zusammengepreßten Lippen wies seine äußere Erscheinung keine besonderen Merkmale auf.

»Su Lun, deine Arbeit war schlecht«, wandte er sich streng an den kleineren beleibten Genossen mit dem runden Gesicht und den vielen kleinen Fältchen und Krähenfüßen um die verschmitzten Augen.

»Die Versammlung der Zellenobleute der Seidenspinnereibetriebe heute nachmittag war von dir miserabel aufgezogen! Du verstehst es nicht, die Masse bei ihrer revolutionären Kampfstimmung zu packen und zu immer neuen größeren Aktionen anzufeuern. Deine Führung zeigte die blasse Farbe des Umfalls! Nicht zum Kopf, nein, zum Schwanz der Masse hast du dich gemacht! Unsere ganze mühsame Arbeit hast du zum Stocken gebracht. Die Generalstreikbewegung ist augenblicklich an einem kritischen Punkt angelangt. Wenn wir sie weitertreiben wollen, müssen wir vor allem mit dieser verdammten Umfalltaktik Schluß machen. – Ma Tsin, berichte über die Arbeit in deinem Abschnitt.«

»Aber beeile dich! Faß dich etwas kurz! Halb neun bin ich verabredet«, drängte Tsai Tschen und klopfte ungeduldig mit dem Bleistift auf die Tischplatte.

Fünf Minuten lang hielt die Studentin mit dem ernsten, intelligenten Gesicht Vortrag. Man sah es ihrem Entschlossenheit zeigenden Gesichtsausdruck an, daß sie an ihre Sache glaubte. Ihre Sprechweise war ruhig und überlegt. Als entscheidend hob sie hervor: Der Gegendruck seitens der Werkleitung wär zu stark gewesen, die innerhalb der Belegschaft bereits gewonnene Anhängerschaft sei zur größeren Hälfte wieder verloren, für eine Massenaktion fehle es zur Zeit an einer ausreichenden Basis.

Finster die schmalen Lippen zu einem Strich zusammengepreßt, nervös bald auf die Uhr, bald auf die Sprecherin blickend, hatte Genosse Ko Tso Fu zugehört.

»Ich protestiere gegen die Auffassung der Referentin!« platzte Tsai Tschen los. »Jeder Kampf führt uns neue Anhängerschaft zu und verstärkt damit die Basis zu Massenaktionen. Anscheinend schwärmt unsere ängstliche Ma Tsin auch für Umfalltaktik.«

Sie schleuderte dem vorhin als Umfalltaktiker getadelten Genossen Su Lun einen herausfordernden Blick zu. Der Hagere äußerte sich vorläufig nicht. Er war gewohnt, seine Meinung für das entscheidende Schlußwort der Debatte aufzusparen.

»Tsai Tschen hat in der Theorie recht, Ma Tsin sieht die Sachlage von der praktischen Seite, und der praktischen Lage müssen wir schon Rechnung tragen«, ließ sich die volle runde, rhetorisch geschulte Stimme des Genossen Su Lun vernehmen. »Ich gebe zu, meine Taktik bei der Leitung der heutigen Vertreterversammlung war mangelhaft. Aber die Versammlung war gar nicht vollzählig beschickt, es war höchstens die Hälfte unserer Vertrauensleute anwesend. Die Berichte aus den einzelnen Betrieben stammten zum Teil vom Hörensagen, waren also nicht maßgebend; es herrschte ein heilloses Durcheinander von Meinungen. Es fehlt uns unteren Funktionären eben noch an einheitlichen Direktiven der Zentrale, das hat sich bei dieser Gelegenheit mit erschreckender Deutlichkeit gezeigt. Wenn mir vorgeworfen wird, ich hätte mich anstatt zum Kopf zum Schwanz der Masse gemacht, dann trifft dieser Vorwurf ebensogut die anderen Unterfunktionäre, auch Ma Tsin und Tsai Tschen.«

»Wieso mich?« protestierte die temperamentvolle Tsai Tschen hitzig.

»Laß jetzt das Streiten!« fiel ihr Ma Tsin ins Wort. »Wir wollen lieber praktische Vorschläge hören, wie wir unsere Arbeit verbessern können. Genossin Yüe O, du bist an der Reihe, sprich!«

Der Hagere nickte zustimmend und sah die Arbeiterin erwartungsvoll an.

»Zwei von uns haben sie geschnappt. Jetzt bin ich noch allein übrig. Meine Kolleginnen, die heute zur Arbeit angetreten sind, haben das nur unter dem Druck von Zwang und Drohung getan. Wenn man wüßte, wie man es besser machen könnte, dann würden wir morgen alle wieder streiken. Wir warten bloß auf Vorschläge.«

Die Arbeiterin hatte gesprochen. Man hörte ihrer etwas ungelenken, erregten Sprechweise deutlich die Befangenheit an, den redegewandten Genossen gegenüber ihre Meinung freimütig zu äußern. Nur Ma Tsin und Su Lun hörten ihr aufmerksam zu. In der Sache mußte sie entschieden Ma Tsin recht geben. Andererseits getraute sie sich nicht, Tsai Tschen offen zu widersprechen, weil sie unklar fühlte, daß das wohl gerade der revolutionäre Geist war, in dem Tsai Tschen gesprochen hatte. So bereitete es ihr weidliche Mühe, ihre kurze Rede herauszupressen. Die nichtssagende Miene des Genossen Ko Tso Fu nahm auf einmal einen strengen Ausdruck an. Noch einen raschen Blick auf die stählerne Taschenuhr, dann verkündete er schneidend:

»Schluß der Debatte! Der Streik geht morgen weiter! Das gilt besonders für die Yü hua Spinnerei! Die Agitation muß verstärkt, der Kampfgeist noch stärker angefeuert werden! Die mündliche Parole lautet: Kampf den Unterdrückern und Verfolgern des Proletariats!«

Eine Weile herrschte lautloses Schweigen in dem stickigen Raum. Ganz deutlich scholl von unten der harte Klöppelanschlag eines vorbeiziehenden Backwarenhausierers herauf. Aus der Nachbarschaft tönte Kinderplärren herüber. Dann ließ sich die ruhige, beherrschte Stimme der Studentin Ma Tsin vernehmen:

»Die Belegschaft der Yü hua Spinnerei hat heute eine schwere Niederlage erlitten und steht unter scharfer Kontrolle. Man sollte ihr eine Pause gönnen, damit sie ihre erschöpften Kräfte erholen und reorganisieren kann.«

»Unsinn! Für Erholung ist jetzt keine Zeit. Dazu genügt der heutige Abend. Die Sache des Generalstreiks steht auf dem Spiele! Es wird weiter agitiert!«

»Das hieße die Gefahr herausfordern. Ein bloßer Abend genügt nicht zur Erholung. Unsere ganze Zellenorganisation ist durcheinander. Der Feind ist auf dem Posten. Wenn es morgen zur Kraftprobe käme, wären wir geliefert«, widersprach Ma Tsin fest und bestimmt, während der Blick ihrer schwarzen Augen von Gesicht zu Gesicht wanderte.

Es entstand eine Verlegenheitspause. Die Miene des Vorsitzenden blieb undurchdringlich. Tsai Tschen stieß ein kurzes, geringschätziges Lachen hervor.

»Was hältst du also für richtig, Ma Tsin?«, griff Su Lun vermittelnd ein.

»Man lasse uns eine Atempause. Wir werden sie benutzen, um unsere Kräfte zu sammeln und unsere Organisation wieder auf die Beine zu stellen. Inzwischen mag der Kampf von anderen Betrieben, die dazu in der Lage sind, weiter getragen werden. Sobald wir soweit sind, werden wir ...«

»Genug! Das ist glatter Umfall! Das ist Sabotage des Generalstreiks! Das ist feige Desertion aus der revolutionären Kampffront!« schrie Genosse Kotsoff. Er war wütend aufgesprungen.

»Sehr richtig!« echote Tsai Tschen.

»Wir brauchen vor allem eine neue Taktik. Nach der alten weiter zu machen, wäre zwecklos«, wandte die Arbeiterin ein.

»Wäre Selbstmord!« betonte nachdrücklich Ma Tsin.

»Genossin Yüe O spricht aus der Praxis. Sorgen wir für Richtlinien einer neuen Taktik. Gönnen wir der abgekämpften Belegschaft einen vollen Ruhetag und lassen wir sie übermorgen wieder den Streik aufnehmen«, schlug Su Lun als Kompromiß vor.

»Ausgeschlossen! Der Kampf muß ohne Pause weitergehen. Es darf keine Ausnahme geben! Es würde demoralisierend wirken, wenn die Yü hua Belegschaft morgen wieder an die Arbeit ginge. Die ganze übrige Kampffront würde ins Wanken geraten«, widersprach Tsai Tschen.

»Morgen weiterstreiken, hieße das Schicksal herausfordern, hieße Selbstmord! Die Zeit ist einfach noch nicht reif für den Generalstreik«, beharrte eigensinnig Ma Tsin.

Der Hagere schlug mit der Faust auf den Tisch.

»Genossin, du wagst Kritik an den Maßnahmen der höchsten Parteiinstanz! Ich mache dich aufmerksam: dein Verhalten, deine Umfalltaktik, ist ein schwerer Verstoß gegen die Parteidisziplin! Die Partei versteht in solchen Fällen keinen Spaß! Genossin, du bist gewarnt! Und morgen wird gestreikt!«

»Und wenn wir dabei unsere letzte Kampftruppe in die Hand des Feindes liefern? Was dann?« wagte, rot im Gesicht, die Gewarnte nochmals aufzutrumpfen.

»Keinen Widerspruch, Genossin! Du bist gewarnt! Die Partei verlangt eiserne Disziplin! Du begibst dich sofort mit der Genossin Yüe O auf den dir zugeteilten Arbeitsplatz und agitierst für Streikfortsetzung. Der Kampf geht ohne Rücksicht auf Opfer morgen weiter! Das ist Parteibefehl! Basta!«

Ma Tsin senkte stumm den Kopf. Der Hagere maß sie mit einem langen, strengen Blick, dann reichte er Su Lun einen Zettel.

»Hier einige neue Propagandarichtlinien. Mache sie den Genossinnen bekannt!«

Sprach's, sah nach der Uhr und ging.

Eine geraume Weile blieb es still im Zimmer. Tsai Tschen dehnte sich gähnend in den Hüften und streckte sich. Die Arbeiterin blickte mit großen Augen fragend auf Ma Tsin. Su Lun lachte einmal trocken auf und sah geistesabwesend nach der Decke. Von der Gasse tönte Hundegekläff und das Lärmen zweier streitender Stimmen herauf.

»Na, dann an die Arbeit, Befehl ist Befehl. Viel Zeit ist nicht zu verlieren«, unterbrach Ma Tsin das Schweigen.

»Hast recht. Alle Wetter, schon acht Uhr. In einer halben Stunde werde ich in Hong kew erwartet.«

Tsai Tschen war mit einem Satz wieder auf den Beinen und an der Seite von Ma Tsin. Als ob sie ein wichtiges Geheimnis zu verraten hätte, flüsterte sie ihr ins Ohr:

»Ich bin so aufgeregt. Mein Herz zerspringt mir in der Brust. Ich spüre eine Flamme in mir, die alle Feinde vernichten will. Am liebsten möchte ich jetzt einem Feind auflauern und ihn totschießen. Fühl, wie mein Gesicht brennt. An die Arbeit!«

Ma Tsin riß sich von ihr los und wandte sich an Yüe O:

»Genossin, gehe schon immer voraus. Ich möchte noch ein paar Minuten auf die Ah Ying vom Nachbarbetrieb warten. Vielleicht kommt sie noch. Es ist jetzt genau acht. Spätestens in einer halben Stunde bin ich bei dir. Bearbeite inzwischen die Kweh Ying und ein paar andere sympathisierende Kolleginnen. Sag ihnen, sie möchten unbedingt noch einen, zwei Tage durchhalten, dann würden die Unternehmer nachgeben. Streikabbruch in dem jetzigen Augenblick wäre Verrat. Die Belegschaften der anderen Betriebe würden euch nicht im Stich lassen und morgen eure Fabrik stürmen. Also halb neun, dann gehen wir zusammen zur Sitzung des Zentralkomitees nach Hong kew.«

»Aber kommt nicht zu früh! Vor halb zehn kann ich mit meinen Leuten nicht da sein«, setzte Tsai Tschen hinzu und schüttelte der davoneilenden Arbeiterin die Hand.

»Lieber Kerl!« rief sie ihr pathetisch nach und machte sich, vergnügt ein Lied summend, selber zum Fortgang fertig.

»Halt, die neuen Richtlinien! Du brauchst sie zur Sitzung«, rief Su Lun sie von der Tür zurück. Sie warf einen flüchtigen Blick auf den Zettel, den er ihr reichte.

»Dieses Hühnerklauengeschreibsel soll ein Mensch entziffern! Behalte den Wisch und lies ihn Ma Tsin vor. Ich kann mich nicht länger aufhalten.«

Und fort war sie.

Im Zimmer blieben Su Lun und Ma Tsin allein zurück. Sie vertieften sich fünf Minuten lang in das Studium des Zettels mit den neuen Richtlinien. Dann begann Su Lun nachdenklich im Zimmer auf und ab zu wandern. Jetzt blieb er stehen, zwinkerte die noch ziemlich verstört dreinblickende Ma Tsin aus seinen fältchenumrahmten, listigen Äuglein an und sprach, indem er den Tonfall des Genossen Kotsoff nachahmte, dessen Worte nach:

»Du bist gewarnt! Es wird ohne Rücksicht auf Opfer weitergemacht. Das ist Parteibefehl!«

»Was soll die Komödie«, schalt Ma Tsin lachend.

»Unter uns gesagt, ich bin ganz deiner Meinung. Es ist sinnlos, blind loszumarschieren und das Risiko nicht zu sehen. Aber was will unsereins machen? Wagt man Widerspruch, dann wird man mit Vorwürfen von Umfall und Sabotage und Disziplinlosigkeit überhäuft.«

Ma Tsin warf ihm einen dankbaren Blick zu. Bisher hatte sie nur seine Art, ohne »Formeln« zu reden, geschätzt. Auf einmal fand sie seine sonstige Person ganz annehmbar. Etwas wie Sympathie regte sich in ihr.

»Wo nur die Ah Ying bleibt? Sie scheint gar nicht zu kommen«, lenkte sie das Gespräch ab und streckte sich auf dem Bett unter dem Fenster aus. Der Blick, den sie unverwandt auf ihn gerichtet hielt, hatte Weichheit angenommen. Er fühlte sich ermutigt, neben ihr am Bettrand Platz zu nehmen.

»Ah Ying? Die kommt bestimmt nicht, die hat neuerdings Wichtigeres im Kopf als Politik«, bemerkte er lachend.

»Was denn?«

»Wirst dir schon denken können. Ist dir nicht aufgefallen, daß sie in letzter Zeit recht abgemagert ist? Genau wie Tsai Tschen.«

»Na und?«

»Liebe! Die Natur verlangt eben auch nach ihrem Recht, genauso gut wie die Revolution.«

Er war dichter an sie herangerückt. Sie schwieg und lachte leise.

»Dein Li zählt heute nach der Sitzung stark auf deine Gesellschaft.«

»Der langweilige Kerl? Pah!«

»Er hat sich gerühmt, daß er dich doch noch in seine Wohnfalle locken würde. Übrigens ist er dick mit Kotsoff.«

»Er ist mir im höchsten Grade zuwider.«

»Dein anderer Verehrer, der kleine Huang, hat heute endgültig den Kampfplatz vor mir geräumt. Er ist fort aus Schanghai.«

»Ich traure ihm nicht nach.«

Sie hatte sich zu einem Knäuel zusammengerollt.

»Warum bist du in letzter Zeit so eigen, so trübsinnig?« fragte sie.

»Ja, man hat eben schwer zu tragen an seiner, seiner...«

Sie bekam einen Lachkrampf, der sich in einen Hustenanfall fortsetzte. Das veranlaßte sie, ihren oberen Blusenknopf zu öffnen. Ihr Busenansatz wurde sichtbar.

»Ja, man hat eben schwer zu tragen an dem, was man gern möchte und nicht kann. Es macht so mutlos, wenn man keinen Erfolg sieht«, fuhr er seufzend fort.

»Haha! Das will ein Revolutionär sein und spricht wie ein verzagtes Mädchen!«

»Stimmt, bisweilen ist mir danach zumute. Ma Tsin, ich brauche jemanden, der mich tröstet und aufrüttelt. Ma Tsin, willst du?«

Er faßte etwas jäh nach ihrer Hand und neigte sich an ihre Wange. Sie lachte nachsichtig und ließ sich einen Kuß auf die Lippen gefallen. »Was Du für schöne feste Brüste hast, Ma Tsin!«

Ma Tsin lachte laut auf, dann rollte sie sich plötzlich zur Seite, drückte Su Lun von sich und sprang auf.

»Ein andermal! Es ist schon spät. Ich muß zu Yüe O.« Sie langte sich aus dem auf dem Bett liegenden Kleiderbündel einen schäbigen Arbeiterinnenkittel, streifte ihr feines Kattunkleid herunter und schlüpfte in den derben, abgetragenen, schmutzig blauen Kittel. Sie hatte ihm beim Umziehn den Rücken gekehrt und wandte sich, während sie in die Ärmel fuhr, unwillkürlich halb nach ihm um. Dabei lächelte sie. Er faßte ihr Lächeln in seinem Sinne auf und stürzte sich wie ein Besessener auf sie. Der Anprall war so ungestüm, daß sie beide auf die Bettkante fielen.

»Wildes Tier, was fällt dir ein! Laß mich! Die Arbeit ruft!« rief sie halb im Scherz, halb im Zorn.

»Arbeit? Teufelskram! Befehlsallüren! Blindes Drauflosstürmen! Ich habe den Schwindel durchschaut!« platzte er keuchend heraus, während er sie an sich zu pressen versuchte. Sie schnellte behend unter seinen Armen fort und setzte sich entfernt von ihm in Abwehrstellung aufrecht.

»Was meinst du mit ›den Schwindel durchschaut‹?«

»Das will ich dir sagen! Unsere ganze Arbeit ist für einen Dreck, ist einfach Selbstmord! Sowjet hin, Sowjet her – das ist doch alles fremdländischer Humbug! Was heißt Rote Armee? Sie agiert doch wie ein Räuberhaufen von annodazumal! – Aber wozu sollen wir uns die Stimmung verderben? Ma Tsin.«

Er rutschte näher zu ihr hin, aber sie stieß ihn verächtlich zurück, sprang in die Zimmermitte und gewann die Tür. Unter der Tür blieb sie nochmals stehen und wandte sich zornfunkelnd nach ihm um:

»Wie kommst du dazu, so etwas zu sagen? Du vergißt dich! Atmest mit den Zurückweichlern durch ein und dieselbe Nase!«

Und schon war sie die Stiege hinabgefegt und zum Haus hinaus. Die kühle Nachtluft tat ihrem erhitzten Blut wohl. Im Laufen schüttelte sie gewissermaßen körperlich die drückende Erinnerung an die unangenehmen Vorgänge in jenem stickigen Zimmer ab. Bald begann sie, sich wieder freier zu fühlen. Ihre Sinne strafften sich und konzentrierten sich wieder auf den einen Gegenstand: ihre Aufgabe.

Mit aller Vorsicht überkletterte sie den Drahtzaun am Rand der Barackensiedlung und schlich sich geräuschlos, nach allen Richtungen lauschend und spähend, an die Behausung von Yüe O heran. Jetzt blieb sie wie angewurzelt stehen. Unweit von jener Baracke sah sie eine kleine Gestalt unbeweglich im Dunkeln stehen. Das war die dreizehnjährige Goldchen von der Nachbarbaracke. Sie pflegte für Yüe O Wachtpostendienste zu versehen und das Kommen von Freund und Feind zu signalisieren. Nun wurde ein leises Quietschen der bambusgeflochtenen Haustür hörbar, das vereinbarte Zeichen, daß die Luft rein sei. Ma Tsin hielt noch einmal nach rückwärts, nach etwaigen Verfolgern, Ausschau. Dann schlüpfte sie hinein.

Eine trübe Petroleumfunzel verbreitete ein mattes, flackerndes Licht in dem ärmlichen Raum, in dem sie außer Yüe O auch die sympathisierende Arbeiterin Kweh Ying vorfand. Von der Lagerstatt in der dunklen Herdecke kamen rasselnde Schnarchtöne. Sie stammten von Yüe O's großem Bruder, dem Hafenarbeiter.

»Habt ihr euch schon mit unsern Verbindungsleuten verständigt?« erkundigte sich Ma Tsin leise.

»Ist besorgt. Sie sagen alle, daß sie nur warten, daß die Nachbarbelegschaften zu Hilfe kommen und die Fabrik stürmen, dann würden sie die Maschinen abstoppen.«

Ma Tsin fuhr plötzlich zusammen und lauschte. Es war ihr, als ob sie draußen ein verdächtiges Geräusch gehört hätte. Alle drei spitzten die Ohren. Aber es blieb alles ruhig.

»Gut, dann wollen wir jetzt aufbrechen und zu unserer Versammlung in Hong kew gehen. Aber im Vorbeigehen möchte ich gern noch die eine und die andere eurer Kolleginnen bearbeiten. Ihr müßt mich führen«, sagte Ma Tsin.

»Geht nicht. Die Bewachung ist zu streng. Jede von uns wird beschattet«, warnte Yüe O. Sie sprach so leise, daß sie kaum zu verstehen war.

Aber Ma Tsin bestand auf ihrem Vorhaben. Kweh Ying zupfte Yüe O am Ärmel.

»Ich werde führen. Mich hat man bisher noch nicht beschattet.«

»Das denkst du! Du merkst es bloß nicht! Bilde dir nur nicht ein, daß der ›Spucknapf‹ ausgerechnet dich übersehen hätte. Wie wäre es, wenn wir die kleine Goldchen von nebenan mitgehen ließen?«

»Geht auch nicht; das Kind hat geschwätzt. Jetzt steht sie auch unter Beobachtung«, gab Kweh Ying zu bedenken.

»Gut, dann gehen wir eben alle drei«, entschied Ma Tsin ungeduldig. »Kweh Ying, du machst die Spitze, ich in fünf Schritt Abstand hinter dir und Yüe O in fünf Schritt Abstand hinter mir. Wer etwas Verdächtiges bemerkt, warnt sofort die nächste.«

Im Abstand von je fünf Schritt machte man sich leise auf den Weg. Man war etwa eine Minute gegangen, da verschwand Kweh Ying in der Baracke der ersten Gesinnungsgenossin, mit der gesprochen werden sollte. Ma Tsin war gerade im Begriff, ihr durch die halboffene Tür nachzuschleichen, als unweit aus der Dunkelheit ein rauher Anruf kam: »Halt! Was geht hier vor?«

Yüe O, die letzte, machte kehrt und versuchte zu flüchten. Aber es war zu spät. Schon hatten kräftige Fäuste sie gepackt. Eine Trillerpfeife schrillte auf. Im Laufschritt kamen die beiden Lageraufseher mit ihrer Mannschaft angestapft. Ohne viel Umstände wurden die drei Frauen abgeführt.

Die eben noch so stille Barackensiedlung war im Nu in einen brodelnden Dampfkessel verwandelt. Aber der Aufruhr währte nur knapp zehn Minuten, dann hatte sich der Sturm gelegt. Freundliche Werkaufseherinnen erschienen auf der Bildfläche, gingen von Baracke zu Baracke und von Tür zu Tür und beschwichtigten die erregten Gemüter.

»Keine Aufregung! Man hat nur ein paar kommunistische Hetzerinnen geschnappt. Geht morgen ruhig an die Arbeit, dann ist alles in Ordnung. Von unserm lao pan habt ihr überdies über kurz oder lang eine hübsche Extragratifikation zu erwarten.«

Zwischenspiel

Zündholzfabrikant Tschou paktiert mit den »Knirpsen des Ostens«

Die erste Morgenhelle fiel auf das ärmliche Mattenlager, auf dem Kweh Ying's Mutter gerade den versäumten Schlaf nachzuholen anfing. Ihre alten Augen zeigten stark gerötete, geschwollene Lider, Spuren einer durchwachten Nacht und vieler, vieler Tränen. Die halbe Nacht hindurch hatte sie das Lager nach der vermißten Tochter abgesucht; als sie von der Verhaftung erfuhr, hatte sie eigentlich zum Fabrikbüro hinüberlaufen und mit dem Mut mütterlicher Verzweiflung den verhaßten »Spucknapf« zur Rede stellen wollen.

Aber ihre müden Füße taten nicht mehr mit. Bis zum Morgen hatte sie dann vor Unruhe und Sorge wachgelegen und mit angstvoll geweiteten, offenen Augen abwechselnd an die Decke und nach der Tür gestarrt. Immer hoffte sie, die Bambustür klappern zu hören und wie gewohnt die Tochter leise hereinschlüpfen zu sehen. Aber vergeblich. Allmählich war ihre Hoffnung wie die Petroleumlampe auf dem Tisch bis auf ein winziges Flämmchen niedergebrannt.

Draußen breitete sich bereits die fischbauchweiße, matte Helligkeit des dämmernden Morgens. Da war sie endlich eingenickt. Doch es war nur ein kurzer, von wüsten Angstträumen beunruhigter Schlaf. Sie hatte das Gefühl, als ob eine Teufelsklaue sich mit spitzen Nägeln in ihre Brust eingekrallt hätte und ihr das Herz herausreißen wollte. Dann war ihr, als ob sich die Tür ein wenig öffnete und ein abgehackter, bluttriefender Kopf durch die Tür in die Stube rollte. Der Kopf ihrer Kweh Ying!

Schweißgebadet fuhr sie in die Höhe. Im Dämmerlicht sah sie zwei Gestalten vor der halb geöffneten Tür stehen, ihren Sohn, den Zündholzfabrikarbeiter, und den Nachbarssohn.

»Habt ihr den blutigen Kopf gesehen? Ist es der Kopf unserer Kweh Ying?« schrie sie mit schriller Stimme heraus.

»Was denn für einen Kopf? Ach, Unsinn! – Verhaftet hat man sie. Wir wissen nur nicht genau, wohin sie gebracht worden ist. Die einen sagen, zum Landfriedensamt, die andern behaupten, zur Fabrik. Alles quatscht durcheinander. Verdammt!«

Die Alte atmete auf. Also hatte sie bloß geträumt. Sie fing zu weinen an.

In der Barackensiedlung wurde es lebendig. Türen öffneten sich, Schritte trappelten. Schwatzende, scheltende, keifende, aber auch fröhlich lachende Stimmen wurden laut, zwischendurch grobe Brummlaute oder unflätige Bemerkungen irgendeines Aufpassers und Herumstehers. Die Dampfpfeife von der nahen Seidenspinnerei tutete laut und vernehmlich ihr Tut-Tut in den Morgen hinaus. Heute klang es herrisch, herausfordernd.

Eine lange, hagere, pockennarbige Arbeiterin kam angelaufen, schob Kweh Ying's Bruder, den Zündholzfabrikarbeiter, beiseite und raunte ihm zu:

»Deine Schwester ist in der Fabrik eingesperrt. Du brauchst nur zu Geschäftsführer Weh Yo zu gehen und recht schön zu bitten, dann wird er sie freilassen.«

Sie bückte sich und huschte in Kweh Ying's Hütte. Es war die Arbeiterin Tao Kin Fong. Fröhlich trat sie an die Lagerstatt von Kweh Ying's altem Mütterlein.

»Ärger kommt, und Ärger vergeht. Ärgern sollte sie sich vor allem über ihre eigene Dummheit. Weh Yo hatte es gut mit ihr gemeint und sie zur Aufseherin befördern wollen. Warum ist sie so dumm und schlägt die ihr zugedachte Ehrung aus? Warum hat sie sich mit diesen kommunistischen Hetzerinnen eingelassen? Na, keine Angst! Ich werde zu ihm gehen und Fürsprache für sie einlegen. Weh Yo hat ein gutes, weiches Herz. Allerdings ein wenig in sich gehen und Reue zeigen muß Kweh Ying.«

Fort war sie. Die Alte klappte beruhigt die Lider zu. Nun brauchte sie kein Angsttraum mehr zu schrecken.

Kweh Ying's Bruder spuckte der Davoneilenden nach, dann wandte er sich an seinen Kameraden:

»Wir haben gestern beschlossen, daß wir heute alle zusammen zur Wohnung dieses Hundesohnes namens Tschou ziehen und gehörig Lärm schlagen. Kommst du mit?«

»Klar. Könnte dem Hundesohn so passen, den Betrieb einfach stillzulegen! Anzünden werden wir ihm seine verdammte Hundehütte! Zum ›Schwarzkopf‹ soll ihm sein ›Rotkopf‹ verkohlen!«

»Gut, dann wollen wir gehen. Es wird Zeit!« –

Geschlossen marschierte die ganze hundertköpfige Belegschaft der »Großglanz«-Zündholzfabrik vor der Villa ihres dicken lao pan auf. Es war noch früh, die Sonne stand kaum drei Klafter über dem Horizont.

Die Villa lag in einer kurzen Sackgasse. Am Eingang der Gasse hielt ein Polizeiposten Wache. Das Gros der Demonstranten machte hier halt und schickte eine Abordnung von acht Mann, darunter auch Kweh Ying's Bruder, aus. Die Zurückbleibenden ließen sich am nahen Kanalufer häuslich nieder, zogen ihre Jacken aus, wischten sich den Schweiß und fächelten sich mit den Ärmeln Kühlung zu.

Die Deputation fand das Gittertor der Villa fest verschlossen vor. Man forderte stürmisch Einlaß, aber nichts regte sich. Die Villa war wie ausgestorben.

»Denkst du etwa, mit uns Versteck spielen zu können? Warte, wir ehrenwerten Männer werden dich ausräuchern! Dann wirst du schon zum Vorschein kommen!« brüllte Kweh Ying's Bruder aus voller Lunge zu den stillen Fenstern hinauf und begann aus Leibeskräften an dem eisernen Gittertor zu rütteln.

»Richtig! Anstecken, anzünden, abbrennen werden wir ehrenwerten Männer deine verdammte Hundehütte!« echote brüllend der Chor der anderen sieben. Es schien ihnen Ernst mit ihrer Drohung zu sein. Einer zog eine Streichholzschachtel eigenen Fabrikats aus der Tasche.

Auf einmal war droben ein schallendes Gelächter hörbar, auf den Balkon im ersten Stock trat barfuß im Schlafanzug, sich den Bauch vor Lachen haltend, der dicke Tschou heraus. Die acht Mann unten reckten verdutzt die Hälse. War ihr lao pan verrückt geworden? Die Sache war doch verdammt ernst und nicht zum Lachen! Endlich hatte der dicke Tschou seinen Lachanfall überwunden. Auf das Geländer gestützt, rief er laut hinunter:

»Anzünden wollt ihr mein Haus? Herrlich! Ihr könnt mir keinen größeren Gefallen tun! Mit fünfzigtausend Dollar bin ich gegen Feuer versichert. Da bekäme ich ein schönes Stück Bargeld in die Hand. Nur auf die kranke Frau eures lao pan müßt ihr ein bißchen Rücksicht nehmen. Die müßtet ihr schnell noch hinausschaffen helfen.«

Er hub wieder aus vollem Hals zu lachen an. Sein Gesicht nahm jene Färbung an, der er seinen Spitznamen »Rotkopfzündholz« verdankte.

Die acht Mann unten waren ratlos. Je mehr sie schimpften, desto toller lachte der Kerl da oben. Jetzt hatte er sich wieder beruhigt.

»He, lao pong yo, alte Freunde! Ich gebe euch einen noch besseren

Rat: Steckt lieber meine Fabrik an! Sie ist mit hunderttausend Dollar gegen Feuer versichert, und zwar bei einer ausländischen Versicherungsgesellschaft! Denkt mal an, welche Genugtuung für uns, Ausländern Geld abzuknöpfen! Wahrhaftig, ihr würdet ein verdienstliches Werk tun! Ich verspreche euch zur Belohnung ein üppiges Festessen im Weinhaus ›Zum Kranichturm‹.«

Soviel Frechheit gegenüber war die Deputation einfach fassungslos. Sie zog sich einstweilen zur Beratung mit den am Kanalufer kampierenden Genossen zurück. Vom Balkon aus winkte ihnen ihr lao pan fröhlich nach. Erst als sie außer Sicht waren, verschwand er, immer noch lachend, vom Balkon und stieg ins Erdgeschoß hinab, um seinen unterbrochenen »Zeitvertreib« fortzusetzen.

Die kleine von ihm bewohnte Villa zählte nur zwölf Zimmer, sechs im Erdgeschoß, sechs im Obergeschoß. Mit Rücksicht auf die mißlichen Zeiten hatte er die eine Hälfte leerstehen, um sie bei Gelegenheit anderweitig zu vermieten. Überdies hatte er bereits am Hauspersonal sparen, den ersten Koch und die alte Amme entlassen müssen. Ja, es waren schlechte Zeiten. Zum Überfluß lag seine Frau an schwerer Lungenentzündung danieder. Aber lachen konnte er trotz allem noch. Humor war das einzige Kapital, das er von Haus aus mitgebracht hatte. Arm und blank wie eine Eierschale hatte er seinerzeit angefangen und sich später über den abhängigen Posten eines Kompradors zur Stellung des selbständigen Unternehmers emporgearbeitet. Seit einiger Zeit sah er es wieder bedenklich mit sich abwärts gehen. Aber gleichgültig, ob er schief oder unten lag, in allen Lebenslagen bewahrte er seinen Humor.

Heute früh hatte er sich die Zeit wieder einmal damit vertrieben, unten im Speisezimmer zwei »Achtgenien«-Tische aneinanderzurücken und festlich auszuschmücken. Generalprobe für das große Festessen anläßlich seines im achten Monat fälligen vierzigsten Geburtstags. Er hing noch an solchen Sitten und Gebräuchen aus den guten alten Zeiten der Monarchie.

Während er mit dem kunstgerechten Aufbau des verfügbaren Tafelschmucks beschäftigt war, hatte ihn diese lästige Arbeiterdeputation abberufen. Nachdem er den Leuten seine kleine Komödie auf dem Balkon vorgespielt hatte, kehrte er nun seelenruhig, als ob nichts geschehen wäre, zu seinem Zeitvertreib zurück, der ihm augenblicklich viel wichtiger war.

Es fiel ihm ein, daß möglicherweise seine »Innere« noch vor

seinem Geburtstag ableben könnte, und daß er doch auch für diesen Fall gerüstet sein müßte. Zur Abwechslung wollte er also einmal »Trauerfeier« proben. Er war in die kindliche Beschäftigung vertieft, aus Puppengerät das Zwergmodell eines weiß verkleideten Trauergemachs zusammenzubasteln, und gerade dabei, ein paar orangengroße, dicke, runde »Seelenwind«-Lampen aus Porzellan und rechts und links davon hölzerne »Geisterschutzpalisaden« aufzubauen, als er schon wieder in seiner Arbeit gestört wurde. Zwei Besucher traten ein, seine Freunde Fabrikant Tschen und Fabrikant Tschu.

»Alle Achtung, das nennt man Nerven! Hier vertreibt sich einer die Zeit mit kindlichem Puppenspiel, und draußen toben seine Arbeiter und drohen das Haus einzurennen!« bemerkte Tschu und klopfte dem dicken erwachsenen Kind lachend auf die Schulter.

»Ach, toben sie? Davon habe ich gar nichts gemerkt! Entschuldigt, ich will gleich mal hinausgehen und nachsehen, was los ist«, sagte Tschou, Überraschung heuchelnd, und knöpfte sich seelenruhig seine Pyjamajacke zu, als ob er tatsächlich hinausgehen wollte.

»Bist du verrückt? Willst dich hinauswagen? Hast du nicht gehört, wie es unserm Freund Sun Fu vorgestern ergangen ist? Beinahe gelyncht hätten sie ihn und sein Auto zertrümmert! Zeige dich lieber nicht vor deinen Leuten! – Beiläufig, alter Junge, wir verstehen deine Nöte nicht. Deine Streichhölzer gehören doch zu den sieben Artikeln des täglichen Bedarfs. Der ärmste Straßenbettler hungert lieber, als daß er auf seine unentbehrliche Zigarette verzichtet. Und womit zündet er seine Zigarette an? Mit deinem Fabrikat, das er sich an seinem Hintern anstreicht! Dein Betrieb müßte doch eigentlich florieren.«

»Florieren? Das ist ein Witz! Einen Augenblick!« Der dicke Tschou hüpfte wie ein Frosch zum Schreibtisch im Nebenzimmer, wühlte und kramte in einem Stoß von Papieren herum und kam mit zwei Schriftstücken in der Hand wieder zurück.

»Hier, bitte, lest selbst!«

Das eine war eine Mitteilung des »Chinesischen Reichszündholzfabrikanten-Verbandes« an seine Mitglieder. Das andere, als Anlage beigeheftet, war eine Eingabe des Zündholzfabrikanten-Verbandes der Provinz Kwangtung an das Wirtschaftsministerium. Es wurde in diesen Schreiben Klage geführt, daß der schwedische Zündholztrust sich bedauerlicherweise durch eine Anleihe an die chinesische Regierung die Konzession zum ungehinderten Vertrieb seines schwedischen Fabrikats in ganz China sichern konnte und damit die chinesische Zündholzfabrikation in ihrer Existenz bedrohe. Denn die einheimische, durch die Kriegsschäden ohnehin geschwächte, mit Zöllen, Steuern und Abgaben überlastete und verteuerte Industrie könne entfernt nicht mit dem billigeren Fabrikat des kapitalstarken schwedischen Zündholztrusts konkurrieren. Schon sei eine katastrophale Absatzstockung eingetreten, in den Lagerhäusern häuften sich die absatzunfähigen Vorräte des chinesischen Eigenfabrikats zu Bergen. Die Hälfte der einheimischen Fabrikationsbetriebe hätte bereits schließen müssen!

»So ist die Lage bei uns! Kann man das ›Florieren‹ nennen?« sagte der dicke Tschou und lachte wieder, aber sein Lachen klang mehr wie Weinen. Sein Rikschakuli, den er sich in Dauermiete hielt, unterbrach die Unterhaltung mit der Meldung, daß wieder eine Abordnung der Arbeiter erschienen sei und gewaltsam eindringen wolle.

Die beiden Besucher wollten schleunigst aufbrechen. Der dicke Tschou aber wollte sie nicht fortlassen.

»Bleibt ein Weilchen! Ich möchte nachher noch etwas ernsthaft mit euch besprechen. Wegen der Arbeiterabordnung braucht ihr keine Bange zu haben.«

»Das nicht, aber was sollen wir dabei, während du dich mit deinen Leuten herumstreitest? Das hat doch keinen Zweck. Wir können ja am Nachmittag wiederkommen.«

»Nein, gerade jetzt ist mir eure Anwesenheit wichtig. Ihr seid wie gerufen gekommen. Ihr werdet jetzt die Rolle meiner Leibwächter spielen. Keine Angst, es wird euch nichts passieren! Für etwaigen Schaden durch erlittene Aufregung werde ich euch reichlich entschädigen.«

Er schob seine beiden Besucher ohne viele Umstände ins Nebenzimmer und drückte sie in zwei Stühle. Sie machten lachend mit, gespannt auf die Komödie, die der dicke Tschou mit ihnen vorhatte. Aber ihr Lachen erstarb ihnen gleich wieder, denn draußen vom Tor her erhob sich fürchterliches Geschrei. Rufe wie »Hund von lao pan!« »Schuft von lao pan!« stachen wie spitze Dornen höchst unangenehm in ihre erschreckten Ohrmuscheln. Ihren dicken Freund schien das Gebrüll draußen nicht im geringsten anzufechten.

»Das bißchen Geschimpfe tut nicht weh. Tschen, erinnerst du

dich noch an unsere schöne Kompradorenzeit? Weißt du noch, wie unser ausländischer Chef aufzubrausen pflegte, wenn ihm etwas im Geschäft quer ging? Wenn der schimpfte, da war wirklich Gift und Galle drin!«

»Du bist gut mit deiner Gemütsruhe! Es sieht ganz danach aus, daß du in der nächsten Minute fürchterliche Dresche beziehen wirst, und das regt dich nicht einmal auf!« bemerkte Tschen mißbilligend, während er dem immer mehr anschwellenden Getöse vor dem Fenster lauschte.

»I wo, das ist ja gerade unsere chinesische Eigenart und Stärke! – Irgendein großer ausländischer Firmenchef in Schanghai hat einmal zu mir gesagt: Ihr Chinesen habt einen bemerkenswerten Vorzug vor anderen Menschen: wenn euch jemand zu Boden schlägt, dann findet ihr auf einmal das Auf-dem-Boden-Liegen weit bequemer als das Auf-den-Beinen-Stehen, und anstatt eure Beine anzustrengen und euch aufzurappeln, wälzt ihr euch munter am Boden weiter! Der Mann hat unsere chinesische Art richtig erkannt und durchschaut! Wir Chinesen sind eben im höchsten Grade Lebenskünstler!«

Draußen schwoll der Lärm und das Geschimpfe immer lauter an. Dann tauchten auf einmal am Fenstersims zwei Köpfe auf. Sie spähten neugierig hinein und verschwanden wieder. Den beiden Besuchern wurde es allmählich ungemütlich. Sie fanden, ihr Freund nehme die Sache doch etwas zu leicht, er solle wenigstens die nächste Polizeiwache anrufen. Das gebiete schon die Rücksicht auf die kranke Hausfrau.

»Unnötig, meine ›Innere‹ ist sowieso schwerhörig. Das bißchen Krach wird sie nicht weiter stören. Die Leute draußen tun mir wirklich leid, sie sind schon ganz heiser. Ich will sie nicht länger zappeln lassen und endlich abfertigen. Ihr müßt mir dabei freundlichst assistieren.«

»Was sollen wir denn tun?«

»Bloß stumme Statistenrolle spielen.«

Tschou ging vergnügt hinaus und schloß das Tor auf.

»Ruhe! Beim Essen soll man nicht reden! Kennt ihr die gute alte Regel? Und jetzt haben wir alle zusammen zu essen!« rief er den hereindrängenden, wild durcheinanderschreienden Arbeitern entgegen. Es waren diesmal *zehn*.

»Ruhe! Hört euern lao pan erst einmal an! Wißt ihr denn gar nicht, was sich gehört?« redete ihnen der Polizist zu, der als elfter dabei war. Das half. Man scharte sich im Kreise um den lao pan und sperrte anstatt der Mäuler die Ohren auf.

»Leute, hört mal zu! Euer lao pan ist Chinese, und ihr seid Chinesen. Wir Chinesen müssen untereinander zusammenhalten. Was verlangt ihr von mir? Daß ich den Betrieb weiter aufrechterhalte. Recht habt ihr! Denn wenn ihr keine Arbeit habt, müßt ihr verhungern, und ich, euer lao pan, dazu! Aber ihr braucht nicht zu schreien, ihr sollt Arbeit haben. Der Boddhisatva des Himmels hat mir in seiner Gnade rechtzeitig zwei reiche Geldgeber zugeschickt. Sie sitzen drin in meiner Wohnung – sie haben mir das nötige Kapital vorgestreckt, und morgen wird wieder gearbeitet!«

Tschou wischte sich lachend den Schweiß von der Stirn und suchte heimlich auf den Gesichtern den Eindruck seiner Ansprache abzulesen. Daß sie gewirkt hatte, war aus dem respektvollen Schweigen zu schließen, mit der sie aufgenommen wurde.

Aber einzelne in der Deputation schienen noch gewisse Zweifel zu hegen. Sie liefen ins Haus, um sich durch den Augenschein zu überzeugen, ob es mit den angeblichen reichen Geldgebern auch seine Richtigkeit habe. Der dicke Tschou lief ihnen nach und an ihnen vorbei und rief in das Statistenzimmer feierlich hinein:

»Herr Fabrikbesitzer Tschen, Herr Generaldirektor Tschu, wollen Sie freundlichst Ihre geschätzten Schritte hinauslenken, um die Vertreter der Belegschaft meiner unansehnlichen Fabrik zu begrüßen!«

Die beiden, ihre Rolle begreifend und sich mühsam das Lachen verbeißend, standen auf und traten gemessenen Schrittes, ganz Würde und Haltung, vor das Hausportal. Da standen sie nun wie der leibhaftige Gott des Reichtums in doppelter Person und ließen sich begaffen und bestaunen.

»Hao la! Hao la! Gut! Gut!« tönte es beifällig im Chor.

»Der Herr lao pan hat euren Wünschen entsprochen. Nun geht ruhig fort und lärmt nicht weiter! Wer weiter lärmt, macht sich strafbar!« entschied der Polizist in strengem Ton.

»Hat nichts weiter auf sich, das bißchen Lärm. Im Gegenteil, ich bin euch dafür verbunden. Denn infolge euren Lärmens haben sich die beiden Herren hier bewogen gefühlt, mir das erforderliche Kapital vorzustrecken. Und nun ist alles in schönster Ordnung. Morgen wird wieder gearbeitet. Ihr wißt ja, euer lao pan pflegt Wort zu halten.«

Mit diesen Worten verabschiedete der dicke Tschou die Deputation und verbeugte sich dabei so artig und schwenkte die vor der Brust zum Gruß geballten Hände so ehrerbietig, als ob er Ehrengäste hinauskomplimentierte. Worauf die Deputation in Ordnung abzog. Nur Kweh Ying's Bruder konnte es sich nicht versagen, sich noch einmal umzudrehen, ein trotziges »Aber kneifen gibt's nicht!« zurückzurufen und verächtlich auszuspucken.

»Na, die Komödie hätte ja geklappt. Immerhin, alter Freund, du wirst dir für morgen etwas Vernünftiges ausdenken müssen. Ein zweites Mal werden sich deine Leute nicht bluffen lassen«, bemerkte Tschen, nachdem sich das dreifache Gelächter gelegt hatte.

»Weiß ich, weiß ich. Deswegen wollte ich ja noch ein ernsthaftes Wort mit euch reden. Ich habe nämlich das sorgenvolle Fabrikantendasein satt und dachte deshalb an einen Verkauf meines Unternehmens. Der Schwedentrust kommt leider nicht in Frage, da er sich grundsätzlich nicht auf Produktion in China selber einläßt, sondern nur auf Import beschränkt. Bleiben nur noch zwei ernsthafte Käufer: entweder ein mir befreundeter japanischer Großkaufmann oder die ›Loyal‹-Treuhandgesellschaft unserer gemeinsamen guten Freunde Sun Fu, Bergwerksdirektor Wang und Reeder Sun. Was meint ihr? Ihr habt doch Erfahrung mit der Gesellschaft. Ob sie wohl meinen Betrieb übernehmen würde?«

»Hm – dachtest du in Form der Pacht oder des regelrechten Kaufs?« fragte Tschen bedächtig, während er mit Tschu einen zweifelnden Blick wechselte.

»Mir ganz gleich. Ich denke doch, da ich und die drei Leiter der Gesellschaft gute Bekannte sind, wird man sich leicht einigen können.«

Tschen lächelte nachsichtig.

»Bist du dir klar, daß in der ›Loyal‹-Treuhandgesellschaft ein einziger das ausschlaggebende Wort zu sagen hat, Sun Fu? Und dieser Sun Fu hat einen hellen, scharfen Verstand und einen hellen, scharfen Blick; wenn du in seiner Gesellschaft unterkommen willst, wird er deinen Betrieb erst einmal sehr genau und kritisch prüfen! Und selbst wenn ihm dein Betrieb zusagt, wird er sich zunächst stachelig und ablehnend zeigen und dich so lange zappeln lassen, bis du vor ihm auf den Knien rutschst! Unser Freund Tschu weiß ein Lied davon zu singen ...«

»Versuche dein Glück lieber bei deinem japanischen Geschäftsfreund; mit Sun Fu zu verhandeln ist ebenso gut, wie einem Tiger einen Bissen aus dem Rachen zerren zu wollen«, bestätigte Tschu seufzend. Zum erstenmal seit seiner Geburt verging dem dicken Tschou das Lachen. Er hatte nämlich bereits, was er wohlweislich verschwieg, mit seinem Japaner verhandelt, aber dessen Angebot war allzu kläglich gewesen. Nun hatte er sich auf die »Loyal«-Gesellschaft verlassen. Wenn dort auch nichts zu erreichen war, was dann? Seine Äuglein traten vor Angst dick wie Klingelknöpfe aus den Höhlen.

»Wie sieht denn so eine Verpachtung aus? Ihr habt doch beide eure Betriebe an die Gesellschaft verpachtet, nicht wahr?«

»Ganz recht. Freund Tschu bezieht ein monatliches Fixum von fünfhundert Dollar und hat im übrigen mit seiner Fabrik überhaupt nichts mehr zu tun. Ich beziehe gleichfalls ein Monatsgehalt, habe mich aber nach wie vor mit der Betriebsleitung zu plagen, darf mich dafür stolz ›Generaldirektor‹ nennen und gelte nach außen sogar noch als lao pan. In Wirklichkeit muß ich in allem und jedem die Genehmigung vom Bergwerksdirektor Wang, dem einen der drei Gesellschaftsdirektoren, einholen. Na, das läßt sich noch ertragen, der Wang ist zwar mein Chef, aber ein zugänglicher Herr von verbindlichen Formen, mehr ein Freund.«

»Das ist doch ganz anständig. Diese Art Verpachtung würde ich mit Vergnügen mitmachen«, rief der dicke Tschou begeistert aus. Seine Hoffnung war wieder beträchtlich geschwollen. Aber gleich darauf fühlte er sich von einem Eimer kalten Wassers übergossen.

»Anständig soll das sein? Weißt du, was für ein Monatsgehalt ich beziehe? Ganze zweihundertfünfzig Dollar! Das ist mein ›Generaldirektorengehalt‹! Dafür muß ich mich mit dreihundert Arbeitern abschinden. Mein Fabrikgebäude, meine Maschinen werden nämlich nicht als pachtzinswürdig angesehen, ich werde nur für meine Tätigkeit vergütet! Schäbig genug, aber was blieb mir in meiner verzweifelten Lage anderes übrig? Sollte ich etwa die Bude zumachen, meine schönen Maschinen verrosten lassen? Daß ich noch ein bißchen mit hineinzureden habe, ist mir wenigstens ein kleiner Trost.«

Der dicke Tschou schwieg. In seinem feisten Gesicht arbeitete es angestrengt. Trotz allem schien ihm die »Pacht«-form, die Tschen gewählt hatte, begehrenswert, verlockend. Man wahrte nach außen den Schein, stellte in der Gesellschaft immer noch etwas Ansehnliches dar, durfte sich »Generaldirektor« oder gar »lao pan« nennen. Schließlich hellte sich seine Miene auf. Er war entschlossen, sein Heil bei der »Loyal«-Treuhandgesellschaft zu versuchen.

»Hast recht. Man wäre verrückt, die schönen Maschinen rosten zu lassen. Die Hälfte unserer chinesischen Zündholzfabriken hat bereits zugemacht. Schlimm genug. Als Patriot bin ich es unserer heimischen Wirtschaft schuldig, daß mein Betrieb weitergeht. In erster Linie bin ich Chinese. Soll ich mich an einen Japaner verkaufen? Obzwar mein Japaner ein hochanständiger Mensch ist, nicht so großspurig wie diese arroganten westländischen kao pi tse ›Hochnasen‹ vom schwedischen Zündholztrust – auch der Rasse nach steht man den Japanern näher, hat mit ihnen die gleiche Schrift, die gleiche Kultur –, stehen mir doch meine eigenen Landsleute noch näher. Chinesen müssen zu Chinesen halten. Abgemacht, ich werde sofort zu der Loyal-Gesellschaft gehen und Sun Fu meine Offerte unterbreiten.«

»Versuche dein Glück. Aber wende dich lieber an Bergwerksdirektor Wang. Das ist dessen Ressort, außerdem ist mit ihm leichter verhandeln«, riet man ihm. –

Um ein Uhr mittags fand sich Tschou im Direktionszimmer der »Loyal«-Treuhandgesellschaft ein. Er traf Direktor Wang gerade beim Diktat in die chinesische Schreibmaschine an. Wang unterbrach sein Diktat und hörte sich höflich, aber etwas nervös das Anliegen seines Besuchers an, seine Augen spazierten beständig zu der Schreibmaschine am Fenster, als ob er es gar nicht erwarten könnte, weiter zu diktieren.

Nebenan schrillte ein Telefon.

»Entschuldigung!« unterbrach Wang den Vortrag seines dicken Besuchers und stürzte zu der Tür mit der Aufschrift »Privat«.

Tschou wischte sich den Schweiß von der Stirn, trank ein paar Schluck Tee und wartete. Allmählich wurde ihm das Warten etwas lang, er stand auf, ging ein paarmal im Zimmer umher, betrachtete das Wandbild mit den rauchenden Fabrikschloten und blieb schließlich hinter dem Rücken des jungen Kontoristen an der Schreibmaschine stehen.

Halb aus Langeweile, halb aus Neugierde warf er einen flüchtigen Blick auf das halb beschriebene Blatt. Es war eine Direktionsbekanntmachung an die acht neuen Betriebe der Gesellschaft. Ein Satz im Text machte ihn stutzig. Da stand etwas von »Produktionseinschränkung« und »sofortiger Einführung der Halbtagsarbeit«! Augenblicklich war die hoffnungsfrohe Stimmung, in der er hergekommen war, zu acht, neun Zehnteln ausgelöscht. Er setzte sich wieder an den Tisch und wischte sich mechanisch eine neue, diesmal größere Portion Schweiß von der Stirn. Warum kam denn Wang nicht wieder zum Vorschein? Fünf Minuten dauerte nun schon dieses Telefonieren. Der Kontorist war aufgestanden, schaute zum Fenster hinunter und betrachtete sich mit Interesse die unten vorüberspazierenden geputzten Dämchen mit ihren Kavalieren. Tschou hielt es vor Ungeduld nicht länger aus, er wollte hinübergehen und nachsehen, ob Wang endlich mit seinem Telefongespräch fertig wäre. In der Eile versah er sich in der Tür und drückte die Klinke der pneumatisch schließenden Flurtür nieder, bemerkte im nächsten Augenblick seinen Irrtum und wollte sich gerade lachend abwenden, als die Tür nachgab und einen Schub intensiven Wohlgeruchs einließ. Draußen stand ein Pärchen, Hauptmann Leh und die Dame Yü Man Li, die »Blume der Gesellschaft«.

»Hauptmann Leh! Welche Überraschung! Wieder in Schanghai!« rief der dicke Tschou aus und wandte sich schwenzelnd der schönen Yü zu. Ihr Anblick hatte ihn neu belebt – und ihm blitzschnell zu einer neuen Eingebung verholfen. Denn von der schönen Yü war nur ein kurzer Gedankensprung zum reichen Tschao Po Tao, dem Herrn der Börse. Kursierten nicht schon seit langem Gerüchte, daß er einen mächtigen Industrietrust aufziehen wollte? Warum sollte er sein Heil nicht bei der Konkurrenz versuchen? Lichterloh schlug die schon fast erloschene Flamme der Hoffnung wieder im Busen des dicken Tschou hoch.

Während Wang – der auf einmal wieder sichtbar geworden war – den Hauptmann zu einer vertraulichen Flüsteraussprache beiseitenahm, heftete er sich mit verzweifeltem Mut an die Flanke der schönen Yü.

»Darf ich eine kleine Bitte wagen? Sie müssen mir einen kleinen Gefallen erweisen, einen ganz kleinen!« sprang er mitten in sein Anliegen hinein.

»Und der wäre?«

»Sehen Sie, der leidige Krieg – die Industrie und zumal meine Branche hat es neuerdings verdammt schwer, man kann sich kaum mehr regen ...«

»Nanu, wer einen so bekannten Artikel wie Ihre Zündhölzer fabriziert, braucht sich doch nicht zu sorgen ...«

»Sollte man meinen. Aber es kommt diesmal reichlich viel zusammen – die Börse hat einem wie ein Staubsaugeapparat das bißchen Bargeld weggesaugt, das ewige Achselzucken der Banken, wenn man sie einmal ausnahmsweise braucht – dabei brauche ich gar nicht viel – dreißig-, zwanzigtausend genügen vollauf – edle Dame, helfen Sie mir!«

»Sie scherzen wohl? Was kann ich dabei tun?«

»Nun, hm, verzeihen Sie, wenn ich ganz offen bin und den Namen Tschao Po Tao, dieses menschgewordenen Gottes des Reichtums, nenne – ich selber hatte bisher nicht das Glück, auch nur halbe oder viertel Bekanntschaft mit ihm zu machen – aber nun, dieser unerhörte Zufall, Ihnen hier zu begegnen! – Ich verdanke ihm zweifellos die gehäuften Verdienste meiner Ahnen und Urahnen – da möchte ich Sie bitten, mich mit Herrn Tschao bekannt zu machen – ein Wort von Ihren Lippen hat für ihn doch zweifellos die Macht eines kaiserlichen Edikts – kurz, ein Kopfnicken des Tschao wäre meine Rettung!«

»Der? Pah, der geht mich nichts mehr an! Da müssen Sie schon jemand anderes bemühen.«

Es kam spitz, eisig, abweisend. Gleichzeitig vollführte die Blume der Gesellschaft auf ihrem Stuhl eine Viertelschwenkung nach rechts, so daß sich ihr Nachbar am Anblick ihres wohlgerundeten Rückens weiden durfte.

Dafür hatte der arme Tschou momentan allerdings kein Auge. Er war noch zu sehr bestürzt über diesen Fehlschlag einer neuen Hoffnung. Er konnte freilich nicht wissen, daß sich neuerdings eine andere Yü, eine gewisse Yü Ying, zwischen den Gott des Reichtums und die Blume der Gesellschaft gedrängt hatte.

Eine Hand klopfte ihm auf die Schulter.

»Wir waren vorhin unterbrochen worden, Freund Tschou«, sagte Wang freundlich zu ihm. »Aber ich weiß, worauf du hinaus wolltest. Gewiß, du warst ja damals bei der Trauerfeier im Hause Wu mit dabei, als wir den Zweck unserer Gesellschaftsgründung erörterten. Unsere Gesellschaft sollte das Finanzinstitut für lebenswichtige Industriebetriebe werden. Leider entsprach die spätere Entwicklung nicht ganz unseren Wünschen und Erwartungen. Die Übernahme der acht Fabriken im letzten Monat hat unsere Mittel ziemlich in Anspruch genommen – der endlose Krieg – der gestörte Absatz im Yangtsebecken und in Schantung – die japanische Konkurrenz – all das macht uns zu schaffen – wir sind zu einer wesentlichen Einschränkung unseres Programms gezwungen, müssen sogar Halbtagsproduktion einführen – kurz, so gern wir möchten, sind wir zur Zeit leider nicht in der Lage, deinen Wünschen zu entsprechen.«

»Mit der chinesischen Industrie ist es im letzten halben Jahr tausend Klafter tief abwärts gegangen. Ich kann es von Tientsin bestätigen«, setzte Hauptmann Leh hinzu.

»Eine Verpachtung derart, wie ihr sie mit Freund Tschen getätigt habt, wäre auch nicht möglich? Ich habe doch für meine Zündhölzer einen festen, sicheren Absatzmarkt, auch trotz des Krieges.«

»Wenn du vor einem Monat zu uns gekommen wärest, dann hätte man darüber reden und sicherlich einig werden können. Heute liegen die Dinge anders, heute – sei uns nicht böse – ist es leider unmöglich.«

Eine glatte Absage! Aber der dicke Tschou hatte einen beweglichen Geist. Seine Gedanken gruppierten sich blitzschnell um, aus den verschwommenen Nebelgebilden seines Hirns schälte sich nun mit aller Klarheit und Deutlichkeit die Gestalt seines japanischen Geschäftsfreundes heraus. Gemeinsame Rasse – Schrift – Kultur – ging es ihm wieder durch den Sinn. Warum nicht? Jetzt kam es nur noch darauf an, unter Wahrung des Gesichts mit Anstand den Rückzug anzutreten.

Er schlug auf einmal eine tolle Lache an.

»Erinnert ihr euch noch an die Trauerfeier damals in der Villa Wu? Wißt ihr noch, wie unsere Blume der Gesellschaft damals in Strümpfen auf dem Billardtisch im Gartenpavillon tanzte und dann auf einem Stöckelschuh davonhinkte? War es nicht herrlich? Das waren noch Zeiten! Liegt wie ein Traum zurück! Wollen Sie es nicht einmal hier probieren, schöne Dame Yü? Auf dem glatten Parkett hier läßt es sich auch tanzen. – Im übrigen, Freund Wang, unter Freunden gibt's kein Übelnehmen. Darum sei auch mir zum Schluß ein offenes Wort erlaubt: nicht nur mein kleiner Betrieb, unsere ganze chinesische Eigenindustrie ist früher oder später zur Erstarrung, zum Absterben verurteilt! Ohne einen gewissen Einschuß ausländischen Blutes ist sie nicht lebensfähig!«

Die anderen lachten etwas gezwungen. Diese lustige Trauerfeier damals im Hause Wu – es war kaum zwei Monate her – lag tatsächlich wie ein ferner, unwirklicher Traum zurück. War der schöne Industrieplan, der damals geboren wurde, am Ende auch nur ein Traum, aus dem es jetzt ein bitteres Erwachen geben würde? dachte Bergwerksbesitzer Wang betreten.

»Höchste Zeit, daß wir gehen! Es ist gleich zwei Uhr! Sun Fu erwartet uns!« drängte die Dame Yü.

Der dicke Tschou verstand den Wink. Er empfahl sich eilends. Während er die Treppe hinunterging, lachte er vergnügt vor sich hin. War japanisches Kapital nicht auch ein nützlicher »Einschuß« ausländischen Blutes? Gemeinsame Rasse – gleiche Schrift – gleiche Kultur – immer noch besser, sich einem stammesverwandten Japaner auszuliefern als so einem arroganten europäischen kao pi tze! – Außerdem war er nicht der einzige, viele seiner Landsleute hielten es genau so – was blieb denn anderes übrig, wenn man mit seinem gutgemeinten Patriotismus nicht auskam?

Am anderen Vormittag führte der dicke Tschou zwei »östliche Knirpse«, die nicht einmal Schanghai-Dialekt sprechen konnten, als »Direktoren« in seinen Betrieb ein. Schmunzelnd und vergnügt wie immer, hielt er dabei eine kleine Ansprache an seine Belegschaft:

»Euer lao pan hat Wort gehalten! Der Betrieb geht weiter! Trotz Kapitalmangels hat es euer lao pan möglich gemacht. Warum? Erstens, damit ihr nicht zu hungern braucht. Ihr seid Chinesen, euer lao pan ist Chinese. Chinesen müssen in der Not zusammenhalten! Zweitens, damit China keine ausländischen Zündhölzer zu kaufen und nicht noch mehr chinesisches Geld in die Taschen des Auslandes zu fließen braucht, als das schon ohnehin der Fall ist. Aber auch ihr chinesischen Arbeiter müßt Verständnis für die Nöte eueres chinesischen lao pan haben und vorübergehend eine kleine Lohnkürzung in Kauf nehmen, damit die Herstellungskosten geringer werden und unser chinesisches Fabrikat konkurrenzfähig bleibt. Sobald sich die Zeiten wieder bessern, gibt es wieder höhere Löhne. Unsere chinesische Industrie wan sui! bansai! Zehntausend Jahre soll sie leben!«

Seine Stimme hatte zuletzt ein wenig erstickt geklungen, wie von Tränen erstickt. Er mußte sich erbsengroße Schweißperlen von der Stirn wischen.

Aber als er dann die Maschinen surren und das stählerne Laufband Streichholzbündel auf Streichholzbündel zutage fördern sah, da lachte er schon wieder. Freilich, der »Pachtvertrag« mit seinem japanischen Geschäftsfreund, den er gestern abend überstürzt unterzeichnet hatte, war für ihn drückend, demütigend genug: er war wieder wie früher bloßer mai pan, abhängiger, schlecht bezahlter Einkäufer und Angestellter einer ausländischen Firma, aber seine Existenz war gerettet und sein Gesicht gewahrt; nach außen, in der Gesellschaft, durfte er weiter als lao pan, als selbständiger Fabrikbesitzer auftreten.

Und so konnte er weiterlachen.

Elftes Buch

Das Ultimatum

Der kleine Dampfer mit den lustigen rot-grünen Perlenschnüren elektrischer Lämpchen an der Bordwand und über Deck verlangsamte seine Fahrt, ließ die Forts von Wusung links liegen und nahm, einen weiten Bogen beschreibend, wieder Rückwärtskurs auf Schanghai.

Die lebhafte Unterhaltung an der mit Weingläsern und Dessertplatten bestandenen Tafel auf der Salondeckmitte brach ab, die kleine Gesellschaft, vier Herren, eine Dame, trat an die Reling und schaute auf die weite, im Schein des klaren Vollmonds glitzernde Wasserfläche hinaus. Es war die Stelle, wo der Whangpoo in das Jangtsedelta einmündet, und dem bloßen Auge sich bereits eine grenzenlose, mit dem Horizont verschwimmende Wasserwüste darbietet. Aller Augen waren auf die dunklen, massigen, gedrungenen Umrisse einiger auf der Reede vor Wusung liegender Schiffskörper gerichtet.

Ausländische Kriegsschiffe!

Unter einem solchen Vollmond sei sie vor vierundzwanzig Jahren zur Welt gekommen, hatte gestern die Blume der Gesellschaft verraten. Da war die nächtliche Lustfahrt zu ihren Ehren beschlossen worden. Reeder Sun hatte den neuesten, schmucksten und schnellsten Vergnügungsdampfer seiner Linie bereitstellen müssen, vierzig kleine Meilen lief er in der Stunde. Sun Fu spielte die Rolle des Gastgebers, außer ihm und Reeder Sun waren noch Bergwerksbesitzer Wang und der junge Börsenmakler Han an Bord.

Der Anblick der zwei amerikanischen Kreuzer und der drei japanischen Torpedoboote, die stumm und drohend auf der Reede lagen und von Mast zu Mast geheimnisvolle Blinksignale tauschten, hatte die heitere, unbeschwerte Stimmung, die während der Hinfahrt an Bord geherrscht hatte, mit einemmal verscheucht. Über die eben noch lachenden Mienen breitete sich eine Wolke schweren Ernstes.

»Die sind am Nachmittag eingetroffen, haben Order, nach Hankou weiter zu fahren. Dort muß sich etwas ereignet haben. Vielleicht kann uns Freund Sun Auskunft erteilen. Sun, hast du kein Telegramm von deiner Geschäftsstelle in Tschangscha erhalten?« bemerkte Sun Fu.

»Das schon. Aber das Telegramm war verstümmelt, anscheinend zensiert.«

»Tschangscha soll von kommunistischen Truppen bedroht sein.«

»Leere Gerüchte, vermutlich auch aus japanischer Quelle. Die japanische Nachrichtenagentur Domei verbreitet bereits, die beiden ganzen Provinzen Hunan und Kiang hsi wären in kommunistischem Besitz. An der Börse wurde heute davon gesprochen. Aber ein Rückschlag auf die Kurse ist nicht erfolgt«, bemerkte Makler Han gähnend.

»Vielleicht doch nicht so ganz leere Gerüchte«, fiel Reeder Sun ein. »Die beiden Provinzen sind in der Tat recht übel dran. Von eigenen Truppen sind sie fast ganz entblößt, die haben sie an die Front im Norden abgeben müssen, also sind sie mit ihren schwachen Garnisonen eine leichte Beute für die äußerst rührigen Roten. Wer weiß, was noch daraus wird.«

Sun Fu strich sich nachdenklich das Kinn.

»Auf höchstens zwei Monate Krieg sollte man sich gefaßt machen, so hieß es anfangs. Jetzt dauert er bereits drei Monate, und die Lage ist immer noch ganz ungeklärt. Die Verluste an der Front sollen furchtbar sein. Selbst Hauptmann Leh, der doch im Felde war, schüttelt den Kopf. Nach Schätzung der Militärsachverständigen zählen die Truppen auf beiden Fronten an drei Millionen, die Verluste an Toten und Verwundeten aber an dreihunderttausend, also ein Zehntel! Es ist ein Kriegführen ins Uferlose!«

Die schöne Yü, die bis dahin geschwiegen hatte, stieß einen leisen Schrei aus.

»Die vielen Verwundeten und Verstümmelten! Entsetzlich, wie sie aussehen, wenn sie zurückkommen! Kaum noch Menschen! Dampfer auf Dampfer, Zug für Zug täglich mit Verwundeten voll beladen! An der Schanghai-Nanking und Schanghai-Hang-tschou-Bahnlinie entlang jede größere Stadt, jeder Marktflecken mit Verwundeten überfüllt! Die Hospitäler reichen nicht mehr aus, sie werden in Tempeln, Schulen, öffentlichen Sälen untergebracht, müssen tagelang auf offenen Bahnsteigen bei Wind und Wetter liegen, weil es an Unterkunftsmöglichkeiten fehlt! Die ganze liebliche Gegend um Hang tschou und Su tschou, früher der Stolz Chinas, ist heute ein einziges Lazarett!«

»Na, vielleicht ist Ende Juli Schluß mit dem Krieg, bei solchen Verlusten kann es ja nicht mehr lange weitergehen«, meinte Sun Fu gequält zuversichtlich. Er glaubte selber nicht daran.

Bergwerksdirektor Wang schüttelte zweifelnd den Kopf.

»Ende Juli? Schwerlich! Bei Hsu tschou in Nord-Kiangsu haben die Nankingtruppen ein riesiges, ganz modernes Grabensystem mit betonierten Unterständen angelegt. Nach dem Urteil ausländischer Spezialisten, die sich die Anlagen an Ort und Stelle angesehen haben, sollen sich die Truppen dort mindestens ein Jahr lang halten können. Ein ganzes Jahr! Jedenfalls wird man sich auf eine Kriegsdauer bis über Neujahr hinaus gefaßt machen müssen.«

»Darauf deuten ja auch die auffallend vielen Massenrekrutierungen hin, denen man überall begegnet«, pflichtete Makler Han bei. »In Su tschou, Hang tschou, Ning po, Tschen kiang, überall werden neue Truppen ausgehoben, fünfhundert bis tausend Mann täglich in jedem der genannten Plätze, um zur Ausbildung nach Nanking geschickt zu werden. Auch auf dem Nordbahnhof in Schanghai weht die Flagge eines Rekrutierungsbüros. Täglich sollen hier zwei- bis dreihundert Mann ausgemustert werden.«

Ein trübes Schweigen folgte. Auch das Bild der heiteren, mondscheinerhellten Flußlandschaft hatte sich getrübt. Ein dünner Nebel war aufgekommen und nahm die Sicht. Von Südost blies ein frischer Wind. Man begann zu frösteln und war froh, als die Lichter der Millionenstadt auftauchten. Die Stimmung war fort und wollte sich auch bis zur Landung am Kai des »Bronzemannes« nicht wieder recht einstellen.

»Zum Sterben langweilig, diese Rückfahrt!« raunte beim Aussteigen die Blume der Gesellschaft dem Makler Han zu, der ihr beim Überschreiten des schmalen Bootssteges galant den Arm bot. Die beiden jungen Leute fanden sich freilich leichter in die heitere Atmosphäre der Lichtstadt Schanghai zurück als die drei sorgenbeschwerten Herren von der »Loyal«-Treuhandgesellschaft. –

Es war jetzt genau zwölf Uhr nachts. Man beschloß die Geburtstagsfeier mit einem Cocktail in der Wohnung der Dame Yü, dann trennte man sich. Sun Fu und Bergwerksdirektor Wang suchten noch den ihnen von der Yü empfohlenen Schönheitssalon Nr. 94 auf, um auf andere Gedanken zu kommen. Aber auch der schwere Burgunder, dem sie kräftig zusprachen, vermochte nicht, sie in Stimmung zu bringen. Sun Fu, den linken Ellbogen auf die Tischkante gestützt, den Kopf in die eine Hand gelehnt, die andere Hand über das Weinglas gestülpt, starrte ins Lokal und beobachtete gleichgültig das Kommen und Gehen der Gäste.

Auf einmal kam Leben in Sun Fu's ausdruckslose Miene. Er stieß seinen gähnenden Tischnachbar an und deutete auf eine Gruppe von vier Herren, die sich eben in einer abseits gelegenen Ecke hinter der Bartafel niederließen. Sein scharfes Auge hatte etwas entdeckt.

»Ist er das nicht? Natürlich, unser Freund Tschao!«

Wang unterbrach sofort seinen Gähnkrampf und blickte angestrengt hinüber.

»Du hast recht. Das ist er. Und der würdige Graubart links von ihm ist der alte Tschung Li. Der mit der goldenen Brille rechts von ihm kommt mir auch bekannt vor: Professor Li.«

»Der? Haha!«

Sun Fu goß einen großen Schluck Wein hinunter, als ob er irgendeinen bitteren Geschmack fortspülen wollte. Da kam auch schon der Professor zu ihnen herüber.

»Wenn man den Verräter Tsao Tsao nennt,
Da kommt er auch schon angerennt!«

rief ihm Wang scherzend zu. »Ei, ei, was führt den tugendsamen, hochgelehrten Herrn Universitätsprofessor in diese nächtliche Lasterhöhle? Nehmen Sie Platz.«

»Rechtsanwalt Herbst hatte mich verleitet. Sehen Sie ihn dort mit an unserem Tisch sitzen?«

»Ach, ist der auch dabei? Wir waren nur ganz Auge für einen gewissen Tschao, den wir in Ihrer Gesellschaft sahen«, bemerkte Sun Fu trocken.

Der Professor wurde bis zu den Ohren rot und lächelte verlegen wie eine junge Frau, die sich von ihrem Mann beim Stelldichein mit einem Liebhaber ertappt sieht.

»Haben Sie schon das Neuste gehört? Der Regierungssitz soll von Nanking nach Hangtschou verlegt werden!« suchte er abzulenken.

Sun Fu und Wang schüttelten den Kopf.

»Ferner soll eine selbständige Nordregierung gebildet werden. Wer weiß, vielleicht nur Gerüchte. Jedenfalls, der Krieg soll weitergehen, möglicherweise noch ein halbes, ein ganzes Jahr, bis zur Entscheidung. Seit wir die Republik haben, wird es der schwerste Kampf werden, den die Regierung um ihre Existenz zu kämpfen hat. Niemals zuvor war die Zahl der Mitkämpfer so groß, die

Front so ausgedehnt; alle mittelchinesischen Provinzen sind in den Strudel mit einbezogen. Ein Krieg ins Uferlose. Und dazu die kommunistischen Aufstände! Die Lage ist besorgniserregend!«

»Alles geht einmal vorüber. Auf das Heute folgt ein Morgen«, bemerkte Wang philosophisch. Auf Sun Fu's Gesicht dagegen malte sich deutliche Unruhe. Dem Professor entging es nicht.

»Sonderbarerweise ist die Haltung der Börse nach wie vor ruhig. Keine Spur von Panikstimmung. Na, und unsere maßgebenden Gesellschaftskreise scheinen die Lage ja auch ziemlich optimistisch zu beurteilen, wie man an den gefüllten Nachtlokalen sieht«.

»Stimmt!«

Sun Fu tauschte mit Wang einen lächelnden Blick. Seine Miene zeigte auf einmal wieder den alten überlegenen, ein wenig geringschätzigen Ausdruck. Er ahnte, worauf der Professor hinauswollte: ihn durch Paniknachrichten einzuschüchtern und gegenüber Tschao nachgiebig und mürbe zu machen.

»Haben Sie von dem großen Bankkrach in der Südstadt gehört? – Auch wegen verfehlter Börsenspekulation! Rechtsanwalt Herbst ist zum Vertreter der Gläubiger bestellt worden. Ihr werter Vetter Fan hat bei dem Krach die Hälfte seines Vermögens verloren. Er soll daraufhin neuerdings umsatteln, das Dichterhandwerk an den Nagel hängen und Jura studieren wollen.«

Sun Fu nickte gleichgültig. Er gönnte im Grunde diesem lästigen Verwandten, diesem Spötter und Dichterling, das kleine Unglück von Herzen.

»Von der Dummheit der kleinen Sparer leben ja gerade andere Leute«, warf Wang trocken hin.

»Richtig, wir haben neuerdings in Schanghai eine geradezu ungesunde Aufblähung des rein spekulativen Kapitals. Um so schwerer hat die arme Industrie zu kämpfen. Es geht täglich mehr mit ihr abwärts. –

Wissen Sie schon, daß die große, bestrenommierte Zigarettenfabrik X. in Schanghai, die nur unseren einheimischen Tabak verarbeitet, demnächst zumacht? Sie kann nicht mit dem billigeren Auslandsfabrikat konkurrieren, und ebenso steht es mit vielen anderen ehemals blühenden Unternehmen. Ja, unsere einheimische Industrie hat es nicht leicht!« krächzte der Professor, und der Unglücksrabe beobachtete heimlich die Wirkung des von ihm tropfenweise verspritzten Giftes eines schwärzlichen Pessimismus.

Er hielt den Zeitpunkt für die entscheidende Attacke für gekommen.

»Unser gemeinsamer Freund Tschao hat einen großen Plan, den er gern mit Ihnen besprechen möchte. Wollen Sie sich nicht zu einer persönlichen Aussprache an seinen Tisch bemühen? Sie können dort ungestörter sprechen als hier – er wartet auf Sie!« flüsterte er Sun Fu ins Ohr. Dann, ohne eine Antwort abzuwarten, stand er auf, nickte noch einmal ermunternd zurück und eilte davon.

»Soll man?« wandte sich Sun Fu an seinen Gefährten. Er war bereits entschlossen. In seiner augenblicklichen öden Stimmung bedeutete ein Rendezvous mit seinem verschlagenen Gegner eine prickelnde, belebende Abwechslung.

»Geh allein. Ich werde mich inzwischen an einen anderen Tisch begeben. Ich habe da eine ›Perle am Wegrand‹ entdeckt. Der Tschao hat sich anscheinend den großen Napoleon zum Vorbild gewählt: nach dem Sieg in der Feldschlacht kommt er diplomatisch.«

Beide lachten sich an. Die Stimmung war entschieden gebessert. Sun Fu nahm an einem kleinen runden Ecktisch abseits von den anderen Herren allein mit Tschao als Gegenüber Platz. Seit jener Begegnung damals, vor mehr als sieben Wochen, im Gartenpavillon bei der Trauerfeier im Hause Wu hatte man sich bloß hin und wieder bei Gesellschaften höflich begrüßt und allenfalls ein paar konventionelle Worte gewechselt. Heute fand man sich zum ersten Male wieder zu einer Aussprache unter vier Augen zusammen. Sun Fu bemühte sich, seine unerschütterliche Ruhe und Haltung von ehedem zu zeigen. Tschao gab sich wie immer zwanglos, freimütig, launig geradezu.

»Ein offenes Wort, Sun Fu«, begann Tschao. »Unsere alte Rechnung kann mit einem Pinselstrich beglichen werden. Aber zuvor möchte ich noch drei Punkte klarstellen. Erstens: Mein Finanzkonzern hat zwar einen vollständigen Industrieplan fertig, möchte aber keineswegs anderen Leuten den vertraglichen Anschluß verwehren. Wir sind nicht so gefräßig, daß wir Sie verschlingen und selber Seidenhaspeleien betreiben möchten. Sie sind in dieser Beziehung allzu empfindlich.«

Sun Fu zuckte die Achseln und lachte geradeheraus. Tschao tat einen kräftigen Zug an seiner Zigarre und fuhr fort:

»Sie hegen wohl Zweifel? Nun, das kann ich nicht ändern. Jedenfalls kann ich Ihnen versichern, daß die Sache damals mit dem Fabrikanten Tschu und seinen Kokonvorräten, für die ich ihm eine

Anleihe anbot, nur ein Scherz war. Das war nicht ernstgemeint. Ich wollte Ihnen keineswegs das Spiel verderben. Daß Sie meinem Scherz heimtückische Absichten unterlegten, kann ich Ihnen nicht weiter übelnehmen. An Ihrer Stelle hätte ich die Sache vielleicht mit den gleichen Augen gesehen. Nun zu Punkt zwei: Sie argwöhnen, daß ich finstere Absichten gegen Ihre ›Loyal‹-Gesellschaft hege, daß ich sie zerschmettern will. Sie vermuten in mir den Regisseur hinter den Kulissen, der mit einem Wink seiner Hand den finanziellen Boykott über Ihre Gesellschaft verhängt hat. Haha, ich könnte es, wenn ich es wollte, aber ich wollte gar nicht! Ich habe meine Künste bisher nur ein ganz klein wenig spielen lassen.«

»Zu liebenswürdig! Ihrer Ansicht nach habe ich Sie also nur mißverstanden? Bin allzu empfindlich gewesen? Haha! Ausgezeichnet!«

»Nein, das wollte ich nicht sagen, daß alles nur ein Mißverständnis war. Ich möchte nur, daß Sie eins einsehen: Zwischen uns braucht es keinen unlösbaren Streit zu geben, unsere Wege brauchen nicht durchaus getrennt zu verlaufen, es braucht nicht bloß für den einen oder anderen ausschließlich Platz zu sein. Aber da Ihre Gesellschaft nun einmal da ist, muß ich mit ihr rechnen und kann es nicht ohne weiteres hinnehmen, daß sie meine Interessen schädigt. Zu meinem Bedauern müßte ich mich mit aller Kraft gegen sie zur Wehr setzen, falls es unvermeidlich ist. Bisher habe ich noch nicht Ernst gemacht.«

»Haben Sie mich deswegen an Ihren Tisch rufen lassen, um mir das zu sagen?« fragte, sichtlich ungeduldig, Sun Fu.

»Zum Teil, ja. Aber lassen wir die alte Rechnung beiseite. Erledigt. – Eigentlich wollte ich noch einen dritten Punkt zur Sprache bringen, doch ich sehe, Sie werden ungeduldig, da will ich ihn übergehen und gleich zur Hauptsache kommen. Sie wissen, ich liebe keine Umschweife und Winkelzüge, also der Zweck, weshalb ich Sie an meinen Tisch bitten ließ, ist die Klärung der Frage, ob wir trotz allem zu einer freundschaftlichen Zusammenarbeit gelangen können ...«

»Wollen Sie nicht auch den dritten Punkt zur Sprache bringen? Ich würde gern davon hören.«

»Nun gut. Es handelt sich da sicherlich um ein Mißverständnis. Sie argwöhnen vermutlich, daß ich Ihren Schwager Tschu Tschai beeinflußt und Ihnen abtrünnig gemacht habe. Irrtum, ich hatte gar nicht nötig, den ängstlichen Herrn zu beeinflussen. Umgekehrt haben Sie mir meinen Vertrauensmann an der Börse, den Makler Han, weggekapert. Meine Hochachtung, Sun Fu, das war ein Meisterstreich!«

»Ist noch gar nicht alles!« rief Sun Fu, seine Verlegenheit unter einem übermütigen Gelächter verbergend. »Eine gewisse andere Person Ihres Vertrauens, viel wichtiger als der Han, habe ich mir gleichfalls gekauft!«

»Weiß schon, eine Dame. Macht nichts. Wenn Sie Wert darauf legen, mir Weiber auszuspannen, bin ich Ihnen sogar verbunden. Weiber gibt es mehr als genug. Bin froh, wenn ich sie wieder los werde. Haha!«

Diesmal wollte es Sun Fu scheinen, als ob das Lachen des anderen etwas gekünstelt klinge. Er fühlte sich einigermaßen obenauf.

»Erraten. Und der Ankauf Ihrer schönen Pläne erweist sich als recht nützlich. Ich habe schon daran gedacht, Sie mir selber zu kaufen! Sie sehen, ich bin auch nicht humorlos und für ein Späßchen zu haben. Aber wozu wollen wir noch Worte verschwenden? Nennen Sie Ihre Bedingungen für unsere Zusammenarbeit, wie Sie von Ihnen gedacht ist.«

»Gut. Mein Vorschlag ist kurz folgender: Mein Partner Schang Tschung Li wird Syndikus Ihrer ›Loyal‹-Gesellschaft, weiter, ich vermittle Ihrer Gesellschaft eine Anleihe seitens eines Finanzkonsortiums in Höhe von drei Millionen, davon eine Million sofort zahlbar. Als Sicherheit verpfändet Ihre Gesellschaft ihr gesamtes Eigentum.«

Sun Fu stimmte ein schallendes Gelächter an. Tschao, an seiner Zigarre ziehend, wartete ruhig seine Antwort ab.

»Sie scherzen wohl? Meine Gesellschaft verfolgt wohl weitgesteckte Ziele, aber sie benötigt doch keine Dreimillionenanleihe. Sie verfügt sogar noch über Reserven, für die bisher noch keine Verwendung war.«

»Ich meine natürlich nominell drei Millionen. Sie als ›abgewetzte Türschwelle‹, als erfahrener Praktiker werden am besten wissen, wie das zu verstehen ist: in Wirklichkeit nur eine Million und im übrigen die Vorhand auf künftige weitere Beleihungen in Höhe von zwei Millionen.«

»Meine Gesellschaft braucht nicht einmal die eine Million!«

»Ist das Ihr Ernst?«

»Mein voller Ernst.«

Es kam zwar bestimmt heraus, aber nachträglich befiel Sun Fu ein

Zittern. Er hatte den Schein gewahrt, aber wie lange konnte er sich und die Welt belügen? Natürlich brauchte die Gesellschaft Geld! Er sträubte sich nur dagegen, es einzugestehen, genau so wie sich damals der Fabrikant Tschu anfänglich gesträubt hatte, als er ihm auf dem Anleiheweg seine Kokonvorräte abzupressen suchte. Jetzt wiederholte sich das gleiche Spiel an ihm selber, nur in größerem Maßstabe! So weit war er also! Wozu würde sein Sträuben um des lieben Scheines willen führen? Tschao würde die angedrohte Kreditsperre nunmehr in vollem Umfang wahrmachen. Was würde der Gesellschaft dann angesichts der infolge des Krieges ohnehin mißlichen Lage anderes übrigbleiben als den Konkurs anzumelden? Es war ihm klar, mit diesem Anleiheangebot hatte Tschao den ersten Kanonenschlag seines eigenen Industriekonzerns losgelassen.

Tschao hatte seelenruhig vor sich hin gepafft.

»Also soll es nicht zu einem Zusammengehen kommen? Schön. An sich hat Ihre Gesellschaft eine Zukunft. Schade, daß sie zur Zeit feiern und ihre Fabrikate im Speicher einlagern muß. Sun Fu, soll Ihre ganze Arbeit und Mühe wirklich umsonst gewesen sein? Überlegen Sie sich's! Verschieben Sie Ihre endgültige Antwort auf später! Reden wir doch bei ganz offenen Fenstern: Ihre Gesellschaft weiß bereits nicht mehr aus noch ein! Ich bin genau unterrichtet. Der Krieg geht weiter, und an Absatz Ihrer Fabrikate ist im Laufe dieses Jahres nicht zu denken. Sun Fu, überlegen Sie sich's genau!«

Unterwerfen! Unterwerfen! raunte Sun Fu eine innere Stimme zu. Und er war bereit, sich zu unterwerfen! Sein alter Kämpfertrotz, sein Selbstvertrauen war schon seit Tagen gebrochen, jetzt fühlte er sein Herz vollends mit lautem Knacks zerspringen. Aber nur nichts anmerken lassen! Mit einem letzten Rest von Energie zwang er sich noch einmal zu der Miene kaltlächelnder Überlegenheit, klopfte seinem Gegner auf die Schulter und antwortete mit lauter, fester Stimme:

»Wie immer auch die Lage sich gestaltet, es muß jeder sehen, wie er zurechtkommt. Was die ›Loyal‹-Gesellschaft betrifft, so hegen meine Mitdirektoren und ich nicht die geringste Befürchtung. Sollte sich die Gelegenheit zu einer Kapitalerweiterung zwecks Ausdehnung des Unternehmens bieten, so würde man das natürlich nicht von der Hand weisen, sondern begrüßen. Ich will Ihren Vorschlag morgen mit meinen Herren durchberaten. Dann könnte man ja nächstens wieder einmal die Köpfe zusammenstecken.«

Er lachte auf und ging zu seinem Tisch zurück. Wang hatte sich inzwischen auch wieder von seinem Ausflug auf Nebenpfaden eingefunden. Er berichtete ihm den Inhalt seiner Unterredung. Man saß noch eine Weile in dumpfem Brüten nebeneinander, dann verabredete man sich knirschend für den nächsten Vormittag in der Villa Wu. –

Schweißgebadet fuhr Sun Fu aus seinem Morgentraum in die Höhe. Als er spät in der Nacht gegen ein halb zwei Uhr nach Hause gekommen war, hatte ihn neuer Verdruß erwartet. Er fand das Nest leer vor, die ganze Familie war ausgeflogen. »Und so etwas nennt man Häuslichkeit!« hatte er gebrummt und dem eintretenden Butler, der ihm nichtsahnend einen Pack neuer Meßgewänder für die morgige Seelenmesse zur Prüfung vorlegen wollte, zornig den goldenen Brieföffner an den Kopf geworfen, so daß der arme Butler nicht wußte, ob er lachen oder weinen sollte. Dann hatte ihm, während er ungeduldig auf die Rückkehr der übrigen Familie wartete, seine daheimgebliebene Halbschwester Orchidee eine unliebsame Szene gemacht. Wie ein düsteres Nachtgespenst war sie vor ihn hingetreten und hatte ihm todernst erklärt, sie fühle sich unglücklich und halte es nicht länger in diesem kalten, herzlosen Schanghai aus, sie wolle sofort wieder in ihre ländliche Heimat zurück oder aber sich die Haare schneiden lassen und ins Kloster gehen. Wenn ihr aber auch das verweigert würde, solle man sie ins Irrenhaus schicken. Das hatte noch gefehlt! Zu allem geschäftlichen Verdruß auch noch häusliche Probleme! Als dann endlich Frau Smaragd mit Koralle und Halbbruder Narziß heimkehrte, gab es neuen Ärger. Kam doch der Schlingel – er ahnte allerdings nichts von der Anwesenheit des strengen Familienoberhaupts –, theatralisch mit einem Prunkschwert fuchtelnd, wie ein Bühnentänzer in den Salon getänzelt! Hatte man ihm nicht erst kürzlich die Spielerei mit solchen gefährlichen Waffen untersagt? Wozu hatte man ihn sein Wurfmesser im Goldfischteich versenken lassen? Jetzt kam er mit einer noch größeren Waffe an! Das war offenkundige Auflehnung, Rebellion! Sun Fu fühlte seine Autorität in der Familie wanken und wollte gerade loswettern.

»Ein Geschenk von Schwager Hsüe Schi«, hatte da Frau Smaragd begütigend interveniert, und Koralle war ihr zu Hilfe gekommen.

»Hattest du nicht das Telegramm aus Zwei-Brücken in die Handtasche gesteckt? Willst du es nicht deinem Mann zeigen?« hatte sie geschickt abgelenkt und Schwager Narziß noch rechtzeitig einen verlustlosen Rückzug ermöglicht. Ein Telegramm von Geschäftsführer Feh aus Zwei-Brücken! Das war natürlich wichtiger als eine Theaterrequisite. »Zehn Geschäftsfirmen in Zwei-Brücken bankrott! Inhaber geflüchtet unter Zurücklassung von dreihunderttausend Dollar Bankschulden! Sun Fu's Privatbank mitbetroffen, in Schwierigkeit, braucht sofort Hunderttausend« – das war der niederschmetternde Telegramminhalt gewesen! Eine neue heimtückische Flattermine, die da plötzlich unter seinen Füßen explodiert war!

»Geld flüssig machen zur Zeit unmöglich«, hatte er zurücktelegrafiert und war dann erschöpft aufs Lager gesunken. Aber seine Sprungfedermatratze schien sich in die stachelige, mit spitzen Nägeln gespickte Holzpritsche eines indischen Fakirs verwandelt zu haben. Stundenlang hatte er keinen Schlaf finden können. Als er dann endlich bei grauendem Morgen eingedämmert war, hatten ihn wüste Schreckträume gepeinigt und seinem müden Hirn noch einmal höhnisch in tollem, kaleidoskopartigem Durcheinander die aufregenden Teilbilder eines bewegten Tages vorgegaukelt. Von Schreckenskammer zu Schreckenskammer hatte ihn der Traumkobold gehetzt, zu guter Letzt aber in ein sanfteres, lieblicheres Gefilde hinübergleiten lassen. Er hatte sich auf einmal in einem gewissen Hotelzimmer befunden, auf dem Bett liegend, zur Seite das lächelnde, glühende Gesicht einer jungen, ranken Schönheit – Yü Ying! –, und wohlig hatte er gespürt, wie ihm ihre weiche Hand streichelnd über die Brust fuhr; da war er erwacht. Es war heller Morgen. Neben ihm auf dem Bettrand saß im Pyjama lächelnd Frau Smaragd. Am Kopfende stand der kleine fahrbare Teetisch mit dem Frühstück bereit. Von dem silbernen Tablett aber grüßten ihn zwei Visitenkarten. Die Herren von der »Loyal«-Gesellschaft warteten bereits im kleinen Salon. Höchste Zeit, alle Traumphantasien abzuschütteln, unter die kalte Dusche zu gehen und sich tapfer der nüchternen, gebieterisch drängenden Wirklichkeit zu stellen.

»Ich bin für Annahme von Tschao's Angebot«, erklärte Sun Fu resigniert seinen beiden Partnern. Reeder Sun war entschieden dagegen.

»Ich halte sein Gerede von dem angeblichen Industrietrust für leeren Bluff. Er wollte dich einschüchtern. Ich glaube nicht daran und bin dafür, daß wir nun gerade unbeirrt unsern Weg weitergehen. Tschao und sein ganzer Anhang ist restlos in Börsenspekulation engagiert, da hat er schwerlich noch Mittel, mit Amerikanern einen großen Trust aufzuziehen. Wenn er aber wirklich ausländische Finanzleute hinter sich hat, dann ist er eben nur Strohmann. Wir wären schön dumm, wenn wir unseren Betrieb an einen Strohmann, der doch mitverdienen will, verkaufen oder verpfänden würden, anstatt direkt an den wirklichen Interessenten. Ernsthafte Interessenten finden wir selber. Wozu wollen wir noch einen Strohmann mitverdienen lassen?«

»Richtig! Ich halte den Tschao auch nur für einen Strohmann«, stimmte Wang bei. »Wahrscheinlich ist er selber in Schwierigkeiten und wünscht sich auf diese Weise zu helfen. In allen diesen Mischbetrieben, die als ›chinesisch-international‹ firmieren, sind die chinesischen Teilhaber in der Regel nur Strohmänner.«

»Wenn wir nun aber keine anderen Geldgeber auftreiben und später doch genötigt sind, mit Tschao zu paktieren, dann wird er uns erst recht drücken und diktieren. Und wenn wir uns seinem Diktat nicht unterwerfen wollen, dann wird er den angedrohten Wirtschaftsboykott wahrmachen. Was dann?« gab Sun Fu, noch zögernd, zu bedenken.

»Wie lange kann sich unsere Gesellschaft noch auf den Beinen halten?« kam die Gegenfrage des Reeders. Wang schüttelte traurig den Kopf. Sun Fu strich sich seufzend über das Kinn. Eine längere Erörterung war nicht nötig, alle drei Herren waren sich einig, daß unter den gegenwärtigen politischen Verhältnissen jeder Tag Weiterbetrieb neuen Verlust bedeutete. Es war, als ob man stillschweigend von einem schönen, aber verrückten Traum, in dem man zwei Monate lang befangen gewesen war, Abschied nähme, und als ob der Abschied gar nicht einmal schwerfiele. Warum denn erst noch der Umweg einer Verpfändung? Nein, verkaufen! Radikal abstoßen! Fort damit! Dann war man die ganze Plage los. Das war es ungefähr, was in den Köpfen der drei Herren in diesem Augenblick vorging, während sie sich verständnisvoll, ohne daß es noch großer Worte bedurfte, zulächelten. Man dachte im stillen bereits an zwei ernsthafte Käufer, die in Frage kamen, eine englische Firma und eine japanische Handelsgesellschaft.

»Uns kann man schließlich keinen Vorwurf machen, daß wir etwa unfähig gewesen wären – es ist eben der Krieg, höhere Gewalt«, warf Sun Fu trocken hin. Wang lachte befreit auf. Dieses erlösende Wort enthob ihn seiner schweren Verantwortung. Nun brauchte man keine schlaflosen Nächte mehr zu haben.

Aber der kleine Vogelkopf des Reeders nahm einen gespannten, kampflustigen Ausdruck an und wurde zum Raubvogelkopf.

»Wenn wir die acht Betriebe unserer Gesellschaft mit Gebäuden, Maschinen, Warenvorräten, Rohstoffen ausverkaufen, könnten wir schätzungsweise sechshunderttausend Dollar erzielen. Mit diesem Erlös und den Siebzigtausend, die noch in der Kasse sind, wären unsere Kapitalanteile von je Zweihunderttausend, die wir investiert hatten, vollauf gedeckt und verzinst, wir hätten nichts verloren. Wir würden die Gesellschaft einstweilen als ›hohle Schale‹ ohne Inhalt beibehalten und abwarten, bis bessere Zeiten kommen. Dann könnte man den Betrieb wieder aufnehmen. Hat uns nicht letzthin unser Geschäftsführer Tang aus Hongkong telegrafiert, er hätte dort Interessenten gefunden, die bereit wären, sich mit Kapitaleinlagen an unserer Gesellschaft zu beteiligen? Wir wollen ihm zurücktelegrafieren, er solle so viel als möglich Kapital auftreiben. – Und nun noch etwas. – So nachteilig sich die politische Lage auf unsere Industriebetätigung auswirkt, so günstig ist sie für eine Betätigung an der Börse. Spekulieren wir! Lassen wir das Kapital, das wir aus unseren acht Betrieben herausholen können, an der Börse arbeiten!«

Sun Fu nickte zustimmend. Das schwache Flämmchen von Kampfesmut, das immer noch in einem Winkel seiner Brust glomm, wuchs auf einmal wieder zum hellen, lodernden Brand, der rasch von seiner ganzen Person Besitz ergriff. Auf dem Felde der Spekulation fühlte man seine Kampfkraft noch ungebrochen. Hatte man sich überdies nicht die wertvollen Dienste einer ausgezeichneten Spionin gesichert? Keine Sorge, an der Börse würde man bestimmt siegen.

»Dann wollen wir aber rasch handeln!« entschied Sun Fu. »Und es soll ein Kampf mit langen Messern und breiten Äxten werden! Die Kurse der Regierungsbonds sind in den letzten Tagen wieder etwas gestiegen. Manöver der Haussepartei. In Anbetracht der unübersehbaren Kriegsdauer müssen die drei Papiere Seezollanleihe, Reorganisationsanleihe, Abrüstungsanleihe schätzungsweise um dreißig Prozent fallen. Wir wollen noch heute einige Hunderttausend auf den Markt werfen.«

»Ganz meine Meinung«, pflichtete Wang bei. Die Stimmung war völlig umgeschlagen. Jetzt fühlte man sich nicht mehr gespalten, zerrissen, gehemmt wie früher, als man seine Energie zwischen Industrie und Börse teilen und ausbalancieren mußte. Jetzt konnte man alle Kraft auf eine Front konzentrieren. Man fühlte sich von neuer Zuversicht und Hoffnung belebt. Es wurde beschlossen, sofort ans Werk zu gehen. Reeder Sun setzte den Arbeitsplan fest:

»Ich werde den Verkauf der acht Betriebe in die Hand nehmen. Wang, du wirst dich bemühen, daß du in deinem Bekanntenkreis noch Einleger für unsere Gesellschaft auftreibst. Als Sparbank wollen wir unseren Betrieb aufrechterhalten. Außerdem wirst du die Verbindung mit Hauptmann Huang Fen, unserer politischen Informationsquelle, weiterpflegen. Die Bearbeitung der Börse ist Ihr Ressort, Sun Fu.«

Man schüttelte sich die Hand, und jeder eilte an den ihm zugewiesenen Arbeitsplatz. Sun Fu setzte sich telefonisch mit den beiden Maklern Lu Kwang Schi und Han in Verbindung und ließ sich über die Lage an der Börse unterrichten. Was er erfuhr, erfüllte ihn mit Befriedigung. Alle Anzeichen bestätigten, daß er richtig liegen würde, wenn er auf Baisse spekulierte. Doch bevor er seine Verkaufsorders austeilte, wollte er noch einen Bericht seiner Spionin Yü Ying abwarten. Aber obwohl er nach allen Himmelsrichtungen telefonierte, blieb dieser »Wandervogel« unauffindbar.

Um elf Uhr vormittags saß er in freudiger Kampfstimmung bereits im Auto, um an die Front, zur Börse, zu fahren.

Bei der Autofahrt gab es eine kleine, unvorhergesehene Störung. Der Wagen ruckte nur an, kam aber nicht von der Stelle. Motordefekt. Hoffentlich kein schlimmes Vorzeichen! dachte der sonst nicht abergläubische Sun Fu. Er stieg mißmutig aus und ging einstweilen ins Haus zurück. Seine gehobene Stimmung hatte einen beträchtlichen Stoß erlitten.

Während der Schaden noch repariert wurde, hupte draußen ein anderes Auto. Schwager Tschu Tschai und Gattin fuhren vor.

»Wir sind auf der Fahrt zum Tempel des ›Nefrit‹ Buddhas. Wollten uns überzeugen, ob alles für die morgige Seelenmesse zu Ehren Papas wohl vorbereitet ist. Kommst du mit?« begrüßte Frau Wasserrose ihren Bruder.

»Vertritt mich, bitte. Ich habe leider eine geschäftliche Abhaltung. Wenn nicht zufällig mein Wagen einen Motorschaden gehabt hätte, würdet ihr mich gar nicht angetroffen haben«, erwiderte Sun Fu. Dabei fiel ihm ein, daß er doch eigentlich diesen unvorhergesehenen Zufall benutzen könnte, um seinen Schwager als Bundesgenossen in der bevorstehenden Börsenschlacht zu gewinnen.

»Gut, dann werden wir Smaragd mitnehmen. Aber vergiß nicht,

morgen früh um neun Uhr beginnt die Seelenmesse. Da mußt du pünktlich im Tempel sein. Und bringe auch Smaragd und Orchidee mit.«

»Orchidee – da fällt mir gerade ein, du könntest dich ihrer ein wenig annehmen und ihr gut zureden. Sie hat die närrische Idee, wieder aufs Land nach Zwei-Brücken zu gehen.«

»Verstehe, junge Menschen lieben die Abwechslung. Sie langweilt sich wahrscheinlich hier in Schanghai.«

»Das ist es nicht allein. Sie macht mir Sorge, redet von Kloster und Irrenhaus und solchem Unsinn. Scheint ein wenig geistesverwirrt zu sein. Du könntest ihr den Kopf ein bißchen zurechtsetzen.«

Sun Fu wandte sich seinem Schwager zu und zog ihn mit sich in die Bibliothek. Da hielt er ihm einen längeren Vortrag über die Kriegslage und die Börsenlage und suchte ihn zu überzeugen, daß jetzt eine ausgezeichnete Gelegenheit wäre, à la baisse zu spekulieren.

Der Schwager hörte seinen Vortrag friedlich schmunzelnd und kopfnickend und zwischendurch schnupfend an und hüllte sich in undurchsichtiges Schweigen. –

Zwölftes Buch

Ein Schmetterling entpuppt sich

Orchidee hatte schon zwei Tage lang ihr Zimmer nicht mehr verlassen. Nachdem ihr der große Bruder den Wunsch nach Rückkehr in die Heimat abgeschlagen hatte, antwortete sie mit trotziger Abschließung, mit freiwilligem Stubenarrest.

Anfangs fühlte sie sich in der Rolle der heiligen Einsiedlerin ganz wohl. Sie verschaffte sich das geliebte und geschätzte tai schang kan ying piän des »großen alten Herrn«, suchte aus dem väterlichen Gepäck etliche Bündel tibetanischen Räucherwerks und den alten, bronzenen Räucherkessel hervor, den der »große alte Herr« immer in Brand gesetzt hatte, wenn er sich seiner frommen Lektüre hingab, und hielt ganz nach gewohntem häuslichem Vorbild dreimal am Tage eine Andacht ab, frühmorgens, nachmittags und abends vor dem Schlafengehen.

Nur das väterliche Andachtspolster konnte sie nicht auffinden, es war bei der überstürzten Abreise vergessen worden. Sie half sich damit, daß sie sich mit untergeschlagenen Füßen in der vorgeschriebenen Buddhahaltung auf das Sofa hockte. Sie versprach sich von solcherlei Gebaren innere Beruhigung und Seelenfrieden.

Am ersten Tag schien die fromme Übung auch den gewünschten Erfolg zu zeitigen. Während sie halblaut die vertrauten Sätze ihrer Hausbibel vor sich hin murmelte und dazu die bläulichen Rauchkringel aus dem dampfenden Räucherkessel aufsteigen sah, die ihrem weltlichen Zimmer etwas von geweihter Tempelatmosphäre verliehen, da war es ihr, als ob sie gar nicht mehr in Schanghai, sondern wieder daheim in Zwei-Brücken, in der väterlichen Studierklause säße, und es wurde ihr auf einmal so heimatlich zumute, daß sie vor Rührung beinahe weinen mußte.

Erinnerung packte sie und ließ vor ihrem inneren Auge ihr ach! so einfaches und ereignisloses, aber so unendlich friedliches und geruhsames Kindheitsleben mit allen Einzelheiten wieder vorüberziehen.

So stark nahm sie die Erinnerung gefangen, daß sie darüber sogar ihre vorschriftsmäßige Buddhahaltung vergaß und ihre Lippen aufhörten, fromme Sprüche zu murmeln. Es war ihr ein Bedürfnis, sich bequem zurückzulehnen, die Augen zu schließen und zu träumen, nur zu träumen. Lange, lange saß sie so träumend, das Gesicht von einem glücklichen Lächeln verklärt.

Der Räucherkessel war längst ausgebrannt, als sie endlich aus ihrer Träumerei erwachte und in die Gegenwart zurückkehrte. An diesem ersten Tage spürte sie nicht das geringste Verlangen nach Nahrung. Die Speisen, die man ihr vor die Tür setzte, ließ sie unangerührt. Aber schon am nächsten Tag bei der Nachmittagsandacht wollte sich die wohltätige Wirkung ihrer frommen Übung nicht mehr einstellen.

Das Zurückträumen in die Vergangenheit übte auf einmal keinen Reiz mehr aus, dünkte ihr schal wie ein abgestandenes Getränk. Es war, wie wenn man nach langer Zeit einen guten Freund aus alten Tagen wieder getroffen hat: In der ersten Stunde des Wiedersehens kann man sich gar nicht genug erzählen und an lieben gemeinsamen Erinnerungen austauschen, aber schon beim zweiten Wiedersehen hat man sich nichts mehr zu sagen – es liegt zu viel Trennendes dazwischen.

Orchidee hatte diesmal Mühe, ihre vorgeschriebene Buddhahaltung – Blick auf den Nasenrücken, Nasenrücken auf den Nabel gerichtet – zu wahren. Während ihre Lippen mechanisch fromme Sätze formten, lauschte ihr Ohr weltlichen Geräuschen von draußen: Autohupen, hin und her tappenden Schritten, Musikklängen und fröhlichem Gelächter von unten, aus dem Salon. Alle Sammlung, alle Konzentration war dahin.

Merkwürdig, das weiche Sofa schien auf einmal mit Stacheln gespickt zu sein, die weihrauchgeschwängerte Stubenluft bedrückte sie, schien ihr zum Ersticken schlecht und unerträglich. Am liebsten wäre sie auf der Stelle hinaus und ins Freie gelaufen. Aber nein, sie wollte ihrer selbstgewählten Rolle treu bleiben, wollte nicht schwach werden! Freilich, die leckeren Mahlzeiten, die ihr pünktlich viermal vor die Tür gesetzt wurden, verzehrte sie an diesem Tag mit gesundem Appetit.

Am dritten Tag war sie überhaupt nur noch Gehör. Die geringsten Geräusche, die weither von der entfernten Fahrstraße an ihre Ohrmuschel drangen, sog sie begierig auf und suchte sie zu deuten. Und gar erst die näheren Geräusche in Park und Haus! Besonders das gelegentliche Tappen von Schritten vor der Tür gab ihrer Phantasie unerschöpflichen Stoff zum Mutmaßen und Kombinieren. Sie unterschied genau zwischen dem gewichtigen Knarren einer männlichen Schuhsohle und dem hellen, leichten Tapp-Tapp eines weiblichen Stöckelschuhs.

Bisweilen hielt sie gespannt den Atem an. Würde das Knarren, das Tappen vor ihrer Tür haltmachen? Würde die Klinke niedergedrückt werden? Würde der große Bruder oder die Schwägerin, ein Vetter oder eine Base den Kopf ins Zimmer stecken und teilnehmend nach ihrem Befinden fragen? – Aber jedesmal wurde ihre Erwartung enttäuscht. Der ganze Vormittag verrann, niemand erkundigte sich nach ihr. Sie schien völlig vergessen und abgetan zu sein wie ein altes, abgelegtes Kleidungsstück.

Sie begann sich ernstlich unglücklich zu fühlen. Ihre selbst gewählte Einsamkeit empfand sie auf einmal als Zwang. Sie bemitleidete sich selbst als armes, bedauernswertes Opfer einer feindlichen Familienverschwörung. Man wollte sie ganz einfach ausstoßen, loswerden. Das tragische Schicksal eines vornehmen jungen Mädchens aus ihrem Zwei-Brückner Bekanntenkreis kam ihr in den Sinn. Die Arme war wegen irgendeines Verstoßes gegen die gute Form mit strengem Stubenarrest bestraft worden und hatte sich aus Verzweiflung erhängt. Am Ende war ihr das gleiche Schicksal zugedacht?

Hatte sie sich etwas vorzuwerfen? Sie überdachte ihr bescheidenes Erleben während der sechs, sieben Wochen ihres Schanghaier Aufenthalts. Richtig – vor drei Wochen – es war genau so ein schwüler, trüber Nachmittag mit Wetterleuchten und drohendem Gewitter gewesen wie heute – ganz allein hatte sie mit Vetter Fan im Aussichtspavillon am Goldfischteich geweilt – sie hatten sich verspätet und, um nicht in den Gewitterguß zu geraten, droben im Pavillon Unterschlupf gesucht – sie hatte mit geschlossenen Augen im rohrgeflochtenen Liegestuhl gelegen, denn die drückende Schwüle hatte sie schläfrig gemacht – er hatte anfangs in artiger Entfernung von ihr in einem Korbstuhl gesessen – aber dann hatte sie wie im Traum seine Lippen und seine streichelnde Hand gespürt – sie hatte sich schlafend gestellt und nicht gerührt, nur gezittert und gebebt hatte sie bei der Berührung seiner kecken, vorwitzigen Hand – und es hatte sie heiß überlaufen unter einem noch nie gekannten, seltsam prickelnden Gefühl – das war ihr sündiges Erleben gewesen. –

Aber nein! Das hatte sie zum größeren Teil ja gar nicht erlebt, sondern nur geträumt! Nicht einmal, sondern wiederholt geträumt, zuletzt heute früh vor dem Erwachen. Durfte die Familie sie wegen eines bloßen Traumes, der noch dazu ihr privates Geheimnis war, verdammen? Trieb Koralle mit Vetter Bambussproß nicht in Wirklichkeit, wovon sie nur schüchtern geträumt hatte? Warum verdammte man dann nicht erst recht Koralle? –

Sie fuhr mit einem trotzigen Ruck so ungestüm in die Höhe, daß das fromme Andachtsbuch von ihrem Schoß glitt und zu Boden kollerte. Gerade wollte sie sich nach ihm bücken, als ihre Aufmerksamkeit durch ein sich rasch näherndes, munteres Stöckelschuhklappern abgelenkt wurde. Gleich darauf pochte es energisch an die Tür. Herein trat Base Soso.

»Orchidee! – Schläfst du?«

Orchidee räkelte sich aus ihrer zum Schein eingenommenen Ruhelage, rutschte vom Sofa herab und drückte ihrer Base mit leidenschaftlicher Zärtlichkeit die Hand. In ihren Augen standen Tränen. Endlich ein lebendes Wesen! In ihrer augenblicklichen Gemütsverfassung würde sie auch einen Hund, eine Katze abgeherzt haben.

»Nanu, geht dir unser Wiedersehen so nahe, daß du weinen mußt?! Sage mal, Orchidee, hast du wirklich einen leichten Knacks, wie die anderen behaupten?«

»Ach, gar nichts habe ich.«

»Aber dann verstehe ich nicht, warum du dich hier wie eine bejahrte Nonne vor aller Welt abschließt. Die anderen sind alle ausgeflogen. Hättest du nicht auch Lust?« Und ob sie Lust hatte! Seit vierundzwanzig Stunden hatte sie auf diese Einladung gewartet. Aber noch einmal fiel sie in die Rolle der Gekränkten zurück.

»Ich mag nicht!« kam es trotzig und gleichzeitig verzagt von ihren Lippen, während ihre Hand die Hand der anderen wie hilfeheischend noch fester preßte. Die lebenskundige Soso musterte sie mit scharfen, prüfenden Blicken.

»Orchidee, ich bin mir über deinen Zustand völlig klar. Was die anderen von ›nicht ganz normal‹, von ›übergeschnappt‹ behaupten, ist Unsinn. Du machst ganz einfach eine Krise durch, eine schwere, aber ganz natürliche Krise. Du bist einerseits nicht mehr Raupe und andererseits noch nicht Schmetterling. Du bist beim Ausschlüpfen aus der Puppe.«

»Wie meinst du das?«

»Weißt du, damals vor sieben Wochen bei der Trauerfeier im Hause Wu, es war am Goldfischteich, da haben wir, das heißt Koralle, ich, Vetter Fan ...«

»Vetter Fan?«

»... ja, Vetter Fan, Hsüe Schi und Wunderpilz, deinetwegen eine Wette abgeschlossen...«

»Meinetwegen? Ich als Gegenstand einer Wette! Worum ging denn die Wette?«

»Um die Frage, ob du dich in der Schanghaier Luft vom altmodischen Provinzmädel zum modernen Großstadtmädel hindurchmausern würdest. Ich hatte es nicht für möglich gehalten. Aber nun sehe ich ein, ich habe die Wette verloren – eh! Kostet mich einen Kuß an den garstigen Vetter Wunderpilz – na, was tut man nicht alles dir zuliebe! – Orchidee, begreifst du? Du bist gerade im schönsten Durchmausern begriffen! Zwar noch halb häßliche Puppe, aber schon beim Ausschlüpfen und im besten Zug, dich zu einem niedlichen Schmetterling zu entfalten! Gratuliere!«

»Worauf hatte denn Vetter Fan gewettet? – Doch wozu frage ich? Das ist ja schließlich ganz nebensächlich...«

»Nein, nein, nur keine Verstellung! Nebensächlich mag für dich seine Wette sein, aber nicht seine Person! Meinst du, ich wüßte nicht längst, wie es in dieser Beziehung um dich steht? Deswegen brauchst du gar nicht so schüchtern und schämig zu tun. Ich weiß auch längst, daß dir dein großer Bruder den Umgang mit Vetter Fan verboten hat, weil er ihn nicht leiden kann, daß du deswegen auf ihn erbost bist und nun aus Trotz die Gekränkte, die Nonne spielst. Stimmt's? Aber laß dich bloß nicht einschüchtern! Wir Mädels von heute haben – Buddha sei Dank! – unsere Freiheit und unser Selbstbestimmungsrecht, zumal in der Liebe!«

Orchidee schaute mit leuchtenden Augen zu der Älteren auf.

»Wunderbar, wie du mich verstehst und durchschaust! Und wie du das alles in Worten ausdrücken kannst! Weißt du, Soso, ich bin von Haus aus nach der alten Art erzogen: da darf man nicht offen aussprechen, was man zu innerst fühlt, das gilt als unschicklich, allenfalls darf man mit versteckten Anspielungen darum herumreden. Du hast recht, ich war auf Sun Fu böse, weil er sich brutal in meine ganz privaten Angelegenheiten einmischen und mich mit irgend jemandem verheiraten wollte, den ich nicht einmal kenne...»

»Völlig recht hast du, wenn du dir seine Einmischung nicht bieten läßt und dich kräftig wehrst! Nur eins, Orchidee, die Art deines Widerstands ist gänzlich verfehlt. Oder glaubst du, mit deinem Nonnengetue, mit deinem alten, frommen Schmöker kannst du ihm imponieren? Lächerlich machst du dich damit!«

»Was rätst du mir denn anderes? Auf die Dauer behagt mir selber die Art meines Widerstands nicht. Diese öde Stille, diese Einsamkeit – es war kaum mehr zum Aushalten!«

Soso klopfte der Jüngeren kräftig auf die Schulter und drückte sie neben sich aufs Sofa.

»Hör zu. Du mußt deinem Familientyrann ganz offen und mutig deine Meinung sagen: du dächtest vorläufig überhaupt nicht an Heiraten, du möchtest erst einmal etwas lernen, du mußt von ihm fordern – hörst du? Fordern! – daß er dich nach den Sommerferien eine höhere Schule besuchen läßt, denn du brauchst Umgang mit Altersgenossinnen ...«

»Aber ich fürchte, ich bin mit meiner Vorbildung zu rückständig für eine moderne Schule, ich kenne mich bloß in unserem alten chinesischen Schrifttum aus ...«

»Macht nichts. Wissenslücken lassen sich nachträglich ausfüllen – Herzenslücken leider nicht. Aber jetzt Schluß! Ich ersticke hier in deiner verräucherten Nonnenklause! Komm, wir wollen an die frische Luft!«

Soso zog die Jüngere entschlossen an den Waschtisch und suchte ihr selbst ein hübsches Ausgehkleid aus dem Kleiderschrank aus. Beim Waschen spülte Orchidee zwei Tränchen mit ab. Diesmal waren es Freudentränen! Sie sputete sich, fertig zu werden, und ließ im Zimmer alles stehen und liegen, wie es war. Sie fand nicht einmal Zeit, ihr frommes Brevier vom Boden aufzulesen.

Fünf Minuten später saßen sie in einer offenen Autodroschke und sausten die Great Western Road entlang stadtauswärts.

Es war kurz nach drei. Die Sonne stach sengend herab. Den beiden jungen Mädchen im Auto tat es wohl, sich den frischen, sausenden Gegenwind über die Wange streichen zu lassen. Orchidee hielt die Augen geschlossen. Nachdem sie zwei Tage lang dumpfe Klosterluft geatmet hatte, fühlte sie sich von dem jähen Übergang in grelles Tageslicht und freie Natur etwas benommen.

Als sie die Augen aufschlug, glaubte sie zu träumen: rechts und links, so weit das Auge reichte, saftig grüne Felder und Wiesen, bisweilen mit ernsten Piniengruppen und flachen, erdbraunen, kuchenartigen Grabhügeln bestanden – ein Landschaftsbild, das ihr von ihrem heimatlichen Zwei-Brücken her vertraut war. Nur die vielen vorüberflitzenden Autos gemahnten an die Nähe der Großstadt.

Aber dann war auf einmal wieder Schanghai da, Schanghai im Grünen! Das Auto bog kurz vor einem Flußlauf von der Landstraße ab und in ein freundliches Laubwäldchen hinein. Dann hielt es vor einem luftigen Gebäude mit Veranden und Sommerterrassen. »Ria Rita Gartenrestaurant und Tanzbar« stand über dem Eingang in chinesischer und russischer Schrift zu lesen.

Auf dem schattigen Vorplatz vor dem Eingang parkten eine Menge Autos aller Marken und Farben. Orchidee riß die Augen auf über die eleganten, gepflegten Damen und Dämchen, die sie hier und da, auf den Arm des Kavaliers gestützt, den Wagen entsteigen oder einsteigen sah. Da war man wieder in Schanghai!

Soso übernahm die Führung. Es ging in den hinter dem Haus gelegenen Garten, der sich an dem weidenbestandenen Flußlauf entlang zog. Hin und wieder stieß Orchidee ihre Begleiterin heimlich an, wenn sie ein besonders bemerkenswertes Bild erhaschte, etwa ein aus dem grünen Rasen lugendes, entblößtes weibliches Knie oder einen steil zum Himmel zeigenden, wippenden Stöckelschuh oder eine Rückenpartie, die erst bei näherer Betrachtung erkennen ließ, daß sie zu zwei verschiedenen Personen gehörte.

Von den Tischen, die in taktvollen Abständen im Grünen verstreut standen, von den versteckten Lauben und heimlichen Heckennischen tönte lustiges Gläserklirren, schwirrte übermütiges Girren und Lachen. Dazu als Begleitmusik rings Grillenzirpen. Welch seltsamer Kontrast! Landschaft mit einem Schuß Großstadt Hautgoût!

Orchidee fühlte ihre Wange heiß anlaufen. Das war wieder die Welt, vor der sie eine so entsetzliche Scheu hatte, in der sie sich so unbeholfen und linkisch vorkam, nach der es sie trotzdem heimlich mit allen Fasern hinzog.

Auf einmal stockte ihr Fuß. In einiger Entfernung vor sich, an einem Tisch unter einem breiten, runden Sonnendach von rot-gelb gestreiftem Stoff hatte sie drei bekannte Gesichter entdeckt. Sie wollte schleunigst von der bisherigen Wegrichtung abbiegen, aber Soso hielt sie fest. Da scholl ihnen auch schon eine wohlbekannte Spötterstimme entgegen:

»Sieh da, unsere heilige Einsiedlerin ist in die Welt zurückgekehrt! Das ist ja ein geradezu historisches Ereignis!«

Vetter Fan! Orchidee wurde über und über rot. In ihrer Verlegenheit nickte sie nicht ihm, sondern seinem Tischnachbar Wunderpilz zu. Das war immerhin ihr Halbbruder.

»Dann wohlan, ans Werk, Poet! Es gilt, das historische Ereignis mit würdigen Worten zu verherrlichen. Als Thema schlage ich vor ...«

Es war die salbungsvolle Stimme des andern Tischnachbarn, des Professors Li. Wunderpilz ließ ihn nicht ausreden.

»Nein, nein! Es hat sich ausgedichtet! Er muß arbeiten und Geld verdienen!« stichelte er.

»Leider, leider. Auch die göttliche Muse der Dichtkunst muß heutzutage dem Götzen Mammon nachlaufen. Es ist ein Jammer!« seufzte der Poet unter dem Gelächter der anderen.

»Was wollt ihr denn eigentlich hier in eurer finsteren Verschwörerecke aushecken?« fragte Soso. Sie fühlte sich in Gegenwart ihres ehemaligen Verlobten, des Professors, nicht recht behaglich.

»Verschwörung? Keineswegs! Wir wollten unserem guten Professor einmal eine andere, schönere Welt vor Augen führen. Er orakelt beständig von nahem Kladderadatsch und drohendem Untergang, hat seit Tagen vor Angst und Aufregung schon nichts mehr gegessen. Wir wollten ihm seinen schwärzlichen Pessimismus widerlegen und ihm zeigen, wie fabelhaft russische Emigranten sich in ihr Schicksal gefunden haben, und wie herrlich unsere Lebewelt nach wie vor zu leben versteht.«

»Aber, aber, junger Freund, wie kann man mit so ernsten Dingen Spott treiben!« bemerkte der Professor tadelnd, während er sich nach alter Kathedergewohnheit kratzend über den Kopf fuhr.

»Hm, so ganz unrecht hat unser guter Professor nicht«, ließ sich Vetter Fan vernehmen. »Er pflegt die Dinge nicht nur nachträglich wissenschaftlich zu ergründen, er weiß auch treffende Zukunftsprognosen zu stellen. Seht euch zum Beispiel den weißrussischen Kellner dort an, der eben mit vollem Servierbrett angelaufen kommt. Wißt ihr, was er früher gewesen ist? Großfürst oder so etwas Ähnliches! Ein halbes Leben lang hat er sich von Lakaien bedienen und Wein einschenken lassen. Wer hätte ihm zu prophezeien gewagt, daß er später selber einmal den Lakai spielen und fremden Leuten als Kellner Wein servieren würde?! – Übrigens erstaunlich, wie gut er sich in seine neue Rolle gefunden hat. Seht doch, wie sicher er die sechs Weinflaschen auf seinem Tablett balanciert!«

»Sehr richtig. Warum soll unseren herrschenden Kreisen, unseren chinesischen Kapitalisten nicht eines Tages ein ähnliches Los blühen? Fraglich nur, ob ihnen dann ähnlich günstige Chancen blühen werden wie diesen russischen Emigranten«, setzte der Professor mit dumpfer Stimme hinzu.

»Ach, wieder die langweilige Politik! Politisiert allein weiter!« schnitt Soso ungeduldig die Debatte ab und zog Orchidee geschwind mit sich fort.

Sie suchten sich einen abgelegenen Tisch im Schatten dicht am Flußufer aus, wo man sich ungestört aussprechen konnte. Soso stützte das Kinn auf die Hand und schaute nachdenklich auf die goldig glitzernden Wellen. Sie fühlte ihre Verantwortung. Die Kleine klammerte sich an sie ja förmlich wie das Kind an die Mutter.

»Was nun, wenn dein Bruder dich nicht studieren läßt?«

»Was rätst du mir in diesem Falle?«

»Verklagen!« kam es mit der schroffen Strenge der Frauenrechtlerin.

Orchidee schrak zusammen.

»Oh – so weit braucht es wohl nicht zu kommen. Schließlich habe ich noch an meiner Schwester Wasserrose einen Anhalt, sie würde, wenn ich sie darum bitte, sicherlich ein gutes Wort für mich einlegen.«

»Schön. Ich meinte auch nur schlimmstenfalls.«

»Allerdings in die Villa meines Bruders möchte ich auf keinen Fall zurück. Nicht einen Tag länger will ich dort leben! Ich glaube, in dieser Umgebung würde ich wirklich noch verrückt werden!«

Soso schaute sie teilnehmend an und versank wieder in Nachdenken. Wie war da zu helfen? Daß die unerfahrene Kleine ihr selber mit einem praktischen Vorschlag zuvorkommen würde, hätte sie am wenigsten erwartet.

»Könnte ich nicht mit dir zusammen wohnen? Ich fühle, daß ich alles, was mir noch fehlt, am besten von dir und in deiner Nähe lernen könnte«, kam es flehentlich. Soso schlug überrascht und gleichzeitig geschmeichelt die Hände zusammen.

»Großartig! Natürlich kannst du als Gast mit in meinem Klubheim wohnen. Daß ich gar nicht daran gedacht hatte! Alle Achtung! Der Schmetterling ist ausgekrochen und regt bereits die Flügel!«

Orchidee seufzte erleichtert auf. Damit war das nächste, dringendste Gegenwartsproblem gelöst. Sie wußte ungefähr, daß Soso an einer Hochschule studierte und jetzt während der Sommerferien in irgendeinem Jungmädchenklubheim hauste, das gleichzeitig als Wanderherberge diente. Dorthin fühlte sie sich instinktiv zugehörig. Nun sah sie schon mit innerem Frohlocken das Tor einer herrlichen Zukunft weit offen stehen – das Tor der Freiheit und Lebensfreude! –

Die Sonne hatte sich hinter bleigrauem Gewölk verkrochen. Ein schwacher Luftzug war aufgekommen und wehte plötzlich vom Fluß her die gedehnte Weise eines schlichten Singsangs herüber.

Orchidee spitzte das Ohr. Stimme wie Melodie kamen ihr bekannt vor. Der Singsang näherte sich, und jetzt war auch der Text deutlich zu verstehen:

Von droben brennt die Sonne heiß,
Und unser Bauernlos ist Schweiß.
Doch in des Himmelsofens Qual,
Da werden wir zu hartem Stahl.

Heimatklänge! Orchidee hatte das Liedchen oft genug von den Bauern daheim bei ihrer rauhen Feldarbeit singen hören. Jetzt mußte sie laut herauslachen. Diese kernige, nach Schweiß und Scholle riechende Volksweise ausgerechnet aus dem Mund des verwöhnten Stadtjünglings Bambussproß zu hören – das war entschieden ein Witz.

Auch Soso mußte herzlich lachen, aber dann, einem plötzlichen Einfall gehorchend, verstummte sie und legte den Finger auf den Mund. Dann faßte sie die Jüngere bei der Hand und kroch mit ihr gebückt ans Ufer. Hinter einem Ligusterbusch kauerten sie sich nieder und spähten vorsichtig durch das Gezweig flußaufwärts.

An ihrer Uferseite sahen sie ganz gemächlich ein Boot herangleiten. Bambussproß saß auf der Ruderbank, ließ aber das Boot mehr treiben, als daß er ruderte. Er liebte die Bequemlichkeit. Über dem Bordrand neben seinem Knie war ein breitkrempiger, flacher Panamahut sichtbar. Das Schleifenende seines blaßgelben Bandes flatterte leicht im Wind. Orchidee erinnerte sich, Koralle mit einem solchen Hut gesehen zu haben.

Soso ließ den Kahn auf einen Abstand von zehn Schritt herantreiben, dann schnellte sie hoch und entledigte sich ihres Wurfgeschosses. Der Erdklumpen, den sie geschleudert hatte, klatschte dicht vor dem Bootskiel ins Wasser und sandte einen kräftigen Spritzer als feuchten Gruß in den Kahn.

»Eh!« kreischte es von dem Ruhepolster unter der Ruderbank.

Der Panama geriet in Bewegung und rutschte seitlich herunter. Koralles Lockenkopf tauchte auf und flog herum.

Soso trat näher ans Ufer und rief im strengen Ton des Tadels hinüber:

»Das muß man sagen, ihr versteht es, hübsch für euch zu leben und zu genießen! Egoisten ihr! Kein Wunder, daß sich ein gewisser Jemand vernachlässigt fühlt!«

»Echt Soso!« rief Bambussproß lächelnd zurück und ließ den Kahn mit einigen Ruderschlägen im Uferschilf auflaufen. Orchidee kauerte noch immer unentdeckt hinter ihrem Busch. Jetzt hörte sie Koralles Stimme:

»Soso, große Vorkämpferin für alle Frauenrechte, habe Nachsicht! Wir wähnten dich in diesen letzten Tagen mit größeren Dingen beschäftigt und wollten dich nicht stören. Aber wenn du Lust hast, steige ein! Wir wollen zur Strafe auch eine Polterrede von dir über die ›verderbten und verfaulten Zustände‹ bei uns in Kauf nehmen.«

»Nein, mit dem gewissen Jemand war nicht ich, sondern eine andere Person gemeint. Ratet, wer noch anwesend ist. Wer daneben rät, muß einen Kniefall vor mir tun!«

»Wer wird das schon groß sein! Irgend so ein Herr Katzerich oder Hunderich«, spöttelte Koralle.

»Falsch geraten! Kniefall!«

Soso riß Orchidee in die Höhe und zeigte triumphierend auf sie.

»Hier ist der Jemand!«

»Sieh da, unsere Orchidee! Unsere kleine Nonne! Welche Überraschung! Allerhand Hochachtung, Soso, daß du das Meisterstück fertiggebracht hast, sie der Klosterzelle zu entreißen und noch dazu an diese sündige Stätte zu entführen!«

Während die drei Basen munter durcheinanderzwitscherten, stocherte Bambussproß völlig teilnahmslos und gelangweilt mit dem Ruder im Uferkies herum. Ihn konnte nichts aus seiner Gemütsruhe bringen. Daß seine arme kleine Verwandte plötzlich in die Einsamkeit und zu ihrem alten, frommen Schmöker geflüchtet war, ließ ihn anscheinend ebenso kalt wie ihr plötzliches Auftauchen in dem leicht anrüchigen Ria-Rita-Lokal. Für ihn gab's keine Gemütskrisen und sonstige Krisen.

»Es sieht nach Regen aus. Orchidee, wir müssen uns sputen«, brach Soso das Gezwitscher ab, mit einem Blick auf den Himmel, an dem schwärzliche Wolken wie galoppierende Rappen heranjagten. Vom Horizont war fernes Rumpeln zu hören.

»Wird nicht so schlimm werden. Wollt ihr nicht einsteigen und ein Stück mitfahren?« forderte Koralle auf.

»Danke, nein. Aber wenn ihr noch mehr Lärm wünscht, drüben sitzt Vetter Fan mit noch zwei anderen lästigen Zeitgenossen. Ich werde laufen und sie als Ersatz herschicken«, sagte Soso, streckte vor Koralle die Zunge heraus und lief lachend mit Orchidee davon.

Bambussproß stemmte das Ruder gegen eine Baumwurzel und stieß das Boot ab. Dann ließ er es bei eingezogenem Ruder sachte weiter flußabwärts treiben.

Koralle hatte ihre frühere Ruhelage wieder eingenommen. Sie hielt den Kopf an das Knie ihres Kavaliers gelehnt und spielte nervös an einem Zipfel ihres Rocksaumes, den der Wind hochgeschlagen hatte. Von Zeit zu Zeit schaute sie fragend auf, als ob sie irgendeine Eröffnung erwarte, aber Bambussproß lächelte nur nichtssagend.

Der Kahn glitt durch raschelndes Schilf unter einem grünen Dach tief herunterhängender Weidenzweige hinweg. Koralle streckte die Hand aus, rupfte einen Zweig ab und klemmte ihn quer zwischen die Zähne. Eine Weile kaute sie nervös an dem Zweig, dann schleuderte sie ihn ins Wasser.

»Willst du dich nicht endlich äußern? Du weißt, Sun Fu ist gegen unsere Heirat – man müßte seinen Widerstand brechen, aber wie? Hast du dir etwas ausgedacht?« brach sie endlich das Schweigen.

»Hm, mit guten Worten ist diesem Sun Fu schwer beizukommen, wenn er sich einmal etwas in seinen Starrkopf gesetzt hat...«

»Also überrumpeln! Entführung! Flucht! Was hältst du davon?«

»Im Anfang vielleicht ganz romantisch, aber auf die Dauer mit Unbequemlichkeiten verknüpft. So etwas führt zu Familienkonflikt, Ausstoßung, Bohéme-Dasein – würde dir schwerlich behagen, mir schon gar nicht.«

»Aber was dann?«

»Warten. Kommt Zeit, kommt Rat.«

Um ihre Lippen zuckte es enttäuscht. Ein Held war er nicht, und Liebe war das auch nicht.

»Aber es ist keine Zeit zu verlieren! Gestern hat Schwägerin Wasserrose bereits in aller Form eine Menge Geschenke und die

Karte mit den acht Schriftzeichen ins Haus gebracht – die Karte mit dem Geburtsdatum eines kleinen Onkels Hsüe Schi! Ich muß mich bis heute abend entscheiden. Sun Fu besteht darauf.«

»Ach so. Das ist etwas anderes. Darf ich als aufrichtiger Freund raten? Nimm an! Eine gutbürgerliche Hochzeit in Ehren ist auf alle Fälle für dich vorteilhafter als eine romantische Bohème-Ehe. Ich persönlich fühle mich noch nicht gesetzt genug zum Heiraten, eine Ehe bringt so viele Verpflichtungen mit sich – du weißt, ich schätze die Bequemlichkeit. Hsüe Schi, das ist etwas ganz anderes, der nimmt alles fürchterlich ernst, die Wissenschaft, die Politik und auch die Liebe und Ehe. Das ist ein Vorteil für dich. Äußerlich paßt er zwar zu dir wie der Rabe zur Fasanenhenne, aber er ist, wie man so sagt, ein gediegener, verläßlicher Charakter. Darum hat auch Sun Fu von jeher soviel für ihn übrig gehabt und ihn sogar als künftigen Partner ausersehen, sobald er mündig geworden ist und die selbständige Verwaltung seines Vermögens angetreten hat. In drei Wochen wird er über drei Milliönchen verfügen. Man kann dir zu der guten Partie gratulieren!«

»Und alles, was zwischen uns war – zählt das nicht mit?«

»Das schon, es war lieb und schön – aber darf ich deinem Glück im Wege stehen? Brauche ich mir Gewissensbisse zu machen? Hast du durch mich und das, was zwischen uns war, von deinem Wert, deinen Reizen, deiner Jugend eingebüßt? Für Hsüe Schi bist du ein untadeliger Edelstein. Koralle, ich meine als Freund dein Bestes: Nimm an! Ein Antrag in Ehren ist nicht zu unterschätzen.«

Koralle war sich längst im reinen. Nein, auch sie brauchte sich keine Gewissensbisse zu machen, ihr Herz mußte nicht brechen. Was zwischen ihnen gewesen war, die große Liebe war das nicht, ein unterhaltsamer Flirt, eine Tändelei, weiter nichts. Aber als Freund hatte er sich bewährt. Er hatte ihr die Augen geöffnet und sie von falscher Romantik geheilt. Seine nüchternen Darlegungen waren überzeugend.

Nun lachte sie schon wieder. Ihr leichter, beweglicher Sinn pflegte die Dinge nicht schwer zu nehmen, auch einen Abschied nicht. Im Übermut schöpfte sie eine Handvoll Wasser aus dem Fluß und schwappte es ihm mitten ins Gesicht.

»Du hast mich gründlich abgekühlt! Hier die Revanche! Und Dank für deinen guten Rat! Also feiern wir heute Abschied! Aber hübsch lustig, bitte ich mir aus!«

Die große Standuhr im Salon der Villa Wu schlug fünfmal an. Draußen prasselte ein »schiefbeiniger« Platzregen nieder. Es klatschte nur so an die Fenster, soweit sie nach Osten lagen.

Die Dienerschaft rannte treppauf, treppab, um die Fenster der Ostfront zu schließen und ein Hineinregnen zu verhüten. Nur Orchidees Zimmer, das gleichfalls nach Osten lag, wagte man aus ängstlicher Scheu vor der angeblich verrückten Insassin nicht zu betreten.

Der Regenguß hatte die Damen des Hauses zu vorzeitiger Rückkehr veranlaßt. Erst fand sich Frau Smaragd ein, die sofort in ihrem Boudoir verschwand. Dann traf, reichlich durchnäßt, Koralle ein. Ohne erst an Umkleiden zu denken, stürmte sie geradeswegs zu Orchidees Zimmer.

Beim Eintreten fuhr sie überrascht zurück. Das Zimmer war leer. Das Doppelfenster stand weit offen. Es hatte gehörig hineingeregnet. Am Fußboden vor dem Fenster schwamm das gelbseiden gebundene tai schang kan ying piän in einer großen Pfütze. Es befand sich in voller Auflösung. Der Weihrauchkessel auf dem Tisch stand bis zum Rand voll Wasser. Er war sogar übergelaufen; das Wasser hatte den Tisch überschwemmt und ein Bündel kostbaren tibetanischen Räucherwerks durchweicht. Die ehemaligen Weihrauchstäbchen waren zu einer formlosen, gelblichen, schwachduftenden Breimasse zusammengschmolzen, von der es melancholisch wie Regen über die Tischkante herabtröpfelte, gerade auf das unten schwimmende Brevier herab. Das trostlose Bild einer verödeten, gänzlich verwahrlosten Klosterzelle!

Koralle wandte sich leicht schaudernd ab und lief zum Boudoir ihrer großen Schwester. Zunächst konnte sie vor Aufregung kein Wort herausbringen, dann wurde sie von einem Lachanfall geschüttelt. Frau Smaragd, an die bisweilen wunderlichen Bocksprünge des schwesterlichen Temperaments gewöhnt, schob ihr gelassen eine Schale Tee hin. Endlich hatte sich Koralle beruhigt.

»Du, Smaragd, weiß du schon das Neueste? Unsere kleine, artige Orchidee ist durchgebrannt! Und weißt du auch wohin?«

Smaragd lauschte nach draußen. Unten hupte das einfahrende Auto ihres Gatten.

»Wohin denn?« fragte sie zerstreut.

»Ins Ria-Rita-Lokal!«

Smaragd setzte erschrocken ihre Teeschale ab.

»Du machst wohl Spaß?«

»Durchaus nicht! Ich habe sie vor einer Stunde dort getroffen und sogar mit ihr gesprochen. Und jetzt ist sie verschwunden! Ihr Zimmer ist leer und schwimmt in Wasser!«

Koralle wand sich, zur Entrüstung ihrer Schwester, in einem neuen Lachanfall. Da wurde die Türe aufgerissen. Sun Fu trat ein.

»Smaragd, wie konntest du nur zulassen, daß Orchidee hinter deinem Rücken einfach davonläuft!« kam es streng und vorwurfsvoll.

»Sie hat doch nichts verbrochen, auch bin ich nicht zu ihrem Vormund bestellt. Daß sie sich kürzlich in einer verrückten Anwandlung einsperrte, ist nicht meine Schuld. Du hast mir selbst Vorwürfe gemacht, daß ich sie nicht zum Spazierengehen aufgefordert hätte. Heute hat sie selber einen Ausflug zu diesem, diesem Ria-Rita-Gartenlokal unternommen, da werde ich wieder getadelt. Man weiß wirklich nicht, wie man es dir recht machen soll«, verteidigte sich Frau Smaragd kühl.

»Konntest du sie nicht von diesem unpassenden Ausflug zurückhalten? Sie konnte doch bis zu meiner Rückkunft warten, dann hätte ich mit ihr ausgehen können.«

»Ich ahnte ja gar nichts von ihrem Vorhaben. Ich war aus und habe erst jetzt durch Koralle davon erfahren.«

»Sei es, wie ihm sei, sie ist durchgebrannt! – Hörst du? Durchgebrannt! Hier, lies den Wisch!«

Er warf zornig einen zerknüllten Briefbogen auf den Tisch. Smaragd war noch zu fassungslos, um den Papierknäuel auch nur anzurühren. An ihrer Stelle griff Koralle danach und faltete ihn auseinander. Er enthielt nur drei kurze Zeilen. Es war Orchidees Handschrift. Sie erklärte darin kurz, daß sie von jetzt ab mit Soso in deren Klubheim wohne und studieren wolle.

»Demnach scheint Soso die Anstifterin und Verführerin zu sein. Dich trifft dann natürlich keine Schuld. Du warst ja aus, als Soso hierherkam und Orchidee abholte«, gestand Sun Fu wesentlich milder und ruhiger zu. Frau Smaragd atmete auf, als sie den Zusammenhang begriff. Sie hatte schon befürchtet, Orchidee wäre von einem Kerl verschleppt worden.

»Dann ist es ja gar nicht so schlimm«, sagte sie sanft. »Ich verstehe bloß nicht, warum sie nicht bei uns, sondern in diesem obskuren Jungmädchenklubheim ...«

»Das ist es ja! Gegen ein Studieren habe ich an sich gar nichts einzuwenden, sie brauchte mir nur ein Wort zu sagen. Aber so einfach davonzulaufen, ohne Abschied, ohne Geld, ohne Gepäck! Kann sie denn ihre Studien nicht auch bei uns im Hause betreiben? Man könnte ihr doch geeignete Lehrkräfte ins Haus kommen lassen. Diese exzentrische Soso scheint mir nicht der geeignete Anhalt für sie.«

»Man sollte ihr ruhig ihren Willen lassen. Nach ein paar Tagen wird sie von ihrem Abenteuer genug haben und ganz von selbst zurückkehren«, meinte Frau Smaragd.

»Sie hat mir nicht ein Wort von ihrem Plan gesagt, als ich sie vor einer Stunde mit Soso zusammen traf. Im übrigen machte sie einen völlig normalen, verständigen Eindruck, sogar heiter und ausgelassen war sie«, setzte Koralle hinzu.

Sun Fu nickte stumm und schritt eine Weile nachdenklich im Zimmer auf und ab. Dann blieb er mit einem Ruck stehen. So ganz passiv wollte er diese Auflehnung gegen seine Autorität nicht hinnehmen.

»Smaragd, du fährst sofort zu diesem Klubheim und holst Orchidee zurück!« kommandierte er.

»Ich verstehe gar nicht, warum diese Hast. Lassen wir ein paar Tage hingehen. Sie kann recht bockig sein und wird bestimmt nicht wollen, wenn man sie drängt«, wagte Frau Smaragd schüchtern einzuwenden.

»Es bleibt dabei! Du fährst auf der Stelle hin und bringst sie unter allen Umständen mit! Und wenn sie trotzt, dann soll sie sich überhaupt nie wieder bei uns blicken lassen!« –

Fort war er, zur Tür hinaus. Unten erwartete ihn schon voll Ungeduld Bergwerksdirektor Wang.

Dröhnend schlug die große Standuhr an. Neunmal schwang in feierlichen Abständen der tiefe, klangvolle Ton ihrer metallischen Schläge, lange nachzitternd wie ein Tempelgong, in das Nebengemach hinüber, an das Ohr des schlafenden Sun Fu. Seine geschlossenen Augenlider zuckten unmerklich, noch verhüllte der letzte Zipfel eines dunklen, schweren Traumvorhangs seinen Geist. Im Unterbewußtsein vernahm er wohl die dröhnenden Schläge von nebenan, aber der Magiertraum verwandelte sie in den Anschlag der Börsenglocke auf der Kurstafelbühne, zauberte sie um in die Eröffnungskanonade der bevorstehenden Entscheidungsschlacht.

Heute war der vorletzte und entscheidende Tag vor dem Juni-Liquidationstermin der Börse. Bis gestern hatte man die mit verzweifelter Anstrengung überallher zusammengekratzte Papiermunition in gewaltigen Frontangriffen eingesetzt. Die acht Betriebe der »Loyal«-Gesellschaft waren programmgemäß an die englische Firma und die japanische Handelsgesellschaft verkauft worden und hatten etwas über eine halbe Million eingebracht – Direktor Wang hatte in seinem Bekanntenkreis zweihunderttausend Dollar an neuen Einlagen für die Gesellschaft aufbringen können – eine Hypothek von hunderttausend hatte Sun Fu auf sein Villengrundstück erhalten – je hunderttausend hatten Reeder Sun und Bergwerksdirektor Wang aus ihren Mitteln beigesteuert. Eine ganze Million war in papierne Bonds-Munition umgewandelt und an drei aufeinanderfolgenden Tagen stoßweise an die Börsenfront geworfen worden. Nun war die eigene Munition verschossen! Wenn nicht die Verpfändung von Sun Fu's Fabrik, die man Reeder Sun anvertraut hatte, in letzter Stunde noch die erwarteten dreihunderttausend einbrachte, dann gab es nur eine Hoffnung: Schwager Tschu Tschai. Denn die Gegenfront der Haussepartei wankte nicht, bis gestern hatte sie allen Baisseangriffen standgehalten. Konnte man aber auf Tschu Tschai als Bundesgenossen zählen? Bis tief in die Nacht hatte ihn gestern Sun Fu bearbeitet. Es war das viertemal, daß er ihn für seine Sache zu gewinnen versuchte. Doch Tschu Tschai's Haltung war auch gestern undurchsichtig geblieben. Die Lage sah also bedrohlich genug aus.

Der Schläfer riß plötzlich die Augen auf. Seine Zähne knirschten, auf seiner Stirn standen feine Schweißtropfen. Seine verstörte Miene verriet, daß ihn irgendein böses Traumgesicht erschreckt hatte.

»Zum Glück nur ein Traum!« murmelte er vor sich hin, während er aus seinem Bett stieg. Aber was war das? Grinste ihm nicht, als er sich über das Waschbecken neigte, das gleiche verhaßte Gesicht entgegen? Tschao Po Tao! Hämisch feixend! Das Feixen des Siegers! Und als er dann vor den Schrankspiegel trat und sich selbst erblickte, schrak er fast zurück. Stand dem elenden Leidensgesicht, das der Spiegel zurückwarf, nicht der Stempel der Niederlage auf der Stirn geschrieben?

Nebenan hörte er seine Dienerschaft rumoren und durcheinanderschnattern. Man fegte die Zimmer rein und rollte die Teppiche zusammen, um sie zum Ausklopfgerüst im Garten zu bringen. Ein jäher Gedanke ließ ihn zusammenfahren. Was für einen Rumor und Aufruhr im Hause würde es erst geben, wenn er am Fälligkeitstage die Hypothek auf seine verpfändete Villa nicht zahlen könnte! Dann würde man auch seine schönen Teppiche zusammenrollen, aber nicht um sie auszuklopfen, sondern um sie aus dem Haus zu schaffen, denn seine Wohneinrichtung war mitverpfändet!

Während er sich ankleidete, war ihm, als ob ihn aus allen Ecken, von den Wänden, von der Decke Gesichter anschauten, die einen lächelnd, die anderen grinsend, die einen Glück verheißend, die anderen Unheil kündend. Sollte er hier in der Etappe bleiben und, von Ungewißheit gepeinigt, geduldig auf Frontnachrichten warten? Das war ja nicht zum Aushalten! Nein, zehnmal besser, die Entscheidung an der Front mitzuerleben! Er schlang hastig sein Frühstück hinunter und bestieg sein Auto. Die Zusammenkunft mit Reeder Sun, die eigentlich auf zehn Uhr verabredet war und ihm Aufschluß bringen sollte, ob eine Verpfändung seiner Fabrik geglückt sei, gab er preis. Seine Nerven weigerten sich, auch nur eine halbe Stunde zu warten.

Noch immer war es die elegante Limousine letzten Modells, die ihn in beängstigendem Tempo durch vornehme, stille Villenstraßen stadtwärts trug, aber der Mann in der Limousine meinte, daß sie heute in wahrem Schneckentempo dahinschliche und ihm viel zuviel Raum zu quälenden, unfruchtbaren Grübeleien lasse. Wann hatte er doch schon einmal eine solche Fahrt bei solchem trüben Himmel, durch solche grauen Nebelschleier, durch solchen feinen Rieselregen erlebt? ging es ihm auf einmal durch den Sinn. Richtig, damals vor vier Wochen, an dem entscheidenden Vortag vor dem Mai-Liquidationstermin war es gewesen! Damals war er in ähnlicher Gemütsverfassung und bei dem gleichen Wetter wie heute in den Bankierklub gefahren. Auch eine Fahrt in den Nebel! Aber die Situation war heute eine andere. Damals hatte er zwei mächtige Bundesgenossen zur Seite gehabt, Tschao und Schwager Tschu Tschai. Heute war der eine Bundesgenosse von damals sein offener, grimmiger Feind geworden, die Haltung des anderen Bundesgenossen aber war bis zur Stunde undurchsichtig wie der Nebel draußen in den Straßen. Er stand allein. Daß Tschao ihm die Ablehnung seines letzten Friedensangebotes verargen, daß er ihm den anderweiten Verkauf der acht Gesellschaftsbetriebe, auf die Tschao ein Auge geworfen hatte, sogar schwer verargen würde, war mit Sicherheit anzunehmen gewesen. Und Tschao's Antwort hatte nicht lange auf sich warten lassen. Was für überraschende Einfälle er doch hatte, wenn er seine Streiche führte! Brachte er es doch fertig, im Namen der »Gilde für den Handel mit inländischen Staatsanleihen« das Finanzministerium zum Verbot des Blankoverkaufes durch Einführung des Depotzwanges für den Terminbaissehandel zu drängen! Wenn sein Antrag »auf Unterbindung der den Staatskredit gefährdenden spekulativen Leerverkäufe von Regierungsbonds« auch nicht von heute zu morgen gesetzliche Gestalt annehmen konnte, so hatte doch schon die bloße Nachricht wie ein Schreckschuß gewirkt und bereits Verwirrung in die Front der Baissespekulanten getragen. Weiter hatte Tschao beim Börsenvorstand und bei der Maklervereinigung durchgesetzt, daß Börsenteilnehmer, die sich in Baissespekulation betätigen wollten, das Doppelte der bisher üblichen Kaution und Einschüsse hinterlegen müßten. Diese Maßnahme war bereits wirksam geworden und bedeutete einen neuen Schlag gegen die Baissefront. Sun Fu hatte unter diesen Umständen bereits zur Haussefront abschwenken wollen. Aber Reeder Sun hatte ihm sein Vorhaben wieder ausgeredet unter Berufung auf die Kriegslage und ein neuerliches Gutachten ihres militärischen Vertrauensmannes Huang Fen, wonach mit Sicherheit weitere militärische Rückschläge zuungunsten der Nankingregierung zu erwarten seien. Und noch in einer dritten Beziehung machte sich die »Gifthand« des Gegners spürbar. Warum war es dem tüchtigen Reeder Sun trotz tagelanger Bemühungen nicht gelungen, eine geringfügige erste Hypothek auf Sun Fu's modern eingerichtete und musterhaft geleitete Seidenspinnerei, ein Millionenobjekt, aufzutreiben? Hatte nicht Tschao mit Kreditsperre gedroht? Jetzt wurde die Drohung offenbar Tatsache. –

Das Auto hielt, wie im Traume schritt Sun Fu durch die Börsenpforte und bahnte sich seinen Weg durch das Menschengewühl im Saal. Ruhe! Haltung! raunte er sich selber bei jedem Schritt mechanisch zu. Die Börse hatte noch nicht eröffnet. Ein erwartungsvolles Summen und Brausen füllte den Saal. Sun Fu schaute nicht rechts, nicht links und strebte gemacht gleichgültig der Kabine seines Maklers Lu Kwang Schi zu. Aber sonderbar, überallhin verfolgte ihn die Vision des höhnisch, hämisch grinsenden, glotzenden, starrenden Luxgesichtes seines Feindes Tschao. Es schien ihm, als ob der ganze Saal von lauter Tschao's wimmelte, die ihn aus tausend Augen mit einem Pfeilhagel schadenfroher, feindseliger Blicke überschütteten, durchbohrten, aufspießten. In Wirklichkeit nahm niemand von ihm Notiz. Auch sein Makler, der im Gespräch mit einem Gehilfen vor seiner besetzten Telefonzelle stand, bemerkte ihn erst, als er dicht neben ihm stand. Der dicke Herr in Lu's Telefonkabine war Direktor Wang. Er hängte ab, als er Sun Fu's ansichtig wurde, und winkte ihn in die enge Kabine.

»Du kommst gerade recht. Ich wollte dich eben anrufen – hast du schon Reeder Sun gesprochen? Er will auch herkommen. – Wie steht es mit deinem Schwager? Macht er mit?«

»Es scheint, zu acht Zehnteln habe ich ihn gewonnen. Aber wenn er mittut, wird er nicht viel riskieren, höchstens eine Million. Früher hat er das Dreifache riskiert.«

»Eine Million? Das wäre doch sehr schön. Da wäre uns geholfen. Sun Fu, wir selbst sind heute völlig ausgepumpt. Sun hat bei allen möglichen Banken und Geldleuten versucht, eine Hypothek auf deine Fabrik zu bekommen. Es ist ihm nicht gelungen! Es wird uns nichts anderes übrigbleiben ...«

»Was übrigbleiben? Du willst doch nicht etwa sagen, daß wir unsere Notbarreserve von Hunderttausend auch noch opfern müssen?«

»Es wird nichts anderes übrigbleiben ...«

»O weh! Dann wollen wir nur gleich zu Beginn abstoßen. Hast du schon dem jungen Han Order gegeben?«

»Eh, erwähne den Namen nicht wieder! Hat uns elend verraten! Seit gestern abend bin ich im Bilde. Wir wollten es recht schlau anfangen und beauftragten deshalb Tschao's Makler mit unseren Verkäufen. Die Leute sollten denken, daß Tschao hinter der Baisse-aktion stünde. Wer denkt denn, daß der Bursche unser Spiel an Tschao verrät! Ärger über Ärger!«

Vor Sun Fu's Augen begann es zu flimmern, in seinen Ohren zu sausen. Wieder Abfall, Verrat in den eigenen Reihen! Erst neulich hatte ihn die Blume der Gesellschaft vor der Yü Ying, seiner teuer gekauften Spionin, gewarnt. Dieser unstete »Wandervogel« hatte sich wieder bei Tschao eingenistet, also auch falsches Spiel getrieben. Schlimmer noch als der offene Kampf gegen den Feind dieser heimtückische Abfall und Verrat in den eigenen Reihen!

»Da hat man sich wieder einmal in seiner Menschenkenntnis getäuscht«, knirschte Sun Fu. »Wer soll nun die Orders ausführen? Am besten wohl Lu Kwang Schi?«

»Nein, da würden wir den Leuten zu deutlich zeigen, daß wir hinter den Verkäufen stehen. Wir haben bereits einen anderen Makler beauftragt. Sofort nach Börsenbeginn legen wir los!«

Er hatte das Wort kaum ausgesprochen, als draußen die Glocke zum Zeichen der Markteröffnung anschlug. Donnerähnlich brach gleich darauf das vielstimmige Konzert der Börsenschlacht los. Direktor Wang war in den Saal geeilt. Sun Fu blieb in Lu's Maklerkabine sitzen. Er vermochte sich nicht vom Stuhl zu erheben, seine Füße waren von einer merkwürdigen Schwäche befallen, sie gehorchten ihm einfach nicht. Und vor seinen Augen immer wieder dieses sonderbare Flimmern schwarzer Funken, in seinen Ohren dieses eigentümliche Summen und Rauschen. Er hatte diesen Zustand der Schwäche nie zuvor gekannt.

Plötzlich kam Wang wieder angehetzt. In seiner Miene malte sich Bestürzung und Enttäuschung.

»Verflucht! Die Kurse haben angezogen! Sie sind schon einen halben Dollar gestiegen!« rief er in Lu's Maklerkabine hinein.

»Abstoßen! Die letzten Reserven abstoßen!« würgte Sun Fu noch mit heiserer, zitternder Stimme hinaus. Dann packte ihn ein Schwindelgefühl, sein Magen drehte sich um, er mußte sich erbrechen. Wang mußte ihn festhalten, sonst wäre er vom Stuhl gesunken.

Zum Glück erschien in diesem Augenblick Reeder Sun. Er überblickte sofort die Sachlage, griff zu einer in der Nähe stehenden Wasserkaraffe und schüttete kurz entschlossen ihren Inhalt über Sun Fu's Kopf. Das wirkte. In Sun Fu's totenblasses Gesicht kehrte Farbe zurück. Er schlug die Augen auf.

»Rasch! Abstoßen!« wiederholte er, jetzt fester und klarer im Ton. Reeder Sun und Direktor Wang tauschten einen stummen Blick. Der Blick galt den brennendroten Flecken auf Sun Fu's Stirn.

»Sorgen Sie sich nicht, Sun Fu. Wir werden hier schon auf dem Posten sein. Fahren Sie ruhig nach Hause. Die vielen Menschen hier, die schlechte Luft, das ist nichts für Sie«, redete Sun ihm zu.

»Hat nichts zu sagen. Mir wurde nur plötzlich übel, ist schon vorüber«, sträubte sich Sun Fu mit mattem Lächeln, ließ sich aber doch zum Auto bringen.

Gerade als Sun Fu in den Wagen stieg, steigerte sich der Stimmentumult drinnen im Saal zu noch nie dagewesenem Schlachtenlärm. Sun Fu's Gruppe hatte ihren letzten Kanonenschuß abgefeuert. Für ein und eine halbe Million Abrüstungsanleihe hatte sie mit einem Schlag auf den Markt geworfen! Die Kurstafel registrierte endlich fallende Kurse!

Wenn jetzt Tschu Tschai als Bundesgenosse eingegriffen und seine ansehnliche Streitmacht in die Feuerlinie geworfen hätte, dann wäre der Sieg der Baissepartei entschieden gewesen. Aber wie wunderliche Purzelbäume doch mitunter der Zufall schlägt! Es traf sich, daß Tschu Tschai's Auto vor der Börse vorfuhr, als Sun Fu in seinem Wagen gerade wegfuhr. Die beiderseitigen Chauffeure hatten sich erkannt und begrüßten sich mit lautem Gehupe. Doch ihre beiden Herren fuhren grußlos aneinander vorüber. Sie hatten sich übersehen.

Während der Fahrt hatte sich Sun Fu wieder leidlich erholt, die verdächtige Röte auf der Stirn war allmählich zurückgegangen und verblaßt, er konnte wieder klar denken. Der feine Rieselregen hatte sich inzwischen in dicken Strichregen verwandelt, es goß wie aus Kannen. Auch wehte ein kühler Wind. Nach der heißen Stickluft in der Börse wirkte sich der Temperaturwechsel auf Sun Fu zwar wohltuend, aber etwas zu jäh aus. Als er daheim war, wurde er abwechselnd von Frostschauern und Fieberhitze geschüttelt, es war, als wenn er zwischen einer Eisgrotte und einem Glutofen hin und her gehetzt würde.

Er suchte sein Arbeitszimmer auf, klingelte nach dem Butler und erteilte ihm seine Weisungen:

»Erstens, rufe Doktor Ting an. Er soll sofort herkommen. Zweitens, keine Besuche annehmen! Ich bin für niemanden zu sprechen. Drittens ...«

Die dritte Weisung war ihm im Augenblick entfallen, statt dessen griff er zum Telefonhörer und rief die Villa seines Schwagers Tschu Tschai an. Der Herr Bankier sei vor einer halben Stunde zur Börse gefahren, wurde ihm gesagt. Beruhigt hängte er ab. Seine Hoffnung schwoll wieder beträchtlich.

Sein Blick streifte zufällig das ungeöffnete Telegramm auf der Schreibtischplatte. Ein Chiffretelegramm von Politiker Tang aus Hongkong. Während er mit Hilfe des Chiffreschlüssels den umfangreichen Text entzifferte, klärte sich seine Miene auf. Neues Öl auf die Flamme seiner Hoffnung! Es sei Tang gelungen, in Hongkong eine ganze Reihe von angesehenen Kaufleuten und Industriellen für die »Loyal«-Gesellschaft zu interessieren. Wenn die Gesellschaft noch eine kleine Weile fortwursteln könne, werde sie schon wieder hoch kommen. Im übrigen trete er am gleichen Tage die Rückreise nach Schanghai an. Er werde einen Scheck über dreihunderttausend Dollar mitbringen. Das war der vielversprechende Inhalt des Telegramms.

Aber das Lächeln, das eben noch um Sun Fu's Mundwinkel schwebte, erfror und erstarb sehr bald wieder. Warum schickte Tang anstatt schöner Worte nicht das Geld? Man hatte ihn doch in wiederholten dringenden Depeschen um sofortige telegrafische Überweisung aller irgend aufzutreibenden Beträge ersucht. Hier war Feuersnot, die nach löschendem Wasser schrie. Was nützte der Brandstätte in Schanghai das rettende Wasser in der Ferne? Lebte man noch im achtzehnten Jahrhundert, in der Altväterzeit, da man einen geringfügigen Geldtransport zwischen Hongkong und Schanghai nur auf dem umständlichen Wege einer persönlichen Reise ausführen konnte?

Vier, fünf Tage dauerte die Reise von Hongkong nach Schanghai. Wenn Tang auch wirklich seinen Scheck mitbrachte, dann war es bereits zu spät. Sofort! Sofort! Darauf kam es gegenwärtig an.

Ein neuer Kälteschauer schüttelte ihn. Warum kam denn der Doktor nicht? – Zweifellos, er war krank. Seit jenem Streiktage, als er den aufregenden Zusammenstoß vor dem Fabriktor hatte, fühlte er sich nicht mehr normal, datierte jener merkwürdige Schwächezustand, den er früher nie gekannt hatte. Und dieser Schwindelanfall heute in der Börsentelefonzelle? War das etwa ein Vorbote von Gehirnschlag? War der »große alte Herr« vor sieben Wochen laut ärztlicher Diagnose nicht auch an Gehirnschlag verstorben? War es innerhalb der kurzen Spanne zwischen häuslicher Trauerfeier und erster Totenmesse im Tempel schon so weit mit ihm gekommen? Verflucht, was hatten diese kurzen sieben Wochen aus ihm gemacht! – Das Telefon schrillte. Mit zitternder Hand hob Sun Fu den Hörer ab. Anruf von der Börse. Er hatte kaum die Kraft, ein Hallo! aus der Kehle zu pressen und in die Muschel zu hauchen. Aber während er lauschte, belebte sich seine Miene, seine Brauen schoben sich hoch, seine Augen bekamen wieder Glanz, er konnte sogar lächeln...

»Soso, also die Kurse sind gefallen – was? Um dreiunddreißig Dollar gefallen?! – Also der Appetit der Haussepartei läßt nach? Haha! – Eben ist ein Telegramm vom Politiker Tang aus Hongkong eingetroffen – nein, Gelder hat er nicht überwiesen, er bringt einen Scheck mit. – Also der alte Tschao ist jetzt am Ende und isoliert? Dann steht unser Würfelspiel sechs zu sechs...

Wenn uns der verfluchte Han nicht verraten hätte, dann hätte Tschao den Kampf bereits gestern aufgegeben. – Na, der Han soll etwas erleben! – Mein Schwager? – Der ist zur Börse gefahren. – Habt ihr ihn nicht gesehen? – Ihr müßt ihn unbedingt fassen und endgültig herumkriegen –«

Er hängte an. Auf seinem Gesicht malte sich wieder Verdruß. Verdruß über die Unbeständigkeit und Treulosigkeit seiner eigenen Leute. Dieser Makler Han und diese Yü Ying! Ihn so zu enttäuschen! Hatte er sie etwa schlecht behandelt? Im Gegenteil, verwöhnt hatte er sie! Undankbare Gesellschaft! Und dann dieser überflüssige häusliche Verdruß! Auch diese Orchidee war ein undankbares Geschöpf. Einfach wegzulaufen, durchzubrennen! Als ob er ein Untier wäre! Einen obskuren »Jungmädchenklub« der eigenen Familie vorzuziehen! Als Frau Smaragd sie gestern nach Hause abholen wollte, hatte sich das trotzige Ding geweigert mitzukommen. Studieren möchte sie und in ihrem Mädchenheim wohnen bleiben. Na ja, sie wäre dort ganz manierlich untergebracht, hatte Frau Smaragd bei der Rückkehr beruhigt erklärt, und studieren war ja heute für ein junges Mädchen auch nichts Entehrendes. Sollte sie. Aber war der Skandal nötig? Was würde die Gesellschaft sagen? Ja, seine Autorität in der Familie, sein Prestige in der Gesellschaft war dringend reparaturbedürftig. Sobald diese leidige Börsenangelegenheit vorüber war, sollte er sich ernstlich um seine Familie kümmern und seine erschütterte Autorität wiederherstellen. Mit solcherlei Erwägungen füllte er die Wartezeit bis zum nächsten Telefonanruf aus. Und jetzt war der Anruf da. Diesmal zitterte seine Hand nicht, als sie zum Hörer griff. Er war ganz Zuversicht.

»Dort Wang? – so? – macht nichts, sprechen Sie sich nur aus – was! Wieder gestiegen? – Da muß doch jemand im letzten Augenblick interveniert haben – wie! Nicht der Tschao? Ein anderer Finanzmann? Wer denn? – Wer? – Was! Mein Schwager Tschu Tschai? – Dann ist das Spiel verloren!« –

Der Hörer war ihm aus der Hand gefallen. Also wieder Verrat und Abfall! – In der eigenen Familie! Da hatte er diesem Tschu Tschai nun gestern abend vertrauensvoll die politische und die Börsenlage klargelegt und damit dem Dieb selber die Haustür aufgemacht! Dieser Schelm, der sich unter dem biedersten, friedfertigsten Schafsgesicht der Welt verbarg, hatte also den niedrigen Kursstand ausgenutzt, um für seine Millionen aufzukaufen, was zu kaufen war, hatte damit der Haussepartei zum Sieg verholfen und dem eigenen Schwager das Spiel verdorben!

Nur diese Gedanken gingen Sun Fu durch den Kopf. Er lachte grimmig auf, sprang in die Höhe und eilte zu seinem Schreibtisch. Mit einer Hand öffnete er die Schublade und holte eine Pistole hervor. Er zielte auf seine Brust. Sein Gesicht fieberte in der Dunkelheit vor Röte, seine Augäpfel schienen herausplatzen zu wollen.

Vor dem Fenster wütete der Wind, ein heftiger Regen prasselte gegen die Scheiben. Doch Sun Fu drückte nicht ab. Er stieß einen tiefen Seufzer aus und ließ sich auf den Drehstuhl fallen. Die Pistole schlug zu Boden.

Sun Fu fuhr aus seinen Grübeleien auf. Doktor Ting war eingetreten. Endlich.

»Nehmen Sie Platz, Doktor«, sagte Sun Fu und griff wiederum zum Telefonhörer. Soeben war ihm die Weisung wieder eingefallen, die er noch erteilen wollte. Die Fabrik meldete sich.

»Dort Weh Yo? Gut. Ab morgen schließt der gesamte Betrieb bis auf weiteres!« rief er in die Muschel und hängte sofort wieder ab.

»Doktor, ich brauche dringend ein wenig Ausspannung während der heißen Zeit. Was empfehlen Sie mir? Wie wäre es mit Seeluft?«

»Dann würde ich Ihnen zu Tsingtao raten. Das ist das nächste Seebad. Sonst käme auch noch das weiter nördlich gelegene Tsingwangtao oder Pehtaho in Frage.«

»Und was halten Sie von einer Sommerfrische in Kuling, in den Bergen?«

»Auch gut. Aber zur Zeit etwas unsicher wegen der Roten Armee, die sich überall im Jangtsetal breitmacht.«

»Haha! Kann mich nicht schrecken, nach dem, was ich in den letzten Tagen durchgemacht habe! – Aber lassen wir es ruhig bei Tsingtao. – Entschuldigen Sie einen Augenblick, ich möchte schnell meine Frau verständigen.«

Er eilte zu den oberen Gemächern hinauf. Er wußte, daß alles vorbei war und hatte sich gefaßt. Leise trat er in sein Zimmer. Er sah seine Frau mit einem Buch erschöpft auf einem Sofa am Fenster sitzen.

»Smaragd, lasse sofort packen! Wir fahren heute abend mit dem Dampfer nach Tsingtao. Ein bißchen Ruhe und Erholung an der See wird uns gut tun.«

Frau Smaragd erschrak und erhob sich in aller Eile. Dabei fiel das Buch, das auf ihren Knien gelegen hatte, zu Boden, und eine weiße getrocknete Rose flog aus den Buchseiten heraus. Schon zum dritten Mal hatte Sun Fu am heutigen Tage dieses Buch und die getrocknete Rose gesehen, aber wie beim ersten und zweiten Mal war er auch jetzt zu sehr in Gedanken, als daß er dem Aufmerksamkeit geschenkt hätte. Frau Smaragd wurde rot und senkte den Blick zu Boden. Wie abwesend antwortete sie:

»Ist das nicht etwas plötzlich? Aber ganz wie du willst!«

Mao Dun
Nachwort zur ersten chinesischen Ausgabe von 1933

Die neunzehn Kapitel des Romans »Schanghai im Zwielicht« (Ziye) habe ich im Oktober 1932 begonnen und am 5. Dezember 1932 beendet. Damals war ich krank und mußte nebenbei viele Aufgaben erledigen. Es war Krieg in Schanghai, und über der Stadt lag eine große Hitze. Kurzum, ich mußte meine Arbeit wiederholt unterbrechen, insgesamt für mehr als acht Monate. Daher habe ich das Buch auch in Eile fertiggestellt und hatte keine Muße, es bis in jede Einzelheit auszufeilen.

Die Konzipierung des Romans hatte mich dagegen schon seit längerer Zeit beschäftigt. Da ich zwischen Sommer und Herbst des Jahres 1930 an Nervenschwäche, Magenbeschwerden, Augenschmerzen gelitten, gleichzeitig aber gearbeitet hatte, konnte ich für insgesamt mehr als ein halbes Jahr weder lesen noch Beiträge verfassen. In der Folge ging ich täglich Freunde besuchen, trieb mich unter geschäftigen Leuten herum und verbrachte so meine Zeit. Damals faßte ich den Plan, in großem Umfang die Phänomene der chinesischen Gesellschaft zu beschreiben. Als es mir später wieder besser ging, dachte ich ständig daran, dieses Vorhaben in die Tat umzusetzen. Bis zum Oktober 1931 hatte ich mit dem Ordnen des Materials zu tun, dann fing ich an zu schreiben. Daher ist dieses Buch in der Konzeption, bevor es überhaupt geschrieben war, schon einmal fertig gewesen.

Nun ist der Roman beendet, aber ich selbst sehe in ihm noch eine Reihe von Unzulänglichkeiten. Doch sind meine Kräfte bereits erschöpft, und meine Nervenschwäche beginnt mich wieder zu plagen, so daß ich keine Ruhe habe, noch eine Überarbeitung in Angriff zu nehmen. Daher habe ich mir angemaßt, den Roman in Druck zu geben.

Was ich hiermit vorlege, steht in keiner Relation zu meinem ursprünglich gefaßten Plan. Z.B. hatte ich mir eigentlich vorgenommen, die Wirtschaftsverhältnisse auf dem Lande, die Bewußtseinsformen der Kleinstädter (diese sind nicht im mindesten so einfach wie die Vorstellungen einer bestimmten Schicht) sowie eine »Neue inoffizielle Geschichte der Konfuzianer« des Jahres 1930 mit in die jetzige Gesamtstruktur dieses Buches hineinzunehmen. Desgleichen hatte ich ursprünglich vor, einige Nebenhandlungen, die in dem Buch bereits beschrieben waren, noch etwas breiter zu entwickeln. Aber da die mörderische Hitze dieses Sommers meine Gesundheit angriff, blieb mir nichts anderes übrig, als es dabei gut sein zu lassen. So kam es, daß dieses Buch seine jetzige Form erhalten hat – mit dem Schwerpunkt auf der Beschreibung städtischen Lebens.

Es ist noch meine Aufgabe, meinem Arzt aufrichtigsten Dank auszusprechen. Die Medizin hat ihre Wirkung getan, so daß ich heute in der Lage bin, mich hier über meinen Roman auszulassen.

Mao Dun
Nachwort zur chinesischen Ausgabe von 1977

Der Verlag hat mich aufgefordert, ein neues Nachwort zu schreiben. Ich denke, daß das Nachwort der ersten, vor fünfundvierzig Jahren erschienenen Auflage dieses Buches schon den Entscheidungsprozeß sowie die Ursache, warum dieses Buch nur zu Hälfte zu dem geworden ist, was es hat werden sollen, klar zum Ausdruck gebracht hat. Worüber soll es dann noch ein neues Nachwort geben? Aber der Verlag hat eine konkrete Forderung erhoben: noch einmal die Absicht darzulegen, die ich mit diesem Buch verfolgte. So bleibt mir denn nichts anderes übrig, als mein Bestes zu versuchen.

Im Mai 1939 habe ich in Urumtschi einmal auf Anforderung der Studenten des Xinjiang-Institutes einen Vortrag gehalten. Die Niederschrift dieses Vortrags ist später in einer Beilage der Xinjiang-Tageszeitung unter dem Titel »Wie wurde ›Schanghai im Zwielicht‹ geschrieben?« erschienen. Die englische Ausgabe des Verlages für fremdsprachige Literatur hat einen Teil dieser Vortragsniederschrift unter dem Titel »Über Schanghai im Zwielicht« zu ihrem Vorwort gemacht. Aber jener Vortrag bediente sich des Romans »Schanghai im Zwielicht« nur als Leitfaden und legte ganz allgemein dar, daß Romane notwendigerweise Lebenserfahrung zur Grundlage haben. Ich ging der Frage nach, wie man gesellschaftliche Erscheinungen analysiert, die Hauptgedanken festlegt, um anschließend eine Situation in den Griff zu bekommen und eine typische Gestalt in einer typischen Situation darzustellen. Ginge es mir lediglich darum, über meine Absicht beim Abfassen von »Schanghai im Zwielicht« zu sprechen, so wäre das hiermit getan. Aber Absicht und Praxis sind im allgemeinen zwei verschiedene Dinge. Wieviel von der ursprünglichen Absicht hat nun »Schanghai im Zwielicht« eingelöst? Darüber soll das Nötigste gesagt werden.

»Schanghai im Zwielicht« spielt in den Frühlingsmonaten des Jahres 1930. Innerhalb dieser so kurzen Zeitspanne gab es einige wichtige Ereignisse, die wert sind, einmal hervorgehoben zu werden:

1. Der Machtkampf innerhalb der Guomindang (GMD, Kuomin-tang), der wieder einmal zum Bürgerkrieg führte. Wang Jingwei, Feng Yuxiang, Yn Xishan standen auf der einen Seite, Jiang Jieshi (Chiang Kai-schek) auf der anderen. Das Gebiet der Eisen-

bahnlinie Tianjin-lukon war Schauplatz des Kampfes. Sein Ausmaß und seine Heftigkeit setzten für die innerhalb der GMD geführten Bürgerkriege einen neuen Maßstab. Daß das einfache Volk nichts zu lachen hatte, versteht sich von selbst, aber auch Industrie und Handel erlitten Einbußen.

2. Die Wirtschaftskrise in Europa warf ihre Schatten auf die damalige chinesische nationale Industrie. Einige Leichtindustrien, die sich dem Export verschrieben hatten, wurden schwer geschädigt und standen kurz vor dem Ruin.

3. Um sich selbst zu retten, verstärkte die nationale Bourgeoisie Chinas die Ausbeutung der Arbeiter. Die Heraufsetzung der Arbeitszeit, die Herabsetzung der Löhne, Massenentlassungen von Arbeitern wurden zu allgemeinen Erscheinungen, so daß die Arbeiter sich zu einem massiven Gegenschlag gezwungen sahen und Streiks an der Tagesordnung waren.

4. Die Bauern, die unter der grausamen Unterdrückung durch Imperialismus und Kapitalismus litten, erhoben sich unter der Führung der Kommunistischen Partei Chinas (KPCh) in bewaffneten Aufständen, die zu einer Art Steppenbrand führten.

Der ursprüngliche Plan des Romans »Schanghai im Zwielicht« sah vor, durch einen Vergleich der beiden revolutionären Entwicklungen auf dem Lande (die dortige revolutionäre Kraft stand gerade im Begriff, sich umfassend zu entwickeln) und in der Stadt (dort war die Kraft des Gegners konzentriert und daher relativ groß) ein Gesamtbild der chinesischen Revolution dieser Zeit zu geben und den revolutionären Optimismus von literarischen Werken zu stärken. Das vierte Kapitel des Romans (vgl. das Kapitel »Zwischenspiel« der Kuhnschen Übertragung, S. 78–105) gibt eine Andeutung davon. Aber ein solch großer Plan ging damals über meine Kräfte. Als ich mit dem Schreiben fast fertig war, blieb mir nichts anderes übrig, als ihn fallen zu lassen. Aber ich mochte mich von dem bereits geschriebenen vierten Kapitel nicht trennen. Daher wirkt es im Gesamtrahmen des Romans isoliert. Gleichzeitig konnte ich, da ich nur die städtische Arbeiterbewegung beschrieb, auch schon nicht mehr die revolutionäre Hauptströmung der damaligen Zeit insgesamt zum Ausdruck bringen, und da die damalige städtische Arbeiterbewegung unter der falschen Führung der Li Lisan-Linie trotz der eigenen Stärke und Erfolgen bei der Einschüchterung des Gegners viel Schaden hinnehmen mußte, gab das dem Roman eine, wenn auch tragisch-heroische, so doch im großen und ganzen düstere Stimmung, so daß der fortschrittliche Geist der chinesischen Revolution und die Aussicht auf die letztendliche Notwendigkeit des Sieges nicht zum Vorschein kamen.

An der Li Lisan-Linie übt der Roman zwar Kritik, aber nicht tief genug. Er beschreibt auch nicht den Kampf, der im Innern der Partei gegen die Li Lisan-Linie geführt wurde.

Obiges hängt mit der damaligen Lebenserfahrung des Autors zusammen.

Dieses Buch handelt von drei Bereichen: von der Kompradoren-Bourgeoisie, der nationalen Bourgeoisie sowie den Revolutionären und Arbeitermassen. Mit den ersten beiden dieser drei Kräfte hatte der Autor unmittelbaren Kontakt und war mit ihnen sehr vertraut. Bei letzterem stützte ich mich nur auf Material aus zweiter Hand, nämlich auf die mündlichen Berichte Beteiligter und Dritter. Die unterschiedlichen Quellen, aus denen ich mein Informationsmaterial bezog, brachten es mit sich, daß die Beschreibung der Kompradoren-Bourgeoisie und der nationalen Bourgeoisie in diesem Roman vergleichsweise lebendig und treffend ist. Dagegen zeigt die Beschreibung der Revolutionäre und der Arbeitermassen viele Mängel. Auch das Material über die Entwicklung der revolutionären Situation auf dem Lande stammte aus zweiter Hand und war äußerst mangelhaft. Ich wollte nicht wieder Dinge erfinden, daher blieb mir nichts anderes übrig, als von einer Beschreibung Abstand zu nehmen. Das ist der Grund, warum ich sage, daß dieses Werk nur zur Hälfte zu dem geworden ist, was es hat werden sollen.

Noch ein paar Sätze über eine weitere Frage: Die Absicht, diesen Roman zu schreiben, steht in Verbindung mit der äußerst lautstarken Auseinandersetzung, die damals über den Charakter der chinesischen Gesellschaft geführt wurde. Unter denjenigen, die damals an der Auseinandersetzung teilnahmen, wurden folgende drei Theorien geltend gemacht:

1. Die chinesische Gesellschaft habe nach wie vor den Charakter eines halbfeudalen, halbkolonialen Landes. Das faschistische Regime der GMD (sie stand für die Interessen des Imperialismus, des Großgrundbesitzes, der Bürokraten- und Kompradoren-Bourgeoisie) zu schlagen, sei die revolutionäre Aufgabe des Augenblicks; Arbeiter und Bauern seien die Hauptkraft der Revolution; die Führungsmacht in der Revolution müsse bei der KPCh liegen. Das war die Position der revolutionären Kräfte.

2. Es gab die Meinung, China habe schon den Weg des Kapitalis-

mus beschritten, der Kampf gegen den Imperialismus und Feudalismus sei die Aufgabe der chinesischen Bourgeoisie. So argumentierten die Trotzkisten.

3. Es gab die Ansicht, die nationale Bourgeoisie Chinas könne im Kampf gegen die von der KPCh geleitete nationale, demokratische Revolution und im Kampf gegen die Bürokraten- und Kompradoren-Bourgeoisie ihre Existenz und Entwicklung behaupten und dann in der Folge ein bürgerliches Regime nach europäischem Vorbild errichten. Das war der Gesichtspunkt bürgerlicher Gelehrter der damaligen Zeit, die sich selbst als fortschrittlich bezeichneten.

»Schanghai im Zwielicht« hat durch die Person des Wu Sun Fu (Wu Sunfu), der schließlich selbst zum Komprador wurde, die Irrmeinung der Trotzkisten auf das schärfste widerlegt. In diesem Punkt sind meine ursprüngliche Absicht beim Abfassen von »Schanghai im Zwielicht« und ihre praktische Verwirklichung also vergleichsweise eng beieinander.

Natürlich hat »Schanghai im Zwielicht« viele Mängel und Fehler, der Leser weiß das, so brauche ich hier darüber keine Worte mehr zu verlieren.

Nachwort

»Schanghai im Zwielicht« (chin. Ziye, wörtl. »Mitternacht«) von Mao Dun (1896–1981, eig. Schen Yanbing) ist der erste große moderne chinesische Roman, der in seiner Bedeutung und Wirkung bis heute nichts eingebüßt hat. Er erschien im Januar 1933, nachdem sein Verfasser an ihm von Oktober 1931 bis zum 5. Dezember 1932 gearbeitet hatte. Die reine Arbeitszeit hatte gar nur sechs Monate betragen, da sich Mao Dun einer Krankheit wegen zu einer achtmonatigen Unterbrechung gezwungen gesehen hatte. Die Kürze der Schaffenszeit und die dadurch bedingte Unmöglichkeit, das ursprüngliche Ziel einer allumfassenden Darstellung der chinesischen Gesellschaft in den Monaten Mai, Juni des Jahres 1930 zu verwirklichen, machen verständlich, warum der Verfasser meint, sich in seinem Nachwort von 1932 für ein Werk von immerhin 30000 Zeichen und mehr als 90 Personen entschuldigen zu müssen. Dennoch ist dieses Werk alles andere als ein Torso, es bietet einen tiefen und lebendigen Einblick in eine Gesellschaft, die damals schon zum Untergang verurteilt war und 1949 ihrer Macht enthoben worden ist. Daher kommt der große tschechische Sinologe Jaroslav Průšek, der als erster die moderne chinesische Literatur zum Gegenstand einer wissenschaftlichen Auseinandersetzung gemacht hat, zu dem Urteil: »Sein Roman ist ein hervorragendes Beispiel dafür, wie außerordentlich wertvoll ein großes literarisches Werk sein kann. Denn die Einsichten, die es ermöglicht, sind tiefer und gewaltiger als die Erkenntnisse, die wissenschaftliche Forschung zutagefördert. Und darin liegt seine revolutionäre Bedeutung. Mit seinen fein gesiebten und objektiv dargestellten Tatsachen wußte Mao Dun jeden Leser davon zu überzeugen, daß die alte Ordnung dem Untergang geweiht war.«

I

In einem Vortrag über die Entstehung des Romans aus dem Jahre 1939 kommt Mao Dun zunächst auf die politische und wirtschaftliche Lage von 1930 zu sprechen, ehe er die Ziele seines Romanes benennt. Vier wichtige Ereignisse führt er im Bereich Politik und Wirtschaft an: 1. Die Spaltung der Guomindang (GMD, Kuomintang) in einen sogenannten linken Flügel unter Wang Jingwei und einen rechten unter Chiang Kai-schek (Jiang Jieshi), 2. Der Krieg zwischen den Militärmachthabern des Nordens und des Südens, 3. Die sich u. a. in Schanghai immer mehr verstärkende Arbeiterbewegung und schließlich 4. Die Auswirkung der Weltwirtschaftskrise von 1929, die man in China vor allem in Schanghai spürte, und die die chinesischen Industriellen und Kapitalisten in einen allseitigen Kampf verwickelte.

Bei der Beschreibung der aus dieser Situation resultierenden Probleme konzentrierte sich Mao Dun auf drei Ziele: 1. Die Darstellung des nationalen Industriellen, der, um die Selbständigkeit einer nationalen chinesischen Industrie zu erreichen, einen Drei-Fronten-Kampf gegen feudale Kräfte, Kompradoren-Kapitalisten und Arbeiterschaft zu führen hatte und in diesem Kampf unausweichlich unterlegen war. Hiermit wollte Mao Dun der damals vertretenen These entgegentreten, das chinesische Bürgertum sei stark genug, sich im Widerstand gegen Kommunismus und Kompradoren-Kapitalismus zu retten. 2. Die Darstellung der Arbeiterschaft, deren Lage sich zusehends verschlechterte und die dadurch immer mehr zu gemeinsamem und organisiertem Widerstand zusammenfand. 3. Die Darstellung des nationalen Kapitalisten, der vor dem ausländischen Kapitalismus kapituliert oder gar gemeinsame Sache mit ihm macht (der sogenannte Komprador-Kapitalist). Durch dieses Beispiel wollte Mao Dun zeigen, daß sich China unter dem Einfluß des ausländischen Imperialismus eben nicht, wie die Trotzkisten behaupteten, zu einer kapitalistischen Gesellschaft weiterentwickelte, sondern vielmehr Gefahr lief, sich von einer Halbkolonie zu einer Vollkolonie zurückzuentwickeln.

II

Die Zentralfigur dieses Romans ist die des nationalen Industriellen Wu Sun Fu (Wu Sunfu), in welchem wie in einem Brennpunkt alle Probleme und Widersprüche der damaligen Gesellschaft konzentriert sind. Insofern scheinen alle anderen Personen dieses Romans, so wichtig sie auch sein und so viel Eigenleben sie auch haben mögen, lediglich um diese eine Figur zu kreisen und alle Handlungsstränge ausschließlich auf diese bezogen zu sein.

Wu Sun Fu's Macht und Stellung basieren materiell auf der Industrie (Ölraffinerie, Elektrizitätswerk, Seidenfabrik etc.) und

Geld- wie Kreditinstituten (Bank, Pfandleihe) auf dem Lande bzw. in der Stadt (Schanghai). Seine Weltanschauung wird durch Erfahrungen mit dem abendländischen Kapitalismus gespeist, den er auf Reisen durch Europa und Amerika kennengelernt hat (S. 110). Über den Zusammenschluß mit nationalen Kapitalisten zur »Loyal«-Trust Company und durch Einverleibung zahlreicher mittelgroßer Fabriken hofft Wu Sun Fu, die nationale Industrie Chinas gegen den eindringenden ausländischen Imperialismus entwickeln und behaupten zu können. Ein »ganzer Wald von ragenden, qualmenden Fabrikschloten, schmucke wellenpflügende Dampfer, flinke Autobusse, durch wilde Steppen jagend« (S. 110) sollen China ein neues Gesicht verleihen.

Sein Gegenspieler, der dieses Unterfangen mit allen Mitteln zu vereiteln sucht und schließlich auch Erfolg hat, ist der Finanzier Tschao Po Tao (Zhao Botao). Hinter ihm steht das amerikanische Finanzkapital, dem er sich vollkommen überantwortet hat. Im Gegensatz zu Wu Sun Fu hält er »eine chinesische Industrie ohne Mithilfe des Auslandes« für »ein unnatürliches, lebensunfähiges Mißgebilde«, für »ein unbeholfenes Monstrum, halb Tiger, halb Schlange.« (S. 224) Er strebt daher einen internationalen Industrietrust an.

Schauplatz des Kampfes zwischen Tschao und Wu ist die Börse, Gegenstand und Mittel der Auseinandersetzung sind die Regierungsanleihen der Nanking-Regierung unter Chiang Kai-schek zur Finanzierung des Bürgerkrieges gegen die Kriegsherren des Nordens. An der Börse von Schanghai sind beide bemüht, sich gegenseitig durch Spekulation auf Sieg (Hausse) oder Niederlage (Baisse) der Regierungstruppen in die Knie zu zwingen. Dabei sehen sie sich genötigt, oftmals wider ihre politischen Interessen zu handeln. Nicht nur im Kampf gegeneinander, sondern auch im Kampf gegen alle anderen Spekulanten, warten sie nicht den Gang der Dinge ab, sondern versuchen, ihn in ihrem Sinne zu beeinflussen. Sei es, daß sie künstliche Hausse oder Baisse erzeugen oder gar die kriegsführenden Parteien zu Scheinmanövern bestechen.

Der Kampf an der Börse verwickelt Wu Sun Fu in verschiedene Widersprüche. Als überzeugter »Vertreter und Vorkämpfer produktiver Wirtschaft« ist er zwar ein entschiedener »Gegner jenes unproduktiven Finanzmanntyps vom Schlage seines Schwagers Tschu Tschai, dessen Horizont nicht über Effektenhandel, Goldarbitrage und Terrainspekulation hinausreichte ...« (S. 240), aber um gegen Tschao Po Tao sein Ziel einer nationalen Industrie durchzusetzen, bleibt ihm nur der Weg der Spekulation. Er sieht sich nicht nur gezwungen, Kapital und Besitz, die für den industriellen Aufbau und die industrielle Entwicklung bestimmt sind, zu Spekulationsgeldern an der Börse zu machen (S. 240), sondern es kommt noch schlimmer: auch gegen seine Hoffnung auf einen Sieg der Nanking-Truppen und auf ein baldiges Ende des Bürgerkrieges, den seine Industrie eigentlich benötigte, muß er auf die Kriegsherren des Nordens setzen und somit den Krieg verlängern helfen (S. 240).

Weitere Schauplätze von Wu Sun Fu's Drei-Fronten-Kampf für eine selbständige nationale chinesische Wirtschaft sind seine Seidenfabrik in Schanghai und sein auf dem Lande gelegener Heimatort Zwei-Brücken. In dem einen Fall steht er gegen die Arbeiter, die er, um Tschao Po Tao die Stirn bieten zu können, durch Lohnkürzungen, Arbeitszeitverlängerung, Entlassungen verstärkt ausbeutet. Auf seinen Besitzungen in Zwei-Brücken hat er es mit Bauern zu tun, die seine ländliche Industrie, seinen Bodenbesitz sowie seine Geld- und Kreditinstitute gefährden bzw. gar tätlich angreifen oder enteignen. Hinter beiden Gruppen steht die KPCh, die die Volksmassen zum konsequenten Kampf gegen Feudalismus auf dem Lande und gegen Kapitalismus in den Städten anleitet.

Wu Sun Fus Niederlage ist daher nicht nur in der historischen Situation Chinas als halbfeudaler, halbkapitalistischer, halbkolonialer Gesellschaft, der damit verbundenen Schwäche des chinesischen Bürgertums und dem Eindringen des ausländischen Kapitalismus vorgezeichnet, sondern ebenfalls in der immer sichtbarer werdenden Erschütterung seiner Macht durch die rebellierenden Arbeiter und Bauern.

III

Diesen allseitigen Umbruch hat schon Wu Sun Fus Vater, Wu Senior (Wu Laotaiye), Vertreter der überkommenen Feudalordnung, zu spüren bekommen, der vor kommunistischen Unruhen auf dem Lande nach Schanghai flüchtet und dort angesichts einer ihm völlig fremden und unverständlichen Gesellschaft vom Tode ereilt wird. Sein Tod symbolisiert den Zusammenbruch der alten chinesischen Feudalgesellschaft, die zwar auf dem Lande noch mühsam weiterexistieren kann, nicht aber mehr in dem kapitalistischen Schanghai. Überleben kann daher in der städtischen Zugluft nur derjenige feudale Großgrundbesitzer, der sich den neuen Bedingungen anpaßt und die alte Ordnung aufgibt. Verdeutlicht wird dies an der Gestalt des Fong Yün Tsing (Feng Yunqing), dessen Lebenskraft nach seiner Flucht vom Land mit der Ankunft in Schanghai aufblüht. Er ist in der Lage, sich vollkommen dem neuen System anzupassen und dessen Spielregeln und Moral zu übernehmen. Er verzichtet auf die patriarchalische Stellung und das Ansehen des feudalen Großgrundbesitzers. Statt dessen wird seine Konkubine zur neuen Autorität in der Familie. Sie garantiert die materielle Grundlage seiner Existenz. So kann er die ihm verbliebenen Gelder in Börsengeschäfte stecken, um seine Verluste wieder wettzumachen. Wie sehr die kapitalistischen Verhältnisse die überkommene feudale Moral zersetzen, wird im Zusammenhang mit der Mission deutlich, die Fong Yün Tsing seiner Tochter zuweist: sie soll als Geliebte Tschao Po Taos den todsicheren Börsentip herausspionieren, der ihn vor dem Desaster bewahrt.

Die Degradierung der eigenen Tochter zum reinen Werkzeug ist in diesem Roman der sichtbarste Ausdruck für die allein auf Geld und Tausch basierenden mitmenschlichen Beziehungen, die nur dem Namen nach die von Vater-Tochter, Vater-Sohn, Schwager-Schwager, Braut-Bräutigam sind. So ist die Trauerfeier anläßlich des Todes von Wu Senior ein willkommenes gesellschaftliches Ereignis. Die von Gesprächen über Marktpreise, Börsenspekulationen usw. erfüllte Zusammenkunft der »Trauergemeinde« aus den höheren Kreisen wird von Wu Sun Fu zu einer ersten Bestands- und Kontaktaufnahme für seine eigenen profitorientierten Ziele genutzt. Der eigene Schwager Tu Tschu Tschai (Du Zhuzhai) schlägt sich im letzten Moment des eigenen Vorteils wegen auf die Seite von Tschao Po Tao und besiegelt damit Wu Sun Fus endgültige Niederlage. Die Liebe des Universitätsprofessors Li (Li Yuting) zu Soso (Zhang Suosuo) erkaltet in eben dem Moment, als er erfährt, daß deren Vater das Familienvermögen durchgebracht hat (S. 131).

Das Geld ist nicht nur die allesbestimmende Kraft in den mitmenschlichen Beziehungen, sondern ebenso der Hebel und Motor in Politik (Regierungsanleihen), Wirtschaft (Kampf Wu gegen Tschao) und Krieg (Bestechung der Militärmachthaber). Die Börse als Zentrum des Geldes, das infolge der Unruhen auf dem Lande nach Schanghai strömt und anlagebedürftig ist, wird zu deren

Symbol und steht gleichzeitig für eine Gesellschaft, die in zahllose sich gegenseitig bekämpfende Individuen und Gruppen zerfallen ist. Kampf aller gegen alle, dieses Prinzip gilt für die Börse als auch für die Gesellschaft und wird von Mao Dun mehrfach bildhaft zum Ausdruck gebracht: »Vor seinem geistigen Auge stieg eine düstere Vision auf: Sun Fu, die Kehle des Fabrikanten Tschu umklammernd, Tschao von hinten über Sun Fu herfallend, daneben, von den drei Kämpfern unbemerkt, ein Vierter mit einem langen Messer in der Hand, darauf lauernd, alle drei zu erdolchen...« (S. 178) Oder: »Es ist in der ganzen Welt allgemeines Naturgesetz, daß die größeren Viecher die kleineren Viecher auffressen.« (S. 202)

Leben ist so gesehen, nur der letzte kurze Moment vor dem Tod, der in den ökonomischen Bedingungen und gesellschaftlichen Verhältnissen schon beschlossen ist, und dieser Moment selbst ist nichts anderes als der »Totentanz«, der sich unter diesen Bedingungen und Verhältnissen fortwährend steigert. »Je mehr das flache Land verelendet, je üppiger die Großstädte wachsen, je höher das Gold im Werte steigt, je teurer die Lebensmittel werden, je verheerender das Feuer des Aufruhrs und der Bauernrevolten um sich greift, desto verrückter wird der Totentanz dieser Besitzenden. Das liegt ganz in der Natur der Sache.« (S. 59 f.) Wie sehr der Tod das Leben im Denken der Menschen zu ersetzen begonnen hat, zeigt sich besonders drastisch in dem Zeitvertreib, dem der Zündholzfabrikant Tschou Tschung Weh (Zhou Zhongwei) kurz vor seinem Ruin nachgeht: »Heute früh hatte er sich die Zeit wieder einmal damit vertrieben, unten im Speisezimmer zwei ›Achtgenien‹-Tische aneinanderzurücken und festlich auszuschmücken. Generalprobe für das große Festessen anläßlich seines im achten Monat fälligen vierzigsten Geburtstags... Es fiel ihm ein, daß möglicherweise seine ›Innere‹ (d. h. seine Frau, d. V.) noch vor seinem Geburtstag ableben könnte, und daß er doch auch für diesen Fall gerüstet sein müßte. Zur Abwechslung wollte er also einmal ›Trauerfeier‹ proben.« (S. 313)

IV

Ein wesentliches stilbildendes Charakteristikum des literarischen Schaffens von Mao Dun ist die Beschreibung, Analyse und Kritik der unmittelbaren Vergangenheit, ohne dabei jedoch in die Reportage zu verfallen. Im Falle von »Schanghai im Zwielicht« liegt zwischen der dargestellten Zeit der Monate Mai–Juni 1930 und dem Beginn der Abfassung des Romans im Oktober 1931 nur etwas mehr als ein Jahr.

»Schanghai im Zwielicht« ist, wenn auch das wichtigste, so doch nur ein Glied in einer Kette von Werken, in denen Mao Dun das China nach 1911 einzufangen versuchte. Weitere Glieder sind »Verfall« (1927/28), »Regenbogen« (1929), »Die Erzählung vom ersten Abschnitt« (1939), »Korruption« (1941), »Herbstlaub roter als Frühlingsblüten« (1942) sowie »Zur Zeit des Frühlingsfestes« (1945). Sie alle widmen sich jeweils einem kurzen und bestimmten Abschnitt der chinesischen Revolution wie etwa der Zeit 1911–1919, 1919–1925 oder den 20er, 30er, 40er Jahren.

Diesen Werken verdankt Mao Dun seinen Ruf als Schöpfer des modernen chinesischen Romans. In ihnen finden sich zwar noch traditionelle chinesische Elemente, jedoch werden diese von modernen westlichen Elementen in den Hintergrund gedrängt bzw. funktional neu bestimmt. Mit der traditionellen chinesischen Erzählkunst verbindet Mao Dun die in die Breite angelegte Darstellung von Gesellschaft, in der sich eine oft verwirrende Fülle von Handlungen, Fakten, Personen aneinanderreihen und ablösen. Aber ihn unterscheidet ein wesentliches Moment, das seine Modernität ausmacht. Zum einen sind alle Personen und Handlungsstränge folgerichtig und dialektisch entwickelter Teil eines auf Herrschaft und Knechtschaft basierenden Gesellschaftssystems, so daß jeder entweder Herrscher oder Beherrschter ist, zum anderen wird hier nicht eine einzelne Schicht, eine einzelne Klasse oder gar eine einzelne Person der Gesellschaft dargestellt, sondern die Gesamtheit der in ihr wirkenden Kräfte und Vertreter. Auf dem Lande sind es die des Feudalismus und Antifeudalismus, also Großgrundbesitzer und revoltierende Bauern unter Führung der Roten Armee. In der Stadt sind es die Vertreter des Kapitalismus und Antikapitalismus, also nationale bzw. Kompradoren-Bourgeoisie (Armee, Politik, Industrie, Handel, Kultur, Gewerkschaft) und aufbegehrendes Proletariat unter der Leitung der KPCh, das hiermit zum ersten Mal in der chinesischen Literatur dargestellt wird. Diesen Kräften und den durch sie geschaffenen Verhältnissen gilt das Hauptaugenmerk Mao Duns: sie bestimmen die Personen und ihre Handlungen. Aber Mao Dun verfährt hierbei jedoch nicht mechanistisch. Zu Recht spricht Jaroslav Průšek von der »Dialektik der individuellen und der gesellschaftlichen Kräfte« in Mao Duns Roman. So ist z. B. der Niedergang Wu Sun Fus aufgrund der Kräfteverhältnisse bereits beschlossene Sache. Aber mit gewissem Erfolg versteht er es, sich ihnen solange zu widersetzen, bis sein eigener Schwager ins feindliche Lager überwechselt.

Nicht nur die Vielzahl der darzustellenden Kräfte, sondern ebenso deren determinierende Funktion mögen in gewisser Hinsicht auch die Technik des versiegenden Plots, der nicht ausgeführten Handlungslinien, mitbedingt haben, sei es daß begonnene Stränge, wie z. B. der des Umbruchs auf dem Lande, nicht wieder aufgenommen wurden, sei es, daß ihr Ende sich in einer Art abzeichnete, die keine weitere Ausführung mehr nötig machte. Letzteres trifft vor allem für den Schluß des Romans zu, der mit den Reiseplänen von Wu Sun Fu und dessen Gattin ausklingt, und nicht mit der Beschreibung des vollkommenen Ruins, obwohl dieser konsequent vorgezeichnet worden ist. Ein solcher Schluß läßt den Personen noch einen Schein von Handlung und Handlungsfreiheit, in Wahrheit bleibt ihnen aber, nachdem ihnen alle Macht aus den Händen genommen ist, nur der Fortgang vom Ort des Geschehens.

Wie sehr jede einzelne Person bis ins Detail für eine bestimmte Kraft steht, zeigt sich besonders in der ihr eigentümlichen Sprache. So führt Wu Sun Fu als Vertreter der aufstrebenden nationalen Bourgeoisie ständig Worte wie »sofort«, »bestimmt«, »wollen« im Munde, Bambussproß (Du Xintuo), aus Paris heimgekehrter Studiosus und Vertreter der vom Westen eingenommenen Kompradoren-Bourgeoisie, mischt in seine Sprache Französisch und Wendungen aus der traditionellen chinesischen Dichtung, und Tsong Tsang Hai (Ceng Canghai), das klassische Beispiel des ausbeutenden Großgrundbesitzers, demonstriert seine Bildung durch eine Vielzahl schriftsprachlicher Redewendungen.

Sprache als Zeichen für Zugehörigkeit zu einer bestimmten Klasse oder Schicht ist ein Weg einer umfassenden und objektiven Schilderung von Personen, ein anderer ist der ständige Wechsel des Blickpunkts. So wird z. B. Wu Sun Fu in einem einzigen Kapitel (hier Kap. 9, im Original Kap. 12) in dem einen Fall bei einem Geheimtreffen mit Tschao Po Taos Liebchen Yü Ying (Liu Yuying) in einem Hotel gezeigt, in einem anderen in der »Loyal«-Trust Company im Gespräch mit seinesgleichen über die Unterdrückung und Ausbeutung der Arbeiter, in einem weiteren in der Fabrik mit seinem Untergebenen und Helfershelfer Weh Yo (Tu Weiyue) und schließlich in einer Szene daheim im Kreise seiner Angehörigen.

Diese Technik objektiver Wiedergabe von Welt erfährt einen weiterführenden Kontrastpunkt in der subjektiven Anschauung von Welt durch die einzelne sprechende und handelnde Person, die manchmal so sehr in den Vordergrund drängt, daß sie selber Erzähler zu werden scheint. Für diese Methode berief sich Mao Dun auf Tolstoi und Wu Jingzi (1701–1754) mit seiner »Inoffiziellen Geschichte der Konfuzianer« (Rulin waishi), einem zeitkritischen Werk, das die damals herrschenden konfuzianischen Kreise bloßstellte. Ursprünglich schwebte Mao Dun sogar vor, mit »Schanghai im Zwielicht« eine »Neue inoffizielle Geschichte der Konfuzianer des Jahres 1930« zu schreiben. Zwar hatte Mao Dun sich auch mit Zola beschäftigt, der ihn ebenfalls, wenn auch nicht wesentlich, beeinflußte, aber er gab Tolstoi den Vorzug: »Ich mag Zola, aber auch Tolstoi kann mich fesseln. Eine Zeitlang propagierte ich begeistert den Naturalismus (wenn auch erfolglos, denn ich stieß auf Unverständnis und Widerstand). Aber als ich anfing, Romane zu schreiben, war es Tolstoi, dem ich mich immer mehr annäherte.«

Mao Duns stilistische Meisterschaft, seine Zurücknahme des »allwissenden« Erzählers, der ständige Perspektivenwechsel waren von großem Nutzen zu einer Zeit, da die Guomindang-Zensur Schriftsteller daran hinderte, ihre Meinung offen niederzuschreiben und zu veröffentlichen. Das galt insbesonders für die Darstellung revolutionärer Bestrebungen innerhalb der städtischen Arbeiterschaft und der armen Landbewohner. Hierüber konnte nur indirekt und andeutungsweise berichtet werden. In seinem Vortrag über den Roman aus dem Jahre 1939 bedauert der Autor ausdrücklich, daß es ihm wegen der Zensur unmöglich gewesen sei, Revolutionäre als Hauptfiguren seines Romans darzustellen. Und er läßt keinen Zweifel darüber aufkommen, daß es nicht nur innere Widersprüche der herrschenden Kreise, sondern auch die überall aufflammenden Kämpfe der Arbeiter und armen Bauern sind, die die alte Gesellschaft in »Zwielicht« tauchen. Sei es, daß er junge Menschen von einem Restaurant aus über eine Demonstration berichten läßt und das Auftreten von Spitzeln dazu benutzt, die Arbeiter zur Wachsamkeit zu ermahnen, sei es, daß er einen leibhaftigen Kommunisten, den »Genossen Ko Tso Fu« auftreten läßt, der durch seine karikaturhafte Überzeichnung einerseits die Guomindang-

Zensur passieren konnte, andererseits einen, wie der Autor im Nachwort zur chinesischen Ausgabe von 1977 selbst einräumt, nicht ganz geglückten Versuch darstellt, die mit dem Namen Li Lisan verbundene ultralinke Strömung innerhalb der chinesischen Arbeiterbewegung der frühen dreißiger Jahre zu bekämpfen.

V

Zweimal wurde »Schanghai im Zwielicht« in China verboten, einmal von der Guomindang-Zensur, ein weiteres Mal während der Kulturrevolution, die der chinesischen Literatur den von gesellschaftlicher Wirklichkeit und Widersprüchen abgelösten, makellosen und unbeugsamen Superrevolutionär bescherte und nur diesen gelten ließ. Mit solchen »Helden« kann »Schanghai im Zwielicht« freilich nicht aufwarten. Aber seit 1977 ist Mao Duns großer Roman dem chinesischen Publikum wieder zugänglich (vgl. das in dieser Ausgabe abgedruckte Nachwort Mao Duns aus dem Jahre 1977).

»Schanghai im Zwielicht« ist einer der wenigen modernen chinesischen Romane, der dem deutschsprachigen Leser hiermit wieder zugänglich gemacht wird (sieht man einmal von dem inzwischen in der DDR leider versiegten Publikationsstrom moderner chinesischer Literatur ab). Moderne chinesische Schriftsteller wie Mao Dun (1896–1981), Ba Jin (geb. 1904), Lu Xun (Lu Hsün) (1881–1936), Lao She (1899–1966) usw., die zur Weltliteratur gezählt werden, liegen nur unzureichend oder gar nicht in deutschen Übersetzungen vor. Daran ist nicht nur die deutsche Sinologie schuld, sondern ebenso das deutsche Verlagswesen, das bis heute weitgehend im eurozentristischen Blickwinkel gefangen geblieben ist.

Wenn hiermit erneut die Romanübertragung Franz Kuhns, des berühmten Übersetzers chinesischer Literatur, der zeit seines Lebens auf keinem Sinologie-Lehrstuhl saß, veröffentlicht wird, so hat das seinen guten Grund. Franz Kuhns Arbeit stellt in zweifacher Hinsicht eine großartige Leistung dar: es handelt sich hier überhaupt um die erste Übersetzung des Romans in eine westliche Sprache. Damit kommt Franz Kuhn, der sich vor allem durch die Übertragung der großen Romane (z.B. »Der Traum der roten Kammer«, »Die Räuber vom Liang Schan Moor«) und Novellen der chinesischen Klassik einen Namen machte, das große Verdienst einer bis heute beispiellosen Erkenntnis von Wert und Bedeutung eines modernen chinesischen Romans zu. »Für mich ist es *der* große chinesische Gegenwartsroman, nach dem ich seit Jahren Ausschau gehalten habe«, schrieb Kuhn am 12.10.1936 an seinen Verleger Anton Kippenberg, als er Mao Duns Roman ausfindig gemacht hatte.

Die hohe literarische Qualität der Kuhnschen Übertragung vermag den Leser von der ersten bis zur letzten Seite zu fesseln, was man der 1966 im DDR-Verlag »Volk und Welt« erschienenen neuen Übersetzung nicht nachsagen kann, obwohl ihre philologische Exaktheit Anerkennung verdient. In seinem Begleitwort von 1938 spricht Kuhn davon, »eine vollständige Wiedergabe des neunzehn Kapitel umfassenden Originals« gegeben zu haben. An diesem Punkt muß jedoch richtiggestellt werden, daß er oftmals weite Passagen schöpferisch und durchaus gekonnt zusammengefaßt und auch Kapitelumstellungen vorgenommen hat, die jedoch dem Verständnis und Lesevergnügen keinerlei Abbruch tun. Auch die Kapitelüberschriften und die den einzelnen Kapiteln vorangestellten Personenverzeichnisse, die dem Leser die Orientierung erleichtern sollen, stammen aus der Feder Franz Kuhns. Daß in der Übersetzung dennoch einige Mängel enthalten sind, ist sicherlich mehr dem Zeitpunkt ihres Erscheinens als dem Übersetzer anzulasten. In den Kapiteln, die die Streikaktionen der Schanghaier Arbeiter beschreiben, werden Mao Dun in seiner Funktion als Erzähler Formulierungen in den Mund gelegt, die er, wie der Vergleich mit dem Original ergab, trotz aller notwendigen Rücksichtnahme auf die Guomindang-Zensur nicht benutzt hat. Da ist die Rede von »Demonstrationskrawallen«, »Haupthetzerinnen« und »Hetzzentralen«, von »entfesselter Masse« und »Weibergekeif«. Und ein auch im Original äußerst sektiererisch auftretender kommunistischer Funktionär wird in der Kuhnschen Fassung gar zu einem »sowjet-russischen Agenten« stilisiert. Möglicherweise hatten diese von Kuhn benutzten Wendungen die Funktion, in der Nazi-Zeit eine Druckerlaubnis zu erwirken. Hier waren eine ganze Reihe Änderungen nötig, die vor allem Szenen mit rebellierenden Arbeitern und Bauern betreffen und schließlich auch die Schlußpassage des Romans. Nach der Kuhnschen Fassung bleibt Wu Sun Fu noch Geld, Besitz und die Hoffnung auf ein *neues Leben* (Anspielung auf eine 1934 von Chiang Kai-schek ins Leben gerufene faschistische »Erneuerungsbewegung«). Anders in Mao Duns Originalfassung: Wu Sun Fu ist am Ende, er spielt mit Selbstmordgedanken. Obwohl der Schluß »offen« bleibt – ein typischer Zug aller Romanplots des Autors –, kann der Leser unschwer erraten, daß der überstürzte Aufbruch in die »Sommerfrische« ohne Rückkehr sein wird.

Wolfgang Kubin
Berlin, Dezember 1978

Benutzte Literatur

Sun Zhongtian: Zum Roman »Schanghai im Zwielicht«, in: Wenyi luncong 3/1978, S. 89–121 (in chin. Sprache).
Ye Ziming: Mao Duns Roman »Schanghai im Zwielicht«, in: Guangming ribao (wenxue 107), 15. 4. 1978 (in chin. Sprache).
Jaroslav Průšek: Mao Tun, in: Three Sketches of Chinese Literature. Published by the Oriental Institute in Academia, Prag 1969, S. 10–43.
Fritz Gruner: Der Roman Tzu-yeh von Mao Tun – Ein bedeutendes realistisches Werk der neuen chinesischen Literatur, in: Asian and African Studies XI, 1975, S. 57–72.
Ders.: Nachwort zu Mao Dun, Schanghai im Zwielicht, Berlin 1966, S. 643–651.

Editorische Anmerkung

Diese Ausgabe geht zurück auf die von Franz Kuhn aus dem Chinesischen übertragene Erstausgabe, Dresden 1938. Sie wurde nach der chinesischen Neuausgabe, *Ziye (Mitternacht)*, Peking 1977, von Ingrid und Wolfgang Kubin revidiert. Mao Duns Geleitwort – An meine deutschen Leser – und seine Nachworte zu den chinesischen Ausgaben von 1933 und 1977 wurden von Wolfgang Kubin aus dem Chinesischen übersetzt.

Begriffs- und Namenserklärungen

30. Mai des Jahres 1925 (30.-Mai-Bewegung)
Im Mai 1925 wurden vor einer japanischen Textilfabrik in Schanghai, die 20000 Arbeiter ausgesperrt hatte, von japanischen Fabrikwachen ein Arbeiter erschossen und zwölf verletzt. Daraufhin kam es am 30. Mai in der *Internationalen Niederlassung* (S. 168) von Schanghai, dem exterritorialen Gebiet der ausländischen Großmächte, zu einer Studentendemonstration gegen die Sonderrechte für Ausländer auf chinesischem Boden. Die britische Polizei schoß in die Menge. Es gab über zehn Tote, fünfzig Verwundete und zahlreiche Verhaftungen. 400 000 Arbeiter traten in einen Proteststreik. In den folgenden Jahren wurden jeweils am 30. Mai Demonstrationen gegen die ausländischen Mächte organisiert.

Kommunistische Partei Chinas (KPCh)
In der Folge der 4.-Mai-Bewegung (s. u.) entstand im Mai 1920 die erste Zelle der KPCh in Schanghai. Die 1921 gegründete Partei suchte zunächst in den Städten Fuß zu fassen. Lange Arbeitszeiten bis zu 14 Stunden, Hungerlöhne, Frauen- und Kinderarbeit unter den unerträglichsten Bedingungen, Seuchen und Wohnungselend bestimmten dort die Lage der arbeitenden Bevölkerung. Im Kampf gegen diese Zustände verband sich die KPCh mit der GMD unter dem Reformkurs Sun Yatsens. Nach dessen Tod kam es zum Bruch mit dem neuen GMD-Führer (Chiang Kai-schek), als dieser im April 1927 eine revolutionäre Erhebung in Schanghai niederschlug und ein Massaker unter Kommunisten und gewerkschaftlich organisierten Arbeitern anrichten ließ. Die Kommunisten wurden aus der GMD ausgeschlossen, die KPCh wurde verboten. Der revolutionäre Kampf wurde aufs Land verlagert, wo er sehr viel schwieriger erstickt werden konnte. Es ist vor allem Mao Zedong zuzuschreiben, daß die KPCh die große Bedeutung der Agrarfrage für den Sturz der alten Gesellschaftsordnung erkannte. In der Provinz Jiangxi errichtete er 1927 ein »Rotes Gebiet«, in dem Bodenreformen durchgeführt wurden. 1928 wurden die ersten Einheiten der *Roten Armee* (S. 13) aufgestellt. 1930 griffen kommunistische Truppen die Stadt Changsha an. 1930 und 31 unternahm Chiang Kai-schek Feldzüge gegen die von den Kommunisten beherrschten Gebiete, die jedoch fehlschlugen. Die von Mao Zedong propagierte Notwendigkeit eines engen Bündnisses zwischen den städtischen Arbeitern und der unterdrückten Landbevölkerung wurde zu dieser Zeit jedoch von einflußreichen Kräften innerhalb der KPCh, unter ihnen *Li Lisan* (s. u.) nicht anerkannt, so daß bei einer Reihe von isoliert durchgeführten Aufständen in den Städten das gegnerische Lager die Oberhand behielt. Als Japan 1932 die Mandschurei annektierte und Schanghai besetzte (S. 366), forderte die KPCh die GMD zur Einstellung des Bürgerkriegs und einer gemeinsamen Front gegen die Eindringlinge auf.

Kompradoren
Darunter wird eine Gruppierung der herrschenden Schicht in China verstanden, die im Auftrag ausländischer Kaufleute und Firmen in den von ausländischen Mächten besetzten Konzessionsgebieten der »Vertragshäfen« Geschäfte mit chinesischen Kaufleuten abwickelten. Die Kompradoren hatten z. T. Positionen als Militärmachthaber (s. u.) und hohe Bürokraten inne und waren eng mit den feudalen Kräften Chinas verbunden. Gegenüber den auf Unabhängigkeit orientierten Bestrebungen der national gesinnten Teile des chinesischen Bürgertums waren die Kompradoren bestrebt, ihren Einfluß und Reichtum durch engste Anlehnung an die ausländischen Kolonialmächte und die Zementierung des feudalen Gesellschaftssystems sicherzustellen.

Kuo-min-tang (KMT); Guomindang (GMD)
Die GMD wurde 1912 von *Sun Yatsen* (S. 240) auf der Grundlage mehrerer gegen die Mandschu-Dynastie gerichteter Revolutions- und Geheimbünde ins Leben gerufen. 1916 wurde die GMD zur Regierungspartei, die das politische Leben Chinas bis 1949 weitgehend bestimmte. Sun Yatsen gründete die Arbeit der GMD auf die »*Drei Volksprinzipien*« – Nationalismus, Demokratie, Volkswohl – (S. 90). Als Sun Yatsen 1925 starb, geriet die unter der Führung der GMD begonnene bürgerlich-nationale Revolution Chinas in eine Krise. Innerhalb der GMD kam es zu Flügelkämpfen, aus denen der Führer des rechten Flügels, Chiang Kai-schek (Jiang Jieshi), als Sieger hervorging. Wenige Tage nach dem von ihm angeordneten Massaker von Schanghai bildete er im April 1927 in *Nanking* (S. 35) eine Gegenregierung gegen die Regierung des linken GMD-Flügels. Die *Nanking-Regierung* (S. 240) konnte sich nur deshalb behaupten, weil sie finanzielle und militärische Unterstützung von England und den USA bezog. Als Preis dafür gab Chiang Kai-schek die nationale Souveränität Chinas preis. Er wurde zum Werkzeug ausländischer Mächte sowie der feudalen Grundbesitzer und der Kompradorenbourgeoisie. Gesellschaftliche Veränderungen wollte die GMD unter der Führung Chiang Kai-scheks durch eine Rückbesinnung auf die klassische konfuzianische Tradition der Oberschichten erreichen. Sie sollte durch die »Reform«-Bewegung *Neues Leben* (S. 382 f.) popularisiert werden.

Li Lisan-Linie
Im Frühjahr 1930 sprach Li Lisan, der damals eine entscheidende Rolle innerhalb der KPCh spielte, von einer »neuen revolutionären Flutwelle«. Da Chiang Kai-schek von verschiedenen Militärmachthabern in einen Bürgerkrieg verwickelt worden war, sah Li bereits den Untergang der Nanking-Regierung voraus. Er schätzte die Protestbewegungen unter den armen Bauern auf dem Lande gering ein und blies in völliger Fehleinschätzung des tatsächlichen Kräfteverhältnisses zur Eroberung einiger Schlüsselstädte

durch die Rote Armee und aufständische Arbeiter. Seine Kritiker stempelte er als »Rechtsabweichler« ab. In der Gestalt des linksradikal auftretenden KPCh-Funktionärs Ko Tso Fu hat sich Mao Dun in seinem Roman mit der Li Lisan-Linie auseinandergesetzt.

Militärmachthaber, auch: Marschälle des Nordens, Nordwestmarschälle
In der chinesischen Geschichte gab es wiederholt lokale und regionale Machthaber, die sich mit eigenen Armeen der Zentralregierung widersetzten. Zwischen 1927 und 1935 führten die *Nanking-Truppen* (S. 35, 142) unter Chiang Kai-schek sechs größere Bürgerkriege gegen die Militärmachthaber, die sich als Vertreter verschiedener Interessensgruppen auch untereinander bekämpften.

4.-Mai-Bewegung
Am 4. Mai 1919 demonstrierten in Peking Tausende von Studenten gegen den Versailler Vertrag, der China die Souveränität über die ehemals deutschen Pachtgebiete verweigerte und sie an Japan übertragen wollte. Die Protestbewegung breitete sich auf andere Städte aus und führte zur Gründung eines nationalen Studentenverbands. Die 4.-Mai-Bewegung, die auf starken Widerhall bei Arbeitern, Kaufleuten und nationalen Industriellen stieß, war Ausdruck eines neuen Selbstbewußtseins und der Bereitschaft, sich gegen ausländische Großmächte und ihre feudalen Handlanger zusammenzuschließen.

Über Mao Dun

Mao Dun wurde 1896 in Dongxiang in der Provinz Zhejiang als Sohn eines Arztes geboren. Sein richtiger Name lautete Shen Yanbing. Den Namen Mao Dun nahm er 1927 an, als er sich vor den Nachstellungen der Guomindang-Soldaten schützen und unter einem Pseudonym publizieren mußte.

Aus finanziellen Gründen konnte Mao Dun sein Medizinstudium an der Universität Peking nicht abschließen. Er nahm den Posten eines Redakteurs im Verlag Commercial Press in Schanghai an. Unter dem Eindruck der 4.-Mai-Bewegung gründete er 1920 zusammen mit Zheng Zhenduo und Ye Shengtao die »Gesellschaft zum Studium der Literatur«. Sie wurde zur wichtigsten literarischen Vereinigung dieser Jahre. Ihre Mitglieder traten für eine neue, realistische Literatur ein. Sie erhoben die Umgangssprache zur Literatursprache und behandelten in ihren Werken aktuelle gesellschaftliche Probleme.

In den Jahren 1926 und 1927 gab Mao Dun in der Stadt Hankou die Tageszeitung »Minguo ribao« (Republikanische Zeitung) heraus und unterstützte mit seinen Artikeln die gegen Chiang Kai-schek (Jiang Jieshi) gerichtete revolutionäre Bewegung unter der Führung der KPCh. Nach der blutigen Unterdrückung dieser Bewegung war Mao Dun gezwungen, sich zu verbergen und ging für einige Zeit nach Japan. Nach seiner Rückkehr trat er der »Liga linker Schriftsteller« bei.

Ende der zwanziger Jahre verfaßte Mao Dun sein erstes literarisches Werk, die Trilogie »Verfall« (Shi). Sie besteht aus den Romanen »Desillusion« (Huanmie), »Schwanken« (Dongyao) und »Suche« (Zhuiqui). Dieses Werk bildet zusammen mit einigen Erzählungen und kürzeren Romanen die erste Etappe in Mao Duns Arbeit als Schriftsteller. Im Mittelpunkt steht die literarische Verarbeitung bitterer Erfahrungen aus dem Scheitern der revolutionären Bewegung der Jahre 1926/27.

In den Jahren 1930 und 1931 verfaßte Mao Dun drei kürzere Novellen, die dem Schicksal der revolutionären Intellektuellen gewidmet sind: »Regenbogen« (Hong), »Weg« (Lu), »Wenn drei zusammengehen« (Sanren Xing). 1933 erschien sein bedeutendstes Werk: »Schanghai im Zwielicht« (Ziye). Während Mao Dun noch an »Ziye« arbeitete, veröffentlichte er 1932 seine Erzählung »Der Laden der Familie Lin« (Linjia puzi), die die Folgen der Weltwirtschaftskrise und der japanischen Fremdherrschaft für die chinesischen Kleinbürger behandelt. Diese Erzählung wird zu den besten Werken der chinesischen Novellistik gezählt. 1932/33 erschien eine Folge von weiteren Erzählungen, in denen die Probleme auf dem Lande analysiert werden. Die erschütterndste von diesen sich an »Schanghai im Zwielicht« anschließenden Erzählungen ist wohl »Seidenraupen im Frühling«, die den schwierigen Überlebenskampf der kleinen chinesischen Seidenraupenzüchter auf dem Lande schildert.

In den Jahren des antijapanischen Krieges (1937–45) setzte Mao Dun seine kulturpolitische und literarische Arbeit unbeirrt fort, obwohl er ständig Verfolgungen ausgesetzt war und seinen Wohnort häufig wechseln mußte. Im Rahmen der 1935 gegründeten »Vereinigung chinesischer Schriftsteller und Künstler« setzte sich Mao Dun für eine »Literatur der nationalen Verteidigung« ein, getreu der Gründungserklärung der »Vereinigung«, in der es hieß: »Mit dem großen Ziel, gemeinsam mit der ganzen Nation das Land zu retten, können Schriftsteller, die verschiedener Meinung in der Literatur und Kunst sind, Kampfgefährten in ein und derselben Front sein.« In diesen Jahren war Mao Dun verantwortlich für die Literaturzeitschrift »Literarische Front«.

1941 erschien sein Roman »Korruption« (Fushi), der das Leben in der Stadt Chongqing während des Krieges und das Wüten der Geheimpolizei Chiang Kai-scheks beschreibt. 1942 veröffentlichte er einen weiteren Roman: »Herbstlaub röter als Frühlingsblüten« (Shuangye eryue hua) greift noch einmal das Thema der 4.-Mai-Bewegung auf, das ihn bereits zu Beginn seiner schriftstellerischen Laufbahn stark beschäftigt hatte. 1945 schrieb Mao Dun ein Drama, »Vor und nach dem Ch'ing-ming-Fest« (Qingming quianhou).

Nach der Gründung der Volksrepublik China im Jahre 1949 übernahm Mao Dun das Amt des Kulturministers (1949–64). Zugleich wurde er zum Vorsitzenden des chinesischen Schriftstellerverbands gewählt. 1954 wurde Mao Dun Abgeordneter des Ersten Nationalen Volkskongresses. In diesen Jahren trat er mit zahlreichen kulturpolitischen und literaturwissenschaftlichen Arbeiten hervor, u. a. über Lu Xun und Tolstoi.

Als im Laufe der kulturrevolutionären Bewegung im China der sechziger und siebziger Jahre ultralinke Tendenzen zeitweilig die Oberhand gewannen, geriet Mao Dun zusammen mit zahlreichen anderen Schriftstellern der älteren Generation als »Rechtsabweichler« ins Kreuzfeuer der Kritik.

Nach der allumfassenden Neuorientierung der Volksrepublik China seit dem Oktober 1976 ist Mao Dun wieder ins öffentliche Leben zurückgekehrt: als Vorsitzender des chinesischen Schriftstellerverbandes und Mitglied des Exekutivausschusses des Nationalen Volkskongresses.

Mao Duns kritische Auseinandersetzung mit der Rolle von Literatur, Kunst und Kultur für den weiteren Weg Chinas hat unvermindert angehalten: Die Dezember-Ausgabe 1978 der Zeitschrift »Chinese Literature« druckte seinen Aufsatz »Schöpferisches Schreiben« ab, der sich gegen mechanistische Auffassungen des Realismus in der Literatur wendet. In derselben Zeitschrift hielt Mao Dun zu Beginn des Jahres 1979 Rückschau auf die Entstehungsgeschichte seines Romans »Schanghai im Zwielicht«. Er äußerte sich zuversichtlich über die gegenwärtige »Periode der hundert Blumen und hundert Schulen« in der chinesischen Literatur und teilte mit, daß er an seinen Memoiren arbeitet.

Mao Dun starb 1981 in Peking.

Inhalt

Alphabetisches Gesamtverzeichnis der suhrkamp taschenbücher